UT *metro*

Katy Munger
Gnadenfrist

UT *metro* wird
herausgegeben von
Thomas Wörtche

Zu diesem Buch

Gail Honeycutt sitzt in der Todeszelle und kann sich an gar nichts erinnern. Sie soll ihren Ehemann, einen Polizisten, erschossen haben. Das glaubt jedenfalls das Gericht, das sie verurteilt hat. Alle Gnadengesuche wurden abgelehnt. Jetzt kann nur noch Casey Jones helfen, die revolverschnäuzige Privatdetektivin ohne Lizenz. Kaum rollt sie den Fall wieder auf, gibt es weitere Tote. Und ihr Chef, der fette Bobby Dee, tyrannisiert derweil ein ganzes Krankenhaus.
Katy Munger gelingt es wiederum, ein brisantes Thema sehr ernst und sehr witzig zugleich zu erzählen.

»Katy Munger hat eine wohltuend respektlose Schreibe, der es nicht an Tiefgang fehlt. Ihre Figur Casey Jones ist ein Glücksfall.«
Titel-Magazin

»Urkomisch und höchst spannend.«
Beate Hinrichs, Deutsche Welle

Die Autorin

Katy Munger wurde 1956 auf Hawaii geboren und wuchs in Raleigh, North Carolina, auf, wo sie nach einigen Jahren in New York auch heute wieder lebt. Die erfolgreichen Romane um Casey Jones werden zurzeit als Fernsehserie verfilmt. Katy Munger ist Mitglied der respektlosen neo-feministischen Schriftstellerinnen-Gruppe »Tart Noir«.

Im Unionsverlag ist außerdem lieferbar: »Beinarbeit«.

Mehr über Buch und Autorin im Anhang
und auf *www.unionsverlag.com*

Katy Munger
Gnadenfrist

Ein Fall für Casey Jones

Aus dem Englischen
von Tom Appleton

Unionsverlag

Die Originalausgabe erschien
1998 unter dem Titel *Out of Time – A Casey Jones Mystery*
bei Avon Books, New York.

Deutsche Erstausgabe

Im Internet
Aktuelle Informationen,
Dokumente, Materialien
www.unionsverlag.com

Unionsverlag Taschenbuch 247
Published by Arrangement with Kathleen G. Munger
Dieses Werk wurde vermittelt durch
die Literarische Agentur
Thomas Schlück GmbH, 30827 Garbsen.

Rieterstrasse 18, CH-8027 Zürich
Telefon 0041-1-281 14 00, Fax 0041-1-281 14 40
mail@unionsverlag.ch

Umschlaggestaltung: Heinz Unternährer, Zürich
Umschlagfoto: Tony Stone/Girl Ray
Druck und Bindung: Clausen & Bosse, Leck
ISBN 3-293-20247-0

Die äußeren Zahlen geben die aktuelle Auflage
und deren Erscheinungsjahr an:
1 2 3 4 5 - 05 04 03 02

1

Ich war so hungrig, dass ich das Hinterteil von einem Stinktier hätte abbeißen können. Zum Glück musste ich es dazu nicht kommen lassen. Mein Fall war gerade dabei, sich ganz von alleine aufzulösen. Das verdankte ich einer modisch schlecht beratenen Blondine mit Spaghettiträgern an ihrem üppigen Oberkörper, die soeben auf zehn Zentimeter hohen Stilettos auf die Bar zugesteuert kam. »Eine Bahama Mamma und eine Margarita«, verkündete sie dem muskelbepackten Mann hinter dem Tresen und fummelte dazu an ihrer Halskette aus Trompetengold. Ihre Stimme quäkte so, dass ich meine Augen vor Schmerz nachdenklich zusammenkniff. War sie nun der Bürgermeister der Wichtel als Transe im Fummel? Oder hatte ich mir an diesem Abend wirklich schon den dritten Drink reingeschüttet? Woran dachte ich bloß?

Ich schob meinen Tanqueray on the rocks beiseite und atmete erst einmal tief durch. Ich würde etwas langsamer treten müssen. Eine Bar-Observierung mochte leicht die ganze Nacht hindurch dauern, und ich konnte dabei nicht bloß so tun, als ob ich was trinke, wenn ich den Barkeeper nicht stutzig machen wollte. Besonders den hier. Der witterte einen Schnüffler schon meilenweit gegen den Wind und hatte mich bereits ein paar mal mit einem argwöhnischen Seitenblick gemustert. Wenn ich in dem Tempo weitermachte wie bisher, läge ich rücklings unter der Theke, lange bevor ich den Schmu aufgedeckt hatte. Aber dank der Wichtel-Transe stand ich im Begriff, ihm seinen knackigen kleinen Hintern gründlich zu vernageln.

»Ach, ich wollte sagen, eine Frozen Margarita«, trötete sie jetzt über die Theke hinweg und stoppte den Barmann beim Einschenken – eben mal lange genug, dass ich erkennen konnte, dass die Flasche für einen Tequila eindeutig an der falschen Stelle stand. Und dass das Etikett auf der Flasche nicht der Hausmarke entsprach. Ich guckte genauer hin, als er die Bestellung korrigierte, indem er eine Frozen Margarita hinten an der Wand abzapfte und den abgewiesenen Drink kommentarlos in die Spüle kippte. Der Bahama Mamma sah so weit legitim aus, ich meine, wenn Sie Bahama Mammas als solche legitim finden. Aber als er beide Drinks in die Kasse eintippte, wiederholte die Wichtelmamma ihr Spiel.

»Was haben Sie gesagt, kostet der Bahama Mamma?«, fragte sie und zählte mit bekümmert wirkender Miene die Dollarscheine in ihren unbeholfenen Händchen. Er hielt einen Moment inne, und ich konnte erkennen, dass die Registrierkasse Null anzeigte – aber der Kundenbon wies neun Dollar aus. Der raffgierige, bodybuildende Abzocker hatte doch echt einen Drang zu Höherem. Er hatte die doppelte Buchhaltung beim Bar-Beschiss eingeführt. Jetzt konnte ich seinem Chef endlich erklären, wieso seine Kneipe als die heißeste Tränke in der Stadt gehandelt wurde, aber die Einnahmen trotzdem keine Sprünge machten.

»Neun Dollar«, murrte der Barmann, als er die Drinks über den Tresen schob. Seine Augen flitzten zu mir herüber und ich wusste, er hatte mich. Die Erkenntnis war schließlich in seinen mit Steroiden abgefüllten Schädel durchgedrungen. Schnurz, mein Job war getan. Und seinen konnte er sich sonst wohin stecken.

»Geht auf meine Rechnung«, sagte ich zuckersüß und ließ einen Zehner rüberwandern. Schließlich hatte das Herzchen mir soeben drei Tage Arbeit erspart. Da war es das Mindeste, dass ich ihr einen ausgab. »Der Rest ist für Sie«, ließ ich den Barkeeper wissen. Er zuckte achtlos mit der Braue. Irgendwie schien ihn das bisschen Trinkgeld nicht sonderlich zu beeindrucken.

»Wau! Danke!«, krähte die Fee aus dem Wichtelland. Aber als sie mich genauer ins Auge fasste, wurde sie nervös. »Warum tun Sie das?«

»Nur keine Panik«, sagte ich und zwinkerte ihr zu. »Ich will nichts von dir, Sahnetörtchen. Mich beeindruckt nur dein modischer Instinkt. Wirklich einzigartig.«

Sie erstrahlte kurz und wuselte dann hinüber zu ihrem Tischchen, nicht ohne mir noch einen letzten misstrauenden Blick nachzuwerfen. Aber hey, wenn du eine Frau bist wie ich, mit Power,

Pepp und Pfunden, kriegst du eine Menge solcher Blicke von den Ladies – weil sie Bammel haben, ich könnte sie zu einem Ausflug ans andere Ufer verlocken. Es ist altmodisch von mir, ich gebs zu, aber auf dem Sektor wäre ich bestimmt eine große Enttäuschung. Mögen andere wandeln, wo noch kein Mann seine Spuren hinterlassen hat, es sei ihnen unbenommen. Was mich betrifft, so stehe ich strikt auf jüngere Männer. Alles was ich brauche, ist ein Negligé, das sich leicht runterreißen lässt und dazu einen Jungspund, von dem man das nicht sagen kann. Ich habe den Soundtrack zu »Die Reifeprüfung« schon abspielbereit auf meiner Anlage eingestellt.

Ich verließ die Bar mit einem rosigen Glühen auf den Wangen von zu viel Gin und mit einem selbstgefälligen Gefühl, wieder mal Recht und Ordnung zum Sieg verholfen zu haben. Casey Jones, oberste Wachhündin der Zivilisation, Schrecken der diebischen Barkeeper dieser Welt, Bewahrerin des Schwurs, Verteidigerin des billigen Drinks. Casey Jones, achtzig Kilo pures Gehirn und Muskeln. Casey Jones, zu angesoffen, um am Steuer zu sitzen.

Es war die reine Wahrheit. Ich hatte eine Kleinigkeit zu viel erwischt. Angesichts der scharfen Kontrollen der Verkehrspolizei von Chapel Hill, sah ich mich gezwungen, meine Promillewerte auf der hinteren Sitzbank meines betagten Plymouth Valiant (Modell 1965) abzubauen und mir ein Schläfchen zu verordnen, bevor ich nach Hause fahren konnte. Das war keine so leichte Aufgabe, denn der Rücksitz war mein Zweitbüro. Zusätzlich zu den Unterlagen über gegenwärtige Fälle bewahrte ich dort verschiedene Trainingsanzüge auf, eine große Kühlbox aus Plastik voll mit Pepsi Light, drei (leere) Tüten Kartoffelchips, eine einzige Dose Slim Fast (verarschen kann ich mich schließlich selber) und vier Stapel ausgesuchter Magazine, die ich eigentlich seit längstem hätte recyceln wollen, aber wo konnte man schon in Durham, North Carolina, alte Magazine loswerden? Während ich noch darüber sinnierte, verfiel ich in einen erholsamen Vollwertschlaf. Eine Stunde später kam ich wieder zu mir, gerade rechtzeitig, um der Sexshow im Wagen neben mir beizuwohnen. Die beiden verwiesen die Flitterwochen von Tonya Harding und ihrem Ex in die Amateurkategorie, wo sie hingehörten. Ein paar Blicke auf ihre Action ernüchterten mich allerdings schnell. Der unterhosengeschmückte Po des Typen war an das Seitenfenster gepresst, was für seine Biegsamkeit, aber nicht gerade für sein Vorspiel sprach. Und überhaupt, finde ich, sehen Typen in Unterhose immer ziemlich beknackt aus, selbst wenn sie keine Autos oder Superhelden drauf abgedruckt haben. Ich fand es an der Zeit, die Fliege zu machen, und zwar pronto. Wenn ich auf dem Parkplatz dieser Singles-Bar eine Sekunde länger verweilte, wer weiß, welcher Wahnsinn mich dann noch packte? Und ich habe es schon lange aufgegeben, am Morgen mit Reuegefühlen aufzuwachen – so schön kann ein hartnäckiger Juckreiz gar nicht sein, dass ich mir deswegen schon wieder eine Blasenentzündung einfange. Im Zweifelsfall bleibt da einfach kein Platz für Zweifel. So hält frau sich weise, gesund und kugelrund.

Ich kurbelte die Scheiben runter und gondelte nach Raleigh, wo mein reichlich übergewichtiger Boss, Bobby Dee, schon sorgenvoll auf meinen Zwischenbericht von der Bar-Beschiss-Front wartete. Unser neuer Klient war, wie mein Boss, ein Schwergewicht. Er besaß eine Menge Bars hier im Dreieck. (So nennt man bei uns die Gegend zwischen Raleigh, Durham und Chapel Hill.) Und wer weiß, es konnte ein fester Job draus werden, dafür zu sorgen, dass seine Leute ehrlich blieben. Das war dann wahrscheinlich wieder eine Aufgabe, die Bobby Dee an mich delegierte. Mir sollte es recht sein. Es ist zwar eine Drecksarbeit, die ganze Nacht in einer Bar zu hocken und sich voll laufen zu lassen, aber irgendwer muss sie schließlich machen. Und das bin dann eben in der Regel ich. Denn die einzige Arbeit, die Bobby Dee tatsächlich selber macht, hat entweder was mit dem Telefon zu tun oder mit einer trauernden Scheidungswitwe, die sich schon vor der Scheidung von Bobbys tätigem Liebesgeflüster Trost und Rat verspricht. Der Mann ist ein Genie. Im Vergleich zu ihm sieht Barry White wie ein Schmächtling aus. Und unterernährt. Bei 200 Kilo schierem Fett ist Bobby ein Lieblingskunde der uralten Verkäufer, die hinter den Verkaufstischen bei Hudson Belk, in der Herrenabteilung für Übergewichtige, herumlungern.

Die frische Luft ernüchterte mich. Als ich im Stadtzentrum von Raleigh eintraf, fühlte ich mich wieder obenauf. Schließlich war es erst neun Uhr an einem sammetweichen Samstagabend im März. Frühling lag in der Luft. Meine Hormone rasten. Die Nacht war jung, was man von mir nicht sagen konnte. Aber ich hatte eine nicht ganz verbindliche Verabredung mit Bill Butler für elf Uhr, wenn seine Schicht beim Raleigh Police Department zu Ende war.

Bobby Dee stanzte eine Beule in mein Stimmungshoch. Es fing damit an, dass ich dachte, er liege im Sterben.

»Bobby!«, rief ich beim Reinkommen, »Wie steht es denn so?«

Keine Antwort. Er war zu sehr mit seinem Erstickungstod beschäftigt. Sein Gesicht war knallrot angelaufen und er deutete mit einer angeknabberten Hühnerkeule auf die Tür zu meinem Büro.

»Was ist?«, fragte ich, und beäugte ihn argwöhnisch. Wie üblich lag er rückwärts hingestreckt auf seinem schwer leidenden Bürosessel. Der Schreibtisch war überhäuft mit Alumüll von Fastfoodbehältern, die so jenseitig waren, dass es mich eigentlich überraschte, dass er noch nicht versucht hatte, sie am Wochenendflohmarkt beim Vergnügungspark als Antiktrödel zu verscherbeln. Im Abfalleimer zu seinen Füßen lag ein voller Sixpack Bud Lite. Damit täuschte er keinen, denn jeder wusste, dass er sich locker einen Kasten pro Tag hineinpresste. Aus einem Pappcontainer troff das zähe Hühnerfett auf die Schreibtischplatte, schob sich in langsamen Wellen über den Tischrand und tröpfelte von dort auf seine Synthetikhose. Sein Mondgesicht glänzte glitschig vor Hühnerfett.

»Kriegst du noch Luft?«, fragte ich. Ich machte mich schon bereit für das von Dr. Heimlich entwickelte Manöver zur Rettung Erstickender. Vermutlich musste ich ihm auf den Brustkasten springen, bloß um den körpereigenen Fettpanzer zu durchdringen.

»Was soll die Frage?«, sagte er gekränkt. »Sehe ich für dich vielleicht aus wie eine Leiche?«

»Warum wedelst du dann mit einer Hühnerkeule herum und verfärbst dich blau?«

»Du hast Besuch«, sagte er grimmig. »Und das riecht nach nichts Gutem.«

Damit drehte er mir den Rücken zu. Schließlich hatte er Wichtigeres zu tun. Zum Beispiel, ein zwölfgängiges Familienabendessen für vier Personen zu vertilgen, bevor es kalt wurde.

Okay, sagte ich mir. Es war zwar ein bisschen ungewöhnlich, dass ein neuer Klient am Wochenende um diese nachtfahrende Stunde anklopfte, aber, was solls, das war mein Beruf. Ich hatte dieses Geschäft nicht gewählt, um auf eine Zeituhr einzustechen. Ich hatte es gewählt, um auf böse Buben einzudreschen.

Ich bog um die Ecke zu meinem Büro – und erstarrte. Mindestens zehn Augenpaare hielten mich mit der Kneifzange des gefürchteten Country-Lady-Starrblicks gefangen. Dieser Röntgenblick ist ein Klassiker in North Carolina und dient dazu, jede Facette deines Seins zu durchleuchten. Mit einem einzigen Blick konnten die versammelten Damen meine Haare, meine Haltung, mein Alter, mein Gewicht und meinen Wert in dieser Welt von jetzt bis in alle Zukunft durchrechnen. Der Blick hat allemal so viel Power wie jeder Laserstrahl, mit dem Obi Wan Kenobi herum fuhrwerkt.

»Ich bin Casey Jones«, sagte ich und drückte mich so weit weg an ihnen vorbei, wie ich nur konnte. Ich zählte schnell. Elf Frauen unterschiedlichen Alters saßen da auf dem Rand meines Schreibtischs, auf den Fensterbrettern, lehnten gegen die Wand und standen bis draußen auf den Gang. Wie zum Kuckuck hatten die hier alle hereingepasst? Die älteren trugen allesamt den gleichen wirklich ernst gemeinten Kurzhaarschnitt und hatten die gleichen sonnengegerbten Gesichter mit einer winzigen Spur Make-up, damit man eben noch erkennen konnte, dass sie Frauen waren. Die jüngeren trugen genug Haare auf dem Kopf, um eine kleine Matratze zu stopfen, Schminke so dick wie rosa Tortenguss und dazu bestickte Country & Western-Blusen und hautenge Blue Jeans. Ojojoj, ich hätte in den Dingern nicht einen Schnaufer machen können.

Als Gruppe trugen sie wahrscheinlich genug Hefepilze mit sich herum, um eine ganze Bäckereikette dicht zu machen.

»Kann ich Ihnen behilflich sein?«, fragte ich, weil keine von ihnen ein Wort sagte.

»Ich bin Carol Ann Honeycutt«, sagte die älteste Dame endlich. Sie sah aus wie menschliches Dörrfleisch, aber doppelt so hart. »Die meisten Leute nennen mich Omi.«

Ich fand es schwer zu glauben, dass irgendwer diese alte Ziege »Omi« nennen konnte, aber ich behielt es für mich. Ich schätzte sie auf Mitte siebzig, oder sowas in dem Dreh.

»Wir hielten es für das Beste, hier drinnen auf Sie zu warten«, sagte sie und deutete mit dem Kopf in Richtung auf Bobby Dee, als ob er ein Grizzlybär wäre, der jede Sekunde Amok laufen konnte. »Ich wollte nicht, dass der Mann dort draußen alles mithört.«

Na gut, dachte ich mir, die sind eine Country-Lesbengruppe. Oder vielleicht dieser Frauenchor, von dem ich was läuten gehört hatte. Aber was zum Dingsda wollten sie von mir?

»Und diese Damen hier sind …?« Ich deutete auf die Menge.

»Meine Familie«, sagte sie ungeduldig. »Muss ich sie alle einzeln vorstellen?«

»Natürlich nicht. Ich möchte einfach nur wissen, mit wem ichs geschäftlich zu tun habe, das ist alles«, versicherte ich ihr. »Sie sind doch geschäftlich hier, nicht wahr?« Oder gehörten sie zu einem besonders aggressiven Zweig der Siebenten-Tags-Adventisten?

»Natürlich sind wir geschäftlich hier.« Die alte Dame beäugte mich mit einem argwöhnischen Blick. »Sie sind doch Casey Jones, oder?«, sagte sie. »Die Detektivin, die das Mädchen drüben in Zebulon losgeeist hat, das wegen Brandstiftung angeklagt war, während in Wirklichkeit der Besitzer selber das Feuer gelegt hatte?«

»Die bin ich allerdings«, musste ich zugeben. »In Fleisch und Blut.« Ich hörte ein oder zwei Schniefgeräusche, die mich wissen ließen, dass es für den Geschmack der Damen und in meinem Interesse zu viel Fleisch war. Ach, sollten sie doch ruhig glauben, dass es Fett war. Eine Menge Leute machten den gleichen Fehler. Es war kein Fett, es war Muskelfleisch. Aber wenns ans Kämpfen geht, ist der Überraschungseffekt eine meiner besten Waffen.

»Dann gehe ich mal davon aus, dass Sie für niemanden den Depp machen«, lenkte Omi Honeycutt ein. Ein paar Köpfe nickten zustimmend. Wau, ich war dabei, die Menge auf meine Seite zu ziehen. »Wir wollen Sie anheuern.«

»Für was?«

»Um das Leben meiner Enkelin zu retten.« Es trat Stille ein. Ich wartete auf mehr, aber mehr kam nicht.

»Ist das alles?«, witzelte ich.

»Das ist keine Angelegenheit zum Scherzen, junge Frau«, entgegnete die Alte scharf. »Bei meiner Enkelin handelt es sich um Gail Honeycutt Taylor. Nur hat sie den Nachnamen Taylor weggelassen, aus verständlichen Gründen. Sagt Ihnen der Name etwas, oder gehören Sie auch zu der Sorte Menschen, die schon von selber so klug sind, dass Sie keine Zeitungen mehr lesen, wie die meisten dieser unsäglichen Dummköpfe, die heutzutage die Welt regieren?«

Ich fand das Thema durchaus eine Diskussion wert, aber nicht heute. Also ignorierte ich es einfach, während sich ganz allmählich ein leicht kribbeliges Gefühl zu den arbeitsfähigen Regionen in meinem Gehirn durcharbeitete. »Ja, ich weiß, wer Ihre Enkelin ist.«

»Na also. Und noch etwas: sie hat es nicht getan«, verriet mir die alte Dame. »Gail hat ebenso wenig ihren Mann erschossen, wie ich einen Striptease hinlegen könnte.«

Ich überflog in Gedanken die Möglichkeiten. So verdammt alt sah sie nun auch wieder nicht aus.

»Darauf können Sie Gift nehmen«, schnappte das alte Mädchen und unterbrach meine Gedanken. »Wenn Gails Mann nicht Polizist gewesen wäre, wäre sie nie verurteilt worden. Diese Leute dort waren auf Blut aus, und meine Enkelin befand sich einfach zum falschen Zeitpunkt am falschen Ort.«

»Hat man sie damals nicht unmittelbar neben der Leiche gefunden?«, fragte ich. Ich erinnerte mich wieder an den Fall. »Mit der Pistole in der Hand?«

»Eben«, meinte die Lady. »Am falschen Ort, zur falschen Zeit.«

»Hatte sie nicht einen Revisionsanwalt?«, sagte ich, während ich mir die Einzelheiten des Falls ins Gedächtnis zurückzurufen versuchte. Ich messe ja mein Leben in Zeiträumen, die mit meinen Ex-Freunden zusammenhängen. Zu dem Zeitpunkt, als der Mord an Roy Taylor passierte, ging ich gerade mit einem Deputy Sheriff von Guildford County aus, der eine Leidenschaft für Handschellen und Damenunterwäsche hatte. An sich, nicht an mir. Das wäre dann so vor ungefähr acht Jahren gewesen.

Wenn ich mich richtig erinnere, hatte Gail Honeycutt Taylor in angetrunkenem Zustand ihren Ehemann, einen Polizisten aus Durham, bei einem nächtlichen Streit erschossen, und die Geschworenen hatten nicht besonders lange gebraucht, um über sie die Todesstrafe zu verhängen.

Der Fall hatte sich durch den gesamten Berufungsprozess geschleppt, und das alles hatte Gail überhaupt nichts eingebracht. Im Moment war sie eine von vier Frauen auf der Wartebank in North Carolina, und da saß sie schon seit geraumer Zeit. Ich hegte die starke Vermutung, dass sie bald als Nächste aufs Spielfeld gepfiffen würde.

»Selbstverständlich hat sie ihre Berufungsanwältin«, gab die Frau ärgerlich zu. »Das ist eben der Grund, weswegen wir so schlechte Karten haben. Wenn wir nicht auf dieses hochnäsige Mädel aus dem Norden gehört hätten, stünden wir jetzt nicht hier, einen Monat, bevor sie Gail umbringen.«

»Nur noch einen Monat!«, rief ich, und trat einen Schritt zurück. »Oh nein. Niemals. Wie können Sie hier herein kommen und mich bitten, Ihnen zu helfen, wenn Sie nur noch einen Monat Frist bis zur Hinrichtung haben? Wie kann ich denn da überhaupt ablehnen, ohne Schuldkomplexe zu kriegen?«

»Damit rechnen wir ja«, sagte die alte Dame und verschränkte die Arme. »Die Menschen haben schließlich aus gutem Grund ein Gewissen, oder?«

Ich stöhnte. Sie klang wie eine von den Nonnen in der katholischen Schule, aus der ich – gerade sieben geworden – nach einer Woche rausgeflogen war. Ich merkte, wie sich Schmerzen hinter meinen Augen breit machten. Zu viel Gin, zu früh am Abend, Kopfschmerzen wegen einsetzender Gewissensbisse.

»Ich weiß, das kommt alles in letzter Minute«, warf eine weichere Stimme ein. »Omi Honeycutt will nicht unhöflich wirken. Aber wir sind verzweifelt.« Eine Frau Anfang Vierzig trat vor. Sie trug einen Pulli, der mit zwei riesigen roten Herzen geschmückt war. Sogar bei einem Shopping-Sender hätte man diese Schönheit zurückgewiesen. »Wir wären schon früher zu Ihnen gekommen, aber die Anwältin sagte uns, alles sei unter Kontrolle. Der Fall würde aufgrund eines Verfahrensfehlers abgewiesen.«

»Das ist aber nicht geschehen?« Ich konnte es fast erraten. Die Anwältin hätte es besser wissen müssen.

Die Frau schüttelte den Kopf. »Nachdem der höchste Gerichtshof des Staates die automatische Berufung abgelehnt hatte, besorgten wir Gail eine neue Anwältin. Sie erwirkte eine neuerliche Berufung beim Bundesberufungsgericht in Richmond. Dort wies man sie auch ab. Jetzt hat sie dort eine zweite Berufungsklage eingebracht. Aber ich hege keine großen Hoffnungen.«

»Die hegt keine von uns«, unterbrach Omi Honeycutt. »Wir denken, dass ihre einzige Chance ein Gnadenerlass durch den Gouverneur ist. Ich habe darüber nachgelesen. Er kann tun und lassen, was er will. Man sagt, seine Macht ist ›absolut‹. Wenn wir mit genug Beweisen antreten, um zu zeigen, dass vielleicht jemand anderes die Tat begangen hat, kann er den Termin verschieben, während wir die Polizei davon überzeugen, weitere Nachforschungen anzustellen. Es ist unsere einzige Chance.«

In diesem Fall hatte Gail Honeycutt so gut wie gar keine Chance. Egal, ob ich ihr half oder nicht. Der gegenwärtige Gouverneur von North Carolina war kürzlich zum dritten Mal wieder gewählt worden, gutteils wegen seiner Law-and-Order-Gesinnung. Ein paar Jahre zuvor hatte er sogar eine Sondersitzung angesetzt, um ein paar Hunderttausend Dollar an Steuergeldern für einen effektiveren Strafvollzug zu mobilisieren. Er hatte die kreative Ader unserer lokalen Politiker richtig zum Anschwellen gebracht. Ein Staatssenator hatte sich sogar zu der Aussage verstiegen, North Carolina sollte wieder die Öffentlichkeit an Hinrichtungen teilnehmen lassen, und schlug vor, man möge alle Bürger zu den Henkersvorführungen im Inneren des Gerichtshofs als Zuschauer einladen. Er ließ offen, ob dazu auch Erfrischungen gereicht werden sollten, oder nicht. Aber nur wenige Leute hatten ihm widersprochen.

»Wir brauchen Sie, um genug Beweismaterial zu sammeln, um den Gouverneur zu überzeugen«, sagte die jüngere der beiden Frauen. »Wir wissen nicht, wohin wir uns sonst wenden sollten. Bitte, die ganze Familie weiß, dass Gail unschuldig ist. Sie müssen ihr helfen.« Sie wollte noch mehr sagen, brach aber dann in Schluchzen aus. Ein Dutzend Arme streckten sich aus, um sie zu trösten, und kleine Mitgefühlsgluckser entstiegen der Gruppe. Die Frau konnte gar niemand anderes sein als Gails Mutter.

Gegen Tränen beiße ich die Zähne zusammen. Ich hasse es, wenn jemand weint, der älter als zwei Jahre alt ist. Wenn du alt genug bist, um stubenrein zu sein, dann bist du weiß Gott alt genug, um Haltung zu bewahren. Besonders, wenn die Flennerei bei jemandem wie mir Schuldgefühle erzeugt. »Haben Sie denn keine Männer in ihrer Familie?«, fragte ich. »Was meinen die denn dazu?«

Omi Honeycutt schnaubte. »Die sind zu sehr damit beschäftigt, Fußball zu gucken oder ihre Felder zu pflügen, um sich für so etwas einzusetzen. Sie brauchen die klugen Köpfe nicht auf der männlichen Seite der Familie Honeycutt zu suchen. Was Sie in diesem Zimmer sehen, ist alles, was da ist.«

»Es ist eine delikate Situation«, erklärte eine andere jüngere Frau. »Die meisten Männer in der Familie glauben, Gail sei die Mühe nicht wert.«

»Die Mühe nicht wert?«, fragte ich. Das war ja eine höllisch interessante Formulierung.

Die Frau breitete beide Hände aus. »Sie hat schon ihr ganzes Leben lang das Talent gehabt, sich selber in vertrackte Situationen zu bringen. Die Männer glauben eben, es ist einfach das Ende eines lange vorgezeichneten Weges für sie.«

»Wieso sind Sie denn dann so sehr von Gails Unschuld überzeugt?«

»Die Frauen der Honeycutts sind nicht blöde«, sagte die alte Lady voller Stolz. »Gail ist einfach nicht dumm genug, um ihren Mann in ihrem eigenen Haus zu erschießen und sich dann daneben hinzulegen – mit der Waffe in der Hand. Sie konnte nicht mal eine Waffe richtig halten. Ich weiß es, ich habe selber versucht, es ihr beizubringen. Keiner kann mir erzählen, sie hätte sechs Schüsse abgegeben und hätte ihn dabei viermal getroffen. Das gibt es einfach nicht – da führt kein Weg auf Gottes grüner Erde hin.«

Ich seufzte. Intelligenz hat nichts damit zu tun, dass man ein Verbrechen begeht. Nur damit, ob man erwischt wird. Was zum Teufel konnte ich schon tun, um so spät noch zu helfen? Ich musste ein Verbrechen aufrollen, das acht Jahre zurück lag. Dann musste ich den Gouverneur davon überzeugen, ihr einen Aufschub zu gewähren, und wer konnte schon wissen, ob ich etwas fand, das hilfreich war? Andererseits erinnerte eine aufdringliche innere Stimme mich daran, dass ich einmal achtzehn Monate in einem Gefängnis in Florida verbracht und für etwas bezahlt hatte, was ich nicht selber verbockt hatte. Weil damals keiner an mich glaubte. Großartig, dachte ich. Jetzt wendet sich sogar mein eigenes Gewissen gegen mich.

»Gibt es denn neue Anhaltspunkte?«, fragte ich. »Oder sollte ich Johnny Cochran anrufen und ihn bitten, mir welche zu erfinden?«

»Ihre Schwester meint, es gibt welche, und die ist immerhin Staatsanwältin.«

»Gails Schwester ist Staatsanwältin?«, fragte ich überrascht.

»Ja«, sagte Omi Honeycutt schroff, verärgert darüber, dass ich ihren Familienstammbaum offenbar noch immer nicht durch pure Osmose auswendig gelernt hatte. »Hier im Wake County. Brenda ist überhaupt diejenige, die zuerst den Vorschlag gemacht hat, Sie anzuheuern.«

Ich war still und machte eine Pause, um darüber nachzudenken.

»Wir haben sonst niemanden«, rief mir die alte Dame missmutig ins Gedächtnis. Ich bemerkte jetzt erst, dass sie die Hände zu Fäusten geballt hatte und den Mund grimmig verbissen hielt, sodass sich auf ihren Wangen fächerartige Falten bildeten. »Bitte, ich flehe Sie an, aus tiefstem Herzen. Sie ist meine Enkelin und ich liebe sie, ganz egal, was die Leute ihr nachsagen.«

Oh Gott, das war es. Ich war selber von meinem Großvater aufgezogen worden, und ich wusste, wie sehr von Herzen diese Worte kommen mussten. Wenn ich dieser stolzen alten Frau den Rücken zukehrte, würde ich mir niedriger vorkommen als der Innenrist eines Tausendfüßlers. Und ich würde meinem Opa niemals wieder ins Gesicht blicken können.

»Okay«, sagte ich, »lassen Sie mich mal in den Fall reinschnuppern. Ich gebe Ihnen dann Bescheid, in ein, zwei Tagen.«

»Machen Sies lieber in einem Tag und nicht in zweien«, ermahnte mich die alte Dame. »Wir haben nur noch einen Monat Zeit. Einen Monat.«

»Ist schon klar.« Ich blickte unwillkürlich zur Uhr hoch. »Sie wissen wirklich, wie Sie jemand unter Druck setzen können.«

Ein paar Minuten, nachdem die Frauen gegangen waren, stand plötzlich ein riesiger Schatten im Türrahmen. Ich wirbelte herum, und meine Kinnlade klappte vor ungläubigem Staunen herunter. Bobby Dee hatte sich doch tatsächlich von seinem Stuhl erhoben und die gut fünfzehn Schritte bis zu meinem Büro zu Fuß zurückgelegt! Halleluja, er ist auferstanden!

Die Überraschung spiegelte sich auf meinem Gesicht. »Ich habe eine neue Plombe auf der rechten Seite«, bemerkte er.

Ich nickte. »Hab gehört, es gibt einen schnuckeligen neuen Zahnarzt in Chapel Hill. Was auch stimmt, aber er versteht überhaupt keinen Spaß. Benutzt nicht mal Lachgas.«

»Was wollten diese Weiber? Sind sie wirklich alle wieder weg?«, fragte Bobby und fuhr sich mit einem feisten Finger an der Innenseite seines Hemdkragens entlang, um seine Krawatte zu lockern. »Die können einen Mann wahrlich nervös machen.«

»Sie wollen, dass ich mir den Mordfall Roy Taylor noch mal vornehme. Sie sagen, seine Frau hats nicht getan. Ist eine Verwandte von ihnen.«

»Gail Honeycutt?« Bobby Dee schüttelte den Kopf. »Das ist ein echter Hammerfall, Casey. Lass die Finger davon. Sie hat einen Cop umgebracht, und wir brauchen die Cops auf unserer Seite. Capito?«

»Ich habe noch nicht fest zugesagt«, versicherte ich ihm. »Ich werde sie erst noch im Gefängnis aufsuchen und mit ihr reden.«

»Das ist deine Beerdigung«, warnte er mich.

Typisch. Meine Beerdigung – aber seine Kohle.

Er schlurfte zurück an seinen Schreibtisch, zufrieden, dass die Country-Ladies sich verzogen hatten. Er ließ sich mit einem Seufzer auf seinem Sessel nieder. Ich hatte keinen Zweifel, dass er mindestens die nächsten fünf Stunden dort festsitzen würde, um genug Kraft zu sammeln, damit er später seinen dicken Hintern wieder erheben konnte. »Ich habe mir überlegt, ob ich mir nicht so einen Computer zulegen sollte, wie du einen hast«, vertraute er mir plötzlich an. »Dann könnte ich in diese Chatrooms einsteigen, von denen ich so viel gehört habe, und könnte mir ein paar Computer-*Dates* beschaffen.«

Ach Gottchen. Es wurde Zeit, den Frauen Amerikas eine Menge unerfreulicher Überraschungen zu ersparen. »Bobby, du bist ein Meister der Technik, wenns um die Liebe geht, aber wer weiß, ob dir in diesem neuen Medium nicht etwas wichtiges fehlt. Deine persönliche Präsenz. Außerdem kannst du ja nicht einmal tippen. Bleibe lieber dabei, deinen Zauber auf körperliche Art wirken zu lassen. Vertrau mir.«

Sein Gesicht hellte sich auf. »Da hast du eigentlich recht. Wozu etwas ändern, was bereits perfekt ist?«

»Ja wirklich, wozu?« Ich blickte so neutral wie möglich.

»Und was ist nun bei dieser Bargeschichte rausgekommen?«, fragte Bobby. Die Dollarzeichen tanzten förmlich vor seinen Pupillen.

»Wir haben ihn. Es ist der Geschäftsführer. So Leid es mir tut. Er hat die Pfoten gleich zweimal in der Kasse. Und er ist ein Meister seines Fachs, wenn mich meine Augen nicht trügen.«

Bobby seufzte. »Den Klienten wirds nicht freuen. Gutes Personal ist heutzutage schwer zu kriegen.«

»Ja, nur dieser hier hat ihn dauernd angezapft.« Ich schilderte ihm die Details des ganzen betrügerischen Systems, und Bobby machte sich dazu ein paar Notizen auf seinem uralten Schreibblock neben dem Telefon.

»Ich sollte ihn lieber noch heute Abend anrufen«, meinte Bobby. »Bevor der Strolch die Flaschen ausräumt und die Kassenrolle auswechselt.« Sein Lächeln kehrte zurück. »Das könnte uns eine Menge neue Arbeit einbringen.«

»Arbeit für mich«, korrigierte ich ihn. »Eine Stange Geld für dich.«

»Synergie!«, sagte er glücklich.

»Wie bitte?« Ich starrte argwöhnisch zurück.

»Du und ich, Püppi. Wir sind synergistisch.«

»Jetzt komm mir bloß nicht superkalifragilistisch, Bobby. Was immer du tust, komm mir jetzt nicht mit sowas.«

Ich floh in die Abgeschiedenheit meines Büros und verbrachte die nächste halbe Stunde mit nützlichen Dingen. Ich legte frisches Make-up auf, wechselte zweimal den Rock und inspizierte ein Dutzend winzige Unvollkommenheiten in meinem Taschenspiegel. Verdammt. Ich sah noch immer nicht aus wie Cindy Crawford. Vielleicht sollte ich das Geld für meinen neuen Lidschatten zurückverlangen? Nur gut, dass ich kein wirkliches Rendezvous mit Bill Butler hatte. Sonst wäre ich wahrscheinlich vor lauter Anspannung explodiert und hätte das ganze Date verpatzt.

Ich sah ziemlich schnieke aus, als ich fertig war, wenn ich das so sagen darf. Ich würde niemanden unter fünfundsechzig zu Tode erschrecken. Ich hatte meine Katzenaugenbrille gegen Kontaktlinsen eingetauscht, hatte meine Sneakers gegen schlampenhafte Highheels gewechselt, meinen Lidstrich nachgezogen, meinen mittelprächtigen Punk-Look zu Ehren meines polizeilichen Tischgenossen abgemildert und meine von Blond ins Schwarze changierende Frisur aufgeföhnt. Ich gebe ja zu, dass ich einen ziemlich unorthodoxen Bekleidungsstil pflege. Man bekommt vom Secondhand-Versand eben nicht alles farblich aufeinander abgestimmt. Aber ich bin ein großes Mädchen, und das lässt sich nicht so leicht verbergen, also mache ich mir die Mühe erst gar nicht. Ich schlüpfe in enge Kleider, wenn mir danach ist, und wenn jemand damit ein Problem hat, gebe ich ihm gerne eine aufs Ohr, bis das Problem aufhört.

An diesem Abend war mir nach einem engen Kleid zu Mute. Bobby pfiff anerkennend, als ich an ihm vorbei tänzelte. »Frischfleisch, Püppchen!«, rief er und schüttelte sein toupetbewehrtes Haupt voller Bewunderung. »In dem Kleid kann ich die Falten auf deinen Falten erkennen. Was ist damit? Hast du es dir auf die Haut aufgemalt?«

»Du verstehst wirklich was davon, wie man einer Frau Komplimente macht«, sagte ich genervt und ließ die Tür hinter mir krachend zufallen.

Bill wartete an der Bar eines der besseren innerstädtischen Nachtlokale. Zwei unternehmungsfreudige junge Männer hatten den Lagerraum einer Tabakfabrik ausgeräumt und in ein riesiges Restaurant umgewandelt, zu dem auch ein kultiger Barbereich gehörte, der nun definitiv nicht so aussah, als ob er in Raleigh, North Carolina, angesiedelt wäre. Handgefertigte Barstühle aus funky aussehenden Holzteilen. Blaue Halogenbeleuchtung. Kupfergedeckte Bar. Sehr New York City, nur viel sauberer und billiger.

»Mein Gott Casey, hast du eine Lizenz dafür, so was zu tragen?«, fragte Bill und musterte mich vom Hals zum Saum.

Das gefiel mir. Es war gut, seine Aufmerksamkeit gleich von Anfang an zu wecken.«Du meinst, diesen Körper hier?«, sagte ich. »Den trage ich schon seit ein paar und dreißig Jahren.«

»Dann wird es Zeit, ihn mal von jemand anderem anprobieren zu lassen«, schlug er vor.

»Die eine Größe passt allen«, sagte ich. »Und glaubs mir, den haben alle schon mal anprobiert.«

Ich rutschte auf den Barhocker neben ihm und bemerkte seinen perplexen Gesichtsausdruck. »Ein Scherz, nur ein Scherz, Bill«, versicherte ich ihm. Er sah nicht allzu überzeugt aus.

»Ziemlich ruhig hier«, sagte ich und blickte mich um.

»Basketball, Endrunde«, erklärte er. »Kleben alle zu Hause vor der Glotze. Diese Gesellschaft ist krank. Ich verstehe nicht, was die Leute hier alle haben? Was soll das ganze Trara um den Basketball?«

»Ganz einfach«, erklärte ich. »Wir können keine Tabakfarmer und Schweinezüchter aufeinander hetzen. Da bieten sich Basketballspieler ganz gut als Ersatz an.«

»Du musst es ja wissen«, sagte er über einem Gähnen und signalisierte dem Barmann, uns eine Lage zu bringen. Er fragte mich nicht erst lange, was ich trinken wollte, sondern bestellte einfach das gleiche Bier, das er trank, noch mal. Typisch Bill.

»Hast du denn nicht Angst, dass wir hier jemanden treffen, der uns kennt?«, fragte ich und suchte die wenigen besetzten Tische nach bekannten Gesichtern ab. Niemand, den ich kannte, weder persönlich noch von Hochglanzfotos. Nur zwei Tische mit wohlhabend wirkenden Senioren, die mit verkniffenem Blick die trendige handbedruckte Speisekarte beäugten. Bewohner von Nord Raleigh, die einen aufregenden Abend in dem neuen aufregenden Restaurant unten in der Stadt verbringen wollten. Ich wünschte ihnen nur, dass ihre Herzschrittmacher durchhielten.

»Du fängst also sofort mit dem Gezicke an, was?«, fragte Bill. »Kannst du nicht mal fünf Minuten lang nett zu mir sein?«

»Ich halte den Druck nicht aus«, räumte ich ein. Und es stimmte. Es war einfach, mit einer ganzen Reihe von jungen Burschen fröhlich ins Bett zu hopsen, die alle nur allzu bereit und willig waren, sich von mir lieben und am nächsten Morgen wieder rausschmeißen zu lassen. Es war schwierig, sich mit einem Mann einzulassen, der gelegentlich mal selber das Steuerruder in die Hand nehmen wollte, und Bill Butler qualifizierte sich eindeutig als Käpt'n. Er war Detective beim Raleigh Police Department, und galt immer noch als Neuling in der Gegend, weil er erst vor vier Jahren aus Long Island, New York, zugezogen war. Im Moment arbeitete er bei der Abteilung für Sexualdelikte, was nach meinem Dafürhalten nichts zu seiner potentiellen Libido beigetragen hatte. In der Tat schien er in letzter Zeit regelrecht desinteressiert. Was mich tief verletzte. Ich hatte ihn mal zurückgewiesen, aber nach allen Gesetzen, die das Leben zwischen Männern und Frauen beherrschten, hätte er im Kriege der Geschlechter mittlerweile schon längst zum Angriff blasen müssen. Was macht denn Krieg für ein Vergnügen, wenn die andere Seite nicht mal merkt, dass gekämpft wird?

»Casey«, erklärte er und ließ beim Zuprosten seine Bierflasche gegen meine scheppern, »du musst lernen, das Spiel richtig zu spielen. Du kannst nicht einfach irgendwelche Dinge sagen, als ob du unter massivem Druck stehst, wenn du ein Date hast. So funktioniert das nicht.«

»Wir haben kein Date«, unterbrach ich ihn entschieden. »Ich habe es dir schon mal gesagt. Ich mache keine Dates. Entweder bist du mit mir hier oder du bist nicht mit mir hier. Ich werde nicht meine Abende damit verbringen, nach anderen Typen Ausschau zu halten.«

»Okay, okay.« Er steckte zurück. »Ich hatte es vergessen. Dies ist ein Nicht-Rendezvous. Wie siehts denn mit den Chancen aus, dass wir am Ende ein wenig Nicht-Sex miteinander haben?«

»Pass bloß auf, Junge«, warnte ich ihn. »Ich hatte einen schweren Tag.«

»Ich würde auch die ganze Arbeit machen«, bot er an.

»Das würde ich dir auch geraten haben«, antwortete ich. Ein unwillkürlicher Seufzer entfuhr mir. Es war wirklich ein harter Tag gewesen, und die Vorstellung, mich Bills langen Fingern zu überlassen, hatte einigen Reiz für mich.

»Also, wie ist es gelaufen?«, fragte er. »Du klingst müde. Ich habe gedacht, du überwachst gerade eine Bar? So schwer kann das doch nicht sein.«

Ich brauchte einen Moment, um ihm zu antworten, denn ich machte den Fehler, ihn anzuschauen, und es ist immer schwer, klar zu denken, wenn einem Bill Butler direkt ins Blickfeld läuft. Er war nicht in dieser Gegend aufgewachsen, und das sah man ihm an. Dieser Körper war nicht mit Schmalzbällchen und Schinkenteig aufgezogen worden. Bill war schlank und rank, mit einem vollem Haarschopf, der sich rasant zu einem wohlverdienten Grau verfärbte. Seine Hände waren groß und es war unmöglich, ihnen zuzusehen, wie sie voller Grazie über die kupferne Theke der Bar tänzelten, ohne sich dabei vorzustellen, wie sie noch über ganz andere Oberflächen glitten. Ein langer schwarzer Schnurrbart, der an die Grenze des vorschriftsmäßig Erlaubten stieß, kroch links und rechts an seinem Mund vorbei nach unten. Und Bill hatte einen wunderbaren Mund. Besonders, wenn er ihn geschlossen hielt. Er war dünn und fast immer zu einem Lächeln gekräuselt, egal wie hart gesotten er dreinzublicken versuchte. Aber die Augen waren seine tödlichsten Waffen. Sie waren tiefbraun und er hatte diese langen Wimpern, die an einen straighten Typ völlig verschwendet waren. Seine Augen sahen immer so aus, als ob er gerade eine Minderjährige in einem mexikanischen Bordell von ihren unschuldigen weißen Höschen befreien würde. Es gab gar keinen Zweifel, der Mann ließ mein Herz klopfen, bis ich Herztropfen brauchte.

»Warum starrst du mich so an?«, wollte er wissen. »Versuchst du gerade, besonders verführerisch zu wirken, oder was?«

Ich knuffte ihn so hart, dass er fast vom Hocker kippte.

»Oh, 'tschuldigung«, sagte ich. »Ich hatte wirklich einen höchst merkwürdigen Tag, das ist alles.« Ich erzählte ihm von meinem Büro voller Country-Damen, alles Verwandte von Gail Honeycutt Taylor. Er reagierte nicht gerade so, wie ich es mir vorgestellt hatte.

Er geriet sofort in Rage und beging sogleich eine von meinen ganz persönlichen Sieben Todsünden: Er versuchte mir zu sagen, was ich tun oder lassen sollte.

»Um Himmels Willen – Casey, fass das bloß nicht an«, befahl er mir. »Dieser Fall ist vorbei und erledigt. Sie hat ihn abgeknallt. Er war schließlich ein Kollege, Menschenskind. Du wirst mir doch nicht sagen, dass du ihr helfen willst? Lass bloß die Finger von der Sache.«

Ich starrte ihn ungläubig an. Erstens, weil er was über den Fall wusste – der schließlich lange vor seiner Zeit passiert war – und zweitens, weil er es mal wieder getan hatte. »Sag mir nicht, was ich zu tun habe«, warnte ich ihn mit einer Stimme, die normalerweise bei Sechsundzwanzigjährigen funktionierte, aber verdammt wenig Wirkung auf diesen Vierundvierzigjährigen zeigte, den ich da vor mir hatte.

Er schüttelte ärgerlich den Kopf. »Casey, diese Schweinerei war schon groß genug, als sie das erste Mal rund ging. Die Kollegen redeten noch davon, als ich zu der Truppe hier kam, und sie reden heute immer noch davon. Ich habe die Gerüchte auch gehört. Die Familie behauptet, dass Roy ein schmutziger Cop war. Aber ich nehme ihnen das nicht ab.«

Das interessierte mich. »Wirklich?«, fragte ich. »Ich habe von solchen Gerüchten noch nichts gehört.«

»Die hört man immer, wenn ein Cop auf diese Weise abtritt«, erklärte Bill. »Das heißt noch lange nicht, dass die Gerüchte auch wahr sind.«

»Heißt aber auch nicht, dass sie nicht wahr sind, oder?«

»Siehst du, genau darum geht es mir«, sagte er und rückte ein Stück von mir ab. »Das ist der Grund, warum Zivilisten nicht in Polizeiangelegenheiten herum stochern sollten. Das Erste, was dir dazu einfällt ist, dass er Dreck am Stecken hatte und jetzt wird sich deine gesamte Untersuchung um dieses Gerücht drehen, ob es stimmt oder nicht.«

Ich war empört. Ich klatschte meine Bierflasche auf die Bartheke und ein paar von den alten Knackern kuckten ganz flatterig zu mir rüber. Ich überlegte, ob ich sie anfauchen sollte, wollte aber nicht dafür verantwortlich sein, dass ich sie nachher Mund-zu-Mund beatmen musste.

»Ich denke, ich bin erfahren und intelligent genug, um Fakten von Fiktionen zu trennen«, sagte ich. »Ich glaube sogar, ich habe praktisch genauso viel Erfahrung wie du.«

»Erfahrung? Wobei? Bei der Verfolgung untreuer Gatten und mieser Barmixer?«

»Wie kommen wir denn jetzt auf dieses Thema?«, fragte ich. »Ein bisschen empfindlich, was untreue Ehepartner angeht, oder was?«

Ganz schlechter Zug, mit dieser Geschichte zu kommen. Deswegen war er ja ursprünglich in den Süden gezogen. Sein Ärger stieg um eine Manometereinheit. »Casey, ich kann dir jetzt schon sagen, dass du bei diesem Fall weit über deine Fähigkeiten hinaus in Schwierigkeiten geraten wirst. Es ist ein mieser Fall, das ist alles, was ich dir dazu sage. Ein guter Polizist wurde getötet. Seine Frau war diejenige, die ihn umgebracht hat. Sie war eine Säuferin. Die Beweise waren da. Sie verdient ihre Strafe. Lass sie einfach alleine damit fertig werden.«

»Du meinst, lass sie einfach sterben«, konterte ich ärgerlich. »Das kann ich nicht zulassen, solange es denkbar ist, dass sie nichts damit zu tun hatte. Für mich sieht es so aus, als ob sie nicht gerade kompetente Helfer gehabt hat, um ihre Unschuld zu beweisen.«

»Ach so, ich nehme an, du bist eine von diesen herzblutvergießenden Liberalen, die gegen die Todesstrafe sind?«, sagte er und rollte die Augen himmelwärts.

Jetzt war ich wütend wie ein Stier auf der falschen Seite des Zauns. Politik hatte nichts mit der Sache zu tun. Ich wusste, wie es sich anfühlt, herum zu laufen, voller Zorn, auf der Suche nach jemandem, dem man die Schuld zuweisen kann, auf der Suche nach jemandem, den man bestrafen kann. Ich verstand, warum die Leute die Todesstrafe wollten, und ich hielt nichts davon, von einem paranoiden Cop beschuldigt zu werden, der glaubte, es ginge dabei um die richtige oder falsche Seite. Und der noch dazu ein bisschen verwirrt darüber war, auf welcher Seite ich stand.

»Du hast keine Ahnung, wer oder was ich bin«, schnauzte ich zurück, »oder worum es bei diesem Fall geht.«

»Du auch nicht. Halte dich einfach fern davon«, befahl er mir abrupt. Das war genug, um sein Schicksal zu besiegeln. Niemand sagt mir zweimal am gleichen Abend, was ich tun oder lassen sollte. Niemals, nicht jetzt und nicht in Zukunft, und schon gar nicht Bill Butler.

»Ich wusste, dieses Rendezvous war eine schlechte Idee«, sagte ich.

»Nicht-Rendezvous«, korrigierte er mich. Noch ein großer Fehler von ihm. Ich schleuderte ihm meine Kopie des Country-Lady-Starrens entgegen, und marschierte zur Tür hinaus.

Der Effekt wurde ein bisschen ruiniert, als ich mich mit einem meiner blödsinnigen Absätze am Teppich beim Eingang verhedderte. Ich hörte ihn kichern. Aber wenigstens hatte ich die Befriedigung, zu wissen, dass er meinen Abgang bis zuletzt beobachtet hatte.

2

Ich hasse es, allein am Sonntagmorgen aufzuwachen. Sex zu haben, wenn alle andern Leute in der Kirche sitzen, das ist meine Vorstellung von Wohlgefühl. Und außerdem, vergiss Meine-Wahre-Geschichte-Lesen und Bonbon-Lutschen. Es ist mein gottgegebenes Recht als ausgesprochen lustvolle Frau, mich in üppigen Kissen zu wälzen, während ein muskulöser junger Mann mir Bratapfelscheiben in den Mund schiebt.

Was hatte ich bloß an diesem Sonntag im Frühling getan, dass ich in meinem zerlumpten Chenille-Morgenmantel und meinen pinkfarbenen Häschenpuschen herumhing und nach einer sauberen Kaffeetasse fischte? Ich weigerte mich zuzugeben, dass es vielleicht mein Stolz gewesen war, der mich in diese miese Lage hineingeritten hatte. Stattdessen gab ich dem Wetter die Schuld.

Im letzten Jahr war nämlich der Winter ausgeblieben, ein Phänomen in Carolina, dass sich immer öfter einstellt, seit wir diese ozongestörten Tage mit den verrückten Meeresströmungen kriegen. Der Himmel hatte sich mehrere Monate hintereinander in undurchdringliches Grau gehüllt. Gelegentlich riss der kalte Wind ein blaues Loch in den grauen Schild, mit den besten Grüßen von den Großen Seen im Norden. Es war so, als ob man gezwungen wäre, sich Tag um Tag immer dieselben Wiederholungen der einen, immer gleichen, unwitzigen TV-Show anzukucken. Und jetzt, wie Millionen meiner Mit-Carolinians, war ich der Verzweiflung nahe vor Sehnsucht nach lauen Lüften und all diesen dämlichen Narzissen, die hier auf jeder Verkehrsinsel aus der Erde sprießen. Ich zog einen Stuhl hinüber zum Fenster, das auf meinen kleinen Hinterhof hinausging, und betrachtete die traurigen Büschel von Grün, die meinen winzigen Rasen darstellten. Ich seufzte. Bis zu den Narzissen konnte es noch lange dauern. Wie deprimierend. Genau wie das Alleinsein.

Ach was, zur Hölle damit, sagte ich mir. Krieg dich wieder ein, Mädchen. Das Leben könnte sehr viel schlimmer sein. Ich könnte zum Beispiel schon in aller Frühe den Kochlöffel schwingen und den Putzteufel spielen für ein Ehegespons, der seinen dicken Arsch auf dem Sofa parkt und wie ein Wilder durch die Sportkanäle zappt, bloß um nicht mit mir quatschen zu müssen. So besehen, war das Singleleben gar nicht mal so übel.

Ich mobilisierte meine Lebensgeister mit einer Runde Gewichtheben zu den Klängen der Greatest Hits von Aretha Franklin und genoss dann eine lange Dusche, während ich über das Geheimnis von Bill Butler nachsann. Ich konnte mich nicht entscheiden, ob er sich deswegen als Riesenärgernis herausstellte, weil mir so viel an ihm lag und ich mich nun darüber ärgerte, oder ob er einfach nur eine stinknormale dumme Nuss war, die einem auf den Geist ging. Was ich brauchte, so beschloss ich, war ein Zeichen von den Göttern. Was ich kriegte, war ein Strahl kaltes Wasser, als mein ärmlicher Heißwasservorrat versiegte. Schnatternd zog ich mir meinen Lieblingstrainingsanzug an und suchte mir ein paar rote Turnschuhe aus, als Trostpflaster. Hey, was solls, ich musste den ganzen Tag hinter dem Computer verbringen, abgesehen vom Besuch im Frauengefängnis. Da brauchte ich kein blaues Velours und keine Perlen.

Weil es Sonntag war, verschwendete ich gute fünf Minuten darauf, mein Nest sauber zu halten. Mit andern Worten, ich schaute mal nach dem Staubsauger und überlegte, ob ich die Anrichte in der Küche abwischen sollte. Mit dem Rest von dem Dreck konnte ich noch eine Weile weiterleben, weil das Chaos sich auf zwei Zimmer beschränkte. Ich bin vielleicht das einzige menschliche Wesen in Durham, das es vorzieht, ein Apartment zu mieten. Ich bewohne mehrere große Zimmer in einem umgebauten Tabaklager – davon gibt es hier jede Menge – einen Steinwurf weit entfernt von den Eisenbahnschienen, die durchs Stadtinnere von Durham verlaufen. Ich mag den Klang der Eisenbahnsignale und das Klackern der Räder, wenn die Züge am Nachmittag und oft bis tief in die Nacht hinein die Schienen entlang rattern. Die Bahn scheint immer nach Süden zu fahren. Ich stelle mir vor, wie ein Zug langsam durch die flachen Felder von South Carolina zuckelt, wie er an den Rändern der Küstenmoore und sandigen Strände von Georgia entlang zieht und dann noch weiter runter in den Süden dampft, um an den Feldern meines Großpaps vorbei zu rattern, dort unten im Herzen des Pfannenstiels, diesem hoffnungslos unbewohnbaren Landstrich unter dem erbarmungslosen Himmel von Florida. Eines Tages werde ich diesen Zug selber besteigen, aber manchmal kommt es mir so vor, als ob die Heimreise noch ein ganzes Leben weit vor mir liegt.

Als ich meine vier Wände wieder in Schuss gebracht hatte, war es Zeit, zur Arbeit zu fahren. Ich hackte mir den Weg durch die Eingangshalle. Die Vermieterin hatte vor kurzem eine Anwandlung gekriegt mit den Topfpflanzen, die sie an jedem Dachbalken aufhängte, den sie erreichen konnte. Offenbar in der eitlen Hoffnung, dass die Yuppie-Studenten der Duke University, die hier wohnten, sich in einem Loft in SoHo wähnten.

Ich sah in keinem der andern Apartments Licht, und sogleich regte sich bei mir wieder die Verbitterung. Ich stellte mir vor, wie die andern Bewohner sich hinter ihren verschlossenen Türen in den Betten räkelten, und mit ihrem jeweiligen Lebensabschnittsgefährten in den Kissen kuschelten. Wie sie sich genüsslich streckten und mit Blicken maßen, um abzuschätzen, ob sie noch eine Runde des zeitlosen Spiels angehen sollten, während sie sich über die alte Jungfer, die einsam und allein im untersten Stockwerk hauste, das Maul zerfetzten.

Gott, ich musste mich wirklich in den Griff kriegen. Wenn ich so weitermachte, würde ich noch Selbstmord begehen, bevor ich die I-40 erreicht hatte. Es gab Menschen, die mich liebten. Und zwar zutiefst. Ich musste mir das nur immer wieder ins Gedächtnis rufen. Zum Beispiel, meine Vermieterin. Sie hielt meine Miete niedrig, weil ich im Erdgeschoss wohnte und nicht die ganzen Ängste hatte, von denen Frauen sonst befallen werden, wenn sie zu ebener Erde wohnten. Ich verbrachte die Nächte nicht in bangem Wachen mit der Frage, ob wohl ein trampeliger Vergewaltiger durchs Fenster steigen und mich überwältigen würde. Nicht nur, weil ich ziemlich schwer zu überwältigen war, sondern auch, weil ich schon Schlimmeres durchgemacht hatte. Da musste schon was anderes kommen, um mich jetzt noch in Angst und Schrecken zu versetzen. Außerdem wusste sie, dass ich eine halbautomatische Astra Constable 0.38, einen spanischen Nachbau der Walter PPK, mein Eigen nannte. Ich verwahrte sie die meiste Zeit gut verschlossen in einer Schublade in meinem Büro. Aber allein der Gedanke daran, dass ich sie besaß, gab mir gleich ein so gutes Gefühl, dass ich mein armseliges Gewimmer bleiben ließ und zum Biscuitville fuhr, wo ich ein Vermögen für eine Bootsladung dieser köstlichen Gebäckteilchen mit geräuchertem Landschinken ausgab, die sie dort haben. Also ungelogen, die Dinger sind winzig. Da braucht man einfach zwei Dutzend davon, um die fünfzig Kilometer nach Raleigh zu schaffen.

Ich traf im Büro ein, hatte meinen Salzhaushalt auf vier Wochen im Voraus geregelt und ein mächtiges Bedürfnis nach einem eiskalten Getränk. Zum Glück lag Bobby Dee noch immer zu Hause gestrandet, und ich konnte mir ein Bier aus seinem Papierkorb krallen, ohne Angst, mir deswegen eine blutige Pfote zu holen. Die Dose war noch kalt von der vorangegangenen Nacht. Ja, ich weiß, es ist widerlich, Bier am Sonntagmorgen zu trinken, aber der Wasserspender war leider defekt. Glauben Sie mir.

Schon als ich meinen geliebten Mac einschaltete, wusste ich, dass ich den Fall Gail Honeycutt wahrscheinlich annehmen würde. Der Umstand, dass Bill Butler dagegen war, machte das zu einer fast hundertprozentigen Gewissheit. Sonst hätte ich kaum mein übliches Ritual für neue Fälle durchgezogen: Einsteigen ins World Wide Web, NandoNet aufrufen, einen Online-Informationsdienst, der früher zum *News & Observer,* Raleighs einziger größeren Zeitung, gehört hatte, und mich dann in die Eingeweide des *N&O*-Archivs einschleusen, mit einem veralteten Zugangscode, den sie zu sperren versäumt hatten, als sie die lokale Datenbasis verscherbelten. Ich brauchte einfach nur jedes Foto und jeden Artikel abzurufen, den ich über den Fall finden konnte.

Es gab eine Menge über Gail Honeycutt Taylor. Ich lebte schon seit zwölf Jahren in Raleigh und hätte mich eigentlich an den Skandal besser erinnern sollen. Aber meine frühen Jahre waren ein verwaschenes Durcheinander aus Alkohol und miesen Jobs gewesen. Es folgte die allmähliche Ausnüchterung samt gelegentlichen Büroarbeiten für Bobby Dee. Schließlich übernahm ich selber ein paar Fälle. Meistens folgte ich Ehemännern oder Ehefrauen, die dann bald Ex-Ehemänner oder Ex-Ehefrauen waren. Oder ich suchte nach vermissten Personen. Es dauerte noch ein paar Jahre, bis meine Fälle etwas interessanter wurden. Also, kurz gesagt, ich hatte nicht allzu oft in die Zeitungen gekuckt, als damals vor acht Jahren der Fall Taylor auf den Titelseiten stand.

Aber was das für Titelseiten waren. Der Mord an Roy Taylor hatte noch größere Schlagzeilen abgekriegt, als damals der Vizegouverneur, als er nackt im Springbrunnen des Hilton Hotels mit einer stadtbekannten Transe beim Wassertreten erwischt wurde. Kein Wunder. Der Mord an Taylor hatte all die richtigen Zutaten. Ein hochdekorierter Polizist, der in der eigenen Wohnung erschossen wird. Eine Ehefrau, die auf die schiefe Bahn gerät und ohnmächtig, wenige Meter neben der Leiche aufgefunden wird, noch mit der Tatwaffe in der Hand. Ein Kind, das im Zimmer nebenan schläft und von dem ganzen Aufruhr gar nichts mitkriegt. Und ein anonymer Anrufer, der die Polizei auf das Geschehen aufmerksam macht.

Ich las weiter. Roy Taylor war mit seiner eigenen Dienstwaffe erschossen worden, einer Smith & Wesson 4506-1, der Standardwaffe des Durham Police Departments. Sechs Kugeln waren abgefeuert worden, zwei steckten in den Rigipswänden hoch über dem Türdurchgang, unter dem Taylor hingestreckt lag. Vier Projektile waren in das Opfer gejagt worden. Drei der Geschosse steckten in seinem Oberkörper – eines hatte sich sogar mitten durch sein Herz gebohrt, Donnerwetter! – und die vierte Kugel hatte ihm ein Stück von der Schädeldecke weggerissen. Es war ein sauberes Stück Arbeit, auch wenn ich bezweifeln möchte, dass Roy Taylor dieser Aussage zugestimmt hätte.

Au weia, ich hoffte nur, das Kind war nicht reingestolpert und hatte ihn so gefunden. Ich suchte weiter nach irgendeiner Erwähnung der Kleinen. Sie war fast vier Jahre alt, als der Mord passierte, also wäre sie jetzt elf oder zwölf. Sie hatte vor Gericht nicht ausgesagt, und ich hoffte nur, sie hätte tatsächlich die ganze scheußliche Angelegenheit verschlafen.

Zu meiner Überraschung war Gail nicht von einem Pflichtverteidiger vertreten worden. Omi Honeycutt hatte einen dicken Batzen Dollars hingeblättert für die Dienste einer bekannten feministischen Anwältin, die sich darauf spezialisiert hatte, geprügelte Ehefrauen zu vertreten. Ich war ihr selber bei ein paar größeren Scheidungsfällen begegnet, aber das war auch schon eine Weile her. Sie sah aus und verhielt sich genauso, als wäre sie der berühmte F. Lee Bailey, nur eben in Frauenkleidern, und sie besaß die Persönlichkeit einer Margaret Thatcher, die man mit Steroiden abgefüllt hatte. Aber sie war als Anwältin extrem erfolgreich. Gail war einer ihrer wenigen Misserfolge. Es wäre hilfreich gewesen, mit ihr zu reden, aber sie war vor ein paar Jahren in einem Restaurant an einem Stück Schinken erstickt, während sie mit ihrem Mann über die bevorstehende Güterteilung anlässlich ihrer Scheidung stritt. Mach Platz, Mama Cass. Es war so eine Art griechische Tragödie, wenn man griechisch als eine Mischung aus Medea und Monty Python definiert. Jedenfalls konnte ich ihr keine Fragen zu Gails Fall mehr stellen.

Der Richter war eine weitere Überraschung. Peyton Reynolds Tillman stammte nicht von einer, sondern gleich von zwei alten North-Carolina-Familien ab. Damit brachte er einen besseren Stammbaum auf den Richterstuhl als der letzte Gewinner der Hundeschau von Westminster. Aber anders als seine Vorfahren – einer von ihnen hatte die Flagge der Konföderierten bei Gettysburg hochgehalten – war Peyton Tillman ein überzeugter Gegner der Todesstrafe. Was zum Geier hatte ihn also bewogen, das Todesurteil der Geschworenen abzusegnen?

In North Carolina, wo die Geschworenen unausweichlich aus

der Arbeiterklasse kommen und nicht gerade zimperlich sind, wenn es darum geht, einen verurteilten Übeltäter zu seinem Schöpfer zurückzuschicken, verlangte das Gesetz, dass der Richter, der den Vorsitz führte, bei jeder Empfehlung auf Todesstrafe das Urteil unterzeichnen musste. Die Richter hatten auch eine Menge Spielraum und oft beeinflussten sie die Geschworenen während der Urteilsfindung in dieser oder jener Richtung. Die Unterzeichnung des Todesurteils für Gail war ein Novum für Richter Tillman, ebenso wie die Formulierung seiner Empfehlung an die Geschworenen. Früher hatte er sich immer nur knapp innerhalb der Grenzen des Gesetzes bewegt, wenn er einer Jury »Lebenslänglich« empfahl, wo »Tod« angesagt war. In Gails Fall aber war er objektiv geblieben, was so viel hieß wie, er hatte technisch gesehen vielleicht nicht die Falltür geölt, aber ganz klar dazu beigetragen, die Schlinge zu wickeln.

Ich fragte mich, ob sein späterer Niedergang wohl etwas mit den Folgeschäden aus dem Fall Taylor zu tun haben mochte? Die Geschichte des Richters Tillman war kein Ruhmesblatt für die besseren Kreise von North Carolina. Vor ungefähr fünf Jahren hatte er angefangen, sich zu besaufen. Nichts Ungewöhnliches in diesen Breiten, aber auch nicht gerade empfehlenswert als öffentliches Laster eines unverheirateten Richters in diesem gottesfürchtigen, kirchengängerischen Staat. Zwei Verhaftungen wegen Trunkenheit am Steuer hatten seine Glaubwürdigkeit angeknackst, ebenso wie die zarte Blüte der Zweitsemestrigen, die sich jeweils in seiner Begleitung befanden. Während der republikanischen Flutwelle, die als Reaktion auf Clintons ersten Wahlsieg folgte, war Richter Tillman von einer fundamentalistischen Kandidatin ausgestochen worden, deren Wahlprogramm auf Familienwerten basierte. Die abstimmende Öffentlichkeit schien es nicht weiter ungewöhnlich zu finden, dass Tillmans Gegenspielerin als Sprecherin für die Familiewerte auftrat, obwohl sie zweimal geschieden war und ihre Stiefkinder gegen sie eine gerichtliche Verfügung erwirkt hatten. Es bereitete der Öffentlichkeit größere Sorge, dass Richter Tillman in der Stadt mit zwanzigjährigen Tussis herumorgelte – und sich offenbar nichts daraus machte, erwischt zu werden. Wenn er nur die Flüsse mit Gülle zugeschüttet oder illegale Spendengelder von der Tabaklobby eingeheimst hätte, dann wären die Wähler bereit gewesen, ihm zu verzeihen. Aber seine Verfehlungen hatten den Beigeschmack von süßen Trauben. Jemand, der seine Sünden auch noch genoss – dazu gab es in diesen Breiten nur das große Nein.

Ich hegte auch den Verdacht, dass es diese seine Haltung war, die mit dazu beigetragen hatte, ihn fertig zu machen. Er sprach niemals öffentlich über seine Verhaftungen, entschuldigte sich niemals bei seiner Mama, dass er ihren Namen in den Dreck gezogen hatte, und er erschien nie bei »Menschen von heute« im Fernsehen, um seine tränenreiche Reue zu Jedermanns Belustigung öffentlich zur Schau zu stellen. Sein Stillschweigen mochte den wenig frohsinnigen Leuten von North Carolina als Arroganz erscheinen. Ich dachte, es könnte einfach nur Stolz gewesen sein, eine altmodische Tugend in einer schrillen Medienwelt. Ich überlegte, ob zu den Gründen für sein Schweigen nicht auch peinliche Betretenheit dazu zu rechnen sei. Und Schüchternheit oder etwas sehr viel Tieferes – wie zum Beispiel das Bedauern darüber, dass er eine Frau in den Tod geschickt hatte.

Nach seinem schlechten Abschneiden bei der Wahl erfuhr die Öffentlichkeit, dass Richter Tillman weit mehr zu bieten gehabt hätte als einen Juraabschluss und ein paar liberale Ansichten. Ein unerschrockener Reporter, der freilich meiner bescheidenen Meinung nach der Zeit um mindestens sechs Monate hinterherhinkte, war auf die Militärakte des Richters gestoßen. Peyton Tillman hatte zwei Dienstperioden mit den Marines in Vietnam verbracht und dabei das schwerste Kampfgetümmel miterlebt, das ein junger Mann in den Sechzigerjahren überhaupt erleben konnte. Peyton Tillman war ein echter Kriegsheld. Warum er im Wahlkampf nicht mit seinen Heldentaten herausgerückt war, wunderte mich. Damit hätte er seine Wahl gerettet.

Ich wollte an Tillman rankommen, um ihn über den Fall Taylor zu befragen, aber die Chancen dafür waren gering. Ich machte mir eine Notiz, etwas über seinen gegenwärtigen Aufenthaltsort herauszufinden, und wühlte mich weiter durch die Zeitungsberichte.

Gails Fall war durch die üblichen Berufungskanäle gegangen, ohne erkennbaren Erfolg. Richter Tillmans erfahrene Prozessführung hatte wenig Anlass geboten, um den Prozess aufgrund von Verfahrensfehlern anzufechten. Und die Beweise gegen Gail waren erdrückend. Sie trat nicht zu ihrer eigenen Verteidigung in den Zeugenstand. Und die mildernden Umstände, die während der Endphase ihres Falls zur Sprache kamen, wurden prompt von den Geschworenen entrüstet zurückgewiesen. Die Analyse ihres Blutes hatte einen Alkoholgehalt von 1,5 Promille, fast das Doppelte des gesetzlich erlaubten Grenzwerts, gezeigt – aber sicher nicht genug, um ihre Aussage zu untermauern, dass sie in der Mordnacht einen Gedächtnisverlust erlitten hatte. Die Blutanalyse hatte auch Spuren von Antidepressiva sowie Barbiturate und verschiedene andere rezeptpflichtige Drogen nachgewiesen, aber nichts in bedeutsamen Mengen. Es gab keine Zeugen, um die Ansicht ihrer Anwältin zu stützen, sie sei in der Ehe geprügelt worden. Es gab auch keine medizinischen Beweise dafür. Stattdessen machte man großes Aufhebens davon, dass sie mindestens genauso viel wog wie ihr Mann – obwohl ich nicht erkennen konnte, was das eine mit dem andern zu schaffen haben sollte. Gewicht hat nichts mit Gemeinheit zu tun. Ich habe eine Frau von fünfundvierzig Kilo auf Kristallmethyl erlebt, die einen vier Zentner schweren Motorradrocker mit einem einzigen Hieb auf den Arsch gesetzt hat.

Ich las die Zusammenfassungen der Zeugenaussagen mit Interesse. Zahlreiche Leute traten in den Zeugenstand, um unter Eid auszusagen, dass die Taylors Probleme in ihrer Ehe hatten und mindestens fünf Leute schworen, dass sie in der Nacht, als Roy Taylor starb, eine öffentliche Geschrei-Darbietung des Paares miterlebt hatten. Dieser Auftritt hatte in einer Polizeikneipe namens Lone Wolf am Stadtrand von Durham stattgefunden. Vermutlich waren die Taylors anschließend aus der Bar und nach Hause gewankt, um sich dort die letzte Schlacht zu liefern.

Sie hatten auch beide gegenseitige Scheidungsklagen eingereicht, und einigen Zeugen zufolge war Gail besorgt, dass sie damit ihr Eigentumsrecht an der Fischerhütte des Paares am Ufer des Lake Gaston verlieren würde.

Roy Taylor schien ein ganz patenter Bursche gewesen zu sein. Eine ganze Riege höherer Polizeiränge trat auf, um zu bezeugen, dass er der perfekte Cop gewesen war. Niemand erwähnte etwas von schmutzigen Geschäften. Ich konnte mir nicht erklären, wie und woher Bill Butler immer wieder solche Gerüchte gehört haben wollte. Es mochte da eine undichte Stelle geben, jedenfalls war das weder in den Medien noch bei den Gerichtsverhandlungen ein Thema gewesen.

Kurz, was ich aus den Zeitungen erfuhr, war, dass Gail Honeycutt zu keinem Zeitpunkt auch nur den Hauch einer Chance gehabt hatte, davonzukommen. North Carolinas so genannte Besserungsanstalt für Frauen, das Correctional Center for Women, war bis unter die Dachbalken angefüllt mit selbst gemachten Witwen, die meist recht bald zu der Erkenntnis gelangen mussten, dass es wesentlich schwieriger war, sich wegen Erschießens des Gatten herauszuwinden, als es in großen Teilen der Welt wegen Erschießens der Gattin üblich ist. Insbesondere, wenn der Gatte als wohlrespektierter Polizist galt und sie als stadtbekannte, stets alkoholisierte, tablettensüchtige Schlampe.

Das letzte Kapitel des Falls, das die Öffentlichkeit erreichte, war traurig. Gails Tochter wurde Gegenstand eines erbitterten Rechtsstreits um das Sorgerecht zwischen mütterlichen Verwandten und den Eltern von Roy Taylor. Die ganze schmutzige Vorgeschichte mit der unehelichen Geburt wurde an die Öffentlichkeit gezerrt und die Spekulationen, wer der leibliche Vater des Kindes war, zogen sich auf grausame, aber letztlich völlig nutzlos Weise dahin. Am Ende erteilte der Richter das Sorgerecht für die kleine Brittany Honeycutt Taylor an eine ungenannte Verwandte von Gail, gestützt auf das Argument, dass Blut eben dicker sei als Geld. Ich habe zwar noch nie verstanden, wieso die genetische Verwandtschaft mit jemandem eine größere Eignung zur Elternschaft mit sich bringen soll, aber die Gerichte haben an der Idee nun mal einen Narren gefressen.

Die Artikelserie über den Sorgerechtsstreit war immer von der gleichen *N&O*-Reporterin geschrieben worden. Sie hatte sich im Ton ausgesprochen zurückhaltend ausgedrückt, wenn man sich einmal die sensationelle Natur der Materie vergegenwärtigte. Ich schrieb mir ihren Namen auf, für den Fall, dass ich gegen eine Mauer knallte. Sie mochte etwas wissen, was nie gedruckt worden war, und worüber sie sich möglicherweise bereitwillig mit mir austauschen konnte.

Ich druckte die wichtigsten Artikel aus und legte eine Akte über den Fall an – noch ein Hinweis darauf, dass ich rasant in den Strudel der Affäre Gail Honeycutt hineingesogen wurde. Ich notierte mir ein paar Fragen an den Rand und machte mir einige Notizen über mögliche Gegenargumente. Als ich fertig war, hatte ich eine umfangreiche Mappe mit Informationen beisammen, die ich sicherheitshalber in meinem Rucksack verstaute. Ich komme aus einer abergläubischen Sippe. Wo ich hingehe, da gehen meine jeweiligen Unterlagen mit – selbst wenn ich zu so einem deprimierenden Ort unterwegs bin wie dem Frauengefängnis.

Falls ich gedacht hatte, der Morgen sei schon ziemlich roh für meine Seele gewesen, dann wusste ich, dass der Nachmittag noch schlimmer werden würde. Es gibt keinen Ort auf der Welt, den ich lieber meiden möchte, als ein Frauengefängnis. Ich hatte schlimme Erinnerungen an die achtzehn Monate, die ich selber hinter Gittern verbracht hatte. Es war schon lange her, als ich noch blöd genug war, auf den Mann, den ich liebte, hereinzufallen. Zum Glück war ich auch noch jung und stark genug, um das böse Erwachen zu überleben, als es dann kam. Es war lange her, seit ich freiwillig einen solchen Ort betreten hatte, aber ich konnte die atembeklemmende Einsamkeit noch immer so spüren, als wäre es erst gestern gewesen. Ganz zu schweigen von der miesen B-Movie-Realität dieser Erfahrung.

Schnurz. Was damals war, war damals, und heute war jetzt. Ich schulterte meinen Rucksack und zog weiter.

Das Frauengefängnis lag auf der Südseite von Raleigh, eingebettet in die größte schwarze Wohngegend der Stadt. Die Kirchen entließen soeben ihre Schäfchen aus dem Elf-Uhr-Gottesdienst und die Straßen waren verstopft mit Familien, die in ihrer Sonntagskleidung einhergestapft kamen. In Raleigh, an einem Vorfrühlingssonntag, konnten die Leute schon ganz schön schick sein. Winzige Jungs in weißen Anzügen. Kleine Mädchen in Pastelltönen mit riesigen Schleifen am Rücken. Mütter in Kobaltblau und Rubinrot, die Haare kunstvoll unter stilvollen Hüten drapiert. Väter in ernstem Grau und Schwarz, geschrubbt, geschniegelt und gebügelt in ihren Gebetsanzügen. Genau wie ich warteten sie alle nur auf den Frühling. Sie blickten hinauf zu einem verhangenen Himmel und fragten sich, wo bloß der ganze Sonnenschein geblieben war. Ich genoss diesen letzten Anblick von Normalität, bevor ich in die Straße abbog, die zum Gefängnis führte.

Der Parkplatz war nur ein Viertel voll, und ich hatte den Verdacht, dass es sich in der Hauptsache um die Wagen des Vollzugspersonals handelte. Die Parade der Kinder, die hierher kamen, um unter Aufsicht erschöpfter Omas ihre Mütter zu besuchen, hatte noch nicht begonnen. Sie waren alle erst unterwegs, auf dem Weg hierher, kamen von ihrem jeweiligen Zuhause von Küste, Berg und Tal angefahren und überlegten sich, worüber sie zum Teufel wohl diesmal miteinander reden sollten. Ich kannte das ganze Theater.

Während ich den langen mit Klinkern gepflasterten Gehweg zum ersten Wachhäuschen entlang ging, klopfte mir das Herz und ein Muskel in meinem rechten Oberschenkel fing an, zu zucken. Üble Erinnerungen können eine mächtige Eigendynamik entwickeln. Ich legte dem ersten Wachposten meinen Ausweis vor und wurde zum Kontrollpunkt 2 weiter gewunken. Es dauerte ein Weilchen, bis ich an den verschiedenen Toren und Verwaltungswachhunden vorbei war, fast alles Frauen. Wenigstens denke ich mal, dass die Wachen Frauen waren. Obwohl ein paar von ihnen so aussahen, als ob sie auch was anderes sein könnten, je nach dem, ob sie aufstanden oder sich hinsetzten. Aber die Chancen standen gut, dass sie doch eher weiblich waren. Die Chefs des Systems sind ja nicht so blöd, dass sie einen Haufen Männer als Aufpasser in ein Frauengefängnis stecken. Und diese Herren hatten natürlich volles Vertrauen in die Fähigkeiten der ländlich erzogenen Weiblichkeit von North Carolina, mit praktisch jeder schwierigen Situation fertig zu werden, und recht vielen Dank auch. Und damit lagen sie völlig richtig.

Die Insassinnen waren gerade in ihrer Vormittagspause, sie strömten in ein niedriges Backsteingebäude, in dem die Knastkantine untergebracht war, oder verweilten auf dem Rasen, um zum Himmel hinaufzublicken. Ganz wie ihre in Freiheit lebenden Brüder und Schwestern. Sie zogen in kleinen Gruppen umher, rauchten Zigaretten und flüsterten einander Dinge zu oder brüllten immer wieder mal einer anderen Gruppe irgendwelche Verbalinjurien zu. Die meisten der Frauen waren jung, und sie alle sahen unendlich genervt aus.

Eine winzige schwarze Wärterin agierte als meine Reiseleiterin. Sie verschwendete nicht viel Zeit mit Smalltalk. »Das ist eine verdammt unglückliche Person, die Sie da gleich sehen werden«, sagte sie und schloss die Tür zu einem kleineren Backsteingebäude auf, das etwas abseits von den anderen stand. Man hat überhaupt viel übrig für Backsteine in den Gefängnissen.

»Echt?«, fragte ich. »Kriegt sie Medikamente?«

»Die Frau ist so high, die braucht bald einen Fluglotsen«, antwortete die Wärterin, schloss einen kleinen Raum auf und ließ mich an einem Holztisch warten.

Der Umgang war ziemlich formlos in diesem Gefängnis, wenn man nur wegen Totschlag, Drogenhandel oder Kindesmisshandlung einsaß. Aber die Frauen in der Todeszelle waren in separaten Quartieren untergebracht, abseits von den übrigen Insassinnen. Sie teilten ein Gebäude mit denen, die gegen die Gefängnisregeln verstoßen hatten. Sie lebten ein isoliertes Leben, das ihnen eine einzige Stunde Freizeit pro Tag bot, die sie allein verbringen mussten. Höchstens ein Besucher von draußen alle vierundzwanzig Stunden, mit Ausnahme von Geistlichen oder Anwälten. Wenn die Insassinnen das Ende ihrer Wartezeit erreichten, wurden die Regeln oft etwas gelockert, um den Familien Gelegenheit zu bieten, sich zu verabschieden. Oder zumindest den überlebenden Familienmitgliedern. Es gab nicht viele Ehemänner, die ihre Frauen in der Todeszelle besuchten. Zu Gails Mitbewohnerinnen zählte eine Frau, die ihren ältlichen Ehemann mit Cowboystiefeln zu Tode getreten hatte, und mehrere hatten ihre Gatten als Zielscheibe für ihr privates Truthahnschiessen verwendet.

Zwei Wärterinnen lieferten Gail kommentarlos bei mir ab, nahmen ihr die Handschellen ab und parkten sie auf der anderen Seite des Tisches. Sie ließen uns alleine und schauten diskret zur Seite, während sie am anderen Ende des Zimmers hinter der Glaswand warteten.

»Hallo Gail«, sagte ich, und tat mein Bestes, um alle Spuren falscher Fröhlichkeit aus meiner Stimme herauszuhalten. Es fiel mir nicht schwer. Ich fühlte mich so, als ob ich kaum atmen könnte. Entweder war mein BH zum Leben erwacht und wollte mich erdrücken, oder ich stand kurz vor einer Panikattacke.

Gail betrachtete mich einen Moment, bevor sie abrupt fragte: »Was ist mit Ihnen? Sie sehen nicht gerade gut aus.« Ihr Südstaaten-Akzent war breit und viel rauer als der ihrer Angehörigen. Die Redeweise eines harten Mädchens im Knast.

»Das kommt vom Gefängnis«, sagte ich.

»Ach ja? Dann sollten Sie mal versuchen, für länger hier zu bleiben.« Sie lehnte sich zurück, kreuzte die Arme und wartete darauf, dass ich mich entschuldigte. Sie war reif für eine Überraschung

»Ich war im Knast«, sagte ich. »Achtzehn sehr lange Monate lang.« Ich zögere nicht, mit meiner Vergangenheit hausieren zu gehen, wenn es was für meine Zukunft bringt.

Sie starrte mich an, ausdruckslos. »Haben Sie eine Zigarette?«, fragte sie.

Ich schüttelte den Kopf.

»Macht nichts. Das Zeug kann einen umbringen.« Sie gab ein rostiges, hustenartiges Geräusch von sich, das ein Lachen sein sollte. »Ich habe einen Witz gemacht, haben Sies gemerkt?« Ihre Worte kamen in abgehackten Intervallen hervor, und ihre Pupillen waren klein. Die Dame war bis zum Rand abgefüllt mit rezeptpflichtigen Stimmungsaufhellern. Medizinisches Sozialmanagement nannten sie das. Zombiezeit nannte ich es. Beschissene Art, die letzten dreißig Tage seines Lebens zu verbringen.

»Wissen Sie, wer ich bin?«, fragte ich.

»Ja.« Ihre freudlose Haltung kehrte zurück. »Omi Honeycutt sagte schon, Sie würden kommen. Ich weiß nicht, warum zum Teufel sie mich nicht in Frieden sterben lässt.«

»Vielleicht, weil sie Sie liebt?«, schlug ich sarkastisch vor. »Es ist natürlich nur eine abenteuerliche Vermutung.« Ihre passive Art ging mir allmählich auf die Nerven. Ich konnte mir vorstellen, dass ihre Anwältin kreischend die Wände hochkletterte.

»Ich kann Ihnen nicht helfen«, sagte sie und legte eine lange Strähne schwarzes Haar hinter eines ihrer Ohren. Sie war einmal eine hübsche, aber übergewichtige Frau gewesen, nach den Fotos aus ihrer Zeit vor dem Gefängnis zu schließen. Mit einem katzenähnlichen Gesicht und großen Augen. Jetzt wirkte sie verquollen, und ihre gesunde, ländliche Färbung war einer kränklichen Bleiche gewichen. Ihr Hemd spannte an den Knöpfen und eine Rolle weiches Fett quoll rund um die Taille aus ihren Jeans hervor. Ihre Haare waren aber immer noch glanzvoll und dicht. Sie waren zu dem berühmten Knast-Mop gebürstet, einer Mischung aus feminin und Kampflesbe, die noch nie bei jemandem gut ausgesehen hat, außer bei David Cassidy. Ich wunderte mich über diese kleine Eitelkeit. Sie bot mir einen winzigen Hoffnungsschimmer.

»Ich habe mich noch nicht endgültig entschieden, ob ich Ihren Fall übernehme«, verkündete ich, in der Hoffnung, sie damit aufzurütteln.

»Ach wirklich? Und ich habe mich noch nicht entschieden, ob

ich mich von denen durch Gift oder in der Gaskammer umbringen lassen soll. Vielleicht können wir beide eine Münze werfen?«

So weit also diese Strategie. »Schauen Sie, ich habe Ihre Familie getroffen und Omi Honeycutt versprochen, ich würde mit Ihnen reden und es sie dann wissen lassen, ob ich etwas für Sie tun kann«, sagte ich. »Ich weiß, Ihnen ist es wurscht, ob Sie sterben, aber Ihrer Familie nicht.«

»Einigen Mitgliedern meiner Familie«, korrigierte sie mich. »Ich wette, mein Daddy war nicht bei diesem Treffen dabei, was?«

»Nein, Männer waren überhaupt keine da«, bestätigte ich ihr.

»Sie zuckte mit den Schultern. »Was 'ne Überraschung. Und wie stehts mit meiner Schwester Brenda?«

»Die auch nicht«, antworte ich. »Aber ich treffe mich mit ihr so bald wie möglich.«

Gail fing an, mit den Fingern auf den Tisch zu trommeln, als ob ich sie langweilte. Ich biss die Zähne zusammen, brachte mir meine eigene Knastzeit in Erinnerung und versuchte es noch einmal.

»Hören Sie, Gail. Ich weiß, Sie glauben nicht, dass ich Ihnen helfen kann, und ich weiß, dass es Ihnen piepegal ist, was mit Ihnen passiert. Ich bin selber eingelocht gewesen, wie ichs Ihnen gesagt habe. Ein Ort wie dieser saugt einem alle Hoffnungen raus. Aber Sie sind schon zu lange hier drin, um die Dinge noch klar sehen zu können. Sie könnten mir vielleicht helfen und wissen es gar nicht. Erzählen Sie mir doch einfach, woran Sie sich noch erinnern können von dieser Nacht, als Roy starb, und lassen Sie mich entscheiden, was wichtig ist und was nicht.«

Sie zuckte wieder mit den Schultern. »Ich habe keine Ahnung, was zum Teufel ich in der Nacht getan oder nicht getan habe. Ich hatte ein Blackout. Ich wusste, eines Tages würde es mal so kommen, aber ich konnte mit dem Trinken einfach nicht aufhören. Saufen war das Einzige, was Roy und ich miteinander gemacht haben. Das war das Einzige, was uns verband. An dem Abend hatte ich vier oder vielleicht fünf Drinks, und eine Zeit lang war ich okay. Dann wurde auf einmal alles dunkel.«

»Wann wurde es dunkel?«, fragte ich. »Vor oder nach der Bar?« Ich war neugierig. Wieso war sie nach fünf Drinks bewusstlos geworden? Sie war eine kräftige Frau und es klang, als ob sie eine geübte Alkoholikerin gewesen war. Fünf Drinks hätte sie locker wegstecken können. Mein Gott, ich war um ein Drittel leichter als sie, und ich konnte fünfzehn Runden durchstehen, bevor bei mir das Licht ausging.

Sie überlegte einen Moment. »Nach der Bar, denke ich. Auf dem Weg nach Hause im Pick-up. Roy und ich hatten gestritten. Ich weiß nicht mehr, weswegen oder worüber. Das ist alles, woran ich mich erinnere, bis ich dann auf dem Rücksitz eines Streifenwagens zu mir kam, auf dem Weg ins Gefängnis.« Sie blickte sich in dem kleinen Zimmer um. »Es ist nicht so schlimm hier drin«, fügte sie hinzu. »Die Leute sind nett zu mir, vor allem jetzt, wo ich bald sterben soll.«

Wie herzerwärmend. Ich fragte mich, welcher von diesen reizenden Menschen es wohl sein würde, der ihr die tödliche Spritze verabreichte? »Haben Sie Ihrer Anwältin von diesem Blackout erzählt?«, fragte ich.

»Sie meinen, meiner ersten Anwältin?«, fragte sie. »Klar hab ich ihr davon erzählt. Sie wollte es gar nicht wissen. Sie wollte einfach nur, dass ich sage, Roy hätte mich geschlagen, und dass das der Grund gewesen sei, warum ich ihn erschossen hätte.«

»Hat er Sie denn geschlagen?«, fragte ich.

»Quatsch, natürlich nicht.« Sie hielt einen Arm hoch und spannte ihren Bizeps. Ich musste zugeben, sie war ganz schön stark gebaut für eine Frau. Vermutlich brauchte ich dreißig Sekunden, um sie fertig zu machen. Statt der üblichen zehn.

»Meinen Sie, irgendein Mann würde es wagen, mich zu verdreschen?«, fuhr sie fort. »Ich hätte ihm seinen Steiß so schnell geknickt, dass er nicht mal Zeit zum Niesen gehabt hätte. Außerdem sind Roy und ich ganz gut miteinander klar gekommen. Wir haben uns eben nur nicht geliebt.«

»Wozu haben Sie ihn dann überhaupt geheiratet?«, fragte ich.

»Ist doch üblich, dass man jemanden liebt, wenn man ihn heiratet, oder?«

»Auf welchem Planeten denn?« Sie lachte bitter. »Wir haben geheiratet, weil Roy es wollte. Er mochte meine Tochter. Sie war es, die er geliebt hat.«

»Ihre Tochter?«, fragte ich, und meine Stimme schnellte unwillkürlich in die Höhe.

»Doch nicht *so*«, beschwerte sie sich. »Sie haben eine dreckige Fantasie. Er liebte Brittany, als ob sie seine eigene Tochter gewesen wäre. Er konnte selber keine Kinder zeugen, und er empfand Mitleid mit uns. Was mich betrifft, ich hab ihn geheiratet, weil, was solls, es war besser als zu Hause bei meinen Eltern zu hocken.«

»Kommt Brittany Sie öfter mal besuchen?«, fragte ich.

Ihr Mund verkrampfte sich zu einem schmalen Schlitz. »Sie kommt nie her. Kinder brauchen ihre Mütter nicht in so einer Lage zu sehen. Je früher meine Tochter alles vergisst, was mich betrifft, umso besser. Ich werde sterben, verstehen Sie. Es gibt nichts, was man daran ändern kann.« Sie klang ebenso resigniert wie erleichtert bei dieser Aussicht.

»Gott verdammt nochmal, Gail. Und das ist Ihnen völlig wurscht?«, fragte ich. »Es ist kein Spiel. Sie werden sterben, wenn keiner was dagegen tut.«

Sie ließ ihre Arme an sich runter hängen. »Was ist? Kapieren Sies nicht?«, fragte sie. »Ich habe aufgegeben. Ich bins leid, dass meine Familie so tut, als wäre ich die große Enttäuschung. Ich bins leid, dass ich immer diejenige bin, die Mist baut. Ich bins leid, immer zu denken, es wird mal besser, und dann stellt sich raus, es bleibt doch immer derselbe Mist. Scheiße, ich mag nicht mehr, ich habe es satt.«

»Vielleicht sollten Sie den Chemiekram etwas abbauen?«, riet ich ihr.

»Die haben mir schon den Schnaps genommen«, sagte sie. »Dann können sie mir wenigstens die Pillen da lassen.«

»Waren Sie auf Drogen als Roy starb?«

»Ja, klar war ich auf Drogen«, sagte sie ungeduldig. »Ich habe Pillen geschluckt, seit ich fünfzehn war. Valium und, und, und. Aber ich habe keine illegalen Pillen genommen, wie die Leute immer behaupten. Diese Sorte von Pillen habe ich nie genommen. Die Leute, die das behaupten, das sind alles Lügner.«

Ich seufzte. »Sonst können Sie mir nichts sagen?«, fragte ich.

Sie schüttelte den Kopf. »Ich kann Ihnen nicht etwas erzählen, woran ich mich nicht erinnere.«

Ich schob ihr eine Visitenkarte über den Tisch. »Rufen Sie mich an, wenn Ihnen noch was einfällt, ja?«, bat ich. »Das da ist meine Büronummer, und die hier ist von da, wo ich wohne.«

Sie zuckte wieder unschlüssig mit den Schultern.

Dieses Schultergezucke ging mir bereits ernsthaft auf den Senkel. »Sie wohnen in Durham«, sagte sie. »Ich müsste ein R-Gespräch anmelden.«

»Das ist okay.« Ich stand auf, um zu gehen, und schüttelte ihr die Hand. Sie war weich und aufgeschwollen unter den alten Schwielen. Eine Arbeitshand, für die es keine Arbeit mehr gab. »Alles Gute. Was auch passiert.«

»Was auch passiert«, wiederholte sie und zuckte zum Abschied noch einmal mit den Schultern.

»Hab ichs Ihnen nicht gesagt?«, meinte die winzige Wärterin, als sie mich durch das Labyrinth aus Gängen und Gebäuden hinaus begleitete. »Eine einzige Person gibt es, die zu ihr durchdringen kann, und das ist eine Frau, die vielleicht noch mehr Pech gehabt hat als Gail. Dort drüben steht sie.« Sie nickte zu einer klapperdürren Frau hinüber, die bei einer Sitzbank stand und an einer Zigarette sog.

Die Frau spürte unsere Blicke auf sich ruhen und schaute weg, als hätte man sie bei etwas Verbotenem erwischt. Sie hatte ein spitzes Gesicht wie jemand, der lange Zeit hungrig gewesen ist. Aber sie hatte es ganz bestimmt nicht nötig, den Rauch so in sich hinein zu saugen. Sie hustete sich fast die Lunge aus den Ohren als wir an ihr vorbeigingen.

»Ist das Gails Lover?«, fragte ich.

Die Wärterin zuckte mit den Schultern. »Hey, da bin ich wie das Militär«, sagte sie. »Ich frage nichts und ich sage nichts.«

Als wir um eine Ecke bogen, versteckte ich eine Visitenkarte in meiner linken Hand und ließ den Rucksack hinter eine Hecke fallen. Ich lasse normalerweise nicht meinen persönlichen Besitz in der Umgebung lauter verurteilter Diebe herumliegen, aber in diesem Fall hatte ich einen Plan.

»Danke«, sagte ich zu der Wärterin und schüttelte ihr die Hand.

»Viel Glück«, antwortete sie und schritt schnell davon.

»Na, wie wars?«, fragte der Wächter am Eingangstor. Er blätterte in einer alten Ausgabe von *Sports Illustrated* und sah unendlich gelangweilt aus.

Ich schüttelte den Kopf. »Nichts Besonderes.« Ich wartete, bis meine Begleiterin außer Sichtweite war. »Ach, verdammt«, beschwerte ich mich. »Jetzt habe ich meinen Rucksack im Besucherzimmer liegen lassen.«

»Ich rufe für Sie an«, sagte er und griff zum Telefon.

»Lassen Sie nur.« Ich legte meine Hand auf seine, um ihn davon abzuhalten. »Ich kenne ja den Weg. In zwei Minuten bin ich wieder da.«

»Wie Sie wollen.« Er wandte sich wieder seinem Sportblatt zu, während ich rasch den Weg zu der dürren Frau zurückging, die jetzt auf der Bank saß und schon den nächsten Sargnagel inhalierte. Sie machte vor Schreck einen Satz, als ich meine Visitenkarte in ihren Schoß fallen ließ, und ich sah für einen Moment ein furchtsames kleines Fuchsgesicht zu mir aufblicken. »Rufen Sie mich an« sagte ich. »Es geht um Gail Honeycutt«.

Bevor sie noch etwas antworten konnte, war ich bereits auf dem Weg zurück zum Vordereingang. Das Letzte, was ich jetzt brauchte, war, meine Besucherrechte beschnitten zu bekommen. Ich schnappte mir den Rucksack hinter dem Busch, winkte dem Aufpasser am Tor ein fröhliches Auf Wiedersehen zu und floh in die vertraute Sicherheit meines Autos. Es war ein gutes Gefühl, die Backsteinmauern hinter sich zu lassen.

Was für ein erhebender Sonntag es doch bisher gewesen war, dachte ich, während ich in Richtung Durham flitzte und hoffte, dem Regen und der Extraportion Trübsinn, die er mit sich bringen würde, zu entkommen. Ich konnte mir nicht klar werden, was es mit dem Fall auf sich hatte, aber heute wollte ich darüber nicht mehr nachdenken. Die Backsteinwände saßen mir im Nacken und ich musste sie sobald wie möglich abschütteln.

In meiner Wohnung fand ich zwei Telefonnachrichten vor. Die Erste war von Bill Butler, und sie war kurz und bündig. »Wenn du erwartest, dass ich dich anrufe und mich entschuldige, tus nicht. Ich tus auch nicht.« Das alles sagte er mit munterer Gelassenheit und legte dann auf. Mit einem deutlichen Klick. Knalltüte. Er hatte gar kein Recht dazu, so oberwasserig zu klingen. Er sollte eigentlich zu Hause sitzen und leiden, den Frauen auf ewig abschwören, und sich hoffentlich vor Schmerzen die Augen auskratzen. Vielleicht sollten Frauen Gebrauchsanweisungen austeilen, wenn sie sich auf eine Beziehung mit einem Mann einlassen. Das erspart beiden Seiten eine Menge Verwirrungen.

Die nächste Nachricht war von Omi Honeycutt, die wissen wollte, wie mein Besuch bei Gail verlaufen war. Ich stählte mich und rief sie zurück.

Sie reagierte auf meinen Anruf, als ob sie auf dem Telefon gesessen und darauf gewartet hätte, es auszubrüten. »Haben Sie mit ihr gesprochen?«, fragte sie, sobald sie meine Stimme erkannte. Eine Dame, die wirklich nicht viel Zeit auf Geplänkel verschwendete.

»Ja, und es hat mich keinen Schritt weitergebracht. Aber ich übernehme den Fall.« Ich sagte es schnell, bevor ich es mir wieder anders überlegte. Ich hatte keine Ahnung, warum ich zugesagt hatte. Es war einfach so, dass ich mich der Situation nicht entziehen konnte.

Schweigen. »Gott segne Sie«, sagte sie endlich.

Das war mir nun wieder peinlich, und ich überspielte es, indem ich die Ungerührte mimte. »Wie stehts jetzt mit dem Gespräch mit Gails Schwester?«, fragte ich.

»Brenda erwartet Sie jederzeit, morgen Vormittag«, sagte sie, und mir fiel auf, dass sie offenbar schon die ganze Zeit über erwartet hatte, dass ich den Fall annehmen würde.

»Noch etwas«, warnte ich sie. »Ich brauche ein paar Antworten.«

»Antworten – worauf?«, fragte sie mit gefasster Stimme.

»Auf eine ganze Menge Sachen. Zum Beispiel, was höre ich da, dass ihre Familie ein Gerücht ausgestreut hat, Roy Taylor wäre ein schmutziger Cop gewesen? Wo kommt denn diese Information her?«

Wieder ein Schweigen.

»Nun?«, fragte ich. Ich erinnerte mich an das, was Bill Butler mir am Abend zuvor gesagt hatte.

Ihr Tonfall war indigniert.«Es gibt nicht einen einzigen Menschen in meiner Familie, der so etwas sagen würde. Und wenn mir so etwas zu Ohren käme, dann hätte der Betreffende sich vor mir persönlich zu verantworten. Roy Taylor war ein guter Mann und ein ehrlicher Polizist. Niemand würde es wagen, ihm am Zeug zu flicken. Meine Familie lügt nicht.«

»Und wie war das mit Roys angeblichen Prügeln für Gail?«

Das Schweigen, das dieser Bemerkung folgte, fühlte sich regelrecht giftig an. »Junge Frau«, sagte sie schroff. »Ich habe mich dazu verleiten lassen, die Wahrheit ein wenig zu beugen, weil ich verzweifelt war. Und es rächte sich bitterlich an uns. Aber nicht mehr. Von jetzt an wird es nichts weiter als die lautere Wahrheit geben. Glauben Sie mir, Roy Taylor war ein durch und durch grundehrlicher Mann.«

Na, was sagt man dazu? Diese Honeycutts hatten keine Ahnung, dass die Wahrheit ein dehnbarer Begriff war. Sie hätten miese Politiker abgegeben.

»Okay«, sagte ich. »Danke, dass Sie mich darüber aufgeklärt haben.«

Sie legte auf, ohne mir noch einen schönen Tag zu wünschen.

Es wäre ohnehin reine Atemverschwendung gewesen. Der Tag hatte der Nacht Platz gemacht, dabei war es noch nicht mal vier

Uhr. Draußen war es dunkel. Die Regenwolken rumpelten und waren bereit, sich jeden Moment zu öffnen und über der Stadt zu entladen. Ich hatte meine Arbeit für dieses Wochenende erledigt. Jetzt musste ich etwas anfangen, um die Düsternis in meinem Herzen zu vertreiben. Das bedeutete, ein SOS an Jack senden.

Im Königreich der jüngeren Männer herrschte Jack an oberster Stelle, als Liebhaber und als Freund. Er sah gut aus, er besaß ein Talent für solide Arbeit am Chassis und er brachte mich zum Lachen. Er hatte keinen einzigen treuen Knochen in seinem Körper, und Frauen, die ihn länger als für eine Nacht festbinden wollten, hatten die Enttäuschung vorprogrammiert, wenn der Morgen kam. Aber er gestand seine Fehler so anstandslos ein und er war so gottverdammt schnuckelig, dass ich ihn einfach lieben musste, genau so, wie er war.

Wir kannten uns schon seit fünf Jahren, und wenn man nicht viel von ihm verlangte, hatte er mehr zu bieten, als man erwartet hätte. Er sah aus wie ein gut gefütterter Pirat, mit dunkler irischer Färbung, blauschwarzen Haaren, die sich um seinen Nacken lockten, blitzenden Augen und der rosigsten Haut, die ich je gesehen habe. Außer vielleicht bei einem Pfirsich aus dem Bertie County. Jack war auch ekelhaft gesund, wenn man bedenkt, dass er als Barmann zu den miesesten Arbeitsstunden malochte und offenbar mit demselben Gleichmut einen Drink oder genauso gut auch deren zehn in sich hineinkippte. Ich wusste auch, dass er an Sonntagen völlig geschafft daniederlag und Kräfte für die Vielweiberei der bevorstehenden Woche sammelte. Sicher war er zu Hause und bereit, über eine Pizza zu diskutieren.

Er war es. Wir stritten eine Weile darüber, ob wir schwarze Oliven zu Salami und Zwiebeln dazu nehmen sollten oder nicht, und schlossen endlich einen Kompromiss. Eine große Pizza mit Oliven, eine ohne. Er versprach, die Extras zu beschaffen, die eine solche Feierlichkeit verschönten. Und traf an meiner Türschwelle ein, noch bevor die Stunde um war. Gerade rechtzeitig für eine Doppelpackung Horrorfilme auf TNT. Donner und Blitz draußen vor der Tür lieferten die richtige Atmosphäre dazu. Wir pfiffen uns die Pizzas rein und rülpsten in geselliger Stille, die Füße auf den Möbeln und die Pizzas auf unseren Bäuchen balancierend.

Als die Filme vorbei und die Pizzas nur noch Fettflecken auf der Pappe waren, verlegten wir die Party ins Badezimmer und spielten eine Serie von berühmten Seeschlachten in meiner Wanne nach. Seifenblasen und Spritzwassergeschosse klatschten gegen die Kachelwände. Jacks beste Eigenschaft ist es, dass er eindeutig unreif ist. Na ja, vielleicht ist das seine zweitbeste Eigenschaft. Seine allerbeste Qualität zeigte sich nachher im Schlafzimmer, wo wir stundenlang rumtobten und gründlich alle Spuren von Düsternis und Depression aus unseren Seelen verjagten. Er hatte mich am Schnurren wie einen hochfrisierten Porsche, als wir zu guter Letzt weit nach Mitternacht beide völlig geschafft dalagen und endlich so tief in den Schlaf kippten wie zwei junge Hunde nach einer Balgerei. Bauch an Bauch und Schnäuzchen an Schnäuzchen.

3

Ich traf am nächsten Morgen spät im Büro ein und war bereit, wenn schon nicht die Welt, dann wenigstens den Fall Gail Honeycutt in die Mangel zu nehmen. Zuallererst wollte ich immer noch mit Gails Schwester sprechen. Omi Honeycutt hatte den Termin für mich vereinbart. Wenn ich ohnehin zum Büro des Staatsanwaltes gehen musste, konnte ich genauso gut gleich zum Chef gehen. Bobby Dee konnte mir dabei helfen. Ich fand ihn hinter seinem Schreibtisch geparkt, in all seiner übergewichtigen Pracht und Herrlichkeit. Ich warf ihm als Bestechung eine Schachtel Krispy-Krem-Donuts zu.

»Montagmorgenopfer an die Götter« sagte ich.

»Ich bin ein Gott!«, stimmte er mir zu, obwohl das Gottähnlichste an ihm sein Buddha-artiger Bauch war. Gott oder nicht Gott, ein Dummkopf war er jedenfalls nicht. »Also was willst du?«, fragte er, während er in die Schachtel hineinlinste und seine Schätze zählte. Es tat nichts zur Sache, dass die plattgedrückte Verpackung mit den grünen und weißen Punkten, die leer zu seinen Füßen lag, mir verriet, dass er an diesem Morgen schon ein Dutzend Schmalzkringel verschlungen hatte.

»Kennst du jemanden im Büro des Staatsanwalts?«, fragte ich. »Ich würde gerne mal ein bis zwei Minuten mit dem dortigen Obermacker reden.« Wenn ich hören wollte, was die andere Seite über Gails Fall zu sagen hatte, gab es keinen besseren Anfang als den Mann an der Spitze.

Bobby Dee stöhnte. »Du übernimmst also diesen verdammten Taylor-Fall, was?«

»Schau, die alte Omi Honeycutt, die Matriarchin der Familie, hat massenweise Kohle für eine teure Anwältin hingeblättert, damit Gail verteidigt wird. Das, wofür sie bezahlt hat, hat sie nicht gekriegt. Jetzt will sie es noch mal probieren. Und dabei will ich ihr helfen.«

Bobby blickte versonnen drein. »Wenn sie es sich leisten kann, das Zweifache unseres normalen Tarifs zu bezahlen, dann soll es uns die Peinlichkeit wert sein.«

»Peinlichkeit?«, wiederholte ich ungläubig. »Bobby, du bist physisch, emotional und von deiner ganzen Konstitution her unfähig, ein Gefühl der Peinlichkeit zu empfinden. Kannst du mich jetzt beim Staatsanwalt einschleusen oder nicht?«

»'türlich krieg ich dich da rein, Püppchen. Gib mir eine Minute.«

Ich verbarg mich hinter meinem Schreibtisch, während ich wartete. Bobby Dee mag zwar auf der Überholspur zu einem Herzinfarkt unterwegs sein, aber er ist ein Meister darin, Kontakte innerhalb des Justiznetzwerkes von North Carolina zu unterhalten. Wie ich schon sagte, hat er sich auf Scheidungswitwen mittleren Alters spezialisiert, die nach Romantik dürsten – und von der Sorte gibt es mindestens eine in jedem Büro im ganzen Staat, einschließlich dem des Staatsanwalts von Wake County.

»Wenn du deinen überwältigenden Po bis elf Uhr dort rüber schleppen kannst, wird dich meine Informantin für 'ne Viertelstunde einschieben«, tönte Bobby über den Gang.

»Bin schon unterwegs!«, rief ich zurück und schob meinen überwältigenden Po durch die Tür.

Der Spaziergang durch die Innenstadt von Raleigh gab mir Hoffnung. Krokusse stießen durch den kurz gehaltenen Rasen vor dem Capitol, und der helle Kupferdom des Gebäudes glitzerte tatsächlich unter den vereinzelten Sonnenstrahlen. Wenn bloß die Wolken endlich nordwärts ziehen würden, wo sie hingehörten, dann konnte der Frühling hervorbersten wie ein reifer Pfirsich und uns alle vor einer dauerhaften Depression bewahren.

Die Büros des Gerichtsgebäudes von Wake County waren an diesem späten Montagmorgen verwaist. Strategiesitzungen summten hinter verschlossenen Türen. Sekretärinnen gähnten, während sie sich für eine weitere geisttötende Woche, die vor ihnen lag, fit machten, und die Unermüdlichen, die tatsächlich arbeiteten, waren bereits dabei, ihre Fälle in den Gerichtssälen in den oberen Stockwerken zu bearbeiten. Ich fand das Büro von Ham Mitchell ohne weiteres, denn der Weg dorthin war mit Schildern im Ein-Meter-Abstand markiert. Der Mann musste ganz extrem an Größenwahn leiden. Oder an Alzheimer.

Mitchell war der Staatsanwalt für Wake County und hatte dieses Amt seit mittlerweile fast zehn Jahren inne. Sein wirklicher Name war Hampton, aber glauben Sie mir, Ham passte zu ihm wie das Würstchen zum Senf. Nicht nur, weil er aussah wie ein großes altes Schwein, das eine stoppelige braune Perücke trug, und weil er grunzte und schnaufte wie eine Wildsau. Er suhlte sich auch bei jeder Gelegenheit vor den Kameras. Er trat mit Vorliebe vor die Reporter hin und ließ Statements los zu Fällen, die gänzlich außerhalb seines Zuständigkeitsbereiches lagen und die von allem Anfang an nichts mit ihm zu tun gehabt hatten. Er verfolgte seine Ambitionen schamlos. Sobald der Oberstaatsanwalt von North Carolina ihm die Freude machen würde, das Irdische zu segnen, plante Ham, schneller als ein mit Schmalz eingeriebenes Ferkel auf dessen Posten zu flutschen.

In der Zwischenzeit erprobte er seine Einschüchterungstaktiken an mir. »Wer zum Teufel sind Sie? Und was zum Teufel wollen Sie?«, fragte er, nachdem ich mich vorgestellt hatte. Also, grundgütiger Himmel! Was war bloß mit all den altmodischen Manieren der Südstaaten passiert?

»Donna!«, bellte er durch die Tür hindurch, aber Donna hatte es klugerweise vorgezogen, einmal ganz schnell für kleine Mädchen zu gehen.

»Bitte regen Sie sich nicht auf!«, sagte ich und ließ mich auf einem der riesigen Leder-Ungetüme nieder, die in den Büros von Leuten, die sich selbst für enorm wichtig halten, als Sessel gelten. Ich zog mein Kleid ein paar Zentimeter in die Höhe und schlug die Beine übereinander, um ihn zu besänftigen. Glauben Sie mir, ich weiß was ich tue! »Ich brauche nur zehn Minuten Ihrer Zeit, um über Gail Honeycutt Taylor zu sprechen.«

Das heiterte ihn auf. Ich glaube wirklich, der alte Knabe hegte angenehme Erinnerungen an Gail. Es war einer seiner meistpublizierten Fälle als Bezirksstaatsanwalt gewesen. Er hatte sich den Weg zum Sieg erbrüllt, erstampft und erschmeichelt, und war besonders stolz darauf, wieder einmal eine Frau aus North Carolina in die Todeszelle gesetzt zu haben. Er hatte es geschafft, den Staat an die Spitze der Charts zu bringen, was die Anzahl der weiblichen Todeskandidatinnen betraf. Das erfüllte ihn wahrscheinlich mit Stolz. Er gehörte zu der Sorte von Menschen, die am Sonntag in der Kirche alte Weiblein aus dem Gestühl in der ersten Reihe quetschen, damit sie selber einen guten Sitzplatz kriegen und allen Leuten zeigen können, wie fromm sie sind.

»Also junge Dame«, sagte er und schob seine feisten Wurstfinger ineinander. Ich vergab ihm das »Dame«, weil er ein »jung« davor gesetzt hatte. Er leckte sich über die Lippen. »Was kann ich für Sie in diesen zehn Minuten tun?«

Zu dem Angebot raste mir natürlich sofort ein passender Vorschlag durchs Gehirn! Aber zehn Minuten waren wahrscheinlich acht mehr, als er üblicherweise dafür brauchte. Deshalb hielt ich den Rand.

»Sie waren der Ankläger in dem Fall«, erinnerte ich ihn. »Ich untersuche die Sache im Auftrag der Familie. Gail Honeycutt hat nur noch einen Monat bis zu ihrer Hinrichtung. Die Familie will sichergehen, dass sie alles Erdenkliche getan hat, was sie für Gail tun konnte und deshalb hat man mich gebeten, die Beweislage gegen sie noch einmal zu überprüfen. Deswegen möchte ich Sie bitten, mir Ihre Eindrücke zu schildern, was das Für und Wider des Falles betrifft. Meinen Sie, dass die Verteidigung gute Arbeit geleistet hat? Gab es da etwas, was ich mir genauer ansehen sollte? Ich bin sicher, auch Sie wollen tausendprozentig auf Nummer sicher gehen, bevor Sie eine Frau in den Tod schicken.«

»Es ist immer wieder schlimm, wenn jemand sterben muss«, sagte er traurig. »Aber wir müssen die Errungenschaften der Zivilisation hochhalten, junge Dame. Auge um Auge, Zahn um Zahn.« Er troff geradezu vor Ehrenhaftigkeit. Ich hatte das Gefühl, meine Schuhe auf dem Teppich abwischen zu müssen.

Ich ließ mich nicht auf dieses Spiel mit ihm ein. Dieser Staat ist voll von durchaus ehrenhaften Kirchgängern. Wenn man sich über einen Bibelsprüche klopfenden Heuchler wie Ham Mitchell aufregt, werden sie nur verlegen, und dafür achte ich sie wieder zu sehr. Ich überging das Thema. »Es ergibt keinen Sinn« sagte ich stattdessen. »Gail und ihr Ehemann waren immer gut miteinander ausgekommen – bis zu jener Nacht. Warum sollte sie ihn plötzlich töten wollen?«

»Miteinander *ausgekommen?*«, konterte er. »Der Mann ohrfeigte sie, schlug sie, trat sie, wenn sie am Boden lag. Das nennen Sie miteinander auskommen? Sie hat es einfach nicht mehr ausgehalten, das ist alles. Sie griff zur Waffe und rechnete mit ihm ab.«

»Sie haben der Verteidigung geglaubt?«, fragte ich. Ich war platt. »Und doch haben Sie für die Todesstrafe plädiert? Wenn Sie ihr glaubten, hätte das nicht mildernde Umstände bedeutet? Wäre nicht lebenslange Haft mit der Chance auf Begnadigung eine passendere Strafe gewesen?«

Er rotierte mit seinen breiten, ausladenden Schultern. »Wenn jede Frau, die ein paar Ohrfeigen kriegt, Selbstjustiz übt, bleiben in diesem Staat nicht mehr viele Männer übrig.«

»Aus welchem Jahrhundert kommen Sie?«, fragte ich ungläubig. Ich konnte es schier nicht fassen.

»Wie bitte?«, fragte er und blinzelte mit seinen Schweinsäuglein.

»Das glauben Sie im Ernst?«, sagte ich. »So was muss ja bei den Versammlungen Ihrer Partei ganz groß ankommen!«

»Sehen Sie mal her, junge Dame«, sagte er. »Misshandlung ist eine ernste Angelegenheit. Und ich nehme das nicht auf die leichte Schulter. Aber es ist keine Entschuldigung für das Auslöschen eines Menschenlebens. Ja, was glauben Sie, sogar Gails eigene Schwester war der Meinung, dass sie die Todesstrafe verdient hat!«

»Das bezweifle ich noch schwer«, sagte ich mit Nachdruck.

»Dann irren Sie sich.« Er stand verärgert auf, und seine Körpermasse schien den ganzen Raum auszufüllen. Er fing auch noch an zu schwitzen. War es nur meine Einbildung, oder roch er wirklich nach gegrilltem Schweinefleisch? Wie auch immer, ich hatte die Nase voll. Ich würde nichts aus ihm herausbekommen, so viel war sicher! Ich blickte ihn skeptisch an.

»Fragen Sie sie doch selber! Ihr Büro ist am Ende des Ganges. Ich habe noch zu arbeiten. Donna!«, brüllte er wieder. Diesmal huschte eine gut gekleidete, brünette Endvierzigerin mit einem Notizblock in der Hand ins Zimmer. »Ja bitte?«, zwitscherte sie. Ihre Lippen umspielte ein selbstbewusstes Lächeln.

»Begleiten Sie diese junge Dame zu Brandy Polk! Sind Sie bitte so freundlich? Ich muss mich wichtigeren Dingen zuwenden. Ich bin sicher, Brandy wird ihr liebend gerne weiterhelfen. Ich weiß gar nicht, wessen Idee es war, sie überhaupt zu mir vorzulassen.«

»Aber das war doch Ihre eigene Idee, Sir!«, log Donna ihn höflich an. »Sie dachten, es würde Ihrem Ansehen bei den weiblichen Wählerinnen zugute kommen, wenn Sie den Eindruck der Fairness erwecken, erinnern Sie sich?«

»So?« Er hielt einen Augenblick verwirrt innc und besann sich dann, mich doch lieber gleich rauszuschmeißen. »Ich habe es mir anders überlegt. Begleiten Sie sie hinaus!«

Wir trotteten folgsam nach draußen, und ich fühlte mich wie der sprichwörtliche Pudel, der gerade auf den neuen weißen Teppich gepinkelt hat. Na ja, dachte ich mit Entschlossenheit, abwarten und gucken, wer hier auf wessen Teppich gepinkelt hat.

»Gott!«, sagte ich, als wir auf dem Gang außer Hörweite waren. »Ist der immer so? Ich wollte ihn schon mit einer Nadel piksen, um die Luft aus ihm rauszulassen.«

»Wenn er nicht vorbereitet ist, dann ist er so«, gestand seine Sekretärin. »Normalerweise hat er seine Pressesprecherin für solche Fälle, damit sie ihm sagt, was er sagen soll. Sie haben ihn auf dem falschen Fuß erwischt, und er konnte Sie nicht einschätzen. Also wusste er nicht, was Sie von ihm hören wollten.«

»Wie können Sie nur für so einen Menschen arbeiten?«, fragte ich. »Die Teller sauber kratzen beim Schmutzigen Löffel wäre ein weitaus besserer Job.« Abgesehen von ihrer Freundschaft mit Bobby Dee schien sie eine ganz patente Dame zu sein.

»Ich habe hier einen Logenplatz«, erklärte sie. »Ham wird langsam alt. Er hat die Sachen nicht mehr im Griff. Er quatscht immer öfter völlig unpassendes Zeugs zum falschen Zeitpunkt. Noch schlimmer, er fängt an, seine Bibelverse durcheinander zu bringen. Eines Tages, und das wird bald sein, wird er mit wehenden Fahnen untergehen. Dann will ich dabei sein und zuschauen. Das habe ich mir verdient. Ich kann den großen Showdown kaum noch erwarten.«

Wir kamen zu einem kleinen Büro am Ende eines langen Ganges. Die Tür war geschlossen. »Ich hoffe, Sie kriegen Ihren Showdown bald«, sagte ich zu Donna und wir klatschten die Hände in einem High Five aneinander.

Schwestern halten zusammen – Wahnsinn, was?

»Herein, es ist offen!«, ertönte ein kratziges Organ, als ich an die Milchglasscheibe klopfte. Brenda Polk besaß eine sehr viel kultiviertere und kontrolliertere Stimme als ihre Schwester. Sie war eine starkknochige Frau mit einem entschlossenen Gesicht. Eher von kleiner Statur mit einem gut entwickelten Brustkorb und dünnen Beinen. Ich hätte sie für eine Langstreckenläuferin gehalten. Sowohl im buchstäblichen wie im übertragenen Sinn.

»Ich bin Casey Jones«, sagte ich. »Ihre Familie hat sich vor einigen Tagen mit mir getroffen.«

»Nehmen Sie doch Platz« sagte sie. »Ich weiß, wer Sie sind. Omi hat mich angerufen. Es gibt da ein paar Dinge, die wir besprechen müssen.« Sie schob einen Aschenbecher in meine Richtung und holte eine Pepsiflasche hervor. »Möchten Sie eine?«

Ich schüttelte den Kopf. »Nein, danke. Ich versuche, damit aufzuhören.«

»Wie nett. Ich nicht.« Sie nahm einen Schluck und schüttelte dann eine schlanke Zigarette aus einer Packung, die in Griffweite lag, während sie mich aufmerksam betrachtete. Ich bezweifelte, dass ich sie für mich erwärmen konnte, indem ich meine Knie übereinander schlug, also verhielt ich mich still und wartete. Sie zündete sich die Zigarette an, ohne auch nur ein einziges Mal hinzugucken, woraus für mich klar hervorging, dass sie eine Kettenraucherin war, die zwei Packungen pro Tag verheizte. Das erschütterte meine Theorie von der Langstreckenläuferin.

»Wenn Omi Honeycutt sich etwas in den Kopf gesetzt hat«, sagte sie schließlich, »lässt sie sich durch nichts mehr davon abbringen.« Sie blies eine Rauchwolke aus und beobachtete, wie sie zur Zimmerdecke aufstieg. »Ich habe den Fehler gemacht, ihr von einem verrückten Anrufer zu erzählen, der behauptet, neue Beweise zu haben, die Gail helfen könnten. Jetzt gibt Omi keine Ruhe mehr. Ich hätte ihr nie etwas davon erzählen dürfen. Es ist nichts weiter dran. Nur ein gestörtes Individuum mit Schuldgefühlen. Aber jetzt hat Omi neue Hoffnung. Es tut mir Leid, dass ich überhaupt den Mund aufgemacht habe.«

Sie starrte mich wieder durchdringend an, und ich überlegte, ob der Träger von meinem BH herausgerutscht war. Für eine Frau in den Südstaaten ist so was ein minderes Kapitalverbrechen.

»Kann ich Sie mal was fragen?«

»Na, aber sicher!« Ich wusste schon, welche Frage jetzt kam.

»Sie bleichen sich die Haare, stimmts? Ich meine, es ist offensichtlich. Sie sind ja beinahe weiß!«

»Sicher.«

»Aber Sie haben mindestens fünf Zentimeter schwarz an den Wurzeln, richtig?«

»Ja klar.«

»Warum?« Sie schien ehrlich interessiert an meiner Antwort.

Ich dachte darüber nach.

»Ich färbe meine Haare, weil ich es tun kann. Es ist mein Kopf und ich mache damit, was ich will.«

»Okay«, sagte sie. »Das akzeptiere ich.«

»Ich lasse meine Haare schwarz nachwachsen, damit die Leute wissen, dass ich was besseres zu tun habe, als herumzusitzen und mir über meine Haare Gedanken zu machen. Außerdem bin ich zu beschäftigt, um mich damit abzugeben.«

Sie nickte gedankenvoll. »Das gefällt mir. Es ist eine Art subtiles Zeichen mit dem gestreckten Mittelfinger. Ich frage mich, was John tun würde, wenn ich...« Ihre Stimme versiegte und sie strich sich geistesabwesend über ihren mit Haarlack gestärkten Helm aus kurzen, braunen Fransen. »Naah! Lieber nicht! Aber an Ihnen sieht es gut aus.«

»Danke.« Wir starrten einander einen Moment lang an. »Ham Mitchell behauptet, Sie meinen, Ihre Schwester verdient die Todesstrafe«, sagte ich, um gleich zur Sache zu kommen.

»Ham ist ein komplettes Arschloch, und das ist noch seine beste Eigenschaft.«

»Also wollen Sie nicht Ihre Schwester sterben sehen?«, fragte ich.

»Für wen halten Sie mich denn?« Sie heftete ihren Blick auf mich, und ich rutschte befangen auf meinem Stuhl hin und her. Ihre Augen waren nahezu schwarz und hyperwachsam. Ich bezweifelte, dass viele Leute den Mumm hatten, sich ihr in den Weg zu stellen. Ich musste den Impuls unterdrücken, mich jedes Mal zu ducken, wenn sie mich anblickte. »Ich habe alles unternommen, was ich konnte, um meiner Schwester zu helfen«, sagte sie langsam. »Das habe ich immer getan, aber es sieht so aus, als ob wir jetzt am Ende wären.«

»So sieht es aus«, pflichtete ich ihr bei. »Waren Sie in den Fall involviert?«

»Wo denken Sie hin?« Sie sah mich ungläubig an. »Meinen Sie, die hätten mich auch nur in ihre Nähe gelassen? Außerdem, ich habe damals gar nicht hier gearbeitet. Ham hat mich erst ein paar Jahre später eingestellt. Ich laufe hier unter dem Namen meines Mannes. Ham wusste nicht mal, dass ich mit Gail verwandt bin, bis ich hier sechs Monate lang gearbeitet hatte. Dann stakste er die nächsten fünf Jahre stolz wie ein Gockel herum. Er meinte, dass er mich angestellt hätte, wäre ein Zeichen für seinen Großmut und sein Gerechtigkeitsgefühl.«

»Warum würden Sie ausgerechnet im Büro eines Bezirksstaatsanwalts arbeiten wollen, der Ihre Schwester in den Tod geschickt hat?«

»Die Faszination des Perversen?«, schlug sie vor, hob die Augenbrauen und pickte ein Tabakkrümel von ihrer Hochglanzunterlippe. »Schauen Sie, ich bin Staatsanwältin. Okay? Es gibt nicht gerade eine unbeschränkte Anzahl von Stellen hier in North Carolina, wo ich arbeiten und zugleich vernünftige Fälle bekommen kann. Außerdem bin ich Spezialistin für Kapitalverbrechen. Eine von vielleicht einer Hand voll im ganzen Land. Und ich habe die Gelegenheit gehabt, von einer der besten Spezialistinnen in diesem Geschäft zu lernen. Wenn meine Chefin in den Ruhestand tritt, werde ich wahrscheinlich ihre Stelle übernehmen. Und dann kann ich hier den Laden schmeißen. Ich will nicht für die Bundesbehörden arbeiten. Zu viel Einmischung! Und ich will in der Nähe meiner übrigen Familie bleiben.«

Eine Schwester in der Todeszelle und sie beschließt, sich auf Hinrichtungsfälle zu spezialisieren? Ein Seelenklempner hätte an ihr sehr viel Freud gehabt.

»Haben Sie Gail überhaupt bei Ihrer Verteidigung geholfen?«, fragte ich aus bloßer Neugier. Die beiden Schwestern wirkten so verschieden, leider nur in der Art von »Was passierte wirklich mit Baby Jane?«

Sie nickte. »Klar. Ich war diejenige, die Omi vorgeschlagen hat, Kaitland Cameron einzuschalten. Sie war Gails Verteidigerin. Ein Riesenfehler! Sie war gerade groß rausgekommen und hatte sich zu viele Fälle auf einmal aufgehalst. Sie war nicht vorbereitet, zog einfach ihre übliche Nullachtfünfzehn-Verteidigung ab und hoffte, das würde die Leute vom Sockel hauen. Tat es aber nicht. Meine Schwester musste das ausbaden. Die Leute waren nicht in der Stimmung, eine Frau laufen zu lassen, ob sie geprügelt worden war oder nicht. Daran hat sich nichts geändert. Ich nehme an, Sie erinnern sich an den Fall Sherwood?«

Ich nickte. Betty Sherwood war eine verurteilte Killerin, die dem Wort Alptraum eine neue Bedeutung verpasst hatte. »Ich erinnere mich«, sagte ich. »Sie behauptete, sie hätte aus Versehen ihren Mann mitten in der Nacht mit einem Kopfschuss getötet. Mit einer

Waffe, die sie bequemerweise unter ihrem Kopfkissen aufbewahrte. Was eher unbequem für den Ehemann war, versteht sich.«

»Genau!«, sagte Brenda Polk. »Und sie ist damit durchgekommen, indem sie statt der Todesstrafe lebenslänglich bekommen hat. Und das, obwohl herauskam, dass schon ihr erster Ehemann unter verdächtigen Umständen ums Leben gekommen war. Das brachte die Öffentlichkeit mehr in Rage als ein ganzer Schwarm Killerbienen. Massenweise Leute meinten, sie sei zu leicht davongekommen. Das passierte unmittelbar vor Gails Fall. Ich denke, Gail hat dafür die Quittung erhalten.«

»Warum haben Sie Omi Honeycutt nicht dazu gebracht, Kaitland Cameron zu feuern, als Sie merkten, dass ihre Verteidigungsstrategie nicht funktionierte?«

»Ich habe es versucht. Aber ich kam damit nicht durch. Zu diesem Zeitpunkt hatte Kaitland Omi und den Rest der Familie davon überzeugt, dass die Verprügelte-Frau-Nummer Gails einzige Chance war, freizukommen.«

»Und Roy hat sie nicht verprügelt?«

»Ach was!« Sie rollte die Augen himmelwärts und nahm noch einen Schluck Pepsi. »Ich bin süchtig auf das Zeug. Das Koffein, verstehen Sie? Kaffee vertrage ich nicht.« Sie blickte auf einen großen Stapel Akten auf ihrem Schreibtisch und seufzte. »Sie würden es nicht glauben, was hier für Aktenberge anfallen. Nein, Roy hat Gail nicht verprügelt. Das war etwas, was sie nicht hingenommen hätte. Früher hat sie jeden Tag nach der Schule Seite an Seite mit meinem Daddy auf den Feldern gearbeitet. Das hat ihr Spaß gemacht. Mir nicht. Ich war zu sehr beschäftigt damit, Cheerleader zu spielen und die Schönheitskönigin zu geben und Jura zu studieren. Ich war wirklich unerträglich. Ich gebs zu. Aber Gail war ein körperbetonter Mensch. Sie liebte schwere körperliche Arbeit. Sie war kräftig und sie mochte es nicht, wenn ein Mann ihr zu nahe trat. Mein Daddy versuchte mal, sie zu maßregeln, als sie fünfzehn war. Sie war die ganze Nacht über mit dem Trottel unterwegs gewesen, der in dem Tante Emma Laden unten an der Straße arbeitete. Sie schlug unseren Daddy k.o., noch bevor seine Hand ihr Gesicht berührte. Er fiel um wie ein Toter. Hat aber nie wieder versucht, sie zu schlagen.«

»Wau«, sagte ich, »das klingt ja ganz schön gewalttätig.« Sie starrte mich an, und ihr unverwandter Blick ließ mich um gut zehn Zentimeter schrumpfen. »Sie und ich, wir beide wissen, dass es ein Unterschied ist, ob man sich behauptet oder andere Leute herumstößt. Gail schützte sich physisch, aber emotional hat sie sich ziemlich geschunden. Wenn sie es irgend vermeiden konnte, hat sie nie jemandem anderen wehgetan.«

»Wie ist sie denn dann in dieses Dilemma hineingeraten?«, fragte ich.

»Gail hat immer das Falsche gemacht, seit sie laufen konnte. Sie ist unter einem Unglücksstern geboren. Als sie fünf war, erstickte sie aus Versehen mein Kätzchen, weil sie es zu fest an sich drückte. Mit neun fuhr sie den Wagen meines Vaters in den Fluss und versenkte einen alten Petrijünger samt seinem Boot. Mit dreizehn brannte sie unabsichtlich die Scheune nieder beim Versuch, eine Zigarette anzuzünden. Und als sie achtzehn war, ließ sie sich einen dicken Bauch machen und weigerte sich dann, zu sagen, wer der Vater des Kindes war. Sie hat es auch nie jemandem gesagt. Das ist die Geschichte von Gails Leben. Sie ist eine geborene Versagerin.«

»Na, das ist vielleicht eine Geschichte«, bemerkte ich. »Eine Menge Leute würden sagen, es ist das klassische Porträt einer Serientäterin. Menschenskind, Tiere quälen, Feuer legen, unangemessenes sexuelles Verhalten, alte Männer in Ruderbooten versenken!« Ich meinte das nicht wirklich ernst. Ich war selber viel zu sehr ein Problemfall gewesen. Aber sie nahm es wörtlich.

»Ach, kommen Sie! Seit wann ist Schwangerwerden mit achtzehn ein ungewöhnliches Verhalten?«, fragte Gails Schwester herausfordernd. »Und wenn es schlecht klingt, dann ist es eben genauso, wie ich es Ihnen gesagt habe. Sie ist einfach ein Unglücksrabe. Es war nur umso schlimmer für sie, weil ich so ein Musterkind war. Ich kriegte lauter Einsen und das Stipendium für die Uni.

Ich heiratete einen reichen Farmerssohn aus Virginia und überredete ihn dazu, mit mir hierher zu ziehen. Ich studierte Jura. Ich kriegte den Job als Spezialanklägerin des Staates. Bla, bla, bla. Manchmal wird mir selber schlecht davon. Also denke ich mal, Gail wirds ähnlich gehen. Mein Vater hält ihr vor, dass sie es zu nichts gebracht hat. Ich hasse das. Und glauben Sie mir, ich würde liebend gerne meinen Vater enttäuschen, aber ich kann nicht mein eigenes Leben sabotieren, nur damit Gail sich besser fühlt.«

Ich schlug mich auf Gails Seite. Überflieger wie Brenda konnten uns Normalsterblichen echt an die Nieren gehen.

»Weshalb glauben Sie, dass Gail unschuldig ist«, fragte ich. »Können Sie mir sonst noch einen Grund nennen, außer, dass sie schlecht schießt?«

»Kein Motiv«, sagte Brenda prompt. »Das ist der einzige Punkt, der mich bei diesem ganzen Durcheinander wirklich stört. Ich kann mir einfach nicht vorstellen, welchen Grund Gail gehabt haben sollte, Roy zu erschießen. Die Scheidung war gleich durch – aber einvernehmlich.«

Ich betrachtete sie skeptisch. So etwas wie eine einvernehmliche Scheidung gibt es nicht. Den lebenden Beweis dafür sehe ich fast tagtäglich. Ich mache eine Menge Geld damit, dass ich zukünftigen Expartnern hinterherschnüffle. Zeigen Sie mir eine einvernehmliche Scheidung, und ich zeige Ihnen eine Ehepartnerin, die man zur Kooperation gezwungen hat.

»Es ist wahr«, beharrte Brenda. »Schauen Sie, Gail konnte Roy gut leiden. Er hat sie geheiratet, mit einem unehelichen Kind und so was alles. Hat zu ihr gehalten, als sie des Diebstahls im Krankenhaus bezichtigt wurde.«

»Da wäre sie dann zweiundzwanzig gewesen, kurz vor der Tat«, schätzte ich. »Alle vier Jahre oder so scheint sie über etwas gestolpert zu sein.«

»Sie hatte nichts gestohlen«, sagte Brenda. »Und dabei bin ich eine von der argwöhnischen Sorte. Man hat sie reingelegt. Glauben Sie mir, Gail ist ein geborener Einfaltspinsel. Ich weiß es. Ich habe meine Kusinen dabei beobachtet, wie sie Gails Pech ihr ganzes Leben lang ausgenutzt haben. Sie ist für alles bestraft worden. Vom Kuchenstehlen und Klauen der Autoschlüssel bis hin zu dem Mal, wo der Fischteich von unserem Onkel Billy mit Dynamit in die Luft gesprengt wurde und alle Fische mit dem Bauch nach oben im Wasser schwammen. Sie hat nicht mal ein Zehntel von dem getan, was man ihr zur Last legte. Meine Kusinen haben einfach in ihr ein Unschuldslamm erkannt und sie ausgenutzt.«

»Und genauso erging es ihr in der Nacht, als Roy Taylor getötet wurde«, mutmaßte ich.

»Ich meine, möglich ist es«, sagte Brenda zögernd. »Aber ich bin mir nicht sicher.«

Zigarettenrauch zog in dünnen Fäden aus ihrem Mund und löste sich unter der Zimmerdecke auf. »Ich denke, es ist auch nicht auszuschließen, dass sie ihn tatsächlich getötet hat«, sagte sie schließlich. »Gail hat damals immer mehr und mehr getrunken, und dann gab es da noch die Gerüchte über Tabletten. Wer weiß schon, wie die einen Menschen verändern können.«

»Aber Gail leugnet, dass sie Tabletten eingeworfen hat, und Omi Honeycutt sagt, dass sie Schusswaffen gehasst hat«, sagte ich. »Wie konnte sie ihn da mitten ins Herz treffen?«

»Da haben Sie mal ein Beispiel für Gails Pech«, fing sie meinen Einwand auf. »Nichts, was sie tut, funktioniert jemals richtig. Nur das, was sie nicht tun sollte. Wie zum Beispiel, Roy in die Brust zu schießen. Aber ja, Sie haben Recht. Sie war keine Meisterschützin wie der Rest meiner Familie. Sie hat, soweit ich weiß, niemals eine Waffe angefasst. Nicht einmal, als Daddy wollte, dass sie mit ihm auf die Jagd geht. Und glauben Sie mir, Gail hätte alles getan, um die Anerkennung dieses Mannes zu erlangen.«

Brenda schüttelte den Kopf. »Gail hat niemals die Männer der Honeycutts verstanden. Sie zeigen nach außen keine Gefühle, und ich bin mir nicht einmal so sicher, ob sie innerlich etwas empfinden. Zu erwarten, dass jemand einen liebt und es auch noch zeigt, darauf kann man lange warten. Mir war das egal. Ich habe einfach das Beste getan, was ich tun konnte, um da rauszukommen, und mich möglichst bald unabhängig zu machen.«

»Warum haben denn die Geschworenen keinen Zweifen an diesen perfekt durch das Herz ihres Mannes gedrillten Einschusslöchern geäußert?«, fragte ich.

»Die Geschworenen glaubten eben nicht, dass sie tatsächlich eine so schlechte Schützin war«, erklärte Brenda. »Das ist das Problem dabei, wenn man eine Verteidigungsstrategie aufbaut, die von Anfang an auf Lügen basiert. Sie witterten Unrat und dachten, alles andere daran wäre ebenfalls erlogen.«

»Und wie stehts mit dem Umstand, dass Roy bei einer Antidrogeneinheit arbeitete, als er getötet wurde?«, fragte ich. »Ist das berücksichtigt worden? Wenn er die Capos der Drogenszene hinter Schloss und Riegel brachte, dann haben wir doch einen recht großen Kreis von potentiellen Verdächtigen direkt vor der Nase.«

Sie nickte. »Ihr Verteidigungsteam verbrauchte einen Monat und mehr als zwanzigtausend Dollars von Omis Geld, um sich diesen Aspekt vorzunehmen. Ergebnis: Nicht mal ein Schatten von einer Spur, dass Roy von irgendwelchen Dealern bedroht worden wäre. Und außerdem hat er gar nicht so viele hinter Gitter gebracht. Roy starb, noch ehe die meisten seiner Verhafteten vor Gericht kamen. Diese Spur führte in eine Sackgasse.«

»Und wie stehts mit den Gerüchten, dass er in krumme Geschäfte verwickelt war?«, fragte ich.

»Wir schauten uns seine Bankauszüge an und verfolgten alle möglichen Spuren die gesamte Ostküste rauf und runter. Wenn Roy nicht sauber war, ist er auf alle Fälle nicht reich geworden. Er hatte praktisch keinen Besitz, nur das gemeinsame Haus. Nicht mal die Fischerhütte gehörte ihm. Die gehört seinem Stiefvater. Ich denke, Roy war sauber.«

»Warum hat Gails Tochter bei dem Prozess nicht ausgesagt«, fragte ich. »Sie war doch im Haus.«

»Brittany hätte nichts Hilfreiches beitragen können, und Gail wollte sie nicht in die Geschichte hineinziehen. Ich stimmte dem zu, aber aus einem anderen Grund. Es hätte nicht gut ausgesehen für Gail, wenn Brittany in den Zeugenstand gerufen worden wäre. Welcher Mensch würde schon den Vater eines Kindes vor dessen eigenen Augen erschießen? Ihre Anwältin wollte dieses Thema vermeiden.«

Ich suchte verzweifelt nach einem neuen Anhaltspunkt. »Was ist mit den beiden Einschusslöchern in der Wand über dem Türrahmen?«, fragte ich. »Der Einschusswinkel ist doch merkwürdig. Sagt Ihnen das was?«

»Nun, Ham vertrat in seinem Schlussplädoyer die Ansicht, dass Gail gelogen hatte, was ihre Bewusstlosigkeit betrifft. Dass sie Roy durchs Herz geschossen und dann wild in die Luft geballert hat. Aus einer Art Triumphlaune. So hat er es dargestellt.«

Ich starrte sie ungläubig an. »Was? Wie Pecos Pete, der mit 'ner Schnauze voll Tequila mit seinen Pistolen aus Spaß in die Luft ballert?«

Sie machte eine hilflose Geste. »Sie und ich, wir zwei wissen, dass Ham ein Idiot ist. Die Geschworenen würden wahrscheinlich zustimmen, aber ich glaube nicht, dass sie die Extraschüsse für wichtig hielten.«

»Was ist mit dem Berufungsverfahren? Wer kümmert sich darum?«

Brenda seufzte tief. »Haben Sie mal von Northern Lights gehört?«

»Sie machen Witze«, sagte ich. Die Northern-Lights-Stiftung war eine gemeinnützige Organisation mit dem Ziel, im ganzen Land Todesurteile zu kippen. Vor allem aber, wie es schien, im Süden. Man hätte meinen können, die Leute hätten Grips genug, um nicht eine Truppe von Nordstaatenanwälten in den Süden marschieren zu lassen, wo sie den Massen die Aufklärung bringen sollten. Unter dem Namen Northern Lights. Aber so helle waren sie eben doch nicht.

»Gail hat eine gute Berufungsanwältin«, erklärte Brenda. »Bloß, die kennt sich mit den Richtern hier im Süden nicht aus. Beim ersten Berufungsverfahren argumentierte sie, dass Gail während der Verhandlung so mit Medikamenten voll gestopft war, dass sie nichts zu ihrer eigenen Verteidigung vortragen konnte. Ich dachte, wir hätten eine ziemlich gute Chance damit, aber es wurde abgelehnt. Ein zweites Berufungsverfahren wurde bei der nächsthöheren Instanz eingereicht. Wir hoffen, nächste Woche Neues von der Anwältin zu hören. Aber ich glaube, wir haben keine Chance.«

»Wieso das?«, fragte ich.

»Wir haben unseren Einspruch damit begründet, dass Gails ursprüngliche Verteidigerin während der Urteilsphase nicht alle mildernden Umstände vorbringen durfte«, erklärte Brenda. »Gails Anwältin möchte diesen Verfahrensweg probieren, weil von allen Todesstrafenberufungsverfahren, die in den letzten fünf Jahren erfolgreich eingereicht wurden, sechsundzwanzig Prozent aus eben diesem Grund erfolgreich waren. Es ist eine einfache Möglichkeit für die Richter, ihr Gewissen zu besänftigen, ohne allzu liberal zu erscheinen.«

»Welche mildernden Umstände wurden denn nicht eingebracht?«, fragte ich. »Mir scheint doch, dass jeder Fetzen schmutziger Wäsche Ihrer Familie in der Öffentlichkeit ausgewaschen und aufgehängt worden ist.«

»Die Anwältin behauptet, dass schwerer Alkohol- und Tablettenmissbrauch Gails Fähigkeit beeinträchtigt hat, zwischen Recht und Unrecht zu unterscheiden«, sagte sie.

»Das wird nicht klappen«, warnte ich. Gail als Alkoholikerin hinzustellen, würde kein Mitleid erwecken. Hier im Süden sind wir der Meinung, dass es die eigene Angelegenheit der Leute ist, wenn sie blöd genug sind, sich zu besaufen und selber zu zerstören. Aber im Gegenzug dazu halten wir sie auch wieder verantwortlich für das, was sie treiben, während sie betrunken sind. Dazu kommt, dass man eine Gruppe Richter aus dem Süden nicht mit Rhetorik allein überzeugen kann. Wenn erst einmal eine Geschworenengruppe zu der Ansicht gelangt ist, dass jemand es verdient zu sterben, muss man neue Beweise vorbringen, die wenigstens die Möglichkeit andeuten, dass jemand anderes der Täter war. Wichtiger noch, jeder einzelne Richter von Richmond hat an einer juristischen Fakultät in den Staaten Virginia, North Carolina oder Georgia studiert, und wie so viele Südstaatler kamen sie gewöhnlich aus Familien, die allzu oft in den letzten zweihundert Jahren von Zugereisten und ihren schönen Reden betrogen worden waren. Wir sind ein skeptisches Völkchen, selbst wenn wir an der Oberfläche ausgesucht höflich wirken. Nur neue Beweise konnten diese Richter beeindrucken.

»Lohnt es sich überhaupt, in den Fall noch mal reinzuschauen?«, fragte ich. »Es sieht so aus, als ob Sie alles getan hätten, was man tun kann, und ich habe keine neuen Anhaltspunkte.«

Brenda zögerte. »Ja«, sagte sie endlich. »Es lohnt sich sehr wohl. Omi und der Rest von uns müssen wissen, dass wir alles Erdenkliche getan haben, um Gail zu helfen, egal was zum Schluss passiert. Das ist der Grund, warum ich möchte, dass Sie diesen Fall übernehmen.« Sie blickte betreten zur Seite.

»Das werde ich. Ich übernehme den Fall«, versicherte ich ihr. »Damit ich selber auch nachts ruhig schlafen kann. Aber Sie müssen mir helfen, einen Ansatzpunkt zu finden. Was hat es beispielsweise mit diesem verrückten Anrufer auf sich?«

Sie schob die Pepsiflasche beiseite und fingerte an ihrer Zigarettenpackung herum. »Das ist ein trauriger Fall«, sagte sie schließlich.

»Das weiß ich bereits«, versicherte ich ihr.

»Ich meine nicht Gails Fall«, fletschte sie mich an, »sondern diesen Anrufer.«

»Erzählen Sie mir einfach, was er gesagt hat, und lassen Sie mich selber entscheiden, ob es wichtig ist«, entgegnete ich. Wenn sie so versessen darauf war, ihrer Schwester zu helfen, warum zögerte sie dann so?

Brenda kämpfte wortlos mit ihrem Gewissen, während ich die leeren Zigarettenpackungen in ihrem Papierkorb zählte. Neun zusammengeknüllte, zellophanumhüllte Schachteln waren an der

Oberfläche zu sehen und noch einige darunter. Grundgütiger, ich hoffte ihre Lungen würden noch lange genug durchhalten, bis sie sich zu einer Entscheidung durchgerungen hatte. Schließlich schien sie zu einem Entschluss gekommen zu sein.

»Der Anruf kam von dem Richter, der bei ihrer Verhandlung den Vorsitz führte«, sagte sie widerstrebend.

»Richter Peyton Tillman?« Ich kreischte fast auf vor lauter Überraschung.

»Ex-Richter Tillman«, erinnerte sie mich. »Er sitzt nicht mehr auf der Richterbank. Er ist jetzt Privatmann. Ein Mensch mit einigen Problemen. Mit vielen Problemen. Ich glaube nicht, dass wir genug Zeit zu verschwenden haben, um ihn Ernst zu nehmen. Ich denke, die Motivation für seinen Anruf war etwas anderes als die Realität.«

»Was meinen Sie?«, wollte ich wissen.

»Er ist nicht so wie Sie oder ich«, erklärte sie. »Ich will mir kein Urteil über Sie erlauben, aber ich schätze mal, Sie tun das, was Sie tun müssen, um einen Job fertig zu machen, und dann wenden Sie sich etwas anderem zu. Habe ich Recht?«

Ich antwortete mit einem Achselzucken. Traurig, aber wahr.

»Peyton ist nicht so. Er kann von dem Fall nicht ablassen. Gail ist der einzige Mensch, den er jemals in die Todeszelle geschickt hat, und das hat er sich niemals verziehen. Als er ins Privatleben wechselte, begann er, mich spät nachts anzurufen, um mir zu sagen, dass ein Fehlurteil gefällt worden war. Die Beweise passten nicht zusammen und so weiter.« Sie schwieg. »Anfangs glaubte ich ihm. Aber als er mir keine Details lieferte, wurde mir klar, dass er betrunken war. Vielleicht kam er einfach mit seinem Gewissen nicht klar.«

»Oder vielleicht sagt er die Wahrheit?«, schlug ich vor.

Sie schüttelte den Kopf. »Er ist am tiefen Ende des Beckens abgetaucht. Er ruft an, weil er mich dazu bringen will, ihm zu verzeihen.« Sie blickte zu mir auf. Ein trauriger Blick in ihren klaren Augen. »Und um die Wahrheit zu sagen, das kann ich nicht.«

»Was sagt er, wenn Sie ihn nach Details fragen?«, bohrte ich weiter. Vielleicht klammerte ich mich an Strohhalme, aber weil mir niemand etwas anderes anbot, hatte ich sonst nichts, woran ich mich klammern konnte.

»Verrückte Sachen. Wie zum Beispiel, dass er die Beweise noch nicht beisammen hat. Und außerdem, dass er mir nichts sagen kann, weil ich ein Teil des ›Systems‹ bin. Er ist paranoid geworden. Er klingt wie einer dieser Freaks mit ihren Verschwörungstheorien.«

»Ich kanns ihm nicht verübeln«, sagte ich. »Er hat bei den letzten Wahlen schwer einstecken müssen.«

»So funktioniert das eben. Richter sollten unpolitisch sein, und sie werden ja nicht aufgrund ihrer Parteienzugehörigkeit gewählt, aber Sie können mir glauben, dass es Parteiengelder sind, die sie da hinbringen, wo sie stehen. Die Demokraten hatten die Hose schon gestrichen voll, lange bevor er damals diese Wahl verlor. Er kam während Gails Prozess unter massiven Druck, ein Hintertürchen für die Todesstrafe offen zu lassen. Zum Ausgleich dafür wollte die Partei ihn dann bei den nächsten Wahlen kräftig unterstützen.«

»Aber es kam anders«, sagte ich. »Man ließ ihn außen vor.«

Sie nickte. »Er hat das Leben meiner Schwester verspielt und im Austausch dafür selber nichts bekommen. Also wundert es mich nicht, dass er nach dem Prozess zu trinken anfing. Und als er die beiden Strafen wegen Trunkenheit am Steuer bekam, gingen alle in Deckung. So ist das hier in der Politik.«

»So sind hier die Leute«, pflichtete ich ihr bei.

Wir schwiegen beide einen Moment lang.

»Ich weiß, was Sie wahrscheinlich von mir halten«, sagte sie schließlich. »Sie meinen, ich könnte mehr tun, um meiner Schwester zu helfen. Ich habe ihr geholfen, verstehen Sie, so gut ich kann, solange man es nicht mit meinem Job in Verbindung bringt. Ich muss es privat machen. Wenn es so aussieht, als ob ich meine Position als Staatsanwältin missbrauche, kann ich einpacken. Unsere Familie hat schon genug verloren, wie die Dinge nun einmal stehen. Der Rest von uns muss weiter machen, einschließlich mir.

»Das verstehe ich gut«, sagte ich. Ich fand mich mit der Erkenntnis ab, dass ich mir meine neuen Anhaltspunkte ganz alleine suchen musste. Ich stand auf und schüttelte ihr die Hand. Ihr Griff war fest und zuversichtlich. Die Hand einer Sportlerin.

»Sie sind Läuferin?«, fragte ich.

Sie lächelte und nickte. »Die Einzige im ganzen Staat, die zwei Packungen am Tag raucht. Aber ich versuche aufzuhören.«

»Mit dem Laufen oder mit dem Rauchen?«, fragte ich.

»Mit dem Rauchen.« Sie verzog das Gesicht zu einem traurigen Lächeln. »Ich glaube nicht, dass ich es mir jemals leisten kann, das Laufen aufzugeben.«

Ich ging zu Fuß zurück zum Büro und dachte über Gails Schwester nach. Was für einen langen Weg sie zurück gelegt hatte, seit damals auf der Farm in North Carolina. Ich bewunderte ihre Intelligenz und respektierte ihre Energie, aber zugleich erinnerte sie mich daran, wie viele Jahre meines eigenen Lebens ich mit schlechten Freunden und falschen Entscheidungen vergeudet hatte. Ich hätte leicht Brenda sein können und ebenso leicht Gail. Stattdessen saß ich irgendwo in der Mitte zwischen den beiden.

4

Wer dem einen wie ein Verrückter vorkommt, ist für den anderen vielleicht der Erlöser. Das war jedenfalls der Grund, weshalb ich mich trotz Brendas Skepsis an diesem Nachmittag zur Anwaltspraxis von Peyton Tillman aufmachte. Nicht ohne mich vorher mit einem Teller gegrillter Schweinefleischstückchen samt einer Portion Hush Puppies zu stärken. Sein Büro war in einem alten viktorianischen Haus untergebracht, das an dem Ende der Hillsborough Street lag, das, aus welchen Gründen auch immer, der Renovierung entgangen war. Es war das erste in einer Reihe von vier abbruchreifen Gebäuden. Das rechte Ende der breiten Veranda an der Vorderseite senkte sich traurig auf einen ungepflegten Rasen nieder, und die oberen Geschosse waren offensichtlich unbewohnt. Es sah so aus, als ob der hochwohlgeborene Peyton Tillman und ein medizinischer Masseur, der auch Akupunktur und Hypnotherapie anbot, die einzigen verbliebenen Parteien des Hauses waren. Entweder machte Peyton Tillman soeben schwere Zeiten durch oder er war gerade dabei, aus dem Establishment auszusteigen, das ihn so mies behandelt hatte.

Ich mochte Peyton Tillman vom dem Moment an, als ich ihn zum ersten Mal sah. Er hatte ein schläfriges Jagdhundgesicht mit lauter Falten und schweren Hängebacken, einen enttäuschten Mund, eine lange Nase und traurige braune Augen. Alle Gefühl saßen bei ihm an der Oberfläche, so als ob er die Maske verloren hätte, die wir anderen alle vor uns her tragen. Er war Anfang fünfzig, aber er hatte immer noch einen vollen Schopf brauner Haare, die sich knapp oberhalb des zerschlissenen Kragens eines abgetragenen weißen Baumwollhemdes ringelten. Das Hemd war maßgeschneidert und wies seine eingestickten Initialen in tiefem Blau auf der Brusttasche auf. Er trug keine Jacke und seine Krawatte war achtlos über eine Schulter geworfen, wie der Schal eines Luftfahrtpioniers.

Sein Gesicht zeugte von intensiver Konzentration. Der Ausdruck änderte sich nicht, selbst als er in das Vorzimmer seines Büros geeilt kam, nachdem er mich eintreten gehört hatte, und dabei gegen einen Metalleimer neben dem Schreibtisch seiner Sekretärin donnerte. Das Getöse beeindruckte seine Angestellte so gut wie gar nicht. Ihr zierliches Schnarchen füllte auch weiterhin den Raum mit einem sanften Rhythmus, während ihr Chef seitlich an ihr vorbei zischte. Kein Wunder, dass sie vor sich hindöste. Sie war mindestens fünfundachtzig Jahre alt und angetan mit einer rosenfarbenen Imitation eines Chanel-Kostüms, dekoriert mit weißen Röhrenabnähern aus den Fünfzigerjahren. Ihre silbernen Haare klebten in eng anliegenden Dauerwellen an ihrem Kopf und eine strassbesetzte Brille hing an einer rosa Kordel um ihren Hals. Ein künstlicher Gaumen schwebte lose zwischen ihren rosa Lippen, und ich beobachtete fasziniert, wie ihre falschen Zähne mit jedem leisen Atemzug auf- und abwackelten.

»Hoppla«, sagte er zur Begrüßung, richtete den Papierkorb auf und schaufelte einen Stapel Papier wieder hinein. War dies derselbe Mann, der den Gerüchten nach ein solcher Romeo bei den Zweitsemestern gewesen sein sollte? Er schien mehr der Typ zu sein, der seine Krawatte im Reißverschluss einklemmte. Seine Stimme senkte sich zu einem Flüstern. »Wer sind Sie? Sind Sie sicher, dass sie im richtigen Büro sind?«

Nein, ich war mir nicht sicher. Aber nicht so, wie er meinte. »Ich bin Privatdetektivin und überprüfe Gail Honeycutts Urteil«, flüsterte ich zurück. »Ich muss mit Ihnen sprechen. Eher gehe ich hier nicht weg.« Ich versuchte entschlossen dreinzublicken, als ob ich mich mit einer schweren Eisenkugel an seine schlafende Sekretärin ketten würde, wenn er sich weigerte.

Er musterte mich mit einem intensiven Blick und ich muss wohl seiner ersten Prüfung genügt haben. »Lassen Sie uns in meinem Büro sprechen, damit wir Miss Rollins nicht aufwecken«, sagte er mit gedämpfter Stimme. »Sie hat eine schlimme Nacht gehabt. Ihr Ehemann ist schwer krank.«

Ich schlich auf Zehenspitzen in ein schäbig aussehendes Zimmer hinüber, vorbei an seinem schlafenden Wachposten. Ich fragte mich, was wohl ihre offizielle Berufsbezeichnung war, und wie ich auch an einen solchen Job kommen konnte. Chefin des Angestellten-Stressverminderungs-Programms? Fachbereichsleiterin für Höheren Blödsinn? Ich wäre für beides geeignet.

Sein Büro war dem Äußeren des Hauses sehr ähnlich. Einst elegant, jetzt schäbig. Ein Widerhall des früheren Glanzes war noch in der zerschlissenen Tapete und dem zerfallenden Kamin zu erkennen.

»Nehmen Sie doch Platz«, sagte Tillman und entfernte einen Stapel brauner Aktenmappen von einem uralten Korbsessel. Er blies den Staub von den Kissen und wischte die Rückenlehne mit einem Taschentuch ab, bevor ich mich hinsetzen durfte. »Ich bekomme nicht sehr viel Besuch«, erklärte er. »Ich erledige den Großteil meiner Arbeit außerhalb meines Büros. Viele meiner Klienten sind schon im vorgerückten Alter und haben Schwierigkeiten, außer Haus zu gehen.«

Ein Rechtsanwalt, der Hausbesuche machte! Ob er wohl auch die Fenster putzte?

»Oh«, murmelte ich höflich und setzte mich auf ein Kissen aus vergammeltem Samt, das nach Schimmel und altem Wein roch. »Sie praktizieren wieder als Anwalt?«

»Ganz recht.« Er saß hinter einem massiven Eichentisch, legte seine Füße auf eine Schreibtischecke und ließ dabei einen Stapel Papiere auf den Boden segeln. »Ich beschäftige mich in erster Linie mit Familien- und Immobilienrecht. Ich mache das zum Gutteil deswegen, um meinen ältlichen Nachbarn auszuhelfen. Ich lebe halb im Ruhestand, könnte man sagen. Also arbeite ich nur gerade eben genug, um mich beschäftigt zu halten.«

Er richtete seine Krawatte, als ob er sich plötzlich erinnerte, dass er ja gerade in diesem Moment auch geschäftlich zu tun hatte, und schaute dann auf die Uhr. »Ich muss mich entschuldigen, aber ich habe in einer halben Stunde einen Termin und kann Ihnen nicht viel Zeit widmen. Wie kann ich Ihnen behilflich sein?«

Er wirkte auf mich nicht wie ein Irrer. Vielleicht ein bisschen durch den Wind, aber wer von uns ist das nicht? »Wie Sie wissen, soll Gail in einem Monat hingerichtet werden«, sagte ich.

Er antwortete nicht. Nur das Klopfen einer Ader an seiner Stirn bot einen Hinweis auf seine innere Anteilnahme.

»Ich dachte, vielleicht könnten Sie mir helfen«, erklärte ich rasch, nachdem er weiterhin in Schweigen verharrte. »Ich bin von der Familie beauftragt worden, einen letzten Versuch zu machen, sie zu retten. Aber ich weiß nicht, wo ich ansetzen soll.«

Er starrte mich noch intensiver an. Ich hatte das ungemütliche Gefühl, dass ich für einen Kochtopf abgemessen wurde. »Brenda Polk hat Ihnen von meinen Anrufen erzählt, nicht wahr?«, sagte er abrupt. »Sie denkt, ich bin verrückt und sie hat Ihnen davon erzählt, aber Sie wollen sichergehen, dass ich wirklich einen Jagdschein habe, bevor Sie mich völlig abschreiben, stimmts?«

Ich blinzelte. Ich war nicht auf einen Frontalangriff vorbereitet gewesen. Ich tat das Einzige, was ich unter diesen Umständen tun konnte. Ich log. »Nicht unbedingt«, fing ich an.

»Das glaube ich Ihnen nicht«, unterbrach er mich sofort. »Sagen Sie mir die Wahrheit oder scheren Sie sich hier raus!«

»Na gut«, bestätigte ich und atmete tief ein. »Brenda Polk denkt, Sie sind verrückt und ich will sicher gehen, dass Sie einen Jagdschein haben, bevor ich Sie von meiner Liste streiche.«

Er nickte voller Befriedigung. »In dem Fall sind wir fertig miteinander. Ich habe mittlerweile keine Zeit mehr für solchen Mist.«

»Wer hat schon noch Zeit für Gail Honeycutt?«, fragte ich. Ich dachte an meinen übereilten Termin mit dem Staatsanwalt am Morgen. »Es sieht so aus, als ob jedem in diesem Fall die Zeit davonläuft, einschließlich mir, aber niemandem schneller als Gail.« Ich funkelte ihn voller Zorn an. »Also, in einem Monat ist Gail tot und dann haben wir alle mehr als genug Zeit.«

Seine Füße rutschten abrupt von der Tischkante. Er lehnte sich in seinem Drehstuhl nach vorne. »Sie haben Recht«, entschuldigte er sich, während er mein Gesicht und meine etwas ungewöhnliche

Kleidung musterte. Ich ziehe es vor, Schlauchkleider Modell circa 1964 anzuziehen, wenn ich sie finden kann, und an diesem Morgen hatte ich mein dunkelrotes Lieblingskleid mit limonengrünen Sandalen kombiniert. Hören Sie, ich war in Eile und wie viele Leute haben schon ein Paar dunkelrote Schuhe, das sie in der Öffentlichkeit tragen würden?

Ich wartete, während er mich abcheckte, und blieb entschlossen, unter dem Druck nicht zusammenzubrechen. Er war nicht unhöflich. Ich kam zu der Einsicht, dass er einfach nur die äußere Hülle der ausgiebigen Schöntuerei abgelegt hatte, die bei wohlerzogenen Südstaatlern sonst die Neugier verdeckt. Entweder das, oder er hatte einfach keine Zeit mehr für solche Nettigkeiten.

»Ich kann viel über einen Menschen herausfinden, durch bloßes Hingucken«, sagte er schließlich und lehnte sich mit einem Seufzer auf seinem Stuhl zurück. »Das ist etwas, was ich auf dem Richterstuhl gelernt habe.«

Ein kurzes Schweigen folgte dieser Aussage. Ich erwog, ihm mein Beileid auszudrücken zum Verlust seiner Richterschaft, aber ich verwarf diese Überlegung als allzu offensichtliche Einschleimerei. Ich dachte, er sei nicht der Typ, der auf Arschkriecher gut ansprach.

»Richter Tillman, wenn Sie Informationen zum Fall Honeycutt haben«, sagte ich, »dann bitte ich Sie, mich davon in Kenntnis zu setzen. Bitte. Ich habe zugestimmt, den Fall zu übernehmen, weil ich gewissen armen Schweinen gegenüber einfach nicht Nein sagen kann. Vielleicht bin ich ja selbst ein armes Schwein. Ich wusste, dass die Uhr die ganze Zeit über ticken würde, aber lassen Sie mich Ihnen sagen, es ist schwerer, als ich mirs gedacht habe, zuzuhören, wie diese Uhr die Stunden nur so wegtickt. Ich habe noch immer keine einzige Spur und ich muss irgendwo mal anfangen.«

Er schwieg lange, bevor er sprach. »Ich wüsste vielleicht etwas, was Ihnen helfen könnte«, sagte er schließlich. Er starrte aus dem Fenster. »Es würde Ihnen nicht viel nützen, wenn Sie nicht mit jemandem zusammenarbeiten.«

»Vielleicht könnten Sie mir sagen, was es ist«, schlug ich vor. »Und ich könnte die Beweise für Sie sammeln. Ich bin schließlich eine ausgebildete Ermittlerin.« Na gut, ich schwindelte, was das »ausgebildet« betraf, aber ich hoffte trotzdem, es an diesem menschlichen Lügendetektor, der da vor mir saß, vorbeizuschmuggeln.

»So einfach ist es nicht.« Tillman starrte mich wieder intensiv an, und ich sah den Funken einer lange vergessenen Leidenschaft in seinen Augen aufflackern. Hier war ein Mann, der versuchte, sich selbst davon zu überzeugen, dass eine ungreifbare Größe wie Gerechtigkeit nicht wirklich wichtig war. Ich kannte diesen Blick nur allzu gut. Ich sah ihn jedes Mal in meinem Spiegel, wenn ich mich neu verliebte oder entliebte. Wenn du es nicht festhalten kannst, sagt man sich, kannst du es nicht zerbrechen. Bockmist. Diese Haltung hat noch nie funktioniert. Er wusste es ebenfalls.

»Glauben Sie, dass sie unschuldig ist?«, fragte ich. »Können wir an dem Punkt einmal ansetzen?«

»Ja, sie ist unschuldig. Höchstwahrscheinlich.« Er blickte hinab auf das Durcheinander vor ihm, aber er sah die Aktenmappen und die Papiere, die darauf warteten, unterschrieben zu werden, nicht.

»Ich habe so manchen Schuldigen vor der tödlichen Spritze gerettet«, fügte er hinzu, »und das eine Mal, wo ich nachgegeben habe, musste ich eine unschuldige Frau in den Tod schicken. Ich nehme an, da steckt eine Lehre für mich drin.«

»Wem haben Sie nachgegeben?«, fragte ich. »Hat das etwas mit dem Beweismaterial zu tun, das Sie zu Gails Fall besitzen?«

»Nicht in der Art und Weise, wie Sie glauben.« Er hatte eine tiefe Stimme mit dem weichen Unterton eines satten Südstaatenakzents, der durch teure Internatserziehung und eine nicht minder teure Collegebildung zu einem Schnurren verfeinert worden war. Zu einer eleganten Edelspreche, wie ich es nannte. »Ich habe dem politischen Druck nachgegeben, nicht der Erpressung. Ich habe damals geglaubt, sie sei schuldig, aber jetzt glaube ich das nicht mehr.«

»Können Sie mir nicht etwas Genaueres sagen?«, fragte ich frustriert. »Weisen Sie mich einfach in die richtige Richtung. Gails

Großmutter ist diejenige, die mich angeheuert hat, und die alte Dame hat so Etwas. Ich kann sie einfach nicht enttäuschen.«

»Ich erinnere mich sehr wohl an die Großmutter«, sagte er, für mich völlig unerwartet. »Sie saß immer in der zweiten Reihe ganz rechts außen auf der Bank, fehlte an keinem einzigen Tag, den ganzen Prozess hindurch.« Er nickte versonnen, blickte mich noch einmal kritisch an und schien dabei zu einer Entscheidung zu kommen. »Es ist kompliziert«, begann er. »Die Arbeit, die ich in den Fall gesteckt habe, privat, verstehen Sie, hat mich in eine unerwartete Richtung geführt. Dadurch wird diese Geschichte komplex, und ich kann meine Anschuldigungen nicht eitel in den Raum stellen. Tatsache ist, Sie täten gut daran, meine Beteiligung vollkommen vertraulich zu behandeln. Ich bin sicher, Sie verstehen, dass meine Glaubwürdigkeit hier in der Gegend aufs Schwerste beeinträchtigt ist.«

»Nur bei gewissen Leuten«, protestierte ich.

»Nichtsdestoweniger wird, was immer ich sage, wahrscheinlich nicht ernst genommen werden.« Er hob eine Hand in die Höhe, als ich anfing zu widersprechen. »Bitte! Ich bin mir wohl bewusst, wie ich im öffentlichen Licht dastehe. Die Leute halten mich für einen Verrückten, einen Säufer und einen Kindesverführer. Ich bin nichts von alledem. Was ich wirklich bin, ist ein anderes Thema.«

»Ich möchte Ihnen helfen«, unterbrach ich ihn entschlossen. Wenn er erst mal mit der Selbstanalyse anfing, saß ich wahrscheinlich noch am Ende des Monats da, und Gail ging mittlerweile hops.

»Ich glaube, Sie meinen es ernst.« Er starrte mich von Neuem an. »Sie sind eine Außenseiterin, und in diesem besonderen Falle ist das gut. Aber wenn ich Ihnen verrate, was ich weiß, müssen Sie mir versprechen, dass Sie auf mich hören, wenn wir zu dem Punkt kommen, wo Zusammenarbeit notwendig wird. Und Sie müssen Schritte unternehmen, um sich selber zu schützen, denn Sie werden in Gefahr sein. Ist das klar?«

Oh Gott, dachte ich. Von wem sprach er bloß? Vom Gouverneur? Nee, das konnte es nicht sein. Der gegenwärtige Gouverneur von North Carolina war nicht unabhängig genug, um involviert zu sein. Gerüchten zufolge konnte er nicht mal alleine aufs Klo gehen, ohne die Erlaubnis seiner Frau.

»Ich kann zuhören«, versprach ich.

»Gut. Dann seien Sie heute Abend um zehn Uhr bei mir. Hier ist meine Karte. Meine Privatadresse steht auf der Rückseite. Ich treffe mich am frühen Abend mit einem Freund, aber wir können uns um zehn Uhr zusammensetzen. Bringen Sie einen Badeanzug mit.«

»Wie bitte?«, sagte ich.

»Bringen Sie ihn mit! Ich habe eine alte Kriegsverletzung und ich verbringe jeden Abend eine Stunde in meiner heißen Wanne – ich unterziehe mich einer Hydrotherapie. Wenn wir miteinander reden wollen, ist die heiße Wanne praktisch der beste Ort. Man wird uns nicht belauschen.«

»Die heiße Wanne?« Ich konnte ihm nicht mehr folgen. Oder vielleicht hatte er wirklich die Pfanne heiß.

»Zehn Uhr dann«, wiederholte er. »Die heiße Wanne steht auf einer Veranda hinter meinem Haus.« Er öffnete eine Aktenmappe und schob einen Stapel Papiere hinein. »Keine Sorge. Ich bin nicht verrückt. Nur vorsichtig. Unser Gespräch kann nicht abgehört werden, wenn wir in der heißen Wanne sitzen. Sie werden es heute Abend besser verstehen. Aber jetzt müssen Sie mich entschuldigen. Ich habe einen Termin ein paar Häuserblocks weiter und ich darf nicht zu spät kommen. Meine Klientin ist sehr erregbar und seit neuestem Witwe. Es ist nicht gut für sie, wenn sie sich aufregt.« Er schlüpfte in eine beige Jacke und richtete seine Manschetten so, bis sie dezent unter den Jackenärmeln hervorlugten. »Entschuldigen Sie mich, wenn ich so geheimnisvoll tue. Es ist unter den Umständen unerlässlich.«

Und damit stapfte er aus seinem Büro und ließ mich dort allein zurück, inmitten von Papierbergen und vermutlich höchstvertraulichen Akten. Meine Fantasie ging mit mir durch. Ich stellte mir vor, wie ich mich durch jeden Papierfetzen hindurchwühlte, auf der Suche nach einem brauchbaren Hinweis. Vielleicht sollte ich die Schreibtischschubladen nach einer halb leeren Flasche Bourbon untersuchen, wenn ich schon mal dabei war. Einfach nur um einen Hinweis auf seine Verlässlichkeit zu bekommen.

Bedauerlicherweise erwachte die schlummernde Mrs. Rollins und trat herein, um meinen Plänen einen Dämpfer aufzusetzen. Sie erwischte mich buchstäblich mit der Hand in der Keksdose.

»Die habe ich einzig und allein für Peyton gebacken«, informierte sie mich mit eisiger Stimme. »Hat er Sie dazu eingeladen, davon zu naschen?«

Ich schüttelte schuldbewusst den Kopf und schloss die Schreibtischschublade, in der ich den Tupperware-Behälter voller Schokoladenplätzchen entdeckt hatte.

»Dachte ich mirs doch.« Sie schaute mich streng an, und ich fühlte, wie ich rot wurde. Solche alten Damen lassen mich immer im tiefsten Herzen vor Schreck erstarren. Ich fühlte mich, als ob meine Seele geröntgt würde.

»Peyton ist so ein reizender Junge«, sagte sie grimmig und stand in der Türöffnung, wie das Gespenst einer Schullehrerin aus längst vergangenen Tagen. Was sie, wie sich herausstellte, tatsächlich auch gewesen war.

»Ich habe ihn unterrichtet – in der vierten Klasse, wissen Sie?«, informierte sie mich. »Politische Erziehung. Man nannte es damals Gegenwartskunde. Er war der Beste und der Klügste. Es ist so schade um ihn.«

Ihre Stimme war bemerkenswert fest für eine alte Dame. Ich vermutete, ihr rechter Haken ebenfalls. Ich nickte, weil ich sie nicht weiter aufregen wollte – aus lauter Bammel, sie könnte ein Lineal hervorholen und mir damit eins über die Knöchel ziehen. Sie verstand mein Nicken als Aufforderung, mit ihrer Geschichte fortzufahren.

»Der Krieg war Schuld daran, glaube ich«, sagte sie. »Er war es, der Peyton veränderte. Er pflanzte ihm ein Gefühl der Verunsicherung ein, ein Schuldgefühl, weil er überlebt hatte, während so viele andere sterben mussten.« Sie schüttelte den Kopf und die Strasssteine auf ihrer Brille glitzerten im Licht wie die Augen einer Kobra. Meine Füße fühlten sich schwer an, unfähig sich zu bewegen, bis ich entlassen war. Ich stand stumm da und ließ einen Vortrag über mich ergehen. Ausgerechnet über den Vietnamkrieg.

»Was für ein merkwürdiger Krieg das doch war«, sagte sie nachdenklich und kam näher auf mich zu. »Er schien so unwirklich, so unglaublich weit weg.« Ihr zitterndes Seufzen erfüllte den Raum, während sie sich über den Schreibtisch ihres früheren Schülers hermachte, sinnlos Papiere stapelte und Stifte gerade richtete. Sie schmiss mich nicht direkt hinaus, aber sie schaffte es, mich durch ihre steife Haltung wissen zu lassen, dass sie das Zimmer nicht verlassen würde, ehe ich nicht gegangen war.

Ich hätte ihr in ihren kleinen Alte-Damen-Hintern treten können, aber ich wäre niemals der Belehrung entkommen, die darauf gefolgt wäre. Also gab ich nach. »Er scheint ein netter Mann zu sein«, sagte ich und stand auf, um zu gehen. Wir umkreisten einander vorsichtig wie ein Paar ältere Samurais, immer darauf bedacht, unser Gesicht zu wahren, ohne tatsächlich die Schwerter zu zücken.

»So ist es«, zischte sie. »Er ist ein wunderbarer Mann. Sein einziger Fehler besteht darin, dass er zu leichtgläubig ist. Er vertraut den Menschen zu schnell.« Ihr Blick meinte *mich.* »Manchmal solchen, bei denen das höchst unangebracht ist.«

»Zu denen gehöre ich nicht«, versicherte ich ihr. »Wir stehen auf derselben Seite.«

Der Blick, den sie mir zuwarf, ließ mich automatisch stramm stehen und weckte in mir rein impulsiv das Verlangen, sogleich eine Schandtat zu bekennen. Ich empfand ein Bedürfnis, zu beichten. Aber was? Ich konnte vielleicht gestehen, dass ich ein paar Jungs auf dem Schulhof verprügelt hatte. Aber das war schon Jahrzehnte lang her. Es würde sie nicht zufrieden stellen. Sie dürstete nach richtigem Blut.

»Ich hoffe, Sie haben Recht, junge Frau«, sagte sie und ihre Augen bohrten sich in meine. »Peyton Tillman ist sehr wichtig für viele ältere Menschen in dieser Gegend, die ohne ihn verloren und verwirrt wären. Er ist wie ein Sohn für mich. Niemand sonst würde mich anstellen.« Ihre Stimme nahm einen weicheren Ton an und zum ersten Mal zeigte sich ihr wirkliches Alter. Ich atmete unwillkürlich durch.

»Sehen Sie mich an!«, verlangte sie. »Ich bin uralt und zu Wenigem nütze, aber er besteht darauf, mich dafür zu bezahlen, dass ich in seinem Vorzimmer sitze und schlafe. Es macht den Unterschied aus zwischen Haben und Nichthaben, wenn es darum geht, für mich und meinen Mann Essen und Medikamente zu kaufen, verstehen Sie?« Sie entschuldigte sich nicht. Ihre Würde war Teil ihrer Person.

»Ich verstehe«, sagte ich rasch. Armut und sich Durchhungern waren mir nicht unbekannt.

»Ich möchte nicht erleben, dass man ihm wieder wehtut«, sagte sie zuletzt mit Bestimmtheit. »Die Menschen in diesem Staat sind durch seinen Verlust ärmer geworden. Er ist ein guter Mann. Wir alle machen Fehler. Seine waren geringfügig. Sie sind uns teuer zu stehen gekommen.«

»Ich werde es nicht zulassen, dass er noch mal verletzt wird«, versprach ich. Au Backe! Tillman musste ein paar verteufelt gute Klassenarbeiten in Gegenwartskunde geschrieben haben, um sich solche Loyalität zu verdienen.

»Solange wir uns nur richtig verstehen!« Das dünne Lächeln, das sich über ihre hellrosa Lippen breitete, machte mich froh, dass ich sie niemals als Lehrerin gehabt hatte. »Auf Wiedersehen, Miss Jones«, sagte sie mit einer weichen Stimme, während ihre Augen sich zu dünnen Schlitzen verengten.

Aha! Der schlafende Drache kannte also meinen Namen. Und meine Steuernummer und mein Geburtsdatum vermutlich noch dazu. Ich ging fort und merkte mir vor, dass ich mich, egal was ich sonst alles vorhatte, auf alle Fälle mit Mrs. Rollins gut stellen würde.

Nach dieser Begegnung empfand ich es als dringend notwendig, mich mit ein paar Bierchen im Players Retreat zu stärken. Dann flirtete ich noch ein wenig mit dem Mann hinter der Theke in der 42nd Street Oyster Bar, geleitet von der Theorie, dass ein Mann in solcher Nähe zu Austern sich als Perle im Bett herausstellen könnte. Nach einem kurzen Trip in meine Wohnung zum Umziehen war ich wieder bei der Arbeit.

Es war kurz nach zehn Uhr, als ich von der Oberlin Road in die stillen, eichengesäumten Straßen von Cameron Park einbog. Das war eine der ältesten Wohngegenden von Raleigh. Sie war um die vorige Jahrhundertwende herum am Stadtrand erbaut worden, befand sich jetzt aber mitten im Wirbel der Innenstadt.

Cameron Park wurde auf der einen Seite begrenzt durch die Hillsborough Street, die in direkter Linie ins Stadtzentrum führte – zur Statue vor dem Capitol, die zu Ehren der Gefallenen des Bürgerkriegs errichtet worden war. Obwohl das Viertel sich im Laufe des letzten Jahrzehnts verändert hatte, wohnten hier immer noch viele ältere Leute, deren Familien seit Generationen schon in dieser Gegend gelebt hatten. Ihre Häuser waren dunkel, dicht gemacht für die Nacht, die Türen fest verriegelt gegen Verbrechen aller Art. Die Gehsteige waren leer. Die North Carolina State University befand sich nur wenige Häuserblocks entfernt, aber eine geifernde Interessenvertretung der Bewohner hatte für eine strikte Einhaltung des Parkverbots und anderer Beschränkungen gesorgt, sodass nur wenige Studenten jemals betrunken durch dieses Viertel stolperten, um die altersschwachen Hunde zu wecken, die dort lebten.

Peyton Tillman wohnte in einer schmalen Seitenstraße, die am äußeren Rand eines mittendrin gelegenen Parks entlang führte. Das Haus war ein zweistöckiges, weißgetünchtes, steinernes Gebäude, das unterhalb der Straße in einen stark bewaldeten Abhang eingebettet lag. Eichen und Föhren schirmten das Wohnhaus vor dem Verkehr ab und hielten alle außer den hartnäckigsten Besucher fern. Entweder hatte er einen Haufen Geld geerbt oder die Tillmans hatten schon seit Jahren hier gewohnt. In Cameron Park kosteten Häuser wie dieses eine halbe Million Dollar und mehr. Kein Wunder, dass die Professoren und die kleinen, alten Damen weiterzogen und ihre Immobilien an die Ärzteschaft verhökerten.

Ich stieg sehr vorsichtig über die glitschigen Steinstufen hinab und war dankbar, dass ich meine knöchelhohen Tennisschuhe angezogen hatte. Die Nacht roch nass und grün. Ich konnte weit unten im Fluss am Ende des Parks Frösche quaken hören. Ihr hoher Gesang war wie eine feine Trauermelodie, das Gurgeln des Wassers klang wie eine sanfte Begleitung dazu. Wenigstens die Frösche waren zu dem Schluss gekommen, dass der Frühling jetzt begonnen hatte.

Und so viel zum Thema Energiesparen: Fast jedes Zimmer in Peyton Tillmans Haus erstrahlte im Licht. Ich fühlte mich, als ob ich mitten in der Dunkelheit über den Heiligen Gral gestolpert wäre. Zwei Stockwerke voller großer Fenster warfen ihre Lichtfetzen weit über den Abhang, der sich hinter dem Haus bis in die Tiefen des Parks fortsetzte. Ich drückte die Türklingel und wartete. Nichts tat sich. Ich läutete noch einmal und wartete weiter. Immer noch keine Reaktion. War er eingenickt? In welchem dieser hell erleuchteten Zimmer saß er denn? Ich lugte mit der geübten Hinterlist einer Kleinstadtschnüfflerin in ein paar der unteren Fenster hinein und begriff sehr schnell, dass Peyton Tillman, ohne sich anzustrengen, ein noch unordentlicherer Hausbewohner war als meine Wenigkeit. Papiere lagen auf den Tischen und auf dem Fußboden verstreut, Schranktüren standen offen, Schubladen waren herausgezogen und neigten sich zu Boden. Bücher waren überall auf den Teppichfußböden aufgestapelt. Was sollte man dazu sagen? Mein Haus war sein Haus. Aber ich sah keine Spur von Peyton. Mir grauste vor der Vorstellung, wie es in seinem Badezimmer und Schlafzimmer aussehen mochte. Dies war ein Junggesellenhaushalt par excellence.

Ich rutschte auf einem efeubedeckten Stein in der Nähe des Esszimmers aus, und der Gedanke, ich könnte in irgendein Flüsschen schliddern, erinnerte mich an die heiße Badewanne. Er weichte wahrscheinlich bereits seine müden Knochen und seinen kriegsversehrten Körper in der heißen Wanne ein. Wo hatte er doch gleich gesagt, dass die sich befand? Es konnte nur hinter dem Haus sein. An den Seiten ging es steil nach oben. Da war nur eben Platz genug für hartnäckige Kletterpflanzen und einen engen, steinernen Gartenpfad. Ich ging den Weg entlang, um das Haus herum, und entdeckte eine große hölzerne Veranda, die an der steil abfallenden Hügelseite auf Stützpfählen errichtet war. Anders als im Rest des Hauses war hier alles in Dunkelheit gehüllt. Die heiße Wanne war am anderen Ende der Veranda eingelassen und ich konnte gerade eben noch Peyton Tillman erkennen, wie er darin lag, den Kopf zurückgelehnt, während er durch ein Zeltdach nackter Zweige zu den Sternen emporblickte.

»Tut mir Leid, dass ich zu spät komme«, rief ich hinüber. »Ich musste vorher noch zum Fettabsaugen. Sonst hätte ich nicht in meinen Badeanzug gepasst.«

Okay, es war kein toller Witz. Aber ihn völlig zu ignorieren war auch kein Benehmen.

»Peyton?«, fragte ich in die Stille hinein. »Ich bins, Casey Jones. Wir hatten eine Verabredung.«

Als er nicht antwortete, wurde mir mulmig zu Mute. Ich hatte Geschichten gehört von Leuten, die sich in einer heißen Badewanne bewusstlos soffen und im Krankenhaus aufwachten, aufgedunsen wie riesige Backpflaumen. »Peyton«, rief ich noch lauter. Sein Name hallte über die Hügel des Parks und ließ die Frösche verstummen. Die plötzliche Stille fühlte sich noch ungemütlicher an. Ich unterdrückte den Impuls, zu dem hell erleuchteten Teil des Hauses zurück zu fliehen und blickte mich auf der Veranda um, um zu sehen, ob man mich beobachtete. Es tat mir auf einmal Leid, dass ich die alte Mrs. Rollins nicht als Beschützerin mitgenommen hatte.

»Peyton, Zeit für den Spülgang.« Immer noch keine Antwort. Ich holte tief Luft, stieg die Treppen zu der Veranda hinauf und tauchte in die Dunkelheit ein. Der Boden rund um die Wanne war nass, als ob jemand achtlos herumgeplanscht hätte. Gerade als ich Peyton erreichte, rutschte ich auf einem nassen Fleck am Fußende der Wanne aus und knallte hart zu Boden. Ich landete auf einem Berg Handtücher, die achtlos auf einander aufgehäuft lagen. Mein Oberkörper war auf den Planken ausgestreckt und ich schlug mit dem Ellbogen an die Wannenkante. Der Schmerz fuhr mir durch den ganzen Arm und ich begann, fest daran zu reiben, ehe ich bemerkte, dass etwas Klebriges und süßlich Riechendes meine Haut überzog. Es tropfte von meinem angeschlagenen Ellbogen in einen tiefen Schatten. Ich griff voller Panik nach dem Wannenrand, in der Hoffnung, mich hochzuziehen. Stattdessen berührte ich etwas Weiches und ebenso Klebriges. Ich fiel zurück und landete diesmal in einer Pfütze voller dunkler Flüssigkeit. Vor Ekel quietschte ich und schrie auf. Was zum Henker hing dort über der Wanne? Ich habe schon manche unbekannten Körperteile in der Dunkelheit berührt, aber auf keinen Fall würde ich das da anfassen wollen. Ich kroch auf den Knien von der Pfütze weg und zog mich am Geländer der Veranda hoch. Alle Gliedmaßen erwiesen sich als normal beweglich. Ich war angeschlagen, aber ich hatte mir nichts gebrochen.

Dasselbe konnte ich von Peyton Tillman nicht sagen. Sogar in der Dunkelheit war ich nahe genug dran, um endlich zu erkennen, dass etwas mit ihm ganz massiv im Argen lag. Er lehnte sich in der Wanne zurück, den Hals verrenkt. Ich konnte jetzt sehen, dass sein Kopf einen unnatürlichen Winkel zum Körper bildete. Ein Arm trieb auf dem Wasser, hochgehalten von den Blasen, die aus dem Sprudelbad aufstiegen. Der andere Arm hing achtlos über den Rand der Wanne. Das war es, was ich in der Dunkelheit berührt hatte. Ich blickte mit zugekniffenen Augen auf die beleuchtete Digitalanzeige der Wanne und suchte nach einem Lichtschalter. Der Timer zeigte weniger als sieben Minuten, die noch von dem eingestellten Programm übrig waren. Der Lichtschalter hatte drei Stufen zur Auswahl.

Ich drehte alles Licht an, das ich finden konnte. Ein blauer Filter dämpfte die Beleuchtung, aber ich sah genug von dem schäumenden, hellvioletten Wasser und genug von Peyton Tillmans unbewegtem Gesicht, um zu wissen, dass er schon seit langem in der Wanne vor sich hin blutete. Vorsichtig stieg ich um die Blutlache herum, die sich auf der Veranda unter seinen Fingerspitzen angesammelt hatte. Es war zu spät, um Spuren zu sichern. Ich hatte bereits die meisten davon auf dem Boden verschmiert.

Ich machte trotzdem einen Umweg um die Handtücher und fühlte sorgfältig an seinem Hals nach dem Puls. Er war tot. Ich ließ meine Fingerspitzen ganz leicht über sein Gesicht und über seine Schultern gleiten. Trotz der Hitze des Wassers hatte der obere Teil seines Körpers, der aus dem Wasser ragte, sich in der Nachtluft bereits abgekühlt. Das bedeutete, dass sein Blutkreislauf schon vor einiger Zeit zum Stehen gekommen war. Ich beugte mich in dem schwachen Licht der Wannenbeleuchtung vor und untersuchte seine Handgelenke. Drei lange klaffende Schlitze waren vertikal mit dem Messer tief eingeschnitten worden. Sie fingen an der Unterseite der Handflächen an und führten in Richtung Ellbogen. Jeder Schnitt war rund zehn Zentimeter lang. Dies war kein halbherziger Selbstmordversuch. Das warme Wasser hatte ihn rasch aus dem einen Arm, der im Wasser schwebte, ausbluten lassen und damit das Wasser violett gefärbt. Der Arm, der über den Rand der Wanne hing, hatte langsamer Blut verloren, aber ich vermutete, dass der Blutverlust aus jedem einzelnen der Arme allein genügt hätte, um sein Ziel zu erreichen.

Warum in Dreiteufelsnamen hatte er das nur getan? Warum mich erst einladen und sich dann umbringen? Fühlte er eine so große persönliche Verantwortung für Gails Leben, dass er meinte, er müsse als Buße sein eigenes dafür hingeben?

Ich setzte mich auf eine hölzerne Bank am Rand des Verandageländers, um meine Möglichkeiten zu überdenken. Genau in dem Moment drehte sich der Wind, und der süßliche Geruch von ausgeflossenem Blut drängte sich mir in die Nase. Das erinnerte mich daran, dass Peyton Tillmans Blut meine Kleider auf der linken

Seite durchtränkt hatte. Der Gedanke verursachte mir augenblickliche Übelkeit.

Völlig unvermittelt erbrach ich die ganzen Austern und das Bier, mit einem reichlichen Kontingent von Laugengebäck. Ich konnte nichts weiter tun, als mich vorzubeugen und alles aus mir rauszulassen. Ich hoffte bei Gott, dass ich nicht direkt in das Beweismaterial hinein reiherte. Meine Tennisschuhe würden sich davon sowieso nie wieder erholen, das wusste ich. Und was mein Ego betraf, so war ich mir auch nicht so sicher. Ich bekleckerte mich mit etwas, aber bestimmt nicht mit Ruhm. Der Anfall dauerte gute fünf Minuten. Ich versuchte meine Gedanken zu sammeln. Ich wusste, ich sollte die Polizei anrufen und es würde nicht gut aussehen, wenn ich es tat. Bill Butler würde sich maßlos aufregen, aber wahrscheinlich erst, nachdem man mich festgenommen hatte – wegen Spurenbeseitigung am Tatort auf eine bisher noch nicht da gewesene Weise.

Die Verzögerung beim Anrufen der Polizei brachte mich zu der Einsicht, dass ich eine, und nur eine, Chance hatte, herauszufinden, was Peyton Tillman mir an diesem Nachmittag hatte sagen wollen. Es war bescheuert, aber ich musste es tun. Ich musste zunächst noch sein Haus durchsuchen, bevor ich seinen Tod meldete. Niemand hätte ihn zu diesem Zeitpunkt mehr retten können, sagte ich mir. Er war schon seit einer halben Stunde oder länger tot. Auf eine weitere halbe Stunde kam es auch nicht mehr an. Das Problem war nur, dass ich keine Handschuhe hatte und es mir nicht leisten konnte, einen einzigen Fingerabdruck zu hinterlassen. Wenn jemand die Spuren durch den Computer schickte, hatte er einen Soforttreffer und meine Strafakte lag in ihrer ganzen Herrlichkeit vor Bill Butler und dem gesamten Raleigh Police Department offen zutage. Ich musste eine Möglichkeit finden, zu suchen ohne Abdrücke zu hinterlassen.

Die heiße Wanne kam zum Ende ihres Programms und eine bedrohliche Stille legte sich über die Veranda. Das Wasser wurde ruhig. Winzige Rinnsale aus tiefrotem Samt breiteten sich von seinen Handgelenken in das blaue Wasser aus wie Krampfadern. Die Stille forderte mich heraus, mir sein Gesicht anzusehen. Es war vom Licht abgewendet und seine Züge waren in dem Schatten schwer zu erkennen. Ich war mir nicht sicher, was ich suchte. Vielleicht ein Zeichen von Frieden oder Gelöstheit, von beantworteten Fragen oder Resignation? Was ich fand, war nichts. Jeglicher Ausdruck war aus seinem Gesicht gewichen. Die Essenz dessen, was die Person Peyton Tillman ausgemacht hatte, war auf immer aus ihm gewichen.

Ich ließ ihn zurück und begann mit der Durchsuchung, so schnell ich konnte. Ich betrat die Küche durch die halb geöffnete Schiebetür hinter dem Haus. Die einzigen Handschuhe, die ich finden konnte, waren zwei große Topfhandschuhe in Form eines Krokodils und einer Kuh. Ich fühlte mich wie die verrückt gewordene Moderatorin einer Kindersendung, als ich mit diesen Monstern herumwedelte, aber sie waren besser als gar nichts. Besonders als ich ins Wohnzimmer kam und feststellte, dass ich mich auf noch mehr Probleme eingelassen hatte, als ich dachte. Es war schon jemand vor mir da gewesen. Peyton Tillman war kein Chaot. Sein Haus war so unordentlich, weil es von jemandem in großer Eile auf den Kopf gestellt worden war. Alles war hastig wieder zurückgestellt worden. Stapel von Magazinen rutschten zu Boden, als ich sie sanft mit dem Fuß berührte. Der Inhalt von Schubladen war achtlos zurückgekippt worden. Regale waren leergeräumt und eilig mit allem, was sich auf dem Fußboden befand, wieder angefüllt worden. Man hatte Bücher geöffnet, geschüttelt und sorglos wieder zurückgestellt. Unter diesen Umständen würde ich in dem Haus nichts finden, das wusste ich. Trotzdem ging ich durch die oberen Zimmer. Meine Puppenhandschuhe warfen bizarre Schatten an die Wände des Treppenhauses. Nichts. Ein durchwühltes Schlafzimmer, leere Gästezimmer und eine Diele voller Gerümpel – Dinge, die rücksichtslos aus Wäscheschränken und Kabinetten gerissen und auf dem Fußboden liegen gelassen worden waren. Der hier gesucht hatte, war noch achtloser vorgegangen, als er in den zweiten

Stock gelangte. Oder vielleicht hatte er es noch eiliger gehabt. Hatte er (oder war es eine sie?) gewusst, dass ich kommen wollte? Waren es mehrere? Wann waren sie wieder gegangen?

Und hatten sie geholfen, Peyton auf seine Reise in den Tod zu schicken? Es kam mir plötzlich in den Sinn, dass ich bestenfalls eine kolossale Idiotin war. Peyton Tillman hatte genau so wenig seine eigenen Handgelenke aufgeschnitten wie ich Madonna war. Ich hatte keine Notiz gefunden, keine Reuebekundung oder Entschuldigung. Ich kehrte zur Küche zurück, packte die Krokodil- und Kuhhandschuhe wieder in ihre Schublade, und wischte den Griff gründlich ab. Ich fand den Lichtschalter für die Außenbeleuchtung auf der Veranda hinter dem Kühlschrank und knipste ihn mit meinem sauberen Ellbogen an. Grelles Licht überflutete die groteske Szene. Der tote Richter sah aus wie eine Gestalt aus einem Theaterstück. Ein römischer Senator, der seinen letzten Akt ausspielt.

Mit der Festbeleuchtung hatte ich mehr Glück bei der Untersuchung der Leiche. Die Schnitte an seinen Armen waren nicht nur tief, sie waren auch methodisch und im gleichen Abstand angebracht worden. Wie konnte ein Mann, der aus dem einen Arm bereits verschwenderisch blutete, die Zeit und die Kraft aufbringen, sich so präzise Schnitte auch noch am anderen Arm beizubringen? Ich untersuchte seinen Hals. Keine Würgemale, keine Kratzer oder Schnitte. Ich fuhr mit den Fingerspitzen leicht durch seine Haare. Bill Butler hätte mich umgebracht, wenn er mich gesehen hätte. Die Rückseite des Schädels verlief in einer glatten Kurve, nur war da eine Erhebung am Genickansatz. Ich konnte es mir nicht genauer ansehen, ohne die Leiche zu bewegen. Aber sogar ich wusste, dass ich schon weit genug gegangen war.

Die Aufgabe war beendet. Ich kroch zurück zur Küche und nahm den Hörer ab. Ich legte ein Blatt von der Küchenrolle über das Mundstück, obwohl ich bezweifelte, dass der Mörder telefonisch eine Pizza bestellt hatte. Bill antwortete beim dritten Klingeln.

»Casey hier«, sagte ich. »Ich bin im Haus von Peyton Tillman. Jemand hat ihn umgebracht. Er liegt in seinem Sprudelbad. Ich bin auf dem Blut ausgerutscht, weil es dunkel war, und ein bisschen hingekotzt habe ich auch, aber sonst habe ich nichts angefasst.«

Zu seiner Ehrenrettung muss ich sagen, dass kein ungläubiger Schnaufer das Schweigen unterbrach, das folgte. »Bleib, wo du bist«, sagte er. »Ich finde die Adresse schon raus und rufe den CCBI an. Setz dich einfach hin und warte. Und, Casey, kein Wort, zu niemandem, bis ich da bin. Okay?«

Ich weiß nicht, ob es die unerwartete Liebenswürdigkeit in Bills Stimme war, oder die Tatsache, dass ich Peyton Tillman mochte, oder einfach nur eine PMS-Attacke. Was immer der Grund war: Als ich auf die Veranda zurückkehrte, setzte ich mich hin und während ich wartete, überkamen mich auf einmal die Tränen. Das aufgestaute Adrenalin baute sich ab und die ganze Dimension dessen, was geschehen war, kam mir zu Bewusstsein.

Ein guter Mann war tot. Und wenn ich nicht herausbekam, welche Geheimnisse er mit sich ins Grab genommen hatte, musste bald auch noch eine Frau sterben. Es kam mir wie eine unerträgliche Last vor und ich bedauerte es jetzt, sie mir aufgebürdet zu haben.

Ach was, zum Teufel nochmal. Es war keiner da, der mich sehen konnte. Ich machte mich dran und ließ alles raus, bevor jemand dazu kam. Die Wahrheit ist, ich glaube an die Flennerei, solange es einen guten Grund dafür gibt. Aber ich muss gestehen: Wenn ich schon heulen muss, dann am liebsten ganz alleine.

5

Das CCBI ist das City County Bureau of Investigation, eine spezielle Einheit, die bei allen Tötungsdelikten oder, im Fall von bedeutenden Bürgern wie Peyton Tillman, auch bei lediglich verdächtigen Todesfällen, in Aktion tritt. Die Tatsache, dass die Polizisten bereits unterwegs waren, bewies nur, dass Peyton ein Richter gewesen war. Es bedeutete nicht, dass sie glaubten, er sei Opfer eines Mordes geworden.

Die Cops in der Gegend von Raleigh können was Besseres als um elf Uhr nachts mit kreischenden Sirenen durch die stillen Straßen von Cameron Park zu düsen. Stattdessen tauchten mindestens zehn Autos lautlos hinter einem Cruiser mit Blaulicht auf. Sie parkten am Gehsteig rund um den Park in einem merkwürdig koordinierten Manöver, das mich an geheime Regierungsorganisationen denken ließ und an Leute, die auf geheimnisvolle Weise vom Erdboden verschwinden. Ich schauderte und bemerkte, dass ich immer noch nichts weiter als einen Badeanzug und einen Trainingsanzug anhatte. Ich rubbelte meine Arme und es war mir egal, dass ich Tillmans Blut noch mehr verschmierte. Ich lehnte mich über das Geländer der Veranda und beobachtete, wie sich die offiziellen Gestalten näherten. Wie ihre Schatten den Hügel herab kamen, um mir das Leben schwer zu machen. Ich konnte Bill Butler in der Menge nicht erkennen. Schlecht. Ich brauchte jetzt einen Freund, selbst wenn es einer war, mit dem ich anscheinend nicht so gut klar kam.

Ein bulliger Typ in Uniform traf als Erster ein. Er schnaufte und schniefte vor lauter Anstrengung. Im hellen Licht wirkte er extrem rosa, und seine hellblonden Haare waren so kurzgeschoren, dass sie wie stoppelige Borsten aussahen. Er sah aus wie eines der drei kleinen Schweinchen, das man in Uniform gesteckt hatte. Er hustete und prustete, während er das verschmierte Blut und die Kotze daneben anstarrte. Dann schaute er zu dem toten Richter hinüber und musterte mich kritisch. Er hatte wohl Mühe, sich zwischen einem Herzschlag und einer Beschwerde über das Chaos zu entscheiden. »Sind Sie diejenige, die das hier gemeldet hat?«, fragte er schließlich.

Oh nein, wollte ich sagen. Ich bin nur eine freundliche Nachbarin, die die seltene Gelegenheit ergriffen hat, um unerlaubterweise herüberzuschleichen und mich in Peyton Tillmans Wanne und Blut zu wälzen. Stattdessen nickte ich nur stumm, und er ignorierte mich fortan. Er zog lieber eine Taschenlampe hervor und bewegte sich langsam auf die andere Seite des Hauses zu, während er einen kleinen Lichtkegel auf die nassen Steine gerichtet hielt, als ob die ihm etwas mitteilen könnten.

Die anderen Polizisten trafen nach einer Minute ein. Sie waren schlanker und sahen viel ernst zu nehmender aus. Die meisten ignorierten mich ebenfalls. Zwei kamen auf mich zu: Bill Butler und eine Brünette, die ich nicht kannte. Sie missfiel mir grundsätzlich, schon allein deswegen, weil sie hoch gewachsen und schlank war. Schlimmer noch, sie hatte ihre Haare in lässiger Eleganz aufgesteckt. Das war ein Stil, bei dem meine eigenen überstrapazierten Zotteln hochstehen würden wie bei einem blutleeren Opfer von Nosferatu.

»Casey, das ist Anne Morrow«, sagte Bill. »Sie leitet die Untersuchung. Sag ihr alles, was du mir am Telefon gesagt hast und beantworte ihr alle Fragen, die sie dir stellt.«

»Wirst du mich nicht in Handschellen legen und mir meine Rechte verlesen?«, fragte ich hoffnungsvoll.

»Nur in deinen Träumen«, antwortete er. »Ich muss zurück zur Arbeit.« Bevor ich mir eine Antwort überlegt hatte oder ihm danken konnte, war er schon wieder weg. Ein schlechtes Zeichen.

»Heute sind alle so witzig«, grummelte ich und war mir bewusst, dass die schlanke Polizistin mich mit einem sorgfältig neutral gehaltenen Ausdruck anstarrte. Sie nahm neben mir auf der Bank Platz, während ein Team von Spezialisten der Spurensicherung sich über die Veranda, das Sprudelbad und den Richter hermachten. »Es ist nett, Sie kennen zu lernen«, sagte sie unerwartet. »Es ist schon selten, dass man eine Zeugin trifft, die zugibt, dass sie Blut am Tatort verschmiert und sich über die verbliebenen Beweisstücke übergeben hat. Meistens warten sie nicht, bis wir kommen.«

»Sehr witzig«, murmelte ich. »Sie beide sind ja wie Abbott und Costello.«

»Also, um der Wahrheit die Ehre zu geben, sind Bill Butler und ich überhaupt kein Team. In keinerlei Hinsicht. Fühlen Sie sich jetzt besser?«

»Bin ich so leicht zu durchschauen?«, fragte ich und war trotzdem froh. Sie waren nur Kollegen. Die grüne Flamme in meinem Herzen verlosch.

Sie zuckte die Schultern. »Es ist mehr das, was ich über Sie beide höre, als was ich gerade gesehen habe. Ich würde das hier nicht direkt als romantische Kulisse bezeichnen.«

»Jedenfalls nicht heute Abend«, stimmte ich ihr zu.

»Sie haben Glück, dass Sie Bill kennen«, sagte sie abrupt. »Das macht einen sehr großen Unterschied aus in der Art, wie Sie behandelt werden. Es geht mich ja nichts an, aber ich würde sagen, Sie schulden ihm einen Gefallen. Und nun fangen Sie am Anfang an und erzählen Sie mir alles, was Sie wissen.«

Ich fing am Anfang an und erzählte ihr alles, was ich wusste. Ganz im Ernst. Ich wusste, dass das CCBI mich nicht mal auf eine Meile an die Untersuchung herankommen lassen würde, und ich wollte, dass man den, der Peyton Tillman auf dem Gewissen hatte, zu fassen kriegte. Das war genau das, was ich Detective Morrow sagte.

»Sie sind also überzeugt, dass er sich nicht selber umgebracht hat?«, fragte sie.

»Na, kommen Sie, wo denken Sie hin?« Ich winkte mit dem Arm zu der Leiche hinüber, die gerade von einem bleichen Mann fotografiert wurde, der noch kadavermäßiger aussah als sein Objekt. »Ich habe noch nie Schnitte gesehen, die so präzise waren, seit ich in der elften Klasse das Fröscheaufschneiden geschwänzt habe und ich glaube, er könnte eine Beule am Hinterkopf haben.

»Das glauben Sie«, fragte sie eisig.

»Ich habe eben gute Augen«, gestand ich. »Ich habe nicht mal ein Haar auf seinem Kopf berührt.«

»Das hätte ich auch nicht gedacht«, antwortete sie. »So kühl und professionell wie Sie sind. Sie waren bestimmt viel zu sehr damit beschäftigt, sich zu übergeben.« Aber dann lächelte sie, und ich kam zu dem Schluss, dass Anne Morrow doch ganz in Ordnung war. Selbst wenn sie ungefähr zwanzig Pfund weniger wog als ich und an die fünfzehn Zentimeter größer war.

»Wann sind Sie zur Truppe gekommen?«, fragte ich, nachdem sie alles erfahren hatte, was ich über Peyton Tillman wusste.

»Hier seit ungefähr sechs Monaten, aber ich bin schon über elf Jahre in dem Job. Ich war die meiste Zeit oben in Asheville. Ich stamme von dort und deswegen bin ich auch dort beim State Bureau of Investigation eingestiegen, gleich nach dem College.«

»College?«, fragte ich.

»BA in Kriminalrecht von der John Jay University in New York City, MBA von Indiana, dann nach Hause, um den Jungen von nebenan zu heiraten, ließ mich von dem Allerwertesten wieder scheiden, verließ das SBI und kam hierher. Erster weiblicher Detective in der Geschichte dieses Departments.«

»Eine bewundernswert prägnante Biografie«, sagte ich dazu.

»Und was ist Ihre Geschichte?«, fragte sie zurück.

»Verarmte weiße Arbeiterklasse, aber mit Köpfchen, macht Karriere, verlässt den Pfannenstiel in Florida und zieht nach Norden. Ich hatte auch einen Dreckskerl, von dem ich mich scheiden lassen musste. Ich habe festgestellt, dass ich zu zittern anfange, wenn ich mich über die Staatsgrenze von North Carolina wage. Vermutlich bin ich hier geblieben, weil ich sonst nirgendwohin gehörte.«

»Auch ein Grund«, sagte die Polizistin. Wir wurden von einem Mann unterbrochen, der aussah wie ein Quartalssäufer nach einer dreiwöchigen Sauftour. In der Hand hielt er eine schwarze Ärztetasche. Er sah aus, als ob er Zahnstocher brauchte, um seine Augen am Zuklappen zu hindern. Vielleicht geht es einem ja so, wenn man den ganzen Tag über dem Tod ins Antlitz starrt. »Sie können ihn jetzt wegschaffen lassen, wenn Sie wollen«, wandte er sich an Detective Morrow.

»Was können Sie mir jetzt schon sagen?«, fragte sie.

»Nicht viel.« Er blickte zu mir hinüber.

»Sie können unbesorgt vor ihr sprechen«, sagte Morrow. Ich fühlte mich geschmeichelt und tat mein Bestes, um wie eine verantwortliche Gesetzeshüterkollegin zu wirken, die rein zufällig mit einem Trainingsanzug bekleidet und mit Blut und Kotze verschmiert war.

»Dieses Sprudelbad bringt alle meine Annahmen durcheinander«, erklärte er. »Ich muss die innere Temperatur der Organe messen, bevor ich wirklich sicher sein kann. Die Zeitangaben in diesem Fall werden schwierig sein.«

»Aber wenn Sie raten müssten?« Sie hatte diese Frage schon viele Male zuvor gestellt.

»Aufgrund meiner wissenschaftlichen Beobachtung, dass er noch nicht einer kalifornischen Rosine ähnelt, würde ich sagen, dass er seit mindestens anderthalb Stunden tot ist, aber nicht mehr als drei. Ich kann es nicht mit meiner üblichen Gewissheit sagen, weil der Blutfluss nach Einsetzen des Todes unter den besonderen Bedingungen in der Wanne nicht zum Stillstand kam. Der Tote hat eine Beule am Hinterkopf, die ich mir noch genauer ansehen muss. Die könnte mir mehr verraten.«

»Verstehe«, sagte sie. Und schon war der Mann entlassen. Verdammt, Detective Morrow hätte eine großartige Königin abgegeben. Sie war ruhig, professionell und brachte die Dinge auf den Punkt.

»Was meinen Sie, sieht es nach Selbstmord aus?«, fragte ich, nachdem sie mit ihren Fragen an mich fertig war. Sie klappte ihren Notizblock zu. »Ich weiß in diesem Moment noch nicht, was ich davon halten soll, aber ich werde Sie bitten müssen, ihre Kleider auszuziehen.«

»Waas?« Ich starrte sie an.

»Ich muss Ihre Kleider in einen Beutel stecken, weil Sie ja anscheinend eine Bauchlandung im wichtigsten Teil des Tatorts hingelegt haben. Ein biogenetisch verwertbarer Abdruck ist heutzutage sehr wichtig. Ich fürchte, er tröpfelt gerade an Ihnen herunter.«

»Sie sagen immer Tatort. Sie glauben also nicht, dass es Selbstmord war? Sie wissen, dass es da eine Verbindung gibt, nicht wahr?«, antwortete ich.

»Eine Verbindung?«, fragte sie.

»Mit meiner Untersuchung im Fall Gail Honeycutt.«

Sie wehrte mit einer gut manikürten Hand ab, aber ich machte ihr aus ihrer Körperpflege keinen Vorwurf.

»Halten Sie mal die Luft an, Casey. Ich habe nicht die geringste Idee, womit diese Sache hier in Verbindung steht und ich werde nicht in diesem frühen Stadium mit dem Ratespiel beginnen. Ich könnte sagen, ich halte Sie auf dem Laufenden, aber Sie und ich, wir wissen beide, dass ich das nicht mache werde. Um ganz ehrlich mit Ihnen zu sein, Sie haben Ihren Vertrauensvorschuss heute Abend mehr als aufgebraucht. Alles, was ich Ihnen sagen kann, ist, dass viele Leute Tillman gerne tot gesehen hätten. Es ist ein Berufsrisiko, wenn man Richter ist. Man locht einen bösen Buben ein, er wird vorzeitig entlassen und macht sich auf die Suche nach einem. Ihre Untersuchung, Casey, steht auf der Liste der Möglichkeiten ziemlich weit unten, aber ich werde sie in Betracht ziehen, das verspreche ich Ihnen. Wenn Sie meine Meinung hören wollen, so glaube ich, dass Tillman sich mit Ihnen treffen wollte, weil er von schlimmen Gewissensbissen geplagt wurde. Punkt. Aus.«

Sie winkte einen Detective herbei, der während unseres Gesprächs in der Nähe gewartete hatte.

»Können die Jungs ein paar große Beutel organisieren?«, fragte sie ihn. »Ich brauche ihre Kleidungsstücke.«

»Was? Ich soll mich gleich hier ausziehen?«, protestierte ich. Okay, also ich habe in der Vergangenheit schon für viele Cops einen Strip hingelegt, aber es war immer freiwillig gewesen und im privaten Rahmen meiner Wohnung.

»Sie können es hier tun oder auf der Wache«, sagte sie ruhig.

Komisch, was man alles zustandebringt, wenn man keine andere Wahl hat. »Ich habe noch Kleider zum Wechseln im Auto«, sagte ich mürrisch und war mir ziemlich sicher, dass der Kofferraum noch ein ölverschmiertes Arbeitshemd und zerrissene Shorts enthielt, die um etliche Nummer zu klein waren. Ich würde mir beim Umziehen den Hintern abfrieren, aber das war gut so, dann hatte ich wenigstens eine Chance, in die Shorts auch reinzupassen.

»Gehen Sie mit ihr«, wies Anne Morrow ihren Kollegen an.

»Ich denke, Sie können mir vertrauen, dass ich nicht abhaue«, sagte ich sarkastisch.

»Ich war eher um Ihre Sicherheit besorgt«, antwortete sie ruhig, ehe sie mir zum Abschied zunickte und zur Leiche hinüberging.

Verdammt. Diesen Aspekt hatte ich selber überhaupt noch nicht in Betracht gezogen. Wenn jemand Peyton Tillman eins übergebraten, ihm die Handgelenke aufgeschlitzt und ihn sich zu Tode bluten lassen hatte, alles wegen mir, wer sagte mir dann, dass ich nicht das nächste Opfer war?

Ich bin oft paranoid, aber nie ohne guten Grund. Nachdem ich mich in der Dunkelheit umgezogen und meine blutigen Bekleidungsstücke abgegeben hatte, beschloss ich, dass das Klügste, was ich unter diesen Umständen tun könnte, wäre, in mein Büro hinüberzuzischen und meine Waffe zu holen. Ich bewahre meine Astra eingeschlossen in der untersten Schublade meines Schreibtischs auf. Die Munition habe ich in der obersten Schublade, neben der Packung mit den Tampons. Einfach nur zu wissen, dass ich sie da habe, hilft mir, mein PMS unter Kontrolle zu halten.

Es war nach Mitternacht und nicht einmal die Huren auf der Hargett Street sahen aus, als hätten sie Interesse daran, wachzubleiben. Die Innenstadt war tot in der kalten Märznacht. Eine Tasse heißer Kaffee und ein halbes Dutzend warme Krispy-Krem-Donuts wären mir jetzt gerade rechtgekommen. Ich brauchte etwas, um die Kohlehydrate zu ersetzen, die ich auf Peyton Tillmans Veranda zurückgelassen hatte. Aber ich war nur ein paar Ecken vom Büro entfernt, also beschloss ich, meine Waffe zu holen, bevor ich mich in die Person Street aufmachte. Abgesehen davon ist es ein gefährliches Unterfangen, sich Bobby Dee mit einer vollen Schachtel Krispy Krems zu nähern. Dabei kann man leicht eine Hand verlieren.

Unser Büro liegt in der MacDowell Street, ein paar Blocks entfernt vom Veranstaltungszentrum und in Spuckweite vom Raleigh Police Department. Normalerweise blinkt das Neonschild vierundzwanzig Stunden am Tag und die Jalousien sind hochgezogen, damit ein jeder, der vorbeikommt, einen Blick hineinwerfen kann. Aber an diesem Abend war das Schild unbeleuchtet, und die Jalousien waren runtergelassen. Ich hatte ein ungutes Gefühl. Ich parkte vor dem Haus und näherte mich vorsichtig der Tür. War Bobby krank? Die Tür war abgesperrt. Noch was Ungewöhnliches. Als ich den Schlüssel in das Schloss steckte und am Türgriff drehte, hörte ich ein seltsames Klopfen aus dem Inneren des Büros. Das erhöhte nicht gerade mein Gefühl, dass alles in Ordnung war. Es war dunkel, und ich tastete nach dem Lichtschalter.

Bobby saß an Händen und Füßen gefesselt auf einem harten Holzstuhl, der jeden Augenblick unter seinem Gewicht nachzugeben drohte. Eine weiße Augenbinde war um seinen Kopf gewickelt. Sie hatte das Toupet verrutschen lassen, sodass es an der Seite seines Kopfes hervorspross wie ein Unkraut, das sich am Rand einer Klippe festklammert. Bobby war mit einem weiteren Stück Stoff geknebelt worden, und sein Gesicht zeigte eine gefährliche Rötung. Selbst an den kühlsten Tagen transpiriert er nicht gerade zurückhaltend, aber sogar auf diese Entfernung konnte ich sehen, dass sein Freizeithemd völlig durchnässt war. Das Klopfen, das ich gehört hatte, stammte von seinen Versuchen, sich vom Stuhl zu erheben. Was ihm schon schwer genug fällt, wenn er nicht wie ein Weihnachtspaket verschnürt ist.

»Halt ein, Bobby. Ich bin es, Casey. Immer mit der Ruhe.« Was lustig hätte aussehen können, war alles andere als das. Bobby wirkte wie eine Minute vor dem Herzanfall. Ich brach mir drei Fingernägel bei dem Versuch ab, ihm den Knebel und die Augenbinde abzunehmen. Ein kleiner Preis für den seltenen Schwall an Dankesbekundungen, der von seinen Lippen floss.

»Dem Himmel sei Dank, Casey, du hast mir das Leben gerettet. Was immer du willst, es sei dein. Du brauchst es nur zu sagen. Du kannst das ganze Honorar aus dem Fall Taylor für dich behalten. Was brauchst du noch? Gott, ich wäre verreckt, krepiert, umgekommen, wenn du nicht vorbeigekommen wärst. Noch ein paar Sekunden und ich wäre tot gewesen. Oh, ich kann dir sagen, ich habe meiner Zukunft ins Auge geblickt und ich sah nichts als Schwärze. Nullo, niente, nichts. Der große Sensenmann hat schon an meine Tür geklopft.«

Noch eine Sekunde von diesem Gewäsch, und er würde anfangen und mich darum bitten, ihn zur Kirche zu fahren. Aber Bobby war und blieb immer noch Bobby. Bald wechselte sein dankbares Gesülze zu einer Kanonade von Beschimpfungen, die gegen seinen Angreifer gerichtet waren.

»Ich werde ihn umbringen, der mir das angetan hat, den feigen Hund. Was für ein Schwein, sich so an jemanden heranzuschleichen. Ich hatte eine Verabredung, verstehst du. Ich habe Wochen gebraucht, um die Lady weich zu klopfen. Das wird sie mir niemals glauben. Ich werde ihm dafür den Hintern aufreißen, von vorne bis hinten. Leider habe ich nicht gesehen, wer es war. Er muss riesig gewesen sein, unbeschreiblich stark. Ein Glück, dass du nicht hier warst. Er hätte dich kalt gemacht. Ich hab versucht, ihn abzuwehren, aber er hat mich überwältigt.«

Ich lüpfte sein Toupet und befühlte seinen Hinterkopf. Ein kleiner Stöpsel erblühte auf seinem Schädel. Saubere Arbeit. Ich hatte so was schon einmal gesehen. An Peyton Tillman.

»Du bist von hinten niedergeschlagen worden. Du kannst dich gar nicht gewehrt haben.«

Er sank wieder zurück auf den Stuhl und wartete geduldig, während ich seine Fesseln an Händen und Füßen löste. »Es ist wahr«, gab er kleinlaut zu. »Ich habe den Typ gar nicht gehört, habe ihn nicht mal gesehen. Urplötzlich gingen die Lichter einfach aus. Im übertragenen Sinne, verstehst du. Als ich zu mir kam, saß ich da, verschnürt und verpackt wie ein Truthahn zu Thanksgiving. Mein Gott, hast du eine Vorstellung, wie sich das anfühlt, nicht mehr atmen zu können? Ich war völlig hilflos.«

»Niemand hätte unter diesen Umständen irgendetwas tun können«, versicherte ich ihm. »Ich verspreche, es keiner Menschenseele zu verraten. Hat er irgendwas mitgehen lassen?« Und was, fragte ich mich, hatte er überhaupt gesucht?

»Verdammt, wenn ich das nur wüsste. Schau dir diesen Sauhaufen an.«

Es stimmte. Unser Büro würde nie auf das Cover von *Good Housekeeping* kommen, nicht einmal im aufgeräumten Zustand. Aber es sah normalerweise nicht so aus, als wäre gerade ein Tornado hineingefahren. Jetzt aber schon. Aktenschränke waren umgeworfen, Bobbys Papiere lagen über den Teppich verteilt, sein Blecheimer voller Bierdosen war auf dem Fußboden ausgeleert worden. Aktenmappen verdeckten den Bodenbelag. Ich folgte der Spur die Diele entlang und entdeckte, dass mein eigenes kleines Büro genauso verwüstet war. Alle Schubladen meines Schreibtischs waren mit einem Brecheisen aufgebrochen worden und der Inhalt auf dem Fußboden verstreut. Dieses Arschloch.

Ich ließ mich auf alle viere nieder und suchte. Mein Revolver war weg. Ich wühlte mich durch den Rest meiner obersten Schublade. Mein falscher Waffenschein und die Registrierung waren auch verschwunden. Au verdammt. Es hatte mich viel Zeit gekostet, diese Waffe und saubere Papiere dafür zu kriegen. Jetzt konnte ich wieder ganz von vorne anfangen. Mein Aktenschrank war auch lädiert, aber das beunruhigte mich weniger. Ich bewahre nur die erledigten Fälle darin auf. Die Sachen, die ich gerade bearbeite, schleppe ich überall mit mir herum. Das erinnerte mich an etwas. Ich rannte durch die Eingangstür und untersuchte meinen Valiant. Er stand brav und unberührt unter einer Straßenlaterne. Aber als ich wieder hineinging, erlebte ich gleich die nächste böse Überraschung. Bobby lag auf dem Fußboden wie ein kleiner Berg aus

Fleisch, der sich über einer Ebene von Papier erhebt. Und er bewegte sich nicht. Ich kniete neben ihm nieder und fühlte seinen Puls. Nichts. Oh mein Gott, kein Erste-Hilfe-Unterricht der Welt hätte mich auf einen solchen Notfall vorbereiten können. Ich brauchte jedes Gramm meines beträchtlichen Eigengewichts, um das Herz durch seine Körpermasse hindurch zu erreichen. Und wenn jetzt noch das Telefon aus der Wand gerissen war, dann gute Nacht. Ich griff den Hörer und vernahm das Freizeichen. Ich holte tief Luft, wählte 911 und suchte gleichzeitig mit den Fingern nach der Spitze von Bobbys Brustbein. Ich klang wahrscheinlich wie ein hysterisches Frauenzimmer, aber was solls? In dem Moment war ich das ja auch. Wenigstens war Hilfe unterwegs.

Inzwischen fand ich den richtigen Punkt, holte noch mal tief Luft und begann zu pumpen oder genauer gesagt zu hopsen. Ich kniete neben ihm auf meinen Fersen und drückte mit aller Kraft, während ich rauf und runter sprang wie ein wild gewordener Troll, indem ich mein gesamtes Gewicht auf Bobbys Brust niedergehen ließ. Es funktionierte. Sein Körper begann ein wenig im Rhythmus mit dem meinen zu zucken und anzuspringen. Das bedeutete, dass ich ihn zurückgeholt hatte. Ich machte nach zwölf Wiederholungen eine Pause und sammelte meine Kräfte für das, was als Nächstes kommen musste.

Niemals in meinem Leben hatte ich Bobbys Lippen berührt. Und sehnsüchtig hatte ich gehofft, in mein Grab sinken zu können, ohne es jemals tun zu müssen. Aber dies waren außergewöhnliche Umstände. Ich bog seinen Kopf zurück und visierte das Ziel an, schloss meine Augen und begann mit der Mund-zu-Mund-Beatmung. »Stell dir vor, du knutschst mit Marlon Brando«, sagte ich mir und dockte an. Es war nicht so übel, redete ich mir ein. Schließlich war ich es, die vorhin gekotzt hatte, nicht er. Und außerdem: Auch wenn Bobby Dee ein widerliches Schwein sein konnte, so war er doch mein widerliches Schwein.

Gott segne die ruhigen Nächte unter der Woche. Der Krankenwagen war innerhalb von fünf Minuten da. Ich konnte die Sirenen schon von weitem die Straße runterkommen hören. Das Geräusch feuerte mich zu neuen Höhenflügen wilden Pumpens an. Als das Notarztteam durch die Tür hereinstürzte, sah es wahrscheinlich so aus, als ob ich auf einem Trampolin herum hüpfte.

»Wir haben ihn«, sagte einer von ihnen, ergriff mich an der Schulter und zog mich weg. Ich stolperte über den Teppich, lag flach und rang nach Atem. Da soll mir noch mal einer was vom Kalorienverbrennen erzählen.

»Defi«, hörte ich einen der Männer sagen. Ich rollte mich aus dem Weg, während ein anderer Mann mit einem Defibrillator vorbeieilte. Den Teil wollte ich mir ersparen. Ich drehte mich weg und hielt den Atem an, bis ich eine Stimme sagen hörte: »Er atmet. Wir können los«

Ich wurde in der Hektik fast zu Tode getrampelt, aber in letzter Minute halfen mir ein paar Hände hoch und schoben mich zur Tür.

»Wo bringt ihr ihn hin?«, fragte ich. »Ich komme nach.«

»Wake Med«, sagten sie nur. Die Tür schlug zu, und weg waren sie.

Ich hätte im Krankenwagen mitfahren können, wenn ich helle genug gewesen wäre, aber ich hatte kein Bedürfnis, mein Auto mit den Akten drin zurückzulassen. Im Gegenteil, angesichts des gegenwärtigen Zustands meines Büros, wollte ich meine Akten verstecken und zwar pronto. Ich schloss das Büro ab. Die Cops anzurufen, um meine Waffe als gestohlen zu melden, stand außer Frage, da ich sie gar nicht erst hätte haben dürfen. Ich kletterte in den Valiant und fuhr los, Richtung Krispy Krem. Erst einmal sicher in der Anonymität des Parkplatzes angelangt, lud ich meine aktuellen Mappen in eine kleine Mulde unterhalb des Ersatzreifens im Kofferraum und bedeckte sie mit einem ölverschmierten Kissenbezug, den ich als Putzlappen verwendete. Dann tankte ich Kaffee und Donuts und machte mich auf zum Krankenhaus.

Dort ließ man mich nicht zu ihm vor. Meine notdürftige Bekleidung und der blutverschmierte Arm waren nicht gerade dazu angetan, mich Vertrauen erweckend aussehen zu lassen. Ich wirkte wie eine Flüchtige aus einem Softballspiel für kriminelle Wahnsinnige. In der höflichen Art der Südstaatenbewohner ließ mich die Empfangsdame an der Notaufnahme wissen, dass ich meine Zeit verschwendete und morgen wiederkommen sollte. Bobby war an Monitore angeschlossen und war für ein Bett in der Wachstation vorgemerkt. »Er wird schon wieder«, versprach sie mir und ihre gedehnte Aussprache ließ ihre Worte noch besänftigender wirken. »Sie glauben gar nicht, was die heutzutage alles zu Stande bringen. Wenn er atmet, halten sie ihn auch am Leben. Warten Sies nur ab. Bis nächste Woche ist er wieder völlig auf dem Damm.«

Ich wollte noch ein paar Verbesserungen vorschlagen, wenn sie schon mal dabei waren, vielleicht ein bisschen Fettabsaugen und ein oder zwei Persönlichkeitstransplantationen, aber ich war zu erleichtert, um über ihn Witze zu reißen und fuhr völlig erschöpft nach Hause.

Als ich dann aber fast schon am anderen Ende von Raleigh war, kam mir zu Bewusstsein, dass nur ganze zwei Autos auf der Wade Avenue unterwegs waren. Der andere Wagen folgte mir in einiger Entfernung, aber er fuhr immer mit der gleichen Geschwindigkeit wie ich. Paranoia setzte ein. Visionen, wie ich von Peyton Tillmans Mörder von der Straße abgedrängt wurde, erschienen vor meinem geistigen Auge. Ich verbrachte so viel Zeit damit, in den Rückspiegel zu gucken, dass es ein Wunder war, dass ich nicht gegen eine von Raleighs berühmten Eichen am Straßenrand knallte.

Als der andere Wagen an der Stadtausfahrt abbog, war ich so erleichtert, dass ich das Gaspedal bis zum Anschlag durchdrückte und die I-40 so schnell entlang brauste wie mein hochfrisierter Valiant es nur irgend schaffte.

Ich fuhr in gerader Linie zu Maclain's, wo mein Freund Jack Hof hielt und gelegentlich während einer seiner Schichten als Barkeeper sogar arbeitete. Es war gar nicht dran zu denken, dass ich heute Nacht noch nach Hause gehen würde. Wenn mein Apartment ebenso umgekrempelt worden war wie mein Büro und wie Peyton Tillmans Haus, dann wollte ich zumindest in dieser Nacht nichts davon wissen. Ich war zu müde, um mir das zu geben. Sollten sie mich doch ausrauben! Ich besaß sowieso kaum etwas Nennenswertes, und meine Unterlagen waren im Kofferraum weggepackt. Das einzig Intime in meiner Wohnung benötigte Batterien und befand sich in der Nachttischschublade neben meinem Bett. Wenn mein Zuhause kurz und klein geschlagen worden war, reichte es völlig, wenn ich es erst am nächsten Morgen erfuhr. Was mir am meisten Sorgen machte, war meine eigene Sicherheit, und das bedeutete, dass ich woanders nächtigen würde. Dank einer großzügigen Auslegung der Gesetze schaffte ich es, die Bar zu erreichen, ehe sie schloss. Das ganze Gebäude lag bereits im Dunkeln und wirkte nahezu verlassen. Nur ein paar Angetrunkene aus dem Hinterzimmer tappten schwerfällig einer Liebesnacht entgegen. Jack wischte den Tresen ab und sah gelangweilt aus. Der Koch saß am hinteren Ende der Theke und bewachte ein Bier und einen Schnaps.

»Casey Baby, gefährliche Lady.« Jack hielt inne und betrachtete mich etwas näher. »Mein Gott, du siehst aus, als ob du in einen Entsafter gekommen wärst. Das verschmierte Blut auf deinem Arm sieht lässig aus, und dieses Outfit...« Er machte eine Pause. »Ich bin sprachlos.«

»Danke«, sagte ich. »Berufsrisiko.« Ich erzählte ihm von meinem Abend. Jack hatte eigene Vorstellungen davon, wer der Einbrecher im Büro gewesen sein könnte.

»Ich hoffe, es war nicht Toni«, sagte er.

»Wer zum Kuckuck ist Toni?«, fragte ich.

»Erinnerst du dich an den Barmann, den du letzte Woche erwischt hast, wie er doppelte Kasse gemacht hat?«

»Es kommt mir vor, als ob es hundert Jahre her wäre. Aber, ja. Ich erinnere mich an den unehrlichen kleinen Mistkerl.«

»Er wurde gefeuert. Und er hat herausgefunden, wer du bist. Er ist echt stinksauer.«

»Wie hat er herausgekriegt, wer ich bin?«, fragte ich.

Jack zuckte mit den Schultern. »Ich muss dir sagen, Casey, du bist nicht gerade zu übersehen. Eine Menge Leute wissen, wer du bist und was du tust. Du solltest anfangen, dich zu verkleiden, wenn du undercover arbeitest.«

»Es ist schwierig, diese Mollies zu verkleiden«, sagte ich und drückte die Brust raus.

»Wie wahr. Ein Kenner wie ich würde sich nicht täuschen lassen.«

Ich hatte nicht die Energie, um weiter Witze zu reißen. Einen verrückten Ex-Barkeeper hinter sich hersteigen zu haben, war nicht gerade das, was ich in diesem Moment brauchte. »Wie ernsthaft sauer ist er?«, fragte ich.

»Schwer zu sagen. Aber ich denke, er tickt nicht ganz richtig. Und es heißt auch, er besitzt eine Wumme.«

»Na toll. Dann hat er eine mehr als ich.«

»Wo ist deine hin?«

»Vom Winde verweht.«

»Das hört sich nicht gut an«, sagte Jack. »Ich komme dir sonst nur ungern mit diesem väterlichen Geseire, aber ich denke, du solltest lieber die Nacht bei mir verbringen, wenn du mein Chaos ertragen kannst.«

»Ich habe eine Schaufel im Auto«, bot ich an.

»Wie stehts mit Handschellen?«, fragte er hoffnungsvoll.

»Die habe ich auch. Was ich nicht habe, ist Energie.«

Er nickte verständnisvoll. »Kein Problem. Wir werden einfach zusammen die Nacht verschnarchen.«

»Ich schnarche nicht«, protestierte ich.

Er lüpfte die Augenbrauen. »Ach, wirklich?«

»Ich schnarche doch nicht, oder?«, fragte ich verunsichert.

»Ich sag es dir morgen.«

Wenn einer von uns beiden in dieser Nacht geschnarcht hat, war jedenfalls keiner von uns beiden fähig, sich am nächsten Morgen noch daran zu erinnern. Wir schliefen innerhalb von Sekunden ein, kaum dass unsere Köpfe die Kissen berührt hatten.

6

Jack wohnte in einem der anonymen Apartmentkomplexe aus Ziegelstein, die sich in den letzten zehn Jahren im Dreieck eingenistet hatten, um junge Berufsanfänger anzulocken, die mit ihren schmalen Erstgehältern nach dem College ums Überleben kämpften. Manchmal beneidete ich ihn um den Swimming-Pool, aber nie um seine Nachbarn. Sie alle und ihre Wohnungen sahen irgendwie gleich aus. Tatsache ist, dass ich am nächsten Morgen nicht wusste, ob ich in einem Motel oder in der Wohnung von jemandem war. Ein Blick auf den Fußboden brachte mich darauf, dass ich mich bei Jack aufhielt. Sein einzigartiges Wäschesystem verlangt von ihm, dass er seine Kleider von dort, wo er sie zufällig gerade auszieht, auf einen großen Haufen wirft. Und das ist gewöhnlich direkt neben dem Bett. Ich würde wahrscheinlich die Hälfte meiner längst verloren geglaubten Garderobe in diesem Durcheinander wieder finden, aber mir tat alles viel zu sehr weh, um eine solche Suche zu starten.

»Ich kann mich nicht bewegen«, muffelte ich. »Meine linke Seite tut mir höllisch weh. Da, wo ich auf Tillmans Veranda hingeknallt bin.«

Jack rührte sich mit freundlichem Gebrummel und schlief gleich wieder ein. Meinen Ellbogen in seine Nieren, das erzielte den gewünschten Effekt.

»Autsch, Casey! Schande, wo bleibt denn dein ›Guten Morgen, Liebling‹?« Er öffnete die Augen und glubschte mich an, wie ein Bär, der nicht aus dem Winterschlaf geweckt werden will.

»Ich sagte, ich kann mich nicht bewegen. Der Ausrutscher gestern abend, das war eine total miese Nummer. Ich bin so steif, dass ich an nichts anderes denken kann.«

»Was für ein Zufall, mir gehts genauso.« Er nahm meine Hand und wickelte sie um das Beweisstück.

»Nix da, Romeo. Ich habe noch zu tun. Letzte Nacht hatte ich Angst. Heute Morgen bin ich sauer. Sauer, und mir tut alles weh.«

»Was du brauchst ist ein schönes, langes Bad in einer heißen Wanne.«

Ich dachte an Peyton Tillmans Leiche, die in einer Wanne zu wächserner Durchsichtigkeit geronnen war. »Das glaube ich nicht«, sagte ich. »So was brauche ich mindestens zehn Jahre nicht mehr.«

»Okay«, willigte Jack ein. »Dann also eine kurze Massage. Aber nur, weil du so eine miese Nacht hattest.«

Ich legte mich auf den Bauch und Jack massierte mit Könnerhand die Knoten aus meinen Muskeln, während ich vor Zufriedenheit stöhnte. Während sich mein Körper entspannte, begann mein Geist sich zu schärfen. Ich war traurig, aber vor allem entschlossen, Peytons Mörder zu finden. Was ich am wenigsten brauchte, war ein wütender Ex-Barkeeper an meinen Fersen.

»Glaubst du wirklich, der Typ wird mir nachsteigen?«, fragte ich Jack. »Kann er sich nicht einfach einen neuen Chef suchen, den er ausnimmt, und mich in Ruhe lassen?«

»Das war ein guter Job, aus dem er rausgehobelt worden ist«, erklärte Jack. »Massenweise Geld. Massenweise Weiber.«

Ich fühlte mich gleich besser, als ich das hörte. Ich hatte soeben den Frauen im Dreieck massenweise Infektionen erspart.

»Kannst du mir bei etwas aushelfen?«, fragte ich ihn, als ich mir meine Optionen im Fall Gail Honeycutt überlegte.

»Ich lebe, um zu dienen«, log er.

»Ich höre immer wieder Gerüchte, dass Roy Taylor ein krummer Bulle gewesen sein soll. Aber ich hörs von niemandem, der es wirklich glaubt. Das ist doch seltsam. Kannst du dich erkundigen, ob es da mal was gegeben hat?« Jack kannte eine Menge Leute im Dreieck, vor allem auch solche, die nicht einmal dran dachten, vor vier Uhr nachmittags aus dem Bett zu kriechen. »Es muss schon eine Weile her sein«, fügte ich hinzu. »Und vielleicht hatte es was mit Verhaftungen im Drogenmilieu zu tun. Das waren die Fälle, die er bearbeitet hat, als er starb.«

»Ich werde mich erkundigen«, stimmte er zu. »Sonst noch was, was ich für dich erledigen kann, wenn wir schon mal gerade dabei sind?«

»Ich brauche eine neue Waffe«, sagte ich, laut nachdenkend. »Weißt du, wo ich eine auftreiben kann?«

Jack setzte beide Daumen links und rechts von meiner Wirbelsäule an und fuhr mir damit vom Kreuz bis zum Genick rauf und runter. Das war besser als Sex, wenn man in Betracht zieht, dass ich einfach nur so daliegen durfte. »Bei dieser Angelegenheit kann ich dir nicht helfen«, sagte er, nachdem er sich die Sache überlegt hatte. »Ich bin Liebhaber, kein Kämpfer.«

»Ach ja?« Dank der Rückenmassage war mein Geist jetzt willig, auch wenn mein Fleisch noch schwach war. »Dann wird es Zeit, das zu beweisen.«

Als ich nach Hause kam, waren die meisten Leute in Durham bereits schwer mit der Arbeit beschäftigt. Sie saßen hinter ihren Schreibtischen oder liefen in den Korridoren der vielen Schulen und medizinischen Einrichtungen umher, mit denen die Wirtschaft der Stadt verankert ist. Ich betrat fast fröhlich das Haus, in dem ich wohnte und sammelte schon meine Kräfte für das, was ich an diesem Morgen zu tun hatte. Wenn mein Apartment auch umgekrempelt worden war, mir war es schnurz. So gravierend konnte der Unterschied gar nicht sein.

Ein Blick bestätigte mir, dass meine Zufluchtsstätte unbehelligt geblieben war. Die ganze Bude sah aus wie ein Apartment in der Hölle, aber es war die übliche Hölle. Entweder hatte der Einbrecher gefunden, was er in meinem Büro suchte oder er wusste nicht, wo ich wohnte. Noch nicht.

Mein Anrufbeantworter blinkte, und ich dachte reuevoll an Bobby Dee. Ich musste wirklich mal nach ihm sehen. Ich rief an und erkundigte mich nach dem jüngsten Stand. Ich erfuhr, dass er sich gut erholte. Dann ging ich die Anrufe durch und wartete auf eine Gardinenpredigt von Bill Butler. Nichts dabei. Schweigen mag ja goldig sein, aber nicht wenn einem an jemandem wirklich was liegt, wenn man sich ihm gegenüber wie ein Esel benimmt, wenn man es nicht schafft, aus der Blödheit rauszukommen und wenn man sich wünscht, er würde das erkennen und einfach drüber weg sehen. Aber nix da bei Mister Butler. Wenigstens waren einige der wartenden Nachrichten ganz aufmunternd. Omi Honeycutt hatte angerufen und gefragt, ob Peyton Tillmans Tod etwas mit dem Fall zu tun hatte. Das hieß, dass die Geschichte es noch in die Morgenausgaben geschafft hatte. Außerdem ließ die alte Dame mir die Gerichtsprotokolle von Gails Fall ins Büro kommen. Sehr tüchtig. Die letzte Nachricht kam von einer Stimme, die ich nicht erkannte. Es war eine Frau mit einem deutlichen Hillbillyakzent, die die Vokale endlos in die Länge zog. Sie musste aus den Bergen von North Carolina stammen, von der Grenze zu Tennessee.

»Ich weiß nich, ob Sie noch wissen, wer ich bin«, sagte sie atemlos und dehnte jedes Wort zu zwei oder mehr Silben. »Aber ich hab ihre Nummer von der Karte, die Sie mir am Sonntag hier im WCC gegehm ham. Sie könn mich hier nicht zurückrufen, weil ich ja hier einknaste, aber ich schätze, das is Ihn wohl nich neu.« Sie gab ein krächzendes Winseln von sich, das vermutlich ein Lacher sein sollte. »Ich weiß nich, ob ich Ihn helfen kann, aber wenn Sie ma vorbei komm, kann ichs versuchen. Ich weiß was, was seltsam war, aber ich kann jetzt nich mehr drüber sagen, weil die hier so große Lauscher machen. Ich werd Sie auf meine Besucherliste setzen lassen, weil, Gail is meine Freundin, und ich schätze, ich sollte sie helfen, weil sie so dickköpfig is, und sich nicht selber helfen kann. Ich heiß Susan Porter, aber meine Freunde nenn mich Dolly. Aber sagen Sie dem Wächter am Tor Sie wolln Susan sehn, sons lassense Sie vielleicht nich rein. Und keine Sorge, ich sitze nich wegen was Schlimmes. Sie haben nich ausgesehen, wie eine, die wo rasch bange macht, aber ich dachte, ich sags mal, fürn Fall dasses Sie schneller her bringt.« Und damit legte sie auf. Die Frau hatte ihre Rede im Eiltempo daher gehaspelt, als ob sie Angst hatte, unterbrochen zu werden, bevor sie fertig war. Ich würde sie jedenfalls ernst nehmen. Ich konnte es mir gar nicht anders leisten. Ich hatte sonst keine Anhaltspunkte. Wenn es eine Verbindung von Roy Taylors Tod zu Richter Tillman gab, dann musste ich bei Gail anfangen.

Mit diesen Gedanken im Kopf fuhr ich nach Raleigh. Es gab da eine Aufgabe, die ich nicht länger aufschieben konnte. Hart, aber ich musste es hinter mich bringen.

Ich zuckelte auf der Suche nach der richtigen Hausnummer zentimeterweise den East Park Drive entlang. Es handelte sich um ein kleineres Haus, das sich hinter einem größeren versteckt hielt, weswegen ich es zunächst auch verpasste und wieder umkehren musste. Die alte Mrs. Rollins antwortete nicht auf mein Klingeln. Es musste jemand zu Hause sein, also blieb ich hartnäckig. Als sie schließlich an die Tür kam, war sie noch im Morgenmantel. Ihr Gesicht war verquollen vom vielen Weinen. Sie sah noch älter aus, als sie war, und zerbrechlich genug, um von einem kräftigen Windstoß umgeworfen zu werden. Fort war die selbstbewusste Wächterin vom Tag zuvor. Eine trauernde alte Frau hatte ihre Stelle eingenommen.

»Ach, Sie sind es«, sagte sie. In der Faust hielt sie ein zusammengeknülltes Papiertaschentuch.

»Es tut mir so Leid, Mrs. Rollins. Wirklich. Schrecklich Leid.« Es gab wenig, was ich sonst noch hätte sagen können.

»Sie haben ihn ja nicht umgebracht«, antwortete sie. Damit war aber auch klar, dass sie genauso wenig wie ich glaubte, dass Tillman Selbstmord begangen hatte. »Aber ich will wissen, wer meinen Peyton getötet hat. Ich gebe Ihnen alles Geld, was ich habe, um seinen Mörder zu finden. Mein Mann und ich, wir haben nicht viel, aber was wir haben, gehört Ihnen, wenn Sie diesen Verbrecher finden.«

»Das wird nicht nötig sein«, versicherte ich ihr. »Ich verspreche Ihnen, ich werde herausbekommen, wer es getan hat.«

»Sehen Sie zu, dass Sie es schaffen, junge Frau.« Ihr Gesicht wurde noch älter, als ihr Zorn verflog, und ich fürchtete mich schon vor dem, was als Nächstes kommen würde.

»Gibt es etwas, was Sie mir sagen möchten, was mir weiterhelfen könnte?«, fragte ich.

Sie dachte darüber nach. Das Papiertaschentuch rutschte aus ihren knochigen Fingern. Ein antiseptischer Geruch waberte durch den Türrahmen. Irgendwas Kränkliches und Süßliches lebte dort drinnen in ihrem dunklen, kleinen Haus. Ich hörte jemanden ziemlich weit im Innern husten. Ein Fernsehgerät lief, das sehr laut gestellt war.

»Nein«, sagte sie schließlich. »Aber ich bin augenblicklich zu bestürzt, um klar denken zu können. In ein paar Stunden werde ich mich hinsetzen und über alles nachdenken, was er in den letzten paar Monaten gesagt und getan hat.« Der grimmige Schlitz ihres Mundes ließ mich wissen, dass sie jedes Wort meinte, das sie sagte. »Ich werde alle Leute anrufen, die er kannte, und werde sie das Gleiche fragen. Wenn ich etwas herausfinde, lasse ich Sie es wissen.« Sie machte eine Pause und musterte mich von oben bis unten. »Ich hoffe, ich täusche mich nicht in Ihrem Charakter, Miss Jones.«

Ich bog unwillkürlich mein Kreuz durch. »Ich werde mein Bestes versuchen.«

»Tun Sie das.« Das Husten im Hintergrund klang zusehends alarmierender, und mit nur einem Nicken als Verabschiedung, drückte sie mir sanft die Tür vor der Nase zu. Als sie sich abwandte, zeigte mir die Krümmung ihrer Schultern, dass der Mord die Lebenskraft nicht nur aus Peyton Tillman herausgesogen hatte.

Es war kurz vor eins und damit Zeit, sich dem Saustall in unserem Büro zuzuwenden. Ich hoffte, dass keiner von Bobbys schleimigen Klienten im Vorzimmer wartete, und sich wunderte, was wohl mit ihm passiert war. Aber die einzige Person, die auch nur entfernt in der Nähe war, war Ruby, die Politesse. Wir winkten uns von den gegenüberliegenden Enden des Gehsteigs aus zu. Ich atmete tief durch, schloss die Tür auf und ging hinein. Es war immer noch ein Saustall. Und seltsam leer ohne Bobby Dees Fleischgebirge in der Mitte.

Mein erster Impuls war, einfach alles in eine Schachtel zu werfen und draußen in den großen Müllcontainer zu kippen. Aber Bobby war ein ganz außergewöhnlicher Informationshändler, und ich konnte nicht einfach seine ganzen Unterlagen wegschmeißen. Sie stellten sein Pensionskapital dar, mal so gesehen. Andererseits wollte ich den Kram jetzt auch nicht ordnen müssen. Ich verfiel auf eine Kompromisslösung, indem ich alles einfach in die Aktenschränke zurückstopfte, wie es eben kam. Unnötig zu erwähnen, dass ich die Jalousien runterließ, während ich diese vergleichsweise niederen Haushaltsarbeiten verrichtete. Ich hatte schließlich einen Ruf zu verlieren. Das Büro sah nachher zwar immer noch so aus, als ob es einen Antrag auf Katastrophenbeihilfe einreichen sollte, aber es musste fürs Erste reichen.

Ich brachte mein eigenes Büro rasch in einen passablen Zustand, stapelte die ausgedienten Akten in eine Ecke, um sie mal an einem verregneten Nachmittag zu sortieren, setzte meinen Schreibtisch wieder zusammen, und verfrachtete sorgsam den jeweiligen Inhalt wieder in die jeweils richtige Schublade zurück. Der Dieb hatte eine Schachtel Munition liegen gelassen. Einen wahrhaft dicken Gefallen hatte er mir damit getan. Vielleicht konnte ich sie dem nächsten Kotzbrocken, der mich anfiel, an die Birne schmeißen. Mit etwas Glück würde er dabei sogar richtig eine aufs Auge kriegen.

Als ich fertig war, wurde mir klar, dass ich mich eigentlich um den Krankenhausbesuch bei Bobby Dee drückte. Ich hasse Krankenhäuser mindestens ebenso sehr wie Gefängnisse. Und aus genau den gleichen Gründen. Man kann nicht freiwillig rein oder raus, und immer steht jemand in Uniform herum und sagt einem, was man tun soll. Aber Bobby war Bobby, und ich liebte den fetten Sack. Ich raffte mich also auf, sammelte die Nachrichten von seinem Anrufbeantworter und trödelte während der kurzen Fahrt die New Bern Avenue hinunter zum Wake Med Hospital.

Oh Mist. Ich hätte es ja wissen müssen. Einfach nur ein massiver Herzinfarkt reichte nicht aus, um einen Knick in Bobbys Selbstbewusstsein zu hinterlassen. Er lag im Bett wie der König einer Südseeinsel, aufgebahrt inmitten eines Rudels von Krankenpflegerinnen, und beäugte all das weibliche Fleisch, das ihn umgab.

Mit fröhlichem Gleichmut ertrug er das Gewirr aus Plastikröhrchen, das in seine Arme und seinen Brustkorb hineinführte. Seine Wampe war nicht einmal annähernd von dem Krankenhausnachthemdchen verdeckt, und die Laken waren reizvoll um seine Knie gewickelt.

»Bedenke bitte, Bobby«, sagte ich und breitete dezent das Laken über seine Körpermitte. »Es gibt schon genug kranke Leute hier.«

»Har, har«, lachte er, ein Geräusch, das am ehesten noch dem Kampfschrei eines Seehundbullen ähnelt. »Du bist so witzig, da kriege ich sicher gleich noch einen Anfall.«

»Darüber dürfen Sie keine Witze machen«, warnte ihn eine kleine philippinische Krankenschwester mit sorgenvollen Falten auf ihrem hübschen Gesicht. Sie rieb ihm den Arm mit einer entzündungshemmenden Lösung ab und versuchte gleichzeitig seinen Grapschfingern zu entkommen. Näher an Bobby heranzutreten war so, als ob man mit einem Riesentintenfisch tanzen wollte. Ein Schritt zu nahe, und man konnte sich nicht wieder befreien. Aber die Filipina war eine Expertin. Sie befestigte einen Tropf, der sich gelockert hatte und checkte die Anzeige auf einem Monitor daneben. Unterdessen wuselten zwei andere Pflegerinnen um einen Wagen herum, der mit Schüsselchen voller Medikamente angefüllt war.

»Geben Sie mir einfach alles Morphium, das Sie finden können«, wies er sie an. Die beiden kicherten nervös und rückten den Rollwagen ein Stück weiter weg von Bobbys Bett. Ich kannte die alte Krankenhausregel nur allzu gut, die da lautet: Wenn du gesund genug bist, um über Narkotika Witze zu reißen, dann bist du auch gesund genug, um sie nicht zu brauchen.

»Wer hat dir denn die Blumen geschickt?«, fragte ich und beschnupperte ein Nelkenarrangement auf dem Fensterbrett. »Es sieht so aus, als hättest du soeben das Kentucky Derby gewonnen.«

»Die sind von der Kleinen, mit der ich letzte Nacht das Date haben sollte«, vertraute mir Bobby an. »Ich habe das Gefühl, sie hat mir doch verziehen.«

Vielleicht war sie auch nur dankbar, dass er seinen Kollaps nicht erst gekriegt hatte, als sie schon unter ihm lag, dachte ich bei mir selbst.

»Eine Krankenschwester hat bei ihr für mich angerufen«, sagte Bobby. »Die muss ziemlich dick aufgetragen haben. Mein Schnuckelchen kann eben einfach nicht ohne Big Daddy leben. Das können sie alle nicht.« Er *har-har*te wieder, und die Pflegerinnen beeilten sich, ihre lästigen Pflichten hinter sich zu bringen und den Raum zu verlassen, ohne ihre Ehre zu besudeln. Ich konnte es ihnen nicht verübeln.

»Das war eine ganz miese Nummer, die da abgelaufen ist«, sagte ich und setzte mich auf eine Kante des Bettes. Ich machte mir keine Sorgen, dass Bobby mich betatschte. Er wusste, dass er ein paar aufs Maul kriegte, wenn er so was versuchen sollte.

»Ja, ich wollte dich ohnehin fragen, was das alles zu bedeuten hat.« Er hustete, und die kleine Filipina Krankenschwester blickte einen Moment lang alarmiert auf den Herzmonitor, aber als der Puls gleichmäßig blieb, entspannte sie sich wieder.

»Sie werden ganz in Ordnung sein«, sagte sie zu Bobby und tätschelte seinen Bauch, so wie man eine Buddhastatue reibt, weil das ja angeblich Glück bringt. »Sie haben sich erstaunlich gut erholt. Ich denke, Sie werden ganz wie neu sein.«

»Danke, Baby. Aber was ist, wenn ich ein bisschen Mund-zu-Mund-Beatmung brauche?«

»Kann sie Ihnen geben«, antworte die Frau rasch und nickte zu mir hinüber, bevor sie eilig aus dem Zimmer entfloh.

»Das habe ich schon getan«, informierte ich Bobby, nachdem auch die anderen Krankenschwestern uns allein gelassen hatten.

»Ach ja? Meine einzige Chance, und ich habe sie verpasst.« Er schwieg eine Minute. »Du hast mir also das Leben gerettet.«

»So siehts aus.«

»Natürlich warst du es, die mich überhaupt erst in Gefahr gebracht hat.« Er blickte selbstgefällig zu mir herüber.

»Wie bitte?« Ich konnte es nicht fassen.

»Ich denke kaum, dass es einer von meinen Klienten war, der da eingebrochen ist«, sagte er. »Die schlimmsten Fälle, die ich kriege, sind schmutzige Scheidungen, und ich habe zurzeit noch nicht mal eine einzige von denen an der Angel.«

»Ja, da hast du Recht«, gab ich zu. »Ich denke, es hängt auf die eine oder andere Weise mit Gail Honeycutt zusammen.«

»Was können wir da nur machen?«, fragte Bobby, hilflos wie ein kleines Kind. Für jemand, der mein Chef sein soll, stellt er mir diese Frage erstaunlich oft.

»Der Sache ruck, zuck auf den Grund gehen?«, schlug ich vor. »Wenigstens werde ich das versuchen. Du bleibst hier und kurierst dich aus.«

»Der Fraß hier macht mich fertig. Kein Geschmack. Kein Salz. Keine Gewürze. Keine Butter. Keine scharfen Saucen. Kein Garnichts. Da macht das Essen doch keinen Spaß.«

»Gott«, sagte ich mitfühlend. »Das ist ja fürchterlich. Es ist wahrscheinlich nichts weiter als ein Haufen Vitamine und Mineralien und Proteine und anderes grässliches Zeugs, das einfach nur gut für dich ist.«

»Sie lassen mich noch nicht mal telefonieren«, beschwerte er sich. »Sie wollen, dass ich mich erhole.« Er klopfte sich auf die Brust. »Mir gehts prima. Es war nur ein kleiner Schwächeanfall, das ist alles.«

»Klein?« Ich tätschelte ihm die Hand. »Ich habe fünf Minuten lang Purzelbäume auf deinem Bauch geschlagen, bis das Notarztteam gekommen ist.«

»Ich weiß. Ich weiß. Ich schulde dir einen Gefallen. Nur komm mir nicht auf die sentimentale Tour.«

»Bestimmt nicht«, versicherte ich ihm. »Also, was kann ich sonst noch für dich tun?«

»Ich habe ein kleines schwarzes Büchlein in der obersten Schublade. Oder wenigstens hatte ich es dort.«

»Ich weiß«, sagte ich. »Ich habs heute Morgen wieder dort hinein getan.«

»Könntest du das mal durchgehen und alle Menschen weiblichen Geschlechts anrufen und ihnen sagen, wo ich bin? Nur, ruf sie nicht an, wenn ein Kreuzchen hinter ihrem Namen steht. Das bedeutet, dass die Betreffende eine Verblichene ist. Und wenn ein Stern hinter dem Namen steht, hinterlass keine Nachricht auf dem Anrufbeantworter. Denn das bedeutet, dass sie verehelicht ist. Ich will einfach mal wissen, wem es mit der Freundschaft zu mir wirklich ernst ist.«

»Schon erledigt«, versicherte ich ihm. »Was noch?«

»Bring diese Geschichte rasch hinter dich, wenns geht. Ich will bald wieder an die Arbeit, und ich bin nicht in der Laune, mich mit noch einem Verrückten herumzubalgen.«

Seine Bemerkung erinnerte mich daran, dass ich ihn noch mal genauer zu den Ereignissen der vorigen Nacht befragen musste. Ich ging also noch einmal jedes Detail mit ihm durch, um sicher zu stellen, dass er mir alles erzählt hatte, was er wusste. Diesmal war der Angreifer über zwei Meter groß, mit riesigen Händen, die das Leben aus ihm rauszuquetschen drohten. Außerdem hatte der nächtliche Eindringling unglaubliche Muskeln, haarige Unterarme und eine bedrohlich grollende Stimme.

»Ich habs!«, rief ich aus. »Du bist Bigfoot in die Hände geraten.«

»Warte nur, bis er hinter dir her ist«, sagte Bobby. »Mal sehen, wie sehr du dann zum Scherzen aufgelegt bist.«

»Okay«, sagte ich. »Noch was. Du kannst mir einen Gefallen tun. Kennst du irgendwen im Durham Police Department, der mit Roy Taylor zusammengearbeitet haben könnte, bevor der umgebracht wurde? Ich würde gerne mit jemandem dort vertraulich sprechen. Um zu sehen, wer die Gerüchte in die Welt gesetzt hat, dass er nicht sauber war.«

Bobby dachte einen Moment lang nach, dann schüttelte er den Kopf. »Ist schon eine Weile her, seit ich meine Zehen in die seichten Gewässer von Durham getaucht habe. Ich glaube nicht, dass ich dir helfen kann. Frag lieber diesen Butler, du weißt schon, wen ich meine. Dieser Kerl, der dir so viel Schwierigkeiten macht. In den du so verknallt bist.«

»Bill Butler«, sagte ich verdrießlich. »So siehst du also unsere Beziehung?«

»Gott bewahre«, wehrte er ab. »Ich werde dir doch nicht meine Meinung dazu sagen. Ich will eines natürlichen Todes sterben. Aber frühestens in ein paar Jahren.«

»Na, wenigstens sind wir uns darüber einig«, sagte ich und stand auf, um zu gehen.

»Hab ich dir schon gesagt, dass der Fraß hier ungenießbar ist?«, fragte er, als ich bereits halb aus der Tür hinaus war.

»Vergiss es, Bobby«, warnte ich ihn. »Ich werde dir keinen Junkfood beischleppen.« Ich blies ihm einen Luftkuss zu, bevor er womöglich einen echten Lippenschmatz verlangte.

Bobby hatte den Herzkasper gehabt, nicht ich. Und das bedeutete, ich konnte mir den Schlund ungeniert weiter voll stopfen. Ich holte mir ein paar Hühnertaschen und eine Zwei-Liter-Packung Eistee. Der Tee war so süß, dass meine Zahnhälse zu flöten anfingen. Zwei Tassen von dem Zeug, und nicht mal Claus von Bülows Insulinspritze konnte einen dann wieder aus dem Glukoseschock rausholen.

Ich parkte draußen vor dem Raleigh Police Department und kaute auf meinem Frühstück herum. Ich rang mit mir selbst, ob ich reingehen sollte oder nicht.

Was zum Teufel hatte ich zu verlieren? War ich Maus oder Memme? Außerdem sah ich um etliches besser aus als am Abend zuvor. Und vielleicht stieß ich ja auf Detective Anne Morrow und könnte die eine oder andere Information über Peyton Tillmans Tod aus ihr herauskitzeln.

Der Cop am Empfang ließ mich wissen, dass Bill Butler in der Tat Dienst hatte, und telefonierte dann nach oben, um zu sehen, ob ich auf der A-Liste stand. Trotz meines unbotmäßigen Benehmens stand ich drauf. Ich nahm den Aufzug nach oben und dachte über meine hartnäckige Unreife nach.

»Machs schnell, Casey«, sagte Bill und zog einen Stuhl an seinen Tisch heran. »Es hat letzte Nacht schon wieder eine Vergewaltigung draußen beim Peace College gegeben. Weißt du, wie das ist, wenn ein Serientäter anfängt, um ein Mädchencollege rumzuhängen? Ich bin von jedem Aufsichtsratsmitglied und praktisch allen Eltern zwischen New Bern und Asheville angerufen worden. Dass der Typ unten bei den Eisenbahnschienen obdachlose Frauen vergewaltigt hat, ist ihnen schnuppe. Jetzt hat jeder Angst, dass die Unschuld seiner Tochter befleckt werden könnte.«

»Willst du, dass ich als Lockvogel hingehe und ihm den Arsch versohle?«

Er betrachtete mich prüfend. »Nein danke. Ich möchte ihn lieber lebend fassen.«

»Ich bin gekommen, um mich zu entschuldigen«, sagte ich. »Ich bin ein komplettes Arschloch gewesen, und ich weiß nicht mal, warum.« In Wirklichkeit wusste ich schon, warum. Aber was hätte es mir genützt, wenn ich ihn ein komplettes Arschloch genannt hätte?

»Du willst doch etwas«, sagte er. »Ist das der Grund, warum du so nett zu mir bist?«

Ich seufzte. »Gibt es denn gar kein Vertrauen mehr zwischen uns?«, fragte ich. »Was ist bloß mit dem Glauben an das Gute im Menschen passiert?«

»Lass es sein, Casey. Wir sind beide geschieden. Das ist es, was damit passiert ist. Wenn du um meinen Schreibtisch herumschwänzelst und dich entschuldigen willst, dann werde ich nervös. Verzeih mir, wenn ich es krass sage, aber du gefällst mir als Nussknackerin weitaus besser. Deine Rolle als Schönheit des Südens kannst du dir an den Hut stecken.«

»Welche Erleichterung«, sagte ich. »Meine Wimpern fingen schon an, schlaff zu werden von dem vielen Geklimper.« Ich lehnte mich vor und fixierte ihn mit meinem schönsten Lächeln. »Aber es tut mir trotzdem Leid, dass ich so ein Knallkopf gewesen bin. Und dir?«

»Ob es mir Leid tut, dass ich so ein Knallkopf gewesen bin?«, fragte er. »Soll das vielleicht eine freundliche Bemerkung sein oder was?«

»Ja, irgend so was«, sagte ich.

Er versuchte, sich sein Lächeln zu verbeißen, aber es klappte nicht ganz. »Okay«, lenkte er ein. »Wir sind beide Knallköpfe. Also, was willst du jetzt?«

»Ich möchte mit jemandem bei der Polizei von Durham sprechen, der Roy Taylor gekannt hat«, sagte ich.

»Ach, Casey.« Er warf mir einen angewiderten Blick zu. »Ich habe dir doch gesagt, du sollst die Finger von dem Fall lassen. Du bist gestern schon tief genug hineingetappt. Ich sage nicht, dass da ein Zusammenhang besteht. Ich sage nur, es ist schlechtes Karma.«

»Ich kann es nicht bleiben lassen, Bill«, erklärte ich. »Ich weiß, ich werde nicht an die Tillman Untersuchung rangelassen. Aber was, wenn es einen Zusammenhang gibt? Was ist, wenn ich den Mord verursacht habe? Ich kann nicht einfach davor weglaufen. Und was ist, wenn Gail Honeycutt wirklich unschuldig ist? Man kann es nicht rückgängig machen, wenn man jemanden erst mal aus dem Leben befördert hat.«

»Ich habe ein ganz schlechtes Gefühl dabei«, warnte er mich. »Wirklich, ein ganz, ganz schlechtes Gefühl.«

»Du wirst mir also nicht helfen?«, fragte ich mit einem Seufzer.

»Ich werde darüber nachdenken«, sagte er. »Ich kenne natürlich einige Leute dort drüben. Und einer von denen hat tatsächlich mal ziemlich eng mit Taylor zusammen gearbeitet. Aber das heißt noch nicht, dass er bereit ist, mit dir zu reden. Kein Cop wird allzu freundlich mit jemandem umgehen, der dem Mörder eines Kollegen helfen will, verstehst du?«

»Frag ihn einfach«, sagte ich. »Bittebitte.«

»Ich werde sehen, was ich tun kann.« Er fummelte an einigen Papieren auf seinem Tisch herum. »Gehst du zu Tillmans Beerdigung?«, sagte er schließlich.

»Ich habe noch nicht darüber nachgedacht«, sagte ich beiläufig. Aber ich hatte natürlich daran gedacht. Ich hatte mir vorgestellt, wie ich in die Einsegnungshalle hineinging und die ganzen alten Leute aus seiner Nachbarschaft sah, die alle gekommen waren, um seinen Tod zu betrauern. Ich war nicht scharf darauf, seine alte Sekretärin wiederzusehen. Ich spürte fast schon Mrs. Rollins Blick auf mir, wie sie mich fragte, warum ich nicht besser auf ihn aufgepasst hatte.

»Sie ist am Freitag, wenn es dich interessiert. Um zwei Uhr. In der Kirche zum Guten Hirten.«

»Ist das ein Rendezvous?«, fragte ich. »Wie romantisch.«

»Tatsächlich gehe ich schon mit jemandem hin, und ich glaube nicht, dass es eine gute Idee ist, wenn ihr euch begegnet. Aber ja, ich werde da sein.«

Autsch. Welche Schnepfe wollte er zum Teufel nochmal dorthin mitschleppen? Die liebreizende Detective Morrow vielleicht? Oder so ein Schnuckelchen aus der Verwaltung? Kleine grüne Fäden der Eifersucht wickelten sich eng um mein Herz.

»Ich meine, jeder kann kommen«, offerierte er hilfreich. »Es wird in den Zeitungen stehen.«

»Vielleicht komme ich hin«, sagte ich und stand auf, um zu gehen, solange meine Würde noch nicht allzu stark angeschlagen war.

»Du siehst wesentlich besser aus als gestern abend«, sagte er und betrachtet mein schwarzes T-Shirt und meine schwarzen Stretchjeans. Ich hatte mir Stiefel angezogen, weil ich nach den gestrigen Ereignissen das Gefühl haben wollte, jedem Angreifer ganz gezielt meine Meinung sagen zu können, wenn es nötig sein sollte.

»Danke für das Kompliment«, sagte ich. »Nett, dass du bei Detective Morrow ein Wort für mich eingelegt hast. Sie ist so weit ganz in Ordnung.«

»Das ist sie allerdings«, pflichtete Bill mir bei. »Gegen sie sehen unsere Jungs hier ziemlich alt aus. Sie hat wirklich was drauf in ihrem Job. Sieht auch nicht schlecht aus. Hat natürlich nicht dein einzigartiges Stilgefühl.« Er grinste mich an und ich spürte, wie dieses Lächeln anfing, meine Sinne zu benebeln.

»Sie ist wirklich okay«, sagte ich. Wenn er auf diese Weise zuckersüß zu mir war, fand ich es schwer, nicht ganz weiche Knie zu kriegen. Bill Butler wusste, wo er bei mir das Knöpfchen drücken musste. Ich schaute noch mal zu ihm hinüber, bevor ich ging. Er hatte ein tolles Gesicht, mit Falten, die man mit dem Finger entlang fahren konnte. Es war ein Gesicht, das bewohnt war, und es ließ die ganzen jungen Gesichtchen, mit denen ich üblicherweise am Morgen aufwachte, inhaltsleer und uninteressant wirken. »Geh nach Hause und schlaf dich aus«, befahl ich ihm. »Du hast die ganze Nacht durchgearbeitet, oder?«

Er nickte. »Ich musste die Blüte der südlichen Weiblichkeit beschützen.«

»Aufgepasst«, sagte ich ihm. »Dein nördlicher Zynismus scheint durch.«

Er strahlte mich an, sich selbst zum Trotz.

»Wir sehn uns«, hängte ich noch dran und verweilte im Türrahmen. Unsere Blicke trafen sich, und dann ging ich endlich. Glücklich und doch vage verärgert über die Art und Weise, wie er es schaffte, mich mit einem einzigen Grinsen zum Schmelzen zu bringen.

Ich kam zurück ins Büro, um Bobby Dees kleines schwarzes Büchlein abzuholen, und verbrachte eine gute Stunde damit, allen Frauen in seinem Leben telefonisch mitzuteilen, dass er einen leichten Herzanfall gehabt hatte. Seinen Code strikt einzuhalten stank mir zwar gewaltig, aber ich glaube, ich habe es trotzdem geschafft, all die Ehen intakt zu lassen, bei denen es wirklich drauf ankam.

Als ich damit fertig war, war es natürlich zu spät, um noch am Frauengefängnis vorbeizufahren und Gails Freundin zu besuchen. Stattdessen krallte ich mir den Karton voller Verhandlungsprotokolle, den mir Omi Honeycutt zugeschickt hatte, und dachte mir, ich könnte sie alle in einer Nacht durchlesen.

Die Durham Bulls hatten ihr Eröffnungsspiel der Saison gegen die Wilmington Blue Rocks, und ich war schwer geneigt, mir den Abend frei zu nehmen und hinzugehen. Im Vorjahr war ich zwei Wochen lang total verknallt gewesen – in den kräftig gebauten

Schiedsrichter der Heimmannschaft. Bis mir klar wurde, dass er unter dem blauen Trikot einen Brustpanzer trug und dass das der Grund war, warum er so einen eindrucksvollen Körperbau aufwies. Während meine Träume zerplatzten wie Seifenblasen, hatte ich meine Aufmerksamkeit dem Spiel selber zugewandt und es ganz interessant gefunden. Die Vorstellung, einen kalten Märzabend lang unter den Flutlichtern im Stadion zu sitzen, Hot Dogs zu futtern, Bier zu trinken und die knackigen Hintern von über zwanzig Baseballspielern zu betrachten, hatte durchaus ihre Reize. Aber leider, die Pflicht rief. Es würde vielmehr eine Nacht werden, in der ich zusammengerollt auf meinem Sessel vom Sperrmüll saß und durch die Seiten von Gails ursprünglichen Gerichtsakten blätterte.

Nicht, dass es keine faszinierende Lektüre war. Aber ich hatte kaum ein Drittel geschafft, als ich auch schon in tiefen Schlaf verfiel.

Am nächsten Morgen schaute ich im Büro vorbei, das sich in meiner Abwesenheit nicht auf zauberhafte Weise selber gesäubert und aufgeräumt hatte, und verbrachte ein paar Minuten damit, in aller Ruhe durch den verschütteten Inhalt von Bobbys Schreibtisch nach interessanten Objekten zu forschen. Außer fünfzig Fantastillionen Fast-Food-Flyern fand ich nicht viel. Das völlige Fehlen von Kondomen beunruhigte mich. Aber vielleicht kaufte er sie en gros und benutzte die Kartons als Nachtschränkchen neben seinem überproportionierten Wasserbett.

Als ich mit meiner Schnüffelei fertig war, musste ich zur Kenntnis nehmen, dass es an der Zeit war, zum Frauengefängnis aufzubrechen. Ich würde ohne vorherige Anmeldung nicht noch mal mit Gail reden können, aber bei ihrer Freundin Susan Porter war es was anderes.

Ich schloss ab und war schon fast bei meinem Wagen angekommen, als Ruby, die Politesse, mich anhielt, um mit mir zu quasseln. Ruby war knapp eins fünfzig, und ihre Haut war so schwarz, dass sie an heißen Sommertagen in einem blauen Schimmer glänzte.

Ich hatte schon gesehen, wie sie dreimal so große Männer zu Boden zwang und noch größere schwarze Brüder niederredete. Mit Ruby war nicht zu spaßen.

»Was ist los mit Bobby?«, fragte sie mit ihrer sanften Stimme. »Sein Wagen steht schon seit zwei Tagen an der Ecke geparkt, und im Büro brennt kein Licht.«

Ich erzählte ihr, was passiert war. Ruby war meistens ziemlich kulant mit den Parkgebühren. Das machte sie zu einer Vertrauensperson.

Sie ließ einen Überraschungspfiff ertönen. »Echt wahr? Er ist wirklich angegriffen worden? Das ist ein Hammer. Ich bin selber schon ein paarmal attackiert worden, wie Sie sich denken können. Aber ich konnte meinen Angreifer immer sehen. Sagen Sie Bobby, er soll sich wegen seinem Wagen keine Sorgen machen. Ich passe für ihn drauf auf.«

»Danke«, sagte ich. Dann fiel mir noch was ein. »Kennen Sie wen, der Interesse hätte, das Büro für uns wieder aufzuräumen? Ich selber schaffs nicht. Ich habe gerade einen großen Fall.«

Sie dachte einen Moment lang nach. »Meine Schwester Keisha könnte vielleicht dran interessiert sein. Sie hat einen ganz hübschen Job drüben bei RD-Construction, aber sie hat jetzt gerade etwas extra Kohle nötig, von wegen weil ihr Kind so eine spezielle Brille braucht, verstehen Sie?«

»Wenn sie das verdammte Büro wieder in Schuss bringt, bezahle ich ihr die Brille«, versprach ich. »Egal, was sie kostet.« Omi Honeycutt würde nie erfahren, für welchen guten Zweck sie ihr Geld stiftete.

»Gemacht«, sagte Ruby und wir schüttelten uns die Hände zur Bekräftigung des Deals. »Ich werde sie anrufen und Ihnen sagen, wann sie kommen kann.«

Auf der Fahrt zum Gefängnis war ich so sehr damit beschäftigt, zu beobachten, wie die Sonne hinter den massiven grauen Märzwolken hervorzubrechen versuchte, dass ich an einer tückischen Abfahrt bei New Bern fast in ein Kentucky Fried Chicken hineingefahren wäre. Mein Gehirn verschimmelte langsam bei all dieser kalten, feuchten Luft. Frühlingssonnenschein hieß die Medizin, die ich jetzt dringend benötigte.

Ich hatte den Wachmann am Vordereingang des Gefängnisses noch nie gesehen. Er war ein kantiger Latino mit einem fröhlichen Gesicht. Als mein Name auf der Besucherliste für Susan Porter auftauchte, winkte er mich durch. »Dolly sitzt normalerweise um diese Tageszeit hinten in der Kantine«, erklärte er mir. »Sie ist Raucherin.«

Wer raucht denn nicht im Knast? Ich hatte selber genug Päckchen verheizt in den achtzehn Monaten, die ich einsaß, um einem ganzen Dritte-Welt-Land Lungenkrebs zu verpassen. Das war einer der Gründe, warum ich heutzutage eine Zigarette nicht mal mehr anfasste.

Ich folgte dem akkurat verlegten Klinkerpfad zum Zellentrakt. Mein Herz klopfte wesentlich weniger rasant als bei meinem vorausgegangenen Besuch. Vielleicht heilt die Zeit wirklich alle Wunden. Oder vielleicht kommen auch nur größere daher, um an ihre Stelle zu treten.

Viele Inhaftierte saßen beim Essen. Ich kam an der Kantine vorbei und hörte das Geklapper von Bestecken und das Stimmengewirr. Alle Frauengefängnisse sind laut – viel lauter als Männergefängnisse. Alles, was die Insassinnen den ganzen Tag über tun können, ist quasseln – und das tun sie. Unablässig, miteinander, gegen einander, mit den Wächterinnen, und mit sich selbst. Und dann wundern sich die Leute, warum ich so ungern rumsitze und Konversation mache. Versuchen Sie mal, achtzehn Monate lang ununterbrochenes Gequatsche und Getratsche auszuhalten, und dann wollen wir mal sehen, ob Sie nicht auch freiwillig zu Taubstummen werden.

Ich fand Dolly auf einer Betonbank sitzend. Neben ihr eine riesige schwarze Frau mit einer rosa Narbe, die sich über ihre Wange vom Ohr bis zum Kinn hinzog. Beide Frauen trugen weiße Schürzen über ihrer Gefängniskleidung und Haarnetze über dem Kopf. Sie rauchten Zigaretten und sprachen mit gedämpfter Stimme. Als ich näher kam, stand die schwarze Frau auf, um zu gehen, und klatschte zum Abschied einen High Five mit Dolly, bevor sie in Richtung Küchentür davon stapfte.

»Dolly?«, fragte ich, um mich zu vergewissern, dass sie es wirklich war. Sie wirkte sogar noch dünner und hagerer als das letzte Mal. Ich setzte mich auf die Bank neben sie. Der Platz war noch warm vom Körper meiner Vorsitzerin.

»Das bin ich. Und Sie sind die Detektiv-Lady.« Sie blies eine Rauchwolke aus und prüfte mich kritisch vom Zopf bis zur Zehe. Sie ließ sich dabei Zeit. Ihre Stimme klang noch gedehnter als am Telefon. Ihr Gebirgs-Slang aus den Appalachen war unverkennbar. Außerdem fehlten ihr vorne mindestens drei Zähne und sie versuchte beim Sprechen, das übrige Gebiss mit ihren Lippen zu verdecken, was der Klarheit der Aussprache nicht eben förderlich war.

»Der Wächter nannte Sie Dolly. Er wusste sogar, wo ich Sie finden würde.«

»Typisch Herman«, sagte sie mit einem dünnen Lachen, das in ein Husten überging. Sie saß wie eine kauernde Hündin nervös vornüber gebeugt. Ich hatte keine Ahnung, wie ich sie dazu bringen konnte, nicht so angespannt zu sein.

»Klingt so, als ob die Wächter hier ziemlich freundlich sind«, sagte ich. »Das ist doch gut.«

»Und woher kennen Sie Gail?«, fragte ich, als sie weiter stumm blieb.

»Küche«, erklärte sie. »Eine Zeit lang ham sie Gail inne Küche gelassen, bis ihre erste Berufung abgelehnt worden is. Dann kam sie wieder in Einzelhaft.«

»Zu ihrem Schutz?«, fragte ich.

Die junge Frau blickte zu mir auf. »Vor was? Sie brauchen sich keine Sorgen machen, hier passiert niemand was. Außer Sie lassen sich auf faule Sachen ein. Oder Sie ham was Grässliches getan und gehn rum und erzählen es allen. Wie, dass Sie ihr Baby in heißem Wasser gekocht ham.«

»Oha«, sagte ich. »Das hat wirklich jemand gemacht?«

Dolly schaute überrascht drein. »'türlich nich. Ich mein nur. Zum Beispiel.«

»Ist es nicht ziemlich schrecklich, den eigenen Ehemann zu erschießen?«, fragte ich.

Sie machte eine Bewegung, als ob sie etwas über die Schulter warf, und sog tief an ihrer Zigarette. »Kommt auf den Ehemann an.« Sie lachte trocken. Ich wartete, bis sich der Husten einstellte und bis er sich wieder gelegt hatte. »Aber ich nich, ich hab nie jemand umgelegt.«

»Warum sind Sie dann hier?«, fragte ich.

»Geschworenen meinten, ich hätte ein Mann, der im Seven-Eleven arbeitet, angeschossen. Oben beim Black Mountain«, sagte sie. »Seine Milz is dabei hopsgegang. Aber ich hab nich auf ihn geschossen.«

»Eine Verwechslung?«, fragte ich trocken.

»Nich, was mich betrifft.« Sie blickte auf zu den grauen Wolken. »Es war mein Bruder, ders getan hat. Wir sehn uns ziemlich ähnlich. Ich saß am Steuer. Ich wusste nich, dass er den Laden ausrauben wollte. Er hat gesagt, er holt sich nur 'ne Cola.«

»Und die Geschworenen glaubten ihm mehr als Ihnen?«, fragte ich verwirrt.

Sie zuckte mit den Achseln. »Ihm und meiner Mama. Sie hat gesagt, er war zu Hause bei ihr, wie es passiert is. Und dass ich sowieso immer die war, die inner Scheiße gesteckt hat.«

Ich war entsetzt. Das war sowas von ›Liebste Mutter‹. »Ihre eigene Mutter hat Sie verraten und verkauft?«, fragte ich.

Wieder Achselzucken. »Sie brauchte mein Bruder für die Hausarbeit. Und er is der Erstgeborene. Sie hat ehm getan, was sie tun musste.«

Ich verstand, warum die Wächterin sie als eine noch größere Verliererin als Gail bezeichnet hatte.

»Wie lange müssen Sie noch absitzen?«, fragte ich.

Sie erwog die Frage. »Bei bewaffneter Überfall is das schwer zu sagen. Der Berufungsausschuss mag es nich, wenn Frauen in som

Scheiß drin stecken. Die halten mich für Bonnie ohne Clyde. Ich muss voll abbrumm, ich hab noch vier Jahre, vielleich komm ich raus in zwei.«

»Das tut mir Leid«, sagte ich.

»Mir nich«, erwiderte sie. Dann trat sie die Kippe aus, rollte mit den Schultern und wandte ihr Gesicht zum Himmel hinauf, als ob sie mit jemand weit höherem als mit mir sprach. »Mir gefällts hier. Es ist höllisch viel besser hier, als da wo ich her bin. Ich habs nich eilig, wieder raus zu komm.«

»Warum haben Sie mich angerufen?«, fragte ich sie.

»Ich dachte, ich könnte Gail helfen. Sie und ich, wir wurden gute Kumpels«, erklärte sie. »Sie lacht nich über mich, wie so manche Leute, die ich nenn könnte. Ich schick ihr Zettel mittem Essen, und sie schicktse zurück unterm Geschirr, wenn wir die Tabletts einsammeln. Als Sie mir Ihre Karte gegehm ham, hab ich rumgefragt, ob wer schon mal was von Ihn gehört hat.«

»Und? Hatte wer?«, fragte ich.

Dolly nickte. »Klar. Sie ham doch das Mädchen aus Zebulon vorm Knast bewahrt. Und es is noch eine andre hier, die sagt, sie ham ihr eine Strafminderung erwirkt mit dem Beweis von wegen, dass sie gar nich gewusst hat, wie sie die Drogen im Rucksack von ihrem Freund geschmuggelt hat.«

»Ich habe mich schon gewundert, wo Sally abgeblieben ist«, sagte ich. »Ist sie okay?«

»Yep. Hat ihre zwei Freundin und ein guten Job im Schönheitssalon. Da kann sie alle ham. Die wird keine Drogen für kein Freund mehr schmuggeln, wenn sie raus kommt.«

Ich musste unfreiwillig lachen. »Warum lässt Gail sich von niemand helfen?«, fragte ich.

Die junge Frau trat den Klinkerweg mit der Spitze ihrer Laufschuhe. Sie waren schreiend orange. Ich bewunderte ihren Modegeschmack und sagte es ihr.

»Danke. Die sind billig. Ihre gefallen mir auch.« Sie starrte auf meine schreiend roten Hightops. »Ich wette, über Sie lacht keiner.«

»Keiner, ders überlebt«, sagte ich, und fühlte mich ungemein geschmeichelt, als ich ihr ein Lachen entlockte, das befreiter klang als die vorigen.

»Und was ist mit Gail?«, versuchte ich es noch einmal.

»Hmm.« Sie fingerte an ihren Schürzenbändern herum. »Ich bin kein Genie, verstehen Sie? Ich kann nich sagen, ich weiß Sachen, die andere Leute nich wissen.«

»Aber?«, lieferte ich das Stichwort.

»Aber – ich weiß genug, um zu wissen, dass Gail ihren Mann nich getötet hat. Sie wollte keine Wumme im Haus ham. Sie hatte Angst vor Waffen.«

»Okay«, sagte ich. »Warum benimmt sie sich dann so schuldbewusst?«

»Weil sie sich schuldig fühlt«, erklärte Dolly. »Genauso, wie meine Mama mich so schuldig hat fühlen gelassen, dass ich die Zeche für mein Bruder auf mich genomm hab. Gail denkt, wenn sie nich so viel getrunken hätte in der Nacht, wos passiert is, hätte sie ihren Mann davor bewahren könn, dass er getötet wird. Für sie is egal, wer den Finger am Abzug gehabt hat. Wichtig is, dass sie ihn nicht gestoppt hat.«

Also, das war es. Ein ungebildetes Hillbillymädchen war der Wahrheit über Gail Honeycutt näher gekommen als zehn Jahre kluge Doktorarbeiten.

»Hat Sie mit Ihnen über ihre Gefühle gesprochen?«, fragte ich.

»Klar hat sie«, erklärte Dolly. »Sie weiß aber nich, dass ich jetz mit Ihn rede. Da wär sie böse.«

»Warum?«

Dolly sah mich an, als ob ich das blödeste Ding wäre, das ihr je untergekommen war. »Von wegen, weil, sie will ja bestraft werden«, erläuterte sie mir langsam. »Sie denkt, sie verdient es, zu sterben. Aber ich denke das nich. Desweng isses ja, warum ich mit Ihnen rede.«

»Was glaubt denn Gail, wers getan hat?«, fragte ich.

»Sie weiß es nich«, erklärte Dolly. »Aber ich kann Ihn was Ungewöhnliches sagen, was im letzten Jahr passiert is.«

»Was denn?«, fragte ich so beiläufig wie möglich, weil ich sie nicht verschrecken wollte, indem ich ihr zeigte, wie viel mir daran gelegen war, auch nur ein Fitzelchen Information zu bekommen.

Dolly zündete sich eine weitere Zigarette an und wollte mich bereitwillig auch mal dran ziehen lassen. Ich lehnte ab. Wenn ich jemals wieder ein Bedürfnis nach Nikotin entwickeln sollte, werde ich lieber gleich die Aschenbecher ausschlecken. Schmeckt genauso. Sie starrte auf die brennende Spitze, während sie redete. »Als ich festgenomm wurde, waren die Cops nich ehm nett zu mir, verstehen Sie? Die warfen mich gegen die Wand, obwohl ich ihn sagte, ich käm freiwillig mit. Sie legten mir Handschellen am Rücken an, das tat weh. Sie drückten mein Kopf runter auf den Sitz. Keiner in Uniform war nett zu mir, die ganze Verhandlung hin durch. Es war erst, wie ich hier her gekomm bin, dass die Leute mich richtig behandelt ham. Und ich hab verdammt sicher nie ein Besuch von keim von den Cops gehabt, die mich im Haus von meiner Mama aufgespürt ham.«

»Und was hat das mit Gail zu tun?«, fragte ich.

»Gail ham sie besucht«, erklärte sie. »Gail redet nich drüber, wer die warn. Aber ich hab sie komm sehen, letztes Jahr zu Weihnachten, einer nach dem andern. Dreie, insgesamt.«

»Drei – was?«, fragte ich. »Polizisten?«

Dolly nickte. »Sie warn nich in Uniform oder so, verstehen Sie? Aber ich erkenn ein Cop, wenn ich ein sehe. Das liegt am Haar, und an diesen Hemden, die sie anham, und die Stiefel, und wie sie gehn.«

Ich wusste nur zu gut, was sie meinte. Tatsächlich erstreckte sich meine Kenntnis der typischen Polizistenbekleidung sogar noch tiefer als bis zu den Hemden und Stiefeln.

»Möglich, dass es Privatdetektive waren?«, versuchte ich zu raten. »Die Gail helfen wollten?«

»Hat noch keiner versucht, Gail zu helfen, bis Sie gekomm sind«, machte Dolly mir klar. »Diese Typen waren Cops. Außerdem hat Anna, die den Zuckerkuchen macht, ein von ihn erkannt. Sie sacht, der is aus Durham. Jetz frag ich Sie: Warum soll ein Cop aus Durham herkomm, um eine zu sehn, die ein andern Cop aus Durham umgelegt hat?«

Gute Frage. »Das weiß ich auch nicht«, sagte ich.

»Also dann, finden Sies raus«, befahl mir Dolly. Sie sah auf die Uhr. Es war eine billige Timex mit einem abgeschlagenen Armband.

»Meine Pause is um. Das is alles, was ich Ihn zum sagen hatte. Ich denke ehm nur, es is komisch. Diese Cops ham Gail gehasst. Die sind nich her gekomm, um ihr zu sagen, von wegen, dass sie ihr vergeben ham.« Plötzlich beugte Dolly sich vor und spuckte heftig aufs Gras. »Die werden ihr nich vergeben und auch nich vergessen.«

»Können Sie Gail fragen, wer diese Leute waren?«, fragte ich. »Und mich dann anrufen?«

Sie zuckte mit den Schultern. »Ich kanns versuchen. Ich hab sie schon ma gefragt, da hat sie aber kein Wort gesagt. Aber möglich, dass ich es aus ihr rauskitzeln kann. Is schwer jetz, wo wir nich mehr mittenander sitzen und reden. Alles was wir ham, sind Zettel, und manchmal können wir durch die Hinterfenster von ihren Gebäude reden, wenn keiner kuckt.«

»Sehn Sie eben, was Sie machen können. Bitte«, sagte ich. »In der Zwischenzeit versuche ich, es selber herauszufinden.«

»Klar«, versprach sie und reichte mir die Hand zum Abschied. Sie war so kraftlos und lasch wie der gebrochene Flügel eines Vogels.

»Es war nett, Sie kennen zu lernen, Dolly«, sagte ich ihr. »Ihnen kann so schnell keiner was vormachen.«

Ihre Wachsamkeit verließ sie. Sie vergaß, ihre Zähne zu verbergen, und ich wurde mit einem piratenähnlichen, nahezu umwerfend siegesbewussten Grinsen belohnt. Dann verschwand es wieder. »Könn Sie ihr helfen?«, fragte sie mich, und ihre Stimme vibrierte vor Sorge. »Die werden sie töten. Und wenn du ma tot bist, bisse tot.«

»Ich werde es versuchen«, versprach ich ihr. Ich sah ihr nach, wie sie in das niedrige Backsteingebäude zurückkehrte. Als sie die Tür öffnete, drang eine Welle bekannter Geräusche auf den stillen Hof hinaus. Das Geklapper von Töpfen, Stahl gegen Stahl, das Zischen von Dampf, allerlei Rufe über dem Lärm. Institutionelle Musik. Dollys Leben. Eines, das besser war als das, was sie vorher gekannt hatte.

Ich verließ die Vollzugsanstalt unter dem wachsamen Blick von Herman, dem Wachmann am Vordereingang.

»Wie gehts Dolly so?«, wollte er wissen.

»Ihr gehts okay«, sagte ich. »Sie hat nette Sachen über Sie gesagt.«

»Dolly ist ein gutes Mädchen«, erklärte Herman. »Sie hat nur großes Pech gehabt. Und sie scheint immer die falschen Dinge zu sagen, wenn sie vor dem Bewährungsausschuss steht. Es ist fast so, als ob sie nicht vorzeitig entlassen werden will. Man kann sagen, sie ist eine von den Verliererinnen im Leben.«

Ich nickte und eilte hinaus. Jeder dachte, Dolly wäre eine Null im Leben. Aber ich will Ihnen etwas sagen – sie war glücklich, da, wo sie war. Selbst wenn es ein Gefängnis war. Und vor allem, sie war dabei, einer Frau zu helfen, die noch mehr Pech gehabt hatte als sie selbst. Also, ich frage Sie, was für eine Art von Verliererin konnte sie da schon groß sein?

7

Der Frühling kam am Tag von Peyton Tillmans Beisetzung. Ich erwachte mit verquollenen Augen und erblickte frische grüne Triebe, die zwischen dem jungen Gras in meinem Hinterhof hervorsprossen. Jeder Singvogel im Umkreis von fünf Kilometern schrie sich die Lunge aus dem Leib vor Verzückung. Mir war selber nach Singen zu Mute. Ich öffnete die Fenster und sog die satte warme Luft ein, die angereichert war mit dem Aroma von Tabak aus Liggett & Myers' Zigarettenfabrik in der Maine Street. Zwei Eichhörnchen jagten einander den Stamm einer Eiche hinauf, und eine Katze saß oben auf dem Zaun aus rotem Zedernholz und putzte sich völlig versunken. Es fehlte nur noch, dass Bambi über den Hinterhof hoppelte, dann wäre ich mitten in einem gottverdammten Disneyfilm.

Ich fischte ein schwarzes Kleid mit einem Ausschnitt heraus, der die ältlichen Trauergäste nicht schockieren konnte, die sicherlich in Massen bei Tillmans Beerdigung erschienen. Mein Leopardenfell-Pillbox-Hütchen, meine Netzstrumpfhose und ein Paar Schlampenpumps vervollständigten das Outfit. Vielleicht habe ich »Zeugin der Anklage« ein paar Mal zu oft gesehen, aber ich finde, ein schwarzes Kleid ist nicht komplett ohne schwarze Highheels.

Die Kirche zum Guten Hirten war in der Hillsborough Street, nur ein paar Blöcke vom Police Department und knapp einen halben Block vom Capitol entfernt. Ihr schlanker Turm erhob sich hoch über die kleineren Gebäude, die sie umgaben. Der vordere Gehsteig bordete über vor Männern in schwarzen Anzügen und Frauen in dunklen Kleidern. Ich war die einzige Trägerin einer Leopardenfell-Pillbox in diesem Haufen, und die meisten der weiblichen Trauergäste hatten sich für Stütz- anstelle von Netzstrümpfen entschieden.

Ich war früh dran, aber die ersten fünf Kniebänke auf jeder Seite des Mittelgangs waren bereits mit Reihen von älteren Mitbürgern besetzt. Es machte den Eindruck, als ob Peyton Tillmans Nachbarn und seine Eltern in stillem Einverständnis beschlossen hätten, seine weniger treuen Unterstützer fern zu halten. Ich konnte es ihnen nicht verdenken. Politiker, führende Geschäftsleute, Bürger, Aktivisten und frühere Freunde, die sich zu Tillmans Lebzeiten in großer Anzahl von ihm abgewandt hatten, drängten sich jetzt in der Kirche, um ihm die letzte Ehre zu erweisen. Das brachte ihm jetzt aber viel. Ich setzte mich auf einen Platz am äußersten Ende der sechsten Reihe, etwas beengt von einer starken schwarzen Frau in einem Blümchenkleid. Ihre Haare waren vom Alter zu einem pfefferigen Weiß verfärbt.

Ich suchte die erste Reihe nach Peytons Eltern ab. Ein unbeschreiblich altes Paar saß rechts vom Altar neben einer hoch gewachsenen Blondine, die in ein weißes Taschentuch schniefte. Der Mann und die Frau waren vom Alter geschrumpft, und der Vater hatte eine Gehhilfe aus Metall im Gang neben sich stehen. Sie starrten mit versteinerten Gesichtern geradeaus vor sich hin auf den verschlossenen Sarg, der die Überreste ihres einzigen Kindes enthielt. Niemand, so dachte ich mir, sollte jemals das durchmachen müssen, was diese beiden alten Leute in diesem Moment empfanden.

Die Blondine an ihrer Seite interessierte mich. Sie war mindestens fünfundvierzig. Viel älter als die sonst für Peyton typischen Freundinnen, wenn man den Gerüchten glauben wollte. Sie hatte elegante Gesichtszüge, die sie sehr englisch aussehen ließen, und hoch gesteckte Haare unter einem schwarzen Schleier. Sie war dezent geschminkt und keine Sturzbäche von Mascara im Stil von Tammy Fay Baker zerstörten die würdevolle Trauer auf ihrem Gesicht. Seine Schwester konnte es nicht sein, Peyton war ein Einzelkind. Vielleicht eine Freundin oder eine enge Mitarbeiterin?

»Das ist seine Verlobte«, flüsterte die schwarze Frau neben mir und fächelte sich Kühlung zu. Der Papierfächer, den sie für diese Gelegenheit gekauft hatte, trug ein Bild von Martin Luther King, das mit jeder Bewegung ihrer Hand an meinem Gesicht vorbei flatterte.

»Er war verlobt?«, flüsterte ich zurück. Sie nickte.

»Seit fast sechs Monaten. Sehr nette Lady. Innenarchitektin, glaube ich.«

»Wie kommt es, dass niemand etwas davon wusste?«, murmelte ich, während die anderen um uns herum die Ohren spitzten. Eine Seniorin vor mir drehte sogar ihr Hörgerät auf.

Meine Sitznachbarin musterte mich vorsichtig. »Ich hoffe, Sie und er ....?« Sie ließ den Rest ungesagt.

Ich winkte sofort ab. »Nein, natürlich nicht. Ich habe nur nicht gewusst, dass er verlobt war.«

»Er wollte sein Privatleben eben gerne privat leben«, erklärte die Frau. »Sie können sich schon denken, warum?« Sie hob die Augenbrauen und rollte die großen braunen Augen in Richtung auf die Prominenz hinter uns.

»Ja, das kann ich«, nickte ich. »Woher kennen Sie ihn?«

»Ich habe ihn großgezogen«, vertraute sie mir voller Stolz an. »Seine Eltern wollten, dass ich in der ersten Reihe bei Ihnen sitze, aber ich bleibe lieber im Hintergrund.« Und mit einem energischen Fächerwedeln, das eine Wolke von Fliederduft zu mir herübersandte, starrte sie auf den Sarg. Ihr Mund zitterte leicht unter der Belastung der plötzlichen Erinnerungen. Ich tätschelte ihre Hand. Sie warf mir einen fragenden Blick zu, bevor sie wieder auf Peyton Tillmans Sarg schaute.

Über mir strahlten die Bleiglasfenster im Frühlingssonnenschein auf und ließen Lichtzungen aus Rot, Blau und Gold über den Marmoraltar wandern. Ich hatte ein eigenartiges Gefühl, als ob die Gestalten der himmlischen Engel in den Fensterscheiben mich anstarrten. Aber dann wurde mir bewusst, dass dieses Gefühl eher aus der Nähe kam. Ich blickte über die Reihen der trauernden Senioren und entdeckte die alte Mrs. Rollins, Peyton Tillmans greise Sekretärin, die zu mir herüberschaute. Ich nahm ihren Blick auf und sie nickte. Ich erwiderte die Geste. Sie würde mich schon wissen lassen, was sie von mir wollte, wenn der richtige Zeitpunkt gekommen war.

Just als der Pfarrer durch den Altarraum hereintrat, gab es im hinteren Teil der Kirche Bewegung. Das schwere hölzerne Tor erbebte und schwang dann im weiten Bogen auf. Wie ein Statist aus einer Monty-Python-Nummer, der in den falschen Film geraten war, humpelte ein einbeiniger Mann herein und blickte anschließend um Verzeihung heischend in die Runde, während er sich breit auf seine Krücken stützte. Seine Krawatte war locker über eine Schulter geworfen. Er sah, dass aller Augen ihn festnagelten, dann bewegte er sich eilig in die allerletzte Reihe. Erst dann bemerkte ich, dass die letzten paar Sitzbänke mit einer erstaunlichen Vielzahl männlicher Endvierziger und Frühfünfziger besetzt waren. Die meisten von ihnen hatten den gequälten Gesichtsausdruck drauf, den Männer zur Schau tragen, wenn sie gezwungen sind, sich für eine ungewohnte Veranstaltung herauszuputzen. Wie eine Gruppe von alten Junggesellen, die sich bei einer Hochzeit hinter den Esstischen versteckt halten. Ich konnte lange Haare und Bärte ausmachen, kurze Haare und kantige Kiefer, Synthetikanzüge, Jeans, aufgemotzt mit Tweedsakkos, ab und zu eine Bomberjacke oder einen maßgeschneiderten Anzug. Darunter schwere Arbeitsstiefel, die in Reih und Glied, im Gleichklang schurrten und das beständige Geräusch von Kreaturen produzierten, die gegen ihre Natur gezwungen waren, still zu sitzen. Ich wollte ganz entschieden diese Leute kennen lernen, wenn das Begräbnis vorbei war.

Der Tag war noch wärmer geworden. Während der Gottesdienst sich dahinzog, wurden meine Augenlider immer schwerer. Ich roch den honigsüßen Duft von Geißblatt, der durch die geöffneten Fenster zu meiner Rechten hereinwehte. Für eine Hängematte hätte ich jemanden umbringen können. Ich hörte das entfernte Zischen einer Dampfheizung und unterdrückte ein Stöhnen. Die Radiatoren schalteten sich von selber ein, ungeachtet der Tatsache, dass es draußen mittlerweile unerwartet heiß geworden war. Ich stand kurz davor, mich öffentlich zu blamieren, indem ich einschlief und vornüber sank. Doch noch bevor ich mir den Schädel an der Sitzbank vor mir aufschlagen konnte, brachte mich meine Sitznachbarin mit dem Ellbogen wieder zur Besinnung.

»Wer ist denn der Mann dort drüben, der Sie so anstarrt?«, flüsterte sie. »Er lässt mir die Gänsehaut rauf und runter laufen.«

Ich folgte ihrem Blick. Sie schaute eine Reihe hinter uns zur Mitte einer Sitzbank auf der gegenüberliegenden Seite der Kirche. Bill Butler saß senkrecht inmitten einer Gruppe von Polizisten, die dienstfrei hatten. Detective Anne Morrow saß ein paar Plätze weiter in derselben Reihe und sah in ihrem schwarzen Hosenanzug elegant aus. Bill war sich meiner Anwesenheit nicht bewusst. Aber der Mann, der neben ihm saß. Ich starrte in seine leuchtend grünen Augen, deren lebhafte Färbung sogar auf diese Entfernung deutlich auszumachen war. Er war ein unbeschreiblich gut aussehender Mann, hoch gewachsen, schlank, mit breiten Schultern, dichtem schwarzen Haar, das vom Kopf abstand, ohne unordentlich zu wirken, und gut proportionierten Gesichtszügen über einem breiten Mund. Er blickte schnell beiseite, aber nicht bevor eine elektrische Entladung zwischen uns beiden durch die Luft gezischt war.

»Ich weiß nicht, wer das ist«, flüsterte ich zu meiner Sitznachbarin hinüber, obwohl ich wusste, dass er ein Cop sein musste.

Sie schüttelte den Kopf. »Sieht aus wie einer, der Schwierigkeiten macht. Tun Sie sich selber einen Gefallen und heiraten Sie einen hässlichen Mann. Ich habs schon zweimal getan. Die wissen, wie sie eine Frau richtig behandeln müssen.«

Danach hatte ich keine Probleme mehr wach zu bleiben. Den ganzen übrigen Gottesdienst über grübelte ich, wer der Mann sein mochte. Ich flüsterte meiner Sitznachbarin zum Abschied ein paar eilige Worte zu, als das letzte Kirchenlied verklungen war. Ich war beinahe an der Tür, als ich mich mit einem meiner schwarzen Absätze in den Krücken des Einbeinigen verfing, die im Gang standen. Ich stolperte, ruderte mit den Armen, um mein Gleichgewicht wiederzuerlangen, blieb mit dem zweiten Absatz im Teppich hängen und landete mit einem Plopp auf Captain Ahabs Schoß. Als Balletttänzerin machte ich keine gute Figur. Zum Glück war die übrige

Gemeinde zu sehr beschäftigt damit, ihre Sachen zusammenzusuchen, um auf meine Keystone-Cops-Nummer zu achten.

»'tschuldigung«, murmelte ich und versuchte mich hochzuwinden.

»Jederzeit wieder, Lady. Netter Hut.« Ich blickte in ein Paar freundliche blaue Augen über einem struppigen weißen Bart. »Tut mir Leid wegen der Krücken«, fügte er hinzu. »Ich hab mir ein neues Bein machen lassen, aber es passt noch nicht richtig. Da geh ich lieber ohne.«

»Casey Jones« stellte ich mich vor. »Können Sie mal rüberrücken?« Er stupste seinen Sitznachbarn an und folgte meiner Aufforderung. Ich schlüpfte in die hintere Sitzreihe neben die bunte Mischung aus verschiedensten Männern. »Wer seid ihr Typen eigentlich. Woher kennt ihr Peyton?«

»Nam«, sagte er mir. »Was Sie hier sehen, ist die hiesige Niederlassung der Vietnam Veterans Association.«

»Verstehe. Peyton hat zwei Dienstperioden gemacht, nicht wahr?«

»Er hatte eben dickere Eier als wir alle zusammen«, antwortete er und schaute sich dann wegen seiner Wortwahl in den heiligen Hallen verlegen um.

Ich blickte die Reihe entlang. »Sie sind sehr zahlreich erschienen.«

»Peyton war ein guter Kerl«, erklärte der Mann. »Er kam zu allen unseren Treffen, er machte kein großes Theater darum, hat uns auch 'ne Menge Geld gespendet. Er hatte ja mehr als jeder andere von uns. Und er hat es nie öffentlich ausgeschlachtet.«

»Nein«, gab ich ihm Recht. »Er hat darüber geschwiegen. Warum wohl?«

Der Mann dachte darüber nach. »Vielleicht, weil er sich nicht daran erinnern mochte, es aber auch nicht vergessen konnte?«, schlug er vor. Der Mann neben ihm nickte zustimmend.

Ich sah die Menge sich den Gang entlang schieben. Politiker mittleren Alters, die von hinten von ungeduldigen Pensionären geschubst wurden. Ich hegte den Verdacht, dass sie die Gelegenheit beim Schopf ergriffen, den hohen Tieren vor ihnen in die Rippen zu stoßen. Ich konnte es ihnen nicht verübeln. Ich hätte einigen von ihnen gerne selber mit dem Spazierstock zugesetzt.

»Ich werd mal aus dem Weg gehen«, murmelte ich und sprang auf, nur um gegen den gut aussehenden Mann mit den grünen Augen zu knallen.

»Autsch«, sagte er und rieb sich das Schienbein, während er vorne in mein Kleid hineinguckte.

»Na klar, das kannst natürlich nur du sein«, unterbrach eine Stimme. Bill Butler stierte verärgert über die Schulter des Mannes. »Du hältst den Verkehr auf, Casey.«

»Entschuldige mich«, raunzte ich zurück und floh aus der Kirche, was nicht leicht war, wenn man bedenkt, dass ich dazu um ein Dutzend dahinschleichende alte Trauergäste herumlavieren musste. Als ich draußen war, blieb ich auf den Stufen am Eingang stehen. Ich wollte wissen, welche Laus ihm diesmal über die Leber gelaufen war.

Aber Bill gab mir keine Chance, ihm eine Frage zu stellen. »Detective Morrow hat ein paar Fragen an dich«, stieß er hervor.

»Ist das der Grund, warum du mich hierher eingeladen hast?«, fragte ich und war von seiner kühlen Haltung wie vor den Kopf gestoßen. Ich wusste, dass wir mitten im kalten Krieg steckten, aber ich hatte nicht gedacht, dass wir schon arktische Temperaturen erreicht hatten.

»Natürlich nicht.« Er starrte auf meine Beine und versuchte ein Lächeln. »Ich habe gehofft, einen Blick auf deine Netzstrümpfe zu erhaschen. Niemand außer dir würde so was zu einem Begräbnis tragen.«

Der Mann neben ihm lachte. Ich schoss ihm einen eiskalten Blick zu. Das konnte ihn aber nicht erschüttern.

»Wie wärs, wenn du uns vorstellst«, schlug ich Bill vor, während ich mir unangenehm bewusst war, dass die grünen Augen des Fremden mich durchbohrten.

Bill seufzte, um klar zu machen, dass der Mann genau derjenige war, den er von mir fernhalten wollte. »Casey, das hier ist Steven Hill. Er ist bei der Polizei in Durham.«

Ich öffnete den Mund, aber Bill ließ mich nicht zu Wort kommen. »Oh nein«, sagte er. »Die Antwort ist nein, und hier kommt Morrow.«

Detective Morrow, durchtrainiert und hoch gewachsen, in ihrem maßgeschneiderten Anzug, kam auf mich zu. Sie setzte ihre Sonnenbrille auf, noch bevor ich etwas in ihren Augen lesen konnte. Smarte Lady.

»Casey«, sagte sie leise. »Haben Sie mal eine Minute Zeit?«

»Sicher«, nickte ich und folgte ihr zum Rand der breiten Steintreppe. Massenweise alte Trauergäste schleppten sich schwerfällig an uns vorbei und trugen ein vages Missfallen auf den Gesichtern.

»Das war mehr als deprimierend«, sagte ich. »Diese ganzen alten Leute.«

»Sie sagen es«, antwortete Detective Morrow. »Wir fanden einige merkwürdige Spuren, als wir das Haus nach Fingerabdrücken abgesucht haben. Wissen Sie etwas darüber?«

Ich starrte auf meine Füße und fand die entblößten Zehen in meinen hochhackigen Schuhen plötzlich ganz außerordentlich faszinierend. Die Art, wie meine Schnuckelis zur Mitte der dreieckigen Öffnung hin zusammengequetscht wurden, ließ meine Füße wie Schweinehufe aussehen.

Detective Morrow fand meine Schuhe nicht halb so interessant. »Casey«, wiederholte sie wesentlich bestimmter. »Wissen Sie etwas über diese seltsamen Spuren?«

»Wie, seltsam?«, fragte ich kleinlaut.

»Ganz offensichtlich wurde das Haus durchsucht«, sagte sie. »Möglicherweise hat Tillman selber nach etwas gesucht, das er verlegt hatte, aber ich halte das für eher unwahrscheinlich. Seine Fingerabdrücke waren überall, was zu erwarten war. Ebenso die seiner Freundin.«

»Verlobten«, korrigierte ich.

»Es gab auch viele Fingerspuren ohne Rillen, wie von Gummihandschuhen. Und dann waren da überall diese merkwürdigen Verwischungen. Können Sie uns dabei helfen?«

»Merkwürdige Verwischungen?«, sagte ich gedehnt. »Was meinen Sie mit merkwürdig? So, als ob jemand Fäustlinge oder so was beim Durchsuchen des Hauses getragen hat?«

»Fäustlinge?«, sagte sie nachdenklich. »Im März?«

»Topfhandschuhe«, warf ich ein, wie nebenbei. »Nur so eine Idee.«

Ein kleiner Seufzer entrang sich ihren Lippen.

»Sieht nicht sehr nach Selbstmord aus, nicht wahr?«, fragte ich. Sie ignorierte mich.

»Senator Hawthorne«, rief sie und ließ mich links liegen, um an die Seite eines kultivierten Herrn mit silbernem Haar zu eilen. Gott, ich fühlte mich so weit unten auf der Nahrungskette wie Enddarmbakterien. Vielleicht sollte ich es wieder damit versuchen, mich auf den Schoß einbeiniger Kriegsveteranen zu werfen.

»Miss Jones«, ertönte eine kultivierte Stimme. Über die Stufen hinweg näherte sich mir die alte Mrs. Rollins und wich den anderen Trauernden aus. Ihr Lehrerinnenmund war ein einziger grimmiger Strich, ihre Haare waren unter einem schmalrandigen Hut hochgezogen, und sie trug ein dunkelbraunes Kostüm aus einem anderen Jahrhundert. Ihre Brille glitzerte in der Sonne.

Die altgewohnte Mrs. Rollins war wieder voll in Fahrt. »Kommen Sie mit mir mit, Miss Jones«, befahl sie mir mit fester Stimme. »Hier ist jemand, den Sie kennen lernen sollten.«

Es war unmöglich, etwas anderes zu tun, als folgsam hinter ihr her zu trotten. Sie ging zu einer wartenden Limousine, öffnete die Tür und beorderte mich ins Innere. »Steigen Sie ein«, sagte sie schroff, »bevor so ein Zeitungsheini seine Kamera auf uns richtet.« Einem Reporter, der hinter mir in der Gegend herumstand, warf sie einen feurigen Blick zu und der Ärmste machte einen Riesenschritt zurück, als ob sie ihn jeden Augenblick zu Stein verwandeln würde.

Ich schlüpfte schnell hinein und fand mich von Angesicht zu Angesicht mit Peyton Tillmans Verlobter. Wir blinzelten einander verblüfft an.

»Casey Jones«, sagte ich und hielt ihr die Hand hin. »Mein Beileid zu Ihrem Verlust.« Das war eine klassische Beileidsfloskel in den Südstaaten, selbst die verarmte weiße Arbeiterklasse lernte diese Phrase bei Zeiten auswendig.

Ihr Händedruck war verständlicherweise nur Formsache. »Sylvia Bennett«, sagte sie mit matter Stimme. »Peyton erzählte mir, dass er sich mit Ihnen treffen wollte an dem Abend, als er starb.«

Ich nickte. Die arme Frau sah aus, als ob das Leben aus ihr herausgepumpt worden wäre. Sie hatte die Farbe von zu lange gekochten Fettuccine, wirkte aber nur halb so lebendig.

»Ich hoffte, dass Sie mir sagen könnten, was seine letzten Worte waren«, sagte sie.

Ich schaute sie mit großen Augen an. »Die Polizei hat Ihnen nichts gesagt?«, fragte ich.

Sie rutschte nervös zur Seite und ein Hauch von Parfum schwebte zu mir. »Mir was gesagt?«, fragte sie verzagter als zuvor.

»Ich bin diejenige, die ihn gefunden hat. Er war bereits tot, als ich ankam.«

Sie schloss die Augen, und ich wartete, während sie sich um Fassung bemühte. »Er hätte sich niemals umgebracht«, sagte sie ausdruckslos.

»Das stimmt«, pflichtete ich ihr bei.

Sie schwieg für einen Augenblick. »Wir wollten im Juni heiraten.«

»Das tut mir schrecklich Leid«, sagte ich und meinte es auch so.

Sie blickte durch das getönte Fenster nach draußen. »Ich habe etwas für Sie«, flüsterte sie. »Mrs. Rollins sagt, es geht nur so.«

»Für mich?«, fragte ich, ganz baff.

»Ich dachte, er sieht Gespenster«, fing sie an. Ihre Stimme versagte und Tränen strömten über ihre Wangen. Ich wartete, während sie ein Taschentuch hervorholte, einen Moment lang still hinein weinte und es dann wieder in ihrem Ärmel verschwinden ließ. »Er begann vor ungefähr einem Monat, Unterlagen bei mir zu Hause aufzubewahren. Ich möchte, dass Sie sie kriegen. Mrs. Rollins sagt, Sie sind die Einzige, der wir vertrauen können und dass ich sie Ihnen geben soll.«

»Unterlagen worüber?«, fragte ich perplex.

Sie schüttelte den Kopf. »Ich weiß es nicht und will es auch gar nicht wissen. Sie sind nummeriert statt beschriftet. Es könnte eine Art Code sein, aber falls sie etwas mit Peytons Tod zu tun haben, möchte ich sie bis heute Abend aus meinem Haus entfernt wissen.«

»Ich komme nachher vorbei«, versprach ich ihr. »Gleich nach der Beerdigung.«

Sie nickte benommen. »Gut. Ich bin ohnehin zu Hause.« Sie gab mir ihre Adresse und verfiel wieder in Schweigen. Ich nahm das als ein Zeichen, dass unser Gespräch beendet war. Ich wollte ihr noch einmal mein Beileid bekunden, aber ich glaube nicht, dass sie registrierte, dass ich noch da war.

Als ich wieder in den Frühlingssonnenschein hinaustrat, hatte sich die Menge aufgelöst. Mrs. Rollins wartete auf mich am Straßenrand und schirmte die Augen gegen das helle Sonnenlicht ab.

»Ich danke Ihnen«, sagte ich ihr. »Ich werde Sie nicht enttäuschen.«

»Das will ich Ihnen auch geraten haben, junge Frau«, warnte sie mich.

Ich bin bei genügend Friedhofszeremonien dabei gewesen, insbesondere bei zweien, um für den Rest meines Lebens davon genug zu haben. Ich ersparte mir die Beisetzung von Peyton Tillman und ich war nicht die Einzige. Der Trauerzug, der an mir vorbeifuhr, als ich auf dem Bürgersteig stand, war beträchtlich kürzer geworden. Er bestand hauptsächlich aus Straßenkreuzern mit silberhaarigen Herrn am Steuer und Rostlauben, die von Vietnamveteranen gefahren wurden. Kaum eine Stretchlimo außer der an der Spitze.

Die hohen Tiere waren zur Arbeit zurückgekehrt. Auch nicht schlimm, dachte ich. Soll er von denjenigen begraben werden, die ihn am meisten geliebt haben.

Peyton Tillman hatte mir Akten hinterlassen, vielleicht nicht absichtlich, aber ich würde sie kriegen. Ich musste sie natürlich sofort Detective Morrow aushändigen und ich wollte es auch tun, nachdem ich sie durchgelesen hatte. In der Zwischenzeit wollte ich die Gerichtsprotokolle zu Ende lesen, während ich auf die Rückkehr von Peytons Verlobter wartete.

Ruby war damit beschäftigte, für ein langes, schwarzes Auto mit einer einstelligen Zulassungsnummer ein Strafmandat auszustellen, als ich vor meinem Büro vorfuhr. Sie macht sich einen besonderen Spaß daraus, Politikos zu erwischen. Es ist ihre Art, für den kleinen Mann eine Klinge zu führen.

»Casey«, sagte sie und winkte mir zur Begrüßung. »Diesmal habe ich einen großen Fisch geangelt. Schauen Sie sich das an. Ein Nummernschild mit nur einer einzigen Zahl drauf.«

Ich klopfte ihr auf die Schulter. »Nur immer weiter so, Mädchen«, ermutigte ich sie.

»Meine Schwester Keisha ist einverstanden, Ihnen zu helfen«, sagte sie. »Aber es muss während ihrer Mittagspause und am Wochenende sein, weil ihr Hort früh schließt.«

»Geht in Ordnung«, sagte ich. »Aber nach dem, was mit Bobby passiert ist, sagen Sie ihr, sie soll vorsichtig sein, wenn sie hier abends alleine ist.«

»Was soll sie eigentlich machen?«, fragte Ruby.

»Papiere nach ihrem Gutdünken in Akten einordnen und den Mund halten über das, was sie sieht.«

Ruby nickte. »Da haben Sie die Richtige. Dieses Mädchen redet nie über die Angelegenheiten anderer Leute. Nicht mal über ihre eigenen.«

Ich kramte einen Ersatzschlüssel hervor, den Ruby ihrer Schwester geben sollte, und betrat dann das Büro mit meinem Stapel Akten aus dem Kofferraum. Ich hatte noch ein paar andere Fälle neben dem von Gail Honeycutt, aber es handelte sich um unglaublich langweilige Sachen, die ruhig noch warten konnten. Ein Farmer aus Fuquay wollte wissen, wer nachts mit seinem Traktor unterwegs war. Und eine Frau in North Raleigh hatte die Nase voll von ihrem Alten und wollte ihn zum Teufel schicken und hoffte, dass ich dafür ein paar Hochglanzfotos beschaffen konnte. Eine Nachbarschaftsinitiative in Carey war bis zur Hysterie aufgescheucht durch Gerüchte, dass eine Diebesbande, die auf den Raub von Haustieren spezialisiert war, sich ihrem Viertel näherte. Sollte ich mir die Mühe machen, diese wertvollen Hunde zu überwachen und sie davor zu bewahren, in undefinierbaren Laboratorien zwischen hier und Atlanta an merkwürdige Geräte angeschlossen zu werden? Normalerweise hätte ich darüber nachgedacht, aber nicht jetzt. Alle anderen Leute waren Ende März noch immer da, aber nicht Gail. Es sei denn, ich kam sehr viel schneller voran als bisher.

Ich ging meine Notizen durch und machte mir eine Liste über all jene Dinge, die mich an dem Ablauf der Nacht, in der Roy Taylor umgebracht worden war, störten. Es war eine kurze Liste. Eines störte mich am meisten. Es hatte eine potentielle Zeugin in dem Haus gegeben: Gails Kind. Wo war das Kind jetzt?

Ein Anruf bei Omi Honeycutt beschaffte mir die Information, die ich benötigte. Brittany Honeycutt lebte bei einer von Gails Cousinen in der Nähe von Garner. Sie war zu jung gewesen, um sich an die Einzelheiten zu erinnern oder sie schildern zu können. Gail wollte sie nicht in den Zeugenstand rufen lassen. Eine vom Gericht bestellte Psychologin war auch der Meinung, dass es dem Kind eher schaden würde, zumal das Mädchen wenig beitragen konnte.

Okay, wiederholte eine Stimme in meinem Kopf hartnäckig, aber jetzt ist sie mindestens acht Jahre älter. Was könnte es schaden? Omi Honeycutt haderte mit mir wegen meines Planes. Die ganze Familie stellte sich schützend vor das kleine Mädchen, aber zuletzt stimmte sie zu, diese Cousine anzurufen und ihre Erlaubnis einzuholen. Ich würde das Kind morgen am Samstag sehen können, da sie dann schulfrei haben würde. Ich dankte ihr und legte auf.

Anschließend rief ich im Krankenhaus an, um mich nach Bobby Dee zu erkundigen. Ihm ginge es gut, sagte die Krankenschwester. Der Rest des Krankenhauses leide Schmerzen. Anscheinend schnarchte Bobby so laut, dass die Deckenbeleuchtung aus dem neuen Anbau nebenan sich aus den Verankerungen löste und herunterfiel. Man hatte Bobbys Nasenlöcher so weit wie den Grand Canyon gedehnt, aber wenn er ein Schläfchen hielt, ratterten die Betten der anderen Patienten, als ob ein Erdbeben zugange wäre. Ich dankte ihr für ihr farbenfrohes Update und legte auf. Das Telefon klingelte im gleichen Augenblick von neuem. Bill Butler. Das war aber eine Überraschung.

»Warum bist du nicht beim Begräbnis?«, erkundigte er sich.

»Und was ist mit dir?«, fragte ich zurück.

»Ich habe zuerst gefragt.«

Ich seufzte. Jetzt hatten wir uns auf die Ebene von Fünfjährigen begeben, die sich über einen Twinkie-Riegel stritten. »Frage nicht. Ich hasse eben Begräbnisse.«

»Okay«, meinte er. »Ich bin wieder in der Arbeit. Viel Druck von allen Seiten. Versuchte Vergewaltigung letzte Nacht, das Opfer entkam mit eingeschlagenen Zähnen, aber halb Raleigh ist in Panik.«

»Ich war es nicht«, sagte ich. »Ich schwöre, ich bin unschuldig.«

»Das wage ich zu bezweifeln. Aber in dem Fall bist du aus dem Schneider. Die Beschreibung passt nicht auf dich.« Er machte eine Pause. Ich wurde schon reichlich neugierig, warum er mich angerufen hatte.

»Warum hast du mich angerufen, wenn du glaubst, dass ich auf dem Begräbnis bin?«, fragte ich schließlich, nachdem sich das Schweigen schon zu fast peinlicher Länge dehnte.

»Ich wollte einfach nur wissen, wie sich der Fall entwickelt«, sagte er. »Und ich hatte ein paar Minuten frei.«

»Es läuft alles bestens«, sagte ich ihm. »Ich werde bloß von einem mörderischen Verrückten verfolgt.«

»Wie kommst du denn darauf?«, sagte er rasch.

Ich hatte nicht vor, ihm von dem Einbruch zu erzählen oder von meinem illegalen Waffenbesitz. Beziehungsweise, warum ich es unterlassen hatte, die Polizei zu benachrichtigen.

»Ich glaube, ich werde von jemandem verfolgt, wann immer ich irgendwo hinfahre«, sagte ich stattdessen.

»Man kann sich da leicht täuschen, wenn man nervös ist«, sagte er und klang erleichtert.

»Ich bilde mir das nicht ein«, beharrte ich.

»Vielleicht auch nicht«, gab er zu.

Das reichte mir nicht. Ich hoffte mein Schweigen würde ihn einschüchtern, aber denkste. Er fand wieder zu seiner alten Form zurück.

»Hey, wie wärs heute mit einem späten Abendessen?«, schlug er vor. »Wir könnten miteinander reden und versuchen, eine neue Art von funktionierender Arbeitsbeziehung aufzubauen. Die Sache wieder auf die Reihe kriegen. Es tut mir Leid, wie ich mich heute aufgeführt habe. Ich war ein bisschen betroffen. Sieht so aus, als ob du Recht haben könntest und Roy Taylor tatsächlich Dreck am Stecken hatte. Ich habe eine Quelle drüben in Durham, die sagt, dass es wahr ist. Es kotzt mich an, wenn ich Unrecht habe.«

Also, das war doch interessant. »Das ist Musik in meinen Ohren«, willigte ich ein. »Treffen wir uns.«

»Großartig. Ich rufe dich an. Oder du mich, so gegen elf. Was hältst du davon?«

Bevor ich Gelegenheit gehabt hatte, zu der Einsicht zu gelangen, dass Bill offenbar annahm, ich hätte freitagabends nichts anderes vor, hatte er auch schon aufgelegt. Na gut. Ich war noch nie besonders gut bei solchen Spielchen gewesen.

Aber warum hatte er wirklich angerufen? Ich hätte meinen neuen BH aus schwarzer Spitze verwettet, dass er etwas anderes von mir wollte, als ein Abendessen oder Sex. Aber was?

Es wurde Zeit, den Tatsachen ins Auge zu blicken. Ich hatte keine Anhaltspunkte. Ich brauchte die Unterlagen von Peyton wirklich ganz dringend. Ich beschloss, vorzeitig zu Sylvias Haus zu fahren und die Akten zu kapern, sobald sie eintraf. Ich packte meine aktuellen Fallberichte wieder in die Reifenmulde in meinem Kofferraum und eilte zu Sylvia, aber ich brauchte gute dreißig Minuten, nur um ihr Haus zu erreichen. Sie wohnte in einer sehr noblen Gegend in North Raleigh. Unglaublich viele Senioren am Steuer schlichen mit fünf Kilometer pro Stunde durch die Gegend und verstopften die Straße. Als ich schließlich an der Adresse anlangte, die sie mir gegeben hatte, sah es so aus, als ob eine riesige Party im Gange wäre. Ein Straßenkreuzer nach dem anderen machte sich auf dem Gehsteig breit und ein nicht endenwollender Strom von Besuchern fortgeschrittenen Alters ergoss sich in das Haus.

Ich hätte mir ja denken können, dass kein Bewohner der Südstaaten sich eine Gelegenheit zum Essen entgehen lässt. Dies war ein Leichenschmaus der anderen Art. Im Innern des Hauses wurden bestimmt Platten mit Truthahn und Schinkentaschen, mit belegten Brötchen, Miniaturquiche und Napfkuchen, mit Punsch und Gott weiß welchen anderen Leckereien bis zum Abwinken serviert. Und noch ehe der Tag zu Ende war, gab noch einer wegen zu hohem Cholesterin den Löffel ab und der Kreislauf konnte von neuem beginnen. Was für ein Dilemma für eine antisoziale Paranoikerin wie mich. Sollte ich mich tapfer den Trauernden entgegenwerfen, um einen Teller voll Fressalien zu ergattern? Mein Vorteil war, dass sie alt und langsam waren. Kein Problem für mich, an die besten Brocken heranzukommen. Andererseits musste ich mir dann bestimmt mehrere Bazillionen Kindheitsgeschichten von Peyton anhören und würde mich am Schluss noch depressiver fühlen als die Nummer zwei in einem Schönheitswettbewerb. Ich beschloss, mich in meinem Auto einzubunkern und abzuwarten, bis die Menge sich verdünnisiert hatte. Dann wollte ich reingehen.

Eine Stunde später waren die Versammelten noch immer dicht gedrängt wie Sardinen und verdrückten meinen Anteil am Essen. Meine Augenlider wurden schwer in dem warmen Brutkasten des Autos, und ich nickte ein. Ich erwachte, als ein Klopfen am Fenster meine Träume unterbrach. Eine junge schwarze Frau, die eine Schürze mit der Aufschrift ›Mieten Sie sich ein Dienstmädchen‹ umhatte, stand auf der Straße und wartete höflich darauf, dass ich mich regte.

»Ja, bitte?«, fragte ich und kurbelte das Fenster herunter.

»Miss Bennett möchte wissen, ob Sie etwas zu essen wünschen, während Sie auf ihrem Beobachterposten sitzen, oder ob Sie lieber ungestört bleiben möchten.«

Verdammt. Die trauernde Verlobte war wesentlich lebendiger als ich sie eingeschätzt hatte. »Ich hätte gerne eine Riesenmenge zu essen«, sagte ich der Frau. »Mit Betonung auf Kohlehydrate und Fleisch und vielleicht noch ein Tönnchen Napfkuchen.«

»Eistee?«, fragte sie höflich. »Sieht so aus, als ob sie was zum Wachhalten brauchen könnten.«

Ich nickte in schläfriger Zustimmung mit dem Kopf. »Und bitte richten Sie Miss Bennett meinen herzlichen Dank aus.«

»Und wünscht der Herr auch etwas?«, fragte die junge Frau und schaute die Straße hinunter.

»Der Herr?«, fragte ich und drehte mich zum Rückfenster, um besser sehen zu können.

»Der Mann in dem roten Auto. Miss Bennett meinte, er gehöre wahrscheinlich zu Ihnen. Er steht gleich hier …« Sie zeigte auf eine Kurve in der belebten Straße. »Wenigstens stand er da. Genau dort«, verbesserte sie sich. »Er muss wohl weggefahren sein.«

»Bringen Sie mir einfach seinen Anteil gleich mit«, sagte ich. »Wenn er wiederkommt, gebe ich ihm was ab.«

»Bin gleich wieder da mit ihrer Schiffsladung«, versprach sie, obwohl ihre süße Stimme keinen Moment ihre Belustigung verriet. Sie war, wie es schien, eine ganz Schlaue, die es sich nicht anmerken ließ.

Sie hielt Wort, aber als sie mit dem Essen erschien, war ich noch immer zu keinem Schluss gekommen, wer zum Teufel der Mann im roten Auto sein mochte. Das Bild eines verrückten Ex-Barmanns schoss durch mein Gehirn, aber wie außerordentlich beknackt war es doch, mich bei einem Begräbnis zu verfolgen, Herrgott nochmal. Hätte Jack bloß nicht erwähnt, dass der Typ eine Waffe besaß. Ich hätte die gesamte Portion gegrilltes Schweinefleisch, die vor mir aufgehäuft war, für das gute Gefühl hingegeben, meine Astra in der Hand zu haben. Weil meine Optionen begrenzt waren, rächte ich mich an dem geheimnisvollen Fremden, indem ich unmittelbar nach meiner auch seine Portion verputzte. Zwei Teller mit Speisen und zwei Gläser Eistee später fühlte ich mich wie ein Schwein in der Nacht vor dem ersten Frost und musste pissen wie ein Rennpferd. Zum Glück ebbte die Feier soeben ab. Die Gäste kamen nach und nach durch die Eingangstür heraus und tatterten zu ihren Autos. Die Wagen fuhren einer nach dem anderen mit der umwerfenden Geschwindigkeit von zehn Kilometern pro Stunde davon. Es konnte Tage dauern, bis die Straße frei war. Schließlich waren aber doch alle fort, mit Ausnahme von zwei Party-Service-Transportern, die auf der Betoneinfahrt geparkt standen. Es war Zeit hineinzugehen.

»Es tut mir Leid, aber Miss Bennett schläft gerade«, sagte dieselbe Bedienstete, nachdem ich von meinen dringlichen Geschäften zurückgekehrt war. »Sie ist erst vor ein paar Minuten eingeschlafen.«

Ich brachte es nicht übers Herz, sie wecken zu lassen. Ich hatte gute drei Stunden gewartet, jetzt musste ich eben noch etwas länger warten. Vielleicht sollte ich die Gelegenheit am Schopf packen, und mir auch ein Nickerchen gönnen.

Wenn ich mir ein Dienstmädchen hätte leisten können, hätte ich mir das von Sylvia Bennett sofort geschnappt. »Möchten Sie sich im Fernsehzimmer ein wenig ausruhen?«, fragte sie. »Miss Bennett schien sehr daran gelegen, sich mit Ihnen zu treffen. Ich bin sicher, sie hätte nichts dagegen.«

Ich versank auf einer tadellos weißen Couch inmitten einer Wolke von Kissen. Ich stieg von meinen hohen Absätzen herunter und stöhnte vor Wolllust. Ohne gefragt zu werden, brachte mir das Dienstmädchen ein Bier – Gott segne ihre dienstbare Seele – und ich verbrachte ein paar Stunden damit, Importbier zu schlürfen und mich auf einem Fernseher mit einem gigantischen Flachbildschirm durch alte Filme durchzuzappen. Ich fühlte mich wie eine Couchkartoffel der Edelklasse. So also lebte die andere Hälfte. Es war dunkel und die Abendnachrichten waren längst vorbei, als Sylvia Bennett wieder auftauchte. Sie trug einen Trainingsanzug aus grünem Velours und ihre Augen waren von Schlaf und versiegten Tränen zugeschwollen. Sie schlurfte herein und ließ sich neben mir auf der Couch niedersinken. Sie starrte auf den Bildschirm. Es lief gerade *Eine unvergessliche Affäre*. Ich stellte ab.

»Sind Sie okay?«, fragte ich.

Ihr Blick blieb an meinem Bier hängen. »Das sieht gut aus.«

»Ich bin sicher, Ihr Dienstmädchen bringt Ihnen eines. Ich persönlich bin der Meinung, die Frau verdient es, für den Friedensnobelpreis nominiert zu werden.«

Diese Bemerkung hätte sich fast ein Lächeln verdient. »Sie ist eine wahre Perle«, stimmte Sylvia mir zu. »Eine von Peytons Fällen, aus der Zeit, als er Richter war. Er setzte sie auf Bewährung, als sie siebzehn war und drückte ihr ein Entziehungsprogramm und ein nachträgliches Highschool-Abschlussprogramm an Stelle einer Haftstrafe aufs Auge«, erklärte sie. »Als sie rauskam, brauchte sie einen Job und einen Platz zum Wohnen, damit sie von ihren alten Freunden wegkam. Ich brauchte jemand, der mir mit dem Haus helfen konnte.«

»Es ist ein großes Haus für eine Person« sagte ich.

Sie machte eine unbestimmte Geste mit beiden Händen. »Meine Großmutter starb vor sechs Jahren und hinterließ mir mehr Geld, als ich jemals verbrauchen kann. Aber ich hasse dieses Haus. Es macht mich noch schwermütiger als ich ohnehin schon bin. Ich hatte vor, es zu verkaufen und mit Peyton zusammenzuziehen.«

Wir schwiegen beide, und die Stille wurde nur unterbrochen, als das Dienstmädchen mit einem weiteren kalten Bier für mich auf einem Tablett hereinkam. Für Sylvia hatte sie eine Tasse heißen Tee gebracht. Sylvia akzeptierte es ohne Diskussion. Sie nippte an der

Tasse und beobachtete das Dienstmädchen, wie es schweigend den Raum verließ. »Haben Sie bemerkt, dass der einzige Mensch, der sich jetzt um mich kümmert, vor einem Jahr noch eine vollkommene Fremde war?«, fragte sie. »Und dass ich für dieses Privileg bezahlen muss?«

»Sie scheint Ihnen ausgesprochen ergeben zu sein«, sagte ich. »Wen kümmert es schon, wie lange sie einander kennen.«

Sylvia blickte auf ihre Hände. Sie waren makellos manikürt, nicht so wie meine abgebrochenen Spargelspitzen. Ich musste den Drang unterdrücken, sie hinter meinem Rücken zu verbergen.

»Gibt es etwas, was ich für Sie tun kann?«, fragte ich höflich, obwohl es mich juckte, einfach nur die Unterlagen zu nehmen und abzuhauen.

»Ja. Sie können diese Akten aus meinem Haus schaffen. Sie befinden sich im Arbeitszimmer.« Sie erhob sich langsam, als ob sie Jahrzehnte älter wäre, als sie tatsächlich war, und ich folgte ihr durch einen langen Gang zu der anderen Seite des Hauses. Sie redete, während sie vorausging. »Die Polizei weiß nicht viel«, sagte sie. »Es sieht nicht so aus, als ob sie an Selbstmord glauben. Sie wollten wissen, was ich von Ihnen halte. Ich antwortete, ich wäre Ihnen noch nie in meinem Leben begegnet.« Sie bedachte mich mit einem schrägen Lächeln. »Zu blöd, dass wir einander unter diesen Umständen kennen lernen mussten, hm?« Sie imitierte die Bemerkung, die sie im Verlauf des Tages schon hundertmal gehört hatte.

»Was hat die Polizei sonst noch gesagt?«, fragte ich. »Wenn es Ihnen nichts ausmacht, mir das zu sagen.«

»Sie wollten wissen, ob Peyton in letzter Zeit vielleicht Drohungen bekommen hatte, ob er besonders beunruhigt wirkte, ob seine Finanzen in Ordnung sind, und solche Sachen eben.«

»Und Ihre Antwort?« Wir kamen zur Tür eines abgesperrten Raumes, und ich wartete, während sie einen Schlüssel aus den Tiefen eines Wandregales holte. »Ich sagte ihnen, dass meines Wissens niemand Peyton bedroht hatte, dass ihn die Hinrichtung nächsten

Monat belastete und dass er mehr Geld hatte, als er ausgeben konnte.«

Sie öffnete die Tür nach innen, und wir betraten eine perfekte Nachbildung eines Arbeitszimmers aus dem neunzehnten Jahrhundert, komplett mit Perserteppich, teuren Mahagonimöbeln und Original Currier & Ives an den Wänden. »Sie sind Innenarchitektin?«, fragte ich. Sie machte eine wegwerfende Bewegung. »Das wird die Welt auch nicht sehr viel weiterbringen, nicht wahr?« Sie ging hinüber zu einem antiken Sekretär und fummelte am oberen Verschluss herum.

»Ich werde diese Unterlagen nicht der Polizei übergeben«, sagte sie. »Die wissen nicht einmal, dass ich sie habe.«

»Wie das?«, fragte ich, während sie die Fächer des Schreibtisches durchsuchte.

»Als ich merkte, dass Peyton gewisse Probleme hatte«, erklärte sie, »schlug ich ihm vor, zur Polizei zu gehen. Er sagte, er könne das nicht. Die seien selber ein Teil des Problems.«

»Interessante Formulierung«, sagte ich. »Und meinte er damit mehrere Leute? Sprach er über den Fall Roy Taylor?«

Sie legte die Stirn in Falten, dann öffnete sie die Schubladen an der Seite und fuhr mit ihrer Suche fort. »Ich weiß nicht, was er damit gemeint hat«, antwortete sie schließlich. »Ich weiß nur, es war mehr als eine Mappe. Es gab ungefähr neun oder zehn davon, alle mit Nummern gekennzeichnet. Sie waren zehnstellig oder länger. Es können auch Trennungsstriche dabei gewesen sein. Ich erinnere mich nicht. Ich fragte Peyton, was das alles bedeutete, aber er sagte, es sei nichts weiter. Nur ein paar alte Fragen, auf die Antworten gefunden werden mussten, die Gail Honeycutt helfen konnten. Er sagte, das sei alles lange vor unserer Zeit passiert, und er sagte so etwas wie, ›ich kann gar nicht glauben, dass das alles direkt vor meinen Augen passiert ist, und ich habe die Zusammenhänge nicht erkannt.‹ Aber er weigerte sich, mir mehr darüber zu erzählen. Er meinte, es sei sicherer, wenn ich nichts darüber wusste.«

Plötzlich sackte sie zusammen. Sie zog den Schreibtischsessel unterm Tisch hervor und sank darauf nieder und legte ihren Kopf auf die Schreibtischunterlage aus grünem Filz. Einen Moment später hörte ich ihr Schluchzen. Da hatten wir es. Die Frau stand vor dem Nervenzusammenbruch. »Ich kann sie nicht finden« sagte sie und schniefte. »Und wissen Sie was, ich halte das alles nicht mehr aus.« Sie begann richtig loszuflennen.

Ich tat das, was jede vernünftige, mitfühlende Person unter diesen Umständen getan hätte. Ich ging das Dienstmädchen holen.

Sie war gerade dabei, die Arbeitsflächen in der Küche zu wischen. »Sie hat Probleme«, sagte ich, und das Mädchen verstand sofort. »Hat der Arzt ihr etwas dafür gegeben?«

Sie nickte und kramte eine rezeptpflichtige Tablettenpackung aus einem Versteck hinter einem Sechserpack Cola oben auf dem Kühlschrank hervor. »Ich halte sie versteckt« erläuterte sie. »Sie verstehen sicher, warum.«

»Sie ist im Arbeitszimmer« sagte ich. Ich folgte dem Dienstmädchen und beobachtete diskret vom anderen Ende des Zimmers, wie sie auf Sylvia einredete, zwei Tabletten zu schlucken. Mit einem nassen Waschlappen wischte sie Sylvias Gesicht sanft ab. Ich kam mir vor wie ein neugieriges Kind, das durchs Schlüsselloch ins Schlafzimmer seiner Eltern spähte.

»Ich will nicht wieder ins Bett«, wimmerte Sylvia, während ihr Dienstmädchen sie an der Hand nahm und aus dem Zimmer führte.

»Mussu auch nich«, versprach das Mädchen mit einer besänftigenden Stimme und führte sie zurück in die angenehme Stille des Fernsehzimmers. Sie half Sylvia dabei, sich auf dem überweichen Sofa niederzulegen, dann arrangierte sie riesige Kissen um ihren Kopf herum und links und rechts neben ihrem Körper und zog eine leichte Wolldecke bis unter Sylvias Kinn. Dann dämpfte sie die Beleuchtung. »Nicht schlafen«, sagte sie. »Nur da liegen und ausruhen. Ich kümmere mich um Miss Jones.«

Bis wir die Küche erreichten, schätzte ich, war die arme Sylvia wieder im Land der Träume.

»Gut, dass Sie hier sind«, bemerkte ich.

Sie antwortete mit einem Achselzucken. »Jeder hat mal einen schlechten Moment. Wir helfen uns gegenseitig.«

»War das Arbeitszimmer während der Totenfeier abgeschlossen?«, fragte ich, nachdem wir außer Hörweite waren.

Sie nickte. »Fehlt denn was?«, fragte sie.

»Was Wichtiges«, sagte ich ihr. »Papiere, ein paar Aktenmappen, und so 'n Zeugs.«

Sie dachte über das Problem nach. »Es hätte jemand durchs Fenster hereinkommen können. Oder den Schlüssel auf dem Regal finden. Es ist kein tolles Versteck.«

»War jemand auf der Feier, der sonderbar auf Sie gewirkt hat?«, fragte ich.

»Die waren alle sonderbar.«

»Und Sie? Waren Sie die ganze Zeit hier, während die Beisetzungsfeierlichkeiten stattfanden?«

»Sicher. Lass nie ein Haus unbeaufsichtigt, wenn eine Beerdigung stattfindet. Das ist die Zeit, wo am ehesten eingebrochen wird. Ich muss es ja wissen.«

»Und Sie haben niemand Ungewöhnlichen bemerkt, der ums Haus herumgeschlichen ist, oder eigenartige Geräusche?«

Sie schüttelte den Kopf, zog einen Stuhl hervor, setzte sich und begann an einem Bier zu nippen, das sie stehen gelassen hatte. »Rufen wir die Polizei?«, fragte sie.

»Nein.«

»Ich habe eine Vorstrafe«, sagte sie nach einer Pause.

»Ich weiß. Sylvia hat es mir erzählt. Ich mache Ihnen überhaupt keinen Vorwurf.«

Sie schwieg einen Moment lang. »Wenn ich Ihnen bloß helfen könnte«, sagte sie. »Besonders wenn es Miss Bennett weiterhelfen würde, aber jeder, der sich auskennt, könnte heute jederzeit die Papiere genommen haben. Ich hätte keine Chance gehabt, es mitzukriegen.« Sie blickte zu mir hinüber. »War es der Mann in dem roten Auto?«, fragte sie.

Sie war clever. Ich war überrascht, dass sie jemals geschnappt worden war. Ich hätte zehn zu eins gewettet, dass ihr Freund den Fehler gemacht hatte. »Wie sah er aus?«, fragte ich. Ich ließ jeden Anschein fahren, dass ich wusste, wer er war.

Sie runzelte die Stirn. »Ein Weißer, mit Sonnenbrille und dunklen Haaren. Er hatte volles Haar. Mehr habe ich nicht gesehen.«

»Nicht viel.«

»Nicht viel«, pflichtete sie mir bei.

Ich starrte aus dem Küchenfenster über der Spüle. Wolken waren mit der Nacht aufgezogen. Es war stockfinster draußen.

»Kennen Sie jemand, der herkommen und hier bleiben kann?«, fragte ich. »Jemand, der ein Auge auf Sie und Sylvia halten kann?«

Meine Stimme verriet mich. Das Mädchen hielt inne, die Bierflasche halb zum Mund gehoben. Sie blickte mir direkt in die Augen.

»Jemand Großes?«, fragte sie.

Ich nickte. »Vorzugsweise ein Mitglied des Internationalen Catcherverbandes.«

Sie dachte einen Moment lang nach. »Ja. Ich kenne so jemanden.«

»Gut. Und sagen Sie ihm, er soll auch seinen Bruder mitbringen.«

Ich nickte ernst und wandte mich zum Gehen. Hier war nichts mehr für mich zu holen.

»Passen Sie gut auf sie auf«, sagte ich.

»Darauf können Sie sich verlassen«, versprach sie und schloss mir dann die Hintertür mit einem Schlüssel auf, den sie in ihrer Schürzentasche aufbewahrte. Wenigstens war sie vorsichtig. Sylvia war in Sicherheit, bis die Verstärkung eintraf.

Es war so spät an diesem Freitagabend, dass der Freizeitverkehr sich aufgelöst hatte. Aber die Bars hatten ihr Publikum an diesem Abend noch nicht entlassen. Ich war über lange Strecken der Creedmore Road hinweg allein unterwegs. Das war eine gewundene Verkehrsader, die Teile von North Raleigh mit dem Rest der Stadt verbindet. Die umgebenden Wohngebiete lagen von der Straße zurückversetzt hinter Schutzwällen von dichten Kieferwäldern. Zwischendurch boten große Einkaufszentren die einzigen Hinweise auf Zivilisation.

Innerhalb von Minuten verließ mich der einlullende Effekt von Sylvia Bennetts Trauer und ich fing an, über den Diebstahl der Unterlagen stinksauer zu werden. Nicht einmal der Gedanke an ein spätes Abendessen mit Bill Butler konnte mich aufheitern. Wenn jemand sich die Mühe gemacht hatte, sie vor der Nase von Dutzenden von Zeugen zu stehlen, dann waren diese Akten wirklich wichtig. Verdammt sollte ich sein, wenn ich mich von so einem Mistkerl davon abhalten ließ, ihre Bedeutung zu entdecken. Und wenn er noch so ein Talent zum Einbruch hatte.

Ich fuhr in Richtung meines Büros und versuchte das Problem zu lösen, das sich mir aus Sylvias skizzenhafter Beschreibung dieser Unterlagen darbot. Längere Zahlenreihen vielleicht mit Querstrichen dazwischen. Gefangenennummern vielleicht? Oder ein Code, um die Namen von Menschen zu verschlüsseln, die mehr wussten, als sie bereit waren über Roy Taylors Aktivitäten bei der Polizei auszusagen? Was ich brauchte, war ein geheimer Zauberring, der alle Rätsel löste. Oder eine etwas weniger komplizierte Methode. Es war möglich, dass Peyton Tillman ganz herkömmliche juristische Untersuchungen unternommen hatte, indem er alte Gerichtsfälle ausgegraben hatte und hoffte, eine rechtliche Basis zu finden, um Gails Todesurteil umzuwandeln.

Nein, keine von diesen Theorien passte auf das Wenige, was er mir mitgeteilt hatte. Er sagte, er hätte Beweise und dass er nach weiteren suchte. Und Sylvia meinte, er hätte geglaubt, die Polizei wäre ein Teil des Problems.

Die Antwort lag mir auf der Zunge, aber so rasch wie sie sich einstellte, so war sie auch schon wieder verschwunden. Aus meinem Bewusstsein getilgt durch einen harten Bums von hinten, der mein Auto urplötzlich nach vorne drückte und mir für einen Moment das Steuer aus der Hand gleiten ließ. Ich blickte in den Rückspiegel, und wo eben noch Dunkelheit geherrscht hatte, drohten ohne Warnung die grellen Strahlen eines plötzlich eingeschalteten Fernlichts von einem Laster mich zu blenden. Die grellen Lichter rückten auf, saßen unmittelbar hinter mir wie ein Raubtier, das sein Opfer mit Furcht einflößender Konzentration verfolgt. Der schwere Offroader beschleunigte und knallte noch einmal gegen meine hintere Stoßstange, drängte mich an den linken Straßenrand auf ein matschiges Bankett. Ich fluchte und hielt das Steuerrad mit beiden Händen fest und beschleunigte, um die Kontrolle über das Auto zurückzugewinnen.

Der Valiant schoss davon, und ich löste mich von dem schweren Fahrzeug hinter mir in genau dem Moment, als ich um eine Kurve kam und einen Hügel hinauf düste. Nicht gut. Der andere Wagen hatte weit mehr Power als mein frisierter Plymouth vertragen konnte. Auf halber Höhe des Hügels erwischte er mich und touchierte mein Heck von neuem. Diesmal schlenkerte der Valiant und ich fühlte, wie die Reifen zu rutschen begannen. Ich lenkte dagegen und hatte für einen Moment wieder die Kontrolle über das Fahrzeug, als ich auf die Straßenmitte hinüberschleuderte.

Der Motor meines Verfolgers heulte auf und er rammte meinen Valiant seitwärts, sodass ich auf der gegenüberliegenden Straßenseite ins Schwimmen geriet. Wenn mir ein anderes Fahrzeug in der Kurve entgegengekommen wäre, hätte es einen Frontalzusammenstoß gegeben.

Adrenalin schoss durch meinen Körper und dirigierte die Füße und Hände ohne bewussten Gedanken. Ich steuerte wie wild, erst nach links und dann nach rechts, versuchte verzweifelt, auf der glatten Straße Halt zu finden. Gerade als ich glaubte, ich sei in Sicherheit, durchschnitt ein lauter Knall die Luft, und ich spürte etwas an meiner rechten Wange vorbei zischen. Die Windschutzscheibe zerbarst in einem Spinnwebmuster, und mir kam zu Bewusstsein, dass der Fahrer hinter mir das Feuer eröffnet hatte. Ich duckte mich weg, während ein zweiter Schuss unmittelbar hinter mir einschlug. Es war zu viel. Ohne Sicht nach vorne hatte ich keine Chance.

Der schwere Motor dröhnte in meinen Ohren, während der Fahrer noch einmal die Pferdestärken spielen ließ und mich voll von der Seite erwischte. Die Zeit verlangsamte sich, und mein Wagen wirbelte wie in Zeitlupe im Kreis herum. Die Zentrifugalkraft krallte sich in meine Gedärme. Ich dachte blödsinnigerweise an den Spider Ride auf dem Rummelplatz. Ich war über zwei Umdrehungen hinweg bei vollem Bewusstsein, dann ruckte mein Kopf zur Seite und schlug gegen den Türrahmen.

Danach noch ein Knall und dann – Dunkelheit.

8

Ich erwachte am nächsten Morgen in einem Krankenhauszimmer. Bobby Dee hing über mir und glotzte lüstern. Erzähle mir keiner was von Alpträumen. Ich dachte zunächst, ich wäre mit Gurten gefesselt. Dann merkte ich, dass er sich einfach nur über die Bettdecke beugte.

»Du siehst beschissen aus«, sagte er gut gelaunt. »Brauchst du einen Spiegel?«

»Wieso bist du nicht angeschnallt?«, fragte ich. »Wieso saugst du nicht an deinen Blutkonserven? Ich dachte, du stehst an der Schwelle zum Jenseits?«

»Ich?« Er lehnte sich zurück auf seinen Rollstuhl und wippte mit den Rädern – nur um zu zeigen, wie gut in Form er sich fühlte. Er trug ein Krankenhausgewand oder versuchte es wenigstens zu tragen. Es bedeckte ungefähr zehn Prozent seiner Masse, und seine Beine staken unter dem grünen Baumwollstoff hervor wie gigantische rosafarbene Baumstämme mit Haaren dran. »Den Schwestern ist es egal, wo ich hingehe«, blies er sich auf, »solange ich nur rechtzeitig zum Medikamentenschlucken wieder da bin.«

Ich hätte wetten mögen, dass es ihnen nicht egal war, wo er hin ging. Im Gegenteil, es juckte sie wahrscheinlich auch noch, ihm zu sagen, wohin er sich fortmachen sollte.

»Dieser Fall macht mich fertig«, sagte ich zu Bobby, und fuhr mit der Zunge über eine verkrustete Erhebung auf meiner Oberlippe. Sprechen tat weh. »Ich komme mir vor wie der Roadrunner. Immer ist einer hinter mir her.«

»Diesmal haben sie dich erwischt«, sagte er und rollte näher, um mich genauer zu betrachten. »Du hast zwei Nähte an der Oberlippe und zwei blaue Augen. Das linke ist nur ein kleines Veilchen, aber das rechte wird noch ein echter Strahlemann. Soll ich mir mal den Rest ansehen?«

»Nein danke, ich habe schon Blut gespendet.« Ich zog das Laken bis unters Kinn und fühlte einen stechenden Schmerz im linken

Arm. »Jemand hat mich von der Straße gedrängt. Absichtlich. Reich mir mal meine Befunde rüber, ja?«

Bobby rollte könnerhaft zum Fußende des Bettes und warf mir ein Klemmbrett mit meinem Krankenbericht zu. Wenn die Schwestern gewusst hätten, dass ich wach war, hätten sie es niemals in Schnüffelnähe liegen lassen. Ich las den Krankenbericht mit Interesse. Was könnte interessanter sein, als die eigenen Verletzungen? Nachdem ich das ganze Fachchinesisch übersetzt hatte, kam ich zu dem Schluss, dass nichts Wichtiges gebrochen, durchstochen oder ersetzt worden war. Aber sie wollten mich achtundvierzig Stunden zur Beobachtung da behalten, sogar in diesen kostenbewussten Zeiten.

»Die werden mich hier keine achtundvierzig Stunden festhalten«, sagte ich. »Nie und nimmer.«

»Die machen sich Sorgen wegen möglicher Kopfverletzungen«, erklärte Bobby mit der strapaziösen Überheblichkeit von jemandem, der sich einbildet, ein Experte in medizinischen Dingen zu sein. »Ich habe versucht, Ihnen zu erklären, dass man deinen Dickschädel gar nicht anknacksen kann, aber sie wollten nicht auf mich hören.«

»Ich muss hier raus.«

»Gute Idee«, pflichtete Bobby mir bei. »Das Essen hier ist furchtbar. Kein Salz, keine Gewürze, kein Geschmack, kein Garnichts.«

»Kannst du jetzt bitte mal die Klappe halten mit dem Krankenhausessen? Mein Gott, gibt es denn sonst gar nichts anderes, woran du denken kannst?«

»Doch, die Krankenschwestern«, gab er ehrlicherweise zu.

»Träum weiter.« Aber die Erwähnung von Bobbys Libido erinnerte mich an etwas. Mein Abendessen mit Bill Butler war geplatzt. Und dann gab es da noch andere Erinnerungen. Die Minuten vor dem Absturz waren verwaschen und ungenau, aber die Informationen, die Sylvia mir gegeben hatte, fielen mir plötzlich wieder auf einen Schlag ein. Und damit auch die Schlussfolgerung, zu der ich gekommen war. »Hast du nicht eine Kontaktperson beim Gericht?«, fragte ich Bobby. »Eine Gerichtsreporterin, oder so was?«

»Püppchen, wir sind im Wake County. In dieser Gegend habe ich eine Kontaktperson an jeder Straßenecke. In diesem Fall ist sie klein und weich und schmuselig. Wie ein Kätzchen.« Er miaute enthusiastisch und verstieg sich dann in eine ausgesprochen unanständige Gesangsdarbietung von *What's New Pussycat?*

»Ich habs kapiert«, unterbrach ich ihn lautstark. Meine Güte, Tom Jones war schon schauderhaft gewesen, aber Bobby Dee war schlimmer. Er klang wie Burl Ives auf Acid.

Er hatte verstanden. »Sag Bobby einfach. was du willst, und es wird dir erfüllt werden«, versprach er.

Ich erklärte ihm die Sache mit den Zahlenreihen auf Peyton Tillmans gestohlenen Aktenordnern. »Hört sich nach Gerichtsakten an«, sagte er, als ich fertig war.

»Das habe ich auch gedacht, aber ich weiß nicht, wo ich mit dem Suchen anfangen soll.«

»Da kann dir Big Daddy helfen.« Er rollte seine riesige Gestalt hinüber zu dem Vorhang, der mein Bett vom übrigen Krankenzimmer abtrennte, und zog ihn mit einer dramatischen Geste zur Seite. Dort, keine zehn Meter zu meiner Rechten, lag ein weiteres Menschenwesen aufgebahrt, das Schmerzen litt. Wenigstens dachte ich, dass es ein Mensch war. Es hätte auch ein Exponat aus dem Geschichtsmuseum sein können. Was immer die Kreatur war, sie war vom Zwirbel bis zur Zehe in eine Ganzkörperummantelung aus Verbandsmull eingewickelt. Das eine Bein hing hinaufgezurrt in einer luftigen Schlinge und beide Arme waren rechtwinklig in Gips fixiert. Einzig die kleinen Öffnungen für Augen und Nase, plus ein Schlitz für den Mund, ließen darauf schließen, dass das Wesen auch atmen konnte.

»Mein Gott, ich teile ein Krankenzimmer mit Boris Karloff als *Die Mumie*«, sagte ich. »Du musst mir ein Autogramm besorgen.«

Eine ärgerliche Bewegung unter den Laken meiner Zimmernachbarin bezeugte, dass sie am Leben war und hören konnte. Und dass sie keinen Sinn für Humor hatte.

»Sie ist von einem Gerüst gefallen«, erklärte Bobby. »Ich denke, ihr schmeckt das Essen hier auch nicht.« Er rollte hinüber an die Seite ihres Bettes und bemächtigte sich ihres Telefons. Als unter den Bandagen ein ärgerliches Jaulen vernehmbar wurde, starrte er sie vorwurfsvoll an. »Sie selbst können es ja nicht benutzen«, wies er sie zurecht. »Und hier geht es um offizielle Angelegenheiten.«

Arme Frau. Erst hatte sie sich alle Knochen im Körper gebrochen, und dann musste sie auch noch Bobby Dee auf sich rumtrampeln lassen.

Ich lauschte voller Bewunderung, während er eine Nummer wählte – aus dem Gedächtnis, man bedenke – und dann den Hörer mit Charme vollsabberte. Er wusste genau, welche Fragen er stellen musste, und was ich wissen wollte. Er brauchte weniger als eine Minute, um zur Sache zu kommen. Als er auflegte, strahlte er vor Selbstzufriedenheit.

»Du bist ein Wahnsinn«, sagte ich ihm, und meinte es auch so. Ohne Bobby Dee und seine Finger in jedem Honigtopf des Systems wäre unser Mädchen mit ihrer Wir-machen-keine-Gefangenen-und-machen-uns-keine-Freunde-Haltung schon längst aufgeschmissen gewesen.

Er strich sich über den Bauch. »Ich habe sie gebeten, jeden Fall herauszuziehen, der mit Peyton Tillmans Zeit als Richter zusammenhängt und gegenzuchecken, ob der Name von Roy Taylor oder sonst einem Cop aus Durham darin auftaucht.«

»Und ist es denn wahrscheinlich, dass wir das in Wake County finden?«, fragte ich besorgt.

Er nickte. Er kannte sich da aus. »Klar. Ausgenommen, der Cop wäre ausschließlich als Zeuge aufgerufen gewesen. Sonst müsste alles in Wake County vorhanden sein. Wenn ein Polizist in einem Fall als Angeklagter oder Opfer involviert ist, dann wird das automatisch von Durham County nach Wake hinübergeschoben, um Interessenkonflikte zu vermeiden.«

Ich versuchte, nicht allzu beeindruckt dreinzublicken. Es fällt einem immer wieder leicht, zu vergessen, dass unter Bobbys grässlichem Toupet ein ziemlich erstklassiges Gehirn lauert. »Wann kann sie die Informationen bereithaben?«, fragte ich.

»Sie geht morgen früh hin, wenn die Luft rein ist. Du zahlst die Spesen, richtig? Sie wird ihren Kirchgang versäumen, das ist eine große Enttäuschung für sie.«

Zweifellos. Mit Bobby Dee in ihrem Leben, hatte sie wahrscheinlich eine ganze Menge zu beichten. Aber ich nickte eifrig. Spesen waren kein Problem. Omi Honeycutt konnte sich leicht ein paar Hunderter für ein intimes Abendessen bei Kerzenlicht für zwei Personen leisten, wenn das alles vorbei war, selbst wenn einer der Speisenden Bobby Dee hieß.

»Danke, Püppchen«, wandte Bobby sich an die erzürnte Mumie, als er ihr das Telefon zurückbrachte. Er tätschelte ihr begeistert den Fuß, und ein Stöhnen entrang sich dem Mundschlitz. »Sie versucht zu sagen, ›Gern geschehen‹«, übersetzte er zuversichtlich.

»Das glaube ich weniger«, sagte ich ihm und warf einen Blick auf ihre ärgerlichen Fußbewegungen. »Ich hoffe nur, dass die Gurte auch halten.«

Bobby gähnte lautstark und zufrieden, wie ein Löwe, der ein ganzes Hartebeest verschlungen hat. »Ich werde mich ein bisschen aufs Ohr legen«, erklärte er. »Diese ganze Detektivarbeit hat mich völlig erschöpft.«

»Danke für die Hilfe«, rief ich ihm nach. »Komm bald wieder. Dann gehen wir zusammen essen.«

Ich hätte ihn nicht an was zu Essen erinnern sollen. Er brauste davon, rollte durch die Tür und war schon wieder dabei, sich über die Krankenhauskost zu beschweren.

Ich ignorierte das ärgerliche Zischen meiner Zimmernachbarin und schloss die Augen, um nachzudenken. Ein Schneesturm in der Hölle würde mich nicht dazu bringen zwei Tage neben Mütterchen Mumie zu verbringen, während ein Verrückter in Raleigh herumfuhr, unschuldige Leute von der Straße abdrängte und über Gails baldige Hinrichtung feixte. Und genauso wenig hatte ich Lust, auf die Abordnung der Polizei von Raleigh zu warten und mich ausquetschen zu lassen. Ich ließ mir gute zwanzig Minuten Zeit, dann kroch ich aus dem Bett, zog den Tropf heraus, nachdem ich sichergestellt hatte, dass ich nicht einen guten Vorrat an Schmerzmitteln verschwendete. Es war nur ein Antibiotikum, und ich war bereit, dieses Risiko einzugehen. Die Vorderseite meines Kleides war mit getrocknetem Blut verkrustet, aber wenigstens waren alle meine Sachen da und lagen ordentlich im unteren Teil meines Spindes. Ich packte sie in ein Bündel zusammen und schlich mich auf Zehenspitzen aus dem Zimmer.

Das Krankenhaus war gerammelt voll mit Besuchern aller Altersgruppen, weil Wochenende war. Niemand kümmerte sich einen feuchten Kehricht um die Frau mit den beiden blauen Augen, deren Hintern unter dem Krankenhausnachthemdchen hervor lugte. Ich fuhr mit dem Aufzug zwei Stockwerke hinunter zu Bobbys Flügel. Ich konnte ihn schon schnarchen hören, sobald ich um die Ecke bog. Ach Gott ja, mir taten seine Mitbewohner wirklich Leid. Ich schlüpfte unbemerkt in sein Zimmer und schlich mich zu dem engen Spind, der seine persönliche Habe enthielt. Sein Schlüsselbund befand sich in der einen Hosentasche. Es waren genug Schlüssel daran, um den Hausmeister eines mehrstöckigen Apartmentgebäudes vor Neid erblassen zu lassen. Ich konnte seinen Autoschlüssel und seinen Hausschlüssel identifizieren, aber wozu dienten all die anderen? Herrgott, ich wollte es gar nicht wissen. Ich nahm mir den Schlüsselbund und dazu eine Packung Halspastillen. Er schnarchte unbekümmert weiter.

Ich zog mich in seinem Badezimmer um. Der Blick in den Spiegel war ein Fehler. Ich sah aus wie Rocky Racoon an einem seiner echt schlechten Tage. Mein rechtes Auge war ein Durcheinander aus Lila, Blau und Schwarz, wie auf einem verwaschenen Aquarell. Unter dem linken Auge saß ein Bluterguss, so groß wie eine verwischte Kreidemarkierung beim Football, und der Augapfel selbst war sehr attraktiv mit Rot eingefärbt. Meine Lippen waren geschwollen und rund um jedes Nasenloch trug ich Ringe aus getrocknetem Blut. Sehr attraktiv, so als Kruste.

Ich richtete mich her, so gut ich konnte, und betete, dass meine Großhandelspackung Schminke was brachte, wenn ich erst mal zu Hause war. Als ich Bobbys Zimmer verließ, schlief er immer noch, und obwohl ich selbst kaum einem Menschen ähnelte, war ich wenigstens menschlich bekleidet, statt in einem Nachthemd mit einem Fenster als Hintertür herumzuwandeln.

Ich hatte ein paar Beinahe-Zusammenstöße mit dem Krankenhauspersonal in den Fluren auf meinem Abstieg in die Zivilisation und musste mich im Aufzug sogar kurzfristig hinter einer Familie von fröhlichen Fressern verstecken, als ein Arzt, den ich kannte, zustieg. Aber niemand hielt mich auf, und ich schaffte es, eine halbe Stunde lang ungeduldig murmelnd hinter einer großen Zimmerpalme im Warteraum zu verharren, bis endlich das Taxi, das ich gerufen hatte, am Besuchereingang eintraf. Und bald darauf war ich auf dem Weg zu neuen Rädern und mehr Beinarbeit.

Zurück im Büro, saß ich in den stillen, verwaisten Räumen, die unser glückliches, lärmerfülltes Zuhause fern von Daheim gewesen waren, und wartete darauf, dass sich die Nachrichten auf dem Anrufbeantworter zum Anfang zurückspulten. Irgend jemand würde dafür bezahlen müssen, entschied ich, dass er unser Leben so durcheinander gebracht hatte. Dieser Fall hatte sich längt zu einem persönlichen Rachefeldzug ausgewachsen.

Es gab zwei Nachrichten für mich. Die Erste war von Bill Butler. Der Zeitansage zufolge hatte er sie kurz nach Mitternacht am Abend vorher drauf gesprochen. Er klang kein bisschen fröhlich.

»Ich dachte, wir wollten uns zum Abendessen treffen«, sagte er. »Es sieht dir gar nicht ähnlich, diese blöden Spielchen zu spielen, und ich schätze es überhaupt nicht, wenn du so mit mir umspringst.« Er legte auf, ohne sich zu verabschieden.

Ich konnte ihm auch nicht helfen, wenn er deswegen in die Krise geriet, aber ich hatte wirklich wichtigere Sorgen. Die nächste Nachricht war von Dolly Porter, Gails Knastkumpel. Sie haspelte nervös drauflos, und ihr Hillbilly Slang verfing sich vor lauter Eile überall in ihren Zähnen. »Ich kann nich lang am Apparat bleiben«, sagte sie. »Ich hab massig Probleme, weil ich gestern nach Licht aus noch geraucht hab. Jedenfalls darf ich eigentlich gar nich ans Telefon ran, aber ich hab gestern durchs Fenster mit Gail gesprochen. Die Männer, die wo sie besucht ham, waren Polizisten, die mit ihrem Mann zusamm gearbeitet ham. Der eine hieß sowas mit George Washington, der war ja leicht zu merken, und die andern beiden hießen Pete und Steve. Gail kann sich an die Nachnahmen nich erinnern. Sie redet so komisch, ich denke, sie is voll mit Stoff. Sie klingt überhaup nich gut. Bitte helfen Sie ihr bitte.« Sie legte auf, und danach kam nur noch das Freizeichen.

Das war immerhin besser als gar nichts. Jetzt hatte ich ein paar Namen, denen ich nachgehen konnte. Ich erinnerte mich an einen George Washington Carter aus den Gerichtsabschriften. Er hatte Aussagen über Roy Taylors letzte Stunden gemacht. Die anderen Namen sagten mir nichts, aber wenn ein Pete oder Steve in einem der Fälle von Peyton Tillman auftauchte, hatte ich vielleicht eine Fährte. Einstweilen brauchte ich frische Kleider und am besten auch ein neues Gesicht. Ganz zu schweigen von einer Portion Schmerztabletten für meine ausgerenkte Schulter und meine schmerzenden Kniescheiben. Ich hatte eine Verabredung mit Gails kleiner Tochter an diesem Nachmittag und ich wollte das Kind nicht mehr verschrecken als notwendig.

Bobby Dees 1978er Oldsmobile Cutlass war schon mal aus reiner Notwendigkeit großformatig – ich denke, er hätte in gar keinen anderen Wagen hineingepasst – und die gigantische Karosserie gab mir das Gefühl, als schipperte ich mit der Titanic durch die Straßen von Durham. Der Cutlass war ideal, um in den Mondscheinnächten von Tijuana herumzukutschieren. Aber es war keine Karosse, in der ich von Leuten aus meinem Bekanntenkreis gesehen werden wollte. Weswegen ich auch so schnell fuhr.

Trotz seiner Größe war es aber ein Wagen, der es wirklich rocken lassen konnte. Bobby hatte sich das De Luxe Fünfgang-Modell mit dem 3.5-Liter-Motor und den vierfachen Regelschiebervergasern ausgesucht.

Ich schaffte es in Windeseile nach Hause, duschte und zog mich in Rekordzeit um, klebte mir einen zentimeterdicken Wandputz ins Gesicht, bei dem Lon Chaney vor Neid erblasst wäre, und düste dann mit Vollgas zurück nach Garner zu meinem Nachmittagstermin mit Brittany Taylor.

Das Kind war alles, was ich nie gewesen war. Eine kleine Prinzessin vom Lande, schlank und hübsch, mit rotblonden Haaren, die in Locken bis auf ihre Schultern fielen. Sie trug ein farblich aufeinander abgestimmtes Kostüm aus Jeansrock und einer Jeansweste mit Glitzersteinen, und dazu echtlederne Cowboystiefel. Sie spielte gerade im Vorhof der kleinen Farm, die sie wohl ihr Zuhause nannte, als ich mit Bobbys Wagen vorfuhr. Ich sah Bewegung hinter einem der Fenster und ein Vorhang zuckte, aber es trat sonst niemand heraus, um mich zu begrüßen.

Sie beobachtete mich mit einem prüfenden Blick, während ich näher kam. Ich hatte das Gefühl, als ob sie durch die Schichten von Theaterschminke bis auf die darunter liegenden blauen Flecken und Kratzer hindurchsehen konnte. »Sie sind die Lady, von der Omi Honeycutt mir erzählt hat« sagte sie. Sie linste in einen großen Karton hinein. Winzige Miaus schwebten über dem Hof durch die Frühlingsluft, und ich näherte mich vorsichtig, um auch einen Blick zu wagen. Eine Mutterkatze räkelte sich genüsslich auf der Seite, während acht kleine Kätzchen lautstark an ihren Zitzen nuckelten. Sie machten ein Geräusch wie eine Waschmaschine.

»Nicht anfassen«, warnte mich das Mädchen. »Sie sind erst ein paar Tage alt.«

Ich bewahrte, wie befohlen, respektvolle Distanz zu den kleinen Fellbällchen, obwohl ich gerne das eine oder andere geknuddelt hätte. Selbst eine hart gesottene Zynikerin wie ich kann schließlich einem blauäugigen Kätzchen an einem Frühlingstag nur schwer widerstehen.

Brittany kam mir extrem unschuldig vor für ihr Alter. Die meisten Elfjährigen in dieser Gegend – selbst in der ländlichen Idylle von Garner – waren weit reifer. Sie zogen gemeinsam durch die

Einkaufsstraßen, legten blauen Lidschatten auf und wagten sich im Cyberspace an die Jungs in Uniform von Fort Bragg heran. Verdammt wenige spielten mit wuscheligen Kätzchen und trugen dazu farblich abgestimmte Cowgirl-Kostüme. Brittany war auch viel zu sauber, dachte ich. Keine Locke saß lose und locker, kein Fleckchen Dreck war am Kleid, kein Makel an ihrem herzförmigen Gesichtchen. Ihre Hände und Fingernägel waren gepflegt – und so was lebte auf einer Farm? Ich war mir nicht sicher, ob das ein gutes oder ein schlechtes Zeichen war. Ich hätte einen echt verknatschten Möchtegern-Teenie vorgezogen, statt dieser Kindversion der Frauen von Stepford.

»Hat Omi Honeycutt dir gesagt, warum ich heute herkommen wollte?«, fragte ich.

»Sie wollten mich über die Nacht befragen, als meine Mom meinen Dad erschossen hat«, sagte sie eher nüchtern.

»Das stimmt. Vermutlich hast du schon mit vielen Leuten darüber gesprochen, im Laufe der Jahre.«

»Nur mit den Ärzten«, erklärte sie. »Und einmal mit einem Richter. Der war nett. Ich habe ihn gemocht. Er hatte so ein trauriges Gesicht. Er sagte, es täte ihm Leid, was mit meinem Dad passiert ist. Er hat versprochen, ich müsste nicht in einem Zimmer vor lauter fremden Leuten sprechen. Er hat mich sogar seine Kopiermaschine benutzen lassen, nur so zum Spaß.«

Ein Schmerz durchfuhr mich, als mir bewusst wurde, dass sie von Peyton Tillman sprach. Ich sagte ihr nicht, dass er tot war. »Ich kenne diesen Richter«, sagte ich. »Er ist ein sehr netter Mann. Ich werde dir wahrscheinlich viele von den gleichen Fragen stellen wie er. Ist das okay?«

Sie seufzte, als ob ich sie langweilte. »Ich denke schon«, sagte sie. »Sind sie auch ein Richter?«

»Nein, ich bin eine Privatdetektivin«, sagte ich. »Ich versuche, deiner Mom zu helfen.«

»Meine Mom ist im Gefängnis«, erklärte das Kind mit ernster Miene. »Die Leute glauben, ich weiß es gar nicht. Ich tue so, als ob ich es nicht wüsste, um sie nicht unglücklich zu machen. Und ich will auch nicht, dass die Kinder in der Schule es wissen.«

»Das ist richtig«, sagte ich. »Deine Mutter ist im Gefängnis.«

»Haben Sie sie gesehen?«, fragte sie.

»Ich habe sie letzte Woche besucht.«

»Warum kann ich sie nicht besuchen gehen?«, fragte das Kind. »Ich würde auch brav sein.«

»Deine Mutter befürchtet, dass es dich unglücklich macht, wenn du sie siehst«, erklärte ich. »Sie sagt, ein Gefängnis ist kein Ort für ein kleines Mädchen.«

Brittany überdachte das schweigend, dann schüttelte sie den Kopf. »Das ist mir egal«, sagte sie. »Ich will trotzdem meine Mutter sehen.«

»Okay«, sagte ich. »Das kann ich verstehen. Ich werde mit ihr reden, wenn ich sie das nächste Mal sehe.«

Nachdem ich ihr dieses Versprechen gegeben hatte, wurde sie lockerer. »Was wollten Sie mich fragen?«, erkundigte sie sich.

»Erinnerst du dich an diese Nacht?«, fragte ich. »Ich meine, aus eigener Erfahrung, nicht von dem, was andere Leute dir erzählt haben?«

Sie wiegte den Kopf hin und her. »Ich denke, ich erinnere mich an ein paar Sachen. Ich war erst drei.«

»An was erinnerst du am besten?«, fragte ich, und suchte ihr Gesicht nach Hinweisen ab.

»Den Krach«, sagte sie prompt, aber dann hielt sie inne, als ob ein Schatten sich unerwartet über den Nachmittagssonnenschein gelegt hätte. »Ich wachte auf, weil es ganz laut Bumm machte, und ich traute mich nicht aus dem Bett raus. Ich saß da und wartete. Ich hab immerzu gedacht, dass Mom oder Dad gleich reinkommen würden. Dann machte es noch einmal Bumm, und dann noch einmal, direkt danach.«

Sie hatte die Pistolenschüsse gehört. Zuerst einen oder zwei, von denen sie aufwachte, und zwei weitere, nachdem sie sich im Bett aufgesetzt hatte. »Was geschah dann?«, fragte ich sie weiter.

Ihre fast unnatürliche Gefasstheit fing an, sich aufzulösen. Ihre Unterlippe zitterte. »Ich wartete eine lange Zeit, und es kam niemand«, sagte sie. »Dann hörte ich noch mal zwei ganze laute Bumms. Ich habe meinen Kopf unters Kissen gesteckt und ins Bett gemacht. Mir wurde kalt, aber ich hatte Angst, mich zu bewegen. Ich weinte und weinte ewig lang und dann ging das Licht in meinem Zimmer an, und Männer in Weiß wollten wissen, ob ich okay war. Und ein paar Polizisten waren auch da. Sie haben mich durch die Hintertür hinausgetragen, und ich konnte meine Mom drinnen im Haus weinen hören, und keiner hat mir gesagt, warum.«

Ich saß einen Moment still da, und dachte über das nach, was sie gesagt hatte. Es war nicht die Art von Erfahrung, die man so leicht vergisst. »Als du im Bett lagst«, fragte ich langsam, » und das Kissen über deinem Kopf hattest – hast du da noch etwas anderes gehört, außer noch mehr Bumms? Hat jemand geredet? Oder hast du Schritte gehört? Oder vielleicht ein Auto?«

Sie schüttelte ernsthaft den Kopf. »Nur der laute Krach und ganz viel Licht.«

»Was für eine Art von Krach?«, fragte ich. »So wie ein Löwe brüllt? Oder wie eine Eisenbahn, die vorbei fährt?«

»Wie in dem Film über die Außerirdischen«, erklärte sie. »Wenn das Weltraumschiff näher kommt und überall Lichter sind und die Luft ist voll mit Dröhnen.«

»Hast du das den Ärzten gesagt?«, fragte ich.

Sie nickte, und ihre Augen weiteten sich. »Sie fragten mich, ob ich das Geräusch in meinem Kopf drinnen gehört habe oder draußen.«

»Was hast du ihnen gesagt?« Gott, die Seelenklempner konnten aber auch so was von beschränkt sein.

»Gar nichts«, antwortete sie mit einem Kopfschütteln. »Die Frage hat doch überhaupt keinen Sinn.«

»Fällt dir sonst noch etwas ein?«, fragte ich.

»Es wäre schön, wenn ich mich an mehr erinnern könnte«, sagte sie. »Aber ich war wirklich noch ganz klein, und ich hatte wirklich ganz viel Angst. Jetzt bin ich nicht mehr so klein, und auch nicht mehr so ängstlich.«

»Ich finde, du bist sehr tapfer«, sagte ich ihr. Ich lächelte sie an, und sie lächelte zurück – eine langsame Aufwärtsbewegung ihrer Mundwinkel. »Vielleicht könnten Sie mich hypnotisieren lassen?«, schlug sie vor. »So wie die im Fernsehen?«

»Vielleicht sollte ich das tun«, stimmte ich ihr zu. Aber ich ließ es dabei bewenden. Sie hatte so viel im Gedächtnis behalten, wie sie ertragen konnte. Ich wollte ihr nicht mehr aufbürden.

Sie begleitete mich zum Auto, das Gesicht eine leere Maske, in der ich nichts lesen konnte. »Sie werden meine Mutter fragen, ob ich Sie besuchen kann?«, sagte sie, als wir den Wagen erreichten.

»Ich werde sehen, was ich tun kann«, antwortete ich. »Aber das ist alles, was ich dir versprechen kann. Ich will nicht, dass du dir allzu große Hoffnungen machst, okay?«

Sie nickte. Ich kletterte in den Cutlass und fuhr zurück nach Durham. Ich überlegte, ob ich etwas Nützliches aus dem Gespräch erfahren hatte. Zu blöd, dass ich zumindest minimale Bedenken kannte. Ein guter Hypnotiseur hätte aus dem Kind noch eine ganze Menge herausziehen können, dachte ich. Das war der Moment, als ich vor Aufregung den Cutlass fast in eine Tabakscheune gefahren hätte. Kindermund tut Wahrheit kund, in der Tat. Wieso wollte ich die Tochter hypnotisieren lassen? Das Gedächtnis der Mutter war es, das ein bisschen auf Trab gebracht werden musste. Also, warum nicht den Versuch wagen?

Ich war mir nicht sicher, ob es was helfen würde, und es klang ganz gewiss nach einer Verzweiflungstat. Aber ich durfte nichts unversucht lassen um die Dinge zu beschleunigen. Und ich brauchte dringend ein paar neue Hinweise, wenn ich zu meinem Ziel kommen wollte.

Davon abgesehen, wusste ich, wo ich jemanden finden konnte, der meinen Plan durchaus unterstützen würde.

9

Bis ich nach Raleigh zurückgekehrt war, hatten sich graue Wolken aufgetürmt, die den Nachmittag verdüsterten. Das alte viktorianische Haus, das als Peyton Tillmans Büro diente, sah in der einsetzenden Dämmerung noch ungepflegter aus. Ein Lichtschein breitete sich von dem Büro, das sich auf der anderen Seite der Eingangshalle gegenüber von Peytons Räumen befand, aus. Er erhellte den gemeinsamen Bereich zwischen den beiden Büros eben genug, um einen Kranz hervorzuheben, den jemand an der Tür niedergelegt hatte. Blumenbouquets waren auf den Steinstufen abgelegt worden, die zum Haus hinaufführten. Ich fragte mich, ob jemand wohl das Gleiche für mich tun würde, wenn ich mal starb. Ich bezweifelte es. Normalerweise war es meinen Klienten lieber, wenn sie mich gleich wieder vergaßen. Aber das war okay. Umgekehrt ging es mir in den meisten Fällen genauso.

Das Schild besagte, dass in den Räumlichkeiten gegenüber von Peytons Büro den Patienten Heilmassagen, Akupunktur und Hypnotherapie angeboten wurden. Vermutlich nicht alles gleich auf einmal, obwohl ich sicher bin, dass es irgendwo auf der Welt Leute gibt, die auch für dieses Privileg Geld bezahlen würden. New-Age-Philosophien waren dem Zustrom von neuen Siedlern aus dem Norden gefolgt, zusammen mit den Bagelgeschäften und den Eishockeytickets für sechzig Dollar. Ich blieb dem ganzen Kram gegenüber skeptisch, aber was solls, ich hatte zu normalen Ärzten auch kein Vertrauen. Ich klopfte trotzdem an die Tür.

Es dauerte ein paar Minuten, bis jemand öffnete, und als ich mir den schläfrigen Ausdruck auf dem Gesicht meines Gegenübers genauer besah, kam ich zu dem Schluss, dass ich ihn wohl bei einem Nickerchen erwischt hatte. Er war sehr lang und trug ein zerfetztes, lilafarbenes T-Shirt. Jeans hingen lose an seinen knochigen Hüften. Keine Schuhe. Lange braune Haare hingen bis über sein Schlüsselbein herab, und sein vorstehendes Kinn hätte einen Bart vertragen, nur dass er dann genau wie Jesus ausgesehen hätte – und sich das vermutlich hundert mal am Tag von jedem hätte anhören müssen.

»Ja?«, sagte er freundlich. »Was darf ich für Sie tun?« Er musterte mich von Kopf bis Fuß. »Ich bin mir nicht sicher, ob ich Ihnen bei Ihren Verletzungen helfen kann.« Er sprach mit einer angenehmen Baritonstimme.

»Ich bin nicht gekommen, um mich behandeln zu lassen«, erklärte ich. »Ich bin Privatdetektivin und untersuche den Tod von Peyton Tillman.«

Er winkte mich herein. »Dass er gestorben ist, ist ungefähr das Schlimmste, was passiert ist, seit ich aus Seattle hierher gezogen bin. Warum untersuchen Sie das? Glauben Sie nicht, dass er Selbstmord begangen hat?«

»Nein«, sagte ich. »Das glaube ich nicht.«

Er lud mich mit einer Geste ein, auf der holperigen roten Couch Platz zu nehmen. Ich setzte mich dankbar hin, und spürte den Schmerz in jedem geschundenen Muskel und Knochen. Die Schmerzmittel aus dem Krankenhaus hatten nachgelassen und illegale hatte ich keine zur Hand. Ein leicht räucherhafter Geruch schwebte in der Luft und ich schnoberte, um herauszufinden, was es war.

»Salbeistäbchen«, erklärte er. »Amerikanische Indianer benutzen sie, um einen Ort von bösen Geistern zu reinigen. Ich versuche, das Haus von der Trauer zu befreien, die seit Peytons Tod auf ihm lastet. Ich konnte das Gewicht regelrecht spüren, als ich heute Morgen zur Arbeit kam.« Er wedelte mit der Hand durch die Luft, wie einer dieser schrägen modernen Tänzer. »Vorzeitiger Tod raubt dem Universum Energien. Gewaltsamer Tod fetzt an seinem Gewebe.«

»Sie glauben also auch nicht, dass es Selbstmord war?«, fragte ich mit einem schiefen Grinsen.

»Ich weiß, dass es keiner war«, antwortete er und faltete seinen Körper in einen knallgelben sackförmigen Sessel. »Ich habe den Cops dasselbe gesagt, als sie mich nach seinem Geisteszustand befragten. Die waren hier, wissen Sie. Die Cops. Ein Streifenwagen kam hier an, in der Nacht, als er starb. Ich glaube, um sein Büro zu bewachen. Sie blieben die ganze Nacht, und am nächsten Morgen waren tonnenweise Polizisten hier, um seine Papiere zu durchsuchen. Seine alte Sekretärin, Mrs. Rollins, kam hinzu, um böse Blicke zu verteilen. Sie hat ihnen zugesetzt, dass sie seinen Mörder finden sollen. Sie nimmt denen das mit dem Selbstmord auch nicht ab.«

Ich musste Detective Morrow gratulieren, dass sie so prompt einen Wagen herübergeschickt hatte, um das Büro zu versiegeln. Eine Menge Kriminalpolizisten hätten das übersehen. Ich musste die Frau mit Respekt behandeln, sonst bekam ich ein paar auf den Rüssel. »Sie wohnen hier auch?«, fragte ich und sah mich in dem vollgeräumten Zimmer um.

Er blickte betreten drein. »Im Moment, ja. Meine Freundin und ich haben uns getrennt, und sie hat die Wohnung behalten. Ich habe noch nichts Neues gefunden.«

»Oh, tut mir Leid.« Gott ja, aber was macht die Liebe doch die Leute blöd. Jeder weiß doch, dass die erste Grundregel beim Zusammenleben lautet: Stelle sicher, dass dein Name auf dem Mietvertrag steht. »Wie gut haben Sie Peyton Tillman gekannt?«, fragte ich.

»Er war Stammpatient bei mir«, erklärte der Therapeut. »Wir haben ein Tauschgeschäft gemacht. Er erledigte dafür meinen Rechtsanwaltskram. Ich glaube, das hat er nur aus reiner Gefälligkeit gemacht. Wir haben viel geredet bei unseren Sessions. Er war in letzter Zeit ziemlich glücklich. Sein Leben war ausbalanciert. Die Arbeit machte ihm Spaß und er liebte die Frau, die er heiraten wollte.« Er zog eines seiner langen Beine an seine Brust heran, und streckte die Muskeln, während er sprach. »Das ist der Grund, warum ich der Polizei gesagt habe, dass Selbstmord undenkbar ist. Peyton hat sich nicht selbst umgebracht.«

»Weswegen haben Sie ihn behandelt?«, fragte ich.

»Er kam hauptsächlich zur Akupunktur zu mir. Er hatte Probleme mit dem Rücken.« Der Mann schwieg, als ob er zögerte, das

Vertrauen eines Toten zu brechen. »Wenn Sie jemals seinen Rücken gesehen hätten, dann wüssten Sie, warum. Er sah aus wie eine Landkarte aus Striemen und Narben. Ich weiß nicht genau, was mit ihm während des Krieges passiert ist, aber ich weiß, das er oft Schmerzen hatte. Und er war überzeugt, dass meine Behandlung ihm half.«

»Sie können Schmerzen behandeln?«, fragte ich, im akuten Bewusstsein, dass mein gesamter Körper sich anfühlte, als sei er in der Küchenmaschine durchgehäckselt worden.

»Manche schon«, erklärte er. »Peytons Schmerzen kamen von den Nerven. Ihre könnten eine andere Ursache haben.«

Er löste sich aus seinem Sessel und berührte behutsam mein zerschlagenes Gesicht, danach fuhr er mit den Fingern über die Muskeln an meinen Armen und Unterschenkeln. »Sagen Sie mir, wo es wehtut«, wies er mich an. Nachdem ich ihm einige Sekunden lang versichert hatte, dass es überall höllisch wehtat, hörte er auf. »Dann können wir es genauso gut mit Akupunktur versuchen«, sagte er. »Es kann Ihnen nicht mehr Schmerzen verursachen, als Sie schon haben.«

»Okay.« Ich spielte mit. »Aber das ist nicht wirklich der Grund, warum ich hier bin. Das Schild an Ihrer Tür besagt, dass Sie auch Hypnotherapie machen.«

»Das stimmt. Ich habe das in Portland studiert. Manche Leute glauben, es hilft ihnen beim Abnehmen oder wenn sie mit dem Rauchen aufhören wollen. Es funktioniert«, sagte er, als er die Skepsis auf meinem Gesicht sah.

» Können Sie jemanden hypnotisieren, der Beruhigungstabletten schluckt?«, fragte ich. »Und unterdrückte Erinnerungen wachrufen?«

»Das kommt immer auf den Menschen an«, erklärte er. »Manchmal machen die Psychopharmaka jemanden empfänglicher, manchmal blockieren sie ihn.« Er starrte mich an. »Soll das etwas mit Peytons Tod zu tun haben?«

»Möglich.« Ich erklärte ihm, was ich wollte, und er hörte aufmerksam zu. Gelegentlich stellte er Fragen über Gail und die Nacht, als Roy Taylor ermordet wurde.

»Es könnte der Versuchsperson gewaltig schaden«, sagte er, als ich fertig war. »Im Allgemeinen erinnern sich Leute nur an das, was sie auch ertragen können. In diesem Fall, wo die Betreffende eingesperrt ist und unter schwerer Beruhigungsmedikamenten steht, muss ich annehmen, dass ihre persönlichen Schutzmechanismen außer Kontrolle geraten sind. Ich kenne mich nicht aus, wie man mit den Traumata, die danach hochkommen könnten, umgeht. Ich würde dem Experiment nur zustimmen, wenn ich entscheiden darf, wann es abgebrochen wird.«

Ich dachte darüber nach. Hey, wie viele andere Hypnotherapeuten konnte ich schon in Raleigh an einem Samstagabend aus dem Hut zaubern? Keinen, falls Sie nicht das Publikum im Theater im Park mitrechnen, das soeben eingeschläfert wurde. »Abgemacht«, sagte ich. »Ich will morgen hingehen, wenn das Gefängnis mit Sonntagsgästen und ganz vielen Familien voll gestopft ist. Sie werden Gails Vetter sein.«

»Meinen Sie?«, sagte er und zog eine Augenbraue hoch. Das war der Moment, wo mir auffiel, dass er fünf kleine Goldreifen am rechten Ohr trug. Die konnte ich noch ertragen. Ich hatte selber zeitweilig einen Ring am Nabel. Es waren die Dinger an der Braue, die mich fertig machen. Ich spüre dabei immer wieder so ein unwiderstehliches Verlangen, die kleinen Dreckskerle einfach abzureißen.

»Sie hat Trillionen von Vettern und Basen» erklärte ich ihm. »Gail wird wahrscheinlich selber glauben, dass Sie mit ihr verwandt sind.«

»Peyton war ein guter Kerl«, sagte der Therapeut nach einem Moment der stillen Besinnung. »Ich weiß, dass er es bereut hat, in diesem Fall der Richter gewesen zu sein. Eine Zeit lang glaubte ich sogar, seine Schmerzen hätten etwas mit dem Fall zu tun.«

»Also, machen Sie mit?«, fragte ich. »Wenn ich es arrangieren kann?«

»Warum nicht?«

»Danke«, sagte ich. »Ich denke, Peyton wäre auch einverstanden gewesen.«

Ich rief Omi Honeycutt an und arrangierte den Besuch für den nächsten Tag. Sie war skeptisch, aber ich klang sehr überzeugend. Sie versprach schließlich sogar, ihr Bestes zu versuchen, damit Gail am Morgen mit den Medikamenten aussetzte. Ich wollte vermeiden, dass sie mitten in unserer Session auf den Fußboden des Besucherzimmers zusammensank.

»Wie heißen Sie?«, fragte mich mein neuer Freund, als ich damit fertig war.

»Casey Jones. Und Sie?«

»Robert.« Sein Gesicht hellte sich auf. »Hey, Casey?«, fing er an. »Wie wärs mit etwas Ginseng Tee und einer Session mit den ollen Nadeln? Es tut sich hier sowieso nichts an einem Samstagnachmittag. Kostet Sie auch nichts.«

Zwanzig Minuten später waren meine Ohren, mein Rücken, mein Po, und die Unterschenkelmuskeln mit Nadeln vollgesteckt. Ich fühlte mich wie ein seliges Stachelschwein. Die Welt um mich herum schien zu summen. Gott segne Robert, dachte ich schläfrig, während ich ins Lala-Land abdriftete. Die Luft war erfüllt vom Duft von Salbei. Wenn das so weiter ging, würde ich noch anfangen, Batikhemden zu tragen. Aber kein Patchouli.

Als ich erwachte, war es dunkel und Robert saß zusammengerollt in seinem Sitzsack. Er las ein Buch und schlürfte Tee mit einer entnervenden Ruhe, die ich offenbar nie zu Stande bringen werde.

»Was ist passiert?«, fragte ich, total losgelöst. »Wo war ich?«

»Ich würde sagen, ein oder zwei Ebenen außerhalb Ihres Körpers«, sagte er mit einem befriedigten Lächeln. »Wie fühlen Sie sich?«

Ich beugte ein paar Muskeln und war verblüfft. »Verdammt«, sagte ich. »Sie sind echt gut.«

»Glauben Sie, Sie können jetzt fahren?«, fragte er, während er sorgsam die Nadeln entfernte, indem er sie zwischen den Fingern rollte, bevor er sie mit einem sanften Ruck aus meiner Haut zog.

»Wenn nicht, dann fliege ich eben«, entschied ich.

»Solange Sie morgen wiederkommen, um mich abzuholen«, sagte er. »Ich habe meditiert, während Sie schliefen, und ich denke, das Universum zeigt mir einen Weg auf, wie ich das Böse von Peytons Tod ausgleichen kann. Ich glaube, es will mich als Instrument der karmischen Gerechtigkeit einsetzen.«

Ein Instrument der karmischen Gerechtigkeit? Und ich hatte all die Jahre über geglaubt, meine Aufgabe sei es einfach nur, bestimmten Leuten in den Hintern zu treten. Aber ich war willens, die Dinge anders zu sehen, wenn es das war, was die Himmlischen von mir verlangten. Casey Jones, karmische Rächerin. Das hatte einen hübschen Klang.

Ich fuhr heim nach Durham, etwas abgeschlafft, aber friedlich gestimmt. Morgen war in der Tat ein anderer Tag. An diesem Abend war ich bereits um neun im Bett. Es war lange her, seit ich eine Samstagnacht alleine verbracht hatte. Mindestens eine Woche, würde ich mal sagen. Aber ich schlief zufrieden die ganze Nacht hindurch, mit einem einzigen Ziel – meinen Körper zu heilen für das, was vor mir lag.

Am nächsten Morgen versuchte ich Bobby Dee im Krankenhaus zu erreichen, um herauszufinden, ob seine Gerichtsreporterin schon Fortschritte zu vermelden hatte, aber niemand antwortete. Er war zweifellos bei einem persönlichen Schwätzchen mit dem Küchenpersonal. Enttäuscht legte ich den Hörer auf. Fast im selben Augenblick klingelte auch schon wieder das Telefon.

»Wo zum Teufel sind Sie denn am Freitagabend abgeblieben?«, herrschte mich eine weibliche Stimme an.

»Wer zum Teufel spricht denn da?«, fragte ich zurück.

»Anne Morrow. Vermutlich erinnern Sie sich an mich?«

Natürlich konnte ich mich an sie erinnern. Lang und schlank und cool und voller Liebreiz. Das Girl von Ipanema, das mich verfolgte.

»Wie geht es Ihnen?«, fragte ich in meinem zivilisiertesten Tonfall.

»Müde bin ich. Was sonst?« Es folgte ein Schweigen. »Es gibt ein paar Leute hier bei der Polizei von Raleigh«, sagte sie, »die meinen, dass Sie weit mehr über Peyton Tillman und sein letztes Planschbad wissen, als Sie uns glauben lassen. Ich gehöre nicht dazu.«

»Nicht?«, fragte ich unsicher, und mein Herz klopfte schneller. Ich kann Probleme mit der Polizei schon deswegen nicht gebrauchen, weil ich keine offizielle Ermittlerlizenz besitze. Technisch gesehen können viele von den Dingen, die ich mache, als Rechtsbrüche gedeutet werden, falls ein Richter sich allzu eng an die Buchstaben des Gesetzes klammern möchte.

»Nein. Ich halte Sie für eine grundsätzlich ehrliche Haut. Aber ich will wissen, was mit Ihnen am Freitagabend passiert ist. Ich erhielt einen Anruf von einem Sergeant, der im Polizeihof herumgestochert hat. Ihr Wagen ist gestern dorthin abgeschleppt worden. Er kannte Ihren Namen vom Fall Tillman. Er sagt, Ihr Wagen steht dort mit mindestens drei Einschusslöchern drin. Möchten Sie dazu eine Erklärung abgeben?«

»Ich bin vor zwei Wochenenden einem verrückten Barmann auf den Schlips getreten«, erklärte ich. »Ich habe ihn dabei erwischt, als er gerade Geld unterschlagen wollte. Er hat daraufhin seinen Job verloren und jetzt gibt er mir die Schuld daran. Ich hörte, er sei ein Waffennarr. Ich glaube, er ist derjenige gewesen, der mich von der Straße gedrängt hat.«

»Sie sind eine sehr beliebte Frau«, bemerkte sie.

»Ja. Bei all den falschen Leuten.«

»Rein theoretisch gesehen«, begann Detective Morrow laut zu denken, »würden Sie mich doch sicher sofort benachrichtigen, wenn Sie etwas Neues erfahren sollten, was mit dem Fall Peyton Tillman zu tun hätte, richtig?«

»Absolut«, log ich.

Zwei Stunden später holte ich Robert ab, den Hypnotiseur aus dem Zeitalter des Wassermanns. Er trug ein Anzugshemd samt Krawatte und dazu gebleichte Blue Jeans. Den Ohrzierrat hatte er abgehängt. Sein Bemühen um ein seriöses Aussehen verdiente Lob.

Er antwortete mit einem Achselzucken, als ich ihm das sagte. »Ich war noch nie in einem Frauengefängnis«, sagte er. »Also wusste ich nicht so genau Bescheid, was man bei so einer Gelegenheit anzieht.«

Ich lachte. »Da Sie ein Typ sind, würde ich sagen, am besten so wenig wie möglich.«

Robert musterte mich verwundert, als ich losfuhr.

»Was ist los?«, fragte ich.

Er starrte mich noch sonderbarer an. »Nichts«, sagte er.

»Lügner.«

Er starrte mich wieder an.

»Werden Sie jetzt damit aufhören?«, fragte ich. Ich habe nichts dagegen, angeglubscht zu werden, nur bin ich es gewohnt, dass man meinen Körper anglotzt. Aber dieser Typ hier kuckte irgendwo rechts von meinem Kopf in die Luft, sodass ich mich fragen musste, ob mir Hörner gewachsen waren.

»Ich kann mir nicht helfen«, sagte er. »Ich lese gerade Ihre Aura – die Atmosphäre um Sie herum. Sie wandelt sich in den aller außergewöhnlichsten Farben.«

»Sie lesen meine Aura?«, fragte ich skeptisch.

»Sicher. Alle Menschen haben immerzu Farben um sich herum, die ganze Zeit«, erklärte er. »Ärgerliche Leute haben dunkle Farben, friedfertige haben hellere Farben. Manchmal ändert sich das, je nach der Stimmung. Wie zum Beispiel gerade jetzt. Ich kann sehen, dass Sie sich nicht von mir angezogen fühlen.«

»Ach, echt?«, fragte ich. »Das könnte ja eine völlig neue Dimension für das Detektivspiel sein. Wo genau ist denn dieser Punkt, wo Sie hinsehen müssen, um festzustellen, ob ich mich zu Ihnen hingezogen fühle oder nicht?« Ich stellte mir ein hochrosafarbenes Glühen in intimen Gegenden vor, ein kleines Straßenschild der Hingezogenheit für die Wissenden.

»Überall. Es folgt der Silhouette Ihres Körpers. Tatsache ist, dass das Auralesen ein echtes Problem auf Partys sein kann. Manchmal ist keine einzige Frau da, die sich von mir angezogen fühlt.«

»Vielleicht sollten Sie weniger auf die Aura schauen«, schlug ich ihm vor. »Versuchen Sies mal mit dem Hintern, wie normale Typen.«

Er lachte. Und er war sehr, sehr viel schnuckeliger, wenn er lachte.

Das Gespräch begleitete uns, bis wir den Parkplatz des Gefängnisses erreichten. Die üblichen Atem- und Herzbeklemmungen stellten sich wieder ein, meine Handflächen wurden schweißnass, und ich verfiel in eine Art von Pressatem.

»Ihnen gefällts hier wirklich nicht, was?«, sagte Robert. »Jetzt strahlen Sie richtig in einem kranken Grün.«

»Mir ist im Moment auch ganz krank und grün zu Mute«, sagte ich. Wir zogen vor den Haupteingang, wo Herman, der freundliche Wachmann, wieder Dienst versah. Er schaute kaum einmal zu mir auf. Ich muss in seinen Augen ein normales Rosa drauf gehabt haben.

»Bleiben Sie nicht zu lange. Sie hat für heute eine Menge Besucher vorgemerkt«, ermahnte er mich. »Sie haben die normalen Regelungen gelockert. Wahrscheinlich denken sie, sie müssen sich etwas beeilen.« Er wurde sich der Taktlosigkeit seiner Bemerkung bewusst. »Tut mir Leid«, wandte er sich an Robert. »Ich sehe, Sie gehören zur Familie. Viel Familie da, heute.«

»Nicht mehr viel Zeit übrig«, pflichtete ich ihm bei, und lächelte ihn an. »Ist okay, Herman. Sie sind einer von den guten Jungs.«

Robert war klüger, als ich es ihm zugetraut hätte. Er verschwendete keine unnötige Zeit, nachdem Gail von den Wärtern ins Besucherzimmer geführt worden war. »Kusinchen!«, sagte er und umarmte meine verwirrte Klientin, um das Wachpersonal abzulenken, während er gleichzeitig mit dem Fuß gegen seinen Stuhl stieß, und ihn dabei so verschob, dass die Aufsicht nur seinen Rücken sah, wenn er sich hingesetzt hatte.

Gail betrachtete ihn misstrauisch, während sie sich hinsetzte. Sie sah müde und ungepflegt aus, womit wir schon zwei waren. Ich war bereit zu wetten, dass sie die morgendliche medikamentöse Einnahme, wie erbeten, sausen gelassen hatte. »Das ist doch alles Schwachsinn«, sagte sie.

Ich unterbrach sie, um jedem Widerspruch zuvorzukommen. »Ich habe gestern Ihre Tochter gesehen«, sagte ich.

Sie erstarrte und sah mich argwöhnisch an. »Haben Sie ihr gesagt, was los ist?« Ich konnte ihr aufbrausendes Temperament spüren, das sich unter der Kälte ihrer Stimme verbarg.

Ich schüttelte den Kopf. »Das wusste sie schon«, sagte ich ihr. »Oder wenigstens weiß sie, dass Sie im Gefängnis sind. Sie weiß nicht, dass Sie in der Todeszelle sitzen.«

Gail entspannte sich. »Warum haben Sie mir erzählt, dass Sie sie besucht haben?«, fragte sie herausfordernd.

»Aus einem einfachen Grund. Wenn Sie das hier nicht für sich selber durchziehen wollen, tun Sies wenigstens für Ihre Tochter«, drängte ich sie. »An dem Punkt, wo wir jetzt stehen, haben Sie nichts zu verlieren.«

Sie lehnte sich zurück und sah mich einen Moment lang intensiv an. Ich erwiderte ihren Blick. Sie hatte mehr Knastjahre hinter sich, als ich jemals hatte absitzen müssen, aber meine Backen taten mir trotzdem noch genau so weh wie ihr ihre. Schließlich senkte sie den Blick und schaute zu Robert hin. »Und das hier ist der Typ, der es machen wird?«, fragte sie.

»Ja. Robert, darf ich vorstellen, Gail. Gail, Robert.«

»Sie sehen nicht aus wie ein Hypnotiseur«, sagte sie herausfordernd.

»Sie sehen nicht aus wie eine Mörderin«, entgegnete er. Es überraschte sie genug, um zu lachen und das Eis war gebrochen. Meine Aura erwärmte sich ein bisschen gegenüber Robert. Ungefähr in genau dem Moment.

»Sind Sie schon jemals hypnotisiert worden?«, fragte er Gail.

»Woher denn«, sagte sie entrüstet.

»Es wird nicht so sein, wie Sie sich das vorstellen«, erklärte er. »Sie werden sich noch bewusst sein, wo Sie sind. Sie werden immer noch das Gefühl haben, sich in diesem Zimmer aufzuhalten. Aber

Sie werden die Dinge auf einer anderen Ebene sehen. Als ob Sie unter Wasser wären, oder so ähnlich. Und Sie werden sehr entspannt sein.«

»Klingt cool«, sagte Gail. »Wie Valium.«

»Einen großen Unterschied gibt es dabei aber«, erläuterte Robert. »Nämlich, dass ich Barrieren zu bestimmten Gefühlen, die Sie vielleicht haben, entfernen werde. Statt sie zu blockieren. Sie werden viele Emotionen empfinden«, warnte er sie. »Sie können sich überwältigt fühlen. Bitte verstehen Sie, dass Ihr eigener Geist und Verstand sie beschützt. Ich werde Sie auch beschützen. Wenn ich das Gefühl habe, dass Sie in Gefahr schweben, psychischen Schaden zu nehmen, werde ich die Session abbrechen. Also machen Sie sich keine Sorgen.«

»Hey, Kumpel«, antwortete Gail. »Die wollen mich in zwei Wochen auslöschen. Ein kleiner psychischer Schaden wird da nicht viel Unterschied machen.«

Der arme Robert blickte ein bisschen irritiert drein bei dieser Ansage, aber ich selber war noch überraschter. Wenn ich es nicht besser wüsste, hätte ich gesagt, dass Gail mit ihm flirtete.

Ohne darauf zu achten, fuhr Robert mit seiner Arbeit fort. »Ich werde wiederholte Bewegungen einsetzen, um Sie einzutauchen«, erklärte er. »Folgen Sie einfach meinem Zeigefinger.«

Jetzt wurde mir klar, warum sein Rücken und nicht der von Gail den Wärtern zugekehrt war. Er begann, den Zeigefinger seiner rechten Hand langsam hin und her zu bewegen, während er Gail mit besänftigender Stimme aufforderte, sich zu entspannen und ihre Muskeln schlaff werden zu lassen. Sein tiefer Bariton hatte einen meditativen Effekt. Ich spürte, wie ich allmählich schläfrig wurde, und konnte mich eben noch rechtzeitig zu vollem Bewusstsein zurückholen. Wie würde das aussehen, wenn die Wachen hereinstürmten und zwei ohnmächtig zusammengesunkene Frauen mit weit geöffneten Augen und dazu einen schuldig dreinblickenden Robert antrafen?

Außerdem war ich für die Fragen verantwortlich.

»Wie fühlen Sie sich?«, fragte Robert mit tiefer, sanfter Stimme.

»Das ist ja ein ... Wahnsinn«, murmelte Gail zurück. Ihre eigene Stimme war tiefer als normal, und ihr Redefluss stockte, als ob die Worte zunächst an ihr Trommelfell schlagen und davon abprallen mussten, bevor wir übrigen sie hören konnten. Sie saß aufrecht da, aber mit herabhängenden Schultern, und ihre Hände lagen mit den Handflächen nach oben schlaff auf der Tischplatte. Ihre Augen blickten träumerisch, der Mund hing halb offen, während sie auf Roberts beweglichen Finger starrte. »Meine Beine fühlen sich ... so albern an«, sagte sie und kicherte. Ich tauschte einen Blick mit Robert. Eine kichernde Gail war nicht das, was ich mir vorgestellt hatte. Er nickte.

Schnell schrieb ich ihm die ersten paar Fragen auf, die er ihr stellen sollte.

»Ich werde Sie jetzt zu der Nacht zurückführen, als Ihr Mann starb«, sagte Robert. Gails Haltung verkrampfte sich. »An den frühen Abend«, erklärte er rasch. »Viel früher, bevor Ihr Mann erschossen wurde.«

Gail sagte nichts.

»Erinnern Sie sich, dass Sie in dieser Nacht in der Bar sind?«, fragte Robert und sah auf meinem Zettel nach. »Sie sind im Lone Wolf. Erzählen Sie mir, was Sie dort sehen.«

Sie starrte auf die Tischplatte, wo sie einen anderen Ort und eine andere Zeit sah. »Die Leute sehen mich an, weil ich alleine sitze. Ich warte schon so lange darauf, dass Roy endlich kommt und ich weiß, dass ich betrunken bin, aber sonst gibts ja nichts zu tun.« Sie runzelte die Stirn. »Meine Mutter ist zu Hause bei Brittany und sie wird sauer sein, wenn ich zu spät komme. Und sie wird sicher merken, dass ich betrunken bin. Roy hat gesagt, er wird mich nach Hause fahren. Ich habe sonst keine ...« Sie hielt inne. »Da kommt er. Mit den andern Jungs. Ach, verdammt. Roys Hemd ist schmutzig.« Sie klang verblüfft. »Ich habe es noch heute Morgen gebügelt, und es war makellos. Er hat Ketchup vorne auf die Tasche gekleckert.«

»Wer ist sonst noch da mit Roy?«, fragte Robert, während ich mir Notizen machte.

Ihre Augen suchten eine unsichtbare Bar ab. »George ist da, er ist immer da, wenn Roy da ist. Und dieser Pete. Er arbeitet auch bei ihnen. Den habe ich schon eine Weile nicht mehr gesehen. Und noch ein paar Typen, die ich nicht kenne. Roy mag nicht mehr mit mir alleine sein.« Ihr Gesicht wurde traurig. »Ich bin so fett geworden. Ich weiß, dass Roy das hasst. Oh Gott, jetzt habe ich schon wieder einen Drink alle. Roy weiß, dass ich betrunken bin. Er ist sauer auf mich. Ich weiß, so wie er mich ankuckt, dass ich ihn anwidere. Aber ich will noch einen Drink.«

»Bringt Ihnen die Kellnerin noch einen?«, fragte Robert. Gail nickte.

Ich kritzelte eine weitere Frage hin. Robert sah perplex drein, aber dann verstand er. »Wer sonst trinkt noch mit Ihnen?«, fragte er.

»Alle anderen«, sagte sie. »Wir machen sonst nichts. Wir sitzen rum und trinken. Bloß dass die andern alle viel langsamer trinken als ich.«

»Lassen Sie uns eine Stunde weiter gehen. Worüber sprechen Sie jetzt?«, fragte Robert. »Spricht Roy mit seinen Freunden?«

Sie nickte traumverloren. »Roy spricht mit George über die Fischerhütte«, sagte sie. »Pete ist nicht dabei. Er ist drüben an der Bar und holt was zu trinken. Er bestellt nie was bei der Kellnerin. Er ist zu geizig, um ihr ein Trinkgeld zu geben. Ich kann Pete nicht ausstehen. Mir wärs lieber, Roy würde ihn nicht immer um sich haben.« Sie machte eine Pause. »Roy will mit George am Morgen zur Hütte hinauf. Er sagt, es ist wichtig. Da oben wird es sicher sein.«

»Was wird sicher sein?«, unterbrach Robert, der meine hingekritzelte Frage abgelesen hatte.

Gail schüttelte den Kopf. »Weiß ich nicht. Außerdem kann Roy morgen gar nicht zur Hütte gehen. Wir haben eine Familienfeier. Ich habe Brittany versprochen, dass wir alle zusammen hingehen.

Ich sage ihm das. Aber jetzt ist Roy sauer. Er wird gleich wieder toben.« Sie schwieg einen Moment lang. »Die Leute schauen schon. Wir machen zu viel Krach. Aber es ist mir egal. Es ist nicht fair. Roy hat es Brittany versprochen. Er weiß, dass ich Recht habe. Ich sehe es seinem Gesicht an.«

»Was macht Roy jetzt?«, fragte Robert. »Sagt er, dass er sauer auf Sie ist?«

Gail blickte ein wenig überrascht, die Erinnerung verwirrte sie immer noch. »Er ignoriert mich.« Ihr Ausdruck wandelte sich zu Verletztheit. »Jetzt spricht er wieder mit George. Sie flüstern. Er will nicht, dass ich oder Pete es hören können. Ich bin kein Teil seines Lebens mehr.« Sie hielt inne. »Aber ich kann ein bisschen was hören. George hat Angst.«

»Er hat Angst?«, fragte Robert. »Wovor?«

»Ich weiß es nicht«, sagte Gail. »Ich kann nichts verstehen. Die Bar ist so laut. George sieht aus, als ob er Angst hätte.« Sie war still und lauschte aufmerksam den Worten, die vor so langer Zeit gesprochen worden waren. »George hat was von Schwierigkeiten gesagt. Oh nein. Sie merken, dass ich versuche zu lauschen.« Sie rutschte auf ihrem Stuhl hin und her. »Wo ist die blöde Kellnerin? Ich will noch einen Drink.«

Nachdem auch weitere Fragen kein nützliches Ergebnis brachten, las Robert meine Notizen und wechselte die Richtung. »Ich werde Sie ein wenig weiter vorwärts in der Zeit bringen«, sagte er, auf meine Instruktionen hin. »Sie sind immer noch in der Bar. Aber jetzt ist es nicht mehr lustig. Sie und Roy streiten wieder miteinander.« Gail verzog die Miene, erst im Zorn, dann unter Schmerzen. Gefühle flatterten über ihr Gesicht, als ob sie sich einen Film betrachtete, den wir anderen nicht sehen konnten.

»Worüber streiten Sie sich?«, fragte Robert. »Sie können es mir ruhig sagen. Sie erinnern sich jetzt nur daran. Niemand kann Ihnen wehtun.«

»Jemand hat mir einen Drink spendiert«, sagte sie. »Roy ist sauer darüber, auch wenn wir schon die Scheidung beantragt haben. Die

Kellnerin sagt, dass ein Typ an der Bar ihn geschickt habe. Ich stehe auf, um zu sehen, wer es ist, aber die Kellnerin sagt, er sei schon fort. Sie sagt, er habe wirklich gut ausgesehen. Geschieht Roy recht, er hat mich den ganzen Abend über ignoriert. Aber es macht mich traurig, dass die Kellnerin nicht merkt, dass Roy und ich zusammengehören. Sie hätte den Drink nie rüber gebracht, wenn sie gewusst hätte, dass wir verheiratet sind. Ich weiß, wir sind nicht mehr wirklich zusammen, aber trotzdem…« Ihre Stimme wurde melancholisch. »Ich wünschte, wir könnten es noch mal versuchen.«

»Roy ist verärgert wegen dem Drink?«

Gail nickte. »Er will, dass ich ihn zurückschicke. Wie bescheuert. Der Typ ist doch schon weg. Ich werde den Drink einfach runterkippen, bevor Roy auch nur irgendwas dagegen tun kann.« Gail war einen Augenblick lang still, dann kicherte sie. »Weg ist er. Roy kann nichts mehr dagegen tun. Er ist wütend. Er schreit mich an. Ich brülle zurück. Ich sage ihm, dass Mama mit Brittany zu Hause wartet. Sie wird wirklich sauer sein. Wir sollten los, aber Roy will noch nicht heimgehen. Er redet immer noch mit George. Sie flüstern immerzu. Pete will schon gehn. Er sagt, bei ihm hängt der Haussegen schief. Seine Frau wird ihm die Hölle heiß machen. Was ist mit mir? Meine Mutter wird auch fuchsteufelswild werden. Ich sage ihm das, und Roy rastet völlig aus.« Plötzlich änderte sich ihre träumerische Stimme und fing an, die Tischplatte auszuschimpfen wie ein besoffener Matrose. Ich sah alarmiert zum Wächterfenster, aber niemand schien etwas zu bemerken. Ein paar Momente lang stritt Gail sich weiter mit dem Tisch, aber nichts davon war hilfreich. Ich signalisierte Robert, sie weiter vor zu bringen.

»Gail«, sagte er schroff. Sie verfiel in Schweigen. »Lassen Sie uns noch weiter vorwärts gehen an diesem Abend. Bis zu dem Zeitpunkt, als Sie sich aufmachten, um nach Hause zu gehen.«

»Roy denkt, er wird jetzt fahren.« Sie lachte, und ihre Stimme klang unschön. »Kommt nicht in die Tüte. Er hat schon mehr gehabt als ich. Er will es nur nicht zugeben. Er versucht, mir den

Schlüssel wegzunehmen.« Sie hob eine Hand hoch in die Luft. »Er kriegt ihn nicht, nein.« Ein betrübter Ausdruck kam über ihr Gesicht, und sie schob die Unterlippe zum Flunsch vor. »Nicht fair. George hat mir den Schlüssel von hinten weggenommen und ihn dann Roy gegeben. Die sind alle gegen mich. Immerzu sind sie das. Ich bin eben nicht einer von seinen Kumpels. Ich bin bloß die Frau. Und nicht mal das bin ich mehr. Was wiege ich alleine? Habe ich noch einen Wert?« Ihr Gesicht verdüsterte sich auf einmal.

»Was ist los?«, fragte Robert besorgt. »Was geht jetzt vor?«

»Meine Beine fühlen sich so komisch an«, erklärte Gail. »So gummiartig. Mein Mund ist trocken. Ich brauche was zu trinken, aber Roy will nach Hause fahren.« Ihre Stimme versagte. »Es fällt mir schwer, zu gehen. Vielleicht habe ich mich verzählt…« Sie schwieg. Wir warteten, aber sie sagte nichts mehr.

»Gail?«, fragte Robert. »Wo Sind Sie jetzt?« Sie antwortete nicht.

Ich kritzelte etwas auf den Block. »Gail«, sagte Robert mit fester Stimme. »Es ist jetzt etwas später. Sie sind jetzt zu Hause. Sind Sie jetzt daheim? Erinnern Sie sich?«

»Mama ist wirklich verärgert. Sie schimpft mit mir. Wo geht sie hin?« Ihr Gesicht fiel zusammen. Einen Augenblick lang fürchtete ich schon, Gail würde anfangen zu flennen. Stattdessen packte sie die Wut. »Sie hat beinahe die Tür zertrümmert beim Rausgehen. Ich werde sie am Morgen anrufen und ihr das sagen. Ich kann ihr Auto in der Einfahrt hören. Sie fährt viel zu schnell. Sie wird morgen noch mit mir schimpfen. Ich kann nicht mehr. Mein Magen tut mir weh. Ich glaube mir wird übel.« Ihre Stimme versiegte und sie saß still da und starrte Robert an.

»Gail?«, fragte Robert. »Was tun Sie jetzt gerade?«

Sie antwortete nicht.

»Gail, stellen Sie sich vor, hier hängt ein großer schwarzer Theatervorhang vor der Szene«, sagte Robert. »Ich werde jetzt bis drei zählen, und wenn ich bei drei angekommen bin, werde ich den Vorhang heben. Wenn ich das tue, möchte ich, dass Sie mir erzählen, was Sie sehen.«

Gail nickte, und Robert zählte langsam bis drei. Aber als er damit fertig war, schaute Gail einfach nur weiterhin auf die Tischplatte. »Was sehen Sie?«

Sie antwortete nicht.

Robert wandte sich mir zu. »Das ist alles, aus dieser Nacht«, sagte er bestimmt. »Sie wird nicht wieder dorthin zurückkehren. Ich kann sie nicht zwingen. Es kann sein, dass sie zu bedient war, um mitzukriegen, was damals wirklich passiert ist.«

Ich seufzte und zeigte ihm die nächste Serie von Fragen. Ich wollte mehr über die Gefängnisbesuche der Polizisten aus Durham erfahren.

»Gail«, sagte Robert, jetzt wieder mit fester Stimme. Sie setzte sich gerade auf. »Wir lassen jene Nacht hinter uns. Ich möchte Sie einen großen Sprung vorwärts in der Zeit machen lassen. Am Prozess vorbei, vorbei an der Zeit, als sie ins Gefängnis gekommen sind.«

»Ich bin im Gefängnis«, sagte sie mit ausdrucksloser Stimme.

»Ja«, stimmte ihr Robert zu. »Sie sind im Gefängnis. Und Sie haben einige Besucher gehabt. Polizisten. Erinnern Sie sich? Es war um Weihnachten herum.«

»Sie meinen George?«, fragte sie. »Er kam mich besuchen. Ich war überrascht. Ich dachte, er hasst mich. Ich dachte, er sei sich sicher, ich hätte Roy getötet.«

»Wann kam er Sie besuchen?«, fragte Robert.

»Direkt nach Silvester«, sagte Gail. »Aber George war mir nicht böse. Er war traurig. Er sagte, er würde mir helfen. Aber das war nur Gerede. Danach habe ich nie mehr etwas von ihm gehört.« Sie verfiel eine Zeit lang in Schweigen. »Keiner kann da was machen.«

»Wie heißt George mit Nachnamen?«, fragte Robert.

»Genauso wie der Präsident«, erklärte Gail verträumt. »George Washington. Und dann noch was anderes. Ich kann mich nicht…« Ihre Stimme versagte, und sie blickte verwirrt drein.

Robert las von meinen Notizen ab. »War es Carter?«, fragte er. »George Washington Carter?«

Sie nickte. »Ja. Das ist George.«

»Und ist jemand namens Pete gekommen, um Sie zu besuchen?«, fragte Robert. »Wie war doch sein Zuname?«

Gail schüttelte den Kopf. »Weiß ich nicht. Will ich nicht wissen. Roy hat ihn nie besonders gemocht. Ich habe nie seinen Familiennamen gewusst. Er war immer nur Pete.«

»Wann kam er denn?«, fragte Robert. »Und was wollte er?«

Gails Stimme verhärtete sich. »Er kam nach George. Ich weiß nicht, was er wollte.«

»Sie sind wieder zu jenem Tag zurückgekommen«, sagte Robert. »Was fragt er Sie?«

»Er will wissen, ob George bei mir zu Besuch war. Jetzt fragt er mich über Roy aus. Was Roy gesagt hat an dem Abend, als er starb. Warum will er das wissen? Er war doch da. Wen kümmert das jetzt noch?« Sie war still, als ob sie jemandem anderen zuhörte. »Er versucht nett zu sein, aber ich bin mir nicht sicher, ob er …« Sie setzte sich noch gerader auf. »Warum ist er so freundlich? Ich kenne ihn nicht einmal. Ich werde hier sitzen bleiben, bis er weggeht.«

Sie saß völlig unbeweglich, während die Uhr an der Wand die Sekunden vorbeitickte.

»Ist er weg?«, fragte Robert.

»Er ist weg«, sagte Gail.

»Wie stehts mit einem Steve?«, fragte Robert, und linste auf den Zettel, den ich ihm hinhielt. »Kam jemand namens Steve Sie mal besuchen?«

Gail versteifte sich. »Ja«, flüsterte sie. »Ein paar Tage nach Pete. Er sagt, es tut ihm Leid, was mit Roy passiert ist. Er sagt, sie haben zusammen gearbeitet und waren gute Freunde. Ich denke, er lügt. Roy hat ihn nie erwähnt.« Ihre Stimme wurde traurig. »Er sagt, er vergibt mir. Er tut so, als glaubt er, ich hätte Roy umgebracht. Aber er sagt, er verzeiht mir trotzdem. Ich will seine Vergebung nicht. Es gibt nichts zu verzeihen.« Wieder Schweigen. Als Gail erneut zu sprechen anhob, klang sie fassungslos. »Er versucht, mit mir zu flirten.« Ihre Stimme wurde ärgerlich. »Ich werde hier sterben, und er versucht, mit mir zu schäkern? Ich sage ihm, er soll gehen. Dass ich seine Vergebung nicht will.« Gail war still, sie schaute und lauschte. »Er geht nicht. Er will mit mir über etwas sprechen«, erklärte sie.

Ich kritzelte rasch eine Notiz auf den Block. »Worüber will er mit Ihnen sprechen?«, fragte Robert.

»Er sagt, er will mir die Fischerhütte abkaufen.« Gail klang verwirrt. »Die Fischerhütte? Was macht das jetzt noch für einen Unterschied? Was interessiert mich die Fischerhütte? Sie gehört mir auch gar nicht. Hat mir nie gehört. Sie gehört Roys Stiefvater. Auch darüber hat Roy mich angelogen. Er hat gesagt, seine Eltern hätten sie für uns als Hochzeitsgeschenk gekauft. Aber das war gar nicht wahr. Ich habe beim Prozess erfahren, dass seine Eltern nur die Hypothek bezahlt haben, bis wir sie selber übernehmen konnten. Dafür hatten wir aber nie genug Geld. Aber das werde ich ihm nicht sagen. Es geht ihn überhaupt nichts an.« Ihre Stimme bebte vor Zorn. »Dieser Blödmann versucht doch tatsächlich, mich dazu zu bringen, ihm die Hütte billig zu verkaufen. Ich glaube, deswegen ist er hergekommen. Ich kann es nicht fassen. Roy ist ihm völlig egal. Er will einfach nur ein Schnäppchen machen. Ich sage ihm noch mal, er soll gehen, aber dann will er wissen, ob George und Pete zu Besuch gekommen sind, und was sie gesagt haben. Ich will nicht mehr mit ihm reden. Keine Minute mehr. Ich schicke ihn weg. Ich rufe die Wache und schicke ihn weg.«

Gails Gesicht hatte sich rot verfärbt und Robert schaute besorgt drein. Ich deutete rasch auf meine letzte Frage, bevor sie beide mir von der Schippe sprangen.

»Wie war sein Nachname?«, fragte Roy. »Wer ist dieser Steve?«

»Ich weiß es nicht und will es nicht wissen«, sagte Gail ärgerlich. »Ich glaube, er hat für die Anklage gearbeitet. Er war keiner von Roys Freunden. Er hat mich angelogen. Warum habe ich nur mit ihm gesprochen? Ach, ich bin so dumm. Ich bin immer so ungeschickt bei solchen Sachen.«

Ihre Stimme wurde immer zorniger und Robert wirkte nun richtig gehend alarmiert. Ich zuckte mit den Achseln. Ich würde sowieso nichts mehr von ihr erfahren.

Als wir Gail aus ihrer Trance herausholten, sah sie uns angespannt an. »Machen wirs«, sagte sie.

»Wir habens schon gemacht«, sagte Robert.

Sie starrte ihn an, ein zweifelnder Ausdruck auf dem Gesicht. »Wir sind schon fertig?«, fragte sie.

Robert nickte. »Lassen Sie sich Zeit. Woran erinnern Sie sich?«

Sie überlegte. »Ich glaube, ich kann mich erinnern, wie ich mit Ihnen gesprochen habe«, sagte sie. »Ich erinnere mich, wie ich wütend wurde. Ich erinnere mich, wie ich hier saß und zugleich fühlte es sich an, als wäre ich nicht hier.« Sie blickte zu mir herüber. »Haben Sie was gekriegt, was Ihnen hilft?«

»Vielleicht«, sagte ich. »Mal sehen.«

Ich hätte hinzufügen können, dass sie ihre Hoffnungen nicht allzu hoch schrauben sollte, aber das war nicht nötig. Gail war nicht die Sorte von Mensch, die sich unnötigen Hoffnungen hingab.

»Hören Sie«, sagte ich, und versuchte noch einmal, mich an das Versprechen zu halten, das ich ihrem kleinen Mädchen gegeben hatte. »Ihre Tochter will Sie sehen. Ich denke, sie ist alt genug, um damit klar zu kommen. Können Sie ihr nicht diese Entscheidung selber überlassen?«

»Nein«, sagte Gail, und kreuzte die Arme vor der Brust. »Ich bin ihr keine besonders gute Mutter gewesen. Aber eines weiß ich. Kleine Mädchen sollen ihre Mutter nicht in der Todeszelle besuchen. Also, bringen Sie mir das Kind ja nicht hierher.« Sie funkelte mich an. »Und dass Sie es mir nicht von jemand anderm ohne meine Erlaubnis hier anschleppen lassen. Sonst komme ich, wenn ich tot bin, zurück und verfolge Sie als Gespenst.«

»Boaah«, sagte ich, während wir uns schon zum Gehen erhoben. »Ich habe ganz bestimmt nicht vor, Ihre Tochter ohne Ihre Erlaubnis hierher zu bringen. Lassen Sie mir eine Nachricht zukommen, wenn Ihnen sonst noch was einfällt.« Wir gingen zur Tür. Ich wollte da nur noch raus. Das Ganze verpasste mir eine Gänsehaut. Grundgütiger. Was hatte sie gesagt? Sie wollte mich als Gespenst verfolgen, wenn sie tot war? Die Honeycutt-Frauen waren lebendig schon schrecklich genug.

»Das war seltsam«, sagte Gail zu niemandem Besonderen, als wir gingen. »Ungefähr so, als hätte man zu viele von den Blauen geschluckt.«

Nachdem ich Robert abgesetzt hatte und nach Durham zurück kutschiert war, brauchte ich dringend etwas, was mich aufheiterte. Gab es aber nicht. Es gab nur eine Nachricht von Bobby Dees Kontaktperson, der Gerichtsreporterin, dass ich sie am Abend zu Hause anrufen sollte. Als ich sie erreichte, klang sie so, als ob sie schon seit einer Woche nicht mehr gelacht hätte.

»Ich habe gar nichts finden können«, gab sie misslaunig zu. »Bobby wird enttäuscht sein. Ich hasse es, wenn ich Big Daddy enttäusche.«

Bobby würde enttäuscht sein? Was war denn mit *moi*? »Sind Sie sicher?«, fragte ich. »Haben Sie alle Tillman-Fälle durchgecheckt?«

»Ich habe alle Fälle im Wake County aus den letzten fünfzehn Jahren eingesehen«, sagte sie. »Nicht nur die von Tillman. Ich habe eine Suche gestartet nach allen Fällen, bei denen Polizisten aus Durham involviert waren, aber mit Ausnahme von Roy Taylor gibts da nicht viel.«

»Ich war mir so sicher, dass da was zu finden sein würde«, sagte ich enttäuscht.

»Haben Sie mal versucht, in den Akten von Durham County nachzusehen?«, schlug die Frau hilfreich vor.

»Aber Tillman war doch Richter in Wake County«, sagte ich.

»Es gehört zur politischen Praxis, die Richter alle paar Jahre für ein paar Monate in den Nachbarbezirk zu versetzen«, erklärte sie. »Auf diese Weise werden die Richter nicht allzu bequem und können nicht hoffen, dass sie immer nur die gleichen Fälle kriegen.«

»Sie machen Witze«, sagte ich. »Tillman hat bei Verfahren in Durham County den Vorsitz geführt?«

»Absolut«, sagte sie. »Vielleicht finden Sie Ihre Antwort dort.«

Vielleicht tatsächlich! Und jetzt hatte ich mehr als nur einen nebulosen Haufen Polizisten aus Durham, an den ich mich halten konnte. Wenn ich mich in das Computersystem von Durham County einklinken könnte, würde ich eine Suche nach allen Fällen von Tillman starten, bei denen Polizisten mit den Namen George Washington Carter, Pete oder Steve aufgetreten waren. Besser noch, ich würde zunächst einmal das Namensregister der Polizei nach möglichen Nachnamen durchsuchen. Ich kannte da jemanden, der mir helfen konnte.

Trotz meines schmerzenden Körpers – oder auch wegen ihm – brauchte ich jetzt einen Drink. Ich rief Jack zu Hause an, aber niemand hob ab. Ich ließ es drauf ankommen und fuhr eigenhändig hinaus zu McLaine's. Der Schuppen war leer und ein gelangweilt aussehender Jack versah seinen Dienst hinter der Theke.

»Ich dachte, heute ist dein freier Abend?«, sagte ich.

»Nichts anderes zu tun«, murmelte Jack. »Und Timmy wollte frei haben.«

»Hast du etwas gehört über die Sache, von der wir letztes Mal gesprochen haben?«, flüsterte ich.

Jack ließ seine Stimme zu einem übertriebenen Gewisper herabsinken. »Meinst du die Drogen- oder Korruptionsskandale, in die Roy Taylor oder sonst ein Polizist aus Durham verwickelt war? Nein, kein Wort.«

»Tut mir Leid«, sagte ich mit normaler Stimme. »Ich bin gerade ein bisschen sehr paranoid drauf. Mit gutem Grund.«

Er kniff die Augen zusammen und besah sich mein Gesicht. Jetzt erkannte er, was ich versucht hatte, unter dem Make-up zu verstecken. »Kein Wunder. Was zum Teufel ist mit dir passiert?«

Ich erzählte ihm von der Verfolgungsjagd, während er mir einen Drink spendierte.

»Das klingt aber nicht gut, Casey. Das wächst sich zu einem schlagenden Fall aus.«

»Stimmt«, musste ich einräumen. »Jetzt schau ich mich immer um, wenn ich wo hingehe. Glaubst du, es ist dieser Verrückte?«

»Tony? Kann sein.« Er dachte darüber nach. »Ich kann mich ja mal umhören.«

»Das wäre lieb. Und ich habe noch einen Gefallen, um den ich dich bitten muss.«

»Was immer.« Er stützte sich breit über die Bar, mit einem lüsternen Hecheln.

»Guter Hund. Platz«, sagte ich zu ihm. »Ich kann nicht mal niesen, so sehr tut mir alles weh. Nichts ist mit horizontalem Hokuspokus.«

»Kein Problem«, sagte er. »Ich schaue dich einfach nur gerne so an, mit einem geilen Blick. Du bist eine der wenigen Frauen, die das zu schätzen wissen.«

Ich nahm das mal als Kompliment. »Kennst du den Barmann drüben beim Lone Wolf?«, fragte ich. »Es ist eine Cop-Bar, wenn man die Abzweigung von der I-85 runter fährt, in der Nähe vom Starlite Drive-in.«

»Sicher«, sagte Jack. »Ihm gehört der Schuppen. Der war früher selber Cop, aber er hing allzu gerne auf der falschen Seite der Bar herum, bis er ein öffentliches Sicherheitsrisiko wurde. Dann ist er ausgestiegen und hat sich die Bar gekauft. Ist ungefähr zehn Jahre her. Er arbeitet selber hinter der Theke, manchmal stellt er eine Hilfe ein, an Abenden, wos hoch hergeht, oder am Wochenende. Musst du ihn was fragen?«

Ich nickte. »Ja. Kannst du das arrangieren?«

»Klar. Wir haben ein paarmal miteinander noch einen gekippt, nach der Arbeit. Du kennst das, Barmänner hängen mit einander herum, um Freundschaftsbande zu knüpfen, dieses ganze Ritual.«

»Na, danke.« Ich süffelte an meinem Drink. »Gott, mir tut alles weh. Ich komme mir vor, als wäre ich gerade aus dem Rodeo rausgeflogen.«

»Ich könnte früher dicht machen und dich für eine Fußmassage mit nach Hause nehmen.«

Ich überlegte mir das Angebot. »Die Sohlen meiner Füße sind

möglicherweise der einzige Teil meines Körpers, der nicht saumäßig wehtut.«

»Okay«, sagte Jack. »Dann ist das ja geritzt. Ich mache dich leicht betrunken, dann kannst du ins Bett kriechen und dich zurück legen. Ich öle und liebkose deine Füßchen.«

»Du bist ein Heiliger«, sagte ich. »Ganz ehrlich.«

»Hey«, sagte er. »Dazu hat man schließlich Freunde.«

10

Wenn ich mich tief in die Innereien des Durham Police Departments hinein wühlen muss, dann eile ich – wohin wohl sonst? – auf die Herrentoilette im dritten Stock, um auf meinen Kumpel Marcus Dupree zu warten. Es dauert nie allzu lange, bis er auftaucht. Marcus hat so ein Ding mit Herrentoiletten laufen. Genauer, mehrere. Zum einen lassen seine schwuchteligen Manierismen Liberace wie ein Flintenweib aussehen. Der gekachelte Raum ist vielleicht sein einziger Zufluchtsort im Stadtzentrum von Durham, wo er ohne fragende Blicke einfach nur er selbst sein kann. Zum andern ist Marcus eine männliche Tippse, umringt von lauter unterbezahlten Frauen und humorlosen Polizisten. Das macht ihn zum Fremden in einem sehr fremden Land. Ich denke, er fühlt sich am sichersten in einem kleinen Kabüffchen, umgeben von vier Holzwänden. Und zu guter Letzt ist Marcus auch noch Kettenraucher – er bevorzugt Virginia Slims – und nicht einmal in North Carolina darf man heute mehr in öffentlichen Gebäuden rauchen. Anstatt aber vor dem Gebäude auf die Straße zu treten und sich die Worttiraden der geistigen Tiefflieger anzuhören, die dort zur Befragung hereingeholt werden, inhaliert Marcus seine Glimmstängel lieber in der Intimität des Urinals.

Natürlich ist es nicht ganz so intim, wenn ich dort erscheine.

»Oh Herr, gib mir Kraft, Sie sind es, Miss Casey«, rügte er mich. »Müssen Sie sich so von hinten an einen heranschleichen? Sie werden mir vor Schreck noch einen Herzschlag verpassen.«

»Keine Sorge, wenn ich es nicht schaffe, *die* schaffen es bestimmt.« Ich deutete mit dem Kopf auf seine Zigarette.

Er fächelte schuldbewusst die Luft, und seine langen Finger liebkosten den Rauch. »Nun, Sie wissen ja, ich könnte es keine Minute mit diesen Leuten da drinnen aushalten, ohne meine regelmäßige Dosis Nikotin. Ach Mädel, die machen mich ja so nervös. Wenn es nicht die ganzen Bösewichter sind, die mich anstarren und sich dabei die Lippen lecken, dann sind es die neuen Rekruten, die mir mit ihren immer gleichen, abgelutschten Witzen kommen oder die Kälbinnen im Schreibbüro auf dem achten Stock, die ihre neidischen Blicke auf meine Garderobe werfen. Ich kann doch nichts dafür, wenn ich schlanker und hübscher bin. Wir brauchen ein kleines Programm zur Gewichtskontrolle. Das Gebäude wird bald einstürzen, wenn die nicht um die Mittagszeit ein wenig Zurückhaltung üben.«

»Nun, Marcus«, sagte ich ihm. »Wir können nicht alle Ihren Stoffwechsel haben.«

»Das stimmt.« Sein Gesicht strahlte auf. »Mich gibt es nur einmal.«

Wo er Recht hatte, hatte er Recht. Marcus war ein Original. Er kam aus einer der Südstaatenfamilien – und es gab viele davon – die nicht mal mit einem Gesichtsmuskel zuckten, wenn einer der ihren schon dem Mutterleib als Schwuchtel entstieg. Er war als einer aufgewachsen, der bei Familienfesten bei den Frauen saß, der so gute Napfkuchen backte wie die besten von ihnen, der gestickte Untersetzer gebügelt, Vorhänge gebleicht und die Kunst südlicher Gastfreundschaft erlernt hatte. Alles in allem war er in Frieden gelassen worden, um sich eben zu dem zu entwickeln, was immer zum Teufel er sein wollte.

Statt jeden Sonntag in die Kirche zu gehen und für seine homosexuelle Seele zu beten, hatte Marcus eine Mama und eine Herde Schwestern, die den Gottesdienst einzig zu dem Zweck aufsuchten, um dem Herrgott dafür zu danken, dass er ihnen einen solch wunderbaren Fürsorger geschenkt hatte. Und das mit Fug und Recht, denn Marcus war das älteste von zehn Kindern und zugleich der Mann im Haus. Er hatte bereits zwei kleine Schwestern und einen jüngeren Bruder durch die University of North Carolina gebracht und das Studium von zwei weiteren Geschwistern am Polytechnikum bezahlt. Er war zwar nur eine Schreibkraft, aber er würde dafür sorgen, dass der Rest der Familie Dupree auf einem fruchtbareren Humus Wurzeln schlagen konnte. Ich hoffte von Herzen, dass Marcus von einem anderen Menschen wertgeschätzt wurde.

Ich selber hätte ihn mir geschnappt, ohne lange nachzudenken, wäre da nicht die Tatsache gewesen, dass wir eindeutig in verschiedenen Mannschaften spielten.

Marcus kniff die Augen zusammen und betrachtete sich mein Gesicht. »Mädel, was immer es ist, wo Sie da drin stecken, steigen Sie aus. Kein Mann ist das wert«, riet er mir. »Seien Sie stark. Gehen Sie einfach durch die Tür hinaus. Legen Sie ein paar Gloria-Gaynor-Platten auf. Das gibt Ihnen die Kraft, die Sie brauchen.«

»Das ist nicht die Handschrift eines Lovers«, versicherte ich ihm. »Sie sollten mich besser kennen, das ist das Werk eines Feindes. Eines bisher unbekannten.«

Er berührte eine geschwollene Stelle mit den Fingerspitzen. »Da hat er aber mächtig zugeschlagen.«

»Sie wären ein guter Krankenpfleger«, sagte ich ihm. »Warum machen Sie nicht eine Weiterbildung?«

»Geld, Honigkind. Dinero. Und ich meine nicht Robert. Aber vielleicht später mal, wenn Humphrey, das ist Mutters Jüngster, mit dem College fertig ist.«

»Sie sind ein guter Mensch, Marcus«, sagte ich ihm.

»Was wollen Sie denn heute von mir, Miss Casey?«, fragte er, mit einem Seitenblick auf die Tür. »Wir machens besser schnell, denn Sergeant Bennett hat heute schon den ganzen Tag über Durchfall, und er kann jeden Augenblick wieder hereingeplatzt kommen und hier stöhnen und dröhnen. Ich muss schon sagen, das verdirbt das Ambiente doch beträchtlich.«

»Erinnern Sie sich an den Fall Roy Taylor?«, fragte ich. »Vor ungefähr acht Jahren?«

»Sicher«, sagte er. »Es war wie in dem Song über Frankie und Johnny. Er war ihr Mann, und er war schlecht zu ihr. Also hat sie ihn umgelegt.«

»Möglich«, sagte ich. »Aber ich glaube nicht, dass die Frau ihn wirklich erschossen hat. Bloß, wenn ich nicht ganz rasch an ein paar neue Beweise rankomme, wird der Staat ihr in ungefähr zwei Wochen eine tödliche Injektion verabreichen.«

Marcus schwieg, während er die Situation überdachte. »Sie sind doch eine Zynikerin, Miss Casey«, sagte er schließlich. »Wenn Sie nicht glauben, dass sie es getan hat, dann muss ich doch sagen, so Leid es mir tut, da hat man vielleicht die falsche Person da oben sitzen, in der Todeszelle?«

»Ganz recht«, sagte ich. »Und es ist ein Fehler, der sich nicht leicht korrigieren lässt, wenns erst mal passiert ist. Deswegen brauche ich Ihre Hilfe, um in den Unterlagen des Departments nachzusehen und mir ein paar Namen und Daten rauszusuchen. Ein Mann namens George Washington Carter hat in dem Verfahren als Zeuge ausgesagt. Ich denke, er war einer von Taylors Partnern. Sehen Sie doch mal nach, was Sie über ihn finden können. Außerdem muss ich wissen, wer sonst noch und in welcher Funktion, eng mit Taylor zusammen gearbeitet hat, insbesondere, falls die Namen Steve oder Pete lauten. Es tut mir Leid, aber ich habe keine Nachnamen für die beiden. Außerdem brauche ich auch noch ihre jetzigen Adressen.«

Marcus zog ein Gesicht, das leises Entsetzen markierte. »Das ist leicht zu beschaffen«, sagte er. »Aber wenn man mich erwischt, werde ich mich schwer tun, das zu erklären.«

»Ich weiß«, gab ich zu. »Ich gebe Ihnen fünfhundert Dollar. Mehr, wenn Sie mehr brauchen. Meine Klientin kann sich das leisten. Das ist ein ganz schönes Schulgeld für einen Ihrer kleinen Brüder.«

»Das ist es sicherlich«, pflichtete er mir enthusiastisch bei. »Und wann hat Marcus Dupree im Angesicht der Gefahr auch nur je mit einer falschen Wimper gezuckt?«

»Und was für Wimpern das sind«, fügte ich hinzu, und tätschelte seine glatten Wangen. »Ich könnte jemanden umbringen für diese langen, liebreizenden Wimperchen.«

»Sie wollen doch noch etwas anderes«, erriet er sofort. »Sie sind einfach zu nett.«

»Ich bin leicht zu durchschauen, nicht wahr?«, fragte ich, zutiefst enttäuscht.

Er nickte. »Aber das ist cool, Miss Casey. Es ist Ihr Stil. Also, nur zu, lassen Sie ihn für sich arbeiten.«

Ich ließ ihn. »Ich brauche ein Passwort, um in die Gerichtsdatenbank von Durham County reinzukommen. Ich muss Daten suchen und Gegenproben machen in Fällen, bei denen ganz bestimmte Personen involviert waren, so in den letzten zehn Jahren.«

»Sie meinen diese Leute, die ich für Sie heraussuchen werde?«

Ich nickte. »Sie kapieren schneller, als man sich Filzläuse einfängt, mein lieber Marcus. Habe ich schon erwähnt, dass ich Ihre Informationen noch heute Nachmittag brauche?«

»Nein, aber ich hatte mir fast gedacht, dass es darauf hinausläuft, bei dem Preis, den Sie zahlen.« Er lächelte. »Eiljobs sind meine Spezialität. Ich werde durch die Akten stöbern, wenn ich meine Mittagspause habe. Es achtet sowieso niemand auf mich. Es ist ja nicht so, als ob sich meine Kolleginnen darum prügeln würden, mich zu Elmo's Diner mitzunehmen. Wenn ich Glück habe, winken sie mir eben mal mit einem Sandwich. Ich rufe Sie also um eins an, mit dem was ich habe, und gebe Ihnen dann auch das Passwort des Gerichts. Dafür muss ich ein paar Anrufe tätigen, und es kann sein, dass ich mehr Geld brauche.«

»Kein Problem, ich bin bei mir im Büro.« Ich gab ihm eine Visitenkarte, die er sorgsam entgegennahm und in die Hintertasche seiner perfekt gebügelten Hose steckte. »Lassen Sie michs wissen, falls Sie etwas Kleingeld benötigen«, fügte ich hinzu.

»Miss Casey«, protestierte er, während er seine Locken im Spiegel überprüfte und an einer subtilen Korkenzieherkreation zog, die sich auf einer elegant geformten Augenbraue niederließ. »Es gibt nichts an mir, was sich mit Kleingeld bezahlen lässt. Das sollte Ihnen jetzt aber schon bekannt sein.«

Während ich auf Marcus' Rückruf wartete, verbrachte ich zwei Stunden im Büro damit, auf meinem guten alten Mac durch *News & Observer*-Artikel aus längst vergangenen Tagen zu stöbern. Ich fand nichts, was sich auf Gerichtsfälle in Durham bezog, bei denen

Peyton Tillman den Vorsitz geführt hatte. Aber das war zu erwarten. Ich hätte mehr Erfolg gehabt, wenn ich im Archiv des Durham Herald hätte wühlen können, aber dort hatte man geschmackloserweise bei der Aufstockung des Firmennetzes im letzten Herbst auch das Sicherheitssystem gewechselt, und ich hatte noch keinen Zugangscode. Als Rache dachte ich daran, mein Abo zu kündigen.

Marcus rief gerade rechtzeitig mit den Namen an, damit ich noch etwas anderes durchschnüffeln konnte.

»Haben Sie einen Stift zur Hand?«, fragte er mit gedämpfter Stimme. »Da riecht was fischig im Staate Dänemark, nur kommt der Geruch bestimmt nicht aus der Damenabteilung.«

»Ach ja? Was gibt es denn?«

»Ich erinnerte mich sofort wieder an George Washington Carter, als ich sein Karteifoto sah. Hoch gewachsen, ein gut aussehender Schwarzer mit einer gemeißelten, dreieckigen Nase, die aussieht, als gehöre sie einem Aztekengott. Die Farbe von Ebenholz und eine Haut, die keine Hilfe von Elizabeth Arden braucht, um zu glänzen. Er hat bei den Spielen der Durham Bulls früher immer die Security gemacht wegen der extra Kohle, und ich wusste nie, wo ich hinsehen sollte. Zu ihm oder zum nächsten knackigen Baseballspieler.«

»Was meinen Sie mit früher? Macht er das jetzt nicht mehr?«, fragte ich.

»Er ist abwesend ohne Erlaubnis«, erklärte Marcus. »Vermisst, er wird als inaktiv geführt. Aber ich habe mich erkundigt. Er ist vor zwei Monaten verschwunden, und keiner hat ihn seither gesehen. Hat eine schwangere Frau sitzen lassen. Man versucht, es totzuschweigen, weil es kein gutes Licht auf die Abteilung wirft. Ich erinnere mich an Gerüchte, dass ein Cop schwul geworden ist und seine Familie verlassen hat, um das wilde Leben in San Francisco auszukosten, oder so ähnlich. Ich glaube, die müssen ihn damit gemeint haben.«

»Bockmist!«, sagte ich. »Gerade Sie hätten doch gemerkt, ob er schwul ist, so neugierig wie Sie sind.«

»Das allerdings«, pflichtete Marcus mir bei. »Und bei dem Gesicht hätte ich mich bestimmt als Erster in der Reihe aufgestellt.«

»Geben Sie mir seine letzte bekannte Adresse.«

Marcus ratterte die Daten herunter – es war eine Nummer auf der Northgate Mall.

»Es kommt noch mehr«, sagte er. »Ein Mann namens Pete Bunn arbeitete mit Taylor zusammen. Vierschrötiger Kerl, älterer Jahrgang, ein Weißer. Ich kannte ihn nicht. Hat fiese Augen auf dem Foto, wie ein altes Warzenschwein. Ging vergangenen Monat in den Ruhestand.«

»Ruhestand?«, fragte ich. »Wie alt war er denn?«

»Ich wusste, dass Sie mich das fragen würden«, stellte Marcus befriedigt fest. »Also habe ich ein wenig herumdetektiert. Er war achtundfünfzig.«

»Also älter als die Knaben sonst sind, wenn sie die Truppe verlassen«, merkte ich an.

»Das stimmt«, sagte Marcus bedeutsam. »Aber in diesem Fall war der Zeitpunkt etwas merkwürdig.«

»Sie meinen merkwürdig genug, um den Verdacht aufkommen zu lassen, er sei zwangspensioniert worden?«, fragte ich. »War denn da was in seiner Akte, was auf krumme Touren hinweist?«

»Nein«, sagte Marcus. »Seine Akte ist sauber. Aber bei wem ist sie das nicht? Ich denke nur, sein Rückzug war ein wenig plötzlich. Wenn er noch ein paar Monate länger, bis zum Juni, ausgehalten hätte, wäre ihm ein zusätzliches Dienstjahr angerechnet worden und seine Pension entsprechend gestiegen. Also, irgendwas ist da faul im Staate Dänemark.«

»Gute Arbeit. Und wer zum Geier ist jetzt dieser Steve?«

»Also«, sagte Marcus bedächtig. »Es gibt massenweise Steves und Stevens im Department. Sie kennen ja die Frauen hier im Süden. Keine Fantasie, wenn es darum geht, ihren Kindern Namen zu geben. Aber der, den Sie wollen, ist ein gewisser Steven Hill, da bin ich mir ziemlich sicher.«

»Nur weiter«, sagte ich und dachte, der Name kommt mir doch irgendwie bekannt vor?

»Es gibt einen guten Grund, warum ich das sage«, erklärte Marcus. »Die Personalakten zeigen, dass alle drei Männer mit Roy Taylor zusammen gearbeitet haben, damals, in den guten, alten Zeiten. Jetzt wirds ein bisschen kompliziert. Konnten Sie mir bis hierher folgen?«

»Wie die Zecke dem Hofhund«, versicherte ich ihm.

»Alle drei Männer arbeiteten mit Roy Taylor als Streifenpolizisten im Bezirk Durham Südwest. Eine ziemliche fertige Gegend. Ich persönlich würde mich dort niemals bei Nacht hinauswagen, ohne ein ganzes Rudel Rottweiler an meiner Seite. Als die Situation immer schlimmer wurde, als erst das Kokain und dann Crack aufkam, stellte das Department eine spezielle Einheit auf, die das Drogenproblem in ganz Durham unter Kontrolle bringen sollte. Sie können sich vorstellen, was für ein Erfolg das war.« Er schnüffelte angewidert. Kein einziges von Marcus' zahlreichen Geschwistern hatte es jemals gewagt, sich Drogen reinzuziehen. Der Grund dafür war ihr großer Bruder. Marcus war ein sanftmütiger Mensch, aber er hätte ihnen von hier bis Tallahassee in den Allerwertesten getreten, wenn sie auch nur ans Inhalieren gedacht hätten.

»Und lassen Sie mich raten. Die drei Männer waren alle bei dieser Spezialeinheit?«, fragte ich.

»Sie sagen es. Gemeinsam mit Roy Taylor. Aber sie waren nicht lange in der Einheit zusammen, bevor Roy getötet wurde. Weniger als ein Jahr.«

»Was passierte mit ihnen nach Roys Tod?«, hakte ich nach.

»Die übrigen drei blieben noch eine Weile zusammen, aber Ihr George Washington bat um eine Rückversetzung zum Streifendienst. Verstehen Sie, es passiert nicht oft, dass jemand eine Beförderung rückgängig macht.«

»Vielleicht arbeitet er lieber mit den Händen?«, mutmaßte ich.

»Bei mir kann er jederzeit mit den Händen arbeiten.«

»Aber erst müssen wir ihn mal finden.«

»Man wird doch noch träumen dürfen, oder? Jedenfalls, die übrigen zwei Polizisten aus der Einheit, Bunn und Hill, wurden einem der speziellen Einheiten, einem Crime Area Target Team zugeteilt, als man in den Neunzigerjahren anfing, das Department umzukrempeln. Die CAT-Teams hat man sie genannt. Ist das nicht himmlisch? Ich habe vorgeschlagen, dass sie schwarze Katzenkostüme tragen sollten, die zum Thema passten, aber niemand hat die Idee aufgegriffen.«

»Wahrscheinlich zu teuer«, tröstete ich ihn.

»Das CAT-Team mit Hill und Bunn konzentrierte sich auf einige der delikateren Gegenden von Durham und streifte bei Nacht umher, wo es jeweils nötig war. Sie arbeiteten in den harten Drogengegenden, bis Bunn vor vier Jahren in die Abteilung für Wirtschaftskriminalität wechselte. Hill kam in die Zentrale, wo er ziemlich rasch aufgestiegen ist, für einen Weißen. Er ist jetzt Captain, und arbeitet in der Abteilung für Berufsethik. Die meinen, das klingt besser als Innenrevision, aber es ist das Gleiche. Eine gute Stelle, im Moment, es gibt reichlich Arbeit.«

Das war echt eine Untertreibung. Eine ganze Serie von Katastrophen im Bereich der Imagepflege hatte das Durham Police Department in den letzten zehn Jahren heimgesucht. Alle ohne näheren Zusammenhang, aber trotzdem eine unaufhörliche Folge. Gute Cops waren von Tag zu Tag mehr demoralisiert, weil die Handlungen ihrer weniger ehrlichen Brüder in Blau sie der öffentlichen Lächerlichkeit preisgaben. Die Geschichten waren scheinbar endlos. Ein betrunkener Sergeant, der nach Dienstschluss Schüsse auf eine kleine alte Dame abgab, weil sie ihm an einer Ampel aus Versehen hinten reingefahren war. Ein Polizist am Notruftelefon, der über die Leitungen des Departments Drogen vertrieb. Streifenpolizisten, die ihre Verdächtigen bereits grün und blau geschlagen zum Verhör heranschleppten. Eine Reihe höherer Polizisten, die den Dienst quittierten, weil sie ihre Mitarbeiterinnen sexuell belästigt hatten, andere wegen Entgegennahme illegaler Bezahlungen oder wegen allen möglichen Interessenkonflikten. Fehlte bloß noch, dass sie einen

Prostituiertenring von der Zentrale aus leiteten. Wenn es eine Möglichkeit gegeben hätte, sie mit Kreditkarten zu bezahlen, wären sie da sicher auch dabei gewesen. Der neue Stadtdirektor von Durham hatte unlängst einen neuen Polizeichef eingestellt, dem es ernst zu sein schien damit, im Department aufzuräumen. Er würde noch sturer sein müssen als ein Maulesel vor der Futterkrippe, wenn er Erfolg haben wollte.

»Um die Wahrheit zu sagen«, unterbrach Marcus meine Gedanken. »Ich bin überrascht, dass dieser Hill es bereits zum Captain geschafft hat. Wo er doch ein Weißer ist. Und noch dazu nicht mal einer von den Collegejungs. Natürlich sieht er aus wie einer von denen, mit seinem teuren Haarschnitt und was nicht alles.«

Steven Hill. Der Name kam mir bekannt vor, aber ich kam einfach nicht drauf, woher. Der Unfall hatte mir schlichtweg die Holzwolle aus dem Hirn gepustet. Vielleicht hätte ich doch lieber die achtundvierzig Stunden zur Observierung im Krankenhaus bleiben sollen.

»Sie sind ein Genie«, sagte ich zu Marcus. »Und was ist mit den Adressen von den beiden?«

Pete Bunn hatte sich auf eine Farm in Chatham County zurückgezogen, und Steven Hill wohnte in einer neuen Wohngegend, unweit der Bundesstraße 15-501, eine dieser Modellsiedlungen wo alle Häuser sich so ähnlich sehen, dass man die Adresse immer doppelt nachchecken muss, wenn man in eine Hauseinfahrt reinfährt. Es war eine feinere Gegend, weil sie näher bei Chapel Hill als bei Durham lag, und das machte sie auch teurer. Kollegen verpfeifen – das lohnte sich offenbar.

»Ich will mein Glück ja nicht überstrapazieren«, sagte ich zu Marcus. »Aber wie stehts mit dem Passwort, das ich brauche, um mich in die Gerichtsakten von Durham einzuloggen?«

»Wann hat Marcus Sie jemals enttäuscht?«, fragte er. Er las mir etliche Telefonnummern und eine Reihe von Zugangscodes vor. »Das kostet Sie zweihundert Dollar extra. Tut mir Leid. Meine Quelle wurde ein wenig gierig. Sie will unbedingt ein neues Cabrio im Sommer, und ich sagte ihr, wir würden ihr die nach ihrem Wunsch getönte Windschutzscheibe als Extra zahlen, aber das wäre auch schon alles.«

»Das haben Sie gut gemacht«, lobte ich ihn. Ich versprach, bald mit der Kohle bei ihm zu Hause vorbeizuschauen, legte dann auf und machte mich an die Arbeit. Ich machte mir keine Sorgen, beim Hacken erwischt zu werden. Viele der größten Rechtsanwaltskanzleien im Forschungsdreieck zahlten sich dumm und dämlich, um direkten Zugang zum neuen computerisierten System der Gerichtsakten zu erlangen. Ich würde einfach nur eine weitere Anwaltsgehilfin sein, die im Cyberspace herumstocherte. Ich erkannte sogar eine der Telefonnummern, die Marcus mir gegeben hatte. Sie routete mich als Vorsichtsmaßnahme durch die größte Anwaltskanzlei in Durham, bevor ich mich in das eigentliche System bei Gericht einklinkte. Falls sich jemand über meine Online-Anwesenheit wundern sollte, würde er einfach annehmen, einer seiner Bonzenpartner sei gerade dabei, wie üblich seine sechshundert Dollar pro Stunde zu verdienen. Mir gefiel die Ironie der Situation, weil eben diese spezielle Kanzlei mich einmal um eine völlig legitime Rechnung für einen völlig zufrieden stellend erledigten Auftrag geprellt hatte. Vielleicht sollte ich Ihnen eine Fuhre Kinderpornos ins Firmennetz einschleusen und dann den FBI alarmieren, nur so zum Spaß.

Ich brauchte den ganzen Nachmittag, um die Akten ausfindig zu machen, die ich suchte. Peyton Tillman war tatsächlich während seiner Amtszeit auf der Richterbank durch das ganze Gerichtssystem von Durham County rotiert. Er hatte ein paar Veruntreuungs- und Unterschlagungsfälle verhandelt, eine Kindesentführung und einen politisch brisanten sexuellen Übergriff durch den ärztlichen Leiter im Duke Hospital. Aber Drogenfälle hatten den Hauptanteil seines Gerichtskalenders gefüllt. Was kann ich sagen? Durham war eben mehr als nur die Stadt der Medizin.

Ich fand meine Spur zu Roy Taylor und seinen Teambrüdern als ich tiefer in Richter Tillmans Verhandlungsprotokollen herumstocherte. Kurioserweise setzten sie erst nach Roy Taylors Ableben ein. Seine früheren Kollegen waren als Zeugen oder als diejenigen, die die Festnahmen durchgeführt hatten, aufgerufen, und die meisten Fälle schafften es gar nicht bis zur Verhandlung, und oft ging es nur um die Untersuchungsverfahren. Die Fälle waren oft auf Strafanträge wegen eines Deliktes mit einem geringeren Strafrahmen herunter verhandelt worden. Oftmals, so schien es mir, waren die Beschuldigten wirklich ausgesprochen glimpflich davongekommen und hatten ein äußerst mildes Urteil abgekriegt. Wie jemand, der mit einem Kilo Kokain und den Utensilien zur Weiterverarbeitung erwischt wird, dann mit Anklage wegen geringfügigem Vergehen verfolgt wurde und dann mit einer Verurteilung wegen einfachem Besitz fast ungeschoren davonkommen konnte, war mir unerfindlich. Bei solchen Standards musste man schon ein kolumbianischer Großdealer sein, um überhaupt einmal eingelocht zu werden. Ich wollte wissen, warum.

Danach suchte ich nach Fällen, in die beliebige andere Richter und Roy Taylors Kollegen involviert waren. Davon gab es reichlich. Wenn ich nicht persönlich in meiner Jugend eine Anklage wegen Kokainbesitz abgekriegt hätte – und gezwungen gewesen wäre, die Nuancen der unterschiedlichen Gesetzgebung auf Staats- und Bundesebene kennen zu lernen, die damit verbunden waren – dann wären mir möglicherweise einige der subtilen Feinheiten entgangen, die aus den Protokollen hervorgingen. Aber ich vergaß nie eine Lektion, wenn ich sie einmal gelernt hatte. Als der Nachmittag sich seinem Ende zuneigte, glaubte ich die Antwort zu kennen. Irgendwo saß irgendwer und drehte krumme Dinger. Beweismittel verschwanden, Zeugen widerriefen ihre Aussagen oder ihre Erinnerungsfähigkeit wurde bald heimgesucht von nebulosen Schwächeanfällen vor Gericht. Aus welchen Gründen auch immer hatten Staatsanwälte vor haltlosen Anklagen und sich auflösenden Fällen gestanden und waren gezwungen einen Handel mit der Verteidigung zu akzeptieren, bei dem ihnen die bösen Buben von der Schippe hüpften. Ich fragte mich, ob wohl alle vier in dem Team krumme Hunde waren. Die meisten Verhandlungen waren nach Roys Tod über die Bühne gegangen. Wenn also Roy ein schmutziger Cop war, dann war er bestimmt nicht der Einzige. Hatten von den Übrigen alle drei Dreck am Stecken? Oder nur der eine oder andere? Oder stank überhaupt gleich das gesamte Durham Police Department zum Himmel wie eine Jauchegrube im Hochsommer?

Kein Wunder, dass Richter Tillman gemeint hatte, er bräuchte mehr Beweise, bevor er damit vor die Öffentlichkeit trat. Mir ging es genauso.

Ich dachte daran, Bill Butler um Hilfe anzurufen.

Das war der Moment, als ich mich erinnerte, wo ich den Namen Steven Hill schon einmal gehört hatte. Bei Peyton Tillmans Begräbnis. Er war der gut aussehende grünäugige Fremde, der die Frauen mit seinen Blicken auszog. Kein Wunder, dass Bill uns getrennt halten wollte. Und wie reizend von Bill, mir den wirklichen Status seines Begleiters vorzuenthalten. Es war eindeutig Zeit, ihn anzurufen und ihm meinen besonderen Dank auszusprechen.

Als Erstes einmal weigerte sich die Verwaltungsangestellte, die den Hörer abnahm, mein Gespräch durchzustellen. Als ich ihr aber schwor, dass ich ihr den Kopf abreißen und Feuer in ihren Hals spucken würde, wenn sie nicht sofort das tat, was ich von ihr verlangte, hatte sie einen unerwarteten Meinungsumschwung. Manchmal brauchen die Leute eben einfach nur einen gewissen Anreiz.

»Nett von dir, Casey«, sagte Bill. »Erst lässt du mich sitzen, und dann bedrohst du ein armes Mädchen, das keine zwei Jahre aus dem College heraus ist.«

»Heb dir das für später auf«, sagte ich. »Nummer eins, ich war Freitag Nacht im Krankenhaus dank diesem Menschen, von dem ich mir deiner Meinung nach nur einbilde, dass er mich durch die ganze Stadt verfolgt. Danke übrigens für die Karte und die Blumen. Es war so nett, nach Hause zu kommen und deinen aufmunternden Anruf zu hören.«

Es folgte ein Schweigen. »Das wusste ich nicht«, sagte er.

»Anne Morrow wusste es«, warf ich ein.

Es folgte ein weiteres Schweigen. »Detective Morrow lässt sich nicht gern in die Karten schauen«, sagte er. »Wenn es keinen Grund gab, mich zu informieren, hat sie es eben unterlassen.«

»Aber du wusstest, dass Steven Hill einer von Roy Taylors Kollegen war, oder nicht?« fragte ich. »Bloß dass du diese Information vor mir geheim gehalten hast, sogar noch, als ich dich bat, mich mit jemandem zusammenzubringen, der ihn gekannt hatte.«

»Tillmans Begräbnis war weder der Ort noch die Gelegenheit, wo du Taylors alte Partner ausfragen konntest«, sagte Bill. »Die Welt dreht sich nicht um dich und deine Fälle, auch wenn ich weiß, dass dir diese Einsicht wie ein Blitz aus heiterem Himmel vorkommen muss. Steven Hill und Tillman haben gemeinsam in Vietnam gedient. Er war dort, um einem Toten Respekt zu erweisen. Nicht, um deine Fragen zu beantworten.«

»Was geht hier eigentlich vor?«, begehrte ich auf. »Seid ihr beiden jetzt Arschfreunde geworden, oder was?« Okay, ich gebs zu, das war grob, aber ich hatte meinen Dachschaden weg, seit ich auf dieser dunklen Straße von dem anonymen Pick-up herumgeschleudert worden war. Und überhaupt hätte Bill ruhig ein bisschen Mitgefühl mit meinem armen, zerschlagenen Körper zeigen können. Dass er sich richtig Sorgen machte, hatte ich ja gar nicht erwartet. Das war wahrscheinlich ein zu gewagtes Spiel für sein mühsam austariertes männliches Ego.

»Bei dir dreht sich auch nur alles um Sex, was?«, schoss Bill zurück. »Dein Gehirn ist absolut im Gully.«

»Wenigstens habe ich noch eins«, entgegnete ich. »Und ich benutze es gelegentlich sogar. Entschuldige, falls ich dich beleidigt habe. Aber sag mir eines: Warum musst du Steven Hill davor beschützen, mir ein paar einfache Fragen zu beantworten?«

Das Schweigen, das auf diese Bemerkung folgte, machte mich nervös, ich gebe es zu. Als Bill endlich sprach, sagte mir sein Tonfall, dass unsere Freundschaft nie mehr die gleiche sein würde. »Weil Roy Taylor ein schmutziger Cop war«, sagte er. »Und ich würde es seiner Familie gerne ersparen, dass sie das erfährt. Okay?

Sie haben bereits ihren Sohn verloren, bald werden sie von all den ach so mitfühlenden Liberalen Dresche beziehen, weil an Gail Honeycutt die Todesstrafe vollzogen wird. Ich denke, mehr muss eine Familie wirklich nicht durchmachen, meinst du nicht?«

»Wer sagt denn, dass Roy Taylor ein schmutziger Cop war? Steven Hill?«

»Wer sonst kennt die Wahrheit?«, konterte Bill. »Das ist schließlich sein Job.«

Was für ein Idiot. Bullen halten so lange zusammen, bis der eine gegen den andern die Waffe zieht. Und selbst dann werden sie sichs dreimal überlegen, bevor sie zurückschiessen. Und da sagt man, Frauen sind übermäßig loyal. Wir schaffen es zumindest, die zwei Gesichter von einem Kerl zu durchschauen, wenn wir sie sehen.

»Ist dir jemals der Gedanke gekommen, dass vielleicht Hill der krumme Hund ist?«, fragte ich. »Und bitte sag mir nicht, dass ihr so gute Freunde seid und dass du es merken würdest, wenn es so wäre.«

»Wir sind nicht besonders gut befreundet«, sagte Bill steif. »Ich habe ihn auf einer Konferenz kennen gelernt. Aber wenn er ein schmutziger Cop ist, dann fresse ich meine Dienstmarke. Mensch, Casey, der Mann ist schließlich in führender Position an Initiativen beteiligt, um die Korruption einzudämmen. Er ist so weit weg von der Straße und ihren Versuchungen, wie man nur sein kann. Und nicht zu vergessen, der Typ hat mehr Lametta dran als die Schaufenster von Macy's an Weihnachten.«

Ach, diese extravaganten Ex-New-Yorker, mit ihrer farbenfrohen Ausdrucksweise!

»Bill, benutz mal deinen Kopf«, flehte ich ihn an. »Wann hat Hill dich angerufen, um eure oberflächliche Bekanntschaft wieder aufzufrischen? Nachdem ich den Fall übernommen hatte, oder? Er benutzt dich, um Informationen über mich einzuholen.«

»Das ist doch lachhaft«, sagte Bill. »Er wusste nicht mal, dass ich dich kannte, bis zu Tillmans Begräbnis.«

»Jeder weiß, dass du mich kennst«, informierte ich ihn. »Und die meisten Leute glauben, du bist –.« Ich hielt inne. Ich wollte nicht diese Tür aufreißen aus Angst, sie könnte mir wieder vor der Nase zugeschlagen werden. »Vergiss es«, sagte ich. »Aber die Leute sind sich sehr wohl bewusst, dass wir einander kennen. Du hast mein Wort drauf.«

»Ich glaube, du überschätzt dich«, sagte er. »Steven Hill hatte noch nicht einmal von dir gehört, als ich euch einander vorgestellt habe.«

»Unfug«, sagte ich. »Und ich will immer noch mit ihm reden. Sofort. Wenn du dich mir in den Weg stellst, werde ich noch sehr viel lauter reden, dann allerdings mit den falschen Leuten. Mit deinem Vorgesetzten und mit seinem auch. Und es wird nicht gut aussehen für dich, das verspreche ich dir.«

Er verschwendete keine Zeit mehr mit Diskussionen. »Ich werde ihn fragen«, sagte er. »Du bist echt beinhart, Casey.«

»Hey«, antwortete ich ihm. »Da könntest du Recht haben. Ich bin hart – und das ist gut.«

Die Streiterei mit Bill war Schwerstarbeit und durstfördernd. Ich brauchte einen Drink. Einen richtigen. Die Sorte, die ohne Papierschirmchen auskommt. Ich rief Jack bei der Arbeit an, um zu sehen, ob er an Gesellschaft interessiert war.

»Hier ist tote Hose«, sagt er. »Absolut nichts los. Aber ich habe Neuigkeiten für dich, denen du vielleicht nachgehen möchtest. Der Besitzer dieser Cop-Bar erwartet dich. Er heißt Johnny. Er sagt, er wird dir das Wenige erzählen, was er weiß. Außerdem habe ich was über die Polizei in Durham rausgefunden, aber es ist schon ein paar Jahre her.«

»Und? Was war da?«, fragte ich.

»Das Übliche, wenn man über Drogen quatscht. Verhaftungen, bei denen Geld und Ware verschwindet. Wo die Dealer meinten, sie hätten einen ganzen Batzen mehr Bares dabeigehabt, als sie verhaftet wurden, als jemals in den Berichten auftauchte. Beweismaterial, das verschwindet und dann wieder auf der Straße auftaucht. Solche Sachen.«

»Sind dabei auch Namen gefallen?«, fragte ich.

»Das nicht. Es war alles ganz hübsch unbestimmt, aber die Typen, die ich kenne, schienen zu glauben, an den Gerüchten sei was dran. Sie sagten, es hat aufgehört. Vielleicht weil die Innenrevision Druck gemacht hat. Bei der ganzen Medienaufmerksamkeit können sie sichs nicht mehr leisten, Scheiße zu bauen.«

Ich glaubte ihm. Jacks Quellen sind einwandfrei. Die Typen, die Jack kennt, das sind die Drogendealer, die nie verhaftet werden, weil sie gesellschaftlich akzeptable Drogen an gut situierte Weiße verkaufen, statt sich auf Straßenniveau mit Crack abzugeben. Ich kannte ihre Namen nicht und wollte sie nicht kennen. Aber ich glaubte Jack, als er sagte, er glaubte ihnen.

»Danke«, sagte ich. »Und wenn du mir verzeihst, dann hole ich mir den Drink diesmal im Lone Wolf.«

»Kein Problem«, sagte er. »Pass bloß auf bei diesem Johnny. Er verwässert die guten Sachen.«

Meinen Drink verwässerte er nicht. Der Besitzer des Lone Wolf servierte mir einen Tanqueray auf Eis, der stark genug war, um einen Toten scharf zu machen. Aber er war wesentlich weniger versessen darauf, mir Informationen aufzutischen. Ich nippte an meinem Glas, während er ein paar alten Stammgästen nachschenkte, die sich am anderen Ende der Bar systematisch in die Bewusstlosigkeit hinübersoffen. Johnny war ein Riese von Mann, an die eins neunzig, mit einem Quadratschädel und massiven Gliedmaßen. Es fehlten nur noch ein paar Sechskantschrauben am Hals, und er wäre fertig gewesen für seinen Halloween-Auftritt. Er muss Angst und Schrecken verbreitet haben, als er noch in Uniform durch die Straßen patrouillierte. Auch als Barkeeper war er immer noch ganz schön Furcht einflößend.

»Okay«, sagte er schließlich, nachdem die anderen Gäste alle glücklich versorgt waren und er mich nicht mehr länger übersehen konnte. »Ich habe Jack gesagt, ich würde Ihnen helfen, wenn ich kann, also erzählen Sie mir, worum es geht und ich werde sehen, was ich für Sie tun kann.« Seine Stimme war tief und grollend, wie ein Sturm, der am Horizont heranzieht.

»Sie erinnern sich an den Abend, als Roy Taylor umgebracht wurde?«, fragte ich.

»Wer erinnert sich nicht daran? Die Touristen kamen noch Monate lang her. Äußerst lästig, das Ganze. Es ist ja nicht so, als ob er der Erste gewesen wäre, der kalt gemacht wurde, nachdem er hier getrunken hatte. Cops, Knarren und Alk. Was erwarten Sie?«

Ich fragte nicht nach Details. Wenn der Lone Wolf nicht von vornherein eine Abfüllstation für Cops gewesen wäre, hätte man den Schuppen schon längst dicht gemacht.

»Was können Sie mir über den Abend noch erzählen?«, fragte ich.

Er saugte bedächtig an einem Zahnstocher und gewährte mir einen ausführlichen Einblick in seine massives, gelbes Gebiss. Ich hatte schon ein charmanteres Lächeln bei Mauleseln gesehen.

»Nicht viel«, sagte er. »Roy war besoffen wie ein Schwein und seine Alte noch schlimmer. Es war voll hier, und sie wurde immer zickiger, wenn es darum ging, ihren fetten Arsch davonzuheben. Roy versuchte, sie rauszuwuchten, und sie stieß zwei Stammgäste vom Hocker, dann fiel sie über einen Tisch vorne am Eingang und zerdepperte ein paar Flaschen und Gläser. Roy sagte, er würde die Rechnung später begleichen, aber dazu ist er ja nicht mehr gekommen. Ich habs dann einfach gestrichen.«

Wie großmütig von ihm, dem Nachlass von Roy Taylor eine wuchtige Schadenersatzforderung von fünfzehn Dollar zu ersparen. »Das ist alles?«, fragte ich.

Er zuckte mit den Schultern. »Sie waren blau. Sie haben sich gestritten. Sie sind weggegangen. Ende der Geschichte. Der Polizei habe ich das Gleiche erzählt.«

»Irgend jemand hat damals Gail Taylor einen Drink spendiert. Haben Sie eine Idee, wer das gewesen sein könnte?«

»Sie machen Witze, was?«, fragte er, und der Zahnstocher tanzte auf und ab. »Woher zum Teufel soll ich das wissen? Es war wesentlich mehr los an dem Abend als jetzt.«

Das glaubte ich ihm gerne, in Anbetracht dessen, dass ich bis auf die verstaubten Rentner auf der anderen Seite der Bar der einzige Gast war.

»Was ist mit George Washington Carter?«, fragte ich.

»Was soll mit ihm sein? Er hat die Erdnussbutter erfunden. Ich rühr das Zeug nicht an, das schlägt sich bei mir auf die Gedärme.«

»Carter«, sagte ich noch einmal, langsam und deutlich. »Nicht Carver.« Bei einer sozialen Kompetenz wie der seinen sollte er mit Leuten arbeiten, die im Koma lagen. »Das ist ein Polizist aus Durham, der vor zwei Monaten verschwunden ist. In der Nacht, als Roy Taylor starb, waren Carter und er vorher noch zusammen. Kennen Sie ihn?«

Er blickte mich verdrießlich an und suchte bei den Stammgästen nach Ablenkung. Aber die waren zu sehr damit beschäftigt, sich auf der Glotze Catchen anzusehen, um weitere Drinks zu bestellen.

»Kannten Sie ihn?«, hakte ich nach.

»Ja, ich kannte ihn«, sagte er endlich. »Einer von diesen schwarzen Typen, die glauben, sie seien weiß. Er hing immer hier rum mit Roy.«

Übersetzung: Entweder knauserte George Carter ganz extrem mit dem Trinkgeld oder aber, was wahrscheinlicher war, unser Lurch hier hatte was dagegen, dass ein Mensch farbiger Hautfarbe sich in seiner edlen Kneipe besoff, selbst wenn es sich dabei um einen Polizisten aus Durham handelte, der mit seinen bleicheren Brüdern gut Freund war.

»Haben Sie eine Idee, warum er verschwunden ist?«, fragte ich.

Lurch zuckte mit den Schultern. »Hörte, er schluckt jetzt Steaks aus der Tube, drüben in San Francisco.«

Charmant, der Mann. »Das ist schwer zu glauben«, sagte ich. »Er hatte eine schwangere Frau.«

Lurch zuckte wieder. »Na also. Hat seine Alte eben mit wem andern gepennt. Muss ja nicht heißen, dass er es war.«

Gott, steh mir bei, der Kerl fing an, mich zu nerven, und dabei hatte er noch nicht mal meinen Drink verwässert. »Wann haben Sie George Carter das letzte Mal gesehen?«, fragte ich.

»An dem Abend, bevor er verschwunden ist«, gestand er. »Er kam rein hier mit einem Typ namens Pete Bunn. Ein echter Arsch. Sie kippten ein paar, dann zogen sie ab.«

»Diese Bar ist so eine Art Kopfbahnhof für Cops, was?«, fragte ich. »Ihre Kunden neigen dazu, vorzeitig endgelagert zu werden oder zu verschwinden.«

»Schauen Sie, Lady, ich weiß nicht genau, was Sie mit dieser Anspielung sagen wollen, aber ich denke, ich habe jetzt für einen Abend genug Fragen beantwortet. Okay?«

Ich musste ihm beipflichten. Ich reichte ihm meine Karte und entlockte ihm das bedeutungslose Versprechen, dass er mich zurückrufen würde, falls einem der Stammkunden etwas einfallen sollte.

Ich verließ die Bar und hatte immer noch einen Drink genau so nötig wie am Anfang.

11

Am nächsten Tag hatte ich die Wahl. Während ich darauf wartete, dass Bill für mich einen Termin mit Steven Hill vereinbarte, konnte ich entweder George Washington Carters sitzen gelassene Frau aufsuchen, oder ich konnte versuchen, Pete Bunn aufzuspüren. Ich überließ es dem Wetter, die Entscheidung für mich zu treffen. Draußen war es warm und sonnig, und ich brauchte dringend Vitamin D. Meine armen ländlichen Knochen waren den ewigen Beton leid. Ich brauchte einen Ausflug nach Chatham County.

Bis zehn Uhr hatte ich das Weichbild von Chapel Hill hinter mir gelassen. Kiefernwälder umstanden den Highway 15-501 auf beiden Seiten, streckenweise unterbrochen durch Ackerland, das in der warmen Frühlingssonne allmählich grün wurde. Pete Bunn, der pensionierte Polizist aus Durham, der mit Roy Taylor zusammen gearbeitet hatte, wohnte nahe bei Pittsboro, einer ländlichen Kleinstadt, in die erst kürzlich ganze Schwärme von Töpfern, Künstlern und Bildhauern eingefallen waren, sehr zum Leidwesen der Einheimischen. Bunns Grundstück war nur durch einen Briefkasten mit einer Postfachnummer auszumachen und, wie nicht anders zu erwarten, verpasste ich die Einfahrt. Ich kehrte um, indem ich in die Abzweigung zur Pferdefarm nebenan zum Wenden einbog. Nichts und Niemand rührte sich, als ich mit Bobby Dees großem Wagen auf die Stallungen zu brauste.

Als ich auf die 15-501 zurückkehrte, fuhr ich nach rechts und folgte dann der langen Zufahrt, die sich über Hügel und um scharfe Kurven herum bis zu Pete Bunns Farm hinwand. Ganz offensichtlich legte er Wert auf ein ungestörtes Privatleben. Ich war mir nicht sicher, was ich sagen wollte, wenn ich vor seiner Tür aufkreuzte, aber ich war mir dreier Dinge wohl bewusst. Erstens, er gehörte zu den letzten Leuten, die, so viel ich wusste, sowohl Roy Taylor wie George Carter als Letzte lebend gesehen hatten. Zweitens, ich war dank des Büroeinbrechers unbewaffnet. Drittens, ich war kein bisschen in der Stimmung, eine Schusswunde auf die Liste meiner gegenwärtigen Verletzungen setzen zu lassen. Ich nahm mir vor, Bobby Dee demnächst zu fragen, ob ich mir eine seiner zahlreichen Schusswaffen ausborgen konnte.

Während ich weiter die staubige Zufahrt entlang rauschte, entdeckte ich, genau, als ich mich am höchsten Punkt einer Kuppe befand, unter mir in einem Talkessel ein weißes Farmhaus. Zugleich bemerkte ich einen kleinen Sandsturm, der sich auf mich zu bewegte. Ein Fahrzeug, das den Weg zur Hauptstraße zurück nahm. Ich drosselte automatisch meine Geschwindigkeit. Der Weg war nicht allzu breit, und wir würden vorsichtig aneinander vorbeifahren müssen. Aber das Fahrzeug vor mir beschleunigte zusehends, und wirbelte dabei so viel Staub auf, dass ich kaum seine Umrisse erkennen konnte, als es auch schon mit mir auf gleicher Höhe war. Im nächsten Augenblick schoss, mit lautem Motorengeheul und spritzendem Sand, ein dröhnender Blechblitz an mir vorüber, sodass ich, völlig blind, gezwungen war, eilends auf die Grasnarbe auszuweichen. Als ich zurückblickte, konnte ich durch die Staubwolke hindurch eben noch die roten Heckleuchten ausmachen. Dann hatte das Fahrzeug die Anhöhe erreicht und verschwand aus meinem Blickfeld.

Jeder normale Mensch hätte die Situation erfasst und wäre umgekehrt. Ich aber nicht. Ich fuhr weiter bis zum Farmhaus und brachte das breite Fahrgestell des Cutlass im Vorhof neben einem weißen Chevrolet Impala zum Stehen. Ich wummerte gute drei Minuten lang an die Eingangstür, ohne dass sich etwas tat. Okay, dachte ich. Wenn das Pete Bunn war, der da an mir vorbeigezischt war, dann war er mächtig spät dran gewesen für eine wichtige Verabredung. Wie auch immer, es war niemand zu Hause, und das hieß, ich konnte frei herumschnuppern.

Aber was sollte ich machen, wenn er zurückkam und mich auf seinem Grundstück rumschnüffelnd antraf? Unbefugtes Betreten war ein todsicheres Rezept, um sich die Zellulitis mit Blei versetzen zu lassen, und ich war nicht sonderlich darauf erpicht, einen Podex wie ein Rosinenbrötchen zu kriegen. Ich hatte eine bessere Idee.

Ich kurvte zurück zur Hauptsstraße, ohne einer Menschenseele zu begegnen, und stattete der Pferdefarm einen Besuch ab. Ein handgemaltes Schild erklärte sie zur Lazy-K-Ranch. Der Name war eine Untertreibung. Nicht einmal eine Libelle rührte sich in der Frühlingshitze. Ich folgte einem Pferdewiehern auf eine Weide hinter dem langen Schuppen, wo ich auf eine rundliche, grauhaarige Frau stieß, die soeben einen jungen Hengst bürstete. Sie stimmte zu, mir eine übergewichtige Schindmähre zu überlassen, die so altersschwach aussah, als ob sie keine zwei Monate mehr von der Leimfabrik entfernt wäre. Voraussetzung wäre, meinte die Frau, dass ich den Unterschied zwischen Trab und leichtem Trott kannte. Ich war mir ziemlich sicher, dass mein Pferd an Asthma litt, aber ich erklärte mich bereit, zwanzig Dollar für ein paar Stunden zwanglose Geländeerkundung abzudrücken.

»Sie ist alt, aber tückisch«, erklärte die Besitzerin, während sie das Vieh sattelte und ihm das Zaumzeug anlegte. »Sie müssen die Zügel kurz halten, sonst versucht sie Tricks wie den hier.« Sie trat der Mähre in die Gedärme, woraufhin das raffinierte Tier mit lautem Knattern an beiden Enden die Luft aus seinem Bauch entweichen ließ. Der Sattel rutschte zur Seite nieder, wo er nur wenige Zentimeter vor einem plötzlich niederfahrenden Urinstrahl hängen blieb. »Verstehen Sie, was ich meine? Deswegen nennen wir sie das Biest, obwohl ihr wirklicher Name Beauty ist.«

Ich kam zu dem Schluss, dass Miss B. und ich prima miteinander klarkommen würden. Wir hatten eine Menge gemeinsam, nicht nur den Spitznamen.

Ich drehte mit ihr ein paar Runden unter dem skeptischen Blick ihrer Besitzerin und erhielt schließlich die Starterlaubnis. Es fühlte sich gut an, wieder mal im Sattel zu sitzen. Männer wollen immer wissen, warum Frauen so gerne auf Pferden reiten. Ich würde es ihnen ja liebend gerne verraten, aber es ist ein Staatsgeheimnis. Während ich auf einen nahe gelegenen Hügel zu ritt, wo Pete Bunns Grundstück an die Weiden angrenzte, fiel mir eine Geschichte ein, die ich einige Monate zuvor von einem Deputy aus

Chatham County gehört hatte. Angeblich waren vier Wanderarbeiter von einer Überwachungskamera in einer Scheune dabei aufgenommen worden, wie sie mit einer Stute auf einer Farm im Chatham County ihr sündiges Unwesen trieben. Drei der Männer hatten daraufhin die Stadt verlassen und waren schamesrot Richtung Grenze nach Süden getürmt. Der verbliebene Übeltäter musste sechs Monate im Gefängnis verbringen, wo eingekerkerte Pferdeliebhaber es ihm zweifellos heimgezahlt hatten. Ich hätte gerne gewusst, ob die Lazy-K-Ranch und Miss B. in dieser Szene verwickelt waren.

»Mi guapita«, flüsterte ich dem Pferdefräulein zu. Sie zuckte nicht einmal mit dem Ohr. Eindeutig nicht dasselbe Tier.

Pete Bunns Farm war von der Lazy K durch einen Maschendrahtzaun getrennt, der entlang seines Verlaufs über weite Strecken darniederlag. Das war ein Glück, denn ich glaube nicht, dass Miss B. über einen Kaninchenbau hätte weg hüpfen können, ganz zu schweigen über einen Zaun. Wir trotteten über das Drahtgeflecht hinweg, und als sie ein schönes, frisches Grasbüschel weiter vorne entdeckte, beeindruckte Miss B. mich, indem sie plötzlich Geschwindigkeit zulegte. Bald befanden wir uns tief im Inneren von Pete Bunns Gelände und ich hätte die passable Ausrede parat gehabt, dass ich mich verfranzt hatte, sollte er mich auf seinem Grundstück erwischen. Ich würde einfach sagen, dass es mir Leid tat und würde wie der maskierte Reiter mit »Hi, ho, Silver!« wieder zur Lazy K zurückgaloppieren.

Ich war mir nicht klar, wonach ich suchte, also fing ich mit dem Farmhaus selber an. Es lag noch immer verlassen da. Ich band Miss B. am Treppenaufgang zur Veranda fest und suchte dann nach einem Weg hinein. Pech gehabt. Die Türen und Fenster waren alle sicher verschlossen. Ich wollte nicht einbrechen, jedenfalls nicht, wenn ich dabei ein Fenster einschlagen oder andere eindeutige Hinweise auf meinen Besuch hinterlassen musste. Ich begnügte mich also damit, in das dunkle Innere hineinzustarren. Es war eine aufgeräumte, wenn auch wenig aufregende Heimstätte, mit vielen braunen Karos, mit Möbeln aus Kiefernholz, mehreren Fernsehgeräten und kunstlederbespannten Küchenstühlen. Das übliche Dekor für einen unverheirateten alten Cop.

Als ich zur Veranda zurückkam, stellte ich fest, dass Miss B. ihr eigenes Geschenk zur Hauseinweihung mitgebracht hatte. Eine beachtliche Leistung, wenn man bedenkt, dass sie dazu rückwärts die Treppen hochsteigen musste.

»Du bist eine sehr talentierte Lady«, sagte ich ihr und stieg wieder auf, um das Gelände weiter zu erkunden. Ich machte mir nicht die Mühe, hinter ihr her zu putzen. Was konnte Pete Bunn schon groß machen? Die Spurensicherung herbestellen, um die Rossäpfel zu analysieren?

Es war keine echte Farm mehr, nur ein kleines Haus neben einem bescheidenen Schuppen, in dem hauptsächlich Werkzeug aufbewahrt wurde. Der Rest des Anwesens bestand aus unzähligen Weiden, auf denen kein einziges Tier stand, von den Schmetterlingen mal abgesehen, die auf den unbearbeiteten Feldern umherschwärmten, und dem präparierten Hirschschädel mit Geweih, den ich durch eines der Fenster gesehen hatte. Vielleicht war Pete Bunn einfach noch nicht lange genug hier gewesen, um sich voll in seine Farm einzubringen.

Nachdem ich die leeren Felder inspiziert hatte, zog ich kreuz und quer durch den umgebenden Kiefernwald und entdeckte eine Lichtung, etwa einen halben Kilometer vom Haus entfernt. Man erreichte sie von der Zufahrtsstraße her über einen Weg, der kaum breit genug war für die kombinierte Rumpfbreite von Miss B. und mir. Auf der Lichtung befand sich auch eine improvisierte Müllhalde, etwa sechs Meter im Quadrat, wie man sie auf jeder Farm findet. Statt sich mit den Vorschriften der Umweltbehörde oder örtlichen Beschränkungen rumzuschlagen, ziehen es viele Landbesitzer vor, Müll, Gülle, tote Tiere, Altöl und allen möglichen Schund und Schrott an einer abgelegenen Stelle abseits der Wasserscheide zu deponieren. Wir hatten unseren eigenen Müllhaufen, als ich ein Kind war, und ich half mehr als einmal meinem Großpaps dabei, Kalk über den Leichnam eines gerade verendeten Tieres zu schaufeln.

Natürlich hielt Pete Bunn sich keine Tiere, und die Farm war auch kein funktionierender landwirtschaftlicher Betrieb. Was zum Teufel wollte er also mit einer Mülldeponie?

Ich stieg ab und untersuchte den Müllhaufen. Ich hob alte Federkernmatrazen hoch, schaute unter vermodernden Holzkisten nach, schob haufenweise trockene Zweige beiseite, ohne viel zu entdecken. Ich fand nichts, was sehr viel aufregender war als ein teilweise verbranntes Holzarbeiterhemd mit grünen und schwarzen Karos, das an einer alten Sprungfeder fest hing, und einen uralten Armeestiefel mit durchgeschimmelter Sohle. Das Hemd faszinierte mich, aber dann fand ich noch einen ganzen Haufen Wäsche und andere Kleidung, einschließlich Nachthemden und Frauenkleidern aus den Dreißigerjahren, und hielt es für wahrscheinlich, dass Pete Bunn seinen Dachboden entrümpelt hatte. Weiteres Suchen erbrachte ein paar alte Farmwerkzeuge, einen kaputten Babysitz, zerbrochene Blumentöpfe und einen kleinen Berg vergammelter Pecannüsse. Nichts, was einen aus den Latschen kippen lassen würde, außer dass ich Bedauern empfand bei dem Gedanken an so viele ungebackene Nusstörtchen. Ach, was solls, wenigstens hatte ich einen schönen Nachmittag mit einem nichtmenschlichen Biest verbracht. Es gab schlimmere Arten, die Zeit totzuschlagen. Ich hoffte, dass Pete Bunn ebenso unauffällig war wie seine Farm, und nahm mir vor, später noch mal zu einem persönlichen Gespräch vorbeizukommen.

Als ich so weit war, um nach Durham zurückzukehren, war es später Nachmittag und ich fühlte mich ausgeruht und energiegeladen genug, um das Interview mit der Frau des vermissten George Carter anzugehen. Seine Wohngegend war leicht zu finden.

Durham ist eine seltsame Stadt, was ihre Renovierungsprogramme betrifft. Wunderschön wieder hergerichtete historische Häuser stehen Seite an Seite mit baufälligen alten Arbeiterwohnungen, die von anonymen Immobilienhaien vermietet werden. Selbst die besten Wohngegenden sind nie mehr als ein paar Häuserblocks von den schlimmsten entfernt. Trotzdem schien es zu funktionieren, die guten und die schlechten so dicht nebeneinander zu haben. Durham war eine Stadt, die ihre Probleme nicht zu verstecken versuchte. Das war einer der Gründe, warum ich mich hier wie zu Hause fühlte.

George Washington Carter wohnte in einer grundsoliden Mittelklassesiedlung unmittelbar neben der Duke Street und etwa einen Kilometer vor der Abzweigung zur Bundesstraße I-85. Es war ein fünf Block breites Quadrat mit Ranchhäusern aus Ziegel, inmitten von rechteckigen, gepflegten Rasenflächen. Mit anderen Worten, es war die Art von Häuserviertel, wo die Leute am Sonntag Grillfeste feierten und einen mit argwöhnischen Blicken musterten, wenn man an ihren Gärten vorbeispazierte, besonders wenn sie einen nicht kannten. Es war keine Gegend, aus der man sich einfach abseilte, ohne vorher Bescheid zu sagen. Wohin in aller Welt hatte George Carter sich bloß abgesetzt?

Ein alter schwarzer Toyota war in seiner Auffahrt geparkt, also war jemand zu Hause. Das Glück war mir hold. Seine Frau öffnete die Tür, noch bevor ich den Finger auf den Klingelknopf setzen konnte.

»Gott sei Dank, dass Sie da sind. Ich bin schon spät dran.« Sie drückte mir ein dickliches braunes Baby in die Arme und rauschte an mir vorbei. Sie erreichte die Auffahrt ungefähr zum gleichen Zeitpunkt, als der kleine Wicht ein Gejaule ausstieß. »Er heißt George Junior«, rief sie mir zu. »Schütteln Sie ihn ein bisschen, dann hört er schon auf. Ich habe ihn gerade gefüttert und seine Windel gewechselt. Und ich habe etwas Milch für später abgepumpt. Die Flaschen stehen auf dem zweiten Regal im Kühlschrank. Ich arbeite heute Nacht in der Notaufnahme des Durham Regional. Rufen Sie mich im Krankenhaus an, falls es Probleme gibt. Ich unterschreibe Ihre Zeitbestätigung, wenn ich nach Hause komme.«

Ich blickte auf das Baby in meinen Armen. George Junior starrte unverwandt zurück, und seine dunklen, mandelförmigen Augen versuchten umsonst, mein Gesicht zu erkennen. Ich bin keine Expertin, was Kinder betrifft, aber dieser kleine Schnulli hier konnte kaum mehr als ein paar Monate alt sein. Sein Kopf rotierte an seinem Genick, als ob er mit einem Kugellager befestigt wäre. »Ich bin nicht Ihr Babysitter«, rief ich ihr nach, bevor sie davon sausen konnte.

Sie hastete zurück und schnappte sich ihr Ein und Alles, bevor ich eine Chance hatte, es zu kidnappen. Der Kleine hörte auf zu weinen, sobald er die Berührung seiner Mutter spürte. Ich bemühte mich, nicht beleidigt zu sein.

»Wer zum Teufel sind Sie?«, herrschte sie mich an und blockierte die Eingangstür mit ihrem dürren Körperchen. Für eine Frau, die gerade ein Baby zur Welt gebracht hatte, sah sie regelrecht verhungert aus. Ihre dunkle Haut konnte nicht die noch dunkleren Ringe unter ihren Augen verbergen. Ihr Kopf wirkte beinahe wie geschrumpft unter dem Mopp aus Perlen und Zöpfen, den sie oben drauf trug. Ihre Krankenschwesternuniform hing lose an ihr, als ob die Sorgen sie innerlich zerfressen hätten, während der Kleine sich von außen an ihr zu schaffen machte.

Vermutlich hatte ich allerhöchstens zehn Minuten, bis das richtige Kinderfräulein auftauchte. Ich musste schnell machen. Ich zückte meinen Ausweis der, strikt besehen, niemals legal gewesen war und es auch jetzt nicht wurde, auf den aber die meisten Leute außerhalb des Justizapparates reinfielen – und gab ihr eine kurze Zusammenfassung, warum ich da war. Sie hörte nur den Teil, den sie hören wollte.

»Sie versuchen, George zu finden?«, fragte sie, öffnete die Tür sperrangelweit und gestikulierte, dass ich eintreten möge. Alles Misstrauen verflog, während ihr Gesicht voller Hoffnung erstrahlte.

Ich hasste mich selbst dafür, dass ich die Ursache für den Optimismus in ihrer Stimme war. Wenn George nicht gefunden werden wollte, war es unwahrscheinlich, dass ich ihn finden konnte. Diese Sackgasse kannte ich schon. »So etwa«, erklärte ich. »Es ist alles Teil meiner umfassenderen Untersuchung der Umstände, die zu Roy Taylors Tod führten.«

»George war mit Roy gut befreundet«, sagte sie. »Es hat ihn stark mitgenommen, als Roy starb.« Und das war der Anfang zu einem fliegenden Start. Die Wörter sprudelten aus ihr heraus wie aus einem Springbrunnen. Entweder suchte sie verzweifelt um Hilfe bei ihrer Suche nach ihrem Mann, oder sie war eine komplett überdrehte allein erziehende Mutter.

»Wir waren ungefähr ein Jahr lang miteinander ausgegangen, als Roy ermordet wurde«, fügte sie hinzu. »Davor waren er und George eng befreundet. Sie hatten wirklich einen Draht zueinander. Glauben Sie, dass Georges Verschwinden etwas mit Roys Tod zu tun hat? Das ist doch schon so lange her.«

Bevor ich sie stoppen konnte, schritt sie hinüber in das kleine Wohnzimmer, das um viele Längen aufgeräumter war als mein eigenes, setzte George Junior auf das Sofa und zog dann zwei fette Fotoalben unter dem Kaffeetischchen hervor. Sie öffnete das eine und zeigte mir mehrere Seiten mit Fotos, auf denen ihr Mann und Roy Taylor zu sehen waren. Sie tranken Bier, grillten Burger, hielten endlose Fischreihen in die Höhe und blödelten in die Kamera – das Bilderbuch einer Männerfreundschaft in Aktion. »Das ist oben bei Roys Fischerhütte gewesen«, erklärte sie. »Sie sind die ganze Zeit da rauf gefahren. Das war an einem dieser kleinen Seen in der Nähe von Lake Gaston. Ich weiß nicht genau, wo. Es war strikt eine Sache ohne Frauen. Wir waren noch nicht lange genug zusammen, sonst hätte ich ihm die Flausen schon ausgetrieben.« Sie beschwerte sich mit einem glücklichen Lachen, klammerte sich an die Normalität der Lästerei über ihren Mann, ganz so, als wäre er nicht vor mehr als zwei Monaten verschwunden.

»Ich war froh, dass er mit Roy befreundet war«, fuhr sie fort. »Es war damals schwierig für George, Freunde in seinem Job zu finden. Zu der Zeit war er der einzige Schwarze im Streifendienst. Später haben sie noch eine ganz Menge zusätzlich eingestellt. Roy war der Einzige, mit dem er über den Job reden konnte. Sie kamen wirklich gut miteinander zurecht. Es hat ihn fast zerrissen, als Roy ermordet wurde. Er hatte noch gar nichts davon gehört, bis ich es ihm am nächsten Nachmittag erzählte. Er war am Morgen zur Hütte raufgefahren, noch bevor der Mord in den Zeitungen stand. Und ich teilte ihm die schlimme Nachricht mit, als er dann später am Nachmittag anrief.«

»George fuhr allein zu der Fischerhütte hinauf?«, unterbrach ich sie. »Bevor er wusste, dass Roy tot war?«

Sie nickte. »Er hatte Roy versprochen, den Eisschrank da oben zu reparieren. George war geschickt in solchen Dingen. Ich weiß jetzt immer gar nicht, was ich tun soll, wenn irgendwas den Geist aufgibt. Ich habe keinen Schimmer von gar nichts bei solchen Sachen.«

So gehts den meisten von uns, dachte ich bei mir selbst.

»Er war total schockiert, als ich ihm das mit Roy erzählte«, sagte sie. »Später sagte er mir, er hätte nur dagesessen und vom Pier aus ins Wasser gestarrt, weil er sich nicht erklären konnte, warum Gail das getan hatte. Er grübelte, ob er es hätte verhindern können. Er war ihnen nach Hause gefolgt, wissen Sie, an dem Abend, um aufzupassen, dass sie sicher ankamen. Aber er fuhr gleich danach weiter, weil Gails Mutter auf sie wartete und schon sauer war, dass sie so spät aus der Bar heimgekommen waren. Er wollte sich nicht einmischen. Er sagte, wenn er nur eine kleine Weile länger da geblieben wäre, hätte alles anders laufen können. Er war danach niemals mehr der selbe. Ich habe mich schon manchmal gefragt, ob es Roys Tod war, der George dazu gebracht hat...« Ihre Stimme versiegte.

»Der George wozu gebracht hat?«, hakte ich nach.

Sie starrte auf die Fotos ihres vermissten Mannes, und ich war mir nicht sicher, ob sie mich gehört hatte.

»Sie müssen mir helfen«, sagte sie schließlich nach längerem Schweigen. Das Baby war auf dem Kissen neben ihr eingeschlafen, ungerührt von dem Kummer seiner Mutter. »Die Polizei interessiert sich nicht wirklich dafür, dass George verschwunden ist. Die denken alle, er war in krumme Geschäfte verwickelt. Ich weiß, dass sie das denken. Sie haben mich Sachen gefragt wie: Hat er getrunken? Hat er Drogen genommen? Hatte er Spielschulden? Sie haben mir nicht geglaubt, als ich ihnen sagte: Ausgeschlossen. Niemals.«

Ihre Stimme versagte, doch dann fing sie sich wieder. »Es ist wahr, dass er mehr trank, nachdem Roy starb«, gab sie zu. »Aber es war nie ein Problem. Und er hörte so gut wie ganz auf damit, als ich schwanger wurde und nicht mehr mittrinken konnte. Ich versuchte, der Polizei das zu erklären, aber sie glaubten mir nicht. Dann kam ein Typ namens Steven Hill vorbei und sagte, er hätte früher mit George zusammen gearbeitet. Er sagte, er würde dabei helfen, George zu finden, aber ich wusste damals nicht, dass er für die ›Berufsethik‹ arbeitete. Er wollte George nicht finden, wenigstens nicht wirklich. Er wollte nur Beweise dafür finden, dass George ein schmutziger Cop war.«

»Hatte er denn etwas zu verheimlichen?«, fragte ich. »Es tut mir Leid, aber ich muss es wissen.«

Sie nahm es gelassen hin. »Sehen Sie sich doch um. Sieht es hier so aus, als ob George Schmiergelder kassiert hätte? Er hat als Ordner bei den Spielen der Durham Bulls und bei Highschool-Basketballturnieren mitgemacht, bloß um ein paar extra Dollar zu verdienen. Und den Rest der Zeit war er bei mir zu Hause. Er hatte nicht die Energie dafür, schmutzige Sachen zu machen. Und Geld hatte er auch keines dafür.«

Das war deutlich. George Carter hatte nicht gerade sonderlich luxuriös gelebt. »Vielleicht hat er ja gespielt oder Drogen genommen oder Schulden gehabt?«, behauptete ich mal frech.

Diesmal verfinsterte sich ihr Blick. »George war aktiver Kirchgänger, hatte drei Jobs, mähte jedes Wochenende unseren Rasen und verbrachte den Großteil seiner freien Zeit damit, mir den Rücken zu massieren, nachdem ich erst mal schwanger war. Klingt das für Sie vielleicht wie ein Drogenkopf oder nach einem Spielsüchtigen?«

Um die Wahrheit zu sagen, es klang nach dem Bewohner von einem anderen Stern, aber ich behielt meine Meinung für mich. Ich versuchte es auf andere Weise. »Ist etwas Ungewöhnliches passiert, das ihn aufgewühlt hatte, bevor er verschwand? Seltsame Anrufe? Besucher, die Sie nicht kannten?«

Sie nickte. »Die Cops haben mich das selbe gefragt. Ich habe diesem Steven Hill von den Besuchen des Richters erzählt, aber das war alles. Er sagte, darüber wüssten sie schon Bescheid, und sie hätten es bereits abgestellt. Er sagte, das sollte ich lieber für mich behalten.« Sie senkte ihre Stimme zu einem Raunen. »Er tat so, als ob der Richter vielleicht in gewisse Machenschaften verwickelt wäre. Dass vielleicht er und George zusammen etwas Unrechtes getan hatten. Ich habe das aber keine Minute lang geglaubt.«

»Wie hieß denn dieser Richter?«, fragte ich.

»Ich weiß es nicht mehr«, sagte sie. »Er suchte George auf, kurz nach Weihnachten. George erzählte mir nachher, es sei eine traurige Geschichte. Dass der Richter eine Menge getrunken hätte und aus dem Amt geworfen worden war und einfach nur mit George über ein paar Dinge sprechen wollte. Er sagte, ich sollte mir keine Sorgen machen. Der Besuch hätte keinen bestimmten Anlass gehabt. Aber George war ausgesprochen nachdenklich die nächsten paar Tage über, und ich erinnere mich, wie er am darauf folgenden Dienstag einen ganzen Nachmittag lang verschwand, obwohl er eigentlich an dem Tag dienstfrei hatte. Er sagte, er sei an die Arbeit zurückgerufen worden. Aber später habe ich daran gezweifelt.«

Das war dann wohl der Tag, an dem George Carter bei Gail in der Todeszelle zu Besuch war, dachte ich. »Sie wissen, dass der Richter tot ist?«, sagte ich. »Er ist letzte Woche umgebracht worden.«

Sie erstarrte. »Sie denken doch nicht, dass George etwas damit…?« Sie konnte den Satz nicht zu Ende bringen.

Ich schüttelte den Kopf. »Ich weiß nicht, was ich denken soll«, musste ich zugeben. »Sind Sie sicher, dass George keine ungewöhnlichen Anrufe erhielt, bevor er verschwand? Vielleicht von anderen Polizisten, von Leuten, mit denen er zusammen arbeitete?«

Sie schüttelte den Kopf. »Wenn er Anrufe erhalten hat, dann nicht, als ich zu Hause war.«

»Sagen Sie mir noch mal genau, was die Polizei gemacht hat, als Sie George als vermisst meldeten?«, fragte ich. Ich wollte wissen, wer genau an der Suche beteiligt war und wie.

Sie strich ihrem Sohn beiläufig über die Haare, während sie ihre Gedanken sammelte. »Ich rief sie gegen Sonnuntergang an, als er nicht nach Hause kam. Er war am Morgen fortgegangen, um für das Baby einen Kindersitz zu kaufen. Die lassen einen das Baby nämlich nicht aus dem Krankenhaus mit nach Hause nehmen, wenn man keinen hat, und ich war schon jeden Moment überfällig. Danach wollte er noch Feuerholz machen. Einer von den Jungs, die er von der Arbeit kannte, hatte ihm Baumstämme angeboten, die vom Hurrikan Fran umgeknickt worden und liegen geblieben waren. Wir hatten gerade den Schornstein neu herrichten lassen. Wir wollten unseren Kamin an dem Abend einweihen. George sagte, er würde am frühen Nachmittag wieder da sein, aber er kam und kam nicht. Ich war im neunten Monat und fing an, auszurasten. Ich rief überall an. Ich telefonierte sogar mit dieser verdammten Cop-Kneipe, und da war er auch nicht. Der Barkeeper sagte, er sei am Abend zuvor dort gewesen, mit Pete Bunn. Ich war nicht gerade entzückt, diesen Namen zu hören. Pete hatte mit George vor langer Zeit zusammengearbeitet, und dann gab es später einmal Ärger wegen ihm. Ich wollte nicht mit ihm reden, aber ich war verzweifelt. Ich habe ihn schließlich gegen sechs Uhr angerufen. Er war auf der Arbeit und ich fragte ihn, ob er George gesehen hätte. Nein, sagte er, hätte er nicht.«

»Pete Bunn?«, fragte ich. »Der war doch mit Ihrem Mann in der gleichen Drogeneinheit. Vor ein paar Jahren, richtig? Bevor er wieder zum Streifendienst zurückging.«

Sie nickte. »Aber George konnte ihn nie sonderlich leiden und er hielt den Kontakt nicht mehr aufrecht, nachdem er die Einheit verlassen hatte.«

»Worum ging es denn bei den Schwierigkeiten?«

Sie blickte angewidert drein. »Die Zeugenaussagen bei der Gerichtsverhandlung über Roys Ermordung. Pete war am Abend vorher mit Roy und George dort gewesen, in der Bar, aber er weigerte sich, es zuzugeben, und er bat George, es niemandem zu sagen. Er wollte nicht in den Zeugenstand. Er sagte, seine Frau würde ihn totschlagen, wenn sie erfuhr, dass er auf Zechtour gewesen und sich mit seinen Kumpeln besoffen hatte. George hasste es, wenn Leute zu lügen anfingen. Er meinte, Pete hätte in den Zeugenstand treten und erklären sollen, was für ein guter Cop Roy gewesen war.«

»Wenn George mit Pete nicht klar kam, warum, meinen Sie, zogen die beiden dann gemeinsam auf Sauftour an dem Abend, bevor Ihr Mann verschwand?«

»Ich weiß es nicht«, gab sie zu. »Ich war überrascht, als ich hörte, er sei mit Pete gesehen worden. Alles, was George mir an dem Abend anvertraute, war, dass ein Freund mit ihm über etwas reden müsste, und dass er erst spät von der Arbeit kommen würde. Die Leute haben George oft angerufen, wenn sie Probleme hatten. Er war ein guter Zuhörer. Alle haben ihn gemocht.« Ihre Stimme versagte, als ihr bewusst wurde, dass sie in der Vergangenheitsform sprach. Sie machte eine Pause und rang um Fassung. Die Stille, die folgte, wurde unterbrochen, als das Baby beschloss, eine Ladung in seine Windeln zu setzen, was mit spektakulären Klangeffekten verbunden war. Es klang, als ob ein Elefant auf einen Karton voller Wasserballons und Luftpolsterverpackungen gestiegen wäre. Ich verspürte den Impuls, auf höheres Terrain zu fliehen, aber sie langte einfach automatisch nach einer neuen Windel auf einem Stapel hinter der Couch und wickelte das Kind, während sie weitersprach.

»Als George an diesem letzten Abend heimkam«, sagte sie, »da war er sehr still. Ich schlief schon, weil ich schwanger war und so, aber ich wachte auf, als er ins Bett kam, und merkte, dass er einfach nur da lag, hellwach. Er sagte nicht, was los war, aber ich wusste, dass etwas nicht stimmte.« Sie schwieg einen Moment und spielte die Erinnerung noch einmal durch. »Ich erzählte den Cops das mit Pete, und sie verfolgten die Sache, aber sie sagten, da sei nichts dran.

Sie sagten, George und Pete hätten sich nur ein paar Drinks genehmigt und dann getrennt. Dass Pete danach die Spätschicht gemacht hatte, und für jemanden eingesprungen war, der am nächsten Tag heiratete.«

»Also wusste Pete Bunn nicht, wo Ihr Mann war, als Sie an dem Samstag anriefen, als er verschwand?«, suchte ich zu bestätigen.

Sie schüttelte den Kopf. »Nein. Niemand wusste, wo er hingegangen war. Ich habe alle Leute angerufen, die mir einfielen. Ich weiß, man soll eigentlich vierundzwanzig Stunden warten damit, aber ich habe mir solche Sorgen gemacht. Es war ein Alptraum. Dann setzten auch noch die Wehen ein, und das hat mir endgültig den Rest gegeben. Schließlich rief ich Georges Vorgesetzten an und er schickte gleich ein paar Leute vorbei. Steven Hill schloss sich ihnen ungefähr eine Stunde später an und versprach alles zu tun, was er konnte. Sie gaben eine Suchmeldung nach ihm raus, in der auch sein Auto beschrieben wurde. Aber niemand hatte George gesehen. Er war einfach … fort.« Sie starrte auf das Fotoalbum auf ihrem Schoß und rieb ihre Finger über die Bilder ihres vermissten Mannes. »Ich hatte keine Wehen mehr. Meine Mutter kam rüber. Wir warteten und warteten. Eine Woche ging vorüber. Dann zwei. Dann wurde George Junior geboren. Ich ging wieder zurück zur Arbeit. Ich musste ja.« Sie blickte auf. »Das ist so ziemlich alles.«

»Warum ist sich die Polizei so sicher, dass er freiwillig fortgegangen ist?«, fragte ich. Das Baby fing an sich zu drehen und zu winden, und ich befürchtete, es würde jede Sekunde anfangen, loszukreischen, und damit unser Gespräch beenden.

»George rief mich an«, sagte sie, so leise, dass ich mich vorbeugen musste, um sie richtig zu verstehen.

»Er hat sie angerufen?«, fragte ich überrascht.

Sie nickte. »Die Polizei hat eine Fangschaltung gelegt, für den Fall, dass er entführt worden war oder so was. Wenigstens war es das, was Steven Hill sagte. Ich denke jetzt, dass er hoffte, jemanden zu erwischen, der George wegen einer Schmiergeldzahlung oder sonst was Illegalem anrufen würde.«

»Und dabei hat man George aufgenommen, wie er mit Ihnen sprechen wollte?«

»Das hat man mir gesagt«, murmelte sie leise. »Er rief eines Nachts spät an. Man konnte schweren Verkehr im Hintergrund hören. Seine Stimme klang gedämpft. Er klang sehr weit weg.« Ihre Stimme versagte. Jetzt standen die Chancen fünfzig zu fünfzig, wer von den beiden zuerst in Tränen ausbrechen würde, sie oder ihr Sohn.

»Was genau hat er denn gesagt?«, fragte ich sanft.

»Sowas wie: *Ich pack es nich mehr. Das is mir alles zu viel. Es tut mir Leid, aber es is besser, wenn ich einfach gehe.* Und dann war die Leitung unterbrochen.«

»Das war alles?«, fragte ich.

Sie nickte.

»Nicht gerade viel. Mal sehen, was ich damit anfangen kann«, sagte ich.

Sie wischte eine Träne aus dem Augenwinkel. »Ich glaube, sie hatten noch andere Beweise«, fügte sie mit schwacher Stimme hinzu. »Steven Hill sagte mir nicht genau, was. Er sagte, er würde es diskret behandeln. Ich wusste nicht, ob ich ihm glauben sollte oder nicht. Aber er sagte, wenn ich einfach nur durchhalten würde, würde er versuchen, George zu finden und ihn zurückbringen. Wenigstens bestünde die Chance, dass ich einen Teil seiner Pension kriegen würde, wenn man ihm nichts Nachteiliges nachweisen könnte.«

»Aber Sie glauben immer noch nicht, dass Ihr Mann etwas Falsches getan hat?«

Sie schüttelte den Kopf. »Ich kenne doch George. Und er war ein guter Cop und ein guter Mensch. Ich meine, er ist ein guter Mensch.«

Komisch, das waren die genau gleichen Worte, die viele Leute benutzt hatten, um Roy Taylor zu beschreiben. Aber wenn ein guter Mensch so schwer zu finden ist, warum enden sie dann scheinbar immer tot, verwundet oder auf der Vermisstenliste?

»Was hat er denn getragen, an dem Tag als er verschwand?«, fragte ich. »Oder fehlte sonst was im Haus? Kleidung, ein Koffer?«

»Nichts fehlte, außer den Sachen, die er am Leib trug«, sagte sie. Das Baby fing an zu weinen, und sie rieb ihm sanft den Bauch, während sie mit der freien Hand nach dem zweiten Fotoalbum griff und die letzte Seite aufschlug. »Sie können selber sehen, was er anhatte. Wir haben an dem Morgen noch Fotos von meinem Bauch gemacht, weil er so riesig war. Ich habe die letzten Bilder von dem Film dann mit George als Holzfäller verknipst. Wir haben noch Witze gemacht, dass er der einzige Schwarze in der Geschichte von Durham County war, der jemals ein Flanellhemd getragen hat.«

Mein Herz machte einen Satz bei ihren Worten. Haben Sie das schon mal erlebt, dass sich Ihr ganzes Leben geändert hat, weil sie einen einzigen Satz gehört haben? Oder wegen eines Blicks? Mir passierte das genau in diesem Moment. Ich starrte auf das letzte bekannte Foto von George Carter, und ich wusste sofort, dass er tot war. Da stand er, mit einem blöden Lächeln im Gesicht. Er warf sich auf den Eingangsstufen seines Hauses in Pose und hielt eine Kettensäge geschultert wie ein Gewehr. Er sah genau so aus, wie mein Kumpel Marcus Dupree ihn beschrieben hatte. Er war hoch gewachsen und anmutig, sein Gesicht scheinbar wie aus Stein gemeißelt, seine adlerähnlichen Gesichtszüge in tiefem Braun, die prägnante Nase dreieckig zwischen den kräftigen Backenknochen. Aber es war sein Hemd, das mich überzeugte, dass er tot war. George Carter trug ein Flanellhemd mit grünen und schwarzen Karos, und ich hatte das gleiche Muster schon mal gesehen – auf der Müllhalde auf Pete Bunns Farm. Ja, ich fühlte es – George Carter war aller Wahrscheinlichkeit nach tot.

»Warum starren Sie so auf sein Bild?«, fragte seine Frau besorgt.

Ich sah in ihre tränenden Augen. »Nichts«, log ich. »Ich habe ihn nur eben wiedererkannt, von einigen Spielen der Durham Bulls. Ich habe mich immer gefragt, wer er war. Er ist ein auffallend gut aussehender Mann.« Und ein unschuldiger dazu, dachte ich. Wenn er tot war, wie ich befürchtete, dann standen die Chancen gut, dass er nicht der Mörder war, den ich suchte.

»Ja, er ist umwerfend«, bestätigte Carters Frau und strich mit ihren Fingern sanft über das Bild. »Und auch so ein guter Mann.«

Ich konnte es nicht länger aushalten. Unschuld ist ein unerträglicher Anblick für eine alte Zynikerin wie mich. Aber ich wollte nicht diejenige sein, die ihre Welt zum Einstürzen brachte. Ich murmelte ein paar Dankesworte und ging so schnell ich konnte, mit ein paar leeren Versprechungen zum Schluss. Ich ließ sie zurück, so, wie sie dasaß, spät dran für die Arbeit, kein Babysitter in Sicht und immer noch mit dem Fotoalbum aufgeschlagen auf den Knien.

Ich hatte vorgehabt, an dem Abend Roy Taylors Fischerhütte aufzusuchen. Eine beunruhigende Anzahl von Leuten schien daran interessiert gewesen zu sein, und ich dachte, eine exklusive Suchtruppe wäre angesagt. Aber die Information über George Carter war zu wichtig, um sie zu ignorieren. Ich musste unbedingt sofort mit Pete Bunn reden. Er wusste etwas über Carters Verschwinden, oder ich würde das grünschwarze Hemd fressen.

Aber weil ich wusste, dass Carter tot und wahrscheinlich auf Pete Bunns Farm geparkt war, wollte ich ihn auch nicht unbewaffnet wieder aufsuchen. Und weil meine Waffe verschwunden war, blieb mir als einzige Option, Bobby Dee um eine der seinen zu bitten. Schließlich und endlich hatte ich ja schon sein Auto in Beschlag genommen. Was waren da ein oder zwei Pistolen unter Freunden?

Das bedeutete entweder ein Trip zum Krankenhaus, um ihn um seine Erlaubnis zu bitten, oder ein heimlicher Abstecher in seine Wohnung. Ich entschloss mich für die effizienteste Lösung. Ich hatte bereits seinen gesamten Schlüsselring, und es dauerte mindestens noch eine Woche, bis man ihn aus dem Krankenhaus entließ. Mit etwas Glück würde ich seine Knarre an Ort und Stelle zurückgelegt haben, bis er wieder raus kam. Ich starrte auf Bobbys Schlüssel. Gott weiß, welche Schränke ich mit denen öffnen konnte – und welche Skelette aus ihnen herauspurzeln würden.

Es war eine kurze Fahrt hinüber nach West Raleigh, wo Bobby Dee im Erdgeschoss eines großen viktorianischen Hauses in der Nähe der North Carolina State University ein Liebesnest unterhielt. Wie Bobby selbst war das Etablissement breit und ausladend, und alles darin war groß. Große Zimmer, große Küche, große Schränke, großer Fernseher mit großem Bildschirm, großes Velvetsamtposterportrait von Elvis – aus seinen Schmalzwampezeiten in Las Vegas, versteht sich – an der Wand im Schlafzimmer über einem königlichen Doppelbett. Die Wohnung war, wie immer, makellos aufgeräumt. Bobby hatte einen ganzen Schwarm von mittelalten Freundinnen, die überglücklich waren, ihm sein Liebesnest blitzblank zu schrubben. Ich habe noch nie verstanden, warum so viele Frauen hinter den Männern herputzen, um ihnen ihre Liebe zu beweisen, während die Männer sich damit begnügen, ihre Liebe unter Beweis zu stellen, indem sie die Frauen putzen lassen.

Ich sah im Kühlschrank nach und musste von Herzen lachen über die Weight-Watcher-Vorspeisen, weil ich wusste, dass Bobby immer gleich vier Stück davon auf einmal vertilgte. Dann suchte ich mir zwei Pizzabrötchen, die ich mir als frühes Abendessen in der Mikrowelle verstrahlen würde, während ich mich auf die Suche nach seinem versteckten Waffendepot machte. Ich wusste, dass er ein eigenes Arsenal hatte; er gab immer damit an, wenn er ein neues Stück für seine Sammlung dazugekauft hatte. Ich fand die Waffen in einer grauen Metallkiste, versteckt in einem Schrank. Er besaß genug Feuerkraft, um eine kleine Straßengang zu bewaffnen.

Ich suchte mir acht Handfeuerwaffen heraus und legte sie auf den Küchentisch, um zu entscheiden, welche ich nehmen sollte. Die Ersten zwei waren Lorcins, Schrottpistolen, die für den Tod im Sonderangebot gedacht waren. Sie waren billig genug, um sie abzufeuern und wegzuwerfen, aber ebenso gut in der Lage, einem die Hand weg zu fetzen. Was machte Bobby mit diesem Dreck? Ich schauderte und legte sie beiseite. Die Übrigen waren verlässlicher.

Er hatte einen Colt .45, eine Ruger 0.357, eine SIG Sauer Halbautomatik und eine 9mm Heckler & Koch. Ich überlegte mir ernsthaft den .45er-Colt zu nehmen, weil es ein Revolver war, und ich war wenig geneigt, mit einer unbekannten Semi herumzuwedeln. Am Ende wählte ich eine Smith & Wesson .44 Magnum mit einem Lauf, der lang genug war, um die Wäsche zum Trocknen dran aufzuhängen. Dieser Lutscher war mehr als sechsundzwanzig Zentimeter lang. Overkill, vielleicht, aber ein hübsches Gewicht, das sich gut anfühlte. Mit dem soliden Griff in der Hand kam ich mir vor wie Jesse James. Das wichtigste dabei: Ich hatte so eine schon früher mal in der Hand gehabt. Ich brachte die anderen Waffen in ihr Versteck zurück und hinterließ einen Ausleihzettel für die .44er, für alle Fälle. Ich wollte vermeiden, dass Bobby Dee sich vor Aufregung gleich den Finger im Abzug einklemmte, wenn er entdeckte, dass ihm eine fehlte.

Ich fühlte mich bereit, den geheimnisvollen Pete Bunn aufzusuchen. Trotzdem konnte es nicht schaden, jemanden wissen zu lassen, wohin ich ging, für den Fall, dass ich neben dem verschwundenen George Carter landen würde. Aber wen sollte ich anrufen? Es gab nicht gerade sehr viele Leute, die sich was draus machen würden, wenn ich verschwinden sollte. Ich hatte keine Ahnung, wo Jack sich um diese Tageszeit aufhielt, und ich war nicht eben erpicht darauf, Bobby Dee meine gegenwärtige Situation zu erläutern, weil er erstens nicht viel machen konnte und zweitens ohnehin alle Hände voll zu tun hatte, die Krankenschwestern zu befummeln und sich über das Essen zu beschweren. Ich würde die Kröte schlucken und Bill Butler anrufen müssen.

Ich saß am Küchentisch und mampfte Pizzabaguette, während ich wählte. Bill saß an seinem Schreibtisch und wirkte keineswegs über alle Maßen hocherfreut, meine undeutliche Stimme zu hören. »Tut mir Leid«, sagte ich. »Schlechte Verbindung. Wir haben da scheinbar eine Pizza in der Leitung.«

»Der Witz wird langsam auch alt«, warnte er mich.

»Du meinst, so wie ich?«

»Ich meine, so wie ich mich fühle«, entgegnete er. »Ich habe was Neues für dich. Ich wollte dich gerade anrufen.«

»Ach ja?«

»Hill ist bereit, mit dir zu reden, aber es muss noch heute Abend sein. Er hat morgen was größeres vor und wird auf Wochen hinaus keine Zeit mehr erübrigen können. Er ist nicht eben hocherfreut, sich für diesen Mist die Zeit stehlen zu lassen, aber er hat eingewilligt, um mir einen Gefallen zu tun.«

Mir verschlug es die Worte. Vor Überraschung. Ich hatte nicht erwartet, dass Steven Hill zustimmen würde.

»Hast du mich gehört?«, wiederholte Bill.

»Es muss an einem öffentlichen Ort sein«, sagte ich ihm. Mir gefiel immer weniger, was ich über Hill hörte. Und ich habs wirklich nicht gerne, wenn ich mich blöder verhalte, als ich bin.

»Also, in Dreiteufelsnamen«, sagte Bill, völlig genervt. »Wenn du dich dann besser fühlst.«

»Beträchtlich. Sag ihm, wir treffen uns im Lone Wolf, heute Abend um neun. Er weiß, wo das ist. Dann höre ich mir an, was er zu sagen hat.«

»Ich bin sicher, er wird hingerissen sein.«

Das musste ich Bill lassen. Er hatte, auch wenn er ein umgetopfter Nordstaatler war, seinen Sarkasmus immer noch ganz gut drauf.

Ich fuhr zurück nach Durham und überlegte mir meine Strategie, mit dem sicheren Gefühl, dass die Smith & Wesson im Handschuhfach untergebracht war. Ich wollte sehen, was Steven Hill mir heute Abend zu sagen hatte, und morgen würde ich dann mit Pete Bunn sprechen.

Besser noch, dachte ich, während ich an einem Pick-up voller jaulender Beaglehunde vorbeizog. Ich würde überhaupt nicht mit Pete Bunn sprechen. Jedenfalls jetzt noch nicht. Ich würde stattdessen morgen seine verlassene Farm aufsuchen, nur diesmal mit Begleitung. Ich hatte einen alten Freund namens Slim Jim Jones, der genau der Richtige war, den ich jetzt anrufen würde.

12

Das Starlite ist das einzige Autokino, das es in diesem Teil des Staates noch gibt. Die Leute aus allen Bezirken in der Umgebung fallen hier ein, um Erstaufführungsfilme zu sehen und sich mit Popcorn, Dillgürkchen und hart gekochten Eiern für fünfundzwanzig Cent voll zu stopfen. Falls Sie mehr am Vorbei- als am Hereinfahren interessiert sind, bedenken Sie, dass der Besitzer nebenbei auch noch die Konzession zum Waffenverkaufen hat und aus seinem Stand heraus einen Waffenhandel betreibt.

Ich fuhr sehnsüchtig an der funkelnden Leinwand vorüber. Ich liebte es, in der ersten Reihe zu parken und meinen großen Südstaatenhintern nicht mehr aus meinem großen Detroiter Wagen wegzubewegen, halb komatös in der Abgeschiedenheit meines eigenen Automobils zu liegen, und mich an Junkfood zu überfressen, ein Bier draufzusetzen und den Schauspielern abartige Kommentare zuzubrüllen. Da fühlte ich mich dann immer so ungemein Amerikanisch. Aber leider – ich konnte nicht rasten und nicht ruhn; ich hatte noch so unendlich viel zu tun.

Der Besitzer des Lone Wolf sah mich an, als ob seine Schwiegermutter soeben Hand in Hand mit seiner Geliebten hereingetanzt gekommen wäre. Er war definitiv nicht erfreut.

»Johnny«, log ich, »wie schön, Sie wieder zu sehen.« Eigentlich wollte ich ihm mit dem schweren Griff meines Schießeisens die Zähne einschlagen und ihn dann in den Müllcontainer hinten im Hof zu dem ganzen anderen Prüttel und Plunder kippen.

»Sparen Sie sichs«, grollte er und warf einen finsteren Blick auf einen Tisch, an dem Steven Hill bereits auf mich wartete. »Ich vermute, Sie sind dafür verantwortlich, dass dieser Arsch dort in meiner Bar sitzt?«

»Der Arsch?« Ich riss meine Augen unschuldig auf. »Ist das nicht einer Ihrer Mitbrüder in Blau?«

»Er ist ein hauptberuflicher Spitzel, und die Hälfte der Jungs, die hierher kommen, versuchen, solchen Gestalten wie ihm bei der Arbeit aus dem Weg zu gehen. Seien Sie so nett, und schleifen Sie ihn hier wieder raus, bevor er mir die ganze Kundschaft verjagt.«

Ich blickte mich im Schankraum um. Ein Dutzend oder mehr übergewichtige Männer und Frauen saßen herum und soffen sich bewusstlos. Es sah aus wie eine Versammlung von Stehaufmännchen, bloß dass diese hier nicht nur rumtorkelten, sondern allesamt gleich umzukippen drohten. »Das Geschäft geht doch heute prima«, sagte ich. »Besser als gestern.« Eine gelangweilt aussehende Bedienung gähnte in einer Ecke. »Sehen Sie sich das an«, fügte ich hinzu. »Da steht sogar eine alerte Mitarbeiterin bereit, um der brausenden Menge jeden Wunsch von den Augen abzulesen.«

Er wandte sich ab, ohne mich auch nur zu fragen, ob ich einen Drink wollte. Was war bloß mit der sprichwörtlichen Gastfreundschaft des Südens passiert?

»So trifft man sich wieder.« Steven Hill erhob sich, als ich mich seinem Tisch näherte. Er blitzte mich mit einem Strahlelächeln an, das garantiert alle Höschen im Umkreis von zwanzig Kilometern zur Kernschmelze bringen konnte. Ein Glück, dass ich keines anhatte.

»Sieht so aus, als ob wir uns das erste Mal schon nicht richtig begegnet sind«, korrigierte ich ihn. Ich quetschte ihm die Hand, nur eben genug, um ihn spüren zu lassen, dass ich in der Abteilung für Muskeln kein Mäuschen war, und setzte mich dann. Er trank Red-Dog-Bier. Ich bin zum Glück gegen alle Trends immun, also bestellte ich mir ein alkoholfreies Bud. Die gelangweilte Kellnerin nahm meine Bestellung zur Kenntnis, warf Hill einen nicht übermäßig subtilen Blick zu und wedelte davon, um meine Bestellung zu holen.

Es war merkwürdig. Steven Hill sah immer noch genauso umwerfend aus wie bei Peyton Tillmans Beerdigung. Seine Augen waren genauso grün, seine dunklen Haare dicht und füllig, sein Körper genau so muskulös unter makellosem Golfhemd und gebügelter Hose. Aber aus der Nähe besehen interessierte mich der Mann ungefähr genauso viel wie ein Korb schmutziger Wäsche.

Er war zu perfekt, befand ich. Wie ein Mann, der sich in einem

Halloween-Kostüm versteckt hatte. Wer konnte schon ahnen, was für ein Mensch wirklich hinter dieser Fassade lebte?

»Sie fixieren mich«, sagte er. Er klang befriedigt. Offenbar starrten ihn die Frauen öfters an.

»Sie sehen rund zwanzig Jahre jünger aus als Peyton Tillman«, sagte ich. »Wie konnten Sie da alt genug sein, um in Vietnam zu dienen?«

»Oh, ich bin alt genug. Ich habe einfach nur einen guten Knochenbau. Meine Mutter war von einer Seite Cherokee.«

Die alte Nummer mit den teilweise indianischen Vorfahren, hm? Die Hälfte der Bevölkerung in diesem Staat besänftigt ihr schlechtes weißes Gewissen mit der Behauptung, zum Teil von den Cherokee abzustammen. »Sie waren mit Peyton Tillman befreundet, nicht wahr?«, fragte ich.

Er blickte beiseite. »Ich kannte ihn. Wir waren nicht befreundet. Warum erkundigen Sie sich nach ihm?« Als ich nicht antwortete, fuhr er fort: »Als ich dort im Einsatz war, war er gerade noch in seinem zweiten Turn dort. Er ist fünf Jahre älter als ich. Er war es, meine ich. Wirklich schrecklich, was ihm zugestoßen ist.«

»Ja«, sagte ich. »Echt schrecklich. Wann haben Sie ihn das letzte Mal lebend gesehen?«

Er stellte seine Bierflasche auf die Tischplatte. Als er mich anlächelte, wusste ich ganz genau, wie es Rotkäppchen zu Mute gewesen war.

»Ich dachte, Sie untersuchen den Tod von Roy Taylor. Warum fragen Sie mich dann so ausführlich nach Tillman?«

Ich zuckte mit den Schultern. »Neugier.«

»Neugierig bin ich auch. In vielen Bereichen. Sie sind eine interessante Frau.«

Er blitzte mich wieder mit seinem Megawattlächeln an, und alles, woran ich denken konnte, war: Hier sitze ich also, voll blauer Flecken und Blutergüsse von einem Unfall – und er hat dazu kein einziges Wort gesagt? Stattdessen versucht er, mit mir zu flirten? So gut kann mein Make-up doch nun auch wieder nicht sein.

»Wirklich«, bohrte er nach, als ich nicht antwortete. »Wenn das alles vorbei ist, würde ich Sie gerne näher kennen lernen.«

Wenn was alles vorbei ist? »Hmmm«, sagte ich, ohne mich festzulegen.

Weil ich sein einladendes Lächeln ignorierte, drehte er es der herankommenden Kellnerin zu. Sie schickte sich auch sogleich an, mir mein Bier in den Schoß zu kippen, so beschäftigt war sie, ihre Lippen zu lecken. »Sieht nett aus«, gestand mir Hill, als sie davon huschte. »Aber eine intelligente Frau ist mir lieber. Sie faszinieren mich. Erzählen Sie mir von Ihrer Arbeit.«

Ich knirschte mit den Zähnen. Er schien unter dem Missverständnis zu leben, dass Frauen entweder nur hübsch oder nur intelligent sein konnten. In meiner Welt konnten sie beides sein.

»Ich habe gehört, dass Sie Gail Honeycutt in der Todeszelle besucht haben«, sagte ich. Zeit, ihm seine romantischen Regungen zu beschneiden und ihn in die Enge zu treiben.

Sein Blick wich mir aus und suchte aus purer Gewohnheit den Raum ab. Ich kannte seine Sorte. So einer wie er schaute nie der Frau, mit der er gerade zusammensaß, in die Augen, weil er viel zu sehr damit beschäftigt war, nachzusehen, ob nicht vielleicht eine andere in der Nähe war, die ihm fettere Weidegründe zu bieten hatte.

»Ich bin nicht der Einzige von Roys ehemaligen Kollegen, der sie besucht hat«, sagte er. »Das ist kein Verbrechen.«

»Woher wussten Sie, dass andere Kollegen auch zu ihr gegangen sind?«, fragte ich.

»Ich hatte davon gehört«, sagte er mit einem Achselzucken. »Tatsache. Ich denke, da ist mir die Idee erst gekommen.«

Er war ein Hundesohn, der die Schnauze nicht aufkriegte. Er würde die ganze Nacht über labern und trotzdem nichts sagen, wenn ich nicht aufpasste. Ich bohrte weiter. »Ich höre, Sie arbeiten jetzt bei der Abteilung für Berufsethik.«

Er runzelte die Stirn.

»Man macht sich nicht beliebt damit, aber einer muss den Job ja machen. Ich werde mich nicht dafür entschuldigen, dass ich ein ehrlicher Cop bin. Die Zukunft des ganzen Departments hängt davon ab.«

»Ich habe auch gehört, dass Sie der Vermisstenabteilung geholfen haben, nach George Carter zu suchen, als er verschwand.«

Er starrte mich an. »Das haben Sie aber alles ziemlich schnell rausgekriegt.«

»Das ist mein Job.«

»Dann werden Sie verstehen, dass es mein Job war, nach Carter zu suchen.« Er nahm einen Schluck Bier. »Die Vermisstenabteilung bat mich darum, weil die Leute dort wussten, dass ich mit ihm zusammengearbeitet hatte und weil sie dachten, ich könnte vielleicht wissen, wohin er gegangen ist. Was sie nicht wussten war, dass George schon länger auf der Abschussliste meiner Einheit stand. Verdacht auf Teilnahme an ein paar unsauberen Geschäften. Ich versuchte, es vor seiner Frau geheim zu halten. Sie braucht das nicht gerade jetzt zu erfahren. Aber dass er abgetaucht ist, bevor wir ihn schnappen konnten, das ist mittlerweile ziemlich klar.«

»Klar. Auch wegen seinem letzten Anruf«, sagte ich.

»Wegen diesem Anruf und noch einer ganzen Menge anderer Sachen, die ich vertraulich behandeln muss.«

»Vertrauliche innerpolizeiliche Angelegenheiten?«, flüsterte ich lautstark. Mein Sarkasmus war reine Zeitverschwendung. Er nickte bloß.

»Ganz richtig«, sagte er. »Und so werde ich es auch weiter halten. Es gibt seiner Frau die Chance, später einmal seine Pension zu kassieren.«

»Ist das denn völlig ehrlich von Ihnen?«, fragte ich unschuldig. »Ich meine, wenn der Mann Dreck am Stecken hat, verdient er dann eine Pension?«

Er warf mir einen scharfen Blick zu. »Ich habe gesagt, ich bin ehrlich, nicht herzlos. Aber ich sehe nicht, was das mit Roys Tod zu schaffen hat. Roy ist vor acht Jahren gestorben, und es ist so gut wie unzweifelhaft, dass Gail sich dabei die Ehre gegeben hat. George hat sich vor ein paar Monaten abgesetzt. Es ist ziemlich an den Haaren herbeigezogen, zwischen den beiden Ereignissen eine Verbindung herzustellen.«

»Oh gewiss«, sagte ich, zufrieden, dass ich ihm allmählich die Nerven blank legte. War das Schweiß, was ich da auf dieser perfekten Braue sah? Casey Jones, Großinquisitorin. »Gehen wir doch zurück zu Roy«, schlug ich vor. »Wie nahe war das Verhältnis zwischen Ihnen beiden?«

»Wir sind gut ausgekommen«, sagte er. »Wir haben zusammen gearbeitet. Aber wir waren keine dicken Kumpels. Kein Vorwurf an Roy, aber meine damalige Frau konnte seine Alte nicht ausstehen. Sie hielt sie für ein Miststück. Und damit hat sie ja wohl Recht behalten. Den eigenen Ehemann wegzuputzen ist so ziemlich das Mieseste, was man machen kann, meinen Sie nicht auch?«

Kommt auf den Ehemann an, dachte ich. »Sie haben also nicht mit Roy rumgehangen, Männerfreundschaften gepflegt?«, fragte ich. »Fische fangen und so, oben bei seiner Hütte?«

Seine Augen flackerten. Das war mir vielleicht ein argwöhnischer Zeitgenosse. »Ich stehe nicht sonderlich auf Angeln. Nicht genug Action für mich. Wo war denn diese Hütte eigentlich? Ich weiß, er und George sind da immer rauf gefahren. War es nicht am Lake Gaston oder irgendwo da in der Nähe?«

»Fragen Sie mich was Leichteres«, sagte ich. Warum sollte ich ihm Informationen geben? Er gab mir ja auch keine. »Warum haben Sie denn nicht vor Gericht als Zeuge ausgesagt, was für ein toller Bursche Roy war?«, fragte ich. »So, wie George es getan hat?

Er trommelte mit den Fingern gegen seine Bierflasche. »Das ist einfach. Es war ein Aufsehen erregender Fall. Jeder wollte im Rampenlicht stehen. George hat ausgesagt, weil er derjenige war, der ihn zuletzt gesehen hatte. Aber wenn es darum ging, ihm ein Charakterzeugnis auszustellen, da musste ich mich in die Reihe stellen, hinter die hohen Tiere. Bis zu uns einfachen Unterlingen kamen die nie durch.«

»Jetzt sind Sie nicht mehr so ein Unterling«, warf ich ein.

»Hey, ich habe mir meine Beförderung verdient, okay?«

Heiliger Bimbam, der Mann wurde richtig sauer. Vielleicht hätte ich doch mit ihm flirten sollen?

»Warum haben Sie zugestimmt, sich mit mir zu treffen?«, fragte ich, in der Hoffnung, das Gespräch in ein ruhigeres Fahrwasser zu lenken.

Er blickte mich über den Hals seiner Bierflasche an, und zögerte, bevor er sprach. »Ich bin mir hundertprozentig sicher, dass es Gail war, die Roy umgebracht hat«, erklärte er. »Aber ich denke, es kann nicht schaden, wenn die übrige Welt sich ebenfalls hundert Prozent darüber im Klaren ist. Außerdem, je mehr Sie herausfinden, umso mehr werden Sie erkennen, dass es nichts anderes war als ein weiterer sinnloser Mord im Eigenheim, verursacht durch zu viel Alkohol und zu wenig Liebe.«

»Ganz schön poetisch«, bemerkte ich.

Er ging über meinen Einwand hinweg. »Ich bin seit fast zwanzig Jahren Cop. Ich weiß, wie und warum Menschen andere Menschen umbringen. Da ist nicht viel Geheimnisvolles dran.«

»Warum dann diese blaue Mauer des Schweigens?«, fragte ich.

Hill beugte sich vor, sein Gesicht wurde streng. »Casey, ich weiß, Sie sind ein Profi und Sie nehmen Ihre Fälle Ernst. Aber das hier ist ein Job, wo Sie zum Schluss sehr viel mehr Leuten Schmerz zufügen können, statt ihnen zu helfen. Roy Taylor war mein Freund, aber die Wahrheit ist, dass er ein schmutziger Cop war, und ich würde das gerne vor seiner Familie geheim halten. Es ist das Mindeste, was der Anstand gebietet. Können Sie das verstehen?«

»Was ist mit seiner Frau?«, fragte ich. »Sie bezahlt mit ihrem Leben.«

»Was soll mit ihr sein?«, sagte er. »Sie hat ihn umgelegt. Sie muss den Preis dafür zahlen.«

»Tut mir Leid, davon bin ich nicht überzeugt«, sagte ich ihm. »Und ich habe keinen Beweis dafür, dass er schmutzig war, außer anderer Leute Meinungen. Haben Sie Beweise?«

Er sah mich verärgert an. »Lassen Sie die Finger davon, Casey.

Glauben Sies mir. Meine Abteilung hat genug Beweise, um Roy Taylor zu begraben.«

»Er ist schon begraben«, machte ich ihn aufmerksam.

Er starrte mich an. »Schauen Sie, ich habe mit dem Mann damals zusammengearbeitet. Ich wusste, was los war. Mehr werde ich Ihnen darüber nicht sagen. Jetzt ist Roy tot. Wozu soll man die alten Geschichten wieder aufwärmen? Sie werden nur anderen Leuten damit schaden.«

»Haben Sie noch Kontakt zu Pete Bunn?«, sagte ich, in der Hoffnung, ihn aus dem Gleichgewicht zu bringen.

Er blieb unerschütterlich. »Ich rede gelegentlich mal mit ihm, genauso wie ich mit einer Menge von meinen alten Kollegen in Kontakt bleibe. Wir sind keine Freunde.«

»Wussten Sie, dass er frühzeitig in den Ruhestand gegangen ist?«

»Ja, schon.« Er signalisierte der Kellnerin nach einem neuen Bier.

»Warum ist er vorzeitig in Pension gegangen?«

Er machte eine Pause. »Pete hatte ein Problem mit dem Alkohol«, sagte er schließlich. »Ein schlimmes. Als seine Frau sich von ihm scheiden ließ, wurde es schlimmer. Sie haben ihn in die Abteilung für Wirtschaftskriminalität abgeschoben, um ihn von der vordersten Front fern zu halten. Aber dann hat er einem Lieutenant Colonel einen Schwinger verpasst, eines Tages nach seinem flüssigen Mittagsessen. Eine Woche später war er weg vom Fenster. Er kann sich glücklich schätzen, dass er überhaupt noch eine Pension kriegt.«

»Wissen Sie, wo er jetzt ist?«

»Was meinen Sie?«, fragte er. »Ist er verschwunden?«

Ich zuckte mit der Schulter. Ich wollte herausfinden, wie weit Hill mit seinen alten Kumpels Kontakt bewahrte, und beschloss, zu lügen. »Das ist es, was ich Sie frage. Er scheint nicht mehr in Durham zu wohnen. Und ich kann ihn nirgends finden. Wissen Sie, wo er hin ist?«

»Wer weiß, wo Pete jetzt ist. Vielleicht an der Küste. Er hat immer gerne getrunken und gefischt. Vielleicht ist er nach Myrtle

Beach gezogen, wer weiß? Und so gesehen, wen interessiert das schon?«

Ich wollte es wissen. Und ich wusste es auch. Was ich nicht rausfinden konnte war, ob Steven Hill wusste, das Pete Bunn jetzt auf einer Farm in Chatham County wohnte.

»Ich habe alle Abschriften sämtlicher Gerichtsfälle durchgelesen, bei denen die Drogeneinheit beteiligt war, in der Sie damals waren«, sagte ich ihm.

»Sie meinen – alle?«, fragte er, und war offensichtlich so von den Socken, dass er die Gelegenheit verpasste, die unterwürfig schwänzelnde Bedienung noch mal anzulächeln.

»Ich lese eben schnell. Und es gab da ein paar Ungereimtheiten bei diesen Fällen.«

»Ungereimtheiten?« Er wirkte verwirrt.

»Ungereimtheiten, wie zum Beispiel, dass erstaunlich oft die Anklagen fallen gelassen oder revidiert wurden.«

Er klopfte mit seiner neuen Bierflasche auf die Tischplatte und starrte dabei auf die Initialen, die irgendein Suffkopf in das billige Holz geschnitzt hatte.

»Nun?«, hakte ich nach.

Er blickte auf. »Ich erzähle Ihnen das nur, weil diese Fälle jetzt schon Jahre alt sind. Ich verletzte also keine Dienstgeheimnisse.«

»Natürlich nicht«, bestärkte ich ihn.

»Wir bauten damals unser Netzwerk auf«, erklärte er. »Wir schleusten V-Leute ein, versuchten genügend Beweismaterial zusammenzutragen, um die größeren Lieferanten dingfest machen zu können. Bei diesen Fällen ging es um Straßendealer. Wir ließen sie laufen, damit sie Informanten werden konnten.«

»Das sind ja eine Menge Informanten. Was haben die bloß alle gemacht? Informationen über andere Informanten geliefert?«

»Soll das ein Witz sein?«, fragte er argwöhnisch.

»Nein, eine völlig ernsthafte Frage«, versicherte ich ihm.

»Schauen Sie, das System stinkt zum Himmel«, sagte er. »Aber so funktioniert es nun mal. Wir mussten sie laufen lassen. Ich denke, wenn Sie die Unterlagen prüfen, werden Sie finden, dass die Leute, die nach uns kamen, eine Menge Festnahmen tätigen konnten, dank unserer Vorarbeit.«

»Da werde ich ganz bestimmt noch mal nachgucken«, sagte ich. Ich kaufte ihm seine Geschichte genauso wenig ab, wie ich an Supergünstig-Angebote im Schlussverkauf glaubte.

»Fragen Sie Pete Bunn«, sagte er zuversichtlich. »Ich bin sicher, er wird Ihnen das Gleiche erzählen.«

»Darauf wette ich«, sagte ich heiter. Ich schwöre, ich hatte nicht vor, aufmüpfig zu klingen. Aber Steven Hill nahm es so auf.

Er schob seinen Stuhl vom Tisch zurück und erhob sich zu seiner ganzen beeindruckenden Größe von eins siebenundachtzig. »Ich muss gehen«, sagte er abrupt. »Ich denke, ich bin hilfreich genug gewesen. Viel Glück mit Ihren Ermittlungen.« Er schritt durch die Tür und ließ mich mit der Rechnung sitzen. Er ließ sich nur gerade noch Zeit genug, um einen Zettel von der Bedienung entgegenzunehmen. Ich denke nicht, dass es eine Einkaufsliste war. Jedenfalls keine im herkömmlichen Sinne.

Ich legte einen Zehner auf den Tisch und folgte ihm zur Tür, wo ich beobachtete, wie er in einen neuen Porsche einstieg, der rot glänzte wie ein Zuckerapfel vom Jahrmarkt. Genau die richtige Karosse für einen Wichser wie ihn. Er spritzte Schottersteine hinter sich beim Verlassen der Ausfahrt und düste davon, den Club Boulevard hinunter.

»Na, Sie müssen ja eine Charmebombe sein«, rief mir Johnny hinter der Theke zu. »Der konnte gar nicht schnell genug abhauen.«

»Echt«, pflichtete ihm die Bedienung bei. Sie entbot mir ein triumphierendes Lächeln. »Wenn ich so einen Mann am Haken hätte, ich würde ihn nicht so leicht entkommen lassen. Sieht gut aus, und auch noch 'n Porsche. Hm-hm, da macht mein Motor brumm.«

»Schlag nur fest die Beine übereinander, Honigpüppchen«, riet ich ihr. »Es geht vorbei.«

Ich wusste, dass sie wesentlich beleidigter sein würde, wenn sie sah, was ich ihr als Trinkgeld dagelassen hatte.

Ich stand am nächsten Tag in aller Herrgottsfrühe auf, um meinen Freund Slim Jim Jones anzurufen. Er war schon seit Stunden auf, hatte die Kühe gemolken, die Schweine gescheucht, und einen Fetzen Land beim Haus umgepflügt, um dort einen Gemüsegarten für den Straßenverkauf anzulegen. Slim Jim lebte auf einer der letzten wirklich Landwirtschaft betreibenden Farmen in Wake County, wo er schwer daran arbeitete, seiner gusseisernen alten Mama ein ergebener Sohn zu sein. Er musste wahnsinnig früh am Morgen aufstehen, um das Vieh vor ihrem juckenden Abzugsfinger zu bewahren. Mama Jones' Augenlicht war auch nicht mehr das, was es mal gewesen war, und sie hatte bereits die eine oder andere Kuh weggepustet unter der Wahnvorstellung, dass es sich um Linebackers vom Footballteam der Uni handelte, die eine Verbrecherlaufbahn eingeschlagen hatten und jetzt gekommen waren, um sie auszurauben. Man aß viel Hamburger draußen auf der Jones-Farm. Man musste eben bloß vorsichtig sein beim Kauen.

»Slim Jim Jones«, sprach ich enthusiastisch ins Telefon. »Wie stehts heute Morgen mit meinem Lieblingsdrink – ein großes Glas frisches, kühles Wasser?«

»Scheiße, Casey» antwortete er mit einer nasalen Stimme, die nie ihren gequetschten Tonfall aus den Bergen verloren hatte. »Du weißt, diese Süßholzraspelei zieht bei mir nicht. Was willst du?«

Armer Slim Jim. Er konnte sich einfach nie entscheiden, ob er mich nun mochte oder nicht. Mit dem Problem plagte er sich schon seit zehn Jahren herum. Insgeheim, denke ich, betete er mich an. Warum sonst hätte er sich so genervt gezeigt? Außerdem kam er mir immer zu Hilfe, wenn ich ihn darum bat, auch wenn er zuerst grummelte. Vor ein paar Monaten hatte er mir sogar dabei geholfen, den Mörder eines Immobilienhais aufzuspüren, obwohl wir beide ihm nicht gerade Abschiedstränen hinterher geweint haben.

»Machst du immer noch Bergungsdienste für das Rote Kreuz?«,

fragte ich, wie nebenher. Man musste sich an Slim Jim heranschleichen oder man erschreckte ihn und er würde einem schon vorher von der Schippe hopsen.

»Sicher. Ich und die Jungs fanden eine alte Dame, die aus ihrem Altersheim ausgebüxt war, letzten Monat erst. Es war auch ziemlich saukalt. Sie wäre umgekommen, wenn Schnapp sie nicht unter einem Haufen alten Laubs gefunden hätte.

»Die Jungs» – das waren Schnapp und Schluck, zwei der übelsten Bluthundmischlinge, die je von einer menschlichen Nase erschnüffelt worden sind. Sie waren von Slim Jims Mama getauft worden, die immer noch für Damon Runyon schwärmte und nie etwas Moderneres las. Diese Hunde hatten spezielle Öldrüsen, die einen Geruch produzierten wie fermentierter Fußpilz. Man konnte sie zwanzig Kilometer gegen den Wind riechen. Aber sie waren gute Spürhunde, und Slim Jim behandelte sie gut. Er redete zwar hart und herzlos über sie, aber faktisch sah es so aus, dass er zwei elektrische Heizdecken für seine vierbeinigen Partner draußen in der Scheune parat hielt, und er hätte sie sogar in sein eigenes Bett herein gelassen, wenn er nicht immer befürchten müsste, dass die kurzsichtige Mama Jones sie aus Versehen mit der Knarre weg pustete, weil sie sie für Weibervolk hielt.

»Kannst du mir bei einem Job aushelfen?«, fragte ich. »Ich zahle dir zweihundert Dollar.«

Slim Jim pfiff. »Kann nichts Illegales für dich tun, Casey.«

»Diesmal ist es völlig legal«, versicherte ich ihm. Hey, ich hielt meine Finger gekreuzt, okay? »Wann habe ich dir je was Unwahres gesagt?«

»Gibt nicht genug Stunden am Tag, um sich darüber auszulassen«, sagte er, ungewöhnlich humorig. Zweihundert Dollar verbesserten seine übliche säuerliche Grundstimmung doch ungemein. »Wo und wann?«

Ich sagte ihm, wo, und wir verhandelten über das Wann. Er konnte sich mit mir draußen in Chatham County um zwei Uhr treffen, aber er musste spätestens um sechs wieder zu Hause sein, um die Farmarbeiten am Abend zu erledigen. Das würde uns zwei bis drei Stunden Zeit lassen, um Pete Bunns Farm abzusuchen. Es schien reichlich lang genug.

Ich kam zu früh an, vergewisserte mich, dass die Farm noch immer verlassen da lag, und traf mich dann mit Slim Jim vor dem Gemischtwarenladen die Straße abwärts. Er kaute Tabak mit dem Besitzer des Ladens und führte Schnapp und Schluck vor. Wie eine Menge Südstaatenbewohner mit dem Gebirge im Blut war er schottischer Abstammung. Das zeigte sich in seinen scharfgeschnittenen Gesichtszügen, er war hoch gewachsen und schlaksig, mit einem langen Truthahnhals und einer merkwürdigen Art, den runden Kopf seitwärts schräg zu legen, die ihn noch mehr wie einen Vogel aussehen ließ. Im Moment blickte er auf Schnapp und Schluck herunter wie ein stolzer Papa.

Eine nicht näher definierbare Promenadenmischung hatte in einer früheren Generation einmal an Schnapp und Schlucks Stammbaum gerüttelt, und daher mangelte es ihnen an der Größe und Schulterhöhe echter Bluthunde. Stattdessen sahen sie aus wie mutierte Bassethunde, mit schwarzbraunen Pyjamas, die einige Nummern zu groß ausgefallen waren.

»Können sie denn Fährten verfolgen?«, fragte der Ladenbesitzer mit zweifelndem Gesichtsausdruck. »Die kommen mir vor, als ob sie verdammt niedrig gebaut wären.«

»Besser als alle, die ich vorher hatte.« Slim Jim spuckte einen Batzen Kautabak aus, der wenige Zentimeter neben meinen Füßen landete, als ich mich näherte. Es war seine Art, »Hallo» zu sagen. Ich schloss mich ihnen in der Bewunderung für Schnapp und Schluck an.

»Was für ein Job ist denn das, den ihr da heute vorhabt?«, fragte der Besitzer. Ich schoss Slim Jim einen warnenden Blick zu und antwortete für ihn.

»Nur ein Probelauf unten am Haw River«, log ich. »Wir versuchen, den Sheriff dazu zu bewegen, die Hunde für die Suche nach Vermissten einzusetzen. Er will sich ein Bild von ihren Fähigkeiten machen.« Schnapp und Schluck fingen sogleich an, zu jaulen, als ob sie meine Lüge durchschaut hätten. Ich biss die Zähne zusammen und kraulte ihnen das Fell hinter den Schlappohren, um sie zu beruhigen. Ich wusste, dass ich nachher meine Finger praktisch auskochen musste, um den Gestank wieder loszuwerden.

»Wird das so eine Art Geheimmission?«, fragte Slim Jim, als ich auf die Sitzbank in seinen Pick-up kletterte, und ihn die 15-501 hinunter dirigierte.

»Das könnte man so sagen«, erwiderte ich.

»Aber nichts Illegales?«, fragte er mich wieder.

»Natürlich nicht.« Ich versuchte, entrüstet dreinzublicken, aber mir fiel partout keine passende Lüge ein. Am Schluss musste ich ihm ganz einfach die Wahrheit erzählen.

Slim Jim überraschte mich. »Du denkst also, die Leiche von dem Typ ist da auf der Farm verscharrt?«, fragte er gelassen, als ich fertig war. »Und dass der Typ, dem die Farm gehört, es getan hat?«

»Richtig. Denkst du Schnapp und Schluck können die Leiche finden?«

Er nickte. »Wenn sie da ist, schon. Aber garantieren kann ich es nicht. Teufel auch, wenn wir eine gute Witterung von dem Hemd abnehmen, kann ich ihn vielleicht sogar selber aufspüren.« Er schenkte mir ein breites Lächeln, das zwei fehlende Vorderzähne einrahmte. Ich lächelte zurück. Slim Jim machte so selten Witze, dass es das Beste war, ihn bei Laune zu halten, wenn er mal dabei war.

Wir parkten den Pick-up auf einer Lichtung in der Nähe der Stelle, wo der Haw River die 15-501 kreuzte. Jeder, der vorbeifuhr, würde annehmen, dass wir zum Fischen da waren. Schnapp und Schluck waren auf der Ladefläche eingeschlafen und wir mussten sie an ihrem Nackenfell herunterzerren, bevor sie aufwachten.

»Die heben sich ihre Kraft für später auf«, beteuerte Slim Jim, während die Hunde sogleich wieder im Sonnenschein niedersanken und kurz darauf lauthals schnarchten. Ich hoffte, dass er Recht behielt.

Der Tag war heiß geworden, ein seltener Sommereinbruch zu Beginn des Frühlings. Ich bedauerte, dass ich mir einen lilafarbenen Trainingsanzug als Schutz gegen die Brennnesseln angezogen hatte. Bis wir zu Pete Bunns Grundstück gelangt waren, schwitzte ich schon wie eine Sau in der Sauna. Unterdessen hatte Slim Jim noch nicht mal ein Tröpfchen produziert. Ach, ich liebte diese Jungs vom Land. So ein bisschen Sonnenschein und Hitze schlägt denen nicht auf den Kopf.

Die Hitze schien Schnapp und Schluck auch nichts anzuhaben. Sie schnoberten unten bei Slim Jims Füßen herum und fraßen Insekten, während sie auf einen Befehl von ihrem Herrn und Meister warteten. Er führte sie beide an einem langen Doppelgeschirr, aber die Hunde schienen es nicht eilig zu haben, davonzuwandern. Tatsächlich musste Slim Jim die meiste Zeit über an ihnen ziehen und zerren. Ich zweifelte von Moment zu Moment mehr an ihren Fähigkeiten.

»Wann fangen wir an?«, fragte ich.

»Wenn wir da sind«, sagte er gedehnt.

Ich blieb stehen und versuchte, mich zurecht zu finden. Wir befanden uns am Rand der Kiefernwälder, die in das Tal hinabblickten, in dem das Farmhaus eingebettet lag. Ich wollte sichergehen, dass niemand zurückgekehrt war. Ich kroch bis zum Rand des Waldes und sah bloß geschwungenes Hügelland und einen leeren Hof. »Alles klar«, verkündete ich. »Folgt mir.«

Wir stapften den schmalen Schmutzpfad abwärts Richtung Mülldeponie. Fliegen brummten über dem Berg von Gerümpel, als wir bei der Lichtung eintrafen, und nicht näher identifizierbares Getier huschte über die Blätter auf der anderen Seite des Haufens davon. Ich brauchte ein paar Minuten, bis ich das grünschwarz karierte Hemd wieder fand, aber ich fand es schließlich dort, wo ich es hineingestopft hatte, in einer alten Plastiktrage für Milchkartons. Slim Jim begutachtete es sorgfältig.

»Hast Glück, Casey«, sagte er.

»Ja, wieso?«

»Das hier ist Blut. Das gibt Schnapp und Schluck was zum Arbeiten. Sonst wäre es schon zu lange den Einflüssen der Witterung ausgesetzt gewesen.« Er hielt mir das Hemd hin und ich begutachtete einige Rostflecken an einer abgerissenen Seite. Ich hatte sie zuvor nicht bemerkt, aber Slim Jim hatte Recht: Das konnte Blut sein.

»Sonst noch was von seinen Sachen da drin?«, fragte Slim Jim, und nickte zu dem Müllhaufen hinüber.

»Da sind noch massenweise Anziehsachen drin, aber es ist schwer zu sagen, ob und was von ihm stammt. Es sieht aus, als ob der Typ hier eine ganze Altkleidersammlung abgekippt hätte.«

»Okay, also dann«, beschloss Slim Jim. »Wir bleiben bei dem, was wir haben.« Er ließ das Hemd um Schnapps und dann um Schlucks Nase kreisen, während er ihnen die Kommandos in die Lauscher murmelte.

»Was sagst du ihnen da?«, wollte ich wissen.

Er warf mir den bösen Blick zu. »Das ist geheim, wie ich meine Tiere abrichte!«, ließ er mich wissen, und spuckte einen Batzen Kautabak aus, der direkt neben meinen Füßen auf den Boden klatschte.

Ich rollte mit den Augen und wischte mir den Schweiß von der Stirn. Ich trug mein Haar ziemlich kurz, aber in dem Moment, in der prallen Nachmittagssonne, fühlten sie sich an wie eine RuPaul-Matte, die mich niederdrückte. Ich hätte mir eine Baseballmütze aufsetzen sollen, um mich vor der Sonne zu schützen.

Die Hunde waren ruhig geworden. Sie saßen Seite an Seite am Rand der Lichtung und starrten auf Slim Jim. Ihre Flanken zitterten vor unterdrückter Erregung. Slim Jim band beide Hunde los, und, indem er das Hemd hielt, als wäre es die karierte Startflagge beim Daytona 500, wedelte er damit am Boden und befahl ihnen: »Such! Such!«

Die beiden stinkenden und gedrungenen Schnüffler setzten sich mit einem Enthusiasmus in Bewegung, den ich mir persönlich nur noch zur Befriedigung meiner oralen Bedürfnisse gestatte. Beispiel:

Krispy-Krem-Donuts. Sie schossen aus der Lichtung hervor und fingen an, immer größere Kreise zu ziehen, mit aufgeregt wedelnden Ruten und den langen Ohren, die am Boden schleiften wie Miniaturstaubwischer.

»Die Ohren helfen ihnen, den Geruch nahe bei der Nase zu konzentrieren«, erklärte Slim Jim, während wir darauf warteten, dass Schnapp und Schluck eine Spur aufnahmen. »Sie können neunhundert Mal besser riechen als wir Menschen.«

»Sie riechen jetzt schon ganz schön«, pflichtete ich ihm bei.

Plötzlich gab Schnapp einen scharfen Beller von sich und rannte in Richtung Hauptstraße davon. Entweder hatte er den leichtesten Weg bergab gefunden oder er hatte einer Spur aufgenommen.

»Ob das funktioniert?«, stieß ich zwischen schweren Schnaufern hervor, während wir den beiden Hunden zum Farmhaus hinab folgten.

»Kann ich noch nicht sagen«, erklärte Slim Jim, nicht einmal annähernd außer Puste. »Das sind Hunde. Die lassen sich gerne Zeit.«

Sie ließen sich nicht annähernd genug Zeit für meine Begriffe. Dafür, dass sie aus kaum mehr als ein bisschen Hundefett und loser Haut bestanden, konnten die beiden Kläffmaschinen echt loszischen. Sie sausten um das Haus herum, in die Scheune hinein und wieder heraus, am Rand des Hinterhofs entlang und dann in ein paar Büsche hinein, die die Grenze zu den Weiden markierten. Wir hatten keine andere Wahl, als hinter ihnen herzuhecheln, wobei Slim Jim sie immer weiter mit »Such!« und »Such!« anfeuerte, bis ich kurz davor stand, ihm das Hemd in den Rachen zu stopfen.

Dreißig Minuten später hatte ich mindestens drei Pfund heruntergeschwitzt und war bereit, das Handtuch zu werfen. Aber gerade, als ich das zugeben wollte, kam eine bemerkenswerte Wandlung über Schnapp. Er erstarrte in seinen Bewegungen und dann warf er sich zu Boden, die Schnauze über die Pfoten gefaltet. Sein Schwanz rollte sich auf wie ein Federschmuck und die Spitze zeigte über seinen Kopf hinweg wie ein Einbahnschild. Er fing an, ein unheimliches Pfeifgeräusch von sich zu geben.

»Er hat eine Spur«, flüsterte Slim Jim. Ich fühlte, wie sich mir die Nackenhaare sträubten. Es war eine Sache, aus lauter Verzweiflung nach einer Leiche zu suchen. Es war was ganz anderes, auch eine zu finden.

Schnapp schloss sich seinem Bruder an und legte sich leise am Beginn der Schweißfährte nieder, mit der gleichen Haltung und der gleichen folgsamen Wartestellung.

»Fertig?«, fragte Slim Jim. »Wenn ich sie loslasse, dann gehen sie richtig los.«

»Fertig.«

»Findet es«, befahl Slim Jim seinen Hunden, und sie sprangen los, und heulten unisono. Ihr Gejaule schallte über die Hügel wie ein archaischer Warnlaut, der Angst und Schrecken erregen sollte, während sie sich ihrer Beute näherten. Wir joggten hinterher, um mit ihnen Schritt zu halten und folgten Schnapp und Schluck über eine Hügelkuppe, über einen Teil des niedergewalzten Zauns und wieder in den Kiefernwald hinein.

»Sie führen uns zurück zu der Lichtung, wo wir angefangen haben«, sagte ich enttäuscht. »Wir bewegen uns im Kreis.«

»Vertrau Ihnen«, sagte Slim Jim, während seine hagere Gestalt vorwärts eilte. »Schnapp und Schluck wissen, was sie tun.«

Die Hunde legten noch einen Zahn zu. Die kräftigen, kurzen Beinchen paddelten wie wild. Sie trafen eine Minute vor uns auf der Lichtung ein. Wir trafen sie an, wie sie, Stolz und Bewunderung heischend, mit ihren Nasen auf die entfernteste Ecke der Deponie deuteten. »Es ist das Hemd!«, sagte ich. »Sie haben wahrscheinlich den Rest von dem Hemd gefunden.«

»Es ist nicht das verdammte Hemd«, antwortete Slim Jim, erbost über so viel Unglauben. »Die sind auf Fleisch trainiert, okay? Schau du auch mal.«

Er übernahm die Führung und fing an, den alten Schrott beiseite zu räumen, bis sich der Haufen teilweise verringert hatte. Gemeinsam schleiften wir den Stapel alter Sprungfedern, den kaputten Kindersitz, die zerdepperten Blumentöpfe und einen kleinen Berg Gartenabfälle zur Seite.

»Hier ist der Müll aber ungewöhnlich verdichtet«, sagte Slim Jim. »Welchen Grund sollte jemand haben, die ganzen schweren Sachen auf diese eine Stelle zu häufen?«

Ja, welchen wohl? Ich fing an, zu glauben, dass die beiden Möchtegernbluthunde vielleicht wirklich eine Ahnung von ihrem Geschäft hatten. Wir brauchten fast zwanzig Minuten, um die betreffende Stelle freizuräumen. Schnapp und Schluck kamen Zentimeter um Zentimeter, mit jedem Objekt, das wir beiseite schafften, näher heran, bis ihre Nasen rund um die freigeräumte Stelle herumschnüffelten.

»Hier ist es«, sagte Slim Jim zuversichtlich. »Du hattest Recht, Casey. Die Jungs irren sich nie. Hier ist was.«

Slim Jim hatte Recht. Schnapp und Schluck hatten Recht. Ich hatte Recht. Nur George Carter lag nicht ganz richtig. Denn hier, am entfernteren Ende des Abfallhaufens, befand sich ein Fleckchen Erde, das aufgewühlt und wieder zurückgeschaufelt worden war. Wir kratzten eine Lage Blätter beiseite und entdeckten die undeutlichen Umrisse eines ungleichmäßigen Rechtecks, das groß genug war für George Carters Leiche.

Slim Jim imitierte seine Hunde und ging auf allen Vieren nieder und beschnüffelte den Boden. »Wie lange hast du gesagt, ist dieser Bursche jetzt schon abgängig?«, fragte er mich.

»Zwei Monate«, sagte ich. »Vielleicht zweieinhalb.«

»Dann beeilen wir uns lieber«, beschloss Slim Jim. Er durchwühlte die Schrottansammlung, bis er zwei ausgediente Grabwerkzeuge fand, mit denen wir behelfsmäßig schaufeln konnten. Gemeinsam bearbeiteten wir dann eine Ecke des Rechtecks, lockerten das Erdreich vorsichtig und hoben sorgsam Brocken für Brocken heraus. Wir arbeiteten eine halbe Stunde lang, während der Erdhaufen neben uns anwuchs, ebenso wie das Winseln der Hunde.

»Bist du dir sicher?«, fragtc ich ungefähr zum fünfzehnten Mal.

»Ich bin mir sicher«, antwortete Slim Jim mit grimmiger Entschlossenheit. »Ich fühle da was.«

Er kratzte noch eine Schicht Erde beiseite. Wir konzentrierten uns auf eine Stelle, etwa sechzig Zentimeter im Quadrat und waren knapp auf einen Meter Tiefe vorgestoßen. Schnapp und Schluck sprangen vor lauter Erregung fast aus ihren Fellpyjamas. Sogar ich konnte die Geruchsveränderung in der Luft wahrnehmen.

»Gleich haben wirs«, verkündete Slim Jim. Sein Gesicht zuckte und er blinzelte rasch, als er die Hand aus dem Loch herausnahm. »Sieh selber nach«, sagte er und bewegte sich fort von dem Grab, um frische Luft zu schnappen.

»Bist du okay?«, fragte ich. »Du siehst ein bisschen grün aus.«

»Sicher doch.« Er spuckte einen Batzen Tabaksaft auf den Boden. »Nicht genug zu Mittag gegessen, das ist alles. Der Gestank ist nicht gerade das, was ich erwartet hatte.« Er wich zur Seite und rang röchelnd nach Luft.

Ich kroch auf den Knien an die Stelle, wo Slim Jim gegraben hatte, und scharrte eine weitere Schicht Erde beiseite. Die Umrisse eines Arms wurden sichtbar, oder was davon übrig geblieben war. Er bog sich einwärts zu den Überresten einer Hand hin, die vom Körper abgefallen war. Der Zerfall des Fleisches war schon weit fortgeschritten, aber das kühle Wetter hatte dazu beigetragen, die Unterschicht zu konservieren, und man konnte immer noch erkennen, dass das Opfer ein Schwarzer gewesen war. Ich brauchte nicht mehr zu sehen.

»Er ist es«, sagte ich fast ungläubig. »Wir haben ihn tatsächlich gefunden.« Ich blickte hinunter auf Schnapp und Schluck. »Ihr zwei kriegt die dicksten T-Bone-Steaks, die ihr je gesehen habt, das verspreche ich euch.«

Ich hätte das mit dem Essen nicht erwähnen sollen. Der arme Slim Jim. Es war die alte Geschichte. Erst klotzt er auf der Pirsch, dann kotzt er auf den Hirsch, wie die Jägersleute sagen. Er rannte auf die andere Seite der Lichtung und würgte den Rest seines Mittagessens in die Büsche. Es war nett, dass es zur Abwechslung mal nicht ich war, die sich übergeben musste.

Schnapp und Schluck machten es uns schwer, als wir fort wollten. Wie Gandhi-Anhänger ließen sie sich schlaff fallen und weigerten sich, von der Stelle zu rücken. Wir mussten sie praktisch eigenhändig vom Schauplatz wegzerren. Slim Jim war verblüfft. Ich war sauer. Siebzig Pfund Hundefett herumschleppen, ist Arbeit, die durstig macht. Aber bald lagen Schnapp und Schluck hinten auf der Ladefläche im wohlverdienten Tiefschlaf.

Slim Jim und ich saßen im Pick-up und fuhren wieder zurück zu dem Laden, nuckelten an unseren Pepsis und aßen Bananenmondtörtchen. Vertrauen Sie mir, es ist ein altes ländliches Rezept gegen Kotzübelkeit. »Was machen wir jetzt?«, fragte er.

»Ich weiß nicht. Das muss ich mir erst noch überlegen«, bekannte ich.

»Verdammt nochmal, Casey«, beschwerte sich Slim Jim. »Du tust geradezu so, als ob du nicht erwartet hättest, was zu finden. Hast du denn keinen Plan?«

Genau genommen, nein. Aber ich versuchte, schnell einen zu entwickeln.

»Ich würde mal sagen, es ist ziemlich klar, dass Pete Bunn ihn umgebracht hat, meinst du nicht?«, dachte ich laut nach. »Ich meine, wenn die Leiche schon auf seinem Grundstück gefunden wird.«

»Ganz schön blöder Ort, um eine Leiche loszuwerden, wenn du mich fragst. Ich hätte sie auf dem Grundstück von wem andern eingebuddelt.«

»Ja, aber hier konnte er ein Auge drauf halten.«

Slim Jim blickte auf die Uhr. Er hatte wichtigere Dinge im Kopf. »Hör mal«, sagte er. »Ich muss bis sechs zu Hause sein, oder Mama zieht mir das Fell über die Ohren.«

Und meines gleich mit, dachte ich. »Ich könnte zum Gouverneur gehen«, schlug ich vor, immer noch dabei, einen Plan auszuarbeiten. »Ich muss ihm die neue Sachlage klar machen, damit er Gails Hinrichtung verschiebt, bis die Sache mit den schmutzigen Cops geklärt ist.«

»Welcher Gouverneur?«, fragte Slim Jim. »Unser Gouverneur? Also, der Hund wird da nicht mitjagen, wenn du verstehst, was ich meine. Der wird in diesem Jahr keine Hinrichtungen verschieben. Der legt keinen Wert darauf, verurteilte Mörder freizulassen, falls du es noch nicht bemerkt hast.«

Slim Jim tat immer so, als ob er der letzte Hinterwäldler war, aber er war kein Idiot. Er hatte Recht, was den Gouverneur betraf. Der würde nur unter massivstem Druck nachgeben, und es gab noch immer keinen direkten Beweis, der das Ableben von Peyton Tillman und George Carter mit dem Mord an Roy Taylor in Zusammenhang brachte. Was jetzt angesagt war, war ein bisschen Manipulation im Hintergrund und genug öffentlicher Druck, um den Gouverneur zu zwingen, seine Entscheidung in der Öffentlichkeit zu treffen, wo er von den guten Bürgern des Staates beobachtet werden konnte.

»Ich habe eine Idee«, sagte ich. »Aber das wird warten müssen bis zum Morgen. Es wird bald dunkel sein. Das heißt, ich werde die Leiche heute Nacht bewachen müssen.«

Slim Jim pfiff durch die Zähne. »Du willst die ganze Nacht über wach bleiben und dort im Wald sitzen?«, sagte er. »Auf jedes Geräusch lauschen und darauf warten, dass dieser Pete Bunn zurückkommt? Casey, du bist ein Mädchen vom Lande, aber du lebst schon seit langem in der Stadt. Ich sehe nicht, wie du das schaffen willst, um ganz ehrlich zu sein.«

»Ich habe keine andere Wahl. Wenn uns jemand auf die Schliche gekommen ist, und versucht, die Leiche fortzuschaffen, dann haben wir gar nichts in der Hand. Gail ist tot, bis wir einen weiteren Anhaltspunkt finden.«

»Wir haben auch jetzt keinen Anhaltspunkt«, bedeutete mir Slim Jim mit dem typischen Sinn fürs Praktische, der einen Bauern auszeichnet.

»Nein«, musste ich zugeben. »Aber ich habe genug, um das vorgesehene Hinrichtungsdatum zu verschieben, während sie nachprüfen, ob es einen Zusammenhang mit Gails Fall gibt. Ich muss nur dringend ein paar Anrufe machen.« Ich zögerte, bevor ich aus dem Pick-up ausstieg. Ich wollte ihn nicht direkt um den Gefallen bitten. Es war schließlich ein großer. Slim Jim starrte mich an und schwieg genauso lange und beharrlich wie ich.

»Ach, also gut«, sagte er schließlich, nachdem er meine unausgesprochene Bitte nicht mehr länger ignorieren konnte. »Ich werde dir heute Nacht Gesellschaft leisten. Aber ich werde warten müssen, bis Mama schlafen gegangen ist.« Er schnaubte, um seine Nebenhöhlen frei zu kriegen, und fing wieder an, seinen Tabak zu kauen. Es wunderte mich nicht, dass er nie eine Freundin gehabt hatte. Sie hätte ein Lätzchen tragen müssen, bloß um ihm ein Gutenachtküsschen zu geben.

Es war fast elf Uhr, als ich erneut mit Slim Jim bei dem Gemischtwarenladen zusammen kam. Ich hatte meine Telefonate erledigt, obwohl es ein Weilchen gedauert hatte, die richtige Reporterin aufzuspüren, und noch ein ganzes Stückchen länger, eine Fernsehredakteurin zu finden, die der Reporterin vertrauenswürdig genug erschien.

»Alles klar?«, fragte Slim Jim. Er hielt einen kleinen Packen Kautabak in der Hand. So viel zum Thema Campingausrüstung.

»Hast du sonst nichts mitgebracht?«, fragte ich.

Er blickte mich ausdruckslos an. »Wir verbringen nur die eine Nacht dort draußen, oder?«

Ich nickte.

»Also, was brauche ich sonst?«, fragte er und ließ den Motor an.

»Wir hätten wahrscheinlich deine Mama und ihre Schrotflinte mitbringen sollen«, sagte ich, ein bisschen peinlich berührt, weil ich einen Schlafsack, meine Sporttasche mit einer Taschenlampe und der .44er-Magnum dabei hatte, und genug frittiertes Hühnerklein von Hardee's, um ein ausgehungertes Bataillon der Konföderierten Armee durchzufüttern.

»Ich habe schon eine von ihren Flinten mitgebracht«, sagte Slim Jim gedehnt. Ich konnte sein Grinsen im Dunkeln spüren. »Man weiß ja nie, wann sie einem gelegen kommt.«

Er schoss einen Hasen damit. Dann zog er ihm das Fell ab und verspeiste ihn als verspätetes Abendessen um Mitternacht, nachdem er vorher ein verstecktes Feuer zwischen einem Kreis aus Felsen baute, die der Haw River vor Äonen zurückgelassen hatte, als er sein Bett wechselte. Das war so ungefähr das Aufregendste, was in der ersten Hälfte der Nacht passierte. Wir wechselten uns ab damit, auf dem Schlafsack zu dösen und über der Lichtung zu wachen. Es gab nicht das leiseste Rascheln, das wir auf menschliches Einwirken hätten zurückführen können. Es war eine Nacht voller Eulengeheul, Hirschgeraschel, Possumquietschen und einer versuchten Razzia auf meine Hühnerteilchen durch eine Horde hungriger Waschbären. Ich hatte Wachdienst während dieses Scharmützels. Wir hatten einige Verluste bei den Hühnerbeinen zu beklagen, aber ich schaffte es, weitere Verluste zu unterbinden. Waschbären sind zähe Gesellen, aber ich bin noch zäher, wenn es darum geht, meinen Anteil an Biskuits und weißem Hühnerbrustfleisch zu verteidigen.

Ich ging exakt im Einstundenrhythmus immer wieder zur Staatsstraße zurück, aber Pete Bunns Farmhaus blieb weiterhin dunkel und totenstill. Mich beschlich eine düstere Ahnung. Der Mann musste Wind von den Dingen gekriegt haben und war abgetaucht. Und wenn erst mal seine Farm ganz groß in den Nachrichten erschien, würden wir ihn wahrscheinlich nie wieder zu sehen kriegen.

Es war gegen drei Uhr morgens, als ich den schweren Motor hörte. Es fing an als ein fernes Dröhnen und wurde immer lauter, je weiter das Fahrzeug die lange Anfahrt herunter kam. Slim Jim schnarchte leise neben dem verglimmenden Feuer, und ich ließ ihn in Frieden. Ich kroch den Pfad zum Hauptweg zur Farm entlang, mit der .44er fest in meiner Hand. Wolken verdunkelten das Mondlicht und hüllten die Farm in Dunkelheit, aber ich konnte die Hecklichter eines Pick-ups rot aufleuchten und dann verlöschen sehen. Irgend jemand war unten am Fuß des Hügels vor dem Farmhaus vorgefahren. Der Motor verstummte und abrupt trat Stille ein. Ich konnte mein Herz in der Brust klopfen hören, und das Rascheln der Nadeln unter meinen Füßen. Ich konnte nicht näher heran, ohne ins Freie zu treten.

Der Klang von zerspringendem Glas schallte die Auffahrt zu mir herauf. Wenn das Pete Bunn war, der da nach Hause zurückkehrte, dann hatte er seine Schlüssel vergessen und kletterte soeben durch ein Fenster rein. Ich war allerdings bereit, mein Geld darauf zu wetten, dass es jemand anderes war. Jemand, der weniger Skrupel hatte als ich, wenn es um Einbruch ging.

Ich war gerade dabei, mich auf die Straße hinauszuwagen, um besser sehen zu können, als sich eine Hand in meinen Ellbogen krallte. Ich hüpfte fast einen Meter aus meinen Sandalen, verschluckte einen Schrei und schaffte es nur mit Mühe, mir nicht in die Hose zu machen.

»Ich bins«, flüsterte Slim Jim. »Du brauchst nicht mal daran zu denken, die Straße da runter zu gehen.«

»Verdammt Slim«, zischte ich. »Fast hätte ich mir in die Hose gemacht.«

»Klappe«, raunte er mir zu. »Dich hört man bis da unten hin!«

»Ich muss wissen, wer das ist«, presste ich zwischen zusammengebissenen Zähnen hervor.

»Nein, musst du nicht«, sagte er. »Ich kann dich da nicht runter lassen. Sorry.«

Gott, der Mann hatte einen Griff wie eine Schraubzwinge. Ich würde nirgendwo hingehen, bis er mich losließ. Also hielt ich die Klappe und wartete ab.

Ungefähr dreißig Minuten später hörten wir den Motor wieder aufheulen. Slim Jim zog mich zurück in den Wald, und wir sahen zu, wie die Scheinwerfer den Hügel zu uns heraufgehüpft kamen. »Beweg dich nicht«, warnte er mich.

Die Lichtkegel zogen in einem Bogen über uns hinweg, als der Fahrer die Kuppe erreichte und vor der Kurve abbremste. Ich dachte, mein Herz würde mir aus der Brust springen. Slim Jims Hand hielt meinen Arm eisern fest, bis das Fahrzeug wieder an Geschwindigkeit gewann und den Hügel hinab zum Highway davonfuhr.

»Ich dachte, er würde anhalten«, sagte ich und schnappte nach Luft, während ich meinen Ellbogen rieb.

»Er hat nach etwas gesucht«, sagte Slim Jim definitiv. »Er ist durch ein Fenster eingebrochen und hat das Haus durchsucht.« Er klang sehr zufrieden mit sich selbst, so, als ob er ein neues Spiel entdeckt hätte, das ihm viel Spaß bereitete.

»Woher willst du wissen, dass es ein ›er‹ war?«, fragte ich verärgert. Es gefiel mir nicht besonders, dass er sich in meinen Kompetenzbereich einmischte.

»Ich habe gute Nachtsicht, und er fuhr einen schwarzen Ford F-150 mit extrabreiten Hinterrädern«, antwortete Slim Jim voll entnervender Zuversicht. »Wie viele Frauen kennst du, die so ein Fahrzeug haben?«

Das leuchtete mir ein. Ich setzte mich straßeabwärts in Bewegung auf das Haus zu und wurde von hinten festgehalten. Slim Jim erwies sich als ein bisschen zu beschützerisch für meinen Geschmack.

»Lass mal ab von mir«, zischte ich. »Ich hätte mir fast den Fuß weggeschossen. Ich halte hier eine .44er-Magnum in der Hand, du Idiot. Lass mich los. Ich will sehen, was er in dem Haus gesucht hat.«

»Wenn er gefunden hat, wonach er gesucht hat, ist es jetzt weg«, erklärte Slim Jim. »Wenn nicht, wirst du es auch nicht finden. Ich kann nicht das Risiko eingehen, dass er zurückkommt. Jeder Jäger weiß, dass du nicht hinter einem Viechzeug im Unterholz herkriechst, solange du keine Ahnung hast, was für ein Tier es ist.«

Ich hasste es, das zuzugeben. Er hatte Recht.

«Ich könnte jemanden umbringen dafür, wenn ich jetzt meine Zähne putzen dürfte«, sagte ich zu Slim Jim früh am nächsten Morgen, als ich mir den Mund mit dem übrig gebliebenen Eistee ausspülte und auf die Glut des Lagerfeuers spuckte. Es zischte und entsandte ein nettes Dampfwölkchen in die frische Morgenluft. Die Sonne würde in wenigen Minuten aufgehen. Die Dunkelheit war zu diesem Zeitpunkt nichts weiter als ein Schatten, der sich in den Spitzen der Kiefern verfangen hatte.

»Zeitverschwendung«, meinte Slim Jim. Er vertilgte soeben die Überreste seines Mitternachtsmahles. »Willst du echt nichts davon abhaben?«

Ich schüttelte den Kopf. Ich war eine Landpomeranze aus dem Bayou, und da standen wir als echte Feinschmecker mehr auf Alligator. Unsere Häschen ließen wir unbehelligt, damit sie die Präsidenten erschreckten, wenn sie auf Urlaub kamen.

»Ich fühle mich großartig«, verkündete ich. »Man möchte meinen, mir sollte der Rücken wehtun und ich müsste total verfroren sein, aber ich fühle mich toll. Ich muss langsam über meine Verletzungen weggekommen sein.«

»Frische Luft«, meinte Slim Jim. »Eine Nacht unter den Sternen ist gut für die Seele.«

Ich schaute auf die Uhr. »Die Reporter warten. Ich muss gehen und meine Anrufe erledigen.«

»Und ich muss einfach gehen.«

Darüber hatte es niemals einen Zweifel gegeben, dass Slim Jim verschwand, wenn die Reporter und Kameras auftauchten. Er war derart öffentlichkeitsscheu, dass ich mich manchmal fragte, was er wohl so alles trieb. Manchmal verschwand er ganze Nächte lang, und Mama Jones verriet natürlich nichts. Ich fragte auch nie. Ich hatte gelernt, meine Nase nicht in anderer Leute Angelegenheiten zu stecken – außer wenn ich gerade dafür bezahlt wurde.

Wir verwischten alle Spuren, die darauf hindeuteten, dass wir George Carters Leiche bewacht hatten, und gingen dann zurück zum Pick-up. Der Mann vom Gemischtwarenladen starrte uns neugierig an, als wir sein Geschäft betraten. Wir waren ein etwas zu ungleiches Paar, um die Nächte gemeinsam in der Wildnis zu verbringen. »Wo sind die Hunde?«, fragte er.

»Teufel auch, die sind zu Hause und schlafen«, erklärte ich. »Viel zu früh für sie.« Das verwirrte ihn genug, um sich um seinen eigenen Kram zu kümmern. Er ließ mich sogar sein Telefon benutzen, obwohl er dann ungewöhnlich lange am Regal mit dem Knabberzeugs verweilte und die Zellophanverpackungen abstaubte, während er die Lauscher aufspannte. Slim Jim winkte mir durchs Fenster zum Abschied zu, als ich gerade wählte. Er sah erleichtert aus, dass seine Pflichten erledigt waren.

Ich rief die *N&O*-Reporterin an, die ich am Abend zuvor benachrichtigt hatte. Ich hatte sie ausgesucht, weil sie die Serie über Gails kleine Tochter geschrieben und dabei mehr Feingefühl an den Tag gelegt hatte, als die meisten anderen, die über den Prozess geschrieben hatten. Wie vereinbart, stand sie mit einem Nachrichtenteam von *Channel 5* bereit und wartete. Sie hatten sich im durchgängig die ganze Nacht geöffneten Bluebird-Diner kurz außerhalb vor Pittsboro häuslich niedergelassen und munter drauflosgespeist, während sie auf meinen Anruf warteten.

»Ich war mir nicht sicher, ob Sie wirklich anrufen«, sagte sie. »Dann hätte ich eine Menge stinksaurer Leute an der Hacke gehabt.«

»Ich bin eine Frau, die ihr Wort hält«, versicherte ich ihr. »Nur, denken Sie an unsere Abmachung.«

»Keine Sorge«, sagte sie. »Das geht klar.«

Ich beschrieb ihr den Weg zu Pete Bunns Farm. Sie versprach, in fünfzehn Minuten dort zu sein. Ich wartete eine volle Viertelstunde lang, nur um auf Nummer sicher zu gehen. Dann machte ich meinen zweiten Anruf.

»Chatham County, das Büro des Sheriffs«, muffte eine Stimme ins Telefon.

»Ich möchte den Fund einer Leiche melden«, sagte ich gelassen.

Der Besitzer des Ladens war so überrascht, dass er völlig vergaß, die Schokobananen weiter abzustauben.

13

Der Sheriff von Chatham County verschwendete nur seine Zeit bei dem Versuch, die *N&O*-Reporterin und die Leute von *Channel 5* auszuquetschen.

»Wie zum Teufel sind Sie überhaupt vor uns hierher gekommen?«, fragte er. Keiner sagte ein Wort. »Versuchen Sie bloß nicht, sich hinter Ihrem Recht auf Pressefreiheit zu verstecken«, warnte der Sheriff, aber immer noch antwortete ihm niemand. Ich konnte es ihnen nicht verdenken. Ich sagte selber so wenig wie möglich.

Er war ein großer Mann mit breiten Schultern und einem dicken Schmerbauch, der über seinen Gürtel hing. Und seine rehfarbene Uniform war so steif gestärkt, dass sie ohne ihn zum Appell hätte antreten können. Er hatte den Hut zurückgeschoben und entblößte einen unbehaarten basketballartigen Kopf, völlig ohne Haare. Das Unangenehmste an ihm waren seine dunklen kleinen stechenden Augen, die unter einer vorgewölbten Stirn kalt hervorfunkelten. Was war ich froh, dass ich in Durham County lebte.

Er fixierte mich mit seinen winzigen Äuglein. »Was zum Teufel hatten Sie hier zu suchen?«, fragte er mich voller Ungeduld. »Erzählen Sie mir noch einmal, wie Sie die Leiche gefunden haben.«

Über uns hatte sich die Wolkendecke zugezogen. Der drohende Regen hatte schon den ganzen Morgen lang über uns gehangen und der graue Tag spiegelte meine ahnungsvolle Stimmung. Mein Plan funktionierte nicht so, wie ich es erwartet hatte. Ich war noch nie zuvor dem Sheriff von Chatham County begegnet, und er erwies sich als sehr viel ausgeschlafener, als ich vermutet hatte. Er sah direkt ungehalten aus, als ich meine lahme Story wiederholte, wie ich am Abend zuvor zur Farm herausgekommen war, um Pete Bunn wegen einer Vermisstenakte zu befragen, an der ich gerade arbeitete. Ich sagte, es sei mir verdächtig vorgekommen, dass niemand zu Hause war. »Ich beschloss, um das Anwesen herum zu laufen«, erklärte ich. »Und dabei stieß ich auf diesen Haufen voller weggeworfener Sachen. Als ich ein bisschen rumstocherte, fand ich ein Männerhemd mit, wie es aussah, Blutflecken drauf, und als ich ein paar Sachen wegräumte, um genauer nachzusehen, entdeckte ich die Mulde. Es wurde schon dunkel und mir war es zu unheimlich, alleine dazubleiben. Also kam ich heute Morgen ganz früh wieder her und da fand ich die Leiche.«

»So, da mussten Sie aber sehr viel Schamott beiseite schieben, um auf diese Stelle zu stoßen«, sagte er trocken. Es klang wie das Gezischel einer Klapperschlange, die sich auf einen Angriff vorbereitete.

Wir wurden durch die atemlose Ankunft eines Hilfssheriffs unterbrochen. Er war vom Haus bis hierher den Hügel hinauf geschnauft und gerannt, um seine Nachricht zu überbringen.

»Da ist wer in das Haus eingebrochen und hat alles durchsucht«, sagte er. »Alles ist zerbrochen und zerschlagen und liegt auf der Erde. Blut ist aber keins zu sehen.«

Der Sheriff starrte wieder mich an und wartete.

»Was schauen Sie mich so an«, protestierte ich. »Ich war nicht mal in der Nähe von dem Haus.«

Er wandte mir den Rücken zu und sprach mit einem anderen seiner Deputies. »Wissen wir schon was? Du bist doch ausgebildet in diesem Mist. Wer oder was ist es?«, fragte er.

Die Gruppe von Deputies hatte hart gearbeitet und die ganze Leiche in wenig mehr als einer Stunde ausgegraben. Was noch von George Carter übrig war, starrte nun hinauf in die Baumwipfel, und bekam von dem Wirbel um ihn herum nichts mehr mit.

»Männlicher Schwarzer, ungefähr einszweiundneunzig«, berichtete der Deputy. »Schusswunde in der Brust, vermutlich eine Austrittswunde. Ich würde meinen, er ist von hinten erschossen worden. Er trägt Jeans. Teil von einem Hemd. Keine Identifizierung. Die Leiche muss schon eine Weile in der Erde gelegen haben. Meiner Schätzung nach – zwei Monate, mindestens.«

»Ist das dieser Pete Bunn, den Sie befragen wollten?«, fragte der Sheriff.

»Ich schüttelte den Kopf. »Pete Bunn ist ein Weißer.«

Der Sheriff blickte verdrießlich drein. »Wer zum Teufel ist dann der hier?«

Das Fernsehteam hatte mit den Aufzeichnungen angefangen, und ich achtete sorgsamst darauf, mich aus ihrem Blickfeld herauszuhalten. Slim Jim Jones war nicht der Einzige, der sich lieber bedeckt hielt.

»Wo wollen Sie denn jetzt hingehen?«, fragte der Sheriff. Er winkte mich mit einem Finger, so fett wie ein Würstchen, näher zu sich heran. Ich trat zweieinhalb Zentimeter vor und blieb dann stehen.

»Haben Sie eine Ahnung, wer das sein könnte?«, fragte er mich mit einem gefährlich leisen Tonfall.

Ich hüstelte bescheiden. »Nur eine Ahnung«, sagte ich.

»Bitte. Erleuchten Sie mich«, befahl der Sheriff mit zusammengebissenen Zähnen.

»Es gibt da einen Polizisten aus Durham, der vor ungefähr zwei Monaten verschwunden ist, auf den die Beschreibung der Leiche passt. Er heißt George Washington Carter. Er hat früher mit Pete Bunn zusammengearbeitet. Der könnte es sein.«

Während ich noch sprach, bemerkte ich, wie ein Deputy unauffällig aus der Lichtung hinaus trat und zu einem der Streifenwagen hinüber ging, die in der Auffahrt geparkt standen. Die Nachricht würde sich bald verbreiten.

»Was meinen Sie, wie er hierher gekommen ist?«, fragte der Sheriff und klang dabei so, als ob ihm jede einzelne Silbe große körperliche Schmerzen bereitete.

»Ich kann es Ihnen wirklich nicht sagen«, log ich.

Ihr Einsatz hätte nicht unpassender kommen können. Wie auf ein Stichwort stellte sich in diesem Augenblick die Reporterin neben die Lichtung und begann ihren Bericht aufzuzeichnen. Mit ihrer lautesten Kamerastimme und voll professioneller Bedenken.

»Quellen aus dem Umfeld der Untersuchung haben die Leiche als einen Polizisten aus Durham identifiziert, der bereits seit Januar gesucht wird«, verkündete sie zuversichtlich. »Der Name wird noch zurückgehalten, bis die nächsten Anverwandten benachrichtigt werden können. In einer weiteren überraschenden Wende behaupten einige der an der Untersuchung beteiligten Ermittler, dass sein Tod mit dem sensationellen Mord an Roy Taylor vor acht Jahren zusammenhängt. Ein weiterer Zusammenhang, heißt es, könnte mit dem kürzlich erfolgten Selbstmord des Richters Peyton Tillman bestehen. Während diese Verbindung erst noch bestätigt werden muss, haben einige Ermittler persönliche Bedenken angemeldet wegen der bevorstehende Hinrichtung von Gail Honeycutt für Roy Taylors Tod. Eine Quelle, die namentlich nicht genannt werden wollte, erklärte uns, dass neue Beweise im Zusammenhang mit der Leiche, die Sie hinter mir sehen, Gail Honeycutts Unschuld beweisen und zu einer neue Anklage im Mordfall Roy Taylor führen könnten.«

Nicht schlecht, dachte ich. Jetzt musste ich nur noch mit den Beweisen aufwarten.

Der Sheriff starrte die Reporterin mit fest zusammengepressten Lippen und einer Donnerwettermiene an.

»Wenigstens eine, die weiß, was hier gespielt wird«, erdreistete ich mich zu sagen.

Der Blick, den er mir zuwarf, hätte die Milch im Innern eines Kuheuters ausflocken lassen können.

Bis zum Mittag hatte sich die Lichtung in einen Polizeizirkus verwandelt. Eine Schwadron von State Troopers war eingetroffen, um die Ordnung wiederherzustellen und um den Anrainern zur Seite zu stehen. Das State Bureau of Investigation hatte sich ebenfalls der Gruppe angeschlossen, nachdem bekannt wurde, dass das Opfer vermutlich ein Polizist war. Die SBI-Leute fielen auf durch ihr Geschlecht (männlich), ihre Kleidung (dreiteiliger Anzug) und ihre Technik (Knopfhörer in den Ohren, Kabel, Handfunkgeräte, Funksignalempfänger). Diese Burschen trugen mehr Elektronik an ihrem Körper spazieren, als an einem Samstagmorgen in der Reklame von Circuit City angeboten wurde.

Das Team von *Channel 5* war abgefahren, damit ihr Bericht noch rechtzeitig als Aufmacher für die Nachmittagssendung fertig wurde, aber dafür waren jetzt andere TV-Sender angekommen. Der gegenwärtige Monat war bisher ohne nennenswerte Sensationen abgelaufen. Ein verwilderter Hund hatte die Mütter von Cary aus Angst vor der Tollwut erzittern lassen, und ein entlaufener Tiger hatte die Straßen von Durham unsicher gemacht. Der unerschrockene Hund blieb auf freiem Fuß und entging allen Versuchen, ihn einzufangen, womit er den Status eines Che Guevara der Hundewelt erlangte. Der entlaufene Tigerwelpe entpuppte sich als überernährter Stubenkater. Jeder Reporter im Dreieck sehnte sich nach einer echten Story, und deshalb waren sie auch alle hier vollständig versammelt, um eine zu erwischen. Bedauerlicherweise wusste niemand, was eigentlich vorgefallen war, abgesehen von den Informationen, die ich meinen ausgewählten Reportern zugesteckt hatte. Die anderen waren brennend interessiert an weiteren Details, aber die Polizisten schwiegen eisern. Es gab nichts zu tun, außer lange Ohren zu machen und den Streit mitzuverfolgen, der sich auf der gegenüberliegenden Seite der Lichtung abspielte.

Der Sheriff stand inmitten einer eng zusammengedrängten Truppe von gemischten Cops. Hinter ihnen machte das vereinte forensische Team seine Fotos und sicherte Beweisstücke. Die Polizisten diskutierten vermutlich gerade ihre jeweiligen Zuständigkeitsbereiche, jedenfalls war ich darüber ziemlich sicher. Und ich verwettete meinen Allerwertesten darauf, dass der Sheriff als Gewinner hervorging. Er sah so aus, als ob er einem Grizzly das Fell abziehen könnte – und es auch tun würde, wenn er je die Gelegenheit dazu bekäme. Er war eindeutig der Beherrscher der Situation auf diesem Hügel.

Genauer gesagt, bis ein neues Kontingent eintraf. Wie eine Gang von Edelgaunern aus einem schlechten Western, erschienen vier Herren in Anzügen an der Spitze des Pfades, der durch den Wald führte. Ihre Gestalten wurden durch einen kurz aufflammenden Sonnenstrahl ins Gegenlicht getaucht. Sie näherten sich im

Gleichschritt, die Dienstmarken aufgeklappt, glitzerndes Metall voran. Durham beteiligte sich mit einem ranghohen Team an der Untersuchung. Hier hatte man eindeutig nicht die Juniorstaffel geschickt. Eine weitere Reihe von Detectives im Anzug stand dahinter, und ich konnte mittendrin Steven Hill ausmachen. Seine Blicke hakten sich über den ganzen Platz hinweg mit meinen zusammen. Ich war die Erste, die den Blickkontakt abbrach.

Er konnte einfach nicht ganz menschlich sein, dachte ich – nicht mit diesen smaragdgrünen Augen. Wenn ich einen hölzernen Pfahl dabei gehabt hätte, hätte ich ihn parat gehalten, denn ich konnte fast riechen, dass er nach Blut dürstete. Insbesondere nach meinem. Das sagte mir sein Blick.

Meine einzige Chance auf Entkommen war, dass Chatham County die Diskussion über den Kompetenzkonflikt gewinnen würde. Aber diese Hoffnung zerstob, als ich die beiden grimmig aussehenden Männer in Schwarz sah, die das Schlusslicht der Schwadron aus Durham bildeten. Ihr Bürstenhaarschnitt war schon fast außerirdisch. Augenblicklich hasteten die meisten der SBI-Agenten zu ihnen hinüber und begannen mit gedämpften Stimmen zu diskutieren. Das FBI.

Okay, dachte ich. Bleib ruhig. Bleib ganz ruhig. Jetzt hatte also Steven Hill auch noch das FBI hinter sich gebracht. Immerhin: Die würden mich höchstwahrscheinlich nicht auf der Stelle erschießen.

Der Sheriff dachte nicht daran, sich auf das Spielchen einzulassen, wer von ihnen am weitesten pinkeln konnte. Sobald er die Neuankömmlinge sah, trat er zur Seite und winkte jemandem am anderen Ende der Lichtung. Alle waren so mit ihrem eigenen Kram beschäftigt, dass es zunächst nur wenige Leute bemerkten, als ein Schaufelbagger mit einem Deputy von Chatham County am Steuer auftauchte. Der Fahrer begann, die Überreste der Müllhalde sorgsam mit der gezahnten Schaufel wegzukratzen. Ich verkniff mir ein Grinsen. Wenn der Sheriff das Spiel nicht nach seinen Regeln spielen durfte, dann ging er eben nach Hause – und nahm den ganzen Sandkasten gleich mit.

»Fahr raus damit«, sagte er zu dem Fahrer. »Bobby steht mit dem Muldenkipper am Ende der Zufahrt. Füll alles da rein und komm zurück für die nächste Ladung. Wir werden nachher alles durchkämmen, unten auf dem Ballspielplatz, wo wir es ausbreiten können.«

»Was zum Teufel bilden Sie sich eigentlich ein, was Sie hier tun?«, verlangte eine SBI- Charge zu wissen und hielt sein erstaunliches Gesicht direkt in das des Sheriffs.

Der Sheriff schob ihn beiseite wie einen lästigen Zweig im Gebüsch. »Die Spurensicherung ist mit der Arbeit am Tatort fertig«, sagte er gelassen. »Und die Gefahr ist zu groß, dass wichtige Beweisstücke verloren gehen, wenn wir das Material hier liegen lassen. Sehen Sie sich doch nur mal die ganzen Leute hier an. Ich sichere die Beweislage. Wir werden das Material auf privatem Gelände sichten. Schaffen Sie Ihre Männer aus dem Weg.«

»Das können Sie nicht machen«, brüllten drei SBI-Männer gleichzeitig und traten vor den Sheriff, um ihm den Weg abzuschneiden.

Ihr Geschrei wurden übertönt von dem Gebrüll eines Kameramanns, der den Bagger beim Aufladen gefilmt hatte.

»Ach, du heilige Scheiße!«, rief er. »Oh Scheiße, Mann, was für ein gottverdammter Scheißdreck!«

Ein Reporter starrte ihn entgeistert an. »Was ist mit dir, Barry?«, fragte er. »Drehen wir noch, oder was?«,

Eindeutig nein. Die Ausrüstung des Kameramanns hing unbeachtet seitwärts an ihm herab, während er auf den Bulldozer zulief. Er deutete mit fahrigem Arm auf etwas hin. »Seht doch«, sagte er, »da vorne, im Bagger drin.«

Der Fahrer hatte bereits gewendet und wollte auf den Weg zufahren, aber die Rufe der Menge ließen ihn anhalten. Er blickte über die Schulter zurück und wartete auf Anweisungen von seinem Chef.

Der Sheriff, der sich zunehmend immer unwohler zu fühlen begann, blickte zu dem Kameramann hinüber und winkte dann dem Fahrer, zurückzukommen. Das Fahrzeug drehte sich und schaukelte wieder auf die Lichtung zu, die knallgelbe Kralle hoch in die Luft erhoben.

»Es ist da drin!«, rief der Kameramann und zeigte auf die Ladeschaufel. Er gewann die Kontrolle wieder, riss die Kamera hoch und fing wieder an zu filmen.

Der Sheriff winkte mit beiden Händen dem Fahrer zu, den Lader auf den Boden zu senken. Dabei kippte die Hälfte des Inhalts unvermittelt nach vorne und entlud sich über den gezackten Rand, sodass Zweige, Erde und jegliche Art von Müll sich auf dem Boden verteilten.

»Es ist da«, wiederholte der Kameramann. »Ich habe es gesehen. Sehen Sie nur – da ist es.« Die Leiche eines fülligen weißen Mannes purzelte aus der Schaufel und plumpste ohne große Förmlichkeiten auf die Spitze des Müllbergs. Der Kopf zeigte nach unten, und ein Arm war in einem Bogen nach hinten gestreckt, wie bei einem Flamencotänzer.

Schweigen breitete sich über die Lichtung. In der Ferne bellte eine Hundemeute ein unbekanntes Tier an. Ihr fanfarenmäßiges Gejaule klang wie der Klagelaut einer merkwürdigen Begräbnismusik.

Ein Polizist näherte sich. »Sieht aus, als ob er mehrere Schüsse in den Hinterkopf gekriegt hat. Kleines Kaliber«, sagte er.

»Noch 'ne Leiche«, sagte ein anderer. »Wer ist denn das nun wieder?«

»Ich weiß es«, meldete sich eine kalte Stimme. »Es ist Pete Bunn. Ihm gehörte diese Farm.«

Alle glotzen überrascht auf den Sprecher. Als ich ihm meinen Blick zuwandte, fand ich seine Augen nur auf eine Person gerichtet: Steven Hill starrte mich an. In dem Moment wusste ich, dass ich echt in Schwierigkeiten steckte.

Ich saß von zwei Polizisten bewacht auf einem Baumstamm, während die Hälfte aller Sicherheitskräfte des Staates damit beschäftigt war, den Müllhaufen unter der Leitung eines sehr entschlossenen Steven Hill zu durchsuchen.

»Wonach suchen wir eigentlich?«, fragte ein nicht eben helle wirkender Deputy, während er einen zerbrochenen Krug in die Höhe hob und hineinblinzelte.

»Nach einer Waffe«, sagte Steven Hill gesetzt. »Und wenn ich mich nicht sehr täusche, ist sie das bereits.« Er gebrauchte einen Ast, um unter einem Haufen vermodernder Blätter herumzustochern, die bei der Suche freigelegt worden waren. Er fuhr mit dem Stock durch den Bügel einer kleinen Handfeuerwaffe und hielt sie deutlich sichtbar für die Menge in die Höhe. Die Waffe leuchtete wie poliertes Zinn im Nachmittagssonnenschein. Mein Herz machte einen doppelten Salto rückwärts, als ich die Kanone sah. Ich kannte diese Waffe nur allzu gut. Es war eine Astra Constable. Und sie hatte einmal mir gehört.

Ich ging freiwillig mit zurück zur Befragung nach Durham. Sehr freiwillig. Denn wenn sie mich verhafteten und meine Fingerabdrücke nahmen, war mein Leben, wie ich es bisher kannte, zu Ende. Sie würden bald herausfinden, dass ich einen Eintrag im polizeilichen Führungszeugnis in Florida hatte und dass meine Lizenz, die mir erlaubte, in North Carolina als Ermittlerin zu arbeiten, gefälscht war. Nicht nur war ich dann meinen Job und den größten Teil meiner Freunde los, ich war mir auch ziemlich sicher, dass sie mir genug Rechtsverstöße anhängen konnten, um mich gleich wieder hinter Gitter zu bringen. Meine einzige Hoffnung bestand darin, es auf die freundliche Tour zu probieren.

Nur dumm, dass Steven Hill etwas ganz anderes im Sinn hatte.

Sie steckten mich allein in einen Konferenzraum im Department, der so grellweiß angestrichen war, dass mir vom bloßen Hinaufkucken an die Zimmerdecke schon die Augen wehtaten. Ich stierte aus dem Fenster hinaus in die Abenddämmerung und fragte mich, wer wohl losgeschickt worden war, um George Carters Witwe die schlimme Nachricht zu überbringen. Ich war froh, dass ich das nicht machen musste. Würde der kleine George Carter Junior weinen, wenn er seine Mutter schluchzen hörte? Oder würde er nichts ahnend weiter vor sich hin gurgeln?

Stimmengewirr brachte mich zurück in die Realität. Alles, was ich sagte, wurde auf Band und Video aufgezeichnet. Es war eine richtige Party. Hill saß vorne am Tisch, flankiert von je zwei anderen Ermittlern aus Durham. Sie alle, vermutete ich, waren von der Abteilung für Berufsethik oder von der Mordkommission. Einer der FBI-Agenten saß auf einem Stuhl gegen die Wand gelehnt, und blickte gelangweilt drein. Der andere Agent hatte sich bereits verabschiedet. Das machte es sechs zu eins, und ich zählte noch nicht mal den Sheriff von Chatham County dazu, der sich mit schierer Hartnäckigkeit immer noch mit seinen falschen Zähnen an dem Fall festbiss. Er saß neben mir am anderen Ende des Tischs und starrte mich an wie ein absonderliches Fabelwesen, das sich allen Bemühungen der taxonomischen Einordnung widersetzte. Ich tat mein Menschenmöglichstes, um ihn mit Respekt zu behandeln. An diesem Punkt betrachtete ich ihn als meinen einzigen Freund in diesem Raum – was Ihnen zeigen dürfte, wie verzweifelt ich war. Aber wenigstens stand er außerhalb der Einflusssphäre von Steven Hill.

»Waren Sie sich bewusst, dass Pete Bunn Gegenstand einer laufenden Untersuchung durch die Abteilung für Berufsethik war?«, fragte mich ein humorloses Sauermündchen mit Brille.

»Nein, natürlich nicht«, sagte ich. »Woher sollte ich das wissen? Als ich mit Mr. Hill zusammentraf, war er nicht sehr gesprächig.«

Mister Hill? Ach, was solls. Jetzt war nicht der Moment, um etwas anderes als ein zurückhaltendes Detektivweibchen mit außerordentlich guten Manieren zu sein. Ich hätte mit meinen gottverdammten Wimpern geklimpert, wenn ich mir davon einen Vorteil versprochen hätte.

»Haben Sie eine Vorstellung, wer sich illegal einen Einblick in die Akten des Departments verschafft hat?«, fragte Hill mit betont neutraler Stimme. Oh-oh. Das sollte heißen, Hill wusste, dass ich in seiner Personaldatei rumgeschnüffelt hatte. Das konnte wirklich sehr schnell ins Auge gehen.

»Nein, woher sollte ich auch das wissen?«, antwortete ich wieder. »Ich arbeite nicht für das Durham P. D.« Niemals würde ich meinen Kumpel Marcus Dupree preisgeben. Sie konnten von mir aus schon anfangen, die Bambusspitzen auszupacken und sie unter meine abgebrochenen Fingernägel stecken. Ich würde nichts sagen.

»Sie müssen zugeben, dass es ein wenig merkwürdig ist, dass ausgerechnet Sie die Leiche von Carter so einfach gefunden haben, nachdem professionelle Ermittler monatelang umsonst nach ihm gefahndet haben.« Das kam von einem weiteren Polizisten. Und es machte mich sauer. Ich vergaß meine guten Vorsätze.

»Nun, zunächst einmal«, sagte ich. »Ich bin sehr wohl eine professionelle Ermittlerin. Zweitens, ich habe noch keine Spur von einem Beweis gefunden, dass tatsächlich mal jemand nach Carter gesucht hätte. Mir kommt es so vor, als ob jeder annähme, er sei davongelaufen. Wenn Sie nach ihm gesucht hätten, dann hätten Sie ihn auch gefunden. Ich bin lediglich hinausgefahren, um mit dem letzten Menschen zu sprechen, der ihn noch gesehen hat, abgesehen von seiner eigenen Familie – und das war Pete Bunn. Das ist in einem solchen Fall die übliche Vorgehensweise. Vielleicht hatte ich Glück, als ich das blutige Hemd fand, oder vielleicht war ich auch einfach nur gründlicher.«

»Würde es Sie überraschen, zu erfahren, dass wir kurz nach Carters Verschwinden tatsächlich zu Bunns Farm hinausgefahren sind und ihn gründlich vernommen haben?«, fragte mich ein stämmiger Cop aus Durham. »Er war genau so verblüfft wie wir anderen, dass Carter verschwunden war.«

Ich blickte unschuldig zu Steven Hill hinüber, aber ich hoffte, dass meine Botschaft beim Sheriff von Chatham County ankam. »Es überrascht mich überhaupt nicht, das zu erfahren«, antwortete ich. »Ich wette, ich kann sogar erraten, wer von Ihnen hingegangen ist, um ihn zu befragen.«

Nur ein einziger Mensch in dem Raum verstand meine wahre Botschaft, und es war der Falsche. Steven Hills Blick zuckte über mich hinweg wie die Zunge einer Eidechse. Es war keine Warnung, sondern eine kalte und zuversichtliche Herausforderung, um mich wissen zu lassen, dass es nutzlos war, wie sehr ich mich auch anstrengte. Er hatte die Basisarbeit viel zu gründlich gemacht. Ich war ein Nobody für diese Männer, während er einer ihrer Anführer war.

Ich würde so oder so verlieren. Wenn Steven Hill ein ehrlicher Cop war, dann glaubte er, ich hätte Dreck am Stecken. Wenn er ein schmutziger Cop war, dann hatte er sich an eine perfekte Stelle manövriert, um seine Spuren zu verwischen und das bedeutete, ich würde ebenfalls abgeschossen. Niemals würde ich mich hier selber herauswinden können, ohne fremde Hilfe. Aber ich wusste nicht, an wen ich mich wenden sollte. Ich konnte nicht einfach weiter einen Stepptanz um Hills gezielte Fragen herum vollführen. Er hatte es auf mich abgesehen, und falls ich es bisher noch nicht kapiert hatte, machte es seine nächste Frage überdeutlich.

»Besitzen Sie eine Waffe?«, fragte er.

»Was soll denn das heißen?«, fragte ich.

»Ganz einfach. Besitzen Sie eine Waffe oder nicht?«

»Natürlich besitze ich eine Waffe«, antwortete ich und drückte mich um das Thema. »Ich bin Privatdetektivin. Warum fragen Sie? Ich kann unmöglich diejenige gewesen sein, die George Carter erschossen hat. Vor zwei Monaten hatte ich von dem Mann noch nicht einmal gehört. Was Pete Bunn betrifft, wollen Sie sagen, Sie halten mich für beknackt genug, dass ich ihn erst töte und dann die Cops zu genau dem Ort führe, wo ich die Leiche und die Waffe versteckt habe?«

Die Männer rückten ungemütlich auf ihren Stühlen herum, aber Hill wollte auf einen ganz bestimmten Punkt hinaus, und meine Antworten würden ihn nicht daran hindern, genau dorthin zu gelangen.

»Das ist genau das, was ich sagen will«, sagte er. »Dachten Sie unser Sheriff hier wäre so dankbar, weil Sie ihn zu Carters Leiche führten, dass er sich dann nicht mehr die Mühe machen würde, auch noch den Rest von diesem Schmodder zu durchsuchen? War das eine Art von Spiel, das Sie hier abziehen wollten?«

»Meinen Sie das im Ernst?«, verlangte ich zu wissen. »Stehe ich hier unter Verdacht? Oder wollen Sie sich nur als ein komplettes Arschloch aufführen?« Okay, ich weiß, ich sagte, ich würde mich zurückhalten, aber kommen Sie – der Typ wollte mich an den Galgen bringen.

Hills Bemerkung hatte allerdings wieder mal den Falschen provoziert. »Was genau wollen Sie mit dieser Unterstellung andeuten?«, fragte der Sheriff, und wandte sich an Hill. »Dass meine Reputation für Blödheit die Verbrecher dazu verführt, noch blöder zu sein als ich?« Er ignorierte die abweisenden Blicke der anderen Männer mit der Gelassenheit eines Mannes, der seit Jahren das Gesetz vor Ort selektiv angewendet hatte und als Folge davon etliche Oktillionen Mal von seinen Nachbarn wieder gewählt worden war. Er wusste, was echte Arbeitsplatzsicherung bedeutete. Jeder Bewohner von Chatham County schuldete ihm einen Gefallen. Wenn die städtischen Cops Schwachköpfe sein wollten, so etwa ließ sich seine Haltung interpretieren, war ihm das nur recht. Aber er wollte nicht mehr Zeit verschwenden als unbedingt notwendig. »Was sollte denn das Motiv dieser kleinen Lady gewesen sein?«

Ich verzieh ihm das »kleine Lady» in dem Moment, wo er es sagte. Er ersparte mir die Mühe, selber die Frage zu stellen.

»Geld«, sagte Hill. »Die Familie von Gail Honeycutt würde eine Menge Kohle bezahlen, um sie von der Todesliste gestrichen zu bekommen. Der Mord an Carter und Bunn lässt es so aussehen, als ob Roy Taylor an illegalen Aktivitäten beteiligt gewesen sein könnte. Es wäre genug für einen Aufschub der Hinrichtung, vielleicht sogar genug für eine Begnadigung.«

»Ach so, jetzt denken Sie, der Gouverneur ist auch bescheuert?«, fragte der Sheriff. Die anderen runzelten die Stirn, verärgert darüber, dass einer der ihren aus der Reihe tanzte.

»Ich habe lediglich gesagt«, meinte Hill, »dass wir überprüfen lassen, ob dies die Waffe ist, mit der Pete Bunn getötet wurde. Wir lassen gerade die Registrierungsnummer durch den Computer laufen. Wenn es sich herausstellt, dass diese Waffe auf Casey hier ausgestellt wurde, dann steckt sie in Schwierigkeiten. In großen Schwierigkeiten sogar. Sie wäre sehr viel besser dran, wenn sie uns jetzt gleich die Wahrheit sagt.«

Etwas in seiner Stimme verriet ihn. Er war sich seiner Sache einfach zu sicher. Das war der Moment, wo ich es mit Gewissheit wusste, dass Steven Hill der Täter war. Er hatte Pete Bunn und Peyton Tillman getötet. Und wahrscheinlich George Carter. Und vielleicht auch Roy Taylor. Weil nur derjenige, der meine Waffe und die Registrierungsdokumente gestohlen hatte, sich so sicher sein konnte, dass die Waffe zu mir zurückverfolgt werden konnte. Er wollte mich eindeutig hops gehen lassen – und das bedeutete, er hatte noch weitere Indizien auf dem Weg gepflanzt, der zu mir führen würde. Ich musste sie finden, bevor jemand anderes es tat.

Meine große Hoffnung dabei blieb aber, dass die Papiere für die Waffe gefälscht waren. Weil ich mehr als zwölf Monate im Gefängnis verbracht hatte, war es mir in North Carolina gesetzlich nicht erlaubt, eine Waffe zu tragen. Die Suche würde ergeben, dass meine Waffe von einer gewissen Ruby Woods in Mecklenburg County erworben wurde. Weitere Nachforschungen würden zeigen, dass Ruby schon seit vierzig Jahren tot war. Ich weiß das, weil ich viel Geld ausgegeben hatte für eine Waffe mit einem astreinen Stammbaum.

Ich fragte mich, was Hill wohl tun würde, wenn die Waffe identifiziert war. Er konnte nicht gut die gefälschten Registrierungsscheine hervorziehen, ohne es klar werden zu lassen, dass er derjenige war, der sie aus meinem Büro gestohlen hatte. Wenn ich jemanden in gehobener Stellung dazu bringen könnte, meine Geschichte zu glauben, dann könnte Hills Reaktion auf die Zurückverfolgung der mutmaßlichen Tatwaffe bestätigen, dass ich die Wahrheit sagte.

»Ich möchte mal telefonieren«, verkündete ich.

Hill sah befriedigt drein, als ob er mich gezwungen hätte, Reißaus zu nehmen. Die andern waren verärgert. Ich brachte ihren Zeitplan durcheinander. Zum Glück bekam ich auch hier wieder Unterstützung durch den Sheriff.

»Ich muss selber ein paar Anrufe tätigen«, sagte er. »Da sie freiwillig hier ist, können wir uns ja eine Pause genehmigen.« Nur um zu beweisen, dass er es konnte, erhob sich der Sheriff, zog seinen Bauch ein, damit er unter den Gürtel passte, und schritt aus dem Zimmer. Es war ein geschickter Zug. Ich hatte nicht den Bauch, na ja, noch nicht, aber schreiten konnte ich auch schon, ganz wie eine Große.

Der FBI-Agent stoppte mich an der Tür und blickte zu Steven Hill hinüber.

»Ist okay«, sagte Hill, und winkte abfällig mit der Hand. »Lassen Sie sie ihren Anruf machen.«

Du arroganter Schweinehund, dachte ich, und presste meine Lippen fest zusammen, um die Worte nicht laut auszusprechen. Ich werde dir noch deine Armani-Krawatte in den Arsch stopfen, wenn ich hiermit fertig bin. Ich zog an dem Agenten vorbei und war kleinlich genug, ihm dabei mit dem Absatz auf die Zehen zu treten. Ich hoffte, dass meine Latschen, Größe 43, ihm wenigstens etwas Schmerz bereiteten.

Ich fuhr mit dem Aufzug hinunter in die Lobby, wo die Telefone aufgereiht standen und fragte mich, wen zum Geier ich anrufen sollte. Ich wog im Geiste jeden Gefallen ab, den ich jemandem geleistet hatte und jeden Gefallen, den mir jemand schuldete, während ich mir verzweifelt überlegte, wen ich um Hilfe bitten konnte. Wenn diese Chose vorbei war, musste ich wirklich mehr Zeit darauf verwenden, Freunde zu gewinnen und Menschen zu beeinflussen. Einsame Wölfe enden meistens allein. So wie ich in diesem Moment.

Ich wog meine Möglichkeiten ab. Da ich noch nicht verhaftet war, nutzte mir ein Rechtsanwalt nichts. Da würden nur Themen aufs Tapet kommen, die ich eher vermeiden wollte. Bobby Dee konnte mich aus jeder misslichen Lage herausholen, aber er lag zurzeit im Wake-Med-Hospital aufgebahrt, wo er sich schnarchend und rülpsend in das Pantheon der berühmtesten Patienten hineinschleimte. Bill Butler hatte deutlich gemacht, dass er auf Hills Seite stand. Ich konnte Jack anrufen, aber was konnte er schon tun? Er war Barkeeper. Er könnte die Cops so besoffen machen, dass sie mich laufen ließen, aber ob das wirklich funktionierte? Dann war da noch Slim Jim, aber ehrlich gesagt, ich war etwas in Sorge darüber, auf was für Einfälle er kommen könnte. Seine regierungsfeindliche Haltung köchelte schon seit Jahren vor sich hin. Ich hatte die Vorstellung, wie eine Horde von Männern aus den Bergen herabkam, die Gesichter hinter Tüchern verborgen, und wie Slim Jims Getreue dann das Durham P. D. überfielen, mit Dynamit ein Loch in eine der Mauern sprengten und mich mitnahmen zu einem Leben des ewigen Exils irgendwo in den Blue Ridge Mountains.

Am Ende rief ich den einzigen Menschen an, den ich anrufen konnte: Detective Anne Morrow vom Raleigh Police Department. Während ich die Nummer wählte, schickte ich ein Stoßgebet nach oben. Dieser Fall machte mich noch regelrecht fromm. Sie hatte jetzt seit mindestens zehn Tagen den Tod von Peyton Tillman untersucht. Vielleicht hatte sie etwas gefunden. Einen winzigen Hinweis, der sie vermuten ließ, dass sein Tod etwas mit dem Fall Roy Taylor zu tun haben könnte. Wenn das so war, würde sie mir wenigstens zuhören.

Sie hatte gerade dienstfrei und war daher nicht im Büro. Ich muss so verzweifelt geklungen haben, wie ich mich fühlte, denn der Cop, der sich an ihrem Apparat meldete, bot an, sie für mich auf ihrem Pager anzupiepsen. Ich gab ihm die Nummer des Münzfernsprechers durch und wartete mit geschlossenen Augen, während ich die Dinge durchging, die ich ihr sagen wollte. Ich würde ihr alles beichten, außer meiner Vorstrafe. Das war sowieso schon ewig lange her. Davon abgesehen aber würde es nur die Wahrheit und nichts als die reinste Wahrheit sein.

Das Telefon klingelte vier Minuten und dreiunddreißig Sekunden später. Ich riss den Hörer nach dem ersten Läuten an mich.

»Ich bins«, sagte ich rasch. »Casey Jones. Ich stecke in Schwierigkeiten.«

»Das will ich meinen. Sie haben soeben ein heißes Rendezvous unterbrochen.«

Ich hatte vergessen, dass normale Leute so was wie ein Privatleben haben, mit Verabredungen oder einfach nur Rumhängen bei ihren Familien. Casey Jones, die gesellschaftliche Außenseiterin.

»Tut mir Leid«, sagte ich, »aber diesmal ist es wirklich, wirklich ernst. Mein Arsch steckt in der Schlinge.«

»Reden Sie weiter«, sagte sie. »Ich höre.«

Gott segne sie und ihre ungeborenen Kinderchen auch. Ich ratterte durch die ganze Geschichte, bevor sie mich unterbrechen konnte. Ich erzählte ihr alles: Richter Tillmans Verlobte und die fehlenden Gerichtsakten, George Carters Tod unmittelbar nachdem Tillman ihn zu Weihnachten aufgesucht hatte. Die Besuche der ehemaligen Kollegen bei Gail in der Todeszelle, die Leichen, die auf Pete Bunns Farm im Chatham County gefunden worden waren. Und schließlich alles über Steven Hill, meine gestohlene Waffe und meine gefälschte Registrierung. Ich erzählte ihr nicht, warum sie gefälscht war. Sie fragte auch nicht. Nach drei Morden und der Beschuldigung wegen Korruption und Verschwörung war der schlichte Besitz einer illegalen Schusswaffe kein sonderlich aufregendes Vergehen mehr.

Als ich fertig war, verharrte Morrow in Schweigen. »Sind Sie noch da?«, fragte ich.

»Ich bin da«, sagte sie. Im Hintergrund hörte ich das Klirren von Bestecken und das Gebrummel von Gesprächen. Normale Menschen, die ein normales Leben führten, in einem Restaurant, das ein oder zwei Galaxien weit entfernt war. »Ich denke gerade nach«, fügte sie hinzu.

»Sie glauben mir?«, fragte ich.

»Ich glaube, dass Sie denken, dass Sie die Antwort gefunden haben«, sagte sie. »Jetzt versuche ich, alles zusammenzusetzen und zu entscheiden, was ich selber denke. Das sind sehr schwer wiegende Anschuldigungen, die Sie da vorbringen, gegen einen Cop, der schon viele Auszeichnungen erhalten hat.«

»Sie kennen Hill also«, sagte ich, und meine Hoffnung verflüchtigte sich. Er hatte auch sie in der Tasche.

»Nein, aber ich habe von ihm gehört. Er gehört zu den Topleuten.«

»Sie müssen mir helfen«, flehte ich sie an. »Wenn Sie es nicht tun, macht es niemand.«

»Da haben Sie allerdings Recht«, pflichtete sie mir bei. Es folgte ein Schweigen. »Sie wissen wohl, dass Sie etwas in Ihrem Auto liegen gelassen haben, in der Nacht, als Sie von der Straße abgedrängt wurden«, sagte sie. »Ihre Akten. Der Sergeant vom Polizeihof brachte sie mir. Ich habe mir Ihre Sachen durchgelesen. Sie arbeiten ziemlich gründlich. Einige Ihrer Gegentheorien darüber, wer Roy Taylor umgebracht haben könnte, waren ganz brauchbar. Das hätte untersucht werden müssen.«

Ich wusste es. Ich hatte in dieser Nacht doch noch etwas vergessen. Meine Unterlagen. »Das war damals nur Theorie«, sagte ich. »Jetzt habe ich mehr Beweise.«

»Ja, und ein Teil davon kann eine Patrone sein, die ich in Ihrem Kühler gefunden habe. Die Ballistiker haben heute Nachmittag angerufen. Es war eine .45er-ACP.«

»Die gleiche Waffe, die Roy Taylor getötet hat«, sagte ich erleichtert. »Die gleiche, die auch an die Polizei von Durham ausgegeben wird.«

»Freuen Sie sich diesbezüglich aber nicht zu früh«, warnte sie mich. »Die Hälfte aller Polizisten benutzt diese Waffe. Und die Hälfte aller Kriminellen ebenfalls.«

»Bitte, Detective Morrow – ich weiß, Sie kennen mich nicht besonders gut, aber Sie müssen mir hier raushelfen. Steven Hill hat alle geleimt.«

Ein Tippen auf meiner Schulter ließ mich gute fünfzig Zentimeter senkrecht in die Luft steigen. Der Sheriff von Chatham County stand hinter mir, die Arme vor der Brust verschränkt. Er sah so aus, als hätte er mir schon seit längerem zugehört. »Geben Sie mir das

Telefon«, befahl er und streckte mir eine große, von harter Arbeit deformierte Hand entgegen.

Ich reichte es ihm, zu verschreckt, um zu protestieren.

»Hier Stanley T. Johnson, Sheriff von Chatham County. Wer dort?«, bellte er ins Mundstück. Seine winzigen Augen kniffen sich zu engen Schlitzen zusammen, während er lauschte, und eine einzige, riesige Falte erschien senkrecht auf seiner kugelrunden Stirn. »Jawoll«, antwortete er. »Ich habe alles mitangehört. Ich weiß nicht, wie viel ich davon glauben soll, aber ich kann Ihnen eines sagen – irgendein oberfauler Zauber geht hier ab, und das gefällt mir kein bisschen. Dieser Bursche namens Hill ist aalglatt wie 'n nasser Seehund, und sein Glück, wenn es darum geht, Beweisstücke zu finden, ist geradezu übermenschlich. Er hat diese Waffe schneller gefunden als ein Schwein, das nach Trüffeln sucht. Vielleicht sollten Sie der kleinen Lady hier Glauben schenken. Wie heißt es doch, im Zweifel immer für den Angeklagten.«

Er reichte mir den Hörer zurück und sah auf seine Uhr.

»Gemacht«, war alles, was ich sagen konnte.

Er versuchte, streng dreinzublicken, aber seine Kulleraugen wirkten auf einmal nicht mehr bösartig. »Wenn das alles vorbei ist, schulden Sie mir einen Gefallen, kleine Lady«, sagte er.

»Is 'n Deal«, sagte ich.

Er nickte und stapfte durch die Eingangstür hinaus, als ob er es nicht erwarten könnte, wieder nach Chatham County zurückzukehren, wo das Leben easy und die Kriminellen high waren. Den Saustall sauber zu machen, das überließ er lieber den Cops aus der großen Stadt.

Fünfundvierzig Minuten ungemütlicher Befragung später öffnete sich die Tür des Konferenzzimmers. Ein kleiner, dicklicher schwarzer Herr betrat den Raum. Er hatte bereits die meisten Haare an der Oberseite seines Kopfes verloren, und was ihm davon an den Seiten verblieben war, hatte sich grau verfärbt. Eine Goldrandbrille umrahmte seine kurzsichtigen runden Augen, und beim Hereinkommen musste er in der plötzlichen Helligkeit blinzeln. Er trug ein Golfhemd und eine khakifarbene Freizeithose. Die Hemdbrust war mit einem Flecken, vermutlich von Barbecuesauce, bekleckert. Kurz, er sah so arglos aus wie nur je ein Mensch, der mir begegnet ist, und doch erhoben sich sofort alle anwesenden Polizisten aus Durham, einschließlich Steven Hill. Sogar der FBI-Agent hörte auf gelangweilt zu wirken.

Detective Anne Morrow folgte dem kleinen Herrn ins Zimmer herein. Sie trug ein kurzes Schwarzes, das gute fünfzehn Zentimeter über den Knien aufhörte, und sie sah darin absolut umwerfend aus. Ohne die versammelten Männer zu beachten, sprach sie direkt mich an. »Casey, kennen Sie Chief Robinette? Er leitet die Polizei von Durham erst seit ein paar Monaten. Ich kenne ihn noch von der Indiana State University her. Er war dort ein Semester lang Gastprofessor für Computerverbrechen.«

Der Chief nahm die Brille ab und wischte sie an einem Zipfel seines Golfhemds sauber. Dabei blinzelte er mich an wie ein Eulenbaby. »Es war an sich ein Kurs über Geldtransfer und ausländische Bankkonten als Mittel der Geldwäsche«, korrigierte er sie in einem tiefen Bariton. »Anne war eine meiner schlechtesten Studentinnen. Ich habe sie gelangweilt, fürchte ich.« Er schenkte ihr ein warmherziges Lächeln und wandte sich dann den wartenden Cops zu. »Wenn ihr Jungs nichts dagegen habt«, sagte er, »Ich würde gerne mit Miss Jones hier ein paar Minuten alleine sprechen. Macht doch eine kleine Pause und geht was essen.«

Steven Hill öffnete den Mund, als ob er etwas sagen wollte, aber sein rundlicher Kollege griff ihn am Arm und zog ihn aus dem Raum, bevor er noch ein Wort hervorbringen konnte. Die Stille war vollkommen, als das Zimmer sich bis auf mich, Chief Robinette und Detective Morrow geleert hatte.

Chief Robinette schaltete das Bandgerät und die Videokamera ab, dann setzte er sich an meine Seite. »Okay, Miss Jones«, forderte er mich auf. »Erzählen Sie mir genau das, was Sie Anne auch erzählt haben.«

Ich tat es. Er hörte mir aufmerksam und, als ich fertig war, stellte er mir mehrere Fragen, hauptsächlich über die Zeiten von Roy Taylors Dienst bei der Truppe und wann er der Kollege von Carter, Bunn und Hill gewesen war. Er wollte wissen, ob ich jemals mit Steven Hill ein persönliches Verhältnis gehabt hatte, und entschuldigte sich, als ich mich darüber empörte. Er befragte mich genau über die Anzahl der Gerichtsfälle, die im Zusammenhang mit Taylors ehemaliger Drogeneinheit standen, weil er genau wie ich erkannte, dass dies das verbindende Element war.

»Ich habe die Abschriften«, bot ich ihm an. »Ich habe sie runtergeladen. Sie befinden sich in Raleigh. Ich könnte sie in einer Stunde ausdrucken, das geht sehr viel schneller, als alle Unterlagen wieder neu heraussuchen zu lassen.«

Der Chief wechselte einen Blick mit Detective Morrow.

»Ich kann sie mir ansehen«, bot sie sich an. »Ich kenne mich mit der Rechtsprechung bei Drogenfällen ziemlich gut aus, von meiner Zeit in Asheville her. Ich könnte es für Sie zusammenfassen. Dann hätten Sie eine ziemlich genaue Vorstellung, womit Sie es hier zu tun haben.«

Der Chief nickte, dann hielt er inne und runzelte die Stirn. »Andererseits, Anne, hätte ich es gerne, wenn Sie mich zu George Carters Familie begleiten würden. Ich meine ich sollte seine Frau persönlich informieren und, ohne Ihnen zu nahe treten zu wollen, ich könnte ein wenig weibliches Feingefühl dabei gebrauchen. Und danach hätte ich es gerne, wenn Sie dabei sein könnten, wenn ich gewisse Personen in der Stadtverwaltung über die sich hier anbahnenden Ereignisse informiere.«

War der Mann echt? Er wollte persönlich George Carters Witwe von dessen Tod unterrichten? Ich hatte plötzlich das Gefühl, als ob ich – und das ganze Durham P. D. – in sehr guten Händen lagen.

»Kein Problem«, sagte Detective Morrow. Sie sprach mich an und ich akzeptierte ihre Worte, so wie sie beabsichtigt waren, als Befehl. »Ich werde hier ungefähr zwei Stunden zu tun haben. Wir können uns etwas Zeit sparen, wenn Sie die Abschriften holen, und sich dann hier wieder mit mir treffen.« Sie machte eine kurze Pause und überlegte es sich anders. »Nein, kommen Sie nicht wieder hier her. Sie wohnen in Durham, richtig?«

Ich nickte.

»Wäre es Ihnen recht, wenn wir uns in Ihrer Wohnung treffen?«

Ich nickte wieder.

»Okay, gut«, sagte sie und blickte auf die Uhr. »Wir treffen uns bei Ihnen in drei Stunden. Ich brauche noch Ihre Adresse.« Sie ließ ein Blatt Papier zu mir hinübergleiten und ich schrieb meine Adresse unter das Gekritzel von einem der Cops aus Durham. Er hatte einen Galgen und ein Seil dazu gemalt.

»Ach und – Casey?«, fügte Detective Morrow hinzu, während sie das Papier faltete und in ihrem Handtäschchen verstaute. »Sie wissen schon, dass Sie Ihre Tür niemandem außer mir öffnen dürfen, nicht wahr?«

»Geht voll in Ordnung«, pflichtete ich ihr nachdrücklich bei.

14

Ich fuhr zurück nach Raleigh und es kam mir beinahe so vor, als ob die Jahre, in denen ich treulosen Eheleuten hinterher gestiegen war, endlich hinter mir lägen, als ob ich einen Fall geknackt hätte, der wirklich wichtig war. Ich wollte Omi Honeycutt erst später mit der guten Nachricht überraschen, aber ich würde sie trotzdem bald anrufen können, wenn Chief Robinette und Detective Morrow mich ernst nahmen.

Mit den ihnen zur Verfügung stehenden Mitteln würde es meiner Überzeugung nach nicht lange dauern und sie könnten mit Beweisen aufwarten, die Hill unzweifelhaft mit Roy Taylors Ableben in Verbindung bringen würden.

Und selbst wenn sie ihn nicht sofort erwischten, so würde der Umstand, dass Hills Beteiligung nahe lag, den öffentlichen Druck verstärken und den Gouverneur zwingen, für Gail einen Aufschub zu erlassen, während die Angelegenheit weiter untersucht wurde.

Diese Gedanken beschäftigten mich, während ich im Leerlauf auf der Überholspur der I-40 stand, die jetzt praktisch zu einem Parkplatz geworden war. Der Grund dafür war ein Unfall auf der anderen Seite des Mittelstreifens.

Ich blickte kurz in den Rückspiegel. Mehr als zwei Kilometer weit stauten sich Autos und Laster hinter mir, und die Schlange vor mir schien genauso lang. Ein paar ungeduldige Knallköpfe, die unvermeidlicherweise natürlich geländetaugliche Fahrzeuge fuhren, versuchten, sich neben dem Fahrbahnrand über die Bankette davonzustehlen, aber die meisten Leute warteten geduldig darauf, dass die Unfallstelle geräumt würde.

Es tat nichts zur Sache, dass der Unfall noch nicht einmal auf unserer Straßenseite passiert war. Die Südstaatler verdrehen sich nicht bloß den Hals bei Unfallstellen, sie holen ihr Popcorn heraus und sitzen da und gaffen.

Ich kroch langsam voran und wartete, bis ich an der Reihe war. Es sah übel aus. Ein Unfall, an dem vier Autos beteiligt waren und ein Traktor mit Anhänger, der sich bei dem Versuch, dem Gemetzel zu entkommen, über drei Fahrspuren gestellt hatte. Es konnte Stunden dauern, bevor die Straße nach Durham ganz geräumt war. Ich würde eine andere Strecke zurück nach Hause fahren müssen, nachdem ich die Abschriften geholt hatte.

Das Büro sah einsam aus ohne Bobby Dees gewohnte Silhouette, die das ganze Fenster ausfüllte. Es überraschte mich selbst, dass ich ihn tatsächlich vermisste. Das Zimmer wirkte so leer wie das Schwimmbecken für Walfische, wenn Baby Shamu ein Nickerchen macht. Außerdem fühlte ich mich schuldig, dass ich seit Tagen nicht mehr im Krankenhaus gewesen war. Bei wem konnte er sich über das Essen beschweren? Und was noch wichtiger war – ob er schon entdeckt hatte, dass ich seine Schlüssel gestohlen hatte?

Ich schloss auf, hob die Post auf, warf alles weg außer dem Scheck einer mittlerweile reichen Ex-Ehefrau, dann machte ich mich an die Arbeit, die Abschriften der Gerichtsfälle auszudrucken. Ich brauchte nur ein paar Minuten, um die Dokumente in den Laserdrucker zu laden, aber es waren so viele Seiten, dass das Ausdrucken selber fast eine Stunde dauern würde.

Ich verbrachte ein paar Minuten damit, mein Büro zu säubern, dann legte ich die Beine hoch und schloss die Augen. Mein Rücken schmerzte von der Nacht auf dem feuchten Boden und ich sehnte mich danach, mir etwas Attraktiveres anzuziehen als den gefleckten Trainingsanzug. Leider war das einzige Kleidungsstück in meinem Büro ein hellgrünes Shantungseidenkleid aus den Fünfzigern, das ich in der Wühlkiste für zwei Dollar erstanden hatte. Es brauchte hohe Absätze, um richtig zu wirken. Die konnte ich heute Nacht aber nicht so recht brauchen.

Fast wäre ich schon eingenickt, als ich es draußen ganz leise klabustern hörte, so, als ob jemand den Türgriff gedreht hätte, um zu probieren, ob sich die Haustür öffnen ließ. Meine Sinne waren immer noch auf hyperwachsam geschaltet. Da hätte ich sogar eine

Maus in China niesen gehört. Im Vorzimmer war kein Licht eingeschaltet und mein Kabüffchen lag so weit hinten, dass der einzige Hinweis, dass ich hier war, ein schwaches Leuchten von der Diele her war. Ganz langsam setzte ich mich auf und hielt den Atem an, während mein Stuhl empört quietschte. Ich suchte ganz unten im Rucksack nach der Magnum.

Der Lauf ruhte schwer auf meinem Schenkel, während ich mich mit dem Rücken an die Wand drückte und zentimeterweise die Diele entlang schlich.

Ich hob die Pistole an die Brust, dann trat ich zurück gegen den Türrahmen und lugte in den Hauptraum. Ich konnte auf der anderen Seite der Jalousie, die die Glastür verhängte, die Umrisse einer Gestalt erkennen, die außen am Türschloss herumfingerte. Es gab ein lautes Klacken und die Tür öffnete sich langsam. Dann passierten zwei Dinge gleichzeitig. Ich trat in das Zimmer hinein und rief: »Keine Bewegung!«, als ob ich Charleys letzter übrig gebliebener Engel wäre, und zugleich flammte das Licht so hell auf, dass es mich blendete.

»Bitte nicht schießen!«, quiekte ein weibliche Stimme voller Panik. Ich sah wieder klar. Eine schlanke schwarze Frau, bekleidet mit T-Shirt und Jeans, hielt ihre Hände hoch. Sie hatte die Augen weit aufgerissen vor Angst.

»Wer sind Sie?«, fragte ich.

»Rubys Schwester, Keisha. Sie haben mich eingestellt, um das Büro nach dem Einbruch aufzuräumen, erinnern Sie sich? Ich will jetzt nur noch die Akten fertig machen. Meine Mutter hat mir angeboten, auf meine Kleine aufzupassen, und da habe ich gedacht, da könnte ich jetzt schon mal anfangen, dann bin ich vor Montag fertig.«

Sie quasselte schneller als Speedy Gonzales, als ob sie versuchte, die Waffe in meiner Hand nieder zu reden. Sie sah wirklich ihrer Schwester Ruby, meiner Lieblingspolitesse, sehr ähnlich. Ich senkte die Pistole und holte tief Luft. »Tut mir Leid. Sie wissen gar nicht, was ich diese Woche alles durchgemacht habe.«

Sie blickte auf meinen verdreckten Anzug und mein verschwollenes Gesicht. »Das brauchen Sie mir gar nicht mehr zu erzählen!«, sagte sie. Sie schaute hinüber zu Bobbys Aktenschränken. »Ist es okay, wenn ich mich gleich an die Arbeit mache?«

»Sicher«, sagte ich. »Passen Sie bloß auf, dass die Eingangstür abgeschlossen ist.«

Sie überprüfte die Tür gleich zweimal, warf mir noch einen Seitenblick zu und machte sich dann daran, die Akten zu ordnen ohne weitere Zeit auf unnötige Worte zu verschwenden. Ich war ihr dafür dankbar. Seit meinem dreißigsten Geburtstag, was schon ein Weilchen her ist, habe ich einfach nicht mehr die Energie für sinnlose Unterhaltungen. Ich mische mich nicht unter Leute und ich habe keine Lust auf Smalltalk.

Ich sah mal nach dem Drucker und rechnete aus, dass er noch fünfundvierzig Minuten lang zu tun hatte. Ich war mir nicht sicher, dass ich so lange wach bleiben konnte.

Keisha erging es ähnlich wie mir. Fünf Minuten später steckte sie ihren Kopf durch den Türrahmen und versuchte erfolglos, ein Gähnen zu unterdrücken. »Ich glaube, ich schaffe das doch nicht ohne einen Kaffee«, sagte sie. Ich werd mal zum Krispy Krem rüber düsen, welchen holen. Wollen Sie auch was?«

Ah, die Rettung! Ich bestellte sechs Donuts, beziehungsweise ein Dutzend, falls sie noch frisch waren, und einen großen Pappbecher voll Kaffee. Ich notierte mir auch im Geiste, dass ich Keisha hundert Mäuse zusätzlich zahlen wollte. Menschenskind, die Frau war echt tüchtig.

Ich verbrachte die nächsten fünf Minuten damit, mir vorzustellen, wie Keisha auf Dauer für mich und Bobby Dee arbeitete, wie sie uns ständig mit frischen Donuts versorgte. Dieser Tagtraum wurde bald durch einen niedrigeren Instinkt verdrängt, nämlich durch das Bedürfnis, sich über andere Leute erhaben zu fühlen. Denn mittlerweile musste auch Bill Butler die Nachrichten auf *Channel 5* gesehen haben. Auch andere Sender hatten die Geschichte übernommen. Er wusste also, dass George Carter und Pete

Bunn tot waren, und sogar er konnte anfangen, sich Gedanken zu machen, was zum Teufel im Zusammenhang mit Roy Taylors Tod passiert war.

Ich würde kein Sterbenswörtchen über Steven Hill sagen, schwor ich mir, aber ich würde ganz nebenher Carter und Bunn erwähnen, nur um Bill quasi mit der Nase hineinzustoßen, statt gleich sein ganzes Gesicht in der Tatsache zu reiben, dass ich Recht gehabt hatte.

Zuerst versuchte ich, ihn in seinem Büro zu erreichen. Die Dame, die sich an seinem Apparat meldete, kam mir irgendwie bekannt vor. Wer immer sie war, sie jedenfalls wusste ganz genau, wer ich war.

»Sie sind doch Casey, nicht wahr?«, fragte sie. »Bill ist nicht hier. Er hat heute Abend eine Verabredung. Ein ganz heißes Eisen.«

Ich erinnerte mich. Die Frau am Telefon war die Sekretärin bei der Polizei, der ich vor ein paar Tagen körperliche Gewalt angedroht hatte, als sie mich nicht schnell genug mit Bill verbinden wollte. Sie erinnerte sich ebenfalls an diese Episode und sah jetzt ihre Chance, sich zu rächen.

»Wie ich sehe, haben Sie heute Abend nichts vor«, redete sie weiter. »Schade! Gibt nicht so viele Junggesellen hier. Besonders wenn man im mittleren Alter ist, so wie Sie. Möchten Sie, dass ich was für Bill notiere? Er wird wahrscheinlich erst morgen am späten Vormittag reinkommen. Er hat sich heute freigenommen und kocht für das neue Mädchen aus der Registratur. Haben Sie die schon mal gesehen? Alle meinen, sie sieht aus wie Heather Locklear. Sie ist höchstens zwanzig und ganz verrückt nach Bill. Er macht das Abendessen bei sich zu Hause, ist das nicht romantisch? Er sagte, er macht die spezielle Spaghettisauce seiner Mutter. Ich habe mir sagen lassen, die soll sehr lecker sein. Haben Sie die schon mal gekostet?«

»Nein«, sagte ich grimmig. »Habe ich nicht.« Was für ein Scheusal! Sie versuchte, mir ein mieses Gefühl einzuimpfen, und es gelang ihr auch noch. Sie musste auf eine reine Mädchenschule gegangen sein. Sie hatte die Kunst perfektioniert, das totale Miststück raushängen zu lassen, und sich dabei den Anschein zu geben, sie wäre die netteste, aufrichtigste Freundin. Das Verdammte daran war, dass ich wusste, was sie tat, und trotzdem hatte sie Erfolg. Ich konnte nicht auseinander halten, ob ich mich bloß mies fühlte, weil Bill eine Verabredung mit einer jungen Schnecke hatte oder weil er sie nicht mit mir hatte. Egal, ich fühlte mich ungefähr so begehrenswert wie eine hochträchtige Wasserratte. Das Mädel am Telefon seufzte scheinbar verträumt. »Manche Leute haben wirklich das Glück gepachtet.«

»Ich rufe später wieder an«, sagte ich und legte auf.

Ich würde es ihr im richtigen Moment schon heimzahlen.

Vielleicht sollte ich in ihrem Namen eine Anzeige unter der Rubrik »Brieffreunde im Knast» aufgeben, in der sie Männer mit Samenkoller zum Sofortkontakt aufforderte.

Die Krispy-Krem-Donuts trafen ein und heiterten mich auf, aber eine beiläufige Bemerkung von Keisha zerstörte den Effekt gleich wieder. Ich hatte eben meinen vierten Donut verzehrt und mich dem Fünften zugewendet, als sie ihren Kopf durch die Tür steckte und mir eine sonderbare Frage stellte.

»Die Sache, die Ihnen diese Woche das Leben schwer gemacht hat«, sagte sie. »Hat die was mit einem großen weißen Typ mit dunklen Haaren zu tun?«

»Warum fragen Sie?«, sagte ich, während der Donut in meinem Mund sich in fade Mehlpampe auflöste.

»Da stand so ein schräger Typ gegenüber im Eingangsbereich, als ich los ging, um den Kaffee zu holen, und er war immer noch da, als ich zurückkam. Ich dachte, es ist ein Obdachloser oder so was, aber der Sandwichwagen von der Fürsorge fuhr gerade vorbei, und er hat überhaupt nicht drauf reagiert. Ich habe gerade nach gesehen, und der Kerl lauert immer noch im Hauseingang rum.«

»Sie sollten meinen Job machen» sagte ich ihr. Und ehrlich gesagt, in dem Moment wünschte ich es mir sogar. Wir schlichen zum Fenster an der Straßenseite, und ich lüpfte eine Ecke der Jalousie.

»Gegenüber«, sagte Keisha und deutete. »Dort! Sehen Sie das weiße Haustor?«

Ich konnte grade eben noch den Rücken einer männlichen Gestalt erkennen, wie sie aus dem Schatten trat und im Parkhausdunkel verschwand. »Verdammt. Er ist weg.«

»Kennen Sie ihn?«, fragte Keisha.

»Wahrscheinlich«, antwortete ich. Die Paranoia fiel an. Rasch sortierte ich meine Ausdrucke zu Ende, verstaute sie in meinem Rucksack und stürzte an die Haustür.

»Bleiben Sie nicht alleine hier!«, befahl ich Keisha, noch unter dem lebhaften Eindruck von Bobby Dees Schlag aufs Hirn. »Machen Sie sich heute Abend keine Gedanken mehr über die Papiere hier! Die verschimmeln nicht. Und erinnern Sie mich daran, dass ich Ihnen eine Zulage zahle.«

Sie starrte mich noch immer an, als ich schon in Bobby Dees Cutlass sprang und mit einem Kavalierstart abzog wie ein testosterongeschüttelter Hinterwäldler. Wenn mein mysteriöser Schatten in der Garage geparkt hatte und ich schnell genug war, konnte ich schon über alle Berge sein, bis er herauskam und die nötige Anzahl von Umwegen hinter sich brachte, um meine Spur auf der Saunders Street aufzunehmen, die außerdem eine Einbahnstraße war.

Ich atmete schwer, als ich an einer Ampel wartete und versuchte, meine Gefühle wieder in den Griff zu kriegen. Sicherheitshalber krallte ich mir die .44er aus dem Rucksack und steckte sie in das Handschuhfach, wo ich leichter an sie rankommen konnte.

Ein paar Meter entfernt feierten Studenten und ältere Radikalinskis lautstark im Sadlack's auf der Hillsborough Street, wo sie sich die billigen Sandwiches und das noch billigere Bier reinzogen. Manche Leute hatten eben das Vergnügen gepachtet, ganz recht.

Wenn dieser Fall durchgestanden war, würde auch ich mindestens zwei Wochen lang Urlaub machen, das schwor ich mir. Ich würde mich entspannen und dabei vergessen, dass mich zornige Barkeeper und verstörte Cops und alle möglichen Schräglinge verfolgten. Schluss damit, ich war genervt bis in die Zehenspitzen. Die Ampel wechselte auf grün, und ich überquerte langsam die Kreuzung, während ich den Verkehr hinter mir beobachtete.

Dieser Teil der Hillsborough Street war immer stark befahren, weil sie hier an den Campus der North Carolina State University angrenzte. Studentencliquen zogen lautstark lachend von einem Pub in den nächsten oder fielen in eines der zahlreichen Restaurants ein, die es hier in Unmengen gab. Uniformierte Abhänger aus Fort Bragg kreisten in ihren Autos mit den Highschoolkids um die Wette, in der Hoffnung, sich ein Schoolgirl angeln zu können. Das Ergebnis war ein totales Chaos und es war völlig unmöglich, festzustellen, ob ich verfolgt wurde oder nicht. Ich verbrachte so viel Zeit damit, in den Rückspiegel zu kucken, dass ich fast in einen Mazda 626 reingebrettert wäre, der sich erdreistete, vor mir rumzutrödeln. Danach zwang ich mich aufzupassen, bis ich an den Menschenmengen vorbei war und mich dem öffentlichen Vergnügungspark näherte.

Jetzt musste ich mich schnell entscheiden.

Die Fahrerei hatte schon länger gedauert, als ich geplant hatte und ich war spät dran für mein Treffen mit Detective Morrow. Ich wollte nicht weitere Verzögerungen auf mich nehmen, indem ich auf die I-40 fuhr. Manchmal dauerte es drei oder mehr Stunden, um den Unfallort zu räumen, wenn der Stau besonders dicht war. Stattdessen bog ich rechts auf die Blue Ridge Road ab und fuhr in Richtung Alexander Drive. Wenn ich wie eine Angestochene durchbretterte, konnte ich gute zehn Minuten gewinnen. Der Umstand, dass meine Route mich auch an Bill Butlers Wohnkomplex vorbeiführen würde, hatte absolut nichts mit dieser Entscheidung zu tun. Wenigstens dachte ich das, bis ich mich der Abfahrt zu seiner Siedlung näherte und feststellte, dass ich mich automatisch mit dem Cutlass links einreihte.

Schauen Sie, es hatte nichts mit Liebe oder Eifersucht zu tun, dass ich an seinem Haus vorfuhr. Sondern nur mit Misstrauen und Angst.

Der Schatten gegenüber von meinem Büro war groß mit dunklen Haaren. Das hätte der rachelustige Barkeeper aus den Zeiten, wo ich noch nicht verfolgt wurde, sein können. Oder Steven Hill, obwohl der wahrscheinlich in diesem Moment einem Untergebenen von Chief Robinette Rede und Antwort stehen musste. Das ließ nur noch einen übrig, der hoch gewachsen war und dunkle Haare hatte. Der Einzige, an den ich denken konnte, war Bill Butler. Entgegen der üblichen Meinung gibt es dunkelhaarige, hoch gewachsene Männer nur selten.

Ich behaupte nicht, dass Bill mit Steven Hill bei den Morden gemeinsame Sache machte. Bill war ein guter Cop, der immer auf dem rechten Pfad unterwegs war. Außerdem war er erst vor ein paar Jahren nach Raleigh gezogen, lange nachdem Roy Taylor tot war. Aber Hill schien ungewöhnlich gut über meinen jeweiligen Aufenthaltsort informiert. Vielleicht war Bill einfach auf eine Lüge hereingefallen, die ihm Hill aufgetischt hatte. Hill hat ihm vielleicht gesagt, dass er selber die Sache mit Pete Bunn untersuchte und dass das, was ich herausgefunden hatte, wichtig sein könnte. Das wäre dann schon genug, um Bill zustimmen zu lassen, mich zu observieren, um zu sehen, was ich aufgedeckt hatte. Männer können ja dermaßen dumm sein und Bill war auf mich sauer genug, um verdammt blöde zu sein.

Alles, was ich tun wollte, so schwor ich mir, war, an Bills Wohnung vorbeizufahren. Wenn ich das Licht brennen sah, wusste ich, dass er zu Hause und mit seiner heißen Schnecke beschäftigt war. Dann konnte ich wenigstens die Möglichkeit, dass er mit Hill unter einer Decke steckte, aus meinen Gedanken verbannen.

Meinen Plan umzusetzen war schwieriger. Blue Ridge Road war bei Nacht ungeheuer schwer zu befahren, weil es weit mehr Wohnhäuser als Straßenbeleuchtungen gab. Identisch aussehende Backstein- und Holzwohnsiedlungen standen beiderseits der Straße. Ihre Namen waren so farblos, dass man sie sich unmöglich merken konnte. Lauter Sherwood Forests, Mary Hills, Nottingham Commons oder Pine Woods. Nachdem ich mehrere Minuten lang gewartet hatte, um links abzubiegen, während eine lange Verkehrsschlange an mir vorbei strömte, wurde mir bewusst, dass ich mich dem falschen Apartmentkomplex näherte. Ich blickte in den Rückspiegel und fuhr wieder auf die Hauptverkehrsader. Fast im selben Moment ertönte eine Hupe. Ich guckte noch mal in den Spiegel und sah, dass die Warnung nicht mir gegolten hatte. Ich erkannte an den helleren Scheinwerfern, dass ein Pick-up ein paar Autos hinter mir von der Fahrspur ausgeschert war und ein entgegenkommendes Fahrzeug behinderte. Ich blickte genauer hin, konnte aber nicht erkennen, um was für ein Fahrzeug es sich handelte, nur dass es schwarz war. Das beunruhigte mich.

Ich fuhr langsamer und suchte nach Bills Appartement. Der Pick-up verlangsamte sein Tempo ebenfalls. Mir war wirklich unheimlich zu Mute. Wenn ich mich nicht beruhigte, würde ich noch was richtig Blödes tun, wie zum Beispiel vor lauter Nervosität von der Straße abkommen. Andererseits machten es mir der Verkehr und die Dunkelheit unmöglich, festzustellen, ob der Pick-up wirklich mich verfolgte. Dieser Gedanke setzte mir zu, bis mir fast die Nerven durchgingen. Ich konnte mir das nicht leisten. Nicht jetzt, wo ich so kurz davor stand, Chief Robinette zu überzeugen, dass ich Recht haben könnte. Ich brauchte ganz rasch Hilfe, um sicherzustellen, dass ich es heil nach Durham zurückschaffte. Jetzt hatte ich zwei Gründe, um bei Bill vorbeizuschauen. Besondere Zeiten verlangen nach besonderen Maßnahmen. Wenn ich seine Hilfe haben wollte, musste es eben so aussehen, als ob ich ihn darum bat. Mittlerweile hatte ich Bills Apartmentkomplex gefunden und fuhr schnell auf ein zurückgesetztes Gebäude bei den Tennisplätzen zu. Er wohnte in einer Zweizimmerwohnung, die für einen Kerl tatsächlich ganz nett eingerichtet war. Mit Sicherheit war sie ordentlicher als meine eigene Bude, allein schon deswegen, weil er keine Büstenhalter an die Türgriffe hängte. Ich war erleichtert, als ich Licht sah. Wenn Abendessenkochen für ein Süßhühnchen seine Idee von Zeitvertreib war, okay. Das war mir immer noch lieber, als die Entdeckung, dass er hinter mir her war.

Die Zeit, das Alter, das Schlafen auf dem Boden und die Verkehrsunfälle hatten ihren Tribut von meinen müden Knochen gefordert. Ich kreuchte und keuchte, als ich seine Wohnung im dritten Stock erreichte. Und ich muss auch zugeben, dass ich trotz meiner Entschlossenheit, die Abschriften sicher nach Durham zu bringen, mir doch schmerzhaft bewusst war, dass ich immer noch den lilafarbenen Trainingsanzug anhatte, der mich wie eine geschwollene Wassermelone aussehen ließ.

Bills Blick ließ offensichtlich werden, dass er diese Meinung teilte. »Was zum Donnerwetter machst du denn hier?«, fragte er und blockierte den Eingang mit jenem schlanken Körper, den ich früher so bewunderte, als Bill noch nicht seine Zweitkarriere im Mich-Herum-Kommandieren gestartet hatte. Er trug enge Jeans und ein schwarzes Golfhemd. Wieso hatte er nie so gut ausgesehen, als wir zusammen ausgingen?

»Ich habe keine Zeit, mich darüber auszulassen«, sagte ich. »Aber ich brauche drei Aspirin und etwas Hilfe, um am Stück nach Durham zurückzukommen. Das musst nicht unbedingt du sein, der mich begleitet, aber vielleicht könntest du jemanden im Department anrufen und mir Begleitschutz besorgen.«

»Was?«, fragte er mit einem schnellen Blick über seine Schulter.

Irgendwas roch ganz köstlich da drin, und mein Magen knurrte. Es war Ewigkeiten her, seit ich etwas Substantielles zu mir genommen hatte. Frau lebt nicht von Krispy Krem allein.

»Ich muss heute Abend noch nach Durham zurück und ich werde verfolgt«, erklärte ich etwas langsamer. »Du musst mir helfen. Siehst du denn keine Nachrichten? George Carter und Pete Bunn sind tot.«

»Wer?«, fragte er und blickte wieder nach hinten.

Ich verlor die Geduld mit seiner rasant zunehmenden Verblödung, mal ganz abgesehen davon, dass er offenbar mit etwas völlig anderem beschäftigt war.

»Was? Wer? Sag, was ist los mit dir?«, fragte ich. »Redest du heute Abend nur noch in Wörtern mit einer Silbe, damit sie auch mitkommt?« Ich deutete mit dem Kopf auf eine Stelle hinter ihm, während er versuchte, mir die Tür vor der Nase zuzuschlagen. Ich klemmte meinen Fuß dazwischen und flehte ihn an. »Ich mache keine Witze, Bill. Ich brauche wirklich deine Hilfe.«

»Das ist noch unter deinem Niveau«, sagte er und versuchte meinen Fuß im Türrahmen zu zerquetschen. »Wie hast du herausgefunden, dass ich eine Verabredung habe? Hast du nichts Besseres zu tun?«

»Ich bin nicht wegen deiner Verabredung da«, zischte ich zurück. »Ich bin da, weil so ein Psychopath da draußen versucht, mich mit seinem Pick-up zu töten. Und ich brauche deine Hilfe, um am Leben zu bleiben.«

»Wer isses, Billy?«, rief eine sirupartige Stimme aus dem Inneren der Wohnung.

»Billy?«, fragte ich und rollte mit den Augen. Bill Butler war der letzte Mensch auf Erden, den ich ausgerechnet »Billy« genannt hätte.

»Kümmere dich um deinen eigenen Dreck, Casey» flüsterte er mir zu und stemmte sein volles Gewicht gegen die Tür. Ich drückte dagegen.

Wir waren Nase an Nase in einer Pattsituation, als sein Besuch sich dazwischen drängte. Ich hörte auf zu kämpfen und glotzte nur noch. Von wegen Heather Locklear! Sie hatte ein Pfannkuchengesicht, das zu ihrer Sirupstimme voll dazu passte. Wenn man ihr das Make-up abgekratzt und den Wonderbra abmontiert hätte, hätte sie von Glück reden können, wenn sie wie Lassie ausgesehen hätte. Und zwanzig Jahre alt? Herr, errette mich! Vielleicht zwanzig Zsa-Zsa-Gabor-Jahre. Sie war mindestens dreißig, und keinen Tag jünger.

»Wer issen das?«, fragte sie und drapierte einen Arm über Bills Schulter und lächelte mich zuckersüß an. Wenn es darum geht, ihr Territorium zu markieren, können Frauen nicht so locker pissen wie Männer, was wohl auch der Grund ist, warum sie an ihm hing wie ein Fleisch fressender Aal, der sich an einem Fünfzigpfundlachs festgebissen hatte.

»Ich bin seine Frau«, sagte ich und schob mich an ihnen beiden vorbei. Ich machte mir keine Sorgen über Bills Reaktion. Was konnte er schon tun? Mich vor ihren Augen verprügeln?

»Deine Frau?«, fragte sie und ihre zuckerige Stimme knickte ein.

»Sie macht Witze«, sagte Bill voller Panik.

»Oh nein, mache ich nicht«, versicherte ich ihr. Grundgütiger, das Wohnzimmer ließ mich erstarren. Er hatte den Teppich so mit dem Staubsauger massiert, dass die Wollfäden alle in eine Richtung zeigten. Und es standen so viele angezündete Kerzen herum, dass ich schon nach dem dazugehörigen Sarg Ausschau hielt. »Erwartet ihr einen Vampir?«, fragte ich.

»Sieht aus, als ob gerade einer gekommen ist«, schoss das Zuckerschnäuzchen zurück und griff sich einen flauschigen, rosafarbenen Sweater, auf dem, ich schwöre es bei allem, was kitschig ist, ein Teddybär aus Pailletten aufgestickt war. Sie drängelte sich an Bill vorbei und rauschte die Treppen hinunter, während ihre hohen Absätze verärgerte kleine Klickgeräusche hinterließen. Abgang volle Kanne.

»Tut mir Leid«, sagte ich, setzte mich an den gemütlichen Esstisch und zog einen Teller voll Spaghetti zu mir her. Natürlich war seine Angebetete eine von der Sorte, die nur im Essen herumstochern. Sie hatte noch nicht mal einen einzigen von den winzigen Fleischbällchen angeknabbert. Sinnlos, gutes Essen verderben zu lassen.

Bill starrte mich von der Tür her an. Sprachlos.

»Hmmm, das schmeckt lecker«, musste ich zugeben. »Das Rezept von deiner Mutter?«

»Raus aus meiner Wohnung«, sagte er grimmig. Er zeigte mit dem Finger auf die Tür wie der sprichwörtliche Vater, der seine Tochter samt unehelichem Kind in den Schneesturm schickt.

»Hör zu Bill, es tut mir Leid.« Und wahrlich, lesen Sie es von meinen Lippen ab: Es tat mir Leid. »Aber du hast mich nicht ernst genommen. Ich brauche wirklich deine Hilfe. Ich glaube, jemand ist hinter mir her, und ich muss zurück nach Durham. Man hat die

Leichen von zwei Cops gefunden, die früher mit Roy Taylor zusammengearbeitet haben. Sie sind tot. Die Leute fangen an, mir zuzuhören. Ich habe einen Termin, den ich unbedingt wahrnehmen muss. Ich kann mir nicht noch einen Zwischenfall leisten. Wenn wir den Alexander Drive nehmen, können wir in zwanzig Minuten dort sein, und du bist in einer Stunde wieder zurück. Bitte!«

Bill knallte die Tür zu, stakste zum Tisch herüber und setzte sich mir gegenüber. Er blickte böse drein, wie er sich im Kerzenlicht zu mir vorbeugte, gemein und entschlossen, und seien wir ehrlich, ziemlich gut aussehend. Ich gebs ja nur ungern zu, aber ich fands andererseits auch wieder aufregend. Nur war das der falsche Zeitpunkt, um abzuschweifen.

»Casey«, sagte er mit ruhiger Stimme, was mich nervöser machte, als wenn er getobt hätte. »Akzeptiere es einfach. Du hast bei diesem Fall deine Nerven verloren. Die Sache wächst dir über den Kopf. Du bist ein klein bisschen verwirrt. Du lässt deine persönlichen Gefühle, die dich bei der Arbeit stören, durchkommen, und du hast einen Verfolgungswahn. Schon seit über einer Woche.«

»Ich habe mir das mit dem Auto am letzten Wochenende nicht aus den Fingern gesogen!«

Er zog mir den Teller mit Spaghetti weg, dann nahm er mir auch noch die Knabberstangen. »Du hast gesagt, es war wahrscheinlich der Barkeeper, der deinetwegen den Job verloren hat, und ich denke nicht, dass er blöd genug ist, herumzuhängen und das Ganze noch mal zu versuchen.«

»Das kannst du nicht wissen«, sagte ich. »Da draußen ist ein Pick-up, der mich verfolgt hat. Ich habe ihn gesehen und ich weise den Verdacht zurück, dass ich eine Ausrede erfunden hätte, um mich in dein scharfes Tête-à-Tête mit Miss Piggy hineinzudrängen.«

Er ignorierte die Beschimpfung. »Das ist der Grund, warum ich so ungern mit Frauen zusammenarbeite» sagte er. »Eure Gefühle beeinflussen eure Urteilskraft.« Als ich anfangen wollte zu protestieren, winkte er ab. »Ich sage nicht, dass du nicht wirklich überzeugt bist, dass jemand dich verfolgt hat. Ich bin sicher, deine Angst ist echt. Ich sage nur, dass es normal ist, solche Ängste zu haben, nachdem du in einen Unfall verwickelt warst. Ich habe genauso reagiert, als ich angeschossen wurde. Ich habe erwartet, dass es wieder passiert und habe wochenlang nervös über die Schulter geschaut. Aber der Unterschied zwischen einem Amateur und einem Profi ist der, dass der Profi sich bewusst ist, dass das, was er fühlt, einfach nur eine Reaktion auf den früheren Vorfall ist.« Er beendete seine ordentliche kleine Rede, indem er an einer Stange knabberte. »Und danke, dass du mir den Abend versaut hast.«

»Ich scheiße auf deinen Abend«, sagte ich. »Mir geht es darum, meinen Arsch zu retten.« Aber ein seltsames Gefühl beschlich mich, langsam wie eine unaufhaltsame Krankheit. Ich fing an, den Glauben an mich selber zu verlieren. Ganz winzige, kleine Samen des Selbstzweifels waren soeben gesät worden und hatten bereits Wurzeln geschlagen. Ich vermute, es ist den meisten Frauen schon mal so ergangen. Es kann damit beginnen, dass der Mann deiner Freundin seine Hand auf deinen Rücken legt. Zunächst bemerkst du es nicht einmal. Oder du verdrängst es. Du willst diesen Eindringling in deine Welt nicht bemerken. Aber dann bewegt sich die Hand ein paar entscheidende Zentimeter nach unten und du kannst sie nicht länger ignorieren. Also sagst du dir, dass du es bist, die das Geschehen falsch interpretiert. Dass du es bist, die in Wirklichkeit eine schmutzige Fantasie hat, weil du glaubst, dass so ein netter Mann sich an dich ranmachen wollte. Schließlich, wenn das Ziel dieser schleichenden Hand ganz klar ist, dann überspringst du die Tatsache, dass irgendein Arschloch dich einfach nur ausnutzen will und beginnst stattdessen, dir selber die Schuld zu geben. Du fängst an, dich zu fragen: Was habe ich getan, um ihn dazu zu bringen? Und verdammt will ich sein, wenn du nicht irgendeine Ausrede findest, um dir selber einen Vorwurf zu machen.

Ich weiß nicht, wann und wie Frauen programmiert werden, so zu reagieren. Ich weiß nur, dass es so ist, und dass es mir gerade auch so erging. Indem er einfach nur die Wörter »Profi« und »Gefühle« eingeworfen hatte, war es Bill Butler gelungen, mich zu überzeugen, dass ich ein hysterisches Weibchen war, das sich ernsthaft bremsen musste, wenn es gleichwertig mit den Männern sein wollte.

»Danke für deine Hilfe«, sagte ich förmlich, während mein Selbstvertrauen in den Keller ratterte und etwas wie Betretenheit mich erfasste. Ich griff mir eine Knabberstange. Zu blöd, dass es kein Knüppel war. Ich hätte ihm liebend gerne eines damit über den Schädel gezogen.

»Pass auf, du brauchst jetzt nicht auf mich sauer zu sein«, hatte er tatsächlich den Nerv zu sagen. »Ich werde dir nicht nachtragen, dass du meine Verabredung mit einer hinreißenden Frau geschmissen hast.«

»Also bitte«, sagte ich. »Die war hinreißend, ganz recht, bevor das elektrische Licht erfunden wurde.«

»Komm schon, Casey«, sagte er und versuchte immer noch, mich zu besänftigen. »Vielleicht ist ihr Gehirn vor lauter Unterforderung ein bisschen eingerostet, aber sie sieht nicht schlecht aus. Außerdem ist es keine große Sache. Sie ist nur jemand, mit dem ich mich ab und zu treffe.«

»Du meinst, sie ist nur jemand, mit dem du schläfst?«, fragte ich.

Er zuckte die Schultern. »Man muss in Übung bleiben. Bis du mal so weit bist.«

»Ach, wirklich?«, sagte ich. »Also, du kannst weiterhin üben und so perfekt werden, bis dir dein Gestänge abfällt, denn so weit wird es mit mir nie kommen! Ich habe dich durchschaut. So wie du über diese Frau sprichst, das sagt mir alles.«

»Ach ja?«, sagte er. »Und was genau willst du an mir durchschaut haben?«

»Dass du einer von den Typen bist, der eine Frau solange mag, bis sie mit ihm ins Bett springt, und dann kommst du zu dem Schluss, dass du sie doch nicht wirklich haben willst, weil du dich fragst: Was kann das schon für eine Frau sein, wenn sie mit so einer miesen Null wie dir ins Bett geht?«

»Vielen Dank für ihren Hausbesuch, Frau Doktor Westheimer!«

»Es ist wahr!«, warnte ich ihn und drohte ihm tatsächlich mit dem Zeigefinger, was ich nun wirklich selten tue, außer wenn ich megasauer bin. »Das macht es leichter für dich, Frauen wie den Müll von gestern wegzuschmeißen. Und das ist der Grund, warum du wütend auf mich bist, weil ich mich nicht hinlege und mir dir schlafe, damit du einfach beschließen kannst, dass du mich doch nicht magst. Ich habe deine Pläne für eine Drei-Minuten-Beziehung durchkreuzt. Und deshalb hast du dich mir gegenüber die ganze Zeit über wie ein völliger Idiot verhalten.«

»Das ist nicht der Grund, warum ich mich dir gegenüber wie ein völliger Idiot verhalten habe«, sagte er.

»Aha!«, sagte ich triumphierend. »Jetzt hast du es wenigstens zugegeben, dass du dich mir gegenüber wie ein völliger Idiot benommen hast.«

»Hab ich nicht«, protestierte er. »Und hör auf, aha zu sagen!«

»Aha, aha, aha» antwortete ich als überaus reife Person. »Genauer gesagt, aha-ha-ha.« Am Ende hatte ich wie das hysterische Frauenzimmer aufgelacht, als das er mich zuvor hingestellt hatte. Aber manchmal muss ein Mädchen einfach Stellung beziehen und voll die Sau rauslassen.

»Na prima«, sagte er mit einem übertrieben nachlässigen Achselzucken. »Nur weiter so! Lach du nur über mich, wenn du dich dann besser fühlst.«

»Und mach du nur so weiter und schick mich da allein hinaus, damit jeder Verrückte mich verfolgen kann, wenn du dich dadurch besser fühlst«, schoss ich zurück und eilte zur Tür.

»Ja«, antwortete er sarkastisch. »Ich mache mir wirklich Sorgen deinetwegen, Casey. Du scheinst nicht im Stande zu sein, auf dich selber aufzupassen. Die ganzen Leichen, die deinen Weg pflastern, sind ein einziger Zufall.«

Er folgte mir zur Tür, in dem Bemühen, noch einen Stachel in meinem Fleisch zu platzieren. »Wenn es dich beruhigt, werde ich dich vom Balkon aus im Auge behalten, während du zu deinem Auto zurückgehst«, bot er mir süßlich an. »Wenn man dich wirklich verfolgt, kann ich dir zu Hilfe eilen. Ich kann sogar mit einem einzigen Satz vom Balkon runter springen.«

»Mach das doch!«, sagte ich ihm schneidend. »Pass du nur sehr gut auf mich auf. Ich bin sicher, ich werde mich rasend besser fühlen.«

Ich trampelte die Stufen hinunter, wütend auf mich selber, wütend auf ihn und bei Gott nicht sicher, ob ich nicht wirklich ein hysterisches Weibsbild war oder schlicht und einfach vollkommen bescheuert. Als ich beim Auto ankam, sah ich Bill, wie er mich vom Balkon aus beobachtete. Überheblicher Tropf! Ich zeigte ihm den Mittelfinger, aber wissen Sie, allein schon ihn auf dem Balkon zu sehen, gab mir sofort ein sehr viel sichereres Gefühl.

Mir war sogar noch besser zu Mute, als ich einige Parkplätze weiter seine Angebetete in ihrem Auto sitzen sah, wie sie spionierte. Ich kurbelte beim Vorbeifahren das Fenster runter und rief ihr zu: »Er ist ein toller Typ. Schade nur, dass er Herpes hat.«

Unreif – aber klasse!

Der Verkehr hatte nachgelassen, bis ich den Alexander Drive erreichte und an der Ampel vorbei auf den Highway 70 abbog. Ich hatte während der letzten fünf Kilometer sorgfältig den Rückspiegel im Auge behalten, aber niemanden ausgemacht, der hinter mir her war. Verärgert darüber, dass Bill offenbar doch Recht gehabt hatte, bog ich links ein und legte auf der leeren Straße an Geschwindigkeit zu, während der Tacho befriedigende 100 Kilometer pro Stunde erreichte. Die offizielle Geschwindigkeitsbegrenzung lag bei der Hälfte davon, aber es gab sonst keinen Verkehr, und ich hatte in meinem ganzen Leben noch keinen Cop gesehen, der auf dem Alexander Drive Streife fuhr. Außerdem führte die Straße direkt durch das Herz des Forschungsdreiecksparks und der war bei Nacht vollkommen verlassen. Es war dunkel, der Mond war nur als schwaches Schimmern hinter einer dichten Wolkendecke zu erkennen. Der Park ist mit seinen sechsundreißigtausend Hektar ein staatlich gefördertes Industriegebiet, voll mit hypergeheimen medizinischen Forschungsstätten, Softwareherstellern, Telekommunikationsfirmen und anderen, weniger definierbaren, ja manchmal regelrecht Furcht einflößenden Betrieben. Nicht einmal Einbrecher interessierten sich um diese Zeit für den Park. Die Sicherheitsüberwachung war zu genau. Jede Einrichtung war umgeben von großflächigen Waldlandschaften, wobei der Zugang üblicherweise beschränkt war auf eine einzige Zufahrtsstraße, die durch einen bemannten Wachposten blockiert wurde. Sie spielten auch nicht mit pensionierten Cops herum. Die meisten Wächter sahen aus wie Green Berets bei der Schwarzarbeit. Ich fuhr an mehreren Gebäuden mit Höchstgeschwindigkeit vorbei, deren Lichter bald nur noch undeutlich hinter mir zu sehen waren.

Ich war fünf Kilometer weit in den Park hineingefahren, als nur Millimeter hinter mir vier helle Scheinwerfer ohne jede Warnung aufflammten. Das aufgeblendete Fernlicht schnitt durch das Heckfenster und reflektierte vom Rückspiegel direkt in meine Augen. Eine dröhnende Hupe erklang und der Cutlass wurde von hinten gerammt, wodurch ich auf die gegenüberliegende Straßenseite abgedrängt wurde. Verdammte Scheiße! Der Pick-up war wieder da und seine Scheinwerfer waren so verstellt, dass sie nach oben strahlten, wo sie den größten Schaden anrichten konnten. Ein Satz illegaler Punktscheinwerfer, wie sie oft von Jägern verwendet werden, die auf das Gesetz pfeifen, war unterhalb der Scheinwerfer befestigt. Alle miteinander blendeten mich total. Mit den Lichtern und dem Dröhnen seines kräftigen Motors war das plötzliche Erscheinen des Pick-ups genau so, als ob ein Ufo unerwartet auf meiner hinteren Stoßstange gelandet wäre – allmächtig, angsteinflößend und unbekannt.

Ich stieg aufs Gas und schaltete runter. Ich konnte nur beten, dass Bobbys Angebereien über seinen Motor nicht leeres Gewäsch gewesen waren. Ich spürte, wie die Drehzahl hochschnellte und das schwere Auto davonschoss. Ich lehnte mich nach vorne, als ob ich ein Pferd ritt, und spornte den Cutlass an, noch schneller zu fahren. Ich atmete die Luft in tiefen Zügen ein, in der Hoffnung, von der Panik runterzukommen, während ich mir ausrechnete, wieweit wir noch hatten bis zur Stadteinfahrt von Durham. Dort würde der dichte Verkehr es meinem Angreifer unmöglich machen, mich von der Straße abzudrängen, ohne gesehen zu werden. Und ich dachte nicht, dass er es vor lauter Zeugen versuchen würde. Es lagen immer noch mindestens zehn Kilometer vor mir, und ich war entschlossen, es zu schaffen. Im Rückspiegel konnte ich hinter mir die vier hohen Lichtkegel verschwinden sehen, während ich an Abstand gewann. Aber dann näherten sie sich wieder, groß und grell, als der Fahrer des Pick-ups sich von seiner Überraschung über die Geschwindigkeit meines Oldsmobiles erholt hatte und seinerseits an Tempo zulegte. Verdammt, der Kerl war schnell. Er holte mich rasch ein. Ich würde es niemals rechtzeitig bis zur Stadt schaffen.

Durch die Bäume zu meiner Rechten sah ich vor mir die Lichter eines Gebäudes. Es war die Forschungsstätte eines großen französischen Pharmakonzerns und die einzige Firma weit und breit, die man über den Alexander Drive erreichen konnte. Dort war ich sicher. Aber ich bremste zu spät und sauste an der Einfahrt vorbei, bevor ich die Abbiegung erkannte. Das gut beleuchtete Wächterhäuschen war nur ein momentaner Lichtschimmer, während ich daran vorbeisauste, und ich fluchte bei dem verzweifelten Versuch, einen Plan zu fassen.

Ich traf eine Entscheidung und legte eine Vollbremsung hin, dass der Cutlass schräg über zwei Fahrbahnen schlidderte und beinahe über den Betonmittelstreifen kippte, der an dieser Stelle die Straße in zwei Hälften teilte. Ich kämpfte, um die Kontrolle wieder zu erlangen, bis der schwere Wagen seine Balance fand. Ich brachte ihn auf der Grasnarbe neben der Straße zum Stillstand und löschte das Licht. Mit etwas Glück würde der andere Wagen im Dunkeln an mir vorbeisausen, bevor ihm auffiel, was ich getan hatte. Das würde mir Zeit geben, durch das Waldstück eine halbe Meile zurückzulaufen. Ich könnte das Wächterhäuschen erreichen und die

Wachleute dort bitten, die Polizei zu rufen, noch ehe mein Verfolger herausgefunden hatte, was gerade ablief. Ich wusste, dass ich in Sicherheit sein würde, wenn ich erst mal die Lichter der Zivilisation erreicht hatte. Wer immer mein Gegner war, es lag ihm offenbar viel daran, seine Identität geheim zu halten. Die Scheinwerfer des Pick-ups näherten sich mit rasanter Geschwindigkeit. Ich saß im finsteren Wagen und hielt den Atem an. Ich traute mich nicht, die Tür zu öffnen, bis mein Verfolger nicht vorbeigeschossen wäre. Die Innenbeleuchtung würde mich garantiert verraten. Ich rollte mich über die vordere Sitzbank, griff mir die Magnum aus dem Handschuhfach und wartete, während der Pick-up näher kam. Mit einem Wusch zog er mit voller Geschwindigkeit an mir vorüber, der Motor heulte vor Anstrengung auf.

Ich öffnete die Tür und warf mich am Straßenrand zu Boden mit der Absicht, gleich loszulaufen. Verdammt, der Fahrer hatte das Licht in seinem Rückspiegel gesehen! Ich hörte das Quietschen der Bremsen und rannte auf den Wald zu, ohne die Autotür hinter mir zu schließen. Ich sprang in fast völliger Schwärze über einen Straßengraben und landete unsanft. Schmerz durchzuckte meinen Knöchel, aber ich konnte immer noch rennen – und ich rannte, wie verrückt.

Ich preschte zwischen den Bäumen hindurch, ohne auf die Lehren meines Großvaters zu achten, der mir einst beigebracht hatte, nur still durch den Wald zu gehen. Alles, was mich interessierte, war, das Wächterhäuschen zu erreichen und ich maß im Geist die Entfernung, während ich rannte, und ignorierte den stechenden Schmerz in meinem Knöchel.

Der Boden war schlüpfrig mit verdorrten Tannennadeln und von knorrigen Wurzeln durchzogen, über die ich alle paar Meter stolperte und gegen Bäume und Büsche knallte. Ich rannte im Zickzack durch den dichten Wald ohne einen Schimmer von Licht, das mir den Weg hätte zeigen können.

Verzweifelt hielt ich, nach Atem ringend, an. Ich hörte jemand hinter mir durchs Gebüsch brechen und rannte wieder volle Pulle los. Meine Lungen winselten nach Sauerstoff. Es gab keine Taschen an meinem Trainingsanzug, in die ich die Knarre hätte hineinstecken können und der Bund war zu lose, um sie sicher festzuhalten. Ich musste sie seitwärts von mir weghalten, während ich rannte, und hatte Angst, dass ich mir beim Fallen den eigenen Kopf wegschießen würde.

Ich rannte zu schnell. Ich stolperte über einen umgefallenen Baumstamm, prallte von einem anderen Baum ab, gewann mein Gleichgewicht wieder und dann kam ich in einen höllischen Teil des Waldes, wo ein Tornado im Gefolge von Hurrikan Fran Dutzende von Bäumen ausgerissen und wie riesige Mikadostäbe auf den Boden niedergeschmettert hatte. Die Wolkendecke über mir riss genau in diesem Moment ein Stück auf und ließ willkommenes Mondlicht erstrahlen. Trotzdem war es fast unmöglich, durch das Chaos hindurch zu kommen. Ich duckte mich zwischen Stämmen, kroch über Waldbruch und krabbelte verzweifelt um enorme Haufen von verdorrten Ästen herum. Hinter mir verstärkten sich die lauten Geräusche, als mein Verfolger sich ebenfalls der verwüsteten Region näherte.

Ich knallte mit dem Schienbein gegen einen Stamm, der quer über einen anderen gestürzten Baum gefallen war, und meine Pistole flog mir bei dem Zusammenprall aus der Hand. Ich dachte schon, ich hätte mir das Bein gebrochen. Ich ließ mich auf die Knie fallen und suchte den Boden mit beiden Händen eilig ab, bis ich das Metall des Griffs zu fassen kriegte. Ich atmete tief durch, stand mühsam auf und zwang mich zum Nachdenken. Ich musste mich beruhigen. Es gab zu viele Hindernisse auf dem Weg. Panik war jetzt der sichere Weg ins Verderben.

Ich konzentrierte mich auf einen nahe gelegenen Baum und gab meinen Augen Zeit, sich an das fahle Licht zu gewöhnen. Meine Pupillen weiteten sich und die Umrisse wurden klarer. Ich konnte einen weniger verwüsteten Abschnitt des Waldes weiter vorne ausmachen, wo das Mondlicht noch stehende Bäume und möglicherweise eine Lichtung erkennen ließ.

Ich glitt über die Tannennadeln mit leichterem Schritt und achtete darauf, wohin ich trat und nahm mir die Zeit, dabei ganz leise zu sein. Ich war zu verwirrt von meinem Sturz, als dass ich gewusst hätte, in welcher Richtung sich die Forschungsstätte und damit meine Sicherheit befand. Die einzige Hoffnung, die mir blieb, bestand jetzt darin, weiterzugehen und intuitiv die richtige Orientierung zu bewahren.

Mein Verfolger erreichte das Gebiet der umgestürzten Bäume. Es gab einen Mordskrach und laute Flüche hallten durch die Stille des nächtlichen Waldes. Ich drückte meinen Rücken gegen einen rauen Kieferstamm und hielt den Atem an. »Sag etwas!«, befahl ich ihm im Geiste.

Ich musste wissen, *wer* das war. Ich glaubte fest, es würde den Schrecken vermindern, wenn ich nur wüsste, wer mein Widersacher war. Ich hörte mehr Poltern und Krachen, als er versuchte, sich mit purer Gewalt einen Weg durch das trockene Unterholz zu bahnen. Ein Schuss ertönte, und meine Füße setzten sich wie automatisch – in die entgegengesetzte Richtung zu dem Knall – in Bewegung. War der Typ blöde genug, blind in die Nacht zu schießen, in der Hoffnung, mich zufällig zu erlegen? Oder war er gestolpert und hatte unabsichtlich einen Schuss gelöst?

Ich wartete nicht, um das herauszufinden. Ich bewegte mich gleichmäßig durch den Wald, fand meinen Rhythmus, bewegte mich so schnell wie möglich – hinweg von den krachenden Geräuschen, die sich hinter mir her auf mich zu bewegten.

Ich blieb stehen, als mir die Erkenntnis kam. Krachende Geräusche – Plural? Auf einmal wurde mir klar: es waren *zwei* Leute, die mich da verfolgten. Einer weiter zurück als der andere. Noch ein Schuss ertönte, und diesmal war ich mir sicher. Das Echo klang schwächer. Mehr wie ein nasses »Plopp«. Es war eine andere Waffe. Gott, dachte ich. Zwei Verrückte? Die ihre Patronen auf gut Glück verschießen?

Ich sprang über den toten Stamm eines jungen Baumes, der mir den Weg blockierte und entdeckte eine Lichtquelle, die mir durch die Bäume hindurch entgegen schimmerte. Das Wachhaus. Das musste es sein. Ich rannte erleichtert vorwärts – und rammte mit der Brust voran in einen zwei Meter hohen Hurrikanschutzzaun. Ich prallte an dem schweren Drahtgeflecht ab und fiel, von der Wucht des Aufpralls zurückgeworfen, rückwärts zu Boden. Beim Aufstehen spießte ich mir dann gleich die linke Hand an der unten aufgerollten scharfen Kante des Zauns auf. Meine Hand begann zu bluten. Verdammter Mist. Wer zum Teufel brauchte schon einen Zaun mitten im Nirgendwo? Ich blinzelte durch das dicke Drahtgeflecht hindurch. Da, auf der anderen Seite, verlief ein tiefer Abflussgraben. Der Zaun war aus Sicherheitsgründen errichtet worden, nicht um die Privatsphäre zu schützen. Wenn ich den Zaun bis zur Straße zurückverfolgte, standen die Chancen nicht schlecht, dass er bald einmal an einer Stelle enden würde, wenn der Graben keine Gefahr mehr bot.

Hinter mir kamen die lauten Knackgeräusche näher. Noch ein Schuss zerriss die Stille und ich zuckte zusammen. Mit dem Zaun vor mir fühlte ich mich wie in einer Falle gefangen. Meine Verfolger rückten mir auf die Pelle. Bevor ich reagieren konnte, ertönte noch eine Serie von Schüssen. Näher als zuvor. Heißer Schmerz durchflutete plötzlich meine linke Hüfte, als ob ein ganzes Nest von Feuerameisen mich auf einmal attackiert hätte. Ich fiel zu Boden und fluchte. Diese Schweine! Was hatten die für ein saumäßiges Glück. Sie hatten mich von hinten erwischt. Ich krallte mich am Zaun fest und zog mich in die Höhe. Der Schmerz brannte tierisch, aber ich konnte immer noch gehen. Meine Geschwindigkeit war jetzt beträchtlich gedrosselt, und die lauten Knackgeräusche kamen immer näher und näher.

Ich musste meinen Plan ändern. Es blieb mir nicht genug Zeit, um dem Verlauf des Zauns zu folgen. Sie würden wissen, dass ich keine andere Wahl hatte, und jede Fluchtmöglichkeit, die mir blieb, wäre abgeschnitten. Mit dem Rennen war es sowieso vorbei. Hoppeln war das Beste, was ich schaffte. Es würde nicht mehr lange dauern, bis sie mich einholten.

Ich hatte keine andere Wahl. Ich würde sie abservieren müssen.

Ich kauerte mich hinter eine große Kiefer, die auf eine kleinere gefallen war und so eine Stütze für meinen Schussarm bildete. Zusammen boten die zwei Stämme mir gute Deckung, während der obere Stamm mir gleichzeitig erlaubte, zu zielen ohne zu zittern. Ich ergriff die .44er, ging in Stellung, peilte über die Länge des Laufs, zwang meine Augen, durch die Dunkelheit hindurch zu sehen. Warum hatte ich bloß nicht eine von Bobbys Halbautomatischen genommen? Jetzt musste jeder Schuss sitzen.

Ich war bereit, als Steven Hill durch eine Gruppe von Büschen hervorbarst und unmittelbar vor dem Zaun stehen blieb. Er hielt eine kleine Pistole in der Hand und legte den Kopf zur Seite, um ein Geräusch meiner Anwesenheit zu erhaschen.

»Hier drüben, du Arschloch«, rief ich laut.

Er drehte sich um, und ich drückte ab. Zweimal.

Die Patronen schlugen etwas südwärts von ihrem beabsichtigten Ziel ein. Ich ballerte ihm die rechte Kniescheibe weg, anstatt ihn für den Rest seines Lebens zu kastrieren, was mir eigentlich vorgeschwebt hatte. Er kippte zu Boden, als ob ihm jemand beide Beine weggerissen hätte. Dann fing er an zu kreischen wie die sprichwörtliche Katze auf dem heißen Blechdach. Ich wette, jedes Tier im Umkreis von zehn Kilometern ergriff bei dem Geräusch die Flucht. Hart im Nehmen war er nicht. Er rollte auf dem Boden herum, hielt sich sein verletztes Knie und jammerte wie ein Baby. Seine Knarre lag vergessen neben ihm. Ich humpelte zu ihm hinüber, ohne auf meine eigene Verwundung zu achten, griff mir seine Waffe und befahl ihm, die Schnauze zu halten, weil ich ihm sonst die andere Kniescheibe auch noch wegschießen würde. Er wagte keinen Widerspruch. Ich ließ ihn zurück in stillem Schmerz, während ich meine Position hinter den Bäumen wieder einnahm und auf den zweiten Verfolger wartete. Hill hatte eine Lorcin dabei gehabt. Es gab nur einen Grund, warum so einer wie er eine so billige Waffe mit sich herumschleppte – er hatte vorgehabt, mich umzubringen und das Ding dann wegzuschmeißen.

»Casey«, rief jemand durch den Wald. »Casey, bist du da?«

Als die Stimme näher kam, verlor Hill wieder das bisschen Beherrschung, das er hatte und fing an, zu wimmern und zu winseln und führte so den Zweiten direkt zu unserer Stelle. »Casey«, rief die Stimme, nur wenige Meter entfernt von mir in der Dunkelheit. Ich zielte und wartete.

Bill Butler brach auf die kleine Lichtung durch, die Pistole in der Hand.

Ich konnte nicht schießen. Ich zögerte, den Finger am Abzug, unfähig, abzudrücken. Monate später noch durchlebte ich diesen Moment des Zögerns, immer wieder und wieder. Und ich schickte auf ewig ein stilles Stoßgebet zum Himmel, dass ich nicht geschossen hatte. Denn Bill rannte direkt zu Steven Hill hinüber und hielt ihm eine Glock ans Ohr.

»Wo ist Casey?«, herrschte er ihn an. »Wenn Sie ihr etwas getan haben, sind Sie tot. Ende der Geschichte.«

»Ihr was getan?«, krächzte Hill, rollte auf dem Boden und hielt sich das Knie. »Diese Schlampe braucht niemand, der sie beschützt. Wir anderen sind es, die Schutz brauchen vor ihr.«

Bill ignorierte ihn und suchte die Lichtung ab. »Casey«, rief er.

»Komm bloß nicht näher«, sagte ich und trat hinter den gestürzten Kiefern hervor. Ich ging kein Risiko mehr ein. Ich hielt die Waffe auf seine Körpermitte gerichtet, aber meine Hände zitterten. Ziemlich stark sogar. Ich verlor immer mehr Blut. Es rann an meinem linken Bein dickflüssig herunter und sammelte sich in meinem Strumpf. Ich spürte, wie es sich schwer und warm um meinen angeknacksten Knöchel legte. Gott, was war, wenn er eine Arterie getroffen hatte?

Bill hob automatisch beide Hände in die Höhe. »Himmel, Casey. Ich bin auf deiner Seite, erinnerst du dich?«

»Wirklich?«, fragte ich sehr viel ruhiger, als ich mich fühlte.

»Ja. Wirklich.« Seine Stimme ging um eine Oktave in die Höhe. »Musst du denn unbedingt dieses Ding da auf mich richten?«

»Ja«, sagte ich. »Das muss ich.«

»Hier – nimm meine Waffe.« Er hielt sie mir hin, mit dem Griff zu mir.

»Wirf Sie her.«

Er starrte zu mir herüber. »Sie kann aber losgehen.«

»Dann wirf sie her und duck dich.«

Widerstrebend schleuderte er seine Glock über die Lichtung hinweg zu mir herüber, als ob wir das Hufeisenspiel spielten. Sie landete mit einem dumpfen Geräusch vor meinen Füßen.

»Jetzt setz ihn aufrecht gegen diesen Baumstamm dort«, befahl ich und nickte zu Hill hinüber. »Und setz dich selber neben ihn.«

»Warum?«

»Wir spielen jetzt das Zwanzig-Fragen-Spiel«, erklärte ich. »Und du bist zuerst dran.«

»Casey«, flehte Bill. »Das ist doch Blödsinn.«

»Schnauze halten und hinsetzen«, sagte ich. Er rutschte auf den Boden neben den wimmernden Steven Hill. »Sag ihm er soll das Maul halten, oder ich schieß ihm das andere Knie auch noch weg«, fügte ich hinzu.

»Das Maul halten?«, sagte Bill. »Sieh doch nur, was du ihm angetan hast.«

»Da hat er Glück gehabt«, erklärte ich. »Eigentlich wollte ich ihm den Schwanz wegschießen.«

»Oh mein Gott – Casey«, krächzte Bill angewidert. »Was zum Teufel geht hier vor?«

»Das kannst du mir vielleicht sagen«, antwortete ich. »Fangen wir damit an, was du hier machst?«

»Ich bin dir gefolgt«, sagte er, die Hände immer noch in die Höhe haltend. »Ich habe nur einen Witz gemacht, als ich sagte, ich würde aus dem Fenster sehen und aufpassen, dass dir keiner folgt. Wenigstens dachte ich, dass es nur ein Witz war. Aber dann sah ich wirklich einen schwarzen Pick-up hinter dem Klubhaus hervorschießen und dir aus der Ausfahrt hinterherfahren. Mir wurde klar, dass du Recht gehabt hast. Ich bin dann zu meinem Mustang gehetzt und habe den Pick-up verfolgt. Ich habe ihn auf dem Highway 70 aus den Augen verloren, aber ich wusste, du würdest den Alexander Drive nehmen. Ich fuhr fast zweihundert, als ich deinen Wagen und den Pick-up am Straßenrand sah. Du hattest die Tür offen gelassen und das Licht war noch an. Ich hörte euch zwei durch den Wald rennen. Es war ja nicht so, als ob es schwierig gewesen wäre, euch zu folgen. Ihr habt einen Krach gemacht wie zwei Elche beim Liebesspiel, wie ihr da rumgetappt seid.«

»Schluss mit lustig«, befahl ich ihm. »Wenn ich will, dass du lustig bist, werde ich dir sagen, dass du lustig sein sollst. Jetzt will ich, dass du die Klappe hältst und zuhörst.« Er hielt die Klappe.

Ich glaubte Bill. Beinahe. Aber jetzt war die Zeit gekommen, wo er mir glauben musste. Und die einzige Art und Weise, wie das passieren konnte, war, wenn er es von Hill selber hörte.

»Rück weg von Hill«, sagte ich.

»Wieso denn?«, fragte Bill.

»Weil ich ihn erschießen werde, wenn er meine Fragen nicht beantwortet, und ich könnte wieder daneben treffen und aus Versehen dir was abschießen.«

Bill machte den Mund auf, als ob er was sagen wollte, überlegte es sich dann aber anders und drückte sich eilig zur Seite, wie ein Krebs auf der Suche nach seiner Höhle im Sand.

»Sie wissen, was Sie getan haben«, sagte ich zu Hill. »Und ich weiß es auch, aber Bill hier braucht noch Erleuchtung. Ich möchte, das er es mit eigenen Ohren aus Ihrem Mund hört.«

Hill stöhnte und rollte sich an den Rand der Lichtung.

»Ich werde Ihnen ein paar Fragen stellen«, sagte ich und hielt meinen Revolver auf sein linkes Knie gerichtet. »Und ich denke, wenn Sie uns anscheißen, dann schieße ich.«

»Das können Sie nicht machen«, sagte er undeutlich vor Schmerz.

»Sicher kann ich«, erklärte ich ihm. »Sehn Sie mal.« Ich richtete die Pistole in die Höhe und drückte ab. Ein kleiner Zweig explodierte von einem Kiefernbaum und fiel zu Boden, direkt vor seine Füße. Reines Glück. Aber es machte Eindruck.

Hill stöhnte und Bills Augen weiteten sich noch weiter. »Bleib, wo du bist«, warnte ich ihn.

»Stoppen Sie sie«, bettelte Hill.

Bill sah mich an. Ich schüttelte den Kopf. Nichts von dem, was Hill uns auf dieser Lichtung sagte, würde jemals vor Gericht standhalten, aber das war nicht der Punkt. Der Punkt war, dass ich wissen wollte, dass ich Recht hatte. Und ich wollte Bill Butler wissen lassen, dass ich Recht hatte. Und zuallerletzt wollte ich auch hören, dass Steven Hill zugab, was er getan hatte.

»Hör dir lieber an, was er zu sagen hat, bevor du was machst«, warnte ich Bill. »Ich glaube nicht, das du ihn sehr gut kennst.« Ich wandte mich Hill zu. »Wir fangen mit der leichten Frage an«, sagte ich. »Frage Nummer eins: Wer hat George Carter getötet, ohne sich einen Scheißdreck darum zu kümmern, dass seine Frau schwanger war und dass er ein guter Cop war?«

Er wusste so gut wie ich, dass er nichts zu verlieren hatte, wenn er es mir sagte. Sein Bedürfnis, sich als klüger als wir alle zu erweisen, gewann die Oberhand. »Pete Bunn«, sagte Hill rasch. »Ich schwöre, es war Pete.«

»Warum?«, fragte ich. »Weil Sie ihn dazu angestiftet haben?« Er begegnete meiner Frage mit Schweigen. Ich trat einen Schritt vor, und zuckte zusammen. Meine linke Hüfte begann zu pulsieren, mein Knöchel schmerzte und das gleichmäßige Tröpfeln von Blut hatte meinen Strumpf in einen klebrigdicken Sumpf verwandelt. »Weil Sie ihn dazu angestiftet haben?«, beharrte ich.

»Ja«, spuckte er aus. »Weil ich ihn dazu angestiftet habe. Ich versprach ihm Geld aus meinen Nebengeschäften, wenn er es machen würde.«

»Welche Nebengeschäfte?«, fragte ich. »Sie sind jetzt von der Straße weg. Wer zahlt Ihnen noch Schmiergelder?«

Ich schwöre, es war ein süffisantes Grinsen, was sich da knapp unter der Oberfläche seines vollbeherrschten Gesichtsausdrucks verborgen hielt. Er starb geradezu vor Verlangen, damit zu prahlen, wie schlau er gewesen war.

»Ist das etwa nicht klar?«, fragte er.

»Vielleicht für einen Drecksack wie Sie«, gab ich zu. »Aber solchen Pfadfindern wie uns müssen Sie Ihren Plan erst noch erklären.«

Er war still.

»Es ist aus für Sie«, versicherte ich ihm. »Die einzige Chance, die Sie haben, Ihren Arsch zu retten, ist dass Sie anfangen, zu reden. Am besten fangen sie schon mal an, Ihre Story an uns zu testen.«

»Schmutzige Cops«, erklärte er. »Ziemlich einfach, in Wirklichkeit. Ich sagte ihnen, dass sie unter Beobachtung stünden, und versprach ihnen, dass ich ihnen die Abteilung vom Hals halten würde, gegen Beteiligung natürlich. Für einen Prozentsatz ihrer Einnahmen. Sie sprachen die gleiche Sprache. Niemand erhob Einspruch. Sie betrachteten es einfach als Geschäftsspesen.«

»Unternehmungsfreudig«, bemerkte ich. »Sie sind so was wie das große Abzockerunternehmen der Korruption.«

Armer Chief Robinette, dachte ich. Ein Prostitutionsring mitten aus dem Polizeipräsidium wäre dieser Schweinerei vorzuziehen gewesen.

Bill saß auf dem Boden und starrte Steven Hill mit offenem Mund an. Und du hast noch nicht mal die Hälfte gehört, mein Lieber, dachte ich.

»Warum haben Sie George Carter umbringen lassen?«, fragte ich bohrend. »Er hatte nichts Böses getan. Er hatte eine Frau und ein Baby, dessen Geburt unmittelbar bevorstand, Herrgott nochmal. Warum musste er sterben?«

Ich konnte nicht feststellen, was Hill mehr wehtat, sein Knie, oder dass er meine Fragen beantworten musste. Sein Gesicht war aschgrau im Mondlicht. »Nichts was ich sage, kann vor Gericht verwendet werden«, sagte er. »Also schrauben Sie Ihre Hoffnungen nicht allzu hoch.«

»Ich gebe einen Scheißdreck auf das Gericht«, versicherte ich ihm. »Oder auf die Hoffnung. Reden Sie schon.«

»Er ist schließlich drauf gekommen, was mit Roy passiert ist«, sagte er verdrossen. »Um Weihnachten herum hat Tillman ihn besucht und ihm so viele Fragen gestellt, dass George schließlich auf den Trichter gekommen ist, was damals mit Roy passiert ist. Ein blauäugiger Blödmann. Brauchte acht Jahre dazu, um den Zusammenhang zu sehen. Er hat nicht mal im Traum daran gedacht, dass jemand anderes als Gail es getan haben könnte. Als ich hörte, dass er Gail im Knast besucht hatte, fürchtete ich, dass er als Nächstes mit seinen Mutmaßungen zu jemandem im Department gehen würde. Also habe ich Pete dafür bezahlt, dass er ihn mundtot machte. Er war willig. Ihm waren George oder Roy egal. Er interessierte sich nur für Geld. Pete hatte mir früher geholfen, aber dann versiegte der Geldstrom, als er zur Wirtsschaftskriminalität versetzt wurde. Er brauchte mehr Geld. Es interessierte ihn nicht mal, warum ich George tot haben wollte. Er machte es einfach.«

»Warum haben Sie dann Pete getötet? Er war doch auf Ihrer Seite?« Ich wollte, dass Bill Butler alle Details zu hören bekam. Er sollte wissen, dass ich von Anfang an Recht gehabt hatte.

»George hat gegenüber Pete die Klappe aufgerissen, bevor er kalt gemacht wurde. Aber Pete hatte zwei und zwei zusammengezählt, was Roy betraf, und er drohte mir auch, damit zum Department zu laufen, wenn ich ihn nicht ausbezahlte.«

»Pete hatte Ihnen in der Vergangenheit geholfen, Drogenfälle zu sabotieren?«

Hill antwortete einen Moment lang nicht. Dann verzahnte er seinen Blick ärgerlich mit meinem und nickte. Hätte ich es nicht besser gewusst, ich hätte gemeint, er könne mich nicht sonderlich leiden.

»Sagen Sie es«, befahl ich ihm. »Sagen Sie es laut, damit Bill Sie hören kann.«

»Ja, Pete und ich kippten Drogenfälle für Geld«, spuckte er aus. »Für viel Geld. Roy und George waren zu blauäugig, um uns zu helfen.« Er blickte flehend zu mir auf. »Ich verblute hier noch«, sagte er.

Ich ignorierte ihn. Nicht, dass ich dachte, dass Bill blöde wäre. Aber ich wollte sicher gehen, dass er die Pointe kapierte. »Mit anderen Worten«, sagte ich. »Pete beschloss, Sie zu erpressen, nachdem er sich ausgerechnet hatte, das Sie es waren, der Roy Taylor getötet hatte. Also haben Sie ihn auch umgebracht. Sie haben das getan, unmittelbar nachdem Sie mit mir im Lone Wolf gesprochen hatten, oder? Sie wollten nicht das Risiko eingehen, dass er mir was erzählen könnte. Sie konnten ihn nicht lange genug am Leben lassen, um mit mir zu sprechen.«

Sein Gesichtsausdruck sagte mir, dass ich Recht hatte. »Also los«, sagte ich. »Ich will es hören. Sagen Sie es. Sie haben Pete Bunn getötet.«

»Ich habe Pete getötet«, sagte er durch schmale Lippen. »Na und? Sie werden es mir nie nachweisen können. Ich musste ihn umlegen. Ich konnte es mir nicht leisten, dass Gerüchte über mich die Runde machten. Ich brauchte den Job bei der Abteilung für Berufsethik, um meinen Arsch bedeckt zu halten.«

»Wir wissen auch, dass Sie Richter Tillman umgebracht haben«, sagte ich. »Sie waren der alte Freund, mit dem er sich an jenem Abend getroffen hat. Er war bereit, Sie mit den kompromittierenden Drogenfällen und dem Mord an Roy zu konfrontieren.«

Hill schwieg, und ich verfolgte das Thema nicht weiter. Er hatte ganz richtig geraten, dass der Staatsanwalt ihn am ehesten für den Mord an Peyton Tillman hängen konnte. Aber ich machte mir keine Sorgen. Sie würden ihn dafür kriegen. Detective Morrow würde genug Indizien finden, um Hill mit dem Mord an dem Richter in Zusammenhang bringen, wenn Sie sich erst mal auf ihn als spezifischen Verdächtigen konzentrierte. Niemand konnte so sauber morden, dass er keine Spuren hinterließ.

»Warum haben Sie die Häuser Ihrer Opfer durchsucht?«, fragte ich.

»Ich befürchtete, dass sie ihre Zusammenkünfte mit mir in einem Kalender oder dergleichen vermerkt haben könnten«, sagte er rasch. »Ich musste alle Spuren unseres Zusammentreffens beseitigen.« Ich wusste, dass er log. Kluges Bürschchen. Nichts von dem, was er mir sagte, war einen Pfifferling wert ohne Beweise, die es untermauerten. Aber ich war klüger. Es musste irgendwo noch anderes Beweismaterial geben, sonst hätte er nicht so intensiv danach gesucht. Ich wusste nicht genau, was dieses Material war oder woraus es bestand, aber ich hatte eine ziemlich gute Vorstellung, wo es sich befinden konnte.

»Sie machen das schon ganz gut«, versicherte ich ihm. Hill hatte wieder zu stöhnen begonnen. »Machen Sie so weiter und ich werfe Ihnen ein paar Dutzend Percodan zu.« Ich knirschte mit den Zähnen und war entschlossen, mir meinen eigenen Schmerz nicht anmerken zu lassen. Aber das Pulsieren war jetzt zu einem Strahlenbündel aus Feuer geworden, das sich an meiner linken Seite hochzog. Ich lehnte mich gegen einen Baumstamm und rutschte zu Boden, unfähig, mich länger aufrecht zu halten. Gott, was tat mir die Seite weh. Schnurz, der Job war noch nicht getan. Bill musste auch noch den Rest hören. Er starrte Hill wie hypnotisiert an.

»Wer hat Roy Taylor umgebracht?«, fragte ich Hill. »Es war doch nicht Gail, oder? Sie haben ihr an jenem Abend einen Drink spendiert und ließen ihn zu ihr rüber bringen, nicht wahr? Da war was drin, das mit einem praxisüblichen Drogentest nicht nachweisbar war. Sie wurde bewusstlos, und Sie haben dann Roy getötet, und ließen es so aussehen, als ob Gail es getan hätte. Das war der Grund für die sinnlosen Schüsse über dem Türbogen. Sie mussten die Schmauchspuren an Gails Hände kriegen und ihre Fingerabdrücke auf die Waffe. Die Frau war nicht mal bei Bewusstsein, als Sie das mit ihr machten.«

Ein Schweigen senkte sich auf die Lichtung, das vom entfernten Kreischen einer Eule unterbrochen wurde.

»Wer hat Roy Taylor getötet?«, fragte ich noch einmal mit mehr Nachdruck. Hill starrte zurück. Sein Gesicht war bleich. Er verlor rasch an Blut.

»Gehen wir«, sagte ich zu Bill. »Wir lassen ihn hier. Es herrscht gerade eine Tollwutepidemie in Durham County. Mit etwas Glück wird er auf ein oder zwei Waschbären stoßen.«

»Ich wars«, schimpfte Hill ärgerlich. »Ich habs getan. Okay? Er spielte sich auf wie die Rechtschaffenheit persönlich, verdammt noch eins. Ich hatte ihm einen satten Anteil der Provisionen angeboten, aber stattdessen wollte er mich wegen der Drogensache ans Messer liefern. Ich musste ihn ausschalten.«

»Wie zum Teufel haben Sie sich vorgestellt, dass Sie damit davonkommen?«, fragte ich. »Haben Sie nicht gedacht, das es komisch aussieht, wenn alle Leute, die mit Roy Taylor im Zusammenhang standen, auf einmal als Tote auf der Bildfläche erscheinen?«

»Sie waren es«, sagte er.

»Wie bitte?«

»Sie waren es«, wiederholte Hill. »Als Sie den Fall übernommen haben. Sie waren die perfekte Gelegenheit, um meine Spuren zu verwischen. Ich musste nur noch dafür sorgen, dass es so aussah, als hätten Sie die Leute für Geld umgebracht. Als Methode, um Gail aus dem Gefängnis zu befreien.«

Bill machte ein undefinierbares Geräusch und schüttelte den Kopf.

»Es hätte funktioniert«, sagte Hill mit Nachdruck. »Mit dieser Kuh Morrow, die zuständig ist für die Tillman-Kommission hätte es mühelos hingehauen.«

»Ich werde es ihr ganz sicher ausrichten, dass Sie das gesagt haben«, versprach ich ihm.

Es gab noch einen offenen Punkt, der geklärt gehörte. Für mich war es vielleicht die wichtigste Frage überhaupt.

»Wussten Sie, dass Roy und Gail eine Tochter hatten?«, fragte ich.

»Was?« Hill blickte verwirrt drein.

»Zu dem Zeitpunkt, als Sie Roy Taylor getötet haben, wussten Sie da schon, dass er eine Stieftochter hatte?«, fragte ich lauter. »Wussten Sie, als Sie ihn töteten, dass ein kleines, dreijähriges Mädchen im Nebenzimmer war, das unter der Bettdecke kauerte und Angst hatte, dass Sie hereinkommen und es als nächstes töten würden? Ein kleines Mädchen, das die Lichter von Ihrem Pick-up sah und das Dröhnen des Motors hörte und das glaubte, ein Monster oder eine fliegende Untertasse sei zu Besuch gekommen. Zu Besuch bei einem kleinen Mädchen zu Hause?«

Er schwieg.

»Sie wussten es nicht, bis Sie es in den Zeitungen gelesen haben, stimmts?«, antwortete ich an seiner Stelle. Ich zitterte, so wütend war ich. Ich war selber dieses kleine Mädchen gewesen, eines, das Schüsse gehört hatte und hingerannt kam, um seine Eltern tot auf dem Boden liegend anzutreffen. Ich wusste, was das Brittanny antat. »Denn wenn Sie gewusst hätten, dass das Kind dort war, dann wäre es jetzt tot, nicht wahr? Sie hätten es getötet und hätten Gail ins Grab fahren lassen, mit dem Gedanken, dass sie ihr eigenes Kind getötet hätte. Es hätte Ihnen nicht das kleinste Bisschen was ausgemacht!« Der bloße Gedanke daran machte mich so wütend, dass ich mich wieder auf die Beine stellte und auf sein gutes Knie zielte. Ich stellte mich breitbeinig hin, um besser treffen zu können.

»Tu es nicht, Casey«, rief Bill, der zum ersten Mal die Stimme erhob. »Lass dich nicht von ihm reizen. Ich kann dir nicht helfen, wenn du ihn erschießt.«

Hill nahm Bills Einmischung als Hinweis darauf, dass er auf seiner Seite war. Er hielt die Hände hoch. Sie waren völlig mit Blut verschmiert. »Um Himmels Willen, Sie müssen mich hier rausholen«, sagte er zu Bill. »Ich sterbe.«

»Gut«, schnappte ich zurück, ergriff einen niedrig hängenden Ast und kämpfte, dass ich mich senkrecht hielt. »Beschissen, wenn einem mit gleicher Münze heimgezahlt wird, was?«

Casey Jones, karmische Rächerin. Aber mein Körper reagierte nicht mehr so, wie ich es gerne gehabt hätte. Ich wurde schwächer, und das machte mir Angst. Mein Kopf fühlte sich komisch an, als ob Bienen darin herum summten.

»Bist du getroffen?«, fragte Bill, dem endlich bewusst wurde, dass ich verletzt war. Er vergaß, dass ich die Waffe in der Hand hatte und eilte zu mir. Er stützte mich gegen den Baum und untersuchte meine Hüfte. »Du bist verletzt. Ach Gott, was ist, wenn es meine Waffe war?«

Trotz meiner Schmerzen fühlte ich Erleichterung. Männer sind doch erstaunlich schlichte Lebewesen, deren Verhalten völlig vorhersagbar ist. Zuerst sind sie über die Maßen loyal gegenüber ihrer eigenen Art, und dann, wenn sie sich erst mal verraten fühlen, erfüllen sie den Ausdruck »stille Verachtung« mit neuer Bedeutung. Bill Butler reagierte nicht einfach so, als ob Steven Hill ihn und jeden anderen Cop auf der Welt verraten hätte. Er tat so, als ob Hill unsichtbar geworden war. Nachdem er die Wahrheit gehört hatte, schnitt Bill ihn nun vollständig. Und das war der Punkt, wo ich wusste, dass Bill auf meiner Seite stand.

»Leg deinen Arm um meinen Hals«, wies er mich an. Das war nicht der Moment für Widerworte. Ich tat wie mir befohlen. Er hob mich in die Arme – ich war beeindruckt – und ging mit mir auf den Zaun zu.

»Die Knarren«, erinnerte ich ihn. Er setzte mich sanft auf den Boden und ging zu den Kiefern zurück, um die beiden zusätzlichen Schusswaffen zu holen. »Guter Gott, Casey, hier liegen ja genug Schießprügel für eine ganze Batterie.«

»Nimm sie mit«, befahl ich ihm. Ich wollte nicht, dass Hill sich den leichten Ausweg suchen konnte. Ich wollte sicherstellen, dass er eine lange, lange Zeit in den übelsten Gefängnissen des Staates zubrachte, um einige der Übeltäter, die er hinter Gitter gebracht hatte, persönlich kennen zu lernen. Vorzugsweise sehr persönlich.

Bill sicherte seine Glock wieder, als Beweis seines guten Glaubens, dann nahm er die Patronen aus der Lorcin heraus, und steckte beide Waffen ein. Diesmal stöhnte er, als er mich hoch hob. »Oh je, was wiegst du eigentlich?«

»Muskel wiegt eben mehr als Fett«, erinnerte ich ihn.

»Es tut mir so Leid«, sagte er unerwartet. »Es tut mir so Leid, dass ich dir nicht geglaubt habe. Gott, ich war ein vollkommener Hornochse. Du hast meine Hilfe gebraucht. Du bist schließlich und endlich zu mir gekommen, um mich um Hilfe zu bitten, und ich habe dich völlig links liegen gelassen. Ich bin ein solches Arschloch.«

Dieses Geständnis war begleitet von schwerem Schnaufen, während er mich am Zaun entlang schleppte und nach einer Öffnung suchte.

»Du gefällst mir in dieser neuen Version«, sagte ich ihm. »Bekenne deine Wertlosigkeit noch ein bisschen mehr.«

»Hey, was ist mit mir?«, rief Hill aus der Dunkelheit hinter uns. »Ihr könnt mich doch nicht einfach hier liegen lassen.«

»Bis dann«, rief ich ihm über Bills Schulter nach. »Schönen Abend noch.«

Bill sah sich nicht einmal um. Wie ich schon sagte. Hill war für ihn abgeschrieben.

»Da ist eine Stelle«, sagte Bill. »Achtung.« Er ließ mich zu Boden fallen und ich kreischte auf. Ich weiß, es war nicht die feine Art, aber ich fühlte mich genauso, als ob jemand soeben ein Dutzend Steakmesser in meine Hüfte gesteckt hätte. »Tut mir Leid«, murmelte Bill. Er kroch auf allen Vieren an eine Stelle, wo der untere Teil des Zauns sich vom Boden gelöst hatte. Er benutzte den Lauf meiner Knarre als Grabinstrument, um auf beiden Seiten unter dieser Öffnung das Erdreich wegzuschaufeln. Als er einen Graben ausgehoben hatte, der breit genug war, um sich hindurchzuruckeln, bog er den Zaun hoch und lehnte sich dabei geradezu heldenhaft auf gegen die Spannung des Materials. Ich war schon wieder total beeindruckt. Er bog den Zaun genügend zurück, dass wir unten drunter durchkriechen konnten und uns damit wer weiß, wie lange Fußmärsche oder Schleppereien ersparen konnten.

»Bist du sicher, dass das Wächterhäuschen dort drüben ist?«, fragte ich.

»Absolut«, sagte er. »Auch Jungs aus der Stadt können sich im Freien orientieren, weißt du?« Er kroch zuerst durch, indem er sich auf dem Rücken durch die Öffnung gleiten ließ, bevor er auf der anderen Seite mit beiden Beinen breitbeinig über dem Flutwasserabflussgraben stand. »Steck deine Beine durch«, befahl er mir.

Ich hatte Mühe, beide Beine zu bewegen. Ich steckte das rechte

Bein durch das Loch unter dem Zaun und manövrierte das andere mit den Händen in Position.

»Mein Gott, Casey – ist es wirklich so schlimm?«

Ich nickte, und er begann sachte, mich durch die Öffnung zu ziehen und zog den Zaun mit der Hand hoch, damit meine Brust unter dem Zaun durchpasste. »Keine Witze«, warnte ich ihn.

»Keine Witze«, bestätigte er.

»Ich muss mich ausruhen«, schnaufte ich. »Allmächtiger, das tut weh wie Sau.« Ich befühlte meine Hüfte mit den Fingerspitzen. Die Hose war blutdurchtränkt und meine Hände sahen im Mondlicht wie in tiefes Purpur getaucht aus.

»Scheiße, Casey. Wie schlimm verletzt bist du denn?« Er nahm mich in seine Arme und trug mich über den Graben, dann ging es noch einige Meter weiter durch Kiefernwald, bis wir plötzlich auf einem wohl manikürten Rasen standen. Die letzte Wolke verabschiedete sich soeben in Richtung Westen, und ohne die Baumkronen des Waldes über uns ließ das Mondlicht die Nacht in fröhlicher Helligkeit erstrahlen. Zu meiner ungeheuerlichen Erleichterung sah ich die erleuchteten Fenster des Wächterhäuschens weniger als ein Fußballfeld weit entfernt aufblitzen.

»Halt still, während ich das jetzt untersuche«, sagte Bill gestrenge. Er legte mich auf das Gras und befühlte meine durchfeuchtete Trainingsanzugshose.

»Hinten«, sagte ich ihm. »Ich bin von hinten getroffen.«

»Okay, dreh dich rum.« Er saß mit gekreuzten Beinen und legte mich über seinen Schoß, als ob er mir den Hintern versohlen wollte.

»Lass dich nicht zu Dummheiten verleiten«, warnte ich ihn. »Nur weil dein sehnlichster Wunsch in Erfüllung geht.«

»Wenn du Witze darüber reißen kannst, wirst dus überleben«, sagte er und rollte meine Trainingsanzugshose runter. Dann hielt er inne. »Guter Gott!«, sagte er.

»Was ist?!«, fragte ich, zuhöchst alarmiert.

»Wer trägt denn schwarze Spitze beim Beschatten?«

»Was meinst du, was ich tragen soll, Liebestöter?«

Entweder hatte er eine sehr leichte Hand oder meine Sinne waren überfordert. Ich spürte den Nachtwind auf meiner verletzten Hüfte wie einen zarten Kuss. Erst dann wurde mir bewusst, dass er meinen Po zur Inspektion freigelegt hatte. »Ich kanns nicht glauben«, sagte er und pfiff durch die Zähne.

»Was? Ist eine Arterie getroffen?« Ich fing an, mich zu winden.

»Bleib still«, befahl er mir. »Nein, es ist alles in Ordnung. Aber deine Gesäßmuskeln sind erstaunlich. Du musst ja die ganze Zeit trainieren. Dies sind die flachsten Arschbacken, die ich je gesehen habe.«

»Zieh sofort meine Hose wieder hoch«, befahl ich ihm mit zusammengebissenen Zähnen. »Oder du bist tot.«

»Ich habe dir nur eben ein Kompliment gemacht«, sagte er. »Wirklich, die sind erstaunlich.«

Das war der Punkt, wo ich anfangen musste, zu lachen. Es war einfach zu viel für mich. Ich verlor Blut, ich fühlte mich luftköpfig und ich war erleichtert, am Leben zu sein – und ich erlebte endlich meine Fantasie, dass mich Bill Butler im Mondlicht auszog, mir die Kleider vom Körper pellte. Nur, nichts von alledem passierte annähernd so, wie ich es mir vorgestellt hatte. Und ich fand es einfach zum Schreien komisch.

Bill fing auch an zu lachen.

Wir saßen auf dem Gras und lachten vor Erleichterung. Bis der ganze Aufruhr die Aufmerksamkeit der Wachleute erregte und wir zwei Taschenlampen sahen, die sich tänzelnd auf uns zu bewegten. »Deck meinen Hintern zu«, befahl ich Bill und versuchte, meine Fassung zurückzugewinnen.

»Niemals«, sagte er. »Er ist die Hauptattraktion des Abends. Du bist direkt in die linke Backe geschossen worden. Es ist ein perfektes Einschussloch. Man könnte einen Bleistift durchschieben.«

Das fanden wir noch mehr zum Lachen. Ich hatte nicht mehr so anstrengend gelacht, seit ich ein Kind war und meinem Vetter

Shelby zusah, wie er ein Possum aus einem Baum schoss und es ihm mitten auf seinem eigenen verdammten Kopf landete. Bill und ich waren absolut irrenhausreif, bis die verwirrten Wachleute bei uns eintrafen, bereit und willig zwei liebestolle Besoffene zu vertreiben.

»Was zum Geier…?«, sagte der eine von ihnen.

»Man hat mich in den Hintern geschossen. Ich bin am Hintern getroffen«, erklärte ich, und Bill und ich brachen gleich wieder vor Lachen zusammen. Wir hörten schwache »Hilfe!«-Rufe aus dem Wald herüberschallen.

»Da ruft doch jemand im Wald nach Hilfe«, sagte der eine Wachmann.

»Er hat Angst im Dunkeln«, schaffte ich nach Atem ringend hervorzustoßen.

»Ruf die Polizei«, sagte der andere zu seinem Kollegen. »Diese beiden sind auf Drogen.«

»Sie hat Blut überall auf ihrem …«, sagte der Erste, und die Worte verließen ihn, während die Taschenlampe über meine Haut spielte. »Über ihrem – also rufen wir die Cops.«

»Ich bin Polizist«, sagte Bill, der immer noch versuchte, sich einzukriegen. »Rufen Sie das Raleigh Police Department an und sagen Sie denen, wo ich bin.« Er reichte den Wachleuten seinen Ausweis. »Sagen Sie ihnen, Bill Butler hätte angeordnet, die Kommission in der Sache Tillman herzuschicken. Ich werde die Kollegen dann schon unterrichten, wenn sie eintreffen.«

Ich hörte auf zu lachen. »Nein«, sagte ich, während ich mich damit abkämpfte, meine Hose hochzuziehen. »Rufen Sie das Durham Police Department an und sprechen Sie mit niemandem außer Chief Robinette. Sagen Sie ihm, wo wir sind, und dass Casey Jones von einem Mann namens Steven Hill angeschossen wurde. Bitten Sie Robinette, dass er Detective Anne Morrow mit dem Fall beauftragt. Er wird wissen, wo sie ist.« Wenn irgend jemand offizielle Anerkennung für den Fall bekommen sollte, dann Anne Morrow.

Bill starrte mich an – mit offenem Mund. Alles Gelächter war vergessen. »Aber ich bin hier, direkt am Schauplatz«, protestierte er. »Ich bin zu deiner Rettung geeilt.«

»Hey, ich habe meinen eigenen Arsch gerettet«, verklickerte ich ihm. »Samt Einschussloch und allem drumherum.«

15

Mehr als eine Woche nach jener Nacht im Wald hatte der Gouverneur noch immer keinen Aufschub der Hinrichtung von Gail Honeycutt verfügt. Ihre Schwester telefonierte mehrfach mit dem persönlichen Berater des Gouverneurs und schließlich wurden Chief Robinette und Detective Anne Morrow zu Gesprächen zu ihm gebeten. Immer noch kam keine neue Nachricht.

Während dieser gesamten Wartephase hielten ein Dutzend Gegner der Todesstrafe vor den schmiedeeisernen Toren der Gouverneursresidenz eine Mahnwache ab, als Fürstreiter einer Frauensperson, die sie nicht einmal kannten. Ich war mir nicht sicher, was ich ihnen mehr neidete, ihre Überzeugung oder ihre Distanz.

Ich weiß nicht, wie Gail das Warten ankam, aber für mich war es schrecklich. Jeden Morgen und jeden Nachmittag rief mich Omi Honeycutt an und fragte, ob es schon zu einer Entscheidung gekommen sei. Jeden Tag musste ich ihr mit »Nein« antworten. Hinrichtungen hatten mich zuvor noch nie sonderlich gestört. Aber es ist etwas anderes, wenn man die Frau kennt, die da sterben soll. Und wenn man weiß, dass sie unschuldig ist. Die Prozedur wird zu einem unaufhaltsamen Fortschreiten der kalten Justiz, das Leben eines Menschen wird zum Termin auf dem Kalender eines anderen Menschen reduziert. Das schmeckte mir überhaupt nicht.

Die Anwältin verlor diesmal keine Zeit damit, auf ein Wunder zu warten. Sobald bekannt wurde, dass Gails zweiter Berufungsantrag in der vierten Berufungsverhandlung in Richmond abgewiesen worden war, stellte sie unverzüglich den Antrag auf Wiederaufnahme und auf ein letztinstanzliches Revisionsverfahren beim Obersten Gericht. Diesmal begründete sie die Anträge mit einer grundlegenden Veränderung in der Beweislage.

Ich versuchte, mir darüber klar zu werden, ob ich stolz oder peinlich berührt darüber sein sollte, dass Clarence Thomas gerade dabei war, sich Fotos meines angeschossenen Hinterns zu betrachten, als die Nachricht vom Gouverneur kam. Er hatte einen Aufschub angeordnet. Um fünf Uhr nachmittags an einem Freitag zu einem verlängerten Feiertagswochenende verkündeten alle Sender, dass Gail Honeycutts bevorstehende Hinrichtung bis auf weiteres verschoben wurde, bis das Ergebnis neuer Untersuchungen vorlag.

Während die Berichte über den Aufschub in der Aufregung der Feiertags- und Verkehrsnachrichten etwas untergingen, fanden sie bei den Honeycutts aber sehr wohl Beachtung. Bobby Dee – aus dem Krankenhaus entlassen, mit einem Gewichtsverlust von weit über zehn Kilo – wurde fast in den Wahnsinn getrieben von ihren endlosen Dankestelefonaten.

Ich besuchte Gail am nächsten Tag. Sie sah schlecht aus. Die Hoffnung war schlimmer für sie als die Verzweiflung. Sie wirkte deprimiert und verwirrt und war voller Angst. Außerdem war sie bis unter die Augäpfel mit Medikamenten voll gestopft.

»Ein Aufschub bedeutet, er kann sichs noch mal anders überlegen«, murmelte sie und rieb sich sorgenvoll die Handknöchel. Sie waren krankhaft gerötet und die Haut wirkte schon ganz schrundig.

»Er wird sichs nicht noch mal anders überlegen«, versicherte ich ihr. »Da gibt es einen weiblichen Detective im Raleigh Police Department, die ist keine von der Sorte, die so was zulässt. Die hat es gerne, wenn die Unschuldigen frei ausgehen und die Schuldigen ins Gefängnis wandern. Die wird Sie nicht enttäuschen.«

»Was ist, wenn man ihr nicht glaubt?«, fragte Gail. »Mir ist aufgefallen, das ich noch nicht aus dem Todestrakt rausverlegt worden bin.«

»Kommt schon noch«, beschwichtigte ich sie. »Es dauert nur noch ein bisschen. Jeder Tag bringt neue Beweispunkte ans Licht.«

»Warum hat er das getan?«, fragte sie. »Warum musste dieser Mann mich auf diese Weise reinlegen? Ich kannte ihn nicht mal richtig. Warum wollte er Roy umbringen? Roy hat niemals jemandem was getan. Was für ein Mensch ist das bloß?«

»Ich glaube nicht, dass Steven Hill überhaupt ein richtiger

Mensch ist«, erklärte ich. »Er läuft nur in einem menschlichen Anzug herum. Ich kann Ihnen nicht sagen, warum er gemeint hat, das Recht zu haben, so viele Menschenleben auszulöschen.«

Die Informationen, die Gail bis zu diesem Punkt erhalten hatte, waren durch die Gerüchteküche der Familie wild entstellt worden. Sie hörte mir aufmerksam zu, als ich ihr erklärte, was meiner Meinung nach wirklich vorgefallen war.

Ich erzählte Gail, dass Steven Hill wahrscheinlich immer schon ein krummer Bulle gewesen war, sogar, als er noch ganz normal Streife ging. Als er in die neue Drogeneinheit befördert wurde, sah er die Chance, eine Menge mehr Reibach zu machen. Er ließ Beweismaterial verschwinden und änderte Zeugenaussagen bei Drogenprozessen im Austausch für Bargeld oder Drogen, die er weiterverkaufen konnte. Aber er brauchte die Deckung durch seine Komplizen in der Einheit, um nicht aufzufliegen. Zunächst ging alles gut, denn es dauerte eine Weile, bis die ersten Verhafteten vor Gericht kamen. Als die erste Welle von Prozessen begann, gab es bereits einen großen Rückstand von Fällen, die darauf warteten, verhandelt zu werden. Hill hatte damit gewartete, den anderen Polizisten der Abteilung ein Angebot zu machen, aber jetzt konnte er es nicht länger aufschieben. Er ging einzeln zu jedem der drei Männer und bot ihnen einen Schnitt an, wenn sie ihm entweder helfen oder wenigstens weggucken würden. Pete Bunn machte mit. Bei Roy Taylor und George Carter war die Sache anders. Roy blieb felsenfest dabei, er würde da nicht mitmachen. George war sich nicht so sicher. Er war unschlüssig, was er jetzt tun sollte, und erhoffte sich von Roy einen Rat. Die beiden Männer trafen sich mit Steven Hill und, was Hill nicht wusste, sie nahmen die Gespräche auf Band auf. Roy war zu schlau, um sich mit Hill unter anderen als diesen Umständen zu treffen.

»Ich denke Roy hat vermutlich jedes Gespräch mit Hill auf Band aufgenommen«, erklärte ich Gail. »Er wusste, dass er Beweise brauchte, wenn er Hill anzeigte. Das ist der Grund, warum Roy zu der Hütte hinauf wollte statt zu eurem Familientreff und sich mit dir deswegen gestritten hat. Er musste die Kassetten verstecken. Stattdessen und nach dem Streit über die Familienfeier gab er die Bänder George. Der sollte sie verstecken. George fuhr damit zu der Hütte und ahnte nicht mal, dass Roy tot war.«

»Warum ist George mit den Bändern nicht einfach zur Polizei gegangen, nachdem Roy tot war?«, fragte Gail,

»Er wusste nicht, dass Hill etwas mit Roys Tod zu schaffen hatte«, erklärte ich so behutsam, wie ich konnte. »Er dachte, Sie hätten es getan. Und ohne Roy, der ihn leiten konnte, verlor George die Nerven, wenn es darum ging, Hill anzuzeigen. Stattdessen ließ er sich aus der Drogeneinheit versetzen und ließ die Geschichte auf sich bewenden.«

»Wo sind die Bänder jetzt?«, fragte Gail. »Wie können Sie so sicher sein, dass sie überhaupt existieren?«

»Das kann ich nicht«, musste ich zugeben. »Aber Hill suchte etwas, sonst hätte er nicht Tillmans und Bunns Häuser auseinander genommen. Oder mein Büro.«

»Warum hat er sie nicht gleich gesucht, als Roy tot war?«, fragte sie.

»Er wusste nicht, dass es sie gab. Bis letzte Weihnachten, als Richter Tillman George aufsuchte und ihm Fragen stellte. George hatte herausgefunden, dass nicht Sie es waren, der Roy getötet hatte, sondern Hill. Es muss ihm klar geworden sein, dass die Bänder als Beweismaterial nützlich sein konnten. Pete Bunn muss auf die gleiche Idee gekommen sein, und er kam darauf, dass es die Bänder gab, indem er vorgab, genauso besorgt zu sein, wie George. Aber Bunn war mehr daran gelegen, Hill zu erpressen, als Sie zu befreien. Am Ende hat Hill sie beide getötet.«

»Warum ist Steve nicht einfach zu der Hütte hinaufgefahren und hat die Bänder geholt, nachdem er heraus hatte, dass es sie gab?«, fragte Gail.

»Er konnte die Hütte nicht finden«, erklärte ich. »Er wusste nur, dass sie in der Nähe von Lake Gaston war. Er hat wahrscheinlich die Bezirksregister durchgesehen, nachdem George tot war, und hat nach dem Hinweis eines Verkaufs aus Roys Nachlass gesucht. Aber weil sein Stiefvater der wirkliche Besitzer der Hütte war, gab es kein Grundstück in Roys Namen. Also konnte Hill es nicht finden. Hill hätte gewusst, warum, wenn er oder Pete Bunn beim Prozess dabei gewesen wären, aber er war zu beschäftigt, sich in sicherer Distanz zu halten. Ich denke, Hill weiß heute noch nicht, warum er die Hütte nicht finden konnte. Das ist der Grund, warum er dich hier im Gefängnis besuchen kam. Er wollte versuchen, herauszukriegen, wo diese Hütte lag.«

»Und was soll mir das jetzt alles nützen?«, fragte Gail.

»Vielleicht weiß Hill nicht, wo die Hütte ist, aber die Polizei weiß es«, erklärte ich ihr. »Die Cops durchsuchen sie in diesem Augenblick. Wenn die Bänder dort sind, werden sie sie finden.«

Es gab noch mehr, was ich ihr hätte erzählen können. Wie zum Beispiel, dass ich nicht wusste, wer wirklich George Carter umgebracht hatte, aber dass ich wusste, dass er auf Pete Bunns Farm gefangen gehalten wurde, während Bunn und Hill herauszufinden versuchten, ob George jemandem was davon gesagt hatte, was er vermutete. Oder wie sie George gezwungen hatten, seine Frau anzurufen, um ihr zu sagen, dass er hinauf zur Hütte fuhr, aber dann den Anruf unterbrochen hatten, damit es so klingen sollte, als ob er für immer verschwinden wollte. Gail brauchte das jetzt alles nicht zu hören. Sie hatte genug zu verdauen für einen Tag. Besonders, wo sie noch immer mit Tabletten voll gepumpt war.

»Was ist, wenn sie keinen Beweise dafür finden, dass Hill der Mörder von Roy ist?«, fragte sie. »Dann kann ich hier ewig schmoren.«

»Sie werden die Beweise finden«, versprach ich ihr. »Mit dem genetischen Fingerabdruck werden sie ihn ganz klar am Tatort festnageln. Halten Sie noch ein bisschen durch, wir holen Sie da raus.«

Sie wirkte nicht sehr überzeugt.

»Es wird Zeit, dass Sie nach vorne blicken. Sie werden wieder ein Leben außerhalb dieser Mauern führen. Sie müssen sich darauf vorbereiten. Es ist schwer, herauszukommen. Es ist seltsam und macht einem Angst. Ich weiß es. Aber ich weiß, dass Sie es schaffen werden. Sie haben deine Tochter, an die Sie denken müssen. Sie müssen daran denken, wie Sie wieder eine Mutter sein können.«

»Nein«, sagte Gail ausdruckslos.

»Was meinen Sie mit nein?«, fragte ich.

»Nein«, sagte sie. »Ich weiß, worauf Sie hinauswollen, und die Antwort lautet nein. Ich will nicht, dass Sie sie hierher bringen. Selbst wenn ich hier rauskomme, bleibt Brittany da, wo sie ist. Ich wüsste nicht mehr, wie ich eine Mutter sein könnte. Die haben mich hier drin so lange allein gelassen, dass ich vergessen habe, wie man mit Menschen spricht. Und ich weiß auch nicht, was ich sagen soll, wenn Leute mich ansprechen. Ich kanns nicht mal ertragen, wenn mich jemand anfasst. Ich bin nicht in der Lage, ein Kind großzuziehen.«

»Wie können Sie so was sagen?«, fragte ich. »Sie ist Ihre Tochter.«

»Sehen Sie«, beharrte sie ärgerlich, und ein Funken Leben brach durch den Medikamentenpanzer, der sie isolierte. »Mit mir ist nichts mehr los. Ich bin nicht clever. Ich habe kein Glück. Ich bin überhaupt nichts, aber ich bin mir sicher, dass es Brittany besser geht, wenn sie dort bleibt, wo sie jetzt ist. Es hat eben nicht sollen sein. Ich werde meine Meinung dazu bestimmt nicht ändern, also versuche es gar nicht erst, mich umzustimmen.«

»Okay«, sagte ich. »Schwamm drüber jetzt. Ich werds bleiben lassen. Ich hoffe, Sie wissen, was Sie tun.«

»Das hoffe ich auch«, antwortete sie.

Danach verließ ich sie mit dem Versprechen, sie über alle neuen Entwicklungen auf dem Laufenden zu halten. Als ich durch das Fenster des winzigen Besucherzimmers zurückblickte, sah sie unsicher und ängstlich aus. Unsicher über ein Leben, das so ganz anders sein würde als das, woran sie sich gewöhnt hatte, und voller Angst, sich davon allzu viel zu erhoffen.

Auf dem Weg nach draußen kam ich an einem älteren Ehepaar vorbei, die sich bei Herman, dem Wachposten am Vordereingang, eintrugen. Die Frau war zerbrechlich und sah älter aus als ihr Mann, als ob das Leben sie mehr gestaucht hätte als ihn. Ihre

Haare waren zu einem grauen Ballon zurechtgesprayt. Ihre Kleider wirkten einfach, aber sorgfältig gebügelt. Der alte Mann stand peinvoll aufrecht in einem Synthetikanzug da, der zwar beanspruchbarer, aber wenig stilvoll war.

»Beziehung zur Gefangenen?«, fragte Herman sie gerade.

»Wir sind ihre Schwiegereltern«, antwortete die Frau. Sie redete in der flachen Sprechweise der Leute von der Ostküste. Bei dem letzten Wort zögerte sie.

Herman zog seine Augenbrauen vor Überraschung in die Höhe. Ich blieb stehen um zuzuschauen.

»Schwiegereltern?«, fragte er.

»Ja«, antwortete der alte Mann mit fester Stimme. »Ich denke doch, dass Verwandte ein Besuchsrecht haben?«

»Sicher«, antwortete Herman eilfertig. »Aber normalerweise müssen Sie sich dafür vierundzwanzig Stunden vorher anmelden«, versuchte er ihnen zu erläutern.

»Machen Sie eine Ausnahme«, bedeutete ihm der alte Mann in ruhigem Tonfall.

»Na gut, ich werde es versuchen«, pflichtete ihm Herman bei und griff zum Telefon, um mit seinem Vorgesetzten zu sprechen. Während ich ihm zuhörte, wurde mir klar, dass es sich um die Mutter und den Stiefvater von Roy Taylor handelte. Sie waren hier, um Gail zu sehen.

»Zweck des Besuchs?«, fragte Herman, während er mit der einen Hand das Mundstück zuhielt.

Das Ehepaar starrte ihn an.

»Was ist der Zweck ihres Besuchs?«, wiederholte Herman, um zwei Nuancen lauter.

Die beiden alten Leute wechselten einen Blick. Das Schweigen dehnte sich.

»Vergeben und verzeihen«, sagte der alte Mann schließlich.

Ich hatte mich aber doch getäuscht bei einigen von den Sachen, die ich Gail erzählt hatte. Erstens, sie kriegten Hill niemals für den

Mord an Roy Taylor dran. Es gelang nicht, genug Beweise zusammenzutragen, um die Anklage hieb- und stichfest zu machen. Obwohl sie genug fanden, um jedermann davon zu überzeugen, dass er es getan hatte. Die Kellnerin, die damals im Lone Wolf bedient hatte, war sich ziemlich sicher, dass Hill es gewesen war, der Gail damals den Drink spendiert hatte. Er war der bestaussehende Mann, den sie je gesehen hatte, erklärte sie, das war der Grund, warum sie sich so gut an ihn erinnern konnte. Das und dazu der Mord am nächsten Tag hatten den ganzen Abend in ihr Gedächtnis eingraviert. Es war unmöglich, nachzuweisen, dass Hill so etwas wie eine Droge, die bei den üblichen Standardtests nicht auffiel, in den Drink getan hatte, um Gails Bewusstlosigkeit hervorzurufen. Aber andere Indizien wiesen auf seine Schuld.

Eine Stimmenanalyse des auf Band aufbewahrten Notrufs, der die Schießerei meldete, zeigte eine direkte Übereinstimmung. Hill war in der Tat der Anrufer gewesen, der sie gemeldet hatte. Und eine gründliche Durchsuchung der Fischerhütte am Lake Gaston förderte tatsächlich mehrere Kassetten zutage mit Gesprächen zwischen Steven Hill und Roy Taylor. George Carter hatte sie im Unterbau des Kühlschranks versteckt, indem er sie in einem geschützten Beutel unterhalb der Kühlschleife befestigte. Aber die Bänder enthielten keine direkten Drohungen, und der Tatort selbst war seit damals ebenfalls längst renoviert worden. Und Hills Geständnis im Wald wurde in keinem Gerichtssaal zugelassen.

Alles was die Anklage zu bieten hatte, waren Mutmaßungen, und die vage Erinnerung eines kleinen Mädchens, dessen Gedächtnis die Lichter und das Motorengeräusch eines Pick- ups vor ihrem Schlafzimmer in ein Ufo verwandelt hatte.

Steven Hill würde also nicht für den Mord an Roy Taylor vor Gericht kommen. Stattdessen kriegten sie ihn für die drei anderen Morde ran, einschließlich dem an Peyton Tillman – nachdem die Autopsie gezeigt hatte, dass seine Lunge Wasser enthielt, was bewies, dass der Richter ertränkt worden war, bevor seine Pulsadern aufgeschlitzt wurden.

Ich rief Gails Schwester an, als ich hörte, dass man Hill nicht für den Mord an Roy Taylor den Prozess machen wollte. Sie sagte, Hill für die anderen drei Morde festzunageln, müsste genug sein. Außerdem plädierte der Staatsanwalt für die Todesstrafe für jedes Einzelne dieser Delikte, und man konnte einen Menschen nur einmal töten. Ich war enttäuscht. Ich hatte mich schon darauf eingestellt, Steven Hill auf jede erdenkliche Art und Weise fertig gemacht zu sehen. Am wichtigsten aber war das: Wenn Hill verurteilt wurde, wie Brenda mir versicherte, dann würde der Gouverneur auch ein offenes Ohr für weitere Beweise haben, um Gail frei zu bekommen. Ich hoffte bei Gott, dass sie Recht hatte.

Jeder, der von Steven Hills Verbrechen betroffen war, wollte ihn möglichst bald vor Gericht sehen. Das galt insbesondere für das Durham Police Department. Jeder gute Cop in dieser Mannschaft fühlte sich verraten und verkauft, ich hörte es ein ums andere Mal, abends in den Bars, an Straßenecken, in den Imbissbuden, nach dem Schichtwechsel. Wieder mal hatte ein böser Cop die Schlagzeilen abgekriegt, während der Rest vergessen wurde. Aber was konnten sie tun?

Eine Menge, wie sich herausstellte.

Hills Verfahren wurde wegen des starken öffentlichen Interesses in Wake und Durham ausgelagert. Ironischerweise wurde es in Detective Morrows alter Heimatstadt, Asheville, verhandelt. Sie kehrte im Triumph zurück, eine erfolgreiche Frau von dort, ein Racheengel, der aufpasste, dass der Gerechtigkeit genüge getan wurde. Sie verdiente jede Schlagzeile, die sie kriegen konnte.

Als Steven Hill zum ersten Mal in den Gerichtssaal gebracht wurde, fand er sich reihenweise mit uniformierten Cops aus Durham konfrontiert, die dienstfrei bekommen hatten und von weither angereist waren, um dafür zu sorgen, dass er seine verdiente Strafe erhielt. Sie saßen Seite an Seite, mit zusammengebissenen Zähnen, die Schultern eckig hochgezogen und starrten ihn an. Ich sah zwei der Polizisten, die mich in jener Nacht in dem weißen Konferenzzimmer ausgefragt hatten. Ich erkannte andere von früheren Fällen oder von der Arbeit auf den Straßen von Durham. Es war ein langes Verfahren, und die Tage in dem überhitzten Gerichtssaal konnten einem sogar noch länger vorkommen. Aber mindestens ein Dutzend Cops erschienen an jedem einzelnen Tag, und nicht einer von ihnen stand jemals auf und ging, bevor der Richter die Sitzung für beendet erklärt hatte. Sie reagierten selten auf Zeugenaussagen oder vorgelegte Beweismittel und gaben keinerlei Kommentare für die Presse ab. Sie starrten nur mit Abscheu erfüllten Blicken auf Steven Hill.

Ich hätte ihre spezielle Art von Bestrafung nicht ertragen können. Ich wäre zusammengebrochen oder schreiend aus dem Gerichtssaal gerannt – und dann bei den weiß gekleideten Schwestern des Dorothea-Dix-Hospizes in die Zwangsjacke gesteckt worden – bevor das Verfahren zu Ende gewesen wäre.

Es ging auch Hill schließlich an die Nieren. Er war ohne Kaution in Untersuchungshaft genommen worden, und die Nächte im Gefängnis mussten hart sein für einen früheren Cop. Jetzt bekam er die Quittung.

Im Laufe der Zeit ähnelte Hill immer weniger einem jungen Hübschling. Er zerfiel buchstäblich vor den Augen der Geschworenen. Er sah aufgequollen aus von der stärkehaltigen Nahrung, die man ihm verabreichte, und bald schwoll sein Bauch über die Gürtellinie seiner Anzugshose. Falten erschienen um sein Kinn, und sogar die leuchtend grünen Augen verblassten. Wie es sich herausstellte, waren sie das Produkt von Kontaktlinsen. Er fing an, stattdessen im Gerichtssaal eine schwere dunkle Brille zu tragen. Seine Haare wurden grau und sahen ungepflegt aus. Eine trockene Schuppigkeit breitete sich über seine bleiche Haut, die ihn zerbrechlich und unberechenbar wirken ließ. Ich würde erst glücklich sein, wenn ihm jedes einzelne Haar und alle seine Zähne ausgefallen waren, aber ich war zufrieden damit, dass die Geschworenen Gelegenheit hatten, einen gründlichen Blick auf den Mann zu werfen, der drei Familien zerstört und vier Männer getötet hatte, ohne je Reue zu zeigen. Wir alle konnten sehen, wie der wirkliche Steven Hill allmählich zum Vorschein kam.

Detective Morrow hatte die gemeinsame Untersuchung der Morde geleitet und ihrer Aufmerksamkeit entging nichts. Gerüchten zufolge hatte sie den Filter aus Peyton Tillmans Sprudelbad entfernen und jedes Haar darin mit denen von Steven Hill vergleichen lassen. Ich weiß nicht, ob das stimmte, Gott stehe den Laborarbeitern bei, aber ich weiß, dass sie genug verwertbare Spuren zusammentrug, um Hill mit jedem Einzelnen der drei neueren Tatorte in Verbindung zu bringen. Es war so, als ob man ein Spinnennetz aus dünnen Beweisfäden webte, die alle zusammenhingen, um ein Geflecht zu bekommen, aus dem es kein Entrinnen gab.

Hill hatte einen Fingerabdruck an dem hölzernen Treppengeländer auf Tillmans Veranda hinterlassen, ebenso am Türgriff der oberen Toilette. Mehrere Haare von ihm wurden in Tillmans Auto gefunden. Wann er sie dort hinterlassen hatte, konnte niemand mit Bestimmtheit sagen, aber die Geschworenen waren sich trotzdem einig. Tillmans gestohlene Unterlagen über die fragwürdigen Gerichtsfälle wurden in Hills Keller gefunden. Sie waren unter einem Sechskantschlüssel versteckt, in einer Schublade seines Werkzeugschranks. Als belastendstes Indiz wurden winzige Hautspuren auf Hills Polizeiknüppel gefunden. Und die Tests zeigten, dass sie zu Peyton Tillman und einer unidentifizierten weiteren Person gehörten. Das war natürlich Bobby Dee, von der Wunde, die ihm verpasst wurde, als Hill in unser Büro einbrach. Aber weder Bobby noch ich rückten freiwillig mit dieser Information heraus.

Die Beweise für die Morde an George Carter und Peter Bunn waren noch solider. Hill war nach jedem Mord nachlässiger geworden. George Carters verkrustetes Blut fand sich in den Rillen unter dem Ersatzrad von Hills Pritschenwagen. Die Kugeln, die Pete Bunn getötet hatten, passten zu einer Pistole in Hills umfangreicher Waffensammlung. Es war eine automatische Bren Ten. Sehr nett, aber selten und teuer. Hill war zu geizig gewesen, um sie loszuwerden. Vielleicht hätte er die Lorcin verwenden sollen, die er für mich reserviert hielt.

Hill hatte auch eine DNS-Spur quer durch Bunns Haus hinterlassen, als er nach den Kassetten suchte, während Slim Jim Jones und ich oben auf dem Hügel standen und lauschten. Haare auf dem Rücksitz des Sofas, wo er sich ausgeruht hatte, Stofffasern am Scharnier einer Schranktür und Spucke am Rand einer Red-Dog-Bierflasche, die er auf dem Küchentisch zurückließ. Ich schätze, das war sein zehntes Red Dog an dem Abend, sonst wäre er nicht so sorglos verfahren. Es freute mich, dass ich zu seinem Untergang beigetragen hatte, als ich mit dem Mann ein Bierchen trank.

Andere Beweise deuteten auf George Carters Gefangenschaft in Bunns Haus. Carters Fingerabdrücke fanden sich im Schlafzimmer und seine Haare im Abfluss der Dusche. Sein Blut hatte sich zu einem bestimmten Zeitpunkt auf dem Schlafzimmerfußboden angesammelt, war aber später weggeschrubbt worden. Die unermüdliche Detective Morrow und ihr Team von der Spurensicherung fanden trotzdem den Beweis.

Als ich das hörte, fing ich an zu glauben, dass es vielleicht doch Bunn gewesen war, der George Carter ermordet hatte. Aber Steven Hill war derjenige, der noch am Leben war, und er war es, der dafür bezahlen würde. Die Geschworenen waren allesamt Bergbewohner aus North Carolina, und die ließen sich ohne Abstriche auf das Argument von Slim Jim Jones ein: Wer in Dreiteufelsnamen würde dumm genug sein, jemanden umzubringen und ihn dann auf seiner eigenen Farm begraben? Völlig klar, entschieden sie: Hill, nicht Bunn, war der Schuldige.

Die versteckten Bänder trugen ebenfalls das ihre bei. Obwohl sie nicht genug Beweiskraft besaßen, um Hill des Mordes an Roy Taylor zu überführen, trugen sie doch dazu bei, die Jury zu überzeugen, dass es Hill gewesen war, der George Carter erschossen hatte. Nur auf einigen der Kassetten waren Gespräche zwischen Hill und Carter enthalten, aber der Richter erlaubte dem Staatsanwalt, sie ganz abzuspielen. Roy Taylors Eltern saßen an diesem Tag im Gerichtssaal unmittelbar neben den schweigsamen Polizisten und lauschten, wie Roy wieder zum Leben erwachte, hörten die Stimme ihres toten Sohnes, wie er Hill drängte, die Idee fallen zu lassen, und wie er ihm vor Augen hielt, dass er, wenn er erst einmal damit angefangen hatte, nicht mehr aufhören konnte.

»Sie werden von dir Besitz ergreifen«, sagte er zu Hill. »Du wirst nie wieder ein guter Cop werden können. Denk darüber nach, bevor du dich darauf einlässt.«

»Weißt du, was dein Problem ist, Taylor?«, hatte Hill geantwortet. »Du lebst einfach nicht in der realen Welt.«

Ich weiß nicht, was heutzutage die reale Welt ausmacht, aber ich hege den Verdacht, dass Steve Hill am Ende dieser Verhandlung voll in ihr drinsteckte. Eine Parade von Drogendealern, die mit ihm Geschäfte gemacht hatten, folgte den Bändern in der Beweisaufnahme und bot etwas heitere Erleichterung in einer sonst deprimierenden Episode. Sie sahen aus und benahmen sich wie Statisten in einer miesen Polizeiserie, aber ihre Wirkung war beeindruckend. Die meisten von ihnen waren wegen allen möglichen anderen Vergehen zuletzt doch im Knast gelandet und sie waren stinksauer, dass ihre Bestechungsgelder an Hill ihnen so gar nichts genützt hatten.

Einer nach dem anderen betraten sie den Zeugenstand und beschrieben, wie Hill angeboten hatte, gegen Bezahlung Beweismaterial zu zerstören. Am Ende ihrer Aussagen sah Hill aus wie der Vertreter für ein Versandhaus aus der Hölle – jemand, der bereit war, die Justiz zu verhökern an jeden, der bereit war, das Geld dafür auszuspucken.

Es hatte keinen Sinn, mich oder Bill Butler in den Zeugenstand zu rufen, und mir war es auch lieber so. Es gab wesentlich wichtigere Fragen zu erörtern als meine Waffe und ihre falsche Registrierung. Die Waffe wurde jedenfalls nie zu mir zurückverfolgt. Das dürfte Steven Hill während seiner langen Nächte im Gefängnis etwas zum Nachdenken gegeben haben.

Nachdem sie zwei Wochen lang unaufhörlich auf Hill herumgehämmert hatte, kam die Anklage zur Ruhe. Die Verteidigung brauchte weniger als eine Woche und ihr Argument war das alte: »Es war jemand anderes.« Nur machten Hill und sein Anwalt den Fehler, alle Schuld auf einen Toten zu schieben, und die Jury aus den Bergen kaufte ihnen das nicht ab. Wenn Pete Bunn die ganze Zeit über der Böse gewesen war – wer zum Geier hatte dann ihn erschossen? Ich fürchtete schon, Hill würde versuchen, diesen Mord mir anzulasten, aber er wollte mich nicht im Zeugenstand haben, aus Furcht davor, was ich im Kreuzverhör alles mit reinrutschen lassen könnte. Stattdessen versuchte sein Anwalt, den Mord an Bunn einem oder mehreren namentlich nicht genannten Drogendealern unterzuschieben. Das war keine ganz leichte Sache, wenn man bedenkt, welch charmantes Völkchen die Drogendealer darstellten, die den Geschworenen bisher vorgestellt worden waren.

Am Ende, als der Richter die Geschworenen mit Anweisungen zur Urteilsfindung bedachte, wusste sogar Steven Hill: Von nun an gings bergab. Ich glaube, er wog rund sechzig Minuten lang das Für und Wider zwischen Gaskammer und Giftspritze ab, bevor er aufkrachte. Denn genau eine Stunde, nachdem die Geschworenen sich zurückgezogen hatten, erklärte sich Steven Hill zu einem Deal bereit, um der Todesstrafe zu entgehen. Er bekannte sich für drei Mal Mord schuldig, akzeptierte lebenslänglich und verzichtete auf die Möglichkeit einer Wiederaufnahme des Verfahrens für jede der drei Strafen, die hintereinander abzuleisten waren. Er würde zu Lebzeiten nie wieder auf freien Fuß kommen.

Ich wunderte mich über seine Entscheidung. Ich hatte während des Verfahrens meine Meinung über die Todesstrafe ein paar Mal gewechselt. Wenn jemand die Todesstrafe verdiente, dann Hill. Aber was konnte es schlimmeres geben für einen Cop, als ein Leben hinter Gittern, wo man ständig Leuten begegnete, die man selbst dorthin gebracht hatte? Ich wünschte ihm das Schlimmste an den Hals, als man ihn in Ketten abführte. »Das tut gut, dass der weg vom Fenster ist«, dachte ich. »Mal sehen, wozu dir der Rest deines guten Aussehens im Gefängnis noch nützen wird.«

Einen Monat, nachdem Steven Hill sich der Morde schuldig bekannt hatte, wurde Gail Honeycutt vom Gouverneur von North Carolina begnadigt. Sie würde noch vor Weihnachten frei kommen. Gails Vater bekam einen Herzinfarkt, als er die Nachricht hörte, und starb wenige Stunden später. In gewisser Weise, denke ich, half das Gail ebenso sehr, ein neues Leben zu führen wie die Entscheidung des Gouverneurs.

Meine Arbeit hatte dazu beigetragen, den Gouverneur von Gails Unschuld zu überzeugen, aber das würde er niemals erfahren. Ich hielt mich im allgemeinen Einvernehmen vornehm zurück. Stattdessen wurde Bill Butler zur Gouverneursresidenz entsandt, um zu erzählen, was in jener Nacht im Wald alles gesagt worden war. Man glaubte ihm aufs Wort und das genügte mir. Alles, was für mich wirklich zählte, war Gail frei zu bekommen – und dass ich Bill Butler für die nächsten fünfundzwanzig Jahre meine überlegenen detektivischen Fähigkeiten unter die Nase reiben konnte.

Außerdem, was mir an öffentlicher Anerkennung verloren ging, wurde mehr als genug wettgemacht durch den Clan der Honeycutts. Sie legten in Omi Honeycutts weißem Farmhaus nördlich von Mebane, in der Nähe der Hügel von Piedmont, eine Heimkehrparty für Gail hin, die sich gewaschen hatte. Die Farm war bis zum Giebel hochgeputzt mit aller erdenklichen Weihnachtsdekoration. Die Bäume und Scheunendächer erstrahlten im Licht von so vielen Glühbirnen, dass der Strom für Hunderte von Melkmaschinen ausgereicht hätte. Sogar eine alte Geizkrägin wie ich verspürte beim Anblick dieses Lichtermeeres so was wie wonnige Schauer vorweihnachtlicher Erregung.

Ich hielt inne und staunte, als ich das Haus zum ersten Mal sah – es sah genauso aus wie das Landhaus, das mein Großpaps bewohnt hatte, bevor er sein Land und seine ganzen Ersparnisse verlor. Ich fühlte mich ganz so, als ob ich heimkehrte, während ich diese breiten Holztreppen hinaufstieg.

Drinnen standen Tische in einem riesigen Speisesaal und auf jedem Zentimeter der Tischplatten standen Platten, Teller, Schüsseln, Körbe und Wannen, angefüllt mit Spezialitäten der Familie Honeycutt: Schinken in Milch gebacken, krossgebratene Truthähne, geräucherte Schweinelenden, gebratener Katzenwels, gegrillte Rinderrippchen, Gemüseeintopf und ein ganzer Hühnerhof gebratener Flattermänner. Nicht zu vergessen die grünen Bohnen, Erbsen, Kürbis, eingemachte und gedünstete Tomaten, gebratene Okra, Mais aus dem letzten Jahr, gebackene Bohnen, hausgemachter Kartoffelbrei, Kohlsalat, Jell-O-Salat und ein Alibitellerchen mit Kopfsalat, das den ganzen Abend über von keiner Seele angerührt wurde. Heferöllchen, die zergingen, wenn man in sie hineinbiss, wetteiferten um meine Kohlehydratzufuhr mit Maisbroten, Hush Puppies und hausgemachten Pasteten. Das Ganze wurde eimerweise mit Eistee oder Bier hinuntergespült. Es folgte dann noch ein Dutzend verschiedener Nachspeisen, einschließlich Apfel-, Kirsch-, Kürbis- und Blaubeertörtchen, einem Bananenpudding, der so süß war, dass einem die Plomben klingelten, Erdnussbutter-, Kokosnuss- und Karamellkuchen, Brownies so groß wie Teller, überbackenes Blaubeer- und Pfirsichkompott und Haferflockenkekse. Der Erdnussbutterkuchen, ein Spezialrezept von Omi Honeycutt, war das Beste von allem. Ich weiß das, denn ich habe von allem gekostet.

Omi Honeycutt hatte verfügt, dass ich den Status als Ehrengast mit Gail teilen sollte. Dementsprechend stand auf einem großen Banner am einen Ende des Saals »Willkommen zuhause Gail« und auf dem Pendant dazu am anderen Ende »Vielen Dank Casey«. Ich ließ mich darunter mit Gail mindestens ein Dutzend Mal fotografieren. Aber nur ich war dabei in der Lage, ein Lächeln zu zeigen.

Es war schwierig sich zu bewegen, weil das Gedränge der Verwandten so groß war, ganz zu schweigen davon, dass ich viel zu viel gegessen hatte, um mich tatsächlich körperlich zu bewegen.

Stattdessen saß ich den größten Teil des Abends auf einem Stuhl gegen die Wand gelehnt und betrieb Smalltalk mit einer Parade von Gratulanten, während ich mir die Festlichkeiten betrachtete. Wenn es um Familienfeste geht, bin ich eine wesentlich bessere Beobachterin als Teilnehmerin.

Omi Honeycutt hatte mich gedrängt, einen Begleiter mitzubringen, und ich hatte lange nachgedacht, bis ich mich für Robert entschied, den vielseitigen Akupunkteur, der Gail für mich hypnotisiert hatte. Ich war nicht selber an ihm interessiert. Ich erfüllte nur meine Christenpflicht als unheilbar romantisch veranlagte Kupplerin. Ich dachte mir, bei all den weiblichen Honeycutts in ihren engen Jeans müsste doch wenigstens eine von ihnen ein nettes rosafarbenes Glühen in seine Richtung wachsen lassen. Robert hatte ein größeres Geschick als ich, sich unter die Leute zu mischen. Er arbeitete sich durch die Menge wie ein Politiker. Ich hörte sogar, wie er einem tonnenförmigen Mann sagte, Akupunktur könnte ihm bei den Schmerzen in seinen Schultern helfen, und er solle ihn doch mal anrufen. Und verdammt will ich sein, wenn der gute alte Junge nicht tatsächlich Roberts Visitenkarte vorne in seinen Overall steckte, als ob er plante, das wirklich zu machen.

Schließlich ließ sich Robert auf einem Stuhl neben Gail nieder. Gail hatte den Abend damit zugebracht, in einer Ecke zu kauern und ihre Familie mit schmerzlichen Blicken zu beobachten. Es war alles zu viel für sie. Ich wusste es. Zu viel Krach, zu viele Lichter, viel zu viel Körperberührung und massenweise ungewohntes Lachen. Ich konnte durch bloßes Hinsehen erkennen, dass sie sich unbehaglich und nicht wirklich dazugehörig fühlte. Es würde noch lange dauern, bis sie sich entspannen konnte. Ein paar Mal sah ich, wie sie auf die Unmengen von eisgekühltem Bier starrte, ihre Augen sehnsuchtsvoll auf die bunten Metalldosen geheftet. Ich hoffte, dass sie wenigstens diesen Affen von ihrer Schulter fern halten konnte.

Robert spürte ihre Isolation, ihr Alleinsein, denke ich, und gab sich Mühe, ihr zu helfen, durch den Abend zu kommen. Er saß stundenlang neben ihr und redete ernsthaft mit ihr. Er lehnte sich zu ihr hinüber und sein Gesicht leuchtete vor Interesse und Besorgnis. Allmählich entkrampfte sich Gail. Einmal meinte ich sogar, sie lächelte.

Also, das war jetzt Gails Leben, dachte ich, während ich die Danksagungen ihrer weiblichen Verwandten entgegen nahm und den Männern beim Essen zusah. Ich fragte mich, wie sich das wohl für sie anfühlte, wieder hier dabei zu sein? Und ob sie ihr wohl Platz genug einräumen würden, jemand Neues zu werden? Ein ganzes Leben lang als Verliererin zu gelten, das ist zu lang.

Brittany war schon früher erschienen, um eine zeitlang ganz allein mit Gail zu sein. Sie spielte jetzt mit den anderen Kindern, die fröhlich kreischend durch die Menge rannten. Ich sah, wie sie einmal zu Gail hinüberging und im Austausch dafür ein ungeschicktes Geraderücken ihrer Haarschleife empfing. Aber keine von beiden schien sonderlich interessiert daran, die Beziehung sehr viel weiter zu treiben.

Mehrere Male danach sah ich Brittany in der Menge wie sie eine kräftige Frau umarmte, die ich für ihre Ziehmutter hielt. Die Frau war fett und fröhlich und hatte massive Brüste, zwischen denen sie Brittany jedes Mal erdrückte, wenn sie sich in dem Chaos begegneten.

Nachdem ich sah, wie sehr das Mädchen geliebt wurde, änderte ich meine Meinung, was Gails Entscheidung betraf, Brittany dort zu lassen, wo sie jetzt war. Ich kam zu dem Schluss, dass Gail vielleicht nicht Bammel davor hatte, eine Mutter zu sein, sondern dass sie tapfer und klug genug war, ihre Tochter loszulassen. Es würde Gail schon schwer genug fallen, selber mit ihrer Vergangenheit fertig zu werden. Sie ersparte ihrer Tochter die gleiche Bürde.

Die Heimkehrparty bot mir die erste Gelegenheit, einmal die Honeycutt-Männer in Augenschein zu nehmen. Sie gehörten einer stummen Spezies an, mehr interessiert am Konsumieren als am Kommunizieren. Sie drängten sich um die Speisentische und häuften ihre Teller voll, während sie sich mit gutturalen Grunzlauten, gutmütigen Grobheiten, gierigem Geglubsche und Gegrabsche, und einem gelegentlichen »Guuuut« verständigten. Nicht einer von ihnen sprach den ganzen Abend über auch nur ein einziges Wort mit mir. Aber etwas seltsames geschah, als ich mich fertig machte, um nach Hause zu gehen. Nachdem ich Omi in der Küche umarmt, Gail Lebewohl gesagt, Robert eingesammelt und meinen Mantel abgeholt hatte, bewegte ich mich in Richtung Ausgang.

Die Honeycutt-Männer verstellten mir den Weg.

Sie standen still da, in einer langen Schlange, die sich durch das gesamte Wohnzimmer erstreckte. Als ich mich an ihnen vorbei drängen wollte, begannen sie, einer nach dem andern, mir die Hand zu schütteln. Ich schritt die ganze Reihe ab und akzeptierte jede der harten Arbeitshände mit dem gleichen ernsthaften Schweigen, mit dem sie angeboten wurde. Als ich die Tür erreichte, war ich zutiefst beglückt. Dies alles bedeutete mir verdammt viel mehr als ein Treffen mit dem Gouverneur.

»Das war jetzt aber seltsam«, sagte Robert, als wir auf mein Auto zugingen. Ich hatte mich noch nicht entschlossen, ein neues zu kaufen, und fuhr einstweilen mit einem 64er-Corvair herum, den ich für vierhundert Dollar erworben hatte.

»Stimmt«, sagte ich. »Aber es lässt sich eine Menge Gutes sagen über die starken und stillen Typen. Schade nur, dass die Männer, die ich stark genug finde, für mich nicht auch still genug sind. Weißt du, was ich meine?«

Robert ignorierte mich. Er hatte noch nie ein Rendezvous mit Bill Butler gehabt, also was kümmert es ihn? Er summte vor sich hin, während er den Sicherheitsgurt anlegte. Er war mit sich selber zufrieden.

»Worüber hast du mit Gail so lange gesprochen?«, fragte ich.

»Sie wird darüber nachdenken, ob sie zu mir kommen wird zum Arbeiten«, erklärte er. »Als eine Art Empfangsdame. Ich werde ihr ein kleines Gehalt zahlen und gratis Lockerungsübungen geben. Ich denke, es wird ihr helfen, ein neues Leben zu beginnen, während sie darauf wartet, dass ihre Freundin Dolly aus dem Gefängnis entlassen wird. Sie wollen sich zusammen ein Haus nehmen, wenn es so weit ist. Sozusagen, um sich zu helfen, in der realen Welt klar zu kommen. Es wird für sie beide gut sein.«

Ich sah ihn neugierig an. »Und welche Farbe hatte Gails Aura heute Abend?«, fragte ich.

»Die richtige Farbe«, sagte er mit einem breiten Grinsen.

Der Fall Gail Honeycutt brachte mich mit allen möglichen Leuten zusammen, über alle sozialen und Klassengrenzen der Südstaaten hinweg. In den Monaten nach der Verurteilung von Steven Hill verfolgte ich das Leben dieser Menschen mit fast ungehörigem Interesse. Es war ein faszinierender Sport.

Mrs. Rollins, Peyton Tillmans uralte Sekretärin, genoss ihre fünfzehn Minuten der Berühmtheit, als sie einen Brief an den Chefredakteur des *News & Observer* schrieb, in dem sie die Ortsgruppe der Demokratischen Partei anklagte und ihr für Tillmans Niedergang und nachfolgenden Tod die Schuld in die Schuhe schob. Sie betrieb die Verteidigung ihres einstigen Starschülers wortreich, wenn auch ein wenig verwirrt. Tillman kam dabei rüber als eine Art moderner Robert E. Lee, der eine neue Vorstellung von Gerechtigkeit im Süden verwirklichen wollte, wenn nur die feigen, verlogenen, geldgierigen Demokraten ihn nicht verraten hätten. Man schrieb Artikel über sie, und sie landete mit einem Live-Interview im Morgenmagazin eines Radiosenders in Raleigh, wo sie die Heuchelei der Mächtigen anprangerte, die Peyton wegen nebensächlicher moralischer Vergehen fallen gelassen hatten, wo doch ihre eigenen Keller, wie sie sagte, »mit Skeletten voll gepfropft« wären. Seit Jeannie C. Rileys Song *Harper Valley PTA* hatte die Welt keine so hinreißende Anklage gegen verlogenes Verhalten gehört wie diese. Mrs. Rollins kurzes Aufflackern im gleißenden Licht der Öffentlichkeit kam spät in ihrem Leben, aber sie machte das Beste daraus. Als persönliche Note schickte sie mir auch eine Dankeschönkarte für meine Arbeit an dem Fall. Beim

Anblick ihrer gestochen scharfen Handschrift lief es mir kalt den Rücken hinunter.

Ham Mitchell, der aufgedunsene Ankläger, der Gail ursprünglich in den Knast geschickt hatte, hielt sich noch knapp ein Jahr auf seinem Posten und kam dann nicht einmal mehr in die engere Wahl für seinen Traumjob als Generalstaatsanwalt. Von unbekannter Hand wurde die Videoaufzeichnung einer Pressekonferenz in Umlauf gebracht, bei der er vorgeschlagen hatte, North Carolina möge doch, um einer soeben überschwappenden Welle von Diebstählen Herr zu werden, dem Vorbild des Irans folgen, und Dieben die rechte Hand abschlagen lassen. Wenn er eine ähnliche Behandlung für Kinderschänder vorgeschlagen hätte, ist es möglich, dass er damit noch mal durchgekommen wäre. So aber erlebte seine Sekretärin Donna von ihrem Logenplatz aus die ganze Show mit, die sie sich gewünscht hatte: Seinen Sturzflug aus der öffentlichen Gunst. Seine Stelle als Bezirksstaatsanwalt des Wake County ging an die weibliche Spezialistin für Kapitalverbrechen, von der Gails Schwester Brenda alles gelernt hatte, was sie wusste und konnte. Brenda ihrerseits rückte auf ihren Posten als Spezialistin für die Todesstrafe nach und ist heute in dieser Position tätig. Sie arbeitet daran, die Anweisungen für Geschworene während der Urteilsfindungsphase bei Mordprozessen zu standardisieren, in der Hoffnung, eine fairere Anwendung der Gesetze zu bewirken, was ungefähr so realistisch ist, als ob man einer Gruppe von Schimpansen bessere Tischsitten beibringen möchte. Ich denke, sie wird damit nicht weit kommen, aber es ist nett von ihr, dass sie den Versuch wagt.

George Carters Frau machte mit ihrem Leben weiter. Sie brachte eine zivilrechtliche Klage gegen Steven Hill ein, weil er den unrechtmäßigen Tod ihres Mannes verursacht hatte, wodurch ihr ein Vermögensverlust entstanden sei. Eines Tages, viele Monde in der Zukunft, werden Hills auf kriminelle Art und Weise erworbenen Gelder dazu beitragen, George Junior aufs College zu schicken. Unterdessen, so lautet das Gerücht, hält Chief Robinette öfter mal vor ihrer Haustür, um nachzusehen, wie es ihr und dem kleinen Jungen geht. Er ist selber nicht verheiratet, aber niemand in Durham glaubt, dass er jetzt noch sehr viel länger Junggeselle bleiben wird. Es muss ihm ja mal jemand die Grillsauce aus den Hemden waschen. Er ist schließlich der Polizeichef, zum Donnerwetter. Und, wie sich herausstellt, ein guter noch dazu. Eine der ersten Aktionen, die er veranlasst hatte, war, den Lone Wolf zu schließen, weil dort alkoholische Getränke ohne Mahlzeiten serviert wurden. Wahrscheinlich kellnert Johnny, der Besitzer der Bar, mittlerweile bei Halloweenpartys für ein Trinkgeld.

Ich habe noch nichts vom Sheriff von Chatham County gehört. Ich bin sicher, er hebt sich meinen Gefallen auf, bis er mal einen richtig großen benötigt. In der Zwischenzeit achte ich genau auf meine Geschwindigkeit, wenn ich mal durch sein Königreich komme.

Sylvia Bennett, Peyton Tillmans Verlobte, ruft mich immer wieder mal an, um hallo zu sagen und mich auf einen Drink einzuladen. Ich habs bisher noch immer geschafft, dankend abzulehnen. Meiner Meinung nach ist sie wie eine Köchin, die sich lieber vor der Suppe hüten soll. Sie kommt so weit ganz gut klar. Das viele Geld, das sie hat, scheint sie zu langweilen, und sie hat allein im letzten Jahr zweimal das ganze Haus neu tapezieren lassen. Ihre einzige Hoffnung auf ein sinnvolles Leben wurde ihr genommen, als Peyton Tillman starb, und ich glaube nicht, dass sie die Kraft hat, jetzt noch einmal einen Grund zu finden, um wirklich eine eigenständige Person zu werden. Aber ihr Zimmermädchen schafft es, nicht wieder ins Gefängnis zu gehen, und bewahrt ihrerseits Sylvia vor der Klapse. Das ist doch wenigstens schon mal etwas.

Slim Jim Jones überraschte mich, als er im Herbst ins Licht der Öffentlichkeit geriet. Eine Gruppe Pfadfinderinnen hatten sich im Oktober auf dem Black Mountain verlaufen – und Schnapp und Schluck waren doch tatsächlich die Ersten gewesen, die sich zu ihnen durchschlugen. Da saßen sie, tapfer um ein Lagerfeuer geschart und ertrugen die Schrecken ungezählter Schokoriegel. Um ihnen für die gute Tat zu danken, verlieh der Gouverneur an Slim Jim und die Jungs Medaillen – bei einer in allen Medien breit ausgewalzten Live-Pressekonferenz. Die Berater des Gouverneurs waren der Ansicht, dass Hunde seinem Image nützen konnten. Schluck hatte seine eigenen Ideen dazu. Er lüpfte während der Zeremonie ein Bein gegen eine Kredenz aus der Zeit Ludwig des Vierzehnten, worauf ihm die Gouverneursgattin in den Bauch trat. Schnapp machte seinem Namen alle Ehre und erwiderte das Kompliment an ihrem rechten Knöchel. Das ganze Debakel wurde gefilmt und auf *Channel 5* ein ums andere Mal immer wieder gezeigt, während die eins Komma zwei Millionen Bewohner von North Carolina sich als Folge der allgemeinen Massenfresserei das ganze Thanksgiving-Wochenende über unbeweglich auf ihren Sofas vor den Fernsehern räkelten. Bis zum Montag hatten sich mehr als zehnmal so viele Protestierer vor den Toren der Gouverneursresidenz versammelt, wie jemals für Gail Honeycutt eingetreten waren. Am Schluss musste die Frau des Gouverneurs eine Woche freiwilligen Dienst in einem Tierheim verrichten, nur um die ärgsten Kritiker zu besänftigen. Ich hoffe, man ließ sie die Zwinger sauber machen.

Detective Anne Morrow machte damit weiter, den Kollegen von der McDowell Street in den Hintern zu treten. Eines Tages, das sage ich voraus, wird sie das gesamte Raleigh Police Department leiten. Wir treffen uns ab und an zum Mittagessen. Es ist eine neue Erfahrung für mich, eine Freundin zu haben. Ich versuche, mich daran zu gewöhnen, weil ich meine, dass es gut für meine Seele ist. Wir quatschen über typischen Weiberkram, wie beispielsweise, was die zuverlässigste Handfeuerwaffe ist, oder ob Würgehölzer verboten werden sollten oder nicht. Ich könnte eine Menge von Anne Morrow lernen. Ich sah sie vor ein paar Monaten, als sie gerade mit dem toll aussehenden neuen Basketballtrainer von einem hiesigen College ausging. Ich warf nur einen kurzen Blick auf die beiden, die so glücklich zu sein schienen, und wünschte mir Annes Leben in seiner Gesamtheit, bis hin zu den Make-up-Sachen in ihrem Arzneischränkchen. Aber ich habe den Verdacht, dass sie nichts davon freiwillig hergibt. Sie ist eine Frau, die weiß, was sie will und wie sie es anstellen muss, um es zu kriegen.

Bill Butler schnappte seinen Serienvergewaltiger. Es war, wie sich herausstellte, ein Koch bei der Krispy-Krem-Donut-Bäckerei, um die Ecke vom Peace College. Ich war schockiert und entsetzt, dass auf mein Lieblingsetablissement so ein trübes Licht fiel. Ich war gezwungen, darauf zu reagieren, indem ich zahlreiche Trips zu dem Geschäft unternahm und zahllose Packungen warmer Donuts erwarb. Ich hielt es für wichtig, dass hoch zufriedene Kunden ihre Solidarität mit der übrigen schwer arbeitenden Krispy-Belegschaft bewiesen.

Meine Solidaritätsbekundungen kosteten mich fünf zusätzliche Pfunde, aber ich arbeitete sie ab, indem ich Ellbogenbeugen in einer neuen Bar machte, die in der Nähe meiner Wohnung aufgemacht hat. Die Cops verbringen dort ihre Abende und manchmal, spät nachts, hörte ich sie darüber reden, wie ich Steven Hill gefangen hatte. Sie hatten keine Ahnung, dass ich am anderen Ende der Bar saß und mir ihre Geschichten anhörte. Und sie hatten anscheinend auch keine Ahnung, was die wirklichen Fakten in dem Fall waren. Aber es war eine großartige Bar-Story und ich liebte die Vorstellung, dass ich für immer in den Erzählungen der Polizei von Durham weiterleben würde. Meine Karriere in der Bar war allerdings nicht von langer Dauer, denn Tony, der diebische Barmann, dessen Entlassung ich bewirkt hatte, erschien dort eines Abends zur Arbeit, und ich hielt es für angesagt, einen anderen sauberen und gut beleuchteten Ort zu finden.

Ich weiß noch nicht, ob die Entspannungsmassagen die Liebe zwischen Gail und Robert entfachen werden, aber glauben Sie mir, es gibt noch viel merkwürdigere Paare. Bobby Dee und jede einzelne seiner Freundinnen sind der lebende Beweis dafür. Wenn die beiden mir eine Hochzeitseinladung schicken, werde ich wohl mit Sicherheit wissen, ob ihre Auren zueinander gepasst haben.

Bobby Dee kam mit einem verjüngten Herzen zur Arbeit zurück und es fiel ihm nicht mal auf, dass ich mir seinen Wagen geborgt hatte. Ich beichtete ihm, dass ich seine Smith & Wesson ausgeborgt hatte. Das war ihm egal. Dass ich mir zwei seiner Pizza-Baguettes genehmigt hatte, machte ihn stinksauer.

»Ich brauche die, um meinem Hunger die Spitze zu nehmen«, beschwerte er sich, als ich ihm alles gestand. Er war seit einer Woche wieder im Büro und der gleichmäßige Strom von Freundinnen, die ihm mit »Willkommen daheim«-Speisen aufgewartet hatten, war allmählich versiegt. Leere Tupperware-Behälter stapelten sich im Vorzimmer, und ich rechnete mir aus, dass Bobby schon die Hälfte der abgespeckten zweiundzwanzig Pfund wieder zugelegt hatte.

»Ein kleiner Preis, den man für einen Sieg zahlen muss«, erinnerte ich ihn. »Ich freue mich schon auf den Scheck von Omi Honeycutt.«

Seine Miene hellte sich auf. »Das wird ein Stück vom Honigkuchen, oh ja.« Er summte glücklich vor sich hin, während er schon an die Kartons voller Pizza-Baguettes dachte, die er sich von diesen Einkünften kaufen konnte.

»Ich will ja nicht deine Träume zerstören«, erinnerte ich ihn, »aber du hast selber gesagt, dass ich das ganze Honorar behalten darf. Als Dankeschön, weil ich dir das Leben gerettet habe.«

Sein Gesicht verfiel. Ich bin mir nicht sicher, ob er dachte, sein Leben sei diesen Preis nicht wert. Wie immer jedoch bemühte Bobby sich, die positive Seite zu sehen. »Macht nichts, ich profitiere immer noch von der Publicity, wir werden von Tag zu Tag respektabler.«

»Hey«, korrigierte ich ihn. »Ich werde respektabler. Du wirst nur fetter.«

»Einer muss schließlich die Intelligenz hinter der ganzen Organisation einbringen«, meinte er euphorisch, während er in eine Plastikschüssel blickte und mit einem dicken Finger die Überreste von hausgemachtem Weichkaramell herauspulte.

»Wenn du weiter so von dem Zeug frisst, wirst du gleich noch einen Herzinfarkt kriegen«, warnte ich ihn.

»Das will ich doch stark hoffen«, verriet er mir. »Denn dann wirst du wieder deine Lippen auf meine legen müssen.« Er ließ verführerisch die Brauen tanzen.

Ich sah ihn eine Minute lang an. Die Erinnerung war noch frisch in meinem Gedächtnis. Dann wandte ich mich ab und ging davon.

»Wo gehst du hin, Püppchen?«, rief er mir nach.

»Mir die Zähne putzen«, rief ich zurück.

Allmählich kehrte auch das Abnorme wieder in unser Leben ein. Keisha schaffte es endlich, das Büro sauber zu kriegen, und sie kommt gelegentlich immer noch, um etwas Ordnung ins Chaos zu bringen. Bobby bezahlt sie sehr gut. Muss er wohl, sie kennt schließlich alle seine vertraulichen Akten. Ihr kleiner Sohn bekam seine Spezialbrille und noch etliches mehr. Teufel auch, sie kann ihm mittlerweile das Hubble-Teleskop kaufen, mit dem, was sie bisher verdient hat.

Was mich betrifft, so passierte mir da eine ziemlich komische Sache auf dem Weg zur Bank. Am Tag, nachdem Steven Hill versucht hatte, meinen Hintern wegzuschießen, schlich ich mich aus dem Krankenbett und machte mich im Krankenhaus auf die Suche nach einem Geldautomaten, in der Hoffnung, vielleicht genug Kohle aus ihm herauszukitzeln, um mir aus den Automaten unten in der Empfangshalle etwas zum Futtern zu holen. (Bobby Dee hatte Recht gehabt: Das Essen im Krankenhaus war grauenvoll.) Als mein Kontostand auf dem Monitor aufblinkte, fühlte ich mich wie die Gewinnerin eines Jackpots in Las Vegas. Ich besaß zwanzigtausend Dollar mehr auf dem Konto, als ich erwartet hatte. Ich war noch nie sonderlich genau gewesen, wenn es darum ging, auf meinen Kontostand aufzupassen, aber das schien mir dann doch ein recht auffallender Buchungsfehler.

Als ich aus dem Krankenhaus entlassen wurde, spürte ich der Einzahlung nach. Es handelte sich um eine Bareinzahlung, die wenige Tage vor unserer Jagd durch die Wälder getätigt worden war. Ich wusste sofort, dass es Steven Hill gewesen war, der versucht hatte, mir die Schuld für die Morde in die Schuhe zu schieben. Es sollte so aussehen, als hätte ich Tillman, Carter und Bunn umgebracht, um Gail frei zu bekommen. Er hatte einen Überweisungsabschnitt benutzt, den er bei dem Einbruch in mein Büro hatte mitgehen lassen, und es war ihm verdammt gut gelungen, meine Unterschrift zu fälschen. Pech, dass sein Plan schon so früh schief gegangen war.

Ich behielt das Geld.

Ich musste nicht mal lange darüber nachdenken. Hill konnte sich nicht beschweren, ohne seine Schuld einzugestehen. Ich musste nur meine Steuern bezahlen und den Rest ausgeben. Das Leben kann so einfach sein, wenn man es nur lässt. Aber ich dachte lange darüber nach, wie ich es ausgeben sollte. Ich brauchte ein neues Auto, aber Omi Honeycutts Honorar reichte dafür. Ich brauchte eine neue Waffe, aber selbst eine saubere Waffe kostete wahrscheinlich nicht mehr als fünfhundert Dollar.

Ich kam zu dem Schluss, dass das, was ich wirklich brauchte, ein Urlaub war. Einer, der mich weit wegbrachte von der »realen Welt«, wie Steven Hill sie definierte. Natürlich wollte ich nicht alleine gehen. Und ich war auch durch diesen Fall nicht ganz alleine durchgekommen, so sehr ich es hasste, das zugeben zu müssen. Von der Vergangenheit mal ganz abgesehen, war es in der Hauptsache ein Mann, der immer da war, wenn ich ihn brauchte, und er hatte den letzten Monat über genauso schwer gearbeitet wie ich. Es wurde Zeit, dass ich meinen Stolz begrub und mir eingestand, dass er ein wichtiger Teil meines Lebens war. Ob ich es nun wollte oder nicht.

Weshalb ich denn auch Jack auf eine dreiwöchige Kreuzfahrt durch die Karibik an Bord einer privaten, fünfzehn Meter langen Segelyacht mitnahm. Ein Mann, der einem die Füße massiert, ist sein Gewicht als Ballast wert.

Ich vergaß Bill Butler aber nicht. Ich sandte ihm eine Postkarte aus Nevis, auf der stand: »Das Wetter ist hier. Wünschte du wärst wunderbar. Alles Liebe, Casey.«

Jack und ich hatten es großartig zusammen. Wir schwammen. Wir fischten. Wir sonnten uns, wir sündigten und wir verpulverten jeden Penny von Steven Hills mies verdientem Geld unter der strahlend hellen Sonne der Karibik. Jack lehnte sich zurück und ließ zur Abwechslung mal jemand anderen die Drinks mixen. Ich aß Fisch, gebacken in Bananenblättern, mit frischen Tomaten und Chili, tanzte jeden Abend betrunken an Deck zu Calypso vom Band und schwor den Männern der Besatzung ewige Treue, deren Namen ich mir niemals merken konnte, wenn der Morgen und die Nüchternheit kamen. Das passiert eben, wenn man Drinks mit Schirmchen drin bestellen kann, ohne das Gefühl zu haben, den Barkeeper unsäglich zu nerven. Nach einer Woche des Abenteuers sagte Jack, er fühle sich wie ein Gigolo. Ich sagte, er solle sich darüber keine grauen Haare wachsen lassen. Dafür hat man schließlich Freunde.

Als ich wieder zur Arbeit kam, sonnengebräunt und bereit, mich meinen noch unbearbeiteten Akten voller Fälle mit untreuen Eheleuten wieder zuzuwenden, versuchte Bill Butler, es wett zu machen, dass er mich fast in den Tod geschickt hatte. Tatsache ist, er versucht es immer noch. Er hat schon eine Million Mal gesagt, dass es ihm Leid tue, und er hat längst aufgehört, mir zu sagen, was ich zu tun oder zu lassen hätte. Aber ich habe ihm eröffnet, dass er die nächsten zwanzig Jahre über weiterhin meinen .45er-Hintern küssen darf, um Buße zu üben.

Außerdem hatte ich die Götter um ein Zeichen gebeten, was unsere gemeinsame Zukunft betrifft, und ich kriegte eines, das nicht leicht zu übersehen war. Der ärztliche Bericht kam zu der Feststellung, dass die Kugel, die in meine linke Pobacke eingedrungen war, aus Bills Waffe stammte. Wenn das kein Beweis war, dass Bill ganz buchstäblich ein Schmerz in meinem Hintern war, dann wusste ich nicht, was sonst.

Bill versuchte, das wettzumachen, indem er seine Marke runter nahm und in sie reinbiss, als ich ihn daran erinnerte, dass er versprochen hatte, seine Marke aufzufressen, wenn Steven Hill sich als dreckiger Cop erweisen sollte. Leider brach er sich dabei einen Zacken aus der Krone und ich musste ihn für Notreparaturen zum Zahnarzt fahren. Unterwegs schimpfte er die ganze Zeit.

In gewisser Weise bin ich froh darüber, dass er die Dinge so königlich vermasselt hat. Ich kann ihm dafür noch jahrelang eins auswischen. Aber ich denke, auch meine kleinlichen Rachegelüste werden sich allmählich legen, und vielleicht können wir unsere wenig erfolgreiche Liebesaffäre noch mal neu anwerfen. Es ist schwer, die Angelegenheit komplett fallen zu lassen. Ich denke immer wieder einmal daran, wie er mich durch den Wald getragen hat, und wie wir uns halb krank gelacht haben über eine Schusswunde unter dem Mond von Carolina.

Aus welchem Grund auch immer, es verbindet uns etwas, was zwischen mir und anderen Leuten nicht gerade häufig vorkommt. Vielleicht ist es eine gute Verbindung, vielleicht eine schlechte, das weiß ich nicht. Ich weiß nur, dass ich sie vermisse, wenn sie nicht da ist. Also hoffe ich, dass eines Tages die Planeten genau richtig stehen und wir das Band zwischen uns testen können. Tatsächlich könnte ich Robert einfach fragen, ob er auch Astrologie betreibt. Ich wüsste gerne, wann das sein könnte.

Fürs Erste verbringen Bill und ich unsere Tage sehr glücklich damit, über die feineren Details aller Themen zu streiten, die wir diskutieren. Es scheint, dass wir über alles geteilter Meinung sind. Zum Beispiel meint Bill, dass Steven Hill das bekam, was er verdient hatte, dass die Todesstrafe zu gut für ihn gewesen war. Er glaubt, Hill bezahlt jetzt die Rechnung für das, was er getan hat, an jedem Tag für den Rest seines Lebens. Ich bin mir da nicht so sicher. Jemand wie Steven Hill könnte am Ende das Gefängnis verwalten und diesen Job sogar lieben. Er ist grausam. Er ist gerissen. Er ist unmoralisch und schlau. Und er ist immer noch am Leben.

Ich fragte Bill einmal, warum Hill überhaupt die Chance erhielt, auf lebenslänglich zu plädieren, wo Gail doch niemals diese

Chance gehabt hatte? Er sagte, das System funktioniere ganz prima, so wie es ist, und am Ende siegt eben doch immer die Gerechtigkeit.

Ich? Ich muss dem widersprechen. Alle sagen, die Gerechtigkeit sei blind. Ich denke aber, die meiste Zeit über kuckt sie einfach in die andere Richtung.

Katy Munger

Katy Munger wurde 1956 auf Hawaii geboren. Aufgewachsen ist sie in Raleigh – einem Eckpunkt des so genannten Triangle in North Carolina. Nach dem Studium an der University of North Carolina in Chapel Hill (zweiter Punkt des Triangles) zog sie 1980 nach New York. Dort begann sie auch ihre schriftstellerische Laufbahn mit den »Hubbert-&-Lil-Mysteries«, die sie unter dem Pseudonym Gallagher Gray verfasste. Casey Jones ist dort schon als Nebenfigur angelegt. Zurück in der Heimat, diesmal in Punkt drei des Dreiecks, in Durham, North Carolina, gründete sie eine PR-Firma, die Finanzdienstleister in Print- und multimedialen Angelegenheiten berät, brachte eine Tochter zur Welt und begann mit Casey Jones eine der trendsettenden »neuen« Krimiserien. Zusammen mit ihren Kolleginnen Sparkle Hayter und Lauren Henderson bildet Katy Munger die Gruppe »Tart Noir«, die in den USA durch ihren respektlosen »Neofeminismus« auf sich aufmerksam zu machen weiß.

Bibliografie

Die *Casey-Jones*-Serie: *Legwork* (1997, dt. *Beinarbeit* 2001); *Out of Time* (1998, dt. *Gnadenfrist*, 2002); *Bad to the Bone* (2000); *Better off Dead* (2001).

Unter dem Pseudonym Gallagher Gray:
Die *Hubbert-&-Lil*-Serie: *Partners in Crime* (1991), *A Cast of Killers* (1992), *Death of a Dream Maker* (1994), *A Motive for Murder* (1995).

Katy & Casey – die No-Nonsense-Girls

Über Katy Munger

Das Thema ist ein Dauerbrenner bei jeder Lesung. Vermutlich weil es jedes Gemüt umtreibt und neugierig macht: Wie viel vom Autor respektive der Autorin steckt in der Hauptfigur? Vor allem wenn es eine Serien-Figur ist, und vor allem wenn es sich um Kriminalliteratur handelt. Dass die Frage überhaupt aufkommen kann, hat zunächst ein bisschen mit dem schlichten Augenschein zu tun. Irgendwas muss zusammenpassen. Kein Mensch würde schließlich die elegante, schlanke Liza Cody fragen, ob ihre Heldin Eva Wylie allzu viele Züge ihrer Erfinderin trägt. Eva Wylie ist schließlich Catcherin und ein ziemlich hässlicher Braten.

Ganz anders bei Katy & Casey. Obwohl Katy Munger definitiv keinen Hintern wie ein Kühlschrank hat, helfen ihre öffentlichen Auftritte in einer atemberaubenden schwarzen Spitzen-Kreation und Highheels zumindest eine gewisse Ahnung von Casey Jones zu bekommen, wenn die sich zur Verfolgung ihrer Ziele höchst kreativ aufbrezelt. Und wenn Katy Munger dann zu sprechen beginnt mit ihrem wunderbaren Südstaaten-Ton, witzig, kommunikativ, ziemlich ausgeschlafen und energiesprühend, dann gewinnt Casey ein Stück Kontur mehr. Und als wir uns das erste Mal in einer nachmittäglich ruhigen Bar treffen, bestellt Katy einen Wodka mit Kirschsaft, den sie sich vom Barkeeper zum Preiselbeersaft runterhandeln lässt. So was könnte sich auch Casey reinpfeifen, auch wenn es dafür bis jetzt noch keinen literarischen Beleg gibt. Aber was sagt das schon über Katy & Casey?

Katy Munger gibt natürlich sofort zu, dass eine Menge von ihr drinsteckt in Casey Jones. Aber auf ganz anderen Ebenen. Zum Beispiel nicht auf der biografischen.

Klar, Casey Jones ist bedeutend jünger als ihre Erfinderin, die 1956 auf Hawaii geboren wurde. Casey kommt aus Florida, aus bitterarmen Verhältnissen. Katy ist rein soziologisch gesehen eher *middle class*; allerdings waren ihre Eltern politische Menschen, »Linke«, im amerikanischen Sinne, und ganz in der Gegenkultur der Sechziger- und Siebzigerjahre verwurzelt. Aufgewachsen ist Katy Munger in einer Art Großfamilie, inklusive Menagerie, in den Südstaaten, in genau der Gegend, in der ihre Casey-Jones-Romane spielen: In North Carolina, genauer bei Raleigh im berühmten »Triangle« (Raleigh, Chapell Hill und Durham).

Allerdings ist das Bild von den konservativen Südstaaten schon seit geraumer Zeit in Bewegung gekommen, vor allem auch durch die Ansiedlung von moderner Industrie, Spitzenforschung und Top-Universitäten. Inzwischen haben sich auch ein paar durchaus feinere Namen der amerikanischen Literatur im Triangle niedergelassen. Katy Munger schwärmt bei aller politischen Skepsis von den positiven Aspekten der Südstaaten-Kultur: Von der Höflichkeit der Leute, einer gewissen Grandezza und einer stillen Subversion der Southern Belles, die sie immer wieder in ihren Romanen liebevoll und genau zeichnet, selbst wenn die Damen bei weitem nicht alle auf Seiten der Guten stehen.

Als provinzielle Hölle auf jeden Fall hat Katy Munger ihre Heimat nie empfunden, hielt es aber dennoch für reizvoll nach Highschool, Studium und ersten *Creative-Writing*-Erfahrungen einige Jahre in Metropolis zu leben und zu arbeiten. Sie ging 1980 nach New York City und entdeckte – sozusagen der Sündenfall angesichts ihres familiären Hintergrunds – die Freuden des Geldverdienens bei verschiedenen Jobs an der Wall Street. Katy Munger wurde bald Spezialistin für Public Relations, Consulting aller Art und Marketing. Nützliche, geldbringende Tätigkeiten, die 1989 zur Gründung einer eigenen Consulting-Firma führten, deren Aktivitäten und Kundenliste beeindruckend sind. In ihrem Geld-Job beweist Katy Munger eine eminente Vielseitigkeit, und zudem versorgt er sie mit profunden Kenntnissen über ökonomische Zusammenhänge, die gerade für realitätstüchtige Kriminalromane unabdingbar sind.

Für notorisch einkommensunsichere Schriftstellerinnen sind natürlich Kenntnisse in PR und Marketing ausgesprochen sinnvoll. So war zum Beispiel (Jahre später) die Gründung der nicht ganz todernst gemeinten Schriftstellerinnen-Vereinigung »Tart Noir«, zusammen mit den Kolleginnen Sparkle Hayter und Lauren Henderson, zuallererst ein sehr cleverer Marketing-Schachzug, der den Ladys schöne Aufmerksamkeitswerte einbrachte. Nach so viel strategischem Einsatz von Text und mit einer gewissen finanziellen Basis stieg Katy Munger dann in den frühen Neunzigerjahren in die professionelle Schriftstellerei ein und legte ab 1991 vier Romane über zwei wache Alte vor, die andauernd über Verbrechen stolpern und sie dann aufklären, was in den notorisch jugendwahnsinnigen USA recht bemerkenswert war: Allerdings findet man die *Hubbert-&-Lil*-Mysteries nur, wenn man unter Mungers Pseudonym »Gallagher Gray« in den Bibliografien sucht.

Aber der Süden ließ sie nicht los. Nach sechzehn Jahren im Big Apple, also 1996, ging Katy Munger ins Triangle zurück, unter anderem, weil sie sich um ihre Familie kümmern musste. Sie fand dort eine völlig veränderte Situation vor: Die drei Städte waren fast zusammengewachsen, bildeten ihrerseits eine veritable Süd-Metropole und hatten jede Art von *splendid isolation* aufgegeben. Die Globalisierung und Internationalisierung war im Süden angekommen. Für eine Schriftstellerin ein idealer Zustand: Nichts mehr an Möglichkeiten vermissen zu müssen, aber dennoch auf dem Unterboden die Romane ansiedeln zu können, von dem man jeden Quadratmillimeter kennt. Und natürlich schärfen die Jahre in der Fremde den Blick für die eigene Herkunft. Casey Jones' Perspektive, ihr salzsäureklarer Blick von außen, hat da ihren tieferen Grund.

Katy Munger hat inzwischen ihre Firma mit nach Durham genommen, wo sie heute mit Tochter und etlichen Haustieren wohnt. Sie findet ein Standbein im realen Leben weiterhin wichtig, obwohl die Casey-Jones-Romane allmählich die Fernsehproduzenten in Hollywood interessieren.

Als Krimirezensentin für die *Washington Post* hat sie sich noch einen weiteren Job an Land gezogen und die Qualität ihrer Kritiken zeigt genauso wie die vielen Interviews, die Katy Munger gerne und hochprofessionell gibt, eine sehr reflektierte und kluge Frau, die sich weit aus dem Elfenbeinturm der Schriftstellerei hinausbegeben hat. Und da liegt, um auf die Anfangsfrage zurückzukommen, der wirkliche Berührungspunkt von Katy & Casey: Beide sind trotz aller Freude am schnellen Spruch, trotz beider Wollust am Spotten, Speien und Sich-Einmischen »No-Nonsense-Girls«, wie Katy Casey einmal charakterisiert hat. Frauen, die zum Hier und Heute eine Menge Substantielles zu sagen haben.

Thomas Wörtche

Der Übersetzer

Tom Appleton, gebürtiger Berliner, Kindheit in Teheran, Gymnasial- und Uni-Jahre in Westdeutschland, dann Journalist, Übersetzer, Theaterproduzent in Neuseeland, anschließend in Wien, lebt heute als Übersetzer, Journalist und Buchautor in der österreichischen Toskana. Als Krimifan gilt seine Sammlerleidenschaft dem amerikanischen Noir-Genre der Vierzigerjahre.

Yasmina Khadra *Morituri; Doppelweiß; Herbst der Chimären*
»Die Trilogie führt vor, wie schnell eine Gesellschaft vor die Hunde gehen kann und wie schwer es ist, die letzten Überreste der Zivilisation zu retten.« *taz*

Brian Lecomber *Letzter Looping*
»Brian Lecomber macht aus Flugzeugen und Piloten, was Dick Francis aus Pferden und Pferderennen macht.« *New York Times*

William Marshall *Manila Bay*
Battling Mendez, der legendäre Kampfhahn, auf Spurensuche. »Schwindel erregend, verrückt, exzentrisch und exzessiv.« *Los Angeles Times*

Bill Moody *Solo Hand; Moulin Rouge, Las Vegas*
»Zwischen jeder Zeile klingt wunderbarer Jazz durch.« *Badische Zeitung*

Christopher G. Moore *Haus der Geister; Nana Plaza*
»Konsequente Action, meisterhafte Sprache, authentischer Schweiß aus Bangkok, dazu angelsächsischer Humor at its best.« *DeutschlandRadio*

Walter Mosley *Socrates in Watts; Socrates' Welt*
Nach siebenundzwanzig Jahren im Knast will Socrates ein ordentlicher Mensch werden. »Ein Buch mit dem Blick von unten: wahrhaftig, glaubhaft und ehrlich.« *Deutsche Welle*

Katy Munger *Beinarbeit; Gnadenfrist*
»Eine tolle Heldin: Casey ist eine Mischung aus Philip Marlowe und Femme fatale.« *Brigitte Young Miss*

Meja Mwangi *Die Wilderer*
Wenn die Ranger auf ihren Fahrten durch die kenianische Savanne die Geier kreisen sehen, wissen sie: Die Wilderer haben wieder zugeschlagen.

Celil Oker *Schnee am Bosporus; Foul am Bosporus*
»In Sachen Kriminalroman tut sich was in der Türkei. Istanbul ist für den Krimileser spannendes Neuland.« *SWR1*

Jerry Raine *Frankie Bosser kommt heim*
»Nichts für schwache Nerven – für robustere ein Vergnügen!« *Zürich Express*

Susan Slater *Die Geister von Tewa Pueblo*
Tewa Pueblo in New Mexico liegt auf kargem Land. Die Eröffnung eines Spielkasinos verspricht Reichtum – doch um welchen Preis?

Masako Togawa *Schwestern der Nacht*
»Das Fremde und das Bekannte verschmelzen geheimnisvoll, die Spannung ist erschreckend.« *Ruth Rendell*

M.K. Wren *Medusa Pool*
Sheriff zu sein ist nicht einfach – schon gar nicht für eine schwarze Frau. »Ein emotionaler, ein packender Roman.« *Booklist*

Helen Zahavi *Donna und der Fettsack; Schmutziges Wochenende*
»Zahavi gewinnt dem Machtkampf zwischen Mann und Frau bizarre Seiten ab.« *Stern*

Friedrich Glauser *Schlumpf Erwin Mord; Matto regiert; Die Fieberkurve; Der Chinese; Die Speiche; Der Tee der drei alten Damen*
»Der Glauser mit dem gläsernen Herzen – noch heute sieht man beim Lesen seiner Kriminalgeschichten ungehindert in diesen klaren, wahren Kern hinein.« *Vogue*

Chester Himes *Die Geldmacher von Harlem; Lauf Mann, lauf!; Der Traum vom großen Geld; Fenstersturz in Harlem; Heiße Nacht für kühle Killer; Plan B*
»Wer Chester Himes' Krimis liest, taucht ab ins tiefste Harlem.« *Annabelle*